JOE BUFF

LA MENACE DE L'AXE

Traduit de l'anglais
par Luc de Rancourt

FLEUVE NOIR

Titre original :
TIDAL RIP

ISBN : 978-2-266-16673-7

DÉDICACE

Si vous n'osez pas penser dès maintenant à l'impensable, vous serez peut-être contraint un jour de le vivre.

*

Une armée de terre ne peut espérer emporter la décision si elle n'est appuyée par la supériorité sur mer.

George Washington

*

Les navires de guerre coûtent moins cher que les batailles.

Theodore Roosevelt

*

Nous nous imaginons que la paix est l'état « normal » des relations entre les nations.

Il n'est pas d'idée plus dangereuse.

Henry Kissinger
in *Armes nucléaires et politique étrangère*

REMERCIEMENTS

Les recherches et l'aide de professionnels qui constituent le socle technique et véridique de *Tidal Rip* sont dans la droite ligne des travaux que nous avons menés pour *Crush Depth*, *Thunder in the Deep (Piège en eau profonde)* et enfin *Deep Sound Channel (Profondeur limite)*. Je tiens tout d'abord à remercier le capitaine de vaisseau en retraite Melville Lyman de l'US Navy, commandant de plusieurs sous-marins lanceurs d'engins et à présent directeur de la division Sécurité des armes au laboratoire Johns-Hopkins, qui a bien voulu relire mon manuscrit ; le capitaine de corvette Jonathan Powis, de la Royal Navy, officier de navigation à bord du sous-marin d'attaque HMS *Conqueror* lors de la guerre des Malouines puis commandant de trois sous-marins ; le capitaine de frégate Jules Verne Steihauer, retraité de l'US Navy, vétéran des sous-marins classiques puis officier de liaison avec l'aéronautique navale aux premiers temps de la guerre froide ; l'ingénieur mécanicien en retraite Bill Begin, qui compte à son actif un certain nombre de patrouilles à bord des SNLE ; Peter Petersen, qui servit à bord de l'*U-518* pendant la Seconde Guerre mondiale. Je tiens également à remercier deux anciens des commandos de marine : le maître principal Bill

Pozzi et le capitaine de corvette Jim Ostach, qui ont bien voulu me prêter leur concours et m'honorer de leur amitié.

De nombreux autres marins ont bien voulu me fournir de précieux conseils : George Graveson, Jim Hay, Ray Woolrich, tous trois capitaines de vaisseau en retraite de l'US Navy, anciens commandants de sous-marins, membres actifs de l'Association des anciens sous-mariniers ; Ralph Slane, vice-président de la section new-yorkaise de l'Amicale des anciens marins et conservateur du musée de l'*Intrépide* ; Ann Hashinger, documentaliste de l'US Naval Institute ; le docteur Richard Rosenblatt, ancien expert auprès de l'US Navy ; le capitaine de frégate en retraite Rick Dau, délégué général de l'Amicale des anciens marins.

Il me faudrait également remercier bien d'autres sous-mariniers et industriels de l'armement, trop nombreux pour que je puisse les citer tous. Je tiens cependant à mentionner les conversations que j'ai eues avec le capitaine de frégate (capitaine de vaisseau depuis) Mike Connory, qui commandait alors l'USS *Seawolf* et avec le capitaine de vaisseau Ned Beach, décédé depuis, brillant écrivain et l'un des plus grands sous-mariniers de tous les temps. Ma reconnaissance va également aux officiers et marins de tous les magnifiques sous-marins que j'ai pu visiter : l'*Alexandria*, le *Connecticut*, le *Hartford*, le *Memphis*, le *Salt Lake City*, le *Seawolf*, le *Springfield*, le *Topeka* et enfin le *U-15*, sous-marin diesel dernier cri de la marine allemande. Une mention particulièrement « profonde » au *Miami*, SSN 755 : j'ai passé à son bord quatre journées merveilleuses, en surface et en plongée.

Je veux également témoigner ma reconnaissance aux instructeurs et élèves de l'Ecole de navigation sous-marine de New London et du Centre d'instruction des nageurs de combat de Coronado, à tous ceux qui, dans les centres de guerre amphibie de Coronado et de Norfolk, m'ont fait découvrir les armes et les équipements dont ils sont dotés, leurs navires et leurs aéronefs. J'éprouve le même sentiment pour les hommes et femmes du porte-avions *Constellation*, du croiseur lance-missiles *Vella Gulf*, du pétrolier ravitailleur *Pecos*, du sous-marin de sauvetage *Avalon* et de son bâtiment de soutien, le *Kellie Chouest*.

Le Forum de stratégie et les publications de l'Ecole de guerre navale m'ont fourni des données inappréciables. J'ai pu effectuer un vol à partir du porte-hélicoptères *Iwo-Jima* pendant les Journées de la mer à New York, en 2002, et participer avec son équipage aux cérémonies de Ground Zero, le site sur lequel s'élevait le World Trade Center. Ce moment restera l'un des souvenirs les plus émouvants de mon existence.

Quant aux professionnels du monde de l'édition, la première place revient à ma femme, Sheila Buff, auteur de plus de vingt ouvrages consacrés au bien-être, à la santé, à la diététique, à la nature et à l'observation des oiseaux. J'ai également une pensée particulière pour mon agent, John Talbot, qui n'hésite pas à me dire ce qu'il aime ou n'aime pas en des termes clairs, nets et précis. L'aide que m'apporte Mike Shohl chez mon éditeur, William Morrow, est sans prix. Toujours enthousiaste et disponible, il possède le rare talent d'améliorer mes premiers jets.

NOTE DE L'AUTEUR

De récents événements nous ont rappelé d'importantes et vieilles leçons. Le monde est dangereux et instable. Remporter une guerre peut, de manière imprévisible, faire monter la tension et accentuer les déséquilibres, créant ainsi un vide que de nouveaux dictateurs et terroristes s'empresseront de remplir, ce qui engendre de nouveaux conflits. Les alliances internationales se font et se défont, mais la prolifération des armes de destruction massive fait grimper les enjeux à des niveaux effroyables. Les menaces auxquelles doivent faire face les Etats-Unis et leurs alliés connaissent de profonds changements. La montée de ces périls exige des réactions immédiates. Et pourtant, rien n'est possible sans des hommes convenablement entraînés, sans doctrine de défense, sans volonté nationale.

A toutes les époques et depuis qu'ils ont été inventés, les sous-marins figurent parmi les systèmes d'armes les plus sophistiqués jamais créés par l'espèce humaine, condensés des techniques et des conceptions les plus impressionnantes jamais imaginées. De grandes pages d'Histoire ont été écrites, marquées par le courage, l'endurance, l'esprit de sacrifice de leurs équipages. Les commandos, imaginés au cours de la Seconde Guerre mondiale, augmentent considérablement la puissance des forces de ligne. Dans cet étrange nouveau monde qu'esquisse le XXIe siècle commençant, les opérations combinées lancées sur la mer, sous sa surface ou depuis son domaine continueront d'exercer une influence décisive sur le cours des événements sur la terre ferme.

Les instruments et les techniques de la guerre moderne progressent constamment. Ce développement va se poursuivre, rendu plus nécessaire encore par la guerre contre le terrorisme et la prolifération des armes nucléaires. L'amélioration des sonars a fait faire aux sous-marins un saut qualitatif important et ils sont désormais capables de traquer des cibles ultradiscrètes. Les petits sous-marins de dépose de nageurs de combat, emportés par de plus gros, permettent de déployer ces combattants en toute discrétion à proximité immédiate des côtes. Des robots, sous-marins ou aériens, dotés de capteurs ou parfois même armés, transforment les sous-marins qui les emportent en véritables porte-avions de dessous les mers qui se tapissent, invisibles, sous les vagues.

Les océans sont les autoroutes du commerce mondial par lesquelles transitent les biens et qui assurent la marche des affaires. Ils constituent également un obstacle face aux tentatives d'invasion, tout en offrant l'opportunité de surveiller l'adversaire et de venir en aide à nos alliés. Rester le maître de la guerre sous-marine devient dès lors vital, car celui qui maîtrise les profondeurs des océans maîtrise également leur surface – et, par voie de conséquence, la plus grande partie de la planète. La puissance navale, utilisée avec détermination, constitue la clé du maintien de la paix dans le monde.

Face aux défis que devra affronter la défense nationale à l'avenir, les réponses qui seront apportées seront décisives si nous voulons préserver la liberté et la démocratie. La moindre faille dans notre système, la moindre étourderie pourraient être exploitées dans les années à venir par un nouvel empire du mal, un nouvel Axe, une conspiration mondiale, par des gens habiles et agressifs. De quel endroit surgira la prochaine attaque surprise ? Quels sacrifices, quels hauts faits devront accomplir l'Amérique et ses alliés au cours de la prochaine guerre mondiale qui apparaît comme presque inévitable ? Si une chose est sûre, c'est sans doute que d'héroïques sous-mariniers et nageurs de combat joueront un rôle essentiel pour éviter qu'elle éclate, ou pour la remporter.

Joe Buff
31 mai 2003
Comté de Dutchess, Etat de New York

PROLOGUE

A la mi-2011, des réactionnaires boers s'emparèrent du pouvoir en Afrique du Sud et restaurèrent l'apartheid dans une ambiance de grand désordre. En représailles à l'embargo décidé par l'ONU, le régime commença à couler des navires marchands anglais et américains. La coalition décréta la mobilisation générale, à l'exception cependant de l'Allemagne. On concentra des troupes et des chars dans toute l'Europe occidentale et en Amérique du Nord. Une force combinée appareilla pour l'Afrique – pour tomber dans l'énorme piège qui l'attendait.

Il y eut un second coup d'Etat, à Berlin cette fois-ci, et l'arrière-petit-fils de l'empereur Guillaume fut couronné. Le trône des Hohenzollern se trouvait restauré après un siècle ou presque d'interruption. Des nationalistes ultras avaient décidé de tirer parti de l'état d'impréparation de l'Amérique face à une guerre totale pour rendre enfin à l'Allemagne la « place au soleil » dont elle était privée depuis tant d'années. Des industriels et des militaires préparaient depuis longtemps ce coup dans le plus grand secret. Il s'agissait d'hommes sans scrupules, très habiles, qui vomissaient la médiocrité et l'uniformisation de l'Union européenne tout autant qu'ils détestaient l'orgueilleuse suffisance de l'Amérique. D'énormes prêts consentis par des banques suisses et allemandes, confortés par les espoirs de butin futur, avaient permis de financer ce complot. Le Kaiser jouerait un rôle de figurant et permettrait à cette oligarchie de l'ombre de donner un air de légitimité à cet ordre nouveau. La coercition avait gagné ceux des Allemands qui ne s'étaient pas laissé convaincre par leur patriotisme ou qui n'avaient pas suivi passivement le cours brutal des événements.

Cet axe berlino-boer avait fabriqué en secret des armes nucléaires tactiques, l'outil qui allait lui permettre de rééquilibrer les forces au cours de ce conflit inégal au départ. Une fois de plus, la CIA fit la preuve de son incapacité. L'Afrique du Sud, à l'époque du « premier » apartheid, avait développé avec succès un programme nucléaire militaire, programme que la pression internationale l'avait contrainte à abandonner dans les années 1990. Tout en préparant un nouvel apartheid et travaillant en secret avec l'Allemagne, les conspirateurs avaient produit de nombreuses armes à fission. Des techniques de séparation mises en œuvre dans des installations très compactes, faciles à dissimuler, basées sur l'utilisation de deux fréquences laser, leur permirent d'obtenir de l'uranium de qualité militaire sans être plus inquiétés que cela.

Ce nouvel Axe voulait se constituer un empire et fit usage de ces bombes A de faible puissance contre la force navale combinée qui avait pris la mer. Il détruisit ensuite Varsovie et Tripoli. La France, en état de choc, se rendit aussitôt et toute l'Europe continentale fut envahie. L'Allemagne établit une solide tête de pont en Afrique du Nord, tandis que les forces sud-africaines remontaient à toute vitesse pour opérer leur jonction. Les forces alliées, sérieusement diminuées, réussirent tout de même à débarquer à l'embouchure du Congo, tentative désespérée pour empêcher les Allemands et les forces boers fort bien équipées de réunir leurs forces. En Europe comme en Afrique, les opérations éclair des fascistes prirent au piège une multitude de ressortissants des pays alliés : hommes d'affaires en déplacement, familles en vacances, étudiants qui profitaient de l'été. On enferma les Américains et les Britanniques dans des camps d'internement construits à proximité des centres industriels et des nœuds de communication, les transformant ainsi en otages et en boucliers humains. Les armes nucléaires tactiques avaient jusqu'alors été utilisées essentiellement en mer, il était impensable pour les Alliés de répliquer en lançant contre l'Axe des missiles balistiques intercontinentaux et des bombes à hydrogène, en plein cœur de l'Europe. Les Etats-Unis et le Royaume-Uni se retrouvèrent donc pieds et poings liés, contraints de se battre sur le terrain et avec les armes choisies par l'Axe : la pleine mer, dans une bataille de missiles de croisière et de torpilles à tête nucléaire. Les méthodes de la guerre électronique avaient considérablement dégradé les performances du système GPS. D'ingénieux systèmes de brouillage perturbaient les systèmes de guidage, les munitions de précision qui faisaient la fierté des Alliés voyaient leur efficacité diminuée d'autant. De nouvelles techniques radar mises au point par les Russes, dans la bande radio FM, rendaient vulnérables les meilleurs chasseurs furtifs américains.

Poursuivant son action implacable, l'Allemagne s'empara des sous-marins nucléaires français puis des sous-marins diesel qu'elle avait elle-même vendus à l'exportation. Il s'agissait là de sous-marins classiques très perfectionnés, à propulsion anaérobie, auxquels leurs piles à combustible permettaient de passer des semaines, voire des mois, sans sortir leur snorchel. Les Allemands en prêtèrent quelques-uns aux Boers dont l'industrie d'armement lourd conventionnel – qui figurait parmi les leaders mondiaux avant l'apartheid – avait été ouvertement réactivée lorsque la tension était montée, au début du XXIe siècle. La Russie, présumée neutre, avait surtout besoin d'argent. Elle croyait depuis longtemps aux vertus d'opérations nucléaires limitées. Elle vendit à l'Axe, contre espèces, des armes, mais aussi du pétrole et du gaz naturel. Quant au reste du monde, il restait prudemment à l'écart, partagé selon le cas entre la peur et l'esprit de lucre, ou gagné par les deux à la fois.

Les convois américains qui tentaient de ravitailler une Angleterre affamée se faisaient décimer par les U-Boote dans une nouvelle bataille de l'Atlantique. Le Royaume-Uni venait de subir l'un des plus rudes hivers de son histoire. Les réserves de nourriture, de pétrole, de médicaments étaient dramatiquement basses. Des dizaines de milliers de marins attachés à la marine de commerce étaient morts au cours de la Seconde Guerre mondiale, mais les pertes furent cette fois encore plus épouvantables.

A présent, aux premiers jours du printemps 2012, voilà neuf mois que la guerre a éclaté. L'Amérique connaît de sérieux revers dans l'océan Indien. La poche qui résiste en Afrique équatoriale, constituée des débris des forces de la coalition et de renforts indigènes, risque d'être totalement encerclée par les armées de l'Axe. Les cargos coulent plus vite qu'on ne peut les remplacer, le ravitaillement devient de plus en plus difficile. Si cette poche, si le Royaume-Uni tombent, les deux continents vont être submergés par le raz de marée de l'Axe. Pendant ce temps, tirant parti d'une instabilité politique chronique et d'une situation économique déplorable, des agents fomentent des troubles en Amérique latine. L'ouverture d'un nouveau front menacerait les Etats-Unis et leur approvisionnement en matières premières stratégiques. Le Brésil avait lancé un programme nucléaire dans les années 1980, tout comme l'Afrique du Sud, et les services de renseignements américains ne savent pas ce qu'il en est advenu.

Si la situation se détériore davantage, si les Alliés sont obligés de disperser encore leurs forces, les Etats-Unis n'auront d'autre choix que d'accepter les conquêtes territoriales de l'Axe. Des quantités d'armes nucléaires ont été utilisées en mer par les deux adversaires, les navires coulés ont laissé échapper leur pétrole et la pollution marine est déjà extrêmement grave. Confrontés à la perspective d'une invasion, alors que l'arme nucléaire n'a pas encore été utilisée contre leur territoire, les Etats-Unis risquent d'être contraints de signer un armistice et d'accepter *de facto* la victoire de l'Axe. Un nouvel empire du mal menacera le monde et c'est un nouveau rideau de fer qui s'abattra.

L'Amérique et la Grande-Bretagne possèdent toutes deux les sous-marins nucléaires d'attaque les plus récents, à coque composite, comme le *Challenger*, capable de plonger à des profondeurs considérables. Mais l'Axe en possède également. Le plus récent, l'*Amiral von Scheer*, est un sous-marin extrêmement discret doté de fortes capacités antinavires. Les Etats-Unis sont partout sur la défensive, car jamais la démocratie n'a été autant menacée. Dans cette guerre terrible, où l'océan est devenu une zone mortelle, le dernier espoir de l'Amérique de préserver la liberté repose sur d'audacieux guerriers des abîmes…

UN PEU PLUS TARD…

L'air était froid et humide, chargé de relents de gazole. Une odeur d'ozone ajoutée à celle des poissons crevés vous prenait à la gorge. En grand uniforme et son sabre courtaud au côté, le Korvettenkapitän Ernst Beck patientait sur le quai bétonné d'une alvéole dans cette base moderne de U-Boote, au-delà du cercle arctique. Le bruit était assourdissant dans cet espace immense mais confiné : ponts roulants, pompes, outillages, gaines de ventilation. Beck sentait presque physiquement le poids de ces milliers de mètres de granit, de cette montagne escarpée couronnée de neige qui se dressait au bout d'un fjord long et profond. C'est dans son flanc que l'on avait creusé à l'explosif ce complexe d'alvéoles.

Tout en essayant de tuer le temps en attendant son commandant, Beck (son grade équivalait à celui de capitaine de corvette dans les marines américaine ou britannique) se disait que la construction de cette base récente avait été soigneusement pensée et exécutée. Il savait qu'elle était essentiellement l'œuvre des Norvégiens, membres actifs de l'OTAN, avant que leur pays fût envahi lorsque la patrie de Beck, après avoir rétabli l'empire, était entrée en guerre. En fait, lorsque l'on humait l'air, on sentait encore l'odeur âcre du ciment frais. L'éclairage, tubes fluorescents et puissants projecteurs, répandait une lumière crue et brutale. On entendait des gens crier de tous les côtés, des ordres, des conversations ; les voix tentaient à tout prix de dominer le fracas de machines en tout genre. On reconnaissait les hommes de Beck à leur ton clair et professionnel, alors que les ouvriers de l'arsenal parlaient une langue plus rude et vulgaire comme à plaisir.

Beck sentait peser sur ses épaules le poids de tout ce qu'il avait à faire. Il leva les yeux vers la voûte basse de béton gris, à peine plus haute que le massif de son sous-marin, long fuseau noir. A ses pieds, au fond du bassin, reposait cet énorme bâtiment tout neuf, ce puissant navire de guerre dont il était commandant en second, avec toutes les responsabilités que cela comportait. Beck était le mari d'une épouse qui l'adorait et le père de deux solides gaillards, des jumeaux. Bon catholique comme on l'est en Bavière, entraîné dans une guerre nucléaire qu'il savait moralement condamnable. Il savait aussi qu'il avait de la chance d'être toujours en vie. Mais il se sentait secrètement coupable de pouvoir encore rire, faire l'amour à sa femme, boire une bière avec ses amis, alors que tant d'autres avaient péri, disparu à jamais. Certains des morts étaient ses amis ou ses camarades, ils avaient fini réduits en fumée ou écrasés, noyés, tués par les doses intenses de radiations. Et pourtant, bizarrement, il était heureux. Après les revers qu'il venait de connaître en opérations, il avait de la chance : un beau bâtiment, une affectation prestigieuse, on lui permettait de reprendre la mer…

Il sentait cette spirale le reprendre et essaya de lutter pour repousser tous ces souvenirs qui l'assaillaient. *Ce n'est pas le moment, le commandant va arriver d'un instant à l'autre et nous allons appareiller.* Mais non, rien à faire, cet horrible cauchemar revenait le hanter.

Le hurlement d'un moteur de torpille et les cris

d'hommes terrorisés. L'explosion mortelle, ce choc à vous briser les os, comme si une pince vous prenait, avec la force d'un tremblement de terre. Les torpilles nucléaires filaient dans tous les sens, très loin, tout près. L'odeur acide de la peur au central, puis celle de la fumée, et encore pis, de l'urine et des excréments, des vomissures… Courir éperdument en criant des ordres dans le crépitement des flammes. Grimper désespérément à l'échelle verticale en acier, un mourant en travers des épaules, son meilleur ami, un premier-maître. Parvenir à réfléchir et à donner des ordres cohérents alors que l'on est blessé, épuisé au-delà de l'imaginable.

Beck hocha la tête. La guerre sur mer n'avait rien d'exaltant. Elle vous brisait le cœur, vous décervelait, vous éclatait l'âme en mille morceaux. Et les échardes de son âme s'échappaient parfois des profondeurs, il avait une sensation de verre pilé dans le ventre. Cette quête de l'Allemagne qui cherchait à bâtir un empire traversait les générations et paraissait inextinguible. Les années pouvaient bien passer, la maladie revenait comme une épidémie de malaria… ou comme un cancer que l'on croit guéri et qui resurgit, peut-être mortel cette fois-ci.

Beck se retourna pour se changer les idées et se laissa aller à admirer son bâtiment, son sous-marin – ce qui allait être sa nouvelle maison et sa nouvelle vie. On l'avait baptisé *Amiral von Scheer* en l'honneur de celui qui commandait la flotte allemande à la bataille du Jutland (que les Allemands appellent bataille du Skagerrak et dont ils ont toujours proclamé qu'ils l'avaient remportée). Les Britanniques n'étaient pas du même avis, mais ils étaient en train de mourir de faim et peut-être même sur le point de se rendre. En partie grâce aux exploits de Beck, qui avait contribué à couler des navires alliés par millions de tonnes et à tuer par la même occasion il ne savait combien de gens. Il était un héros, la Croix de fer qu'il portait autour du cou l'attestait.

Pourtant, Ernst Beck n'avait pas le sentiment d'être un héros.

La silhouette d'un homme jeune et mince qui émergeait du panneau avant le sortit fort à propos de ses réflexions. Il reconnut l'enseigne de vaisseau Werner Haffner, officier sonar originaire de Kiel – antique port de guerre sur la Baltique.

Haffner était extrêmement compétent. Contrairement au gros de l'équipage, il avait participé avec Beck à leur dernière mission, celle dont bien peu étaient revenus. A bord, tous ces hommes, qui dépendaient peu ou prou de lui, lui étaient presque inconnus. Tout comme Beck, le noyau de l'équipage avait passé des années à s'entraîner à bord de sous-marins nucléaires russes – une Russie pas si neutre que cela – moyennant finance, naturellement. En revanche ils n'avaient jamais été au combat à bord de ce bâtiment flambant neuf. Cela préoccupait Beck qui allait devoir constituer un équipage soudé en les plongeant immédiatement dans des opérations réelles qui ne pardonnaient pas.

— Désolé, commandant, fit Haffner.

— Vous avez de la chance, le commandant est encore plus en retard que vous, répliqua Beck en tâchant de prendre un ton plus sévère. Rectifiez votre tenue et essayez de ne pas vous prendre les pinceaux dans votre sabre.

Il ne put réprimer un sourire. Il aimait bien Werner Haffner et était rassuré de l'avoir avec lui. Sa présence lui rappelait que l'on pouvait survivre.

L'un des officiers mariniers supérieurs arriva vers lui. L'Oberbootsmann était en tenue de travail, combinaison grise et chaussures de sécurité. Il avait l'air pressé, mais bien organisé. Il se mit au garde-à-vous.

— Parés à faire le plein des huit missiles Mach,

einzvo. Les gens de l'arsenal arrivent pour le transfert d'hydrogène liquide.

— Allez-y.

Beck étant le commandant en second – *erster wachoffizier* en allemand, premier officier de quart –, les hommes s'adressaient souvent à lui en utilisant un terme d'argot maritime, 1WO, que l'on prononce « einzvo ».

Il jeta un coup d'œil à la plage arrière. Les vingt-quatre portes résistantes qui protégeaient les missiles de croisière étaient fermées et verrouillées. Derrière la plupart d'entre elles se trouvaient des tubes chargés de plusieurs missiles de croisière supersoniques antisurface, à tête nucléaire. Des missiles de conception russe modifiés pour le marché export. Ils volaient à Mach 2,5, ce qui était amplement suffisant. Quelques-uns des tubes contenaient du matériel, entre autres des têtes nucléaires tactiques dont Beck supposait qu'elles étaient destinées aux Boers. Les Boers fabriquaient leurs propres têtes grâce au minerai qu'ils possédaient, mais ils étaient à court d'uranium enrichi car ils avaient épuisé leurs stocks pendant la bataille de l'océan Indien.

Et enfin, l'un des tubes du *von Scheer* contenait des missiles de conception allemande, ultrasecrets. Des missiles de croisière TBA, capables de Mach 8. Les Alliés étaient impuissants contre ce genre de missiles, même s'ils arrivaient à en détecter le lancement. Un missile de ce type, à tête nucléaire, était capable de couler un super porte-avions américain presque à coup sûr. Beck espérait bien que le *von Scheer* en inscrirait deux à son tableau de chasse pendant la prochaine patrouille.

Ces missiles-là se raréfiaient, les Alliés s'en étaient occupés. Pour ce qu'en savait Beck, ces deux-là étaient les derniers et il faudrait compter une bonne année pour en produire d'autres. Qui savait où en serait la guerre à ce moment-là ?

Les haut-parleurs annoncèrent le début des opérations

de ravitaillement. La voix métallique conclut : « Tout le personnel non concerné doit évacuer le bassin. »

Les derniers mots allèrent mourir en écho sur le béton qui les confinait lui, son équipage et son sous-marin.

Il donna l'ordre de fermer et de verrouiller les panneaux. Mais, comme on attendait toujours le commandant qui devait arriver d'un moment à l'autre de chez l'amiral où il était allé prendre ses derniers ordres, Beck et Haffner restèrent sur le quai.

Le commandant était un homme jovial et rondelet, au visage ouvert. Cela changeait très agréablement Beck de son prédécesseur, homme austère et distant, cassant, fort peu aimable. Beck, fils de fermier, avait eu du mal à travailler avec cette espèce d'aristocrate pincé. A la pensée de la chaleur et de l'humanité de son commandant, Beck se sentait réconforté. Devoir obéir à quelqu'un qu'il admirait le remplissait de bonheur. Il aimait passionnément la mer, son métier de sous-marinier, cette solidarité d'équipage, d'hommes qui se cachent dans les profondeurs. Cet état d'esprit le rassurait, en dépit du danger. Du coup, il supportait mieux la solitude, le mal du pays, les séparations, sa femme et ses garçons qu'il laissait derrière lui. Plus tôt cette guerre serait finie, plus vite sa famille et le monde entier retrouveraient la sécurité. A l'abri de ce danger permanent, de la faim, à l'abri du besoin. A l'abri des retombées nucléaires et de leurs effets délétères, de la menace de frappes à terre.

Beck essayait de se ressaisir, mais ses divagations le reprenaient, avec cette lutte intérieure. Emettre de tels doutes, de telles craintes, voilà qui était manifestement antipatriotique. Il avait été décoré par le Kaiser lui-même. Il s'efforça de se concentrer sur ses tâches immédiates.

Il fallait pomper l'hydrogène liquide pour le transférer dans les réservoirs à l'intérieur de la coque épaisse, grâce à un dispositif spécial installé à l'arrière en abord.

La grosse manche recouverte d'isolant était déjà en place, plusieurs des hommes de Beck, sous les ordres de l'officier missilier, étaient à leur poste sur la plage arrière et sur le quai. Ils étaient en train d'étarquer les lignes de passage qui soutenaient le tuyau au-dessus du vide et des eaux noires glaciales du bassin, jusqu'à la bride de raccord sur la coque.

Tout va bien…

Et si l'on oublie de quel combustible il s'agit et à quelles armes il est destiné, on se croirait presque à bord de l'un de ces vieux U-Boote diesels de la Seconde Guerre mondiale.

Beck regardait distraitement les techniciens en tenue de protection qui, un peu plus loin, manœuvraient les sectionnements de la station de pompage, à l'autre bout du quai. Très vite, les manches et les sectionnements se recouvrirent d'une épaisse couche de givre : l'humidité de l'air gelait instantanément au contact des pièces glacées. Un homme commença à tourner un gros volant pour alimenter en hydrogène cryogénique la manche, puis, de là, le *von Scheer.*

Beck vit soudain des gens pris d'une agitation frénétique. Quelqu'un se mit à crier, mais ce qu'il disait se perdit dans un rugissement. Des flammes rougeâtres jaillirent. Il ferma instinctivement les yeux à l'arrivée de la vague de chaleur, des hommes se précipitaient pour tenter d'éteindre le feu près de la station de pompage. D'autres allèrent chercher des lances à incendie. Une équipe de sécurité spécialisée, en combinaison ignifugée métallisée, arriva avec des extincteurs à mousse.

Beck comprit immédiatement qu'il se passait quelque catastrophe. Le feu s'amplifiait, le front de flammes s'étendait. Son cœur battait la chamade. Les pompiers étaient obligés de reculer, leurs manches avaient pris feu à leur tour. Tout le monde criait, hurlait. Il voulut donner quelques ordres, mais les marins du *von Scheer* s'activaient déjà à déconnecter la manche.

Dans cet espace clos, la température fut bientôt intolérable. Tout prenait feu, caoutchouc, huile, peinture, même les vêtements couverts de suie, dégageant une épaisse fumée noire. Le spectacle était surréaliste. La fumée commença de se mêler à des volutes blanches de vapeur, l'hydrogène prenait feu à son tour. Les yeux hagards, Beck vit un homme s'effondrer, le corps en flammes.

Il essaya désespérément de faire quelque chose, mais l'homme était vraiment trop loin, à deux bons terrains de football. Il était impuissant. Les panneaux du *von Scheer* étaient toujours fermés et Beck n'osait pas en ouvrir un de peur de mettre en péril son bâtiment. Il se tourna alors vers Werner Haffner qui restait sur place, tétanisé.

— Venez ! lui cria-t-il.

Ils partirent en courant jusqu'au bout du quai pour s'éloigner des flammes, dépassèrent l'étrave, avant de se retrouver bloqués derrière les grosses portes anti souffle qui donnaient accès au fjord. Pas moyen de passer.

Beck jeta un regard derrière lui, terrifié. Les flammes rampaient comme des êtres vivants, s'attaquaient aux cartons, aux caisses de vivres, s'alimentaient aux circuits hydrauliques des ponts roulants, venaient lécher amoureusement les pièces luisantes d'huile.

La vapeur lui brûlait la peau et la gorge, la fumée piquait ses poumons. Pas moyen de garder les yeux ouverts, les grondements et les craquements lui emplissaient les oreilles. Il sentit sur son visage une chaleur insupportable, qui traversait même son uniforme. L'incendie était impossible à maîtriser.

Beck arracha son ceinturon et fit signe à Haffner d'en faire autant. *Ils n'avaient plus qu'une seule issue.*

Il poussa Haffner dans l'eau du bassin et sauta derrière lui. Ils s'enfoncèrent très bas avant de réussir à remonter pour avaler une goulée d'air. Des profondeurs, Beck voyait les lueurs rouge orangé de l'incendie jouer sur l'eau. Il réussit enfin à émerger et sa tête creva la surface.

L'eau était salée, atrocement froide. Beck se mit à tousser quand elle lui remonta dans les narines. Ses yeux le brûlaient plus fort, à cause du sel, mais au moins étaient-ils un peu protégés de la fournaise. En bas, l'air était plus respirable. Il sentit sa tenue de laine s'imbiber d'eau qui lui glaça la peau – on était en hiver. Dehors, de gros glaçons flottaient à la surface du fjord. Puis le froid l'enveloppa. Dans ses gants blancs, ses doigts le faisaient horriblement souffrir. Il avait de plus en plus de mal à respirer, hoquetait. Ses vêtements trempés l'alourdissaient. Nager, il le savait, serait pure perte. Le feu l'avait terrorisé, il commença à craindre l'hypothermie.

A côté de lui, Haffner se débattait pour garder la tête hors de l'eau. Ils ne portaient pas de brassière de sauvetage. Beck rassembla ses dernières forces, attrapa l'officier et ensemble, ils essayèrent de gagner la plus proche des grosses défenses en caoutchouc qui séparaient la coque du quai. Là, pas de marchepied, aucune main de fer. Ils ne pouvaient essayer de s'y hisser. Et le sommet était trop haut pour que Beck pût espérer l'atteindre. Il surnageait comme un misérable glaçon à deux doigts de son bâtiment. Plein d'espoir, il leva les yeux vers l'énorme coque dont la forme arrondie et massive était là, impassible, inhumaine, encore visqueuse d'avoir trempé dans l'eau pendant sa dernière patrouille. Impossible de grimper à bord sans aide.

Ses doigts étaient complètement engourdis de froid. Il ne sentait presque plus rien, l'aine, la nuque insensibles. Ses tympans se réveillèrent douloureusement, frappés par un bruit sourd suivi d'une explosion sèche qui venaient du côté de l'incendie. Une couche de fumée et de vapeur commença à s'étendre au-dessus de lui, de plus en plus épaisse, et elle gagnait rapidement la surface. Beck se demanda alors s'il allait périr noyé ou asphyxié. Il se serra contre Haffner pour se préserver un peu de chaleur, un bras passé dans un bout de la défense pour se maintenir à la surface. Et pendant ce temps, ironie du sort, son crâne, ses oreilles subissaient la vague de chaleur qui allait croissant. On entendait toujours dans le lointain des hommes hurler, crier des mots incompréhensibles.

Beck attendait la fin, la dernière explosion d'hydrogène liquide rendu à l'état gazeux et qui allait détoner dans l'alvéole comme une bombe à effet de souffle.

Et pourtant, les crépitements de l'incendie se calmèrent peu à peu, comme si le feu battait en retraite et s'affaiblissait. Le plus gros du vacarme provenait maintenant des lances à incendie. Les cris qu'entendait Beck étaient atténués, ce n'était plus la panique, non, même un air de triomphe…

Le bruit et la chaleur diminuaient.

Puis les grondements changèrent encore de nature. Des ventilateurs à plein régime commencèrent à aspirer l'air frais de l'extérieur, chassant la fumée. Quelques marins apparurent enfin à l'avant du *von Scheer*, firent descendre une équipe de secours sur des filins. On sortit enfin Beck et Haffner de cette eau graisseuse et puante.

Quelqu'un l'enveloppa dans une grosse couverture de laine et on lui tendit un verre de cognac. Il l'avala goulûment, mais refusa l'aide de ceux qui voulaient le soutenir. Beck était furieux, furieux de voir qu'il s'était passé quelque chose, quelque chose qui aurait pu menacer son beau bâtiment. Il était également furieux contre lui-même d'être resté aussi impuissant. Il aperçut des cadavres sur le quai, quelques-uns étaient carbonisés, puis des blessés, parfois grièvement. Il s'en voulait surtout de s'être enfui pour sauver sa peau alors que d'autres luttaient courageusement contre le feu. De toute manière, il n'aurait rien pu faire, mais cela ne le calmait pas pour autant.

Le médecin du bord sortit d'un panneau avec des vêtements polaires, des bottes, des serviettes.

— Débarrassez-vous immédiatement de ces vêtements trempés, commandant, lui dit-il.

Beck et Haffner se déshabillèrent, entreprirent de se sécher, enfilèrent des effets secs là où ils étaient, sur le pont. Un infirmier émergea à son tour et aida Beck à mettre un gros parka orange qui le protégerait un peu plus. Physiquement du moins, il se sentait mieux : le cognac autant que la colère l'avaient revigoré. Il avait mille choses à faire.

— Combien de blessés ? demanda-t-il.

— Personne en bas, répondit le médecin. Et en haut, je ne sais pas encore.

Le patron passa la tête par le panneau avant. C'était le plus ancien officier marinier du bord, celui qui était chargé de régler la vie courante et de veiller au bien-être de l'équipage.

— On n'a rien de grave en bas, einzvo. L'officier missilier fait une ronde d'extérieur à l'arrière, mais pour l'instant, il n'a trouvé que quelques éraflures sur le revêtement anéchoïque.

Beck poussa un grand soupir de soulagement.

— Commandant ! cria l'officier dont le patron venait de lui parler, celui qui était responsable du ravitaillement en hydrogène. (Il passa la coupée légère.) Venez donc voir ça.

Sa combinaison était couverte de suie, ses yeux étaient rougis, de la morve noire lui coulait du nez. Il parlait d'une voix rauque. On voyait encore les marques du masque respiratoire sur sa figure. Mais, au moins, il était sain et sauf, ce qui laissait espérer qu'il en était de même pour ceux qui se trouvaient avec lui à l'arrière.

Beck se tourna vers Haffner :

— Descendez et allez dormir un peu.
— Mais, commandant…
— C'est un ordre.

Il lui montra le panneau et Haffner s'exécuta. Beck enviait son énergie, la résistance de la jeunesse. Malgré tout, il savait qu'avec son tempérament nerveux et sa constitution, Haffner allait bientôt subir le contrecoup.

Beck suivit – en se traînant et avec un peu de réticence – l'officier missilier. A voir son air, il savait qu'il allait lui apprendre de sales nouvelles. Ils se dirigèrent vers la station de pompage.

L'installation était entièrement carbonisée, mais les bouteilles de stockage étaient intactes. Beck savait qu'ils auraient tous péri dans le cas contraire. De la voûte entièrement noircie pendaient des tuyauteries d'aluminium tordu et des câbles arrachés. Tous ces débris se balançaient dans tous les sens sous l'effet de la ventilation forcée qui soufflait un air glacial.

En haut, les ampoules étaient pulvérisées. Beck sentait le verre brisé crisser sous ses semelles. La lueur des fanaux de sécurité baignait la scène. Sur les poutres porteuses, la peinture brûlée se détachait par plaque et l'acier mis à nu s'était oxydé. Le sol était rendu glissant par la mousse. Des monceaux de débris jonchaient le sol, vestiges de ce qui avait été des piles au carré de pièces de rechange et d'approvisionnements ; les vivres avaient fondu ou s'étaient échappées de leurs caisses. Les pompiers continuaient d'arroser méthodiquement les foyers fumants. Deux chariots élévateurs et un pont roulant avaient été totalement détruits.

En dépit des ventilateurs qui tournaient à plein régime, l'odeur était insoutenable. Beck aperçut des gens qui filmaient la zone en numérique pour enregistrer le maximum de choses. D'autres remplissaient des sacs mortuaires ou recouvraient de film plastique des restes humains.

— Ici, commandant, lui dit l'officier missilier.

Il était obligé de crier pour se faire entendre dans le bruit incessant des ventilateurs. Il le fit s'approcher d'un sac mortuaire. Les sauveteurs s'écartèrent respectueusement. L'officier tira la fermeture Eclair.

Ce que contenait le sac n'avait plus forme humaine. Du sang dégouttait des lambeaux de chair. Là où les vêtements n'étaient pas gris cendre, ils étaient tachés de rouge. La vue et la puanteur n'étaient que trop familières à Beck.

Le corps était calciné à en être méconnaissable. L'officier missilier se pencha pour soulever la plaque d'identité que le cadavre portait au bout d'une chaîne accrochée à son cou. Ernst Beck s'agenouilla pour la déchiffrer. Quelqu'un avait déjà ôté les cendres et le sang coagulé. C'était le cadavre de son commandant. Il avait été touché à son retour de chez l'amiral pour s'être trouvé au mauvais endroit au mauvais moment.

Il n'avait pas eu le temps de se remettre de son sentiment d'horreur que l'amiral lui-même arriva.

— Sabotage ! lâcha sèchement ce dernier.

Il dominait Beck de toute sa taille, il faisait près de deux mètres. Le regard était dur, les lèvres serrées, tout chez lui laissait deviner qu'il n'était pas habitué à ce que des subordonnés lui posent des questions.

Beck lui demanda pourtant comment il le savait.

— Les sectionnements de l'installation à mousse étaient tous condamnés en position fermée. Lors de la ronde, une demi-heure avant le ravitaillement, ils étaient dans leur position normale, condamnés *ouverts*. Quant au système de noyage, qui est alimenté par gravité, il est censé fonctionner tout seul. Mais quelque chose ou quelqu'un avait obstrué les cuves de stockage. Des tampons de bois obturaient les canalisations lorsque les équipes de sécurité ont voulu le déclencher.

— Mais, amiral, il a bien fallu que quelqu'un allume l'incendie ? lui dit Beck. Tout avait été vérifié !

Il faisait allusion aux incendiaires ou à des bombes chronométriques.

— Un attentat suicide. C'est la méthode la plus facile. Nous avons été infiltrés. Des résistants norvégiens.

L'amiral continuait à observer les alentours. Beck songea que l'endroit ressemblait désormais au théâtre d'un crime.

— Un ou deux de ces cadavres… les saboteurs sont sans doute morts les premiers. Si mes pompiers avaient été moins décidés en attaquant le feu, avec le peu dont ils disposaient, jusqu'à ce que nous maîtrisions la situation… Nous sommes passés à deux doigts d'un désastre.

Beck était à la fois estomaqué et scandalisé que quelqu'un ait pu pénétrer aussi aisément dans la base. Il ressentait néanmoins une certaine admiration pour l'habileté des partisans qui s'étaient sacrifiés.

— Savaient-ils que le *von Scheer* était ici ?

— Il faut bien le supposer. Ce n'est pas un hasard si tout s'est passé pendant le ravitaillement en hydrogène.

Beck hocha tristement la tête.

— Ce qui signifie que la résistance n'ignore rien de ce que nous faisons.

La présence du *von Scheer* à l'extrême nord de la Norvège était l'un des secrets les mieux gardés des Allemands.

Le visage de l'amiral se durcit davantage.

— Oui. Ce qui signifie que les Alliés sont déjà au courant, ou qu'ils le seront bientôt. Vous allez appareiller immédiatement.

— Mais, le commandant ?

— Vous prenez le commandement. Sortez-moi le *von Scheer* d'ici. Il sera plus en sûreté à la mer.

— C'est un ordre formel, amiral ?

— Oui. Un ordre verbal, mais un ordre formel. Vous êtes de loin le plus qualifié. Je vais envoyer un planton qui vous remettra les clés et les combinaisons du coffre. Pendant ce temps, terminez d'inspecter les avaries et faites diverger le réacteur. Vous aurez le temps de lire les ordres de votre commandant lorsque vous serez en mer.

Il fit un signe à un aide de camp qui tendit à Beck une grosse enveloppe scellée marquée en rouge du timbre TRÈS SECRET.

— Euh, bien, amiral.

— Faites au mieux, ce n'est pas votre première patrouille.

Certes. Ce n'est que ma première patrouille en tant que commandant.

— Oui, amiral. Naturellement.

L'amiral lui serra vigoureusement la main avant de laisser errer son regard sur ce spectacle de mort et de désastre.

— Quel gâchis, tant d'hommes de valeur ! Je n'ai pas fini d'en entendre parler avec Berlin.

Des officiers de son état-major, accompagnés de responsables de la base, arrivaient déjà et essayaient d'attirer son attention pour lui soumettre quelques affaires urgentes. Ils restaient là, ébahis devant tout ce sang et tous ces ravages. Beck, quant à lui, en avait vu plus que son compte. Il s'apprêta à regagner son bâtiment.

— Attendez, lui dit l'amiral. Autre chose. C'est vrai, vous n'étiez pas au courant.

— Amiral ?

— Berlin vous envoie un passager. Le voilà.

L'amiral désigna une silhouette qui descendait l'escalier depuis la galerie de bureaux, maintenant que l'on avait réouvert les portes antifeu. Beck aperçut un civil qui tenait une petite serviette.

L'homme vint les rejoindre. Il portait un costume de

la meilleure coupe et une élégante cravate de soie. Il jeta un coup d'œil rapide au sang et aux débris de chair brûlée avec une expression marquée plus par le dégoût que par l'horreur.

— Etes-vous bien le commandant du *von Scheer*? demanda-t-il à Beck.

La diction était distinguée, la voix trahissait une certaine hauteur aristocratique. Ses façons, sa manière de se mouvoir respiraient l'urbanité la plus exquise, mais avec un brin de condescendance.

— Non. Le commandant est mort, je suis le second.

L'amiral entendit sa réponse. *Les amiraux ont toujours des yeux et des oreilles derrière la tête.* Il le coupa.

— Je vous ai dit que vous étiez dorénavant commandant.

Sous-entendu : *comportez-vous en conséquence.*

— Vraiment, fit seulement le civil, entrant dans son rôle. (Il lui tendit une main que Beck serra aussi vigoureusement que possible.) Rudiger von Loringhoven.

Et il se dirigea vers la coupée, contraignant Beck à le suivre.

— Qui êtes-vous exactement ? lui demanda Beck.

— Je suis diplomate de carrière. Les Kampfschwimmer sont-ils à bord ?

Les Kampfschwimmer, les nageurs de combat, sont l'équivalent allemand des SEAL de l'US Navy ou des SBS de la Royal Navy.

— Oui. Ils ont embarqué avant l'incendie, avec tout leur équipement… Si je puis me permettre, quelle est la raison de votre présence ici ?

Il lui vint soudain que von Loringhoven s'exprimait avec une pointe d'accent espagnol. Et le sous-marin n'était pas le moyen de transport le plus simple pour se rendre de Norvège en Espagne.

Von Loringhoven tendit sa serviette en cuir à un

matelot et s'engagea sur l'échelle du panneau avant. Il n'avait même pas demandé l'autorisation de monter à bord ni fait preuve de la moindre politesse. Il était arrivé à la moitié de la descente lorsqu'il leva les yeux vers Beck.

— Tout figure dans vos ordres secrets, *commandant*. Je suis bien placé pour le savoir, j'ai contribué à leur rédaction.

CHAPITRE 1

Hôtel Omni Shoreham
Washington DC

Le capitaine de frégate Jeffrey Fuller essayait de s'abstraire du brouhaha qui régnait. Le cocktail était donné dans la salle de bal de ce vieil hôtel huppé. Les mouvements de la foule suivaient les lois incompréhensibles de mise à Washington. Pareils à de violents courants, des flots de conversations flottaient au-dessus de lui et couvraient, un peu plus bas, échanges de mondanités ou propos d'éminences grises. Il avait mal aux pieds d'être resté debout trop longtemps et n'avait plus de voix à force d'avoir trop parlé. La Médaille d'honneur que l'on venait de lui décerner, lourde décoration de bronze passée autour de son cou au bout d'un ruban, lui pesait de plus en plus. S'il voulait se convaincre que cette réception était donnée en son honneur, il savait cependant que la plupart des invités étaient là pour des motifs parfaitement égoïstes. Une chose était sûre, songeait-il tristement, la capitale, au plus fort de la plus atroce des guerres, était toujours le théâtre de luttes sans pitié et d'hystérie politicienne.

Pourtant, une part de lui-même était comblée. Il se

trouvait entouré de gens qui respiraient l'énergie à l'état pur et ce moment représentait le couronnement de sa carrière maritime. Il était également soulagé de pouvoir, au moins pendant quelques instants, souffler un peu et se noyer au milieu de tous ces civils, de ces hommes et de ces femmes en uniforme. Il chercha à se reposer les yeux, fatigués d'avoir subi les flashes des cameramen de télévision. Les reporters devaient avoir leur content de pellicule, car les éclairs s'étaient éloignés dans cette salle imposante. Jeffrey profitait de ce moment de solitude au milieu de la foule – chose facile pour un sous-marinier habitué à vivre dans un endroit exigu, surpeuplé, et qui a donc appris à préserver son jardin secret, où qu'il se trouve.

L'un de ses anciens camarades, désormais affecté au Pentagone, s'approcha de lui.

— Mais dis-moi, commandant, on essaye de *se tirer* !

Ils discutèrent quelques minutes, puis l'officier le quitta.

Jeffrey put de nouveau savourer un sentiment fugitif de bonheur, une espèce de fourmillement dans sa poitrine, l'étau se desserrait. *La Médaille d'honneur*... Il chassa une pensée insidieuse : gagner une décoration au combat signifiait généralement que quelques braves gens ne reviendraient jamais.

Les verres tintaient tout autour de lui, vin, cocktail, boissons non alcoolisées. Des serveurs en spencer se glissaient adroitement au milieu de ces centaines d'invités à qui ils offraient des amuse-gueule présentés sur des plateaux d'argent. Mais on percevait la pénurie du temps de guerre et l'abondance qu'avait connue l'hôtel était loin. Jeffrey avait noté que les vins n'étaient pas de grands crus, ils étaient tous d'origine américaine.

Il ne se sentait guère d'appétit au moment du déjeuner, même si son estomac gargouillait. Mais personne ne le remarquait au milieu de ce chahut. Voyant un serveur qui passait, il prit sur le plateau de quoi se caler un peu – un biscuit salé tartiné de fromage.

Jeffrey s'aperçut soudain qu'aucun des hors-d'œuvre qu'il avait vus ne comportait de fruits de mer. Ce n'était guère surprenant si l'on songeait à la quantité de déchets nucléaires déversés dans l'Atlantique. Certains scientifiques affirmaient pourtant que les dommages écologiques n'étaient pas si graves, que l'océan était assez vaste pour absorber tous ces polluants. Les têtes nucléaires de faible puissance que l'on utilisait désormais des deux côtés, à des centaines de milles des terres, n'étaient rien, comparées aux armes de plusieurs mégatonnes que les Etats-Unis, l'URSS et d'autres grandes puissances avaient essayées dans l'atmosphère ou en mer au début de la guerre froide. Les choses devenaient très différentes, psychologiquement du moins, lorsqu'il s'agissait d'une vraie guerre. Personne ne voulait prendre de risques, cela devenait trop grave. Et Jeffrey adorait les fruits de mer.

Bientôt, cependant, cette sensation d'être repu laissa place à ses idées noires. Parmi toutes ces têtes nucléaires tirées dans les océans, quelques-unes l'avaient été par son propre bâtiment, sur son ordre. Il se demanda pour la énième fois combien de baleines et de dauphins il avait tués, effets collatéraux qui affectaient l'environnement tandis qu'il chassait des navires ennemis. Jeffrey essayait bien de se justifier en se disant que c'étaient les Allemands et les Boers qui avaient commencé, en utilisant en mer des armes tactiques de faible puissance. Les forces alliées étaient contraintes de faire usage de leurs armes nucléaires pour assurer leur autodéfense. Les têtes de forte puissance n'avaient aucun intérêt lorsque l'ennemi vous tirait dessus avec des armes à fission. Et les munitions guidées de grande précision n'étaient pas la solution miracle tant vantée par les experts avant la guerre. L'Axe avait trouvé le moyen de dégrader les signaux des satellites GPS, de détecter, brouiller ou détruire les illuminateurs laser, qu'ils fussent basés à terre ou aéroportés. Avant guerre, quelques analystes de défense avaient bien tenté de tirer la sonnette d'alarme. Peut-être n'avaient-ils pas réussi à se faire entendre des décideurs ?

Jeffrey était assez lucide pour analyser ses propres changements d'humeur. *Et voilà, c'est moi qui suis ici, dans le Washington prestigieux du temps de guerre. Je porte la plus haute décoration qui existe dans ce pays, et je me sens misérable.* Il attrapa un amuse-gueule au passage d'une jolie serveuse. Elle s'arrêta gentiment, Jeffrey choisit un feuilleté fourré d'une sorte de viande. Et il put alors constater, une fois de plus, ce qu'il appelait « le processus ».

Du coin de l'œil, la serveuse avait remarqué sa décoration. Elle se retourna pour le regarder de plus près, pour s'assurer qu'il s'agissait bien de *lui*. Bien sûr, c'était lui : le capitaine de frégate Jeffrey Fuller, commandant le *Challenger*. Un vrai héros, l'homme du jour. Toutes les télévisions en parlaient, il était à la une des magazines – l'Internet était tellement pourri par les pirates de l'Axe et les fausses nouvelles que la plupart des gens étaient revenus au bon vieux papier pour suivre les nouvelles de la guerre et d'une économie mal en point.

— Je… Commandant, bredouilla la jeune fille.

Jeffrey la regarda dans les yeux, puis attendit. Les sous-mariniers sont particulièrement doués pour attendre.

Elle lui sourit, hésitant encore, se mit à rougir et s'approcha, un peu trop près.

— Toutes mes félicitations, commandant.

Il y avait dans son regard comme une attente, de la gourmandise. Une fétichiste de la Médaille d'honneur ? Etait-ce vraiment possible ?

— Je vous remercie, fit enfin Jeffrey, d'un ton raisonnablement amical, mais suffisamment froid et distant.

Il lui fallait garder son masque de commandant, son air professionnel. Il n'était guère à l'aise lorsqu'il s'agissait de dragueur et ce, en toutes circonstances.

Se ressaisissant, elle passa à un mode plus réservé, comme une fille qui s'adresse à son père.

— Merci, commandant, pour tout ce que vous avez fait, merci de nous protéger.

Puis, toute rougissante, elle disparut. Peut-être n'avait-elle pas le droit d'adresser la parole aux invités. Peut-être avait-elle perdu ses moyens, parler ainsi à un commandant de sous-marin nucléaire aguerri, en uniforme bleu marine. La drague est une réaction naturelle chez les gens qui sont troublés.

Jeffrey doutait pourtant que cette jeune personne, comme la plupart des civils qui se trouvaient là, sût réellement ce que cachaient toutes ces décorations ni même ce qu'elles étaient précisément. Il savait en revanche pertinemment à quel point ils ignoraient tous ce qu'il fallait endurer pour les mériter. Ce jour-là et parce que point trop n'en faut, Jeffrey ne portait que ses principales décorations : le Mérite maritime avec l'étoile d'or de sa seconde citation, la Médaille du Président attribuée à tout l'équipage du *Challenger* par le département de la Défense, en reconnaissance de ce qu'ils avaient accompli sous ses ordres lors de leur dernière mission, troisième du genre, celle précisément pour laquelle on venait de le décorer… Et enfin, l'Etoile d'argent ainsi que le Cœur écarlate, gagnés voilà bien longtemps, au milieu des années 1990. A cette époque-là, tout jeune officier, Jeffrey servait dans les commandos de marine, ce qui lui avait valu de participer à des opérations secrètes en Irak. La phase de repli avait mal tourné. Il s'en était finalement sorti, mais en mauvais état et inapte désormais à ce métier. Jeffrey s'était alors porté volontaire pour les sous-marins. Il rêvait de devenir officier de marine depuis qu'il était tout jeune et avait suivi le cours des officiers de réserve à Purdue, spécialité « électricité ». Ce qui constituait une bonne carte de visite pour qui voulait rejoindre le « service silencieux ».

J'avais à peu près l'âge de cette jeune fille lorsque j'ai été blessé, songea-t-il. Cette pensée lui donna un coup de vieux. Il avait trente-sept ans et fêterait son trente-huitième anniversaire cet été – s'il était encore vivant. Il se demandait quelle mission la marine allait bien pouvoir lui confier cette fois-ci, il se demandait aussi s'il réchapperait de cette guerre.

Soudain, Jeffrey aperçut du coin de l'œil Ilse Reebeck qui lui lançait un regard. Elle servait comme océanographe dans les forces boers libres. Elle avait embarqué à bord du sous-marin de Jeffrey pendant toutes les patrouilles opérationnelles du *Challenger*. Consultante dans le privé à l'origine, Ilse avait maintenant le grade de lieutenant de vaisseau dans les Forces navales sud-africaines libres. Elle était en grande discussion avec plusieurs dignitaires africains, diplomates ou généraux, que l'on avait invités à la réception. Jeffrey se sentit réconforté en constatant qu'une Boer pouvait s'adresser à des Noirs africains sans que cela tournât au pugilat. Voilà qui augurait bien de l'avenir. Il savait qu'il y avait quantité de « bons » Boers. La famille d'Ilse appartenait à cette catégorie et avait payé un lourd tribut en résistant au coup d'Etat, l'année précédente. On les avait pendus comme tant d'autres, leur exécution avait été diffusée en direct à la télévision de Johannesburg, capitale de l'Afrique du Sud.

Jeffrey s'était réfugié dans un angle de la salle pour souffler un peu, la foule était de plus en plus dense. Il resta là à observer fixement Ilse, essayant d'attirer son attention. Il était certain qu'elle l'avait vu, mais elle faisait semblant de ne pas l'avoir remarqué et continuait de discuter avec ses amis africains. Quelques-uns d'entre eux avaient revêtu la robe traditionnelle et Jeffrey trouvait que cela leur donnait l'air majestueux. Ilse finit tout de même par lui faire un petit clin d'œil, sans toutefois le regarder. Lassé, il reporta son attention ailleurs.

Ilse était ainsi faite. Ils avaient eu des relations intimes, avec des hauts et des bas. Elle faisait montre d'une sensibilité complexe qui donnait parfois à Jeffrey l'impression qu'elle se servait de lui, car c'était toujours elle qui décidait de se rapprocher ou de prendre ses distances. Aujourd'hui, elle se montrait particulièrement lointaine. Elle arborait elle aussi une nouvelle décoration, l'ordre du Mérite sud-africain, une espèce de breloque tape-à-l'œil sur une large écharpe rouge qui lui barrait la poitrine. Un tantinet ostentatoire ! Il avait pourtant espéré qu'ils pourraient partager l'honneur qui leur était fait à tous les deux. Raté, et il en fut déçu.

Jeffrey savait bien qu'il ne pouvait satisfaire certaines aspirations d'Ilse. Comment se sentait-on lorsque l'on avait perdu toute sa famille et sa patrie d'un seul coup ? Et lorsque l'on était brutalement arraché à un poste de professeur à l'université du Cap, que l'on se trouvait confronté à un coup d'Etat puis à une guerre sans merci ? Ilse participait à un congrès de biologie marine aux Etats-Unis lorsque ces événements avaient éclaté. Elle aurait dû mourir avec tous les siens. Plus important encore, elle avait participé récemment à des attaques nucléaires et devait ressasser leur combat contre les Kampfschwimmer au moins autant que Jeffrey. Les Kampfschwimmer le terrifiaient littéralement, alors qu'il était lui-même ancien SEAL.

Un sénateur essayait de se frayer un chemin. Jeffrey avait déjà vu sa photo dans les journaux. L'homme, qui présidait un important sous-comité sénatorial, traînait derrière lui un photographe et prit soudain une pose avantageuse pour aller serrer les deux mains du récipiendaire. Jeffrey évita cette fois-ci de garder les yeux ouverts au moment du flash. Et le sénateur disparut dans la cohue aussi vite qu'il était arrivé.

— Hé, fiston !

Jeffrey se retourna en reconnaissant la voix de son père qui émergeait de la foule, accompagné de sa mère. Tous deux étaient tirés à quatre épingles. Michael Fuller, le père de Jeffrey, portait un complet gris rayé qui lui seyait à merveille alors que, comme beaucoup de gens, il avait perdu du poids depuis le début de la guerre. Sa cravate en windsor bleu blanc rouge était tout aussi parfaite. *Quel changement depuis l'époque où, gosse, j'habitais Saint Louis. Dans ce temps-là, mon père portait des complets de confection et des épingles de cravate en plastique.*

— Maman, comment te sens-tu ?

Jeffrey était naturellement inquiet. Elle avait repris des couleurs, mais il savait bien que c'était son maquillage.

— Fort bien, Jeffrey. Je me sens très bien, lui répondit-elle dans un sourire.

Lorsqu'il avait su qu'on lui avait diagnostiqué un cancer du sein, il s'était dit qu'il ne pourrait peut-être même pas la revoir une dernière fois.

Sa mère le serra dans ses bras et il en fit autant, de toutes ses forces.

— Je ne t'embrasse pas, lui dit-elle, l'air malicieux. Je t'ai déjà mis suffisamment de rouge à lèvres à force de poser pour tous ces cameramen.

On l'avait opérée d'urgence voilà deux mois à peine et elle devait subir de nouvelles séances de chimiothérapie. Ces traitements étaient très efficaces et si rapides que l'on ne perdait guère de cheveux. Le dernier scanner n'avait rien trouvé.

— J'ai réussi à échapper à tous ces sycophantes et autres admirateurs, lui dit son père en rigolant.

Il avait de l'humour.

Il était au premier rang avec sa mère ce matin, lorsque le président des Etats-Unis avait procédé à la remise des décorations dans le Jardin aux Roses. Maintenant que le Président était reparti, pris par des tâches urgentes, Michael Fuller faisait sa cour. Depuis que la guerre avait éclaté, il avait connu une ascension fulgurante au sein du secrétariat d'Etat à l'Energie. Alors qu'il n'était qu'un modeste fonctionnaire, le cadre moyen dont Jeffrey se souvenait quand il avait dix ans, il s'était hissé parmi les politiques influents de la capitale et faisait partie de la dizaine de pontes qui comptaient au gouvernement.

— Tu as l'air soucieux, fit-il.

Jeffrey haussa les épaules.

— Je commence à me casser les pieds, répondit-il en jetant un regard lourd de sous-entendus vers la foule et son brouhaha. Je ne sais pas comment tu arrives à le supporter.

— C'est un aspect important de mes fonctions, il faut que je voie du monde. Mais toi, tu n'as pas l'air d'aimer ça.

— Ce n'est pas exactement l'idée que je me fais d'une partie de plaisir. Depuis le déjeuner, je ne compte plus combien de fois on m'a braqué un micro dans la figure.

— Beaucoup de ceux qui sont ici paieraient cher pour être à ta place aujourd'hui.

— Oui, répondit amèrement Jeffrey, mais eux *ne sont pas obligés* de tuer pour cela. Je la leur laisse bien volontiers, chiche.

— Jeffrey, lui dit sa mère en le prenant par l'épaule pour essayer de le calmer, ton père et moi avons appris à apprécier ce genre de réception, on y rencontre tant de gens. Ce n'est qu'un jeu, ne prends pas tout au sérieux.

— Je n'ai pas gardé un très bon souvenir de l'époque où j'étais affecté à Washington.

C'était au Pentagone, quelques années avant la guerre.

— Quoi ? demanda Michael qui n'avait pas suivi,

occupé qu'il était à faire un grand sourire à une personne d'importance qui venait d'arriver.

La femme – peu importe qui était-elle – lui rendit un sourire tout aussi charmeur, salua brièvement Jeffrey avant de disparaître en direction du buffet, suivie d'un cortège d'admirateurs.

Jeffrey avait envie de changer de sujet, mais son père n'était visiblement pas de cet avis et il continua, plus sèchement :

— Honnêtement, je crois que tu as bien mérité de souffler un peu. Dieu sait quand tu auras l'occasion de rencontrer autant de gens importants. Je veux que tu ailles les voir, que tu te fasses des relations, au lieu de te cacher comme un gosse apeuré lorsqu'il y a trop d'adultes.

Jeffrey était de plus en plus agacé.

— Tu vois, fiston ? continua Michael Fuller avec un petit rire, je sais comment m'y prendre pour te pistonner. C'est ce que je fais toute la journée au bureau. Il faut que tu prennes ton sort en main si tu veux avoir une chance de faire une belle carrière – et, montrant sa décoration : ce truc peut suffire à te faire capitaine de vaisseau, mais ça n'ira guère plus loin. Si cette guerre prend fin un jour et si nous la remportons, et si tu ne te fais ni tuer ni estropier, tu ne feras jamais un amiral, même si tu es décoré comme un sapin de Noël.

— Mmmh, fit seulement Jeffrey.

Son père avait, bien sûr, raison. Il voyait assez clairement comment celui-ci avait réussi à venir à Washington – et il y avait encore connu de nouvelles promotions – en faisant des ronds de jambe depuis que la guerre avait éclaté.

— Ecoute donc un peu ton père, lui dit sa mère d'un ton câlin – il y avait pourtant quelque chose de pincé dans le ton de sa voix, ce qui surprit Jeffrey.

— Précisément, reprit Michael. Il faut que j'y retourne.

Il y a des gens à qui je dois dire un mot et d'autres qui veulent me voir... Voilà le secrétaire d'Etat à la Défense – il le lui montra d'un geste. Tu n'obtiendras cette décoration qu'une seule fois, sauf erreur. *Fais-en le meilleur usage.* Il faut que tu ailles le voir et que tu lui fasses un brin de causette.

— Et que devrais-je lui dire ?

— Ce que tu veux. Ou rien du tout. Deux, trois minutes feront l'affaire. Il sait très bien qui tu es, crois-moi, mais à Washington, les gens ont la mémoire courte. Fais en sorte qu'il se rappelle qui tu es.

— Au revoir, mon chéri.

La mère de Jeffrey lui tapota gentiment la joue avant de partir au bras de son mari et de se faufiler avec élégance dans la foule, parfaite dans son rôle d'épouse d'un sous-secrétaire d'Etat.

Jeffrey se sentait tout petit. Il essaya de surmonter son énervement et de trouver quelque personnage à qui parler.

C'est bizarre, je préfère de loin être à bord de mon sous-marin, à me battre contre un autre sous-marinier que d'assister à une réception.

Il se trouvait près d'une rangée de hautes fenêtres qui allaient du sol au plafond, dissimulées par d'épais rideaux marron et blanc hermétiquement fermés. Il en tira machinalement un par le coin pour jeter un œil au-dehors.

Les vitres étaient barrées de bandes adhésives pour les empêcher de voler en éclats en cas de bombardement. Des tas de sacs de sable avaient été élevés juste derrière.

Encore quelqu'un qui ne veut courir aucun risque.

Jeffrey colla son visage contre la vitre pour tâcher de voir ce qui se passait plus loin sur sa gauche. On distinguait, dans une trouée, le grand ravin d'un parc agréable, Rock Creek. Il devinait à peine le gros pont de pierre qui faisait passer Connecticut Avenue au-dessus du ravin. Le ciel clair ne s'obscurcissait pas encore. Levant les yeux, il aperçut haut dans le ciel deux traînées de condensation, une patrouille de chasseurs qui survolait la capitale.

S'éloignant à regret de la fenêtre, Jeffrey se redressa, avala une grande goulée d'air. Il remarqua alors quelqu'un à qui on l'avait présenté rapidement, le vice-amiral d'escadre commandant en chef pour l'Atlantique. Il décida de suivre les conseils de son père et de tenter une petite conversation.

Il ne l'avait pas encore rejoint qu'il entendit un murmure de surprise et d'étonnement passer dans la foule. Toutes les têtes s'étaient tournées vers l'entrée, les projecteurs de télévision pivotèrent dans la même direction.

Dans les haut-parleurs, une voix annonça : « Mesdames, messieurs, le président des Etats-Unis. »

CHAPITRE 2

Dans le nord-est du Brésil,
à la lisière de la forêt amazonienne

Il faisait un noir d'encre. Félix Estabo terminait tranquillement de prendre les dispositions pour la nuit. Il épousait littéralement la boue fétide dans laquelle il était allongé, dissimulé sous des touffes de fougères aux larges feuilles acérées. Son chapeau de brousse informe et le filet antimoustiques qui lui couvrait le visage et la nuque le mettaient à l'abri de ces insectes voraces. Les huit hommes de la patrouille étaient formés en cercle avec lui, pieds au centre et têtes tournées vers l'extérieur.

Les hommes communiquaient entre eux au toucher par signes convenus. Rien à signaler. Félix éprouvait la satisfaction du propriétaire – dans ce genre de circonstances, il se sentait un peu mère poule, bien qu'il ne l'eût pas avoué pour tout l'or du monde. Du bout des bottes, il essaya de se faire un peu de place en poussant les autres du pied pour gagner quelques centimètres. Les quatre qui n'étaient pas de quart tâchaient de dormir.

Un nouvelle goutte de sueur lui perlait au bout du nez et le démangeait. Mais bouger un tant soit peu pour se gratter violait les consignes de sécurité et de silence.

A supposer même qu'ils eussent de la chance et que le mouvement le plus minuscule ne les fît pas tous tuer, Félix se devait de donner l'exemple. Seule certitude : aucun Indien dans le coin. Par contre d'autres hommes étaient peut-être déjà à leur poursuite.

La sueur continuait de dégouliner et de perler. Il faisait plus de 30 °C – même la nuit – et le taux d'hygrométrie était supérieur à quatre-vingt-quinze pour cenr. L'air en devenait presque poisseux.

Félix voulait lutter contre le poids obsédant de son sac à dos qui lui appuyait sur l'échine. Dans ce genre de situation, on dormait tout habillé. Il serra son arme entre ses bras, un pistolet-mitrailleur Heckler & Koch MP-5 spécialement modifié. Cet engin tirait en mode automatique ou semi-automatique des munitions de neuf millimètres stockées dans des chargeurs de trente coups. Félix en avait une douzaine. Mais, s'il était contraint de tirer ne fût-ce qu'un seul coup, même avec le silencieux, leur mission était condamnée à l'échec. Et si elle échouait, ses douze chargeurs seraient vite épuisés.

Il était de la bordée de repos et c'était donc son tour de dormir. Il essaya de se caler la tête entre les bras sur le sol inégal, le visage collé contre la crosse rassurante de son arme. Dans la forêt amazonienne, les racines des arbres gigantesques couvrent le terrain irrégulier ou même le surplombent, formant une suite de trous et d'obstacles dans un fouillis invraisemblable. La patrouille ne se trouvait pas très loin des rives du fleuve Amazone qui, à cette époque de l'année, coulait à son débit maximum. Il n'était pas facile de se constituer une paillasse des végétaux disponibles sur place – sous les tropiques, les arbres ne portent en général ni feuilles ni aiguilles. L'humus était fait principalement de branches mortes, de champignons et de matière organique en décomposition. Félix ne pouvait donc se fabriquer une couche comme il l'aurait fait en d'autres circonstances. Il était même difficile de trouver un tout petit peu de confort. Les hommes n'avaient pris ni tenue légère ni sac de couchage ou autres objets de luxe – ils étaient bien assez chargés d'équipements autrement plus vitaux.

Mais Félix avait l'habitude. Il y prenait même du plaisir, en dépit de la tension, du danger, de la peur qui vous titille. La chaleur, l'humidité, les moustiques, tout cela ne lui faisait pas grand-chose – il avait passé sa jeunesse à Miami. Félix se considérait comme l'archétype du combattant heureux. Et, ce soir, il n'aurait pu être plus heureux. Il menait une existence paisible : il avait un foyer, une femme qui était d'un grand soutien, deux petites filles adorables. Son esprit était en paix : bonne nouvelle car il avait besoin de toutes ses ressources pour sa mission actuelle.

Félix était premier-maître dans les commandos de marine de l'US Navy. Il se trouvait en territoire hostile et participait à une opération clandestine en temps de guerre. L'enseigne de vaisseau qui commandait le détachement montrait déjà des qualités prometteuses, mais il était jeune et encore peu expérimenté – au sens où on l'entend chez les SEAL. Il exerçait le commandement en titre. Cependant c'était Félix, avec sa maturité et son expérience professionnelle, qui était chargé de se débrouiller pour qu'on ne les détectât pas, de respecter les délais et enfin de ramener vivant tout son monde. Ils étaient tous latinos, on les avait choisis parce qu'ils parlaient la langue et qu'ils connaissaient la culture locale.

Félix était d'ascendance brésilienne. Ses parents étaient nés à São Paulo, la plus grosse ville et la capitale économique du pays. Ils avaient bénéficié de primes pour s'installer aux Etats-Unis puis y avaient obtenu une carte de séjour qui leur avait permis de trouver de modestes boulots dans une usine du sud de la Floride. Né dans un hôpital de Miami, Félix était devenu automatiquement citoyen américain. Et plus tard, ses parents avaient été naturalisés, eux aussi. Félix parlait fort bien l'espagnol, avec un léger accent cubano-américain, et couramment le portugais.

Tant et si bien qu'il avait l'impression avec cette mission de rentrer chez lui, de retrouver son vieux pays. Il s'y trouvait à l'aise.

Félix n'était pas très grand, un mètre soixante-cinq, mais c'était une boule de muscles. Lorsqu'il n'était pas en opérations, il aimait assez coiffer en brosse sa chevelure d'un noir de jais et se fabriquer des mèches verticales au gel capillaire. Il avait une tête d'une proportion étonnante – il faisait cinquante-neuf ou soixante de tour de crâne – posée sur un cou trapu. Dans ses moments d'orgueil, auquel se mêlait un peu d'autodérision, Félix disait qu'il ressemblait à un boulet posé sur un moignon de tronc d'arbre – si ce n'est que son QI était un peu plus élevé. Au bar, pour faire rigoler ses copains, il leur disait qu'il avait soit le cerveau trop gros, soit le crâne trop épais. Et lorsque les gens voyaient la grande cicatrice, séquelle d'un coup de couteau, qui descendait du coin de l'œil gauche à la mâchoire… Félix sourit intérieurement en y songeant : au bar, personne ne l'asticotait trop.

Il s'efforça de dormir, enfin, en écoutant les bruits incessants qui animent la forêt nocturne. Des singes bavardaient, perchés haut dans les trois étages de canopée formés par les arbres de toutes espèces. Quelques-uns, Félix le savait, montaient à une hauteur de quinze étages et plus, la base de leurs troncs mesurait jusqu'à deux ou trois mètres de diamètre. Les moustiques lui vrillaient les oreilles, mais il n'y faisait pas attention. Les hommes étaient préparés à se protéger de cette vermine. Trop épuisé pour sombrer dans le sommeil et piquer un roupillon, Félix tâta machinalement les élastiques qui serraient ses poignets autour des gants ignifugés. Chaque jour, ils avalaient quelques comprimés, un répulsif contre les insectes. Sa tenue de camouflage, faite de couches de tissu synthétique, évacuait l'humidité et le protégeait des nuées d'insectes piqueurs ou mordeurs. Elle pouvait également tenir lieu de combinaison étanche quand il fallait se mettre à l'eau. Les pieds du pantalon étaient solidement rentrés dans les chaussures, ce qui protégeait des scorpions et des fourmis de feu, animaux nocturnes eux aussi. Les tiques, les poux et les aoûtats, quant à eux, se nourrissaient toute la journée. Chaque matin, avant de lever le camp, Félix s'assurait que les hommes prenaient bien avec leur seul et unique repas de la journée leurs comprimés contre la malaria, les vers intestinaux et la dysenterie. Avant de partir pour cette mission, ils avaient été vaccinés contre une bonne dizaine d'affections, du choléra à la fièvre jaune en passant par la variole, sans parler du charbon et de quelques coronavirus.

Dans le noir, Félix devinait – plus qu'il n'entendait – les chauves-souris qui faisaient des piqués entre les arbres et dans les broussailles pour se nourrir des insectes présents en abondance. Il existe plusieurs espèces de chauves-souris dans la forêt amazonienne. On y trouve également des serpents mortels, d'énormes araignées répugnantes… Sans parler des pumas, jaguars et autres ocelots, ces gros chats d'Amérique du Sud. D'innombrables rivières abritent les piranhas aux dents acérées, plusieurs sortes d'alligators voraces et des crocodiles.

Pourtant, l'espèce la plus dangereuse dans cette forêt, c'est l'homme. Aussi, l'équipe de Félix évitait de marcher près des rivières, où circulaient principalement les indigènes. Ils ne se déplaçaient pas la nuit. La visibilité était trop réduite, au milieu des frondaisons et des troncs d'arbres. La nuit, une rencontre pouvait toujours survenir, littéralement à touche-touche et se terminer en désastre. Sous les canopées et les lianes, de toute façon, régnait, même en plein jour, une pénombre perpétuelle. Alors, les sons et les odeurs les guidaient. Donc, depuis deux semaines, Félix et ses hommes ne se servaient pas de savon. Enfin, ils devaient aussi rester absolument discrets. Un cliquetis de métal, un homme qui écrase d'une tape une guêpe ou un frelon, une toux même étouffée, tous ces sons portaient à des distances surprenantes dans la forêt, en dépit du bruit ambiant.

Et l'équipe de Félix n'avait pu emporter ni lunette de visée infrarouge ni dispositif à amplification de lumière : tout ce matériel avec ses batteries pesait son poids et ne résistait guère à un environnement aussi humide et agressif. Par conséquent, la nuit, ils devaient se camoufler et ne compter que sur leur vigilance.

Félix entendit soudain des perroquets qui braillaient assez loin. Ses sens se mirent immédiatement en éveil. En principe, il n'était pas de quart, mais en sa qualité de second du détachement, il n'était jamais véritablement de repos non plus. Il aurait de la chance s'il arrivait à somnoler un peu de temps à autre. Il n'avait pas détecté ce bruit depuis une demi-seconde qu'il sentit ses hommes aux aguets. Deux d'entre eux, engagés et expérimentés, ne bronchèrent pas. Leur inconscient leur disait que leurs camarades de garde les réveilleraient en cas de danger. En attendant, ils étaient fermement décidés à dormir autant que possible.

Les perroquets continuaient de criailler, les singes hurleurs se mettaient de la partie. On entendait le martèlement de sabots, des animaux qui se hâtaient dans l'épaisse boue rouge de la forêt. Apparemment, des animaux de la taille d'un mouton, peut-être des cabiais ? Un cerf nain ? Ou encore une espèce de sanglier ? Dans le noir, Félix avait du mal à le déterminer. Il remarqua aussi de petits cris plus faibles très haut, sans doute des paresseux qui se déplaçaient lentement, comme à leur habitude.

Le commando qui se trouvait à sa droite lui tapota le poignet en langage codé. Il relayait un message de l'enseigne qui se trouvait à l'exact opposé de Félix, tourné du côté inverse aux bruits de la forêt. L'enseigne voulait avoir son avis immédiatement. Quelqu'un approchait peut-être et tous les gens qu'ils risquaient de rencontrer étaient par définition ennemis.

Félix tapota un message qui signifiait : Attendez. Les hommes autour du cercle allaient relayer le mot jusqu'à l'enseigne – un télégraphe de jungle, en quelque sorte.

Félix se retourna doucement, précautionneusement, comme un tireur d'élite. Il avait commencé sa carrière dans la marine comme infirmier à bord d'un croiseur, puis, lorsqu'on l'avait jugé suffisamment amariné, il avait rejoint les SEAL. Mais, à l'issue de l'entraînement initial, il était devenu fort bon tireur et possédait à fond l'art du tireur d'élite comme celui du guetteur.

Prenant grand soin de ne pas se frotter contre les feuilles des buissons qui se trouvaient juste au-dessus de lui, Félix se déplaçait très lentement, de sorte que ses pieds ne faisaient même pas le moindre bruit de succion en remuant dans la boue. Il passa délicatement son arme de l'autre bord, monta ses mains à hauteur de la tête en s'efforçant de ne pas s'accrocher aux épines et aux feuilles fines comme des aiguilles qui abondaient dans le couvert. Pour ne pas risquer de laisser des traces de son passage, la patrouille n'osait même pas utiliser leur seule et unique machette.

Félix mit les mains autour de ses oreilles, méthode classique dans la jungle et qui permet de mieux écouter. Il tourna la tête pour préciser la direction de ce brouhaha animal. On entendait le bourdonnement incessant des moustiques. Il essaya de détecter des champignons luminescents dans le fouillis qui encombrait le sol ou poussaient sur l'écorce des arbres – et finit par trouver : quelqu'un marchait entre lui et l'un de ces champignons. Mais de là où il se trouvait, impossible de distinguer la moindre lueur.

Les chants d'oiseaux reprenaient de plus belle et il

reconnut quelques espèces de fourmiliers. Il tâcha d'évaluer la distance et en déduisit la vitesse et la direction de déplacement de ce perturbateur inconnu. Les singes lançaient un cri spécial, Félix le connaissait, qui signifiait « rien de grave ». Il avait été formé par des naturalistes qui travaillaient pour la marine. Les SEAL gagnaient énormément à se fondre dans la nature qui était leur milieu de travail.

Il finit par trouver : une procession de fourmis s'était mise en marche, dévorant tout sur son passage. Les oiseaux fourmiliers sont spécialisés. Ils suivaient l'armée et attrapaient les insectes qui tentaient de s'échapper… Les fourmis ne se dirigeaient pas vers les SEAL : plutôt une bonne nouvelle. Sinon il aurait fallu déguerpir au plus vite. Aucun être sensé n'avait envie de les laisser s'approcher. Les fourmis vous grimpent dessus par centaines et par milliers, se frayent un passage par toutes les ouvertures possibles, interstices des vêtements, sous le chapeau, et de là dans les narines puis dans les yeux. Leurs morsures sont si horriblement douloureuses que même un homme courageux ne peut se retenir de hurler. Les fourmis ne vont pas dévorer un gros animal en bonne santé, mais si elles tombent sur un cadavre, elles le nettoient jusqu'à l'os.

Félix tapota un message destiné à l'enseigne. On fit passer. « Fourmis tueuses, pas de danger ». Pas de danger, du moins pour l'instant. Ses camarades purent se détendre. La bordée de quart resta réveillée. Félix, lui, était désormais trop nerveux pour espérer dormir.

Le noir profond de la nuit tropicale commençait à s'éclaircir très légèrement. La vision de Félix s'était accoutumée. Peu à peu, il parvenait à distinguer des formes dans les taches de lumière argentée que faisait la lune à son lever. Ils connaissaient l'heure exacte de lever et de coucher de lune pour la durée de leur mission – autre raison pour laquelle ils n'avaient pas besoin de dispositifs de vision nocturne. Les horaires et les phases de la lune – on approchait de la pleine lune – étaient un paramètre important de la préparation de mission. De même que la météo. Bien que le soleil se lève vers six heures dans le nord-est du Brésil, qui se trouve pratiquement à l'équateur, et se couche de même sans trop varier à six heures du soir, la forêt tropicale ne connaît pas de saisons. La saison des pluies – on était fin mars – allait prendre fin dans quelques semaines. Pour l'instant, elle n'était guère marquée.

Les Américains se représentent le Brésil en plein sud. Pourtant le Brésil est au sud-est. L'extrémité la plus orientale, où se trouvait Félix, immobile dans cette gadoue gluante, était décalée de deux ou trois fuseaux horaires par rapport à la côte est des Etats-Unis. Il faisait donc encore jour à Miami et à la base des commandos de Norfolk, là où était affecté Félix et où vivait sa famille. Du coup, il songea aux siens, mais chassa vite ces pensées angoissantes : les femmes s'aidaient mutuellement, les services médicaux de la base et les possibilités d'activités variées étaient hors pair. Ce qui l'inquiétait le plus, c'était une éventuelle attaque nucléaire contre la base. De toute manière, hélas, ce serait le début de la fin pour tout le monde.

Félix réussit à faire un rapide tour d'horizon : la faible lueur de la lune perçait entre les branches et les feuillages. Il avait pris ses repères pendant que l'équipe montait le camp pendant la période très brève du crépuscule tropical. La nuit, pourtant, tout paraissait différent. Il essayait de détecter le plus minuscule changement. Personne, *absolument personne*, ne devait savoir qu'ils se trouvaient là.

Il savait que la guérilla communiste antigouvernementale était très active dans la région, isolée de la masse du Brésil par l'Amazone qui faisait ici quelques kilomètres de large. A marche forcée, ils se trouvaient à quelques journées de l'Atlantique, pas très loin au nord de l'embouchure du fleuve, avec son delta gigantesque et ses chenaux aménagés pour les gros navires.

Une voie ferrée passait à quelques jours de marche et s'enfonçait dans la forêt tropicale. Une voie unique, qui se terminait par un cul-de-sac. Elle partait de mines de manganèse au sud de Porto Santana, sur un bras navigable de l'Amazone. Le Brésil exportait du minerai de manganèse, l'Amérique en avait besoin. Et l'Axe voulait l'empêcher de s'en procurer.

La voie ferrée tracée dans la forêt vierge constituait un objectif intéressant pour la guérilla. Un peu avant la guerre, on avait mis en place le système de surveillance électronique amazonien, conçu pour intercepter les trafiquants en tout genre : drogue, animaux protégés, etc. Ce système permettait aussi de déterminer à peu près quand la guérilla s'entraînait dans le coin, quelque part entre la voie ferrée et la côte. Mais la canopée, le ciel couvert le plus souvent et les violents orages de la saison des pluies rendaient la surveillance au sol plus efficace que les méthodes aériennes. Les détecteurs dans l'optique visible, l'infrarouge, le radar, tous ces signaux étaient bruités, brouillés ou déformés et provoquaient d'innombrables fausses alertes. Des capteurs automatiques disposés au sol – comme les sismographes qui permettent de détecter la présence d'un homme en marche, ou encore les capteurs d'odeurs spécialisés dans la détection de la sueur ou des effluves corporels – se faisaient piéger tout autant par le bruit ambiant. Sans parler de la confusion avec les animaux de la même taille que l'homme, qui traversaient la forêt. En outre, Félix l'avait vite compris, le bassin de l'Amazone était bien trop étendu pour que n'importe quel réseau de surveillance au sol fût en mesure de le surveiller efficacement. Il couvrait en gros une surface équivalant à la moitié du territoire des Etats-Unis.

L'existence de cette voie ferrée faisait de la région un excellent objectif pour la guérilla, ce qui constituait un problème pour l'Amérique et expliquait la présence de Félix.

En dehors de la dépose par hélicoptère et du débarquement par voie de mer, il n'existait que deux moyens pour accéder à la zone car les forces brésiliennes patrouillaient constamment le long de la voie ferrée – qui ne convoyait que des pondéreux, pas de voyageurs. Première solution : partir des régions peu peuplées plus au sud puis voyager par bateau, ensuite à pied à travers les marais et la jungle. Seconde solution : arriver à pied par le nord à partir de la Guyane française. Depuis que la France avait mis bas les armes, la Guyane avait proclamé son indépendance et s'était déclarée neutre. Et comme tous les pays neutres depuis que le monde est monde, c'était devenu un nid d'espions des deux bords. Les services de renseignements du Pentagone estimaient que les Allemands aidaient la guérilla en sous-main depuis la Guyane. L'accès était long et difficile, pas la moindre route. Ce coin de l'Amazonie était vraiment le bout du monde.

Félix entendit quelque chose au-dessus de sa tête, et un choc étouffé sur le sol. D'après le bruit, il pensa à un fruit trop mûr qui dégringolait des branches. Puis il vit un animal, de la taille de son poing environ, qui déguerpit aussitôt. Une araignée. Sans doute une tarentule. A la piqûre douloureuse, mais pas mortelle. Félix se demanda si une tarentule parviendrait à percer ses gants.

Dans l'ombre, entre les racines tourmentées des arbres et les lianes grimpantes, il aperçut un nouveau mouvement. Quelque chose qui avançait tout droit, discrètement. Lentement et toujours silencieusement, l'animal s'approcha de lui, de plus en plus près.

Il jura en silence : une chauve-souris ; un vampire

occupé à faire ce que font tous les vampires, sucer le sang d'un mammifère endormi. Les incisives du vampire sont si acérées qu'il peut percer la peau d'une vache ou d'un tapir sans les réveiller. Et le vampire s'en repaît jusqu'à plus soif. Ensuite il s'en va cahin-caha savourer son délicieux repas, comme un marin ivre.

Ce vampire, donc, fixait la main de Félix. Qui lui donna une pichenette sur le nez. L'animal recula, fit une nouvelle tentative. Re-tape sur le museau, plus fort cette fois-ci. La sale bête abandonna et disparut dans les buissons.

Félix soupira doucement. Il était fatigué des efforts fournis ces derniers jours. Il s'estimerait heureux s'il arrivait à prendre un peu de repos cette nuit. La tension permanente, la nécessité impérieuse de rester en alerte épuisaient toute énergie. Après cette mission, dans une dizaine de jours, et s'il avait de la chance, il aurait le temps de se reposer à bord de l'*Ohio*. L'*Ohio* était un vieux SNLE refondu, à bord duquel on avait aménagé, dans la tranche missiles, un local spacieux destiné aux commandos. A côté d'un SNA (sous-marin nucléaire d'attaque) où tout le monde était entassé et où les passagers devaient dormir dans le poste torpilles, l'*Ohio* apparaissait comme un véritable hôtel de luxe.

Il entendit un bruit de tonnerre dans le lointain. *Encore un orage*. Voilà de quoi au moins rafraîchir un peu l'atmosphère. Encore que : essayez donc de dormir sous une pluie tropicale.

Non, ce n'est pas le tonnerre. Des grenades. On distinguait maintenant des crépitements, des rafales, de courts aboiements, des claquements secs comme des coups de fusil et des tirs d'armes automatiques. Cela venait du nord-est, plus haut, le long des côtes brésiliennes. A présent, tout le monde était bien réveillé. Une explosion plus forte, peut-être une mine Claymore[1], toujours du

1. Mine directionnelle à fragmentation. *(N.d.T.)*

même côté – un bruit sourd dans le lointain mais clairement identifiable. Félix était tendu, il en oubliait la sueur et les démangeaisons. Il se força à respirer moins fort.

Les tirs cessèrent.

Le voisin de Félix lui effleura la main droite de sa main gauche. Une série de tapotements, de grattements, de pressions sur ses phalanges et sur sa paume. C'était l'enseigne qui voulait avoir son avis. Félix répondit : « Quelqu'un a tendu une embuscade. »

« Qui contre qui ? » demanda l'enseigne par le même circuit. Félix était heureux de voir qu'il respectait les consignes de silence absolu, même sous l'effet de la surprise, après ces tirs soudains. Cette embuscade montrait assez combien leur situation était précaire.

Félix réfléchit longuement à la question. C'était trop loin, impossible de deviner de quel type d'armes il s'agissait. Peut-être un accrochage entre une patrouille de l'armée brésilienne et un parti de la guérilla ? Ou des guérilleros qui avaient sauté sur des soldats peu entraînés ?... Ou alors l'autre équipe de commandos que l'*Ohio* avait débarquée en même temps qu'eux et qui devait gagner une autre zone, dans les hautes terres de Guyane ? Cela préoccupait Félix, car les SEAL n'auraient jamais tendu eux-mêmes une embuscade. Ils n'étaient même pas supposés se trouver dans les parages.

Officiellement, le Brésil était neutre, les forces américaines qui opéraient sur son territoire violaient le droit international et leur présence pourrait être considérée comme un acte hostile.

Et c'est pour cela qu'on ne nous a pas déposés par hélico et c'est la raison pour laquelle la seconde équipe ne peut pas demander d'évacuation héliportée.

Pourtant, le commandement américain avait jugé cette mission d'une importance telle qu'il avait décidé d'en courir le risque. Les SEAL avaient un rôle primordial, celui de fournir des renseignements et de donner l'alerte le cas échéant. C'était très simple : les Etats-Unis *devaient absolument* savoir dans quelle mesure l'Axe essayait de fomenter des troubles en Amérique du Sud. Si l'Axe était réellement actif dans cette région du Brésil, Félix et ses camarades étaient chargés d'en rapporter des preuves tangibles – le tout sans se faire repérer. Quant aux moyens précis de recueillir ces preuves, on leur avait seulement dit d'improviser sur place.

Donc, qui a fait tomber qui dans une embuscade ? La tension avait déjà atteint un niveau inquiétant. Le Brésil et l'Argentine avaient mobilisé et concentré des forces le long de leur frontière commune, laquelle coupait le continent en deux. Ces pays étaient à deux doigts de se déclarer la guerre, par-delà les signes de simple provocation. Cela rappelait à Félix la situation entre l'Inde et le Pakistan – deux pays neutres et qui faisaient profil bas. A cela près que la CIA ne savait pas si le Brésil ou l'Argentine possédaient ou non l'arme nucléaire. Félix se souvenait aussi que, à la suite des attaques meurtrières, pour ne pas parler d'atrocités, commises par les Boers dans le Pacifique Sud, Tokyo avait annoncé quelques semaines plus tôt que le Japon disposait de cette arme. Resté neutre jusqu'alors, le Japon n'avait jamais indiqué de quel côté il pencherait. Le monde devenait fou – du moins, la partie du monde qui n'avait pas déjà sombré dans la folie.

Au milieu de toute cette paranoïa et des menaces belliqueuses qui naissaient un peu partout, une incursion américaine illégale dans un pays neutre d'Amérique latine, si quelqu'un l'apprenait, pouvait se révéler désastreuse. Il y avait certainement anguille sous roche, sans quoi on n'aurait pas envoyé là-bas l'équipe de Félix. Il n'était que premier-maître et ses supérieurs ne se souciaient guère de lui faire part de leurs grandes réflexions stratégiques. Mais il savait se servir de ses méninges et devinait tout seul que la présence des Allemands – si elle était avérée – était destinée à créer une diversion, à attirer l'armée brésilienne loin de la frontière avec l'Argentine. Dans ce cas, cela signifiait que les Allemands tablaient sur l'Argentine. *Et si c'est ça, mon gars, on va avoir de très gros problèmes.*

Bon, il fallait qu'il réponde quelque chose à son chef. « Embuscade, forces inconnues. Peut-être une équipe SEAL impliquée ».

Faut-il leur venir en aide ?

Félix était partagé. Les SEAL comptaient les uns sur les autres, fût-ce au péril de leur vie, et n'abandonnaient jamais un des leurs. Si la seconde équipe était en difficulté, Félix et l'enseigne devaient faire l'impossible pour lui venir en aide. Mais, dans le cas présent, ils étaient totalement impuissants. L'embuscade était trop éloignée. Félix estimait qu'ils ne pourraient pas être sur place avant midi le lendemain, en mettant les choses au mieux.

Il était dans le pétrin. *Normalement, les choses n'auraient pas dû se passer ainsi.* Pourtant, il se refusait à laisser tomber. Il fit passer un nouveau message à l'enseigne de vaisseau : « Tirer des coups de feu en l'air ? Créer une diversion pour faire tomber la pression ?

Une éternité passa avant la réponse en retour. « Négatif. Cela dévoilerait notre position, contraire aux ordres reçus. Résultats incertains et compromettrait notre mission. »

Félix approuva, mais à regret.

Il entendit aussitôt les tirs qui reprenaient, toujours au même endroit. Son cœur battait la chamade d'inquiétude et d'excitation.

Pour son oreille entraînée, le rythme particulier des coups de feu, les rafales automatiques suivies de pauses soigneusement pesées signifiaient beaucoup de choses. Peut-être une section de l'armée en vadrouille ou un groupe de guérilleros communistes ? Cependant, les miaulements de ces coups soigneusement ajustés, les explosions de grenades juste au bon moment, seul un commando des SEAL appliquait cette méthode pour rompre le contact.

Toujours allongés sur leur couche d'aiguilles, Félix et ses hommes écoutaient se dérouler ce nouvel acte du drame. Silencieux, de tout cœur avec leurs camarades, ils priaient pour qu'ils réussissent à s'en tirer. Ils s'étaient eux-mêmes entraînés cent fois à cette manœuvre de décrochage, à tir réel. Félix avait le sentiment d'écouter la énième répétition d'un jeu, mais derrière la barrière. Là, il se fixa sur son écoute pour comprendre ce qui se passait réellement.

Tout aussi brusquement les tirs cessèrent pour faire place à un silence lourd et sinistre. Un silence de plus en plus pesant, comme si la jungle elle-même retenait son souffle. Puis, rapidement, les oiseaux et tous les animaux qui s'étaient tus, effrayés, reprirent comme si de rien n'était leurs activités.

« Je pense qu'ils ont réussi, signala l'enseigne. »

Félix acquiesça d'un signe. Il se sentait vraiment soulagé et supplia le Ciel que personne n'eût été tué ou grièvement blessé. *Ça ressemblerait bien à nos gars, faire les morts avant de lancer une brutale contre-attaque et de s'esquiver.*

Soudain une idée lui traversa l'esprit et il fit passer à l'enseigne : « Tous les hostiles alertés. Notre situation est dangereuse. »

« On abandonne la mission ? »

« Négatif », répondit Félix sans hésiter. Et, se souvenant que l'officier était jeune et peu aguerri : « On continue, il faut tabler sur l'effet de surprise. »

Il y eut une pause puis l'enseigne répondit : « Affirmatif. Une bordée de quart. On lève le camp aux premières lueurs et on poursuit comme prévu. »

Félix essaya de dormir un peu, mais il avait trop de

choses en tête. L'équipe était peut-être en train de se jeter dans un piège soigneusement monté ? Probablement les conseillers allemands avaient-ils jeté quelques loqueteux de guérilleros à la poursuite de l'autre détachement, s'en servant comme d'un appât ? Ou s'agissait-il d'une ruse pour attirer Félix et ses hommes dans une seconde embuscade… cette fois-ci, tendue par les Kampfschwimmer ? Et là, pas un seul SEAL n'en réchapperait.

CHAPITRE 3

Jeffrey se trouvait toujours à l'hôtel où la réception battait son plein. Il s'approcha du vice-amiral d'escadre commandant la flotte de l'Atlantique pour échanger quelques mots, mais il était entouré d'autres amiraux et de membres du Congrès. L'amiral était sous-marinier lui-même, mais Jeffrey ne réussit pas à s'attirer autre chose qu'un bref signe de tête de la part du chef d'état-major, un capitaine de vaisseau. Cela lui coupa ses effets. L'amiral et son état-major devaient rejoindre au plus vite le quartier général de Norfolk, en Virginie. Son hélicoptère l'attendait à proximité, sur un parking de l'université de Georgetown. Jeffrey comprit qu'il se passait quelque chose de grave. Impression renforcée encore lorsqu'il vit le commandant de l'escadrille de sous-marins de l'Atlantique ainsi que plusieurs amiraux et capitaines de vaisseau du bureau ASM au Pentagone, s'échapper soudain en essayant de ne pas se faire remarquer. Il repéra un copain qui appartenait à l'état-major de l'amiral, mais il ne piperait mot.

Deux agents des services secrets s'approchèrent de lui.

— Suivez-nous, je vous prie, commandant.

Difficile de refuser. Il se demanda si on avait annulé

à la dernière minute son retour à New London, pour des raisons de sécurité ou pour toute autre raison. Il ne voyait plus ses parents, même pas moyen de leur dire au revoir.

Les deux agents le firent sortir de la salle. Voyant qu'il sortait, quelques députés ou membres du cabinet retournèrent dans la pièce. Un assistant parlementaire alla extraire ses parents de la cohue, presque de force. D'autres collaborateurs du même acabit – il ne savait trop qui étaient ces jeunes arrivistes – insistaient auprès des cameramen de la télé pour les faire se rapprocher. Jeffrey et ses parents durent poser, une main sur l'épaule par-ci, une accolade par-là avec des gens qui se souciaient plus de figurer en bonne place sur la photo que de regarder Jeffrey ou ses vieux. Cette dernière corvée prit rapidement fin.

Les agents des services secrets l'embarquèrent après avoir indiqué à ses parents que leur fils serait rapidement de retour et le précédèrent dans un couloir étroitement gardé.

Ils franchirent deux portes d'acier et Jeffrey se retrouva dans un PC de transmission de campagne où se tenait le président des Etats-Unis, en grande conversation avec quelques généraux de l'armée de terre et du corps des marines.

La porte blindée se referma derrière lui, les deux agents restèrent à l'extérieur. Jeffrey comprit enfin que l'homme qui se tenait dans le sas était l'officier chargé des codes, pour le cas où le Président aurait dû donner l'ordre de tir des armes thermonucléaires. Cette pensée lui fit courir un frisson le long de l'échine.

— Laissez-nous seuls une minute, fit le Président.

Les généraux ramassèrent coiffures et portables, puis quittèrent les lieux.

Jeffrey se retrouva dans une pièce aveugle au sol

recouvert de linoléum, seul avec le chef des armées. Il se mit au garde-à-vous.

— Prenez donc un siège, lui dit le Président en lui montrant un méchant fauteuil métallique qu'on était allé chercher dans quelque salle de conférences.

Lui-même alla s'asseoir derrière un bureau de mauvaise facture couvert de téléphones et d'écrans. Ses yeux s'arrêtèrent pendant de longues secondes sur l'un de ces écrans, puis il se retourna et regarda Jeffrey en face.

Jeffrey s'assit dans un fauteuil, raide comme un piquet.

— Ça fait du bien de se poser, non ? commença le Président.

Jeffrey acquiesça prudemment. Il se passait quelque chose d'anormal. Se faire remettre une décoration et serrer la main du Président était une chose, se retrouver en tête à tête avec lui sans sujet précis en était une autre, et totalement différente.

— Détendez-vous, mon vieux, fit distraitement le Président.

Et pour montrer l'exemple, il lui fit un grand sourire et se laissa aller dans son siège. Jeffrey lisait sur son visage ce mélange de compassion, d'humanité, mais aussi de volonté qui avait séduit des millions d'électeurs au cours de la dernière campagne. Il essaya de se relaxer.

— C'est ça le problème, quand on est un général à quatre étoiles en retraite. Tous ces généraux et autres galonnés se figent au garde-à-vous, se taisent, et se préparent à obéir. Laissez tomber toutes ces formes pour le moment... J'ai prévenu votre commodore et le secrétaire d'Etat à la Défense que je souhaitais vous entretenir en privé. Le privilège du patron, si vous préférez. Mes collaborateurs vous feront ensuite un exposé plus détaillé.

— Oui, monsieur le Président.

Le Président l'examinait de la tête aux pieds.

— Vous m'avez l'air passablement sur les rotules.

— La journée a été longue, monsieur le Président.

— Racontez-moi ça. Si je me souviens de la dernière fois où je n'ai pas eu une longue journée ?…

Jeffrey décida de rester prudent.

— Je crois qu'il ne s'agit pas d'un cliché, monsieur le Président, quand on dit que les gens ne se parlent guère. Nous sommes en guerre.

Le Président se mit à rire.

— Il faut que je vous montre quelque chose.

Il plongea la main dans sa poche et en sortit un mince porte-billets.

Jeffrey crut d'abord qu'il cherchait des notes, ou encore qu'il voulait lui montrer des photos de famille. Au lieu de cela, le Président sortit quelques photos écornées et des reproductions de tableaux. Il les étala sur le bureau comme on sort sa main au poker.

Les documents représentaient respectivement Dwight D. Eisenhower, Ulysses S. Grant, Andrew Jackson, George Washington.

— Et celui-là, qui est-ce ?

Jeffrey commençait à se sentir plus à son aise, le Président avait fort habilement rompu la glace.

— Zachary Taylor. Savez-vous ce que ces hommes ont en commun ?

Jeffrey réfléchit une seconde.

— Ils ont été élus présidents après avoir été vainqueurs.

— Exact. J'aimerais bien leur ressembler. Ce sont de véritables modèles. Cela m'aide à tenir le coup en ces temps difficiles… Mais, à côté d'eux, je détonne.

— Pardon ?

— Ils ont connu la victoire avant d'être élus à la tête de l'Etat. Et moi, je suis un général en retraite qui se retrouve avec la pire guerre mondiale imaginable *après* mon élection.

Jeffrey hocha la tête, cette expression, *la pire guerre*

mondiale imaginable, le *Washington Post* en avait fait son titre, l'été dernier. C'était assez bien vu. Apparemment, le Président avait lu dans ses pensées :

— Nous sommes restés tellement cramponnés à nos idées, les armes conventionnelles, les têtes thermonucléaires, que nous en avons oublié les horreurs que sont les armes nucléaires tactiques. Les Russes, eux, n'ont *jamais* fait la même erreur. Cela constituait même l'essentiel de leurs plans opérationnels, au cas où ils auraient dû se battre contre l'OTAN… Que nous en ayons fait des partenaires ne change rien à l'affaire. « Un partenariat constructif », mon cul. Leur paranoïa, la jalousie qu'ils ressentent à l'égard de l'Occident remonte aux tsars. C'est quelque chose qui est gravé dans leur crâne et il est maintenant évident qu'ils ne changeront jamais.

— Je comprends, monsieur le Président.

Jeffrey ne savait pas trop s'il exprimait là un regret ou de la rancœur, ou Dieu sait quoi d'autre ?

— Nous nous sommes tellement polarisés sur d'autres types de guerre qu'il fallait absolument gagner. Le terrorisme, le Proche-Orient, l'Asie… Nous avons considéré que l'Europe était là en spectateur, tordu le nez sur l'Amérique du Sud et oublié l'Afrique pour faire bonne mesure.

Jeffrey acquiesçait poliment. *Mais où voulait-il donc en venir ?*

— L'Axe Berlin-Pretoria s'est fort habilement constitué et nous n'avons rien vu venir. Ils ont tiré parti de leurs talents financiers pour s'emparer par la force d'une moitié du monde. Avant-guerre, grâce à des prêts consentis par les grandes banques suisses et allemandes, par de grosses compagnies d'assurances, plus quelques autres qui pensaient se rembourser plus tard, dans des conditions à déterminer, ils ont construit une bonne centaine de sous-marins classiques, soi-disant pour l'exportation, avant de transformer cet outil en une flotte moderne de U-Boote. Ils se sont entraînés en secret sur des simulateurs à terre, tirant parti des méthodes et des logiciels développés dans nos propres écoles. Ils ont ainsi constitué un noyau de sous-mariniers expérimentés et suffisamment compétents, alors qu'ils n'avaient pour ainsi dire jamais mis les pieds à la mer.

Au fur et à mesure qu'il parlait, le Président devenait grave, presque amer.

Il y eut un long et pesant silence ; Jeffrey attendait la suite, mais fut pris complètement au dépourvu lorsque le Président changea brusquement de sujet.

— Que diriez-vous d'une affectation au département ?

Jeffrey en fut tout abasourdi, et il savait que cela se voyait :

— Je préfère rejoindre mon bâtiment.

— Vous n'en avez pas assez, des torpilles nucléaires et des raids de commandos ? Vous n'auriez pas envie de goûter aux limousines de fonction, de rencontrer des vedettes de cinéma, des présentateurs célèbres ?

— Avec tout le respect que je vous dois, monsieur le Président, ma réponse est non, sur tous les tableaux. Je souhaite rejoindre mon bâtiment.

Le Président eut un sourire.

— Parfait. Je voulais l'entendre de votre bouche… encore que, ma proposition était sincère. Vous avez amplement mérité de faire une pause.

— Y a-t-il autre chose que vous attendiez de moi ?

Le Président émit un petit rire.

— C'est bien vous, ça, Fuller. Habituellement, les gens se débrouillent pour me prendre autant de temps qu'ils peuvent. Mais vous avez un certain culot, vous êtes bien le premier à essayer de mettre fin à un entretien.

— Monsieur le Président ?

— Ecoutez-moi, mon vieux. Quand on est décoré de

la Médaille d'honneur, on suscite forcément un certain intérêt. Le Congrès ne l'accorde pas à n'importe qui. J'ai vu vos états de service. On vous considère comme un homme bourré de talents, efficace, mais qui aurait besoin d'arrondir les angles.

Jeffrey se laissa retomber dans son siège, soudain méfiant.

— Ne vous vexez pas. Si vous n'êtes pas capable de regarder froidement vos points forts comme vos points faibles, vous n'irez jamais aussi loin que vous pourriez dans la vie.

Jeffrey ne savait trop que dire.

— C'est un bon conseil, monsieur le Président.

— J'ai voulu avoir avec vous une conversation à cœur ouvert, commandant. Le mois dernier, très loin d'ici, vous m'avez évité de devoir appuyer sur le bouton. Je crois sincèrement que ceux qui ont vécu ces vingt-quatre heures-là, moi, à bord de mon PC volant, comptant avec angoisse chaque seconde et vous, à bord de votre sous-marin, aux premières loges, nous avons été les deux êtres les plus solitaires de la planète… En outre, j'ai dû, au cours de cette guerre, accorder trop de décorations à titre posthume. J'ai vu trop de veuves, d'orphelins, de parents en pleurs, les yeux fixés sur un écrin de velours et une rondelle de bronze. Des gens qui me demandaient pourquoi leur fils ou leur fille étaient morts. Franchement, c'est plutôt agréable de parler à quelqu'un qui a reçu la Médaille d'honneur et qui est toujours vivant.

— Je n'avais encore jamais vu la chose ainsi, monsieur le Président.

— Ce qui ne me surprend guère. Considérer les choses du point de vue de quelqu'un d'autre, ce n'est certes pas votre point fort.

— Comment ? fit Jeffrey, se raidissant à nouveau.

Le Président le calma d'un geste.

— Sauf quand cet autre commande un sous-marin ennemi. Il semble qu'alors, vous ayez une capacité rare à vous mettre à sa place.

— Vous parlez de moi comme de quelqu'un à l'esprit étroit.

— C'est vous qui le dites, pas moi… Mais juste un petit conseil amical. Mettez-vous bien ça dans la tête. Lorsque j'étais quatre étoiles, j'avais sous mes ordres des trois étoiles, et même un certain nombre d'autres quatre étoiles. Vous avez encore des progrès à faire avant de prétendre jouer *à ce niveau.*

— Je n'ai pas sollicité cet entretien, monsieur le Président.

— Non, c'est moi. Et il y avait une raison. Voulez-vous savoir laquelle ?

— Avec tout le respect que je vous dois, oui, monsieur le Président.

— Nous sommes en 2012, année d'élection présidentielle. En novembre, le peuple se rendra aux urnes pour choisir celui qu'ils veulent voir diriger le pays. Comme il est hautement improbable que la guerre soit terminée à cette date et en supposant que le monde n'ait pas été transformé en poubelle radioactive, le peuple votera essentiellement en jugeant mon action de commandant en chef.

Jeffrey fit la moue.

— Je ne suis pas très versé en politique, monsieur le Président.

— Je le sais, c'est la réputation que vous avez dans la marine. Ce qui est une bonne chose… jusqu'à un certain point. Mais vous devez comprendre que tout général ou amiral est en partie un homme politique. Ou du moins, qu'il doit pouvoir comprendre les hommes politiques et travailler en harmonie avec eux. Les jeux qui se déroulent entre le Pentagone, le Congrès et la Maison-Blanche sont toujours délicats et demandent beaucoup d'énergie.

De la volonté, de la ténacité, la capacité de faire les choses en douceur, sans tomber dans la hargne ou les chamailleries.

— Je vois.

Le Président se pencha vers lui.

— J'ai besoin de votre soutien pour les prochaines élections.

Jeffrey en resta bouche bée. Il hocha négativement la tête.

— Monsieur le Président, il me semble que je ne puis poursuivre cette conversation. Je crois, il me semble… Je pense que le fait pour un officier en activité de soutenir tel ou tel candidat est même inconstitutionnel.

Le Président le regarda, sourcils levés, avant d'éclater de rire.

— Ce n'est pas exactement ce que j'avais en tête.

Jeffrey sentit qu'il devenait écarlate.

— Non, ne pensez pas à mal. Je suis heureux de voir que vous n'êtes pas un intrigant, que vous ne vous faites pas une idée démesurée de votre importance.

— En tout cas, j'essaye, fit Jeffrey.

— Le meilleur moyen de m'aider est de servir votre pays… Seriez-vous prêt à repartir en patrouille, *immédiatement* ?

— Oui, monsieur le Président.

— Je veux dire *tout de suite*. Ce soir, par exemple.

Bon, il se passe quelque chose de grave. C'est pour cela que tous ces amiraux sous-mariniers s'activaient comme des fous.

Il repassa rapidement dans sa tête l'état de son bâtiment.

— Si nous embarquons ce dont nous avons besoin et si on arrive à nous sortir du bassin avec aussi peu de préavis, oui.

— Vous l'avez déjà fait. Non, je veux dire, *vous*, personnellement, avec toutes les blessures intérieures qui vous restent de votre dernier combat, vous sentez-vous réellement prêt à recommencer ?

Jeffrey fit signe que oui, il sentait un flot d'adrénaline envahir ses veines. Voilà le genre de défi qu'il adorait.

Le Président se leva, s'approcha d'un chevalet, ramassa un marqueur qu'il débouchonna.

— Vous vous souvenez des chevalets ?

— Ça fait un peu vieux jeu, monsieur le Président.

— Parfois, j'aime assez me montrer vieux jeu... J'ai fait beaucoup d'exposés avec un marqueur et un bloc de papier lorsque j'avais à peu près votre grade, j'avais de l'ambition... Etes-vous quelqu'un d'ambitieux, commandant ?

Ce changement de sujet le désarçonna un peu.

— Oui, je dois bien l'admettre.

— Parfait, car votre prochaine mission est très difficile et je n'aimerais pas savoir que vous partez en traînant les pieds.

Cette fois-ci, Jeffrey choisit de tenir sa langue.

— Mieux vous comprendrez ce qui est en jeu, mieux vous ferez votre boulot et mieux vous galvaniserez vos hommes.

Il commença à tracer quelques courbes sinueuses des deux côtés de la page blanche sur le chevalet. Puis il marqua quelques points sur la courbe de gauche.

— Les Etats-Unis, le Canada, le Mexique, commença-t-il. Tous alliés... L'Amérique centrale, plutôt neutre jusqu'ici, à l'exception de nos amis du Costa Rica. Ce qui est fâcheux, car le Panama interdira le canal à nos bâtiments. L'Amérique du Sud, presque entièrement neutre elle aussi, à l'exception du Venezuela et du Chili, aux deux extrémités opposées du continent.

Jeffrey acquiesça. Le Venezuela livrait aux Etats-Unis de grosses quantités de pétrole et de gaz naturel qui transitaient par les Antilles et le golfe du Mexique.

Le Président se tourna vers la courbe de droite et descendit jusqu'en bas.

— Le Royaume-Uni, l'Europe occupée. Les solides positions de l'Afrikakorps, notre poche de résistance en Afrique équatoriale et ici en bas, les Boers.

— Je vois, opina Jeffrey une nouvelle fois.

La Libye était devenue un désert nucléaire depuis que l'Allemagne avait frappé Tripoli – sans aucune provocation – dès le début des hostilités. L'Egypte et la Jordanie étaient protégées des incursions de l'Axe par le parapluie nucléaire, modeste mais persuasif, d'Israël. La plupart des autres Etats du Proche-Orient étaient restés neutres, de même que tous les pays d'Asie.

Le Président recula un peu pour contempler la carte qu'il venait de dessiner et la compléta d'une série de petits X.

— La côte est des Etats-Unis, les ports et bases navales.

Il traça ensuite une droite qui joignait en diagonale les Etats-Unis aux côtes d'Afrique occidentale.

— Ceci est la principale voie de ravitaillement de nos forces en Afrique, pour le moment. Du moins, jusqu'à ce que nous ayons récupéré des bases dans l'océan Indien pour acheminer le matériel via cette zone. La perte de Diego Garcia a été un sale coup.

— Je sais.

— Le bassin du Congo et les hautes terres qui l'entourent figurent parmi les meilleurs terrains qui soient au monde lorsque l'on est sur la défensive. Des montagnes escarpées, des fleuves difficiles à franchir, cette jungle pestilentielle… C'est la raison pour laquelle la poche a pu résister aussi longtemps.

— Mais l'Axe contrôle le Sahara et le désert du Kalahari, nota Jeffrey.

— Les Allemands, ici. (Le Président pointa le doigt sur le Sahara), et les Boers, ici. (Il fit de même avec le

Kalahari, au sud.) Et nous au beau milieu, mais le plus gros de nos chars est parti au fond de l'eau.

— Je m'en souviens.

Lors de l'attaque-surprise qui avait marqué le début de la guerre, trois porte-avions américains avaient eux aussi coulé par là ou subi des avaries irréparables.

— Voici la situation, commandant. L'Axe renforce considérablement ses capacités aux deux extrémités de l'Afrique. Il est évident qu'il va incessamment lancer une nouvelle offensive, il va sortir de ce terrain idéal pour les chars qu'est le Sahara et s'avancer vers le bassin du Congo. Ils ont l'intention d'encercler cette poche, de lui interdire tout accès à la mer, des deux côtés. Nous savons depuis des mois que nous n'avons pas, et de loin, la capacité aérienne suffisante pour ménager un couloir à cette poche en cas d'offensive d'envergure. C'est limite pour les avions, qui passent plus de temps en l'air qu'à décharger au sol. Et la zone est tout simplement trop vaste, avec trop de soldats et de civils à nourrir, compte tenu des tonnages que nous sommes capables d'acheminer par la voie des airs.

— L'affaire paraît sérieuse, monsieur le Président.

Jeffrey savait que les Allemands possédaient la culture de la guerre sur le continent noir – et cela remontait bien plus loin que les exploits de Rommel. Pendant la Première Guerre mondiale, un gros corps expéditionnaire allemand en Afrique du Sud avait joué au chat et à la souris avec les Anglais dans les colonies que possédaient les deux pays. Cette armée allemande – qui avait incorporé en son sein des régiments indigènes – s'était fort bien comportée dans une jungle épouvantable. Elle était toujours invaincue lorsque l'Allemagne avait mis bas les armes en Europe, en 1918. Du temps de l'apartheid, l'Afrique du Sud s'était constituée par ses propres moyens une armée puissante qui avait repoussé avec succès les attaques de ses voisins, alors sous régime communiste. C'est ainsi que les Boers pouvaient compter sur une génération d'hommes de race blanche âgés de trente ans et plus. Tous avaient fait un service militaire très sévère d'une durée de deux ans – avant que l'on n'imposât la démocratie de l'extérieur dans les années 1994. Ces hommes et leurs fils constituaient à présent le noyau de l'armée boer. Ils étaient pour la plupart d'origine anglaise et les Noirs n'avaient plus qu'un seul choix : se soumettre ou mourir de faim. Ils avaient ainsi été contraints de rejoindre unités combattantes ou services de soutien. Les Sud-Africains partisans de l'apartheid avaient également une longue tradition de collaboration avec celles des puissances étrangères qui les avaient aidés à acquérir l'arme nucléaire. Dans les années 1970 et 1980, c'était surtout Israël et, plus tard, les conspirateurs qui avaient restauré l'empire germanique.

— Nous avons l'intention de foncer dans l'Atlantique avec un gros convoi de ravitaillement pour approvisionner la poche en vivres, en armes et en munitions. Ce sera réellement un *énorme* convoi, commandant, escorté par la plus grosse force navale qu'on ait jamais rassemblée. Je ne vous donnerai pas le nombre de groupes de porte-avions, l'information est protégée et, de toute manière, vous n'avez pas besoin de le savoir. L'aviation embarquée et les missiles à bord des croiseurs, destroyers et frégates seront équitablement répartis entre moyens de lutte ASM et anti-missiles de croisière. Et je ne parle pas de la protection qui sera assurée par un grand nombre de sous-marins d'attaque. Je ne vous dirai pas leur nombre, vous avez besoin d'en connaître le chiffre exact, mais cette pièce n'est pas suffisamment sécurisée.

— Je comprends, monsieur le Président.

Dans sa tête, les idées tournaient à toute vitesse.

— Nous supposons que l'Axe est informé de cette opération de ravitaillement, comme nous le sommes de leur offensive imminente. Nous sommes donc lancés des deux côtés dans une course mortelle, notre convoi contre leur assaut terrestre. Qui l'emportera sur l'autre, qui atteindra le premier l'objectif qu'il s'est fixé ?... Nous nous attendons à ce que l'ennemi jette dans la bataille navale tout ce dont il dispose pour attaquer le convoi et son escorte. Et il s'est déjà ébranlé pour lancer la bataille terrestre. Tout dépend de ce que réussira à faire le convoi, tout dépend de ce qui pourra débarquer et ce qui en restera avant que l'Axe ait réussi sa percée et pris la poche en tenaille. Le temps presse.

Jeffrey essayait d'assimiler tout ce qu'il entendait. Il se remémorait d'anciens exercices sur le papier, l'URSS se lançant à l'assaut de l'OTAN en Europe. A l'époque, le Pentagone estimait à cinquante pour cent dans l'Atlantique le niveau de perte des convois pourchassés par les sous-marins d'attaque soviétiques. A présent, les Allemands possédaient eux aussi des SNA, dont ceux, rapides et silencieux, qu'ils avaient pris aux Français.

— La situation semble très préoccupante, monsieur le Président.

— Exact ; croyez-moi, très préoccupante.

— Et que vient faire le *Challenger* là-dedans ?

Le Président dessina un gros point d'interrogation sur son croquis de l'Europe du Nord.

— Vous savez que les Allemands, avec l'assistance de la Russie, ont construit un sous-marin nucléaire à coque composite, de conception assez semblable à celle de nos SSGN à coque en acier.

Jeffrey acquiesça. SSGN était le sigle attribué à une poignée de SNLE de la classe Ohio dont on avait modifié les tubes et les systèmes de lancement. Les vingt-quatre tubes verticaux situés à l'arrière du massif – le kiosque comme on disait dans le temps – étaient équipés de tubes internes. Chacun de ces tubes embarquait sept Tomahawk ou autres missiles de croisière en lieu et place d'un unique MSBS à têtes multiples. Un seul SSGN embarquait ainsi environ cent cinquante Tomahawk, force de frappe considérable contre la terre.

— Jusqu'à ce jour, nous n'avions aucune idée de l'endroit où se cachait ce SSGN. A présent, nous savons avec certitude où il se trouve. Les données des satellites de surveillance optiques et infrarouges collent assez bien avec les renseignements assez confus que les Anglais disent avoir obtenus de la résistance norvégienne. Nous avons repéré un signal fugitif mais assez net, la signature thermique de ventilateurs sous la montagne, dans le nord de la Norvège. Et nous avons noté également une forte augmentation du trafic radio entre navires de surface russes dans la mer de Norvège. Tout cela ne date que d'une heure ou deux… Les morceaux de ce puzzle ne laissent pas de doute : ce SSGN est sur le point de prendre la mer, si ce n'est déjà fait.

— Et il embarque cent cinquante missiles antisurface supersoniques à tête nucléaire.

Jeffrey lâcha cette phrase comme un constat, pas une question. Il se sentait tout excité, un peu inquiet aussi.

— Oui. Et nous ne savons pas s'ils possèdent encore quelques-uns de ces missiles Mach 8. L'Axe est lui aussi pressé par le temps s'il veut utiliser ses SSGN. A propos, du peu que nous sachions de ce monstre, il y a son nom : l'*Amiral von Scheer.*

— Amusant, fit Jeffrey d'un ton sarcastique.

— Oui, ce clin d'œil à l'histoire n'a pas échappé à nos services de renseignements.

— Le *von Scheer* va essayer de chasser le convoi. Et l'appareillage précipité de ce convoi les a pris de court.

— Je note.

Le Président traça une ligne en pointillés sur sa carte, une ligne qui commençait en Norvège et continuait en diagonale jusqu'au milieu de l'Atlantique.

— Et quant à vous, commandant, vous, votre équipage

et votre bâtiment, vous allez vous lancer à la poursuite du *von Scheer.*

— Couler le *von Scheer*, protéger le convoi, dégager notre tête de pont en Afrique.

— Précisément. Nous jouons une partie de dominos serrée. Si le *von Scheer* vous coule, ou s'il vous échappe et détruit le convoi, tous les dominos s'effondrent. Si nous perdons notre seul point d'ancrage en Afrique, j'aime mieux ne pas penser à ce que nous devrons faire pour déloger l'Axe d'Afrique et d'Europe.

— Compris.

Masser des forces en Grande-Bretagne puis tenter un débarquement façon jour J dans la Manche, voilà qui était hors de question à l'ère nucléaire. Jeffrey commençait à comprendre que ces ordres allaient exiger de lui qu'il donnât tout ce qu'il savait faire au plan tactique, avec des conséquences stratégiques gravissimes, selon qu'il gagnait ou perdait face au SSGN allemand. La moitié de son être résistait, il savait ce que sa tête et son corps allaient devoir endurer au cours de cette confrontation. Mais il avait le don de garder son sang-froid, de tenir son équipage en main lorsque le chaos effroyable et cette incertitude insupportable les obligeraient à dépasser leurs limites.

— C'est bon, fit le Président. Je suis content de voir que vous prenez la chose au sérieux, car il s'agit de quelque chose de sérieux.

Il reprit son marqueur et traça un second point d'interrogation sur l'Amérique du Sud.

— Voilà une autre zone pleine de périls. Une zone instable, lourde de risques.

Il traça ensuite une ligne en pointillés qui partait de la frontière entre le Brésil et l'Argentine pour rejoindre le milieu de l'Atlantique.

— Voyez-vous où toutes ces lignes se coupent ?

— Dans la partie la plus étroite de l'Atlantique, répondit Jeffrey.

— Exact. La partie la plus étroite de l'Atlantique, là où le nord-est du Brésil se rapproche de l'Afrique de l'Ouest. Un goulot d'étranglement, un endroit qui sera bientôt transformé en un véritable maelström nucléaire.

— Si l'Axe prend le contrôle de cette partie du Brésil, continua Jeffrey, et en admettant qu'ils tiennent également l'Afrique de l'Ouest, ils seront en mesure de couper l'Atlantique en deux, à peu près dans ce goulot. Des missiles de croisière subsoniques lancés de chacune de ces côtes couvriront amplement tout l'océan, pourront frapper tout navire ou aéronef qui essayerait de passer du nord au sud.

Jeffrey savait que lorsque l'on conçoit un missile de croisière, il faut faire un compromis entre vitesse et portée. Les missiles tactiques Tomahawk, qui ne volaient pas plus vite qu'un Boeing T4T, avaient un rayon d'action de près de mille cinq cents nautiques. L'Atlantique Nord était deux fois plus large. *A contrario*, les missiles du *von Scheer*, qui volaient à Mach 2,5, se trouvaient à sec de combustible après cinq cents nautiques. Et l'Atlantique Sud était plus de dix fois plus large.

— Je suis convaincu que c'est là l'objectif de l'Axe, commandant… Tous les indices concordent pour prédire ce qui va se passer dans le coin, tout s'enclenche à merveille. Nous ne savons pas encore exactement ce que les Allemands trafiquent en Amérique latine, mais nous soupçonnons fortement leurs agents, leurs taupes et leurs sympathisants d'avoir amené le Brésil et l'Argentine à deux doigts de se déclarer la guerre. Il est évident que l'Axe a grand intérêt à prendre pied en Amérique du Sud. Cela ne coûterait pas grand-chose à ces salopards allemands et boers, mais cela aurait les plus graves conséquences pour la cause alliée.

— Et tout cela arrive au même moment.

— Les têtes pensantes de l'Axe sont très douées pour manipuler des pays comme on manœuvre des pièces aux échecs. Elles sont également très douées pour prendre l'initiative et nous contraindre à la défensive. S'il y a une chose que j'ai apprise en première année à West Point, c'est que, lorsque l'on a perdu l'initiative et que l'on ne parvient pas à la reprendre, on a perdu la guerre.

Jeffrey examina longuement la carte, avec tous ses X et ses points d'interrogation et ses lignes qui se coupaient dans tous les sens. Le Président se racla la gorge.

— Votre hiérarchie vous fournira très bientôt des détails complémentaires. Mais j'ai voulu vous dresser moi-même le tableau d'ensemble. Cela m'a permis de voir votre tête, de savoir quel être humain vous êtes. Et je me sens rassuré en découvrant quelle sorte d'homme commande le *Challenger*. J'attache une grande importance aux relations personnelles. C'est une nécessité pour tout homme politique. En tant qu'ancien soldat, je suis convaincu qu'on doit bien connaître ses principaux subordonnés. Vous allez jouer un rôle clé dans cette affaire, et votre bâtiment n'est pas un sous-marin comme les autres.

Le Président se tourna vers la carte, l'air las, les traits tirés, et cela dura un certain temps. Il avait l'œil triste, comme s'il pensait à tous les morts, à toutes les destructions qu'il faudrait déplorer au cours des jours à venir. Le niveau des pertes humaines était déjà terriblement lourd. Puis il serra les mâchoires, ses yeux s'éclairèrent, son regard se fit plus dur. Jeffrey sentit que l'entretien était terminé. Le Président s'approcha, Jeffrey ne bougea pas.

— Je sais à présent pourquoi vous êtes si bon commandant. Vous êtes fait d'une pièce. Vous vous concentrez sur votre mission, point final. Vous ne regardez pas derrière vous quand vous passez à l'attaque… Lorsque nous aurons remporté cette guerre, notre pays aura grand besoin d'hommes et de femmes capables de ramasser les morceaux et d'aider à rebâtir le monde. Si je suis réélu en novembre, si je dois remettre en état ce pays et le ramener à la paix et à la prospérité, les tâches d'importance ne manqueront pas à Washington, dans la défense et ailleurs.

Les pensées de Jeffrey revenaient à cette carte, à ces lignes qui se coupaient au beau milieu de l'Atlantique. Le choc imminent allait décider du sort de la guerre. Si la situation devenait trop critique, on allait peut-être commencer à utiliser sans restriction les armes nucléaires contre la Terre. Jusqu'alors, la guerre était restée limitée grâce à un compromis tacite entre capacités colossales d'une grande puissance et instinct de survie. Au cours des prochains jours, elle risquait de se transformer en un scénario du Jugement dernier.

— Je dois vous poser encore la question, monsieur le Président. Qu'attendez-vous exactement de moi ?

— Rien que vous n'ayez envie de m'offrir.

— Ne soyez pas si sibyllin, monsieur le Président.

Le Président lui montra la carte posée sur le chevalet.

— Prenez la mer, remportez une nouvelle victoire éblouissante et revenez-nous vivant.

CHAPITRE 4

Après voir quitté le Président, Jeffrey regagna le lieu de la réception où la foule commençait tout juste à se clairsemer. Bon Dieu, *s'ils savaient seulement ce que je sais*. Il se sentait électrique.

Il essaya de se donner l'air aussi calme que possible, d'adopter l'attitude qui convenait à un nouveau décoré et de préserver le secret qui venait tout juste de lui être dévoilé. Des journalistes fouinaient un peu partout, alors que le pays allait se trouver en situation de crise, situation rendue plus grave encore par l'appareillage du *von Scheer* et du convoi de secours. Jeffrey s'attendait à devoir regagner New London sur-le-champ pour y rallier le *Challenger* et appareiller. Il décida d'aller faire un tour aux toilettes pendant qu'il en avait encore le temps.

Il était en train de se défaire lorsqu'il entendit une annonce dans le haut-parleur : « Exercice NBC. Ceci est un exercice. Confinement total jusqu'à nouvel ordre. »

NBC signifie : nucléaire, biologique, chimique. L'exercice consistait pour les employés et les techniciens du bâtiment à appliquer un certain nombre de mesures prédéfinies, destinées à rendre l'hôtel parfaitement étanche. On coupait automatiquement la ventilation, on isolait les bouches d'aspiration sur le toit ainsi que les conduits d'évacuation. Toutes les issues étaient également condamnées.

Par les temps qui couraient, de tels exercices étaient banals sur la côte est dans tous les grands immeubles, tours de bureaux, hôpitaux, écoles. Les systèmes de détection et de communication, les procédures de transmissions, les exercices, tout avait été mis au point plusieurs années auparavant dans la foulée des mesures accrues de protection rendues nécessaires par la guerre contre le terrorisme. Cela se révélait à présent bien utile : Jeffrey savait que des poussières radioactives, résidus des batailles qui faisaient rage en mer, atteignaient parfois la côte et pouvaient même être ponctuellement assez dangereuses. On ne plaisantait pas avec la défense civile. Les gens qui sortaient de chez eux sans leur masque à gaz s'exposaient à de fortes amendes. Les unités de la Garde nationale, dotées d'équipements de décontamination, étaient en alerte vingt-quatre heures sur vingt-quatre et sept jours sur sept, dans tout le pays. La météorologie nationale suivait attentivement le régime des vents venus de l'Atlantique grâce à un réseau de stations de prélèvement qui surveillaient en permanence le niveau de radioactivité. Enfin, pour lutter contre l'inflation, le gouvernement avait mis en place un dispositif de contrôle des prix pour les biens de première nécessité, système qui dépassait de loin tout ce que l'on avait connu avant-guerre. Des lois fortement contestées fixaient des prix de vente *minimum* dans l'immobilier, sur la base de ce qui se pratiquait avant le début de la guerre, afin de prévenir tout exode massif dans les zones menacées. Certains soutenaient que ces décrets draconiens étaient anticonstitutionnels, mais le Président avait tenu bon et avait demandé à ses concitoyens de tenir bon eux aussi. Comme il l'avait déclaré à la télévision, « si vous n'arrivez pas à trouver un acheteur au prix d'avant-guerre, patientez, vous vendrez lorsqu'elle sera terminée ». Jeffrey songeait que, le temps que toutes les actions en justice arrivent jusqu'à la Cour suprême, la guerre serait de toute manière terminée, d'une manière ou d'une autre.

Il acheva de se laver les mains. Lorsqu'il regagna la salle de réception, les discussions allaient bon train et le tohu-bohu était toujours aussi invraisemblable, comme s'il n'y avait pas d'exercice en cours. Les gens avalaient tous les jours leurs comprimés d'iode et n'y prêtaient plus attention, personne ne se risquait à boire l'eau du robinet non filtrée. Les manuels de survie, les compteurs Geiger et les masques à gaz se vendaient comme des petits pains, les magasins spécialisés faisaient des affaires en or. La population s'adaptait comme elle pouvait.

Jeffrey soupçonnait que, si l'on avait déclenché cet exercice de sécurité, c'était pour dégager la zone afin de permettre au Président de quitter l'hôtel avec son escorte. Et tous les vieux habitués de Washington s'étaient sans doute fait la même réflexion.

Comme pour confirmer cette impression, on annonça la fin de l'exercice. Avec son oreille entraînée de sous-marinier, Jeffrey entendit les ventilateurs qui repartaient et le niveau sonore augmenta aussitôt.

Il remarqua le commodore Wilson qui discutait avec un groupe. Capitaine de vaisseau, Wilson commandait l'escadrille à laquelle appartenait le *Challenger*, à North London/ Groton. C'était par conséquent le supérieur de Jeffrey. Six mois plus tôt, Jeffrey avait été désigné comme second de ce sous-marin, que commandait alors Wilson. Jusqu'à présent, les deux hommes avaient gravi ensemble les échelons. Mari attentionné, père attendri de trois filles, Wilson n'en était pas moins un homme d'une grande rigueur et très exigeant envers ses subordonnés. Le commodore l'aperçut.

— Où étais-tu ? – et sans attendre la réponse – Il faut qu'on y aille. Où est donc Reebeck ?

Jeffrey, Wilson et Ilse attendaient dans le vestibule qui donnait sur une sortie dérobée en compagnie de quelques gardes du corps des services de protection fédéraux.

Ilse s'approcha de Jeffrey.

— Je suis trop crevée pour aller dîner avec vous, fit-elle sur un ton qui en disait long.

— Moi aussi, je suis pris, répondit-il sans avoir l'air d'y toucher.

Il savait qu'il allait être débordé, il fallait préparer le *Challenger* et son équipage à prendre la mer et à combattre. Il avait envie d'en découdre, de pouvoir se mesurer une fois pour toutes au *von Scheer.*

Tandis qu'ils attendaient leur voiture, Jeffrey repensa, un peu troublé, à sa conversation avec le commandant en chef. En tant qu'homme, le Président possédait un charisme certain, un allant contagieux qui vous poussait à aller au charbon sans vous préoccuper du pourquoi ni du comment. Même après un entretien en tête à tête comme celui-là, Jeffrey ne parvenait pas à trouver chez lui cette espèce de narcissisme autosuffisant qui vous transforme un responsable en démagogue. Cela dit, ses références constantes à la vie politique et ses sous-entendus alléchants sur ce que pouvaient offrir les allées du pouvoir laissaient Jeffrey rêveur. Pourquoi ne pas envisager de travailler à Washington après la guerre ? *Contribuer aux programmes de reconstruction qui seraient nécessaires outre-mer, occuper le territoire des agresseurs une fois qu'ils auraient été vaincus, juger les criminels de guerre. Et les programmes d'assistance, de nouvelles alliances à mettre au point, le retour tant espéré à la maison.* Toutes ces possibilités qui s'ouvraient soudain lui donnaient le vertige. A côté de cela, commander un navire de guerre au combat paraissait simple et facile.

J'ai envie de passer le maximum de temps en mer... Mais il y a tellement de « si ». Il faut commencer par gagner la guerre avant de faire des projets pour le temps de paix.

Jeffrey savait bien qu'il ne commanderait pas éternellement le *Challenger*, même en supposant qu'ils en réchappent tous deux. Les choses ne se passaient pas ainsi dans la marine. Un officier progressait, ou allait voir ailleurs. Le commandement d'un sous-marin d'attaque – comme d'ailleurs de n'importe quel bâtiment – n'était qu'une marche de plus dans l'échelle. Les commissions d'avancement qui sélectionnaient les futurs officiers généraux exigeaient également de solides états de service dans des affectations à terre. Celui ou celle qui visait sa première étoile devait montrer de sérieuses qualités – moins d'un capitaine de vaisseau sur cent devenait amiral. Après tout, susurrait à Jeffrey une petite voix intérieure, le Pentagone, imbriqué dans les réseaux denses qui le reliaient au Congrès et au pouvoir exécutif, était construit sur la terre ferme, pas au beau milieu de l'eau.

Son père et sa mère se précipitaient vers lui.

— Tu t'en vas ? lui demanda Michael Fuller, un peu déçu.

Jeffrey fit signe que oui, l'air contrit. Wilson l'avait tellement pressé qu'il n'avait pas osé lui demander d'aller dire au revoir à ses vieux. Jeffrey était heureux que son père l'eût retrouvé avant l'arrivée de la voiture.

— Laisse-moi ici, que je discute un peu avec Jeffrey, dit Michael à sa femme. Prends donc la voiture, chérie. Mon chauffeur te ramènera à la maison et tu pourras te reposer.

Elle déposa un baiser sur sa joue avant de se tourner vers son fils.

— Bonne chance et fais bien attention. Appelle-nous dès que tu pourras.

Jeffrey la serra dans ses bras, puis elle s'éloigna en compagnie du chauffeur de Michael Fuller : les sous-secrétaires avaient droit à une voiture de fonction. Jeffrey se demandait s'il la reverrait un jour. Il pouvait périr lors de sa prochaine mission, le cancer de sa mère pouvait rechuter, les poumons cette fois-ci, et les médecins ne pourraient alors plus rien faire.

— Pas trop tôt, fit Wilson en voyant arriver deux voitures.

— Je t'accompagne à l'aéroport, dit Michael Fuller à son fils. Nous aurons un peu de temps pour parler, je prendrai le métro pour rentrer.

Le métro de Washington était bondé, à cause des restrictions d'essence et parce que le marché de l'emploi s'était redressé. Les gardes du corps n'élevèrent pas la moindre objection, le père de Jeffrey avait le bras long.

Wilson et Ilse montèrent dans l'une des voitures, Jeffrey et son père dans la seconde. Ils s'installèrent à l'arrière – Michael à la gauche de Jeffrey conformément au protocole de la marine, le plus ancien montait le premier et sortait le dernier. Un garde du corps prit la place du passager à l'avant, l'œil aux aguets, un pistolet-mitrailleur Uzi sur les genoux. Deux voitures de police du comté de Columbia, gyrophares allumés, encadraient le convoi. Et le cortège s'ébranla.

Au lieu de se diriger directement vers l'aéroport, les deux voitures empruntèrent des rues latérales. Jeffrey supposait qu'il s'agissait d'une mesure de sécurité supplémentaire. En constatant toutes les précautions qu'il fallait adopter, juste pour aller à l'aéroport, il bénit le Ciel de prendre un avion de la marine pour gagner New London. Le contrôle à l'embarquement des compagnies aériennes était un véritable cauchemar.

Son père abaissa l'accoudoir.

— Bon, comment vas-tu ? Ça fait un bail que je ne t'ai pas vu.

Jeffrey se tourna vers lui. Il lui répondit, comme si la chose n'avait aucune importance :

— Je viens de passer une demi-heure en tête à tête avec le Président.

— De l'Ecole de guerre navale ?

— Non, des Etats-Unis.

— Tu rigoles ?

Michael Fuller avait l'air estomaqué, presque envieux.

— J'aurais préféré ça.

— Et de quoi avez-vous parlé ?

— Confidentiel.

— Très bien, répliqua son père du tac au tac, ceux qui parlent trop font couler les bateaux… comme je te l'ai déjà dit, les gens parlent beaucoup trop dans les dîners en ville.

A l'avant, le chauffeur et le garde du corps faisaient comme s'ils n'entendaient rien, concentrés qu'ils étaient sur ce qui pouvait arriver dehors.

Jeffrey admirait le paysage. En ce début de soirée, il faisait encore jour, une légère brise soufflait doucement, le ciel était bleu. Quelques passants, plutôt jeunes ou au contraire assez âgés, marchaient sur les trottoirs impeccablement entretenus. D'autres, hommes ou femmes entre vingt et soixante-dix ans, avançaient d'un pas plus décidé, de grosses serviettes à la main. Sans doute la fin d'une journée de travail pour ceux qui avaient commencé tôt et qui rapportaient du travail à la maison. Quelques-uns d'entre eux, songeait Jeffrey, allaient probablement au bureau – si leur boulot, dans l'administration ou dans le privé, consistait à faire tourner le pays et le pouvoir sans interruption.

— Tu veux mon avis ? lui demanda son père.

— Je suis tout ouïe, papa.

— Il faut que tu trouves le juste milieu, mon garçon. Je sais bien, je t'ai conseillé de voir du monde, mais il faut que tu oublies un peu toutes ces apparences. *Fais ton devoir*, rentre dans le rang.

— Hein ?

— La politique n'est pas jolie, jolie. Tu es soumis à rude concurrence. Il y a déjà des gens qui te jalousent, des gens qui sont devenus tes ennemis, à ton niveau et même au-dessus.

Jeffrey sentit un frisson lui parcourir l'échine : voilà le genre de chose à laquelle il n'avait encore jamais songé.

— Personne n'aime beaucoup les gens qui gagnent, fiston. Le ruban que tu as autour du cou pourrait se transformer en gourdin, et de la part de gens qui sont deux ou trois crans en dessous de toi.

— Tu crois vraiment ce que tu dis ?

— Visiblement, tu manques un peu de jugeote. Tu n'as pas remarqué ces regards qui en disaient long, à l'hôtel ?

— Très franchement, non.

— Moi, je sais ce que je vois. Et je connais tes points faibles.

— C'est bizarre, pour quelqu'un qui voulait m'aider.

— Si tu ne fais pas attention, tu te feras entuber comme un gamin. Comme un vaillant guerrier qui est arrivé au sommet de son art. Washington n'est pas un endroit où tout le monde s'entraide, Jeffrey. Cela dit, toute relation peut t'aider. Tu es de mon sang, la chair de ma chair, même si cela fait un bon bout de temps que nous ne nous sommes pas parlé... Mais c'est peut-être à cause de cela. Je déteste te voir partir ainsi, noyé dans l'océan. Je détesterais presque autant te voir rentré sain et sauf de cette mission, mais désespéré.

Jeffrey ne savait trop que penser. Il sentait chez son père une réelle inquiétude qu'il ne parvenait pas à dissimuler.

— Dis-moi, papa, saurais-tu quelque chose que tu n'es pas sensé savoir ?

Michael Fuller hocha la tête.

— Tu sais que j'ai toutes les habilitations nécessaires, et j'ai des relations au Pentagone. Mon boulot, le marché intérieur, les allocations de lubrifiants et le reste, dépendent énormément de l'offre et de la demande, j'en ai une vue d'ensemble. Par conséquent, je ne peux pas remplir mes fonctions si je n'ai aucune idée des besoins et des plans opérationnels de la marine. *A très court terme* – et il accompagna ces derniers mots d'un regard entendu.

— Papa, je ne peux vraiment rien te dire.

— Alors ne me dis rien. Souviens-toi simplement d'une chose, pour plus tard. Ici, ce ne sont pas des tendres.

Le cortège s'arrêtait à un feu rouge. Les voitures qui arrivaient dans la rue transversale démarrèrent au vert. Un gros camion s'avança au beau milieu du carrefour. Il était couvert de dessins bariolés, des triangles jaunes et rouges, on aurait dit un char de carnaval. Puis il comprit qu'il s'agissait d'une toupie à béton. Leur feu passa au vert, mais le camion ne bougea pas d'un poil.

Un bouchon. Ces embouteillages de Washington aux heures de pointe sont insupportables. Et pourtant, on pourrait croire qu'avec le covoiturage, les restrictions de carburant, dans un quartier résidentiel…

Il se retourna pour voir ce qui se passait derrière. Il aperçut la voiture de Wilson et d'Ilse, la voiture de police, et tendit le cou pour essayer de distinguer ce qui se passait un peu plus loin. Dans le carrefour précédent, il aperçut un camion de pompiers – un gros camion, la grande échelle. Pas de sirène, mais ses gyrophares étaient allumés, comme s'il revenait d'une intervention.

Devant eux, la bétonnière avait un peu avancé. La grosse toupie remplie de béton liquide tournait toujours. Les triangles jaunes et rouges de la toupie, les feux rouges aveuglants du camion de pompiers tout rouge et des voitures de police donnaient à la scène un étrange air de fête. Il se retourna et vit six pompiers descendre pour ouvrir les coffres latéraux de leur engin.

Il sentit son cœur battre à tout rompre en entendant le garde du corps hurler dans son talkie-walkie. Les pompiers avaient sorti des fusils d'assaut et des lance-roquettes. Trois hommes en armes sortirent de la cabine de la bétonnière et se mirent en position de tir à l'abri derrière leur énorme camion. Des projectiles frappèrent le pare-brise avec une force terrible, Jeffrey et son père plongèrent sur le plancher.

Il leva les yeux sans y penser. La vitre était constellée d'impacts, mais les balles n'avaient pas réussi à traverser le pare-brise blindé – enfin, pour l'instant. Il reconnut le bruit inimitable, *boum-boum-boum*, des AK-47. La vitre de l'une des voitures de police vola en éclats, les véhicules partaient dans tous les sens, leurs pneus déchirés en lambeaux. Les tirs s'intensifiaient, la lutte était par trop inégale. Des hommes en bleus criblés de balles s'effondraient sur le goudron en répandant des flots de sang.

CHAPITRE 5

— Restez assis ! cria le chauffeur, la voiture est blindée sous toutes les coutures !

Une voix crachotait dans le talkie-walkie du garde du corps, un charabia inintelligible, en tout cas pour Jeffrey.

— Putain, fit son père en se retournant vers le camion de pompiers, ils mettent un lance-roquettes en batterie !

Jeffrey aperçut un pompier accroupi sur l'échelle. Il tenait sur l'épaule un long tube, on aurait dit un RPG-7, un truc de fabrication russe – assez ancien, comme les fusils des assaillants, mais dont on avait inondé le marché mondial. Pas moyen de retrouver leur origine.

Il y eut un éclair, un nuage de fumée et de poussière. Le projectile frappa leur véhicule après avoir plongé au-dessus des autres voitures. Il entendit un bruit strident sur le toit, l'engin était passé à deux doigts et continuait tout droit. Il alla percuter le flanc de la bétonnière. Un grand fracas, un éclair et des flammes. Les éclats fusaient dans tous les sens, criblaient les autres véhicules, brisant les vitres des bâtiments et arrachant des briques sur les façades.

La toupie tournait toujours, mais il y avait un trou de

quinze centimètres et le béton liquide commença à se répandre. Et la toupie tournait, tournait…

Les balles venaient de partout, la voiture sursautait à chaque impact. Jeffrey aperçut le premier camion, frappé à son tour, des bosses argentées marquaient la carrosserie en acier. Sur le trottoir, des piétons se jetaient à terre, immobilisés sur place. D'autres essayaient de sortir leur téléphone, mais à voir leurs gestes hystériques ou pleins de rage, il semblait que le réseau était hors d'usage. Des véhicules abandonnés jonchaient les deux côtés de la rue.

L'un des assaillants grimpa un peu plus haut sur le camion de pompiers avec un second lance-roquettes pour essayer de trouver un angle de tir favorable afin d'atteindre la voiture de Jeffrey.

Le garde du corps l'avait repéré lui aussi. Il brandit son Uzi, la pointa rapidement. Les balles arrivaient par-devant et par-derrière – essayer d'ouvrir la portière était courir à une mort certaine.

Une seule de ces têtes à charge creuse, et la voiture deviendra un enfer.

Un policier blessé vida son chargeur dans la direction du tireur au lance-roquettes qui lâcha son coup au même instant. Celui qui le servait tomba à la renverse à l'arrière du camion, le projectile arriva en tir tendu et manqua de peu la voiture de Jeffrey.

Il explosa sur la chaussée, la déflagration secoua violemment le véhicule qui se mit à danser sur ses amortisseurs renforcés. Jeffrey en avait les membres endoloris, ses oreilles lui faisaient mal. Sur sa gauche, les vitres latérales étaient pleines d'éclats de métal et les glaces partiellement obscurcies par la suie. D'autres voitures, véhicules particuliers, taxis, prenaient feu.

— On ne va pas tenir longtemps comme ça, fit le père de Jeffrey.

Le talkie-walkie recommençait à crachoter.

— Restez assis ! cria leur chauffeur, les secours arrivent !

Jeffrey vit, horrifié, une gerbe de balles ricocher sur la voiture de Wilson et d'Ilse. Les phares volèrent en éclats, les baguettes chromées étaient toutes tordues, de la tôle déchirée, les panneaux de fibre de verre fracturés. Toute la carcasse en tremblait sur ses amortisseurs. Soudain, le feu gagna en intensité.

Les trois hommes qui s'étaient mis à l'abri sous la bétonnière se retournèrent pour tirer de l'autre côté. Le sol était glissant car le béton continuait de s'échapper de la toupie qui tournait toujours, imperturbable, de plus en plus engluée dans ce mortier.

Les trois assaillants recommençaient à tirer, ils visaient quelque chose ou quelqu'un qui se trouvait de l'autre côté de la bétonnière, hors de vue de Jeffrey. Un nouveau gros choc, les trois hommes se volatilisèrent. Le béton frais recouvrait complètement le sol. La toupie s'immobilisa enfin, le gros moteur diesel prit feu et bientôt toute la calandre du camion se trouva engloutie dans des volutes de flammes rougeâtres. Des flammes qui léchaient dangereusement le réservoir de gazole situé derrière la cabine. Et, percé par des éclats, ce réservoir fuyait. On sentait la chaleur à travers les vitres.

Derrière, les tirs d'AK-47 redoublaient, leurs agresseurs s'acharnaient sur la lunette. Les balles s'écrasaient et s'aplatissaient sur le verre blindé.

Une poignée d'hommes en uniforme noir émergeait de derrière la bétonnière. Ils se mirent en position pour engager les occupants de la grande échelle.

Amis. Mais qui est-ce ? Ils portaient pour seul insigne un petit drapeau américain cousu sur la manche.

Un épais nuage de fumée montait du moteur et des pneus en feu, l'odeur pénétrait jusque dans la voiture.

Les hommes en tenue noire progressaient posément. Certains tiraient par rafales tandis que les autres jetaient leurs magasins vides avant de recharger. Leurs armes ne ressemblaient absolument pas à des M-16, elles étaient équipées d'un boîtier de visée optique avec un petit écran vidéo et des miroirs qui permettaient de voir sur le côté. Les hommes s'avançaient dans la rue, tiraient et se déplaçaient, très professionnels, progressaient d'un abri au suivant. Mais ils avançaient toujours.

Des gars des forces spéciales. Mais seront-ils assez nombreux ?

Les balles des AK-47 fusaient dans la direction de Jeffrey depuis le camion de pompiers. Quelques-unes frappèrent le pare-chocs arrière, d'autres le coffre. A chaque impact, le véhicule dansait. « Bon Dieu ! » fit son père dans un souffle. On voyait un peu partout des traînées, des panaches de fumée noire.

Les soldats amis dépassèrent leur voiture et se rapprochèrent de celle d'Ilse. Ils étaient plus près, Jeffrey distinguait maintenant leurs gilets pare-balles et leurs casques de combat en composite. Ils communiquaient entre eux à l'aide de petits micros collés contre leurs lèvres. Il se retourna. Une jeune femme gisait sur le trottoir, recroquevillée, elle se tenait le ventre à deux mains. Elle perdait énormément de sang et semblait enceinte.

L'un des soldats cria quelque chose et Jeffrey déchiffra sur ses lèvres : « Grenade ! »

L'homme pointa son lance-grenades fixé sous le fût de son arme sur la grande échelle. L'engin partit au recul, un choc violent sur le flanc du camion.

Jeffrey décida de saisir sa chance. Il déverrouilla la portière et jaillit de la voiture.

— C'est quoi ce… hurla le garde du corps – mais Jeffrey n'entendit pas la suite.

Des balles ricochaient ; dehors, le vacarme était effroyable, l'odeur de tout ce qui brûlait, épouvantable. La robe de cette femme était tout ensanglantée, il fallait qu'il arrive à la traîner derrière un abri, il fallait stopper cette hémorragie, vite. Le garde du corps entrouvrit sa portière, suffisamment pour tirer, et vida le chargeur de son Uzi sur le camion de pompiers, crachant des douilles vides dans tous les sens.

Un homme en noir courut vers Jeffrey, fusil plaqué contre le corps. En un quart de seconde, Jeffrey eut le temps de remarquer le fil qui reliait l'arme à un ordinateur qui pendait sur sa hanche. Il avait un clavier fixé sur l'avant-bras, un petit disque ainsi que des antennes sur l'épaule, par-dessus le gilet. De sa main gauche, l'homme empoigna Jeffrey par le revers de sa vareuse, le jeta à l'arrière de la voiture et claqua la portière. Puis il cria à l'adresse du chauffeur :

— Vas-y ! Vas-y ! *Tire-toi !*

Jeffrey atterrit la tête la première sur les genoux de son père qui le regarda, tout ébahi, comme s'il se demandait si son fils était un héros ou un imbécile. Jeffrey se rassit et attacha sa ceinture.

Les balles continuaient à miauler de tous les côtés, les assaillants opposaient une résistance coriace. Et la contre-attaque commençait à faiblir ; plus les hommes essayaient d'approcher le camion, plus dangereux étaient les tirs de ces assassins déguisés en pompiers.

— Mais, bon sang, comment veulent-ils qu'on se sorte de *ce truc* ?

Le garde du corps serrait son Uzi contre lui encore fumant, cette odeur de brûlé était horrible.

Jeffrey savait ce qu'il voulait dire. D'un côté de la rue, une rangée d'immeubles derrière des voitures garées. De l'autre côté, des tas de véhicules abandonnés ou endommagés dans l'autre file de cette voie à double sens. Plus loin encore, toujours des voitures garées le long de l'autre trottoir – la plupart avaient leurs réservoirs à moitié vide à cause du rationnement en essence. Sans cela, toute la rue explosait.

Encore plus loin, après ce trottoir, Jeffrey apercevait

des barrières métalliques. Et derrière les barrières, une pente raide.

— Attendez, fit le chauffeur qui se débattait avec le levier de vitesses.

Il entama un demi-tour serré en poussant quelques véhicules au passage. L'embrayage protestait, mais il réussit à passer sur le côté. Il recula en percutant au passage celles garées devant les immeubles.

Puis le chauffeur appuya à fond sur le champignon en visant le passage étroit entre deux voitures immobilisées qu'il bouscula, et le moteur cala. La fumée qui s'élevait recouvrait les vitres d'une suie huileuse et jaunâtre, les balles pleuvaient toujours sur les vitres. Jeffrey aperçut d'autres hommes en noir qui arrivaient, mais ceux-là portaient un brassard à croix rouge, leurs casques aussi, de grosses croix rouges au milieu d'un cercle de couleur blanche. Ceux-là n'avaient pas d'armes mais des trousses de premiers secours. Ils s'accroupirent près des blessés, ouvrirent leurs sacoches et commencèrent calmement à travailler sous le feu.

Le chauffeur, qui avait réussi à faire redémarrer son moteur, enclencha la marche arrière sans ménagement, Jeffrey et son père se trouvèrent retenus par leurs ceintures de sécurité. Le chauffeur passa une vitesse, écrasa le champignon et la voiture bondit en avant, bousculant au passage deux autos garées de l'autre côté de la rue. Les pneus se mirent à crisser en faisant fumer la gomme et pendant un moment qui lui parut sans fin, la voiture refusa de s'ébranler. Les deux voitures garées finirent enfin par monter sur le trottoir, laissant la voie libre.

Après avoir plié une barrière métallique, ils s'engagèrent de plus en plus vite dans la pente. Jeffrey se retourna. Les pneus, conçus pour résister aux balles, projetaient derrière eux de l'herbe et des mottes de terre. La voiture de Wilson et d'Ilse les suivait, elle avait l'air un peu amochée mais à peu près intacte.

Les deux véhicules commencèrent à dévaler cette pente vertigineuse, écrasant quelques buissons au passage. Le bruit des tirs s'affaiblissait, mais la bataille faisait apparemment toujours rage. Jeffrey repéra quelques promeneurs qui essayaient de se cacher derrière des abris de fortune, des bancs, des arbrisseaux. Certains étaient venus là avec leurs enfants ou leur chien.

Ils remontèrent de l'autre côté et, après un virage serré, accélérèrent. La promenade était assez cahoteuse. Ils étaient arrivés dans un chemin de Rock Creek Park qui, à cet endroit, englobait les rives et le fond d'un profond ravin. Les deux voitures s'engagèrent dans une allée piétonne aussi vite que possible en suivant la rivière.

On entendait des sirènes. Une avenue bordée d'arbres longeait la rivière sur l'autre rive et un cortège de voitures de police, d'ambulances, de camions de pompiers essayait de les rattraper, mais ils étaient hors de portée. La rivière, sept mètres de large environ, se trouvait à gauche de Jeffrey, tout près, et dévalait en cascade dans les cailloux. L'eau était bordée d'arbres trop vieux et trop coriaces pour qu'on puisse espérer passer à travers.

Le chauffeur conduisait à fond la caisse. A travers les vitres obscurcies par les impacts, les troncs d'arbres et les branchages devenaient flous. Les deux voitures passèrent sous les arches des ponts qui permettaient aux rues de franchir le parc, là où la rivière devenait plus étroite. Le trottoir qui leur avait servi de chaussée se terminait là.

— Et zut ! cria le chauffeur.

Il appuya à fond sur la pédale de frein et la voiture partit en dérapage.

Le garde du corps parlait en hurlant dans son micro à un interlocuteur qui restait d'un calme à vous rendre dingue.

Devant eux, la route était obstruée par des arbres tombés. Et derrière ces arbres, il y avait des hommes qui portaient l'uniforme vert des gardes du parc. Ils étaient en train de mettre en batterie leurs lance-roquettes.

Ils avaient prévu qu'on essaierait de fuir par ce chemin... Le premier échelon n'a pas réussi à nous avoir, mais celui-là va y arriver. On est faits comme des rats.

Il y avait bien un talus sur leur droite, mais il était trop pentu, aucune chance. A gauche, les arbres et le torrent, infranchissables. Derrière, la voiture de Wilson et d'Ilse s'arrêta à son tour en faisant une queue de poisson.

S'ils essayaient de faire demi-tour, ils allaient constituer des cibles de choix, plein travers. S'ils tentaient d'effectuer une marche arrière, les lance-roquettes ne pouvaient pas les rater.

— Arrête-toi là ! cria le garde du corps en rechargeant son arme.

Le chauffeur sortit un nouveau chargeur de dessous le tableau de bord et tous deux prirent leurs pistolets. Le chauffeur se tourna vers Jeffrey et son père :

— Vous savez vous en servir ?

— Je crois que oui, répondit Michael Fuller. Où est la sûreté ?

Géant, se dit Jeffrey, *papa va nous être d'un grand secours !*

Il prit l'une des armes et reconnut un Beretta, un neuf millimètres, l'arme de dotation dans l'armée.

Et pendant ce temps-là, ces enfants de salauds ont des fusils d'assaut et des lance-roquettes.

— Quand je donnerai le signal, continua le garde du corps, tout le monde ouvre les portières et vous faites un roulé-boulé en ouvrant le feu. Y en aura p'têt qui réussiront à s'en tirer.

Leurs agresseurs n'avaient même pas encore ouvert le feu, mais Jeffrey savait bien que c'était inutile.

Les balles d'AK-47 frappèrent les voitures, des rafales brèves et sèches mais terrifiantes. Ils tiraient des traçantes vertes, si bien que leurs victimes pouvaient voir les coups passer. Les portières en étaient littéralement poivrées. Les quatre hommes étaient coincés dans leur voiture, le plan du garde du corps était suicidaire.

Je ne sais pas qui c'est, mais ces gens-là savent exactement ce qu'ils sont en train de faire. Et ils sont bons.

Derrière ce mur de feu, Jeffrey aperçut un homme qui s'agenouillait pour mettre en batterie son lance-roquettes. Apparemment, il le pointait sur lui à travers le pare-brise troué et couvert de saleté. Les charges creuses de ces roquettes allaient remplir l'habitacle d'un jet supersonique, mélange de gaz chauffé à blanc et de métal vaporisé. De quoi faire rôtir tout le monde.

Quelqu'un d'important a vraiment envie d'avoir ma peau.

Dans l'avenue, les policiers s'étaient arrêtés, ils tentaient de tirer avec leurs pauvres armes de petit calibre sur les assaillants dont quelques-uns se retournèrent contre eux. Le père de Jeffrey lui jeta un regard, essaya de reprendre son souffle et finit par lâcher :

— Qui aurait cru qu'on finirait tous les deux comme ça ?

Ce qui eut le don de mettre Jeffrey en pétard. Pas parce qu'il allait mourir, il savait que cela lui arriverait un jour, que ce fût au combat ou de vieillesse. Mais cette insulte faite à la capitale de son pays le rendait fou de rage quand il pensait à tous ces civils qui étaient morts parce que ces assassins lui en voulaient, *à lui. Des gens sont en train de mourir à cause de moi.*

Soudain, le servant du lance-roquettes se volatilisa littéralement. Un mur de balles traçantes rouges lui était tombé dessus du haut du ciel, on distinguait des éclairs, des départs de canon. La charge de la roquette et son propergol explosèrent dans une lueur aveuglante.

Le cœur battant, rendu sourd par les détonations, Jeffrey réussit enfin à distinguer dans le vacarme un bruit de turbines et le *fla-fla* du rotor, un hélicoptère d'assaut. Il leva les yeux pour apercevoir deux Apaches Longbow à canon qui passaient en rase-mottes. Les coups de leurs canons montés à l'avant en tourelles finirent de pulvériser la position adverse, déchiquetant au passage le barrage de troncs d'arbres.

— C'est bon, fit le garde du corps, on a un soutien aérien. *Faut repartir !*

Le père de Jeffrey avait l'air sceptique :

— Tu crois vraiment qu'on va réussir à sortir d'ici et à franchir la rivière ?

— Négatif ! Il y a peut-être des tireurs partout !

Les voitures redémarrèrent sur un terrain très inégal, cahotant et tanguant sur leurs pneus déchiquetés. Le capot de celle de Jeffrey crachait de la fumée.

Combien d'autres embuscades ont-ils préparées comme ça ? Combien de coups cette bagnole peut-elle encore encaisser ?

Et pourtant, ils accéléraient en suivant le ravin. Les deux Apache volaient au-dessus d'eux, les véhicules de secours les suivaient de l'autre côté. Désormais, il n'y avait plus la place de passer entre l'eau et le bord. Les voitures s'inclinaient, les suspensions épuisées gémissaient. Ils redoutaient de perdre toute force de traction et d'aller s'écraser contre les arbres.

L'avenue passait au-dessus d'eux et maintenant, c'est Jeffrey qui se sentait devenir fou. Les deux voitures tournèrent sur la route, semant la panique dans la circulation qui arrivait en face. Ils prirent la file de droite et le chauffeur appuya sur le champignon. Tout à coup, le pneu arrière droit, déchiqueté par les éclats, se désintégra et la voiture s'affaissa brutalement sur sa jante.

Le conducteur n'y fit pas attention. La voiture semait dans son sillage des jets d'étincelles et crachait de la fumée, le crissement de l'acier sur la chaussée était presque intolérable. Sous le capot, le nuage de fumée était de plus en plus épais, le pare-brise était recouvert d'une épaisse couche de suie, d'huile et de saleté. On ne comptait plus les marques de balles. Le garde du corps dut ouvrir sa fenêtre et passer la tête dehors pour guider le chauffeur. La voiture était difficile à diriger et continuait à zigzaguer sur le bas-côté couvert d'herbe.

— Regarde si y a pas des mines ! cria le conducteur.

— J'essaye ! répondit le garde du corps.

— C'est effrayant, murmura le père de Jeffrey.

Ce dernier se retourna. La seconde voiture suivait toujours, mais devait garder ses distances sans quoi son conducteur aurait été aveuglé par la fumée qui commençait à les asphyxier.

— On est presque arrivés ! lança leur chauffeur.

Le ravin s'élargissait, ses flancs étaient maintenant moins escarpés. Les voitures sortirent du parc, passèrent le rebord de la route avant de s'immobiliser. Devant, le Potomac leur interdisait le passage. Et dans une zone dégagée près du fleuve, un gros hélicoptère de transport du Marine Corps. Les deux Apache canons tournaient autour, toujours aux aguets.

Des marines lourdement armés avaient formé un périmètre de sécurité. Quelques soldats arrivèrent pour les aider à sortir de leur voiture. Le gros hélico faisait un boucan effroyable, même avec ses turbines à bas régime, dont les gaz d'échappement ajoutaient leur puanteur à l'odeur générale de brûlé. Les rotors projetaient des gravillons dans l'air, le petit rotor de queue, qui tournait plus vite, faisait comme un disque flou. L'hélicoptère était entièrement peint en version camouflage, mélange de taches vert foncé, noir, marron.

— Ces types, ceux qui nous ont attaqués, cria Michael Fuller dans l'oreille de son fils, on dirait des Russes !

— Oui, acquiesça Jeffrey, sans doute des anciens Spetznaz ! Des gars des forces spéciales qui se sont mis au service de l'Axe !

— C'est toujours comme ça ? lui demanda son père, un peu hésitant.

— Comme ça quoi ?

— Le combat ?

Jeffrey le regarda droit dans les yeux :

— Bienvenue au club !

Et il lui tendit la main, une main moite et salie par la fumée. Son père la prit dans la sienne, elle était glacée.

— A bientôt, papa !

Les marines poussèrent Jeffrey, Wilson et Ilse vers l'hélicoptère. Le chef de cabine leur passa des casques et des brassières. Les casques de vol en matériau souple s'ouvraient comme des coquillages. Ils étaient munis de tampons antibruit et de lunettes de protection intégrées. Tous trois furent bientôt équipés.

Si près de l'appareil, toute conversation était impossible et le chef de cabine leur indiqua par signes où ils devaient s'asseoir. Ils grimpèrent à bord, les sièges étaient de simples structures tubulaires en aluminium recouverts d'un épais vinyle, équipés de sangles qui vous prenaient par les épaules et sur les cuisses. Jeffrey serra le tout à bloc.

Leur hélico, un SH-60 Seahawk, pouvait embarquer dix hommes. Jeffrey et Ilse étaient installés face à l'arrière, Wilson de l'autre côté en face de Jeffrey. Comme seuls autres passagers, le chef de cabine et son adjoint qui ferma la porte.

Le bruit des turbines devint plus aigu, les casques à oreillettes et le matériau d'isolation collé sur la carlingue ne suffisaient pas à l'atténuer. Les vibrations transmises par les sièges et le plancher se transformèrent en secousses trépidantes. Le Seahawk prit l'air.

L'hélico s'éleva rapidement et prit un cap qui lui faisait suivre le Potomac. La masse grise et trapue du Pentagone se dressait devant eux, mais la perspective oblique lui donnait un aspect bizarrement allongé et aplati. Une mince colonne de fumée s'élevait là où ils étaient tombés dans cette embuscade.

Ils dépassèrent l'île Theodore Roosevelt et ses ponts. A l'intérieur de la carlingue régnait une odeur de métal, d'huile, de plastique chauffé. L'hélico qui suivait toujours le Potomac passa à raser le Pentagone puis l'aéroport. Il volait à cent cinquante nœuds, à une trentaine de mètres au-dessus du fleuve.

Les deux Apache assuraient l'escorte, leurs canons Gatling pivotaient dans les tourelles ventrales pour balayer les deux rives. Ils étaient asservis aux lunettes de visée intégrées dans le casque des tireurs. A bord de l'Apache, l'équipage est en tandem et le pilote occupe la place arrière.

Jeffrey essayait de se détendre, de profiter de cette petite balade, de savourer la vie. Il n'aimait guère se retrouver en situation de passager, devoir se contenter de rester passif tandis que d'autres se battaient et mouraient pour assurer *sa* protection. La chose ne lui était guère habituelle et le remplissait d'amertume. Il préférait mille fois assumer ses responsabilités, celle de lui-même comme de ceux qui combattaient, tuaient, mouraient.

Les turbines montèrent encore en régime, les vibrations du rotor devenaient plus violentes lorsque l'hélicoptère partait en virage à droite ou à gauche pour suivre les méandres du fleuve. Mais ces vibrations incessantes avaient quelque chose de rassurant. Les incendies étaient éteints sur les deux rives du Potomac. Le soleil doré, bas sur l'horizon à tribord, lui confirma qu'ils mettaient cap au sud.

Wilson essayait d'attirer son regard. Le grand Noir pointa le doigt sur sa poitrine puis tendit le bras. Baissant les yeux, Jeffrey finit par comprendre ce qu'il voulait dire : il avait perdu sa décoration, il en avait sans doute arraché le ruban en sortant de la voiture pour secourir cette femme enceinte qui gisait dans la rue.

CHAPITRE 6

Après avoir volé encore une demi-heure au sud de Washington, l'hélicoptère effectua un premier virage serré à gauche puis un second à droite afin de suivre le large méandre que faisait le Potomac devant Fredericksburg, en Virginie. Maintenant qu'il était remis de toutes ses émotions, Jeffrey mourait de sommeil et de soif et n'avait donc guère la tête à penser à ce qui l'attendait. Cela viendrait en son temps, et bien trop tôt, lorsqu'il aurait rallié son bâtiment.

En attendant, mon garçon, profite bien de la balade.

Le Seahawk de transport et les Apache canons suivaient toujours le fleuve. Le Potomac s'élargissait à cet endroit pour former un large estuaire soumis à la marée, ponctué de jolis petits îlots et bordé d'anses. Derrière les maisons et les quelques villes construites sur les deux rives, des forêts de pins ondulaient vers le sud jusqu'à l'horizon. Çà et là, la forêt était traversée par des routes, des voies de chemins de fer ou des lignes à haute tension. Jeffrey distingua à un moment un train de marchandises, huit motrices diesels et une succession impressionnante de wagons. Les locomotives étaient peintes en camouflage vert olive – seuls les échappements de fumée permettaient de les distinguer.

Le Seahawk amorça un nouveau virage à droite, cap plein sud. Et Jeffrey aperçut soudain des deux bords la baie de la Chesapeake. L'eau reflétait le bleu du ciel, parfois tachée d'ombres vert foncé là où il y avait plus de fond. L'hélico survolait à bonne vitesse des plages de sable blanc-jaune, des marais salants couverts d'herbe, des étangs bordés d'arbres d'ornement. Et les deux Apache assuraient toujours l'escorte, un de chaque côté de la baie.

Avec la guerre, les marinas avaient été fermées. On ne voyait plus un seul bateau de plaisance. Le soleil déjà bas jetait une lumière rose et mélancolique sur les plages désertées, les bancs de sable, les marais, les nombreuses chaumières abandonnées, les très nombreux cargos au mouillage. De toute évidence, ces navires attendaient le départ du convoi pour l'Afrique. Les ombres fugitives sur l'eau des trois hélicoptères semblaient lancées à leur poursuite, formes sombres et fantomatiques, parfois proches, parfois lointaines. Jeffrey avait l'impression d'être pourchassé par des spectres.

Le chef de cabine écouta un instant des échanges dans ses écouteurs, puis prononça quelques mots muets en se contentant de remuer les lèvres. Il fit signe au commodore Wilson et lui montra ses deux poings avant de les ouvrir et de les refermer à trois reprises. Wilson lui indiqua d'un signe de tête qu'il avait compris.

Atterrissage dans trente minutes. Jeffrey connaissait ce langage codé. Mais pour atterrir où ça ? En bas, les cargos étaient de plus en plus nombreux.

Il aperçut une frégate des gardes-côtes, l'un de ces bâtiments qui venaient d'entrer en service et qui étaient en fait de véritables navires de guerre. Celle-ci se dirigeait vers l'entrée de la baie pour gagner la haute mer, cet Atlantique où la bataille faisait rage. La lame d'étrave écumante s'élevait très haut en projetant une écume blanchâtre. Elle était à sa vitesse maximum, près de trente-cinq nœuds. Le sillage s'étalait sur l'arrière comme une traîne en forme de V. Sur son avant, deux hélicoptères tiraient des paravanes pour draguer les mines éventuelles.

D'autres aéronefs volaient à différents niveaux, certains très près, d'autres assez loin. Un AWACS de l'armée de l'air, avec son radar caractéristique en forme de soucoupe accrochée sur le fuselage, assurait le contrôle des appareils civils et militaires. L'AWACS était également chargé de la surveillance aérienne et de la détection initiale des raids ennemis.

Des avions de surveillance maritime à long rayon d'action, armés de torpilles ASM, ratissaient la baie. Jeffrey nota également la présence d'un dirigeable. Ces engins, capables de rester en l'air plusieurs jours sans ravitailler, embarquaient de nombreux senseurs de surveillance surface. D'autres systèmes de défense se trouvaient fort probablement camouflés au sol : radars, canons antiaériens, rampes de missiles de croisière, chars, nids de mitrailleuses.

Malgré tout, Jeffrey restait sceptique sur la capacité réelle de tous ces moyens à défendre l'ensemble de la côte est en cas d'opération d'envergure. Mais un débarquement ne faisait pas partie des plans de l'Axe et Berlin l'avait annoncé très clairement. Ces gens-là étaient suffisamment malins pour ne pas gaspiller leurs forces en choisissant d'envahir et d'occuper les Etats-Unis, opération vouée à l'échec et au-dessus de leurs moyens. Il valait bien mieux, de leur point de vue, déchaîner la violence en pleine mer, dans les eaux internationales, afin de couper les lignes de communication. Pour l'Axe, il était bien plus efficace *d'isoler* les Etats-Unis que de les envahir, de laisser la peur et les privations éroder lentement le moral des électeurs américains, jusqu'au jour où, lassés, ils décideraient d'abandonner l'Europe et l'Afrique à leur sort. Il fallait les effrayer suffisamment pour qu'ils acceptent le statu quo en faisant la paix avec le nouvel Empire. Le prix à payer pour l'Amérique, c'était de se résoudre à devenir une puissance de second rang.

La guerre véritable qui se déroulait autour et à l'intérieur des Etats-Unis était une guerre psychologique. Une guerre où les objectifs n'étaient ni des usines ni des voies ferrées, mais l'âme des gens, leur confiance dans leurs dirigeants et en eux-mêmes, leur détermination à risquer leur propre destruction au profit d'autres. Les sous-marins de l'Axe avaient déjà procédé à des tirs contre plusieurs villes côtières ou bases américaines, usant à cette fin de missiles de croisière supersoniques à têtes conventionnelles. Le risque d'une escalade nucléaire, délibérée ou non, était constamment présent à l'esprit de tous – et l'Axe faisait en sorte que l'opinion publique américaine en restât bien pénétrée.

La terre remplaça bientôt la mer sur l'avant du Seahawk. Jeffrey distinguait à bâbord la route, entrecoupée de ponts et de tunnels, qui traversait la baie. L'hélico s'inclina à droite, cap sur le soleil couchant. Les Apache dégagèrent pour rentrer à Washington. Les cargos au mouillage avaient laissé la place à des bâtiments de guerre amarrés à quai. Les turbines changèrent de régime, le Seahawk se cabra et la terre se rapprocha à toute allure. L'hélico toucha enfin une aire en béton. Jeffrey mit un certain temps à récupérer ses esprits et son équilibre, à passer de l'état exaltant de créature volante à celle d'humain rivé à la terre ferme.

Fini de rigoler, au boulot.

Le chef de cabine se dirigea vers l'avant pour ouvrir la porte. Jeffrey déboucla son harnais, puis suivit Wilson et Ilse qui sortaient de l'appareil. Il eut un peu de mal au début, il se sentait les jambes flageolantes. Parvenus à distance de sécurité, tous trois se débarrassèrent de leurs lunettes, casques et brassières qu'ils rendirent au chef de cabine. Le pilote et le copilote coupèrent les turbines et les différents systèmes. Les équipes de maintenance et de ravitaillement s'activaient déjà, il ne restait plus qu'un halo de chaleur au-dessus des turbines, tout en haut du fuselage.

Jeffrey examina le paysage. Ils se trouvaient à la base navale de Norfolk, une base énorme, bruissante d'activité, puissamment défendue. C'est tout près de là que, dans sa jeunesse, il avait été affecté au Centre de guerre amphibie lors de son passage dans les commandos. Dans cette direction précise, à l'extrémité de la presqu'île de Pamlico, se trouvait le camp Lejeune, base des marines, avec ses casernements, ses parcours du combattant, ses champs de tir, ses plages utilisées pour les exercices de débarquement. Un peu plus proches, les pistes et les hangars durcis d'Oceana, la base aéronavale. Et par là, de l'autre côté de Hampton Roads, un site plein d'histoire, les chantiers navals de Newport News où l'on construisait sous-marins et porte-avions nucléaires. C'est précisément ici, à Hampton Roads, que les premiers navires en fer, l'USS *Molitor* et le CSS *Virginia* – anciennement *Merrimack* –, s'étaient canonnés sur place pendant la guerre de Sécession.

Un aide de camp les attendait près d'un minibus banalisé, mais qui appartenait manifestement à la marine. Il leur fit signe de venir les rejoindre. Les hélicos qui décollaient ou atterrissaient faisaient un vacarme d'enfer, Jeffrey cria dans l'oreille de Wilson :

— Commandant, j'ai l'impression qu'on va nous ramener à New London.

Wilson lui jeta un regard désapprobateur, mais finit tout de même par sourire. Il mit sa main autour de l'oreille de Jeffrey alors que, dans ce bruit assourdissant, personne ne risquait de les entendre.

— Fuller, considérez que ce qui vient de se passer n'était qu'un simple avant-goût et tirez-en les enseignements. De temps à autre, vous ne réfléchissez pas assez alors que parfois, comme en ce moment, vous empilez les hypothèses. Dans les deux cas, il s'agit de fort mauvaises habitudes et il est temps que vous les corrigiez.

Il s'éloigna, Jeffrey le suivit. Wilson se pencha vers lui :

— On peut remplacer la décoration que vous venez d'égarer à Washington. Mais vous, qui êtes l'un de mes meilleurs commandants, je ne tiens pas à vous perdre. Je vous souhaite de vivre assez longtemps pour une autre décoration, je n'ai guère envie de vous voir rentrer dans une boîte en sapin ou servir de nourriture radioactive aux petits poissons.

Jeffrey, Wilson et Ilse étaient assis dans une salle de réunion souterraine, au centre de communications protégé de Norfolk. Ces installations étaient utilisées par le commandant en chef de la flotte de l'Atlantique. Plus de vingt personnes s'entassaient dans la pièce – amiraux, commodores, généraux et officiers de haut rang membres de leurs états-majors. Une paroi entière était constituée de verre anéchoïque, les rideaux étaient grands ouverts. Jeffrey avait sous les yeux, de l'autre côté de la vitre, l'ensemble du centre des opérations. Les murs étaient couverts d'écrans plats où s'affichaient cartes et tableaux de situation. Des hommes et des femmes étaient installés devant les consoles, des officiers dont les aiguillettes disaient qu'ils appartenaient à l'état-major entraient et sortaient, l'air important. Des plantons couraient dans tous les sens.

La présentation préliminaire était finie depuis longtemps et le vice-amiral d'escadre Hodgkiss avait pris la parole. L'atmosphère était tendue, l'agitation fébrile qui régnait à l'extérieur était contagieuse. Lorsqu'il était au mieux de sa forme, Hodgkiss était un homme raide et compassé. Ce soir-là, de toute évidence, il était autant sur les nerfs que les autres. Les effets sans doute de l'appareillage imminent du convoi, de la bataille à venir avec ces meutes de U-Boote modernes, de l'offensive terrestre de l'Axe qui allait se déclencher en Afrique équatoriale et, enfin, de l'appareillage du *von Scheer.* L'amiral termina son exposé en reprenant ce qu'ils savaient et ne savaient pas – et les inconnues prédominaient largement.

Il fit le tour de la pièce du regard.

— Je m'adresse à vous tous, membres de mon état-major, chefs d'escadrilles et commandants de groupes de porte-avions, tout le monde quoi. Il nous faut mettre le paquet, tout de suite. Je vous demande de faire marcher vos méninges, de rester aux aguets et de tirer le maximum des moyens placés sous vos ordres. Dès que la bataille aura commencé, sachez faire preuve d'initiative, sans quoi je n'hésiterai pas une seconde à vous relever de votre commandement. Respirez un grand coup, humez l'odeur de fumée qu'exhale l'uniforme du commandant Fuller. Montrez-vous agressifs, ne vous défendez pas contre les U-Boote, *attaquez-les* ! Nous jouons notre va-tout sur un simple coup de dés, *il faut* que nous réussissions à faire passer ce convoi, *il faut* que nous conservions cette poche. Dans le cas contraire, autant dire que la guerre est déjà perdue.

Un planton frappa à la porte. Le chef d'état-major de Hodgkiss, un capitaine de vaisseau, le fit entrer. L'homme tendit un message à l'amiral. Hodgkiss fronça le sourcil en en prenant connaissance puis, se tournant vers son auditoire :

— Je crois que nous allons faire une petite pause. Tout le monde ici dans dix minutes. J'ai besoin d'étudier les dispositions à prendre pour protéger le convoi et détruire ou disperser les meutes de sous-marins. Il nous faut également préciser les opérations de débarquement et de déchargement en Afrique. Tout dépend de la maîtrise que nous aurons ou non des plages et de l'espace maritime et aérien lorsque le convoi et son escorte arriveront sur les lieux… Fuller, venez, je veux vous voir seul.

Un peu nerveux, Jeffrey suivit Hodgkiss dans le hall puis dans une petite salle de réunion disponible. L'amiral s'assit et lui désigna un siège de l'autre côté de la table.

Il commença par le regarder fixement sans mot dire, comme pour le jauger, pour le mesurer à son aune qui ne pardonnait rien.

C'était un homme maigre et de petite taille, d'une intelligence exceptionnelle. Ancien sous-marinier lui-même, mais tenu par les responsabilités élevées qu'il exerçait désormais, il avait tendance à prendre ses distances avec ses anciens congénères. Des forces navales considérables se trouvaient placées sous ses ordres, qui dépassaient de loin les seuls sous-marins d'attaque. Son royaume englobait des bâtiments de surface, tels que les croiseurs Aegis, l'aéronautique navale – porte-avions et aviation embarquée – sans compter de puissants groupes amphibies. Hodgkiss pouvait se montrer très dur avec ses subordonnés, il avait la réputation de quelqu'un à qui l'on n'a pas du tout envie de déplaire. Son style autoritaire et sa complexion de nerveux rappelaient à Jeffrey feu l'amiral Rickover, père autoproclamé de la marine nucléaire, un homme qui faisait et défaisait les carrières à sa guise. Hodgkiss était cet amiral auquel Jeffrey avait en vain essayé de glisser quelques mots lors de la réception à l'hôtel Omni Shoreham.

L'amiral posa l'enveloppe sur la table et, de but en blanc, regardant Jeffrey droit dans les yeux, commença :

— Les Russes viennent de nous transmettre un message par l'intermédiaire de leur ambassadeur. Je cite : « Toute utilisation d'armes thermonucléaires par les Etats-Unis, où que ce soit en Extrême-Orient, sera considérée comme une agression contre la Russie. Dans ce cas, les représailles seraient massives et immédiates. » Fin de citation.

Impassible, il attendit de voir la réaction de Jeffrey à cette nouvelle en forme de bombe.

— Amiral, cette démarche s'applique-t-elle à l'ensemble des Alliés, comme les Anglais et les Français, par exemple, ou ne concerne-t-elle que les Etats-Unis ?

— Bonne question, mon garçon. Les Etats-Unis et uniquement eux… Ils sont en train de nous expliquer qu'il vaut mieux ne pas dépasser le stade des armes tactiques à fission. Et ce message – l'amiral frappa l'enveloppe du plat de la main – met clairement les puissances asiatiques sous la protection du parapluie nucléaire russe. Ni les Allemands ni les Sud-Africains ne possèdent la moindre bombe H. Celles que possédaient les Français ont été, soit évacuées avant la capitulation, soit détruites par leurs forces spéciales.

— Pourquoi maintenant ? demanda Jeffrey.

— A vous de me le dire.

— Ils sont au courant, pour le *von Scheer*. Ils connaissent aussi l'existence du convoi. Ils prennent leurs précautions, pour le cas où la situation nous échapperait et nous pousserait à l'escalade. Ils jettent tout leur poids derrière l'Axe.

— Probable. Mais je suis sûr qu'il y a autre chose.

— Amiral ?

— Ils savent de source sûre que vous avez failli déclencher la troisième guerre mondiale, le mois dernier.

Jeffrey ne savait trop que répondre : *J'ai agi sur ordre du commandant en chef, transmis par la voie hiérarchique. Et je n'ai pas déclenché la troisième guerre mondiale.*

Hodgkiss lui lança un regard amusé, comme s'il avait lu dans ses pensées – on lui attribuait ce don. Il se mit à rire :

— Si vous ne faites pas preuve d'humour à terre,

qu'est-ce que ça sera en mer ? Personne ne vous reproche rien, du moins dans le haut commandement, à commencer par moi-même. On vient de vous décerner une décoration prestigieuse pour vos exploits. J'ai voulu avoir ce petit entretien avec vous parce que votre rôle dans ce qui nous attend va être très important.

Jeffrey hésitait. *Aujourd'hui, tout le monde me raconte ce genre de choses.*

— J'ai informé le commodore Wilson de cette conversation, hors de la chaîne hiérarchique. Il l'a approuvée, naturellement. Je ne lui ai pas demandé son autorisation, je l'ai simplement *informé* – petit rire –, je lui ai promis que vous lui raconteriez dès que vous aurez l'occasion de vous dire deux mots.

— Oui, amiral, bien sûr.

Jeffrey se sentait un peu mieux. Hodgkiss s'anima soudain.

— Le HMS *Dreadnought* est déjà en place dans le détroit du Groenland. Depuis que nous savons que le *von Scheer* quitte la Norvège, le *Dreadnought* constitue notre première ligne de défense. Certains de nos meilleurs sous-marins à coque d'acier, comme le *Seawolf*, sont également déployés dans le détroit.

Les sous-marins de cette classe étaient rapides et pouvaient plonger très profond. Ils avaient été spécifiquement conçus du temps de la guerre froide pour la lutte ASM océanique. Quant au *Dreadnought*, c'était un sous-marin à coque composite, assez comparable au *Challenger*.

— Comme le *von Scheer* peut choisir à sa guise l'endroit par lequel il passera et puisque le *Dreadnought* et le *Seawolf* ne peuvent pas être partout, je crois que le *von Scheer* va s'engager dans l'Atlantique. C'est là que vous-même et votre bâtiment devenez indispensables.

Jeffrey jugea plus prudent de tenir sa langue.

— L'ultimatum des Russes soulève une autre question, continua Hodgkiss en reprenant l'enveloppe.

Jeffrey réfléchissait à toute vitesse : *Ce type sait s'y prendre pour me ramener au centre du débat. Et vite fait.*

— Amiral, leur note fait-elle explicitement référence à des représailles si nous utilisions des armes nucléaires dans la bataille terrestre, mais suffisamment loin de la Russie ?

— Bien vu. La réponse est non. L'analyse du document réalisée par les spécialistes conclut que les Russes ont préféré laisser cet aspect de côté.

— Comme cela, les Allemands, les Boers et nous-mêmes restons dans l'incertitude.

— Et comme cela, les Allemands et les Boers se sentiront dépendants de l'aide des Russes… Cela soulève indirectement la question des armes nucléaires en Afrique équatoriale, ce qui serait notre pire cauchemar.

Jeffrey essaya de chasser cette idée effarante – mais c'était lorsqu'il était soumis à ce genre de tension qu'il s'enhardissait.

— Le meilleur moyen pour éviter d'en arriver là, amiral, consiste à débarquer vite et à rester aussi dispersés que possible, à faire progresser rapidement les chars, les véhicules et les hélicos loin des plages. Puis à ne plus bouger, à nous disperser au maximum. Il ne faut pas tenter l'Axe en lui offrant des objectifs trop concentrés qui lui permettraient de faire usage de ses armes à fission.

— Va pour la théorie, mais votre boulot consiste à la transformer en actes, cela doit être votre première motivation. Arrêtez-moi le *von Scheer*, faites en sorte que le convoi subisse un minimum de pertes de façon que la marine et l'armée puissent faire ce que vous venez de décrire. Les hélicos, les véhicules de débarquement à coussin d'air et les chars amphibies ne servent à rien si les bâtiments qui les portent n'arrivent pas là-bas intacts.

— Je vois.

Hodgkiss changea brusquement de sujet – encore une autre de ses habitudes.

— Le *Challenger* a appareillé, c'est un subterfuge en deux étapes. Premier point, les agents de l'Axe ont certainement pisté votre hélico après votre départ de Washington. Ils savent que le commandant du *Challenger* se trouve ici et non à New London. Il s'agit de *vous*, Fuller, notre meilleur commandant de sous-marin. (L'amiral eut un sourire désarmant.) Seconde étape, le *Challenger* vient de recevoir un nouveau système de détection. Son nom de code est confidentiel.

Jeffrey ne savait plus très bien où il en était.

— Je suis donc supposé servir de leurre ici, afin que les Allemands et les Boers croient que mon sous-marin est toujours au bassin ?

— Mais non, fit sèchement Hodgkiss. Vous allez rejoindre votre bâtiment en secret lorsqu'il arrivera dans la zone de Norfolk, vous utiliserez un sous-marin de poche. Votre second assure le commandement par intérim. Je suppose qu'il jouit de toute votre confiance pour naviguer en transit dans des eaux amies ?

— Bien entendu, amiral.

— Cette fois-ci, le lieutenant de vaisseau Reebeck n'embarquera pas.

Hodgkiss lui jeta un regard en coin et Jeffrey traduisit que quelqu'un, quelque part, avait décidé qu'il valait mieux les séparer. Puis il se souvint qu'il avait lui-même envisagé de demander une autre affectation pour Ilse à l'issue de leur dernière mission.

— Le lieutenant de vaisseau Reebeck sera affecté à mon état-major ainsi que le commodore Wilson, pour essayer de deviner vos intentions et votre tactique, car nous n'aurons guère de contact avec vous. Le lieutenant de vaisseau Reebeck nous fera également profiter de ses compétences d'océanographe.

Jeffrey encaissa sans rien dire. Cette décision était de simple bon sens. Il attendit la suite.

— Eh bien non, l'enseigne de vaisseau Clayton et ses commandos ne sont pas à bord. Vous ne les verrez d'ailleurs pas du tout.

— Dans ce cas…

— Vous aurez droit à une autre équipe qui vous ralliera en sous-marin de poche lorsque vous aurez rejoint votre zone de patrouille.

Hodgkiss s'étendit enfin et croisa les mains derrière la tête. Jeffrey laissa tomber sa garde – pour le regretter aussitôt.

— Pourquoi ne portez-vous pas votre décoration ?

Jeffrey hésita, un peu gêné.

— Je l'ai égarée, amiral.

— Oui, je sais. Je sais exactement où et quand et dans quelles conditions. C'était juste histoire de causer.

— Amiral !

— Avant que nous retournions voir les autres et traiter des autres sujets, il y a une chose que je voudrais vous dire, commandant.

— Amiral ?

— Cette fois-ci, quand vous aurez rallié votre bâtiment, n'allez pas vous amuser à jouer au cascadeur avec les SEAL et à vous exposer au feu de l'ennemi… Si cela est indispensable pour couler le *von Scheer*, votre équipage et votre sous-marin sont du consommable. *Pas vous.*

CHAPITRE 7

Dans l'ouest de la mer de Barents,
à l'est de la Norvège

Ernst Beck était seul, assis dans sa chambre – la chambre du commandant de l'*Amiral von Scheer.* Il ressassait ce qui venait de se passer et ce qui l'attendait.

Le commandant en titre était mort et Beck allait bientôt se trouver confronté aux meilleures forces anti-sous-marines alliées. Singularité due à la géographie, le seul passage rapide entre la Norvège et l'Atlantique Nord faisait franchir le détroit du Groenland. Cet endroit particulier – le G-I-GB, pour passage entre Groenland, Islande et Grande Bretagne – avait attiré l'attention de l'OTAN comme des Russes au cours de la guerre froide. Pour l'instant, Beck payait le prix de la décision de construire le *von Scheer* en secret dans les glaces perdues de l'Arctique avec l'aide et la protection des Russes : il lui fallait franchir ce passage délicat.

Contribuer à la destruction d'un gros convoi allié qui se dirige vers l'Afrique centrale. Couler une bonne fois le Challenger. *L'ordre chronologique importe peu, mais inutile de rentrer tant que vous n'aurez pas atteint ces deux objectifs.*

Beck savait bien que les sous-marins allemands avaient détruit au nucléaire les câbles acoustiques du SOSUS dès l'ouverture des hostilités. Cela n'interdisait pas aux Américains et aux Britanniques d'en avoir posé de nouveaux. Ils utilisaient même de petites plates-formes autonomes, multisenseurs, très discrètes, pour détecter et localiser d'éventuels intrus. Il fallait s'attendre à ce que les meilleurs sous-marins d'attaque soient déployés dans la zone. Une bonne dizaine peut-être, chacun dans la zone de patrouille qu'on lui aurait assignée, destinés à renforcer les détecteurs passifs dans le détroit et au-delà. Sans parler des satellites, avions de patrouille maritime, bâtiments de surface, ni des mines et des torpilles.

Beck se frotta les yeux, il ressentait encore les séquelles de la fumée et de l'eau salée. Il poussa un grand soupir.

Mon premier commandement, la première patrouille opérationnelle du von Scheer, *tout cela risque de se terminer très vite, à peine commencé. Et pour le moment, conformément à mes ordres, je pars dans la direction opposée – plein est, direction la mer de Barents – et non vers le détroit, cap à l'ouest. Et je ne sais même pas pourquoi.*

Il inspecta sa chambre du regard. Il avait eu très peu de temps pour s'habituer à être le commandant, encore moins pour évaluer les responsabilités immenses qui l'attendaient. Il avait collé sur la cloison la photo de sa femme et de ses fils, à l'endroit même où, peu de temps avant, se trouvait celle de la femme et des enfants d'un autre. Il avait l'impression que ceux-là le regardaient encore, d'un regard accusateur.

On avait débarqué les affaires personnelles du commandant défunt à la base. L'état-major de l'amiral ferait le nécessaire pour renvoyer le tout à la famille, accompagné d'une lettre de condoléances. Beck savait que cette lettre indiquerait seulement qu'il avait été tué en se battant pour sa patrie. Compte tenu de son grade, la lettre serait sans doute signée par quelque haut dignitaire à Berlin – postée de Berlin également, afin de ne rien révéler de l'endroit, sans parler des raisons, de sa tragique disparition. *La dernière en date de tant de pertes, de tant de pertes tragiques.*

Il écoutait le ronronnement rassurant des ventilateurs de renouvellement d'air dont le flux soufflait par une grille, juste au-dessus de sa tête. Un air qui avait cette odeur si familière du sous-marin nucléaire en plongée : ozone, huile, peinture qui chauffe sur du métal, filtres, électronique, et toujours, cette odeur de sueur humaine. Ils se trouvaient à l'immersion maximale compatible avec la topographie du fond, trois cents mètres. Un fort blizzard soufflait en surface et la mer était forte. Mais le pont du *von Scheer*, qui faisait route en silence à quinze nœuds, était aussi immobile que possible.

A cette époque de l'année, le temps est presque toujours épouvantable en mer de Barents. On est au large de la péninsule de Kola, chasse gardée des Russes, sentinelle qui protège la masse de la péninsule scandinave... et qui regroupe le plus gros des installations de la flotte du Nord.

Il leva les yeux des ordres qu'il était en train de lire en entendant un planton frapper à la porte. Il entrouvrit légèrement la porte et se plaça de façon que l'homme ne puisse voir les documents protégés empilés sur sa petite table rabattable.

Ce planton était tout jeune, dix-huit ans peut-être. Il se mit au garde-à-vous pour lui tendre une liasse de comptes rendus réglementaires transmis par le chef du groupement énergie. Beck examina les feuillets fixés par une pince sur une planchette, à l'ancienne mode. Tout était en ordre du côté des deux chaudières nucléaires, l'hélice pompe fonctionnait parfaitement. Idem pour tous les autres équipements, générateurs de vapeur, turbines, condenseurs, les deux gros turboalternateurs, les redresseurs statiques, les moteurs à courant continu qui entraînaient l'arbre de propulsion. Il parapha tous les feuillets à l'endroit prévu – décidément, toujours et encore de la paperasse.

Il leva les yeux pour examiner l'homme : jeune, dur, discipliné, fier – mais qui ne devait cependant pas se poser trop de questions et que ni la philosophie ni la morale ne préoccupaient trop.

Une machine de guerre parfaitement huilée, tout comme le von Scheer, *si ce n'est qu'il est fait de chair et de sang. Une composante parmi tant d'autres d'un système de combat, un tout petit peu plus qu'une personne. Parfaitement entraîné conformément aux normes allemandes de professionnalisme et de discipline, mais légèrement sous-développé côté jugement personnel... Bref, un membre de mon équipage.*

Il entendit des hommes passer dans la coursive. Relève de quart, comme toutes les six heures. Le quart de nuit allait se coucher, la bordée de jour arrivait. L'un de ses officiers les plus compétents allait passer la suite à son successeur, selon une procédure bien établie. Cet officier était chargé de régler tout ce qui concernait la vie du bord, machine, navigation – mais la décision finale et la responsabilité finale reposaient toujours en fin de compte sur les épaules du commandant, lui-même.

Les cuistots étaient sans doute en train de servir le déjeuner[1]. Beck prit une profonde inspiration pour savourer les odeurs délicieuses qui montaient de la cambuse : le pain qui sortait du four, le jambon et les œufs brouillés. Il en avait des gargouillis dans l'estomac, mais il avait encore à faire et décida de prendre plus tard un en-cas, ou même d'attendre le dîner.

Il poussa la porte de quelques centimètres de plus, le

1. Dans la marine, le déjeuner est le « petit déjeuner » ; le dîner est le « déjeuner » ; enfin, le souper est le « dîner ». *(N.d.T.)*

planton était toujours là, très raide. Il voulait voir ses hommes passer, qui en direction du PCNO, qui vers le poste torpilles à l'avant, d'autres encore vers l'arrière et les postes de l'équipage. Plus loin encore, la tranche missiles avec ses tubes verticaux qui abritaient les missiles de croisière. Enfin, les chaudières dans leur enceinte blindée et la machine, tout à l'arrière.

Quelques officiers mariniers le saluèrent au passage en l'apercevant, alors que les quartiers-maîtres et matelots évitaient en général son regard. Les officiers lui donnaient du *guten Morgen*, bonjour.

L'un dans l'autre, Beck était satisfait de ce qu'il voyait. Certes, il s'agissait de leur première patrouille, mais les exercices, postes de combat et autres entraînements commençaient à faire leur effet et à souder ses hommes pour en faire un équipage. A voir leurs têtes, leur tenue, leur allure décidée, on sentait qu'ils étaient pleins d'allant et décidés à se battre. Une sorte d'excitation collective à l'idée de remettre tous ces bâtiments alliés là où ils devaient être : par le fond et en pièces.

Beck songeait. Lorsqu'une centaine d'hommes vivent entassés à l'intérieur d'une coque épaisse, sans hublots, sans aucune intimité ni espace personnel, on devine beaucoup de choses simplement en les observant. Il ne connaissait la plupart d'entre eux que depuis une semaine, depuis le début de cette phase de préparation intense qui avait suivi la période de repos puis d'entraînement à terre, au retour de leur dernière patrouille. Il y avait encore énormément de travail à faire pour les évaluer, pour qu'il s'évalue lui-même, mais ils semblaient parés pour le test décisif. Ils l'avaient accepté sans hésiter comme leur commandant. Sa réputation de tacticien n'était plus à faire, et les rares membres de l'équipage qui avaient navigué avec lui, qui avaient donc survécu, lui avaient fait sa publicité. La Croix de fer qu'il portait autour du cou – même en tenue de mer – renforçait encore sa crédibilité. Les diamants incrustés dans la décoration étaient, pour tous ceux qui vivaient à bord, la preuve tangible que Beck était allé à des endroits, avait fait des choses, pris des décisions, obtenu des récompenses qui pour la plupart d'entre eux restaient un rêve.

Cette aura est un avantage que j'ai bien l'intention de maintenir et de renforcer.

Satisfait de ce qu'il avait lu dans les comptes rendus, et même de tout le reste, il dit au planton de disposer. Puis, se ravisant, il lui demanda de lui rapporter une tasse de thé chaud.

La tasse vide était posée sur son bureau. Il avait sorti sur la tablette la grosse enveloppe qui contenait ses ordres secrets et que lui avait remis l'amiral, ces ordres à la rédaction desquels Rudiger von Loringhoven avait contribué. L'enveloppe était ouverte.

Ce que lisait Beck ne lui plaisait guère. Le pli contenait tout d'abord une courte lettre d'instructions générales puis une seconde grosse enveloppe, très épaisse. La lettre expliquait que von Loringhoven était son conseiller spécial pour tout ce qui regardait la conduite générale de la patrouille et le choix des objectifs. Bien que diplomate de métier, von Loringhoven avait l'habitude de travailler avec les attachés navals allemands ou étrangers. Le ministère des Affaires étrangères lui avait fait un exposé détaillé de la situation militaire générale, il avait eu des entretiens approfondis avec l'amiral commandant les forces sous-marines de la marine impériale. Et il avait enfin une connaissance approfondie des stratagèmes utilisés par l'Axe ainsi que des objectifs de cette guerre.

Parfait. Mais tout cela ne me dit pas pourquoi von Loringhoven est à bord.

La lettre ordonnait au commandant de n'ouvrir la seconde enveloppe qu'en présence de von Loringhoven. Tout en exerçant la plénitude de ses responsabilités de commandant – remplir sa mission en assurant la sécurité de son bâtiment dans toute la mesure permise par les contraintes du temps de guerre –, le commandant du *von Scheer* devait fournir à von Loringhoven toute l'assistance possible, compte tenu des impératifs tactiques.

Beck remuait toutes ces pensées dans sa tête.

Cette lettre est adressée à un mort, qui était mon supérieur, qui savait des choses que je ne sais pas. Pour un commandant normal, se retrouver avec un civil sur les bras aurait été suffisamment irritant. Mon ancien commandant était un homme d'humeur joviale, à l'autorité reconnue, et il s'en serait arrangé. Pour moi, je suis moins ancien, et je me sens moins coulant.

Il décida de mettre les formes : le diplomate qu'était von Loringhoven apprécierait certainement. Il décrocha l'interphone et appela le central. La réponse fut immédiate.

— Second par intérim, commandant.

C'était l'officier missilier, le lieutenant de vaisseau Karl Stissinger. Beck l'avait nommé officier en second et fait remplacer dans ses fonctions par son adjoint, un enseigne. Le maître principal était devenu adjoint du service à son tour, et ainsi de suite, tout le monde montait d'un cran. Même si les hommes étaient peinés de la perte de leur commandant, parfois même encore sonnés des circonstances particulières de cette mort, ils étaient dans l'ensemble plutôt contents. Tout le monde avait été promu et si cette patrouille était couronnée de succès, ces promotions deviendraient à coup sûr fermes et définitives.

— Einzvo, dit Beck, envoyez-moi le planton.

— *Jawohl !*

Stissinger avait l'air de fort bonne humeur.

Cela faisait un drôle d'effet à Beck, appeler quelqu'un d'autre « einzvo ». *Il va falloir que je m'y habitue, moi aussi.*

Le planton arriva. Jeune lui aussi, grand et bien bâti, intelligent certes, mais sans plus.

Est-il assez vieux, assez mûr, pour comprendre vraiment ce que signifie mourir ? Est-il assez sage pour comprendre que sa propre mort serait sa fin absolue et sans appel ? Pense-t-il à l'au-delà, ou est-il seulement préoccupé comme moi par le purgatoire de cette guerre, où Dieu même nous oublie ?

— Demandez à notre passager de venir me rejoindre.

Quelques instants plus tard, il entendit que l'on frappait à une porte, non pas à la sienne mais à celle qui donnait accès à la douche et aux toilettes qu'il partageait avec l'officier en second.

Von Loringhoven logeait dans cette chambre, il avait beaucoup insisté. La sécurité de la mission, avait-il avancé. Et l'einzvo n'était que simple lieutenant de vaisseau, habitué à occuper une chambre prévue pour trois officiers subalternes. Il n'avait qu'à partager.

Apparemment, von Loringhoven avait envie de fouiner un peu partout, de connaître l'équipage et pas seulement de se cantonner aux deux mètres que mesurait la coursive.

— Entrez, fit Beck en se tournant vers la porte métallique pour essayer de cacher son irritation.

Il sentit que le bâtiment prenait un peu de pointe négative. Stissinger était chef de quart, il suivait les contours du fond, ce qui leur permettait d'être plus discrets. D'un coup d'œil rapide qui dénotait une certaine habitude, il consulta sa console : latitude 71°58'37 nord, longitude 031°24'08 est, cap 041, immersion 321 mètres, vitesse 15 nœuds. 041, pratiquement le nord-est, ils s'enfonçaient toujours plus profondément dans la mer de Barents, dans les eaux russes.

Sur l'écran, seuls cap et vitesse ne variaient pas. Les petits chiffres rouges qui indiquaient la position et l'immersion, eux, changeaient tout le temps.

Et tout cela lui passait par la tête sans aucun effort, en une fraction de seconde. Il finit par se rendre compte qu'il évitait de penser à ce qui importait vraiment : son premier entretien avec Rudiger von Loringhoven.

Von Loringhoven qui entrait précisément dans sa chambre. Rien dans son attitude ne laissait entrevoir les quelques marques de respect ou de crainte qu'on aurait pu imaginer chez quelqu'un qui pénétrait dans le sanctuaire d'un commandant de sous-marin nucléaire. En fait, il paraissait déjà blasé[1], pour ce qu'en voyait Beck, qui lui trouvait dans le regard quelque chose de tranquillement amoral.

— *Ach*, fit von Loringhoven, je vois que vous avez commencé à découvrir vos ordres de mission.

Beck essaya de rester calme.

— Etes-vous prêt pour l'ouverture de la seconde enveloppe ?

— Oui. Asseyez-vous. Vous n'avez besoin de rien, dans votre chambre ? Souhaitez-vous que je demande au carré de vous faire porter quelque chose ?

Beck espérait qu'il accepterait au moins cette dernière proposition, ce qui lui permettrait à lui d'avaler quelque chose.

Von Loringhoven prit la chaise.

— Le convoi qui doit partir d'Amérique pour l'Afrique équatoriale va appareiller incessamment. Notre propre offensive pour réduire cette poche puis opérer notre jonction avec les Boers peut commencer à tout moment. Et il y a tant d'autres choses à coordonner. Le temps est compté, allons-y.

Beck ouvrit l'enveloppe qui contenait plusieurs pages dactylographiées, un disque de données et une troisième enveloppe scellée. Le document commençait par dire à Beck qu'il ne devait pas ouvrir cette dernière enveloppe tant qu'il n'avait pas rempli la mission décrite dans la suite du texte, mission pour laquelle le disque lui fournissait

1. En français dans le texte. *(N.d.T.)*

des renseignements et des données océanographiques complémentaires.

Beck fronça les sourcils, avant de lever les yeux vers von Loringhoven :

— Il y a encore beaucoup d'enveloppes qui contiennent des enveloppes qui contiennent des enveloppes ?

— Oui, plusieurs.

— Et pour quelle raison ?

— Sécurité.

Je trouve que ce gaillard me prend d'un peu trop haut. Il essaye de m'asticoter ? D'insister lourdement sur notre différence de classe sociale ? La restauration des Hohenzollern avait produit un regain d'élitisme chez les Allemands de race noble. Ce *von* devant le patronyme indiquait l'appartenance à l'aristocratie. Ils étaient quelques-uns à savourer cette retombée secondaire du retour à l'Empire – alors que l'empereur était un fantoche que l'on avait contraint à jouer son rôle. Les fastes de la vie de cour avaient beaucoup d'attraits pour ces gens qui pouvaient désormais afficher ouvertement leurs titres de barons ou de comtes, ce qui signifiait vraiment quelque chose, à présent… Et puis, cela servait de carotte pour récompenser valeur ou exploits, puisque l'on pouvait décerner des titres héréditaires à des individus méritants, quelles que fussent leurs origines.

— Vous êtes bien placé pour en comprendre les raisons, reprit von Loringhoven.

— Pardon ?

Beck sursauta, il s'était laissé aller à rêvasser.

— Cela permet d'établir des barrières successives de sécurité, au cas où les choses se passeraient mal, il est possible que vous, commandant, ne disparaissiez pas avec votre bâtiment. C'est ce qui est arrivé la dernière fois, lorsque vous étiez second. On pourrait vous capturer, vous interroger. Mais ce que vous ne sauriez pas, vous ne le diriez jamais sous la torture.

— Et vous ?

— Pardon ?

— Vous connaissez les ordres dans leur intégralité.

— C'est exact.

— Et si les choses se passaient mal et si vous ne couliez pas avec le bâtiment ?

Von Loringhoven sortit de sa poche un pistolet qui tenait dans la paume de sa main.

— Pour éviter de me faire prendre, je me tirerais une balle dans la tête.

Le PCNO du *von Scheer* était bondé, il y avait plus de vingt hommes installés devant les consoles ou debout dans les passages. La hauteur sous barrots était modeste, le plafond était tapissé de tuyauteries, de câbles, de fils en tout genre. L'éclairage rouge était en fonction afin de faire mieux ressortir les écrans des opérateurs de quart et de toute manière parce que le bâtiment était aux postes de combat – au cas où. Des indications de toutes les couleurs, bleu, vert, jaune, dansaient sur les écrans.

Beck alla s'asseoir sur la banquette à deux places de la console de commandement, au milieu du PCNO et commença par regarder ce que disaient les écrans. La fenêtre de gravimétrie montrait la forme du fond marin en détail, à partir de l'analyse en temps réel du champ de gravité dans différentes directions. Des capteurs *ad hoc* étaient fixés à intervalles réguliers sur la coque. Cet instrument était précieux, car purement passif, insensible au bruit de fond et aux bulles des explosions nucléaires sous-marines. Enfin – tout comme la gravité elle-même –, la gravimétrie permettait de faire des mesures à travers les roches. Inconvénient, elle était incapable de détecter un objet en mouvement, comme par exemple le blindage épais et le cœur d'un réacteur de sous-marin.

Beck annonça qu'il prenait la manœuvre. Il lui revenait désormais de décider de l'immersion, du cap, de l'allure. Il nota la présence de von Loringhoven qui se tenait un peu à l'écart et observait le spectacle, l'air moyennement intéressé. Il décida de l'oublier.

Il entreprit d'examiner l'ensemble de la situation. Le fond, une plaine doucement ondulée, avec des sédiments de nature diverse et répartis de manière assez erratique. Sable, gravier, vase selon les endroits. Comme l'air était pratiquement à la température de congélation, et comme l'eau était agitée par des tempêtes continuelles, la température de la mer était sensiblement constante depuis la surface jusqu'au fond. Aucune zone de convergence ne pouvait naître dans la mer de Barents et il n'y avait pas assez de fond non plus pour espérer trouver un chenal sonore. Les courants étaient très variables, à toutes les immersions, car les derniers effets secondaires du Gulf Stream, orienté au nord le long des côtes norvégiennes, entrent en conflit avec le courant glacial arctique qui circule dans le sens inverse des aiguilles d'une montre.

Les conditions de propagation sonore étaient moins que médiocres et les traces fugitives laissées par le *von Scheer* devaient donc être indétectables, sauf à très courte distance.

Beck était content de ce qu'il voyait, on ne pouvait rêver meilleures conditions pour transiter sans se faire repérer.

Il jeta un coup d'œil à sa droite, le siège était occupé par l'einzvo, Karl Stissinger. Il savait qu'il était né et avait grandi en Allemagne de l'Est, soumise à l'époque à la longue et pesante domination des Soviétiques. Son père qui était sergent dans l'armée de la RDA servait dans un régiment d'infanterie motorisée. Il se serait certainement fait tuer sans délai si un conflit avait éclaté entre l'OTAN et le Pacte de Varsovie. Pour la génération de son père, et d'ailleurs aussi pour celle de Stissinger, l'effondrement du système soviétique avait dû être ressenti comme une sorte de miracle. Mais, à l'Est, la liberté retrouvée s'était traduite d'abord par l'apparition de nouvelles formes de pauvreté, un fort taux de chômage. Et lorsqu'il avait atteint l'âge requis, Stissinger s'était engagé dans la marine.

Il le voyait de profil. Stissinger comptait énormément pour lui – comme tout second compte pour son commandant. Et s'il lui arrivait quoi que ce fût, une blessure grave, la maladie ou la mort, il devrait le remplacer, comme Beck venait de le faire.

Sera-t-il capable de s'en sortir si je disparais, ou bien se laissera-t-il déborder à devoir jouer un rôle qui est bien au-delà de ce qu'il a appris et de ce qu'il sait faire ?

Les lueurs rougeâtres des tubes fluorescents et les écrans de sa console éclairaient le visage de Stissinger. Il était bel homme, grand, blond, le ventre plat et les hanches étroites – tout le contraire d'Ernst Beck. Célibataire, il courait les filles lorsqu'il était à terre si ce qu'il avait entendu dire était fondé. Stissinger avait d'abord embarqué à bord de sous-marins classiques, du temps de la Bundesmarine, la marine de l'Allemagne en temps de paix après la réunification de 1991. Plus récemment, il avait participé depuis le début à la construction en secret de l'*Amiral von Scheer.* Il avait bénéficié, auprès d'instructeurs russes très expérimentés, d'une formation en tactique et navigation sous-marines. Certains de ces instructeurs étaient d'anciens sous-mariniers, vétérans de la guerre froide qui les opposait aux Etats-Unis et à la Grande-Bretagne. Ils avaient sauté sur l'occasion de transmettre leur savoir à un auditoire qui savait l'apprécier à sa juste valeur. Sans parler des généreux émoluments payés rubis sur l'ongle que leur procuraient leurs activités. Leur gouvernement appréciait fort de recevoir or et diamants en paiement, tout en laissant à quelqu'un d'autre la peine de fermer son caquet à l'Amérique.

Beck savait parfaitement que les Etats-Unis n'avaient jamais possédé que cinq SSGN. Le premier était parti à la casse depuis belle lurette. Quant aux quatre derniers, il s'agissait de SNLE modifiés de la classe Ohio. La Russie, quant à elle, avait construit des SSGN pendant des dizaines d'années – le *Koursk*, par exemple, qui faisait partie d'une série de onze, la classe Oscar II, était un SSGN. En cas de conflit avec les Etats-Unis, la mission de ces sous-marins consistait à pister les porte-avions et leur escorte puis à lancer contre eux des missiles de croisière supersoniques.

Le *von Scheer* pouvait être employé à des missions de ce genre, ou encore attaquer des objectifs à terre. Les Russes étaient particulièrement qualifiés pour enseigner la tactique à utiliser par les SSGN contre l'US Navy et contre les convois que cette marine était chargée de protéger. Beck avait appris énormément de choses avec eux. Pourtant, un aspect des opérations conduites par des sous-marins lance-missiles l'avait troublé – et le troublait encore.

Lorsqu'un SSGN commence à tirer ses missiles, même en plongée, il perd le bénéfice de sa discrétion et trahit clairement sa position. Une contre-attaque meurtrière ne tarderait pas à arriver, surtout s'il s'agit de la première puissance mondiale et surtout au cours d'un conflit nucléaire.

Beck se posait donc de sérieuses questions sur la capacité du *von Scheer* à éviter que sa première salve ne soit aussi la dernière, une fois l'engagement décidé.

Il repensa à Stissinger. Aux postes de combat, le sonar et les armes rendaient compte à l'einzvo. Stissinger avait donc un rôle clé à jouer tant au cours d'une attaque que pendant les phases d'évasion. Les servants des directions de lancement armaient des consoles placées à bâbord. D'autres se trouvaient dans le vaste poste torpilles du *von Scheer*, un pont plus bas.

Stissinger était extrêmement tatillon avec ses hommes, mais ils aimaient bien travailler sous ses ordres car ils savaient toujours exactement à quoi s'en tenir. Il faisait confiance à ses officiers mariniers et leur laissait la latitude nécessaire pour exercer leurs responsabilités. Il donnait l'exemple à ses jeunes officiers, s'assurait constamment de leurs progrès et de leur capacité à faire eux-mêmes *leur* travail. Les deux autres lieutenants de vaisseau anciens de l'état-major – le chef du groupement énergie et l'officier de navigation – avaient facilement accepté de voir Stissinger devenir leur supérieur – eux aussi étaient de bons professionnels.

Surtout Stissinger était un homme loyal et c'était peut-être le plus important de tout aux yeux de Beck. Au cours des deux derniers mois, c'est de lui qu'il recevait ses ordres lorsque Beck était lui-même commandant en second. Stissinger savait allier discipline et sens de l'initiative. Et ce sens de l'initiative se manifestait dans l'efficacité avec laquelle il menait à bien ce qu'il avait à faire. Il ne franchissait jamais les bornes de ce que Beck lui avait dit de faire ou de ne pas faire. Et Beck se disait que, en devenant second à son tour, Stissinger lui serait d'une aide précieuse pour conduire un bâtiment aussi exigeant.

Je saurai bientôt comment Stissinger, les officiers, les officiers mariniers et les hommes se conduisent lorsqu'ils seront soumis aux rigueurs du combat nucléaire… Et, au passage, je verrai bien comment réagit von Loringhoven sous la pression.

Beck décida d'attendre un peu avant d'effectuer la première tâche que comportait son ordre de mission. Si tous ces gens anonymes et sans visage, à terre, s'étaient mal compris, le rendez-vous prévu pouvait tourner à la catastrophe avec échange de tirs d'armes nucléaires à la clé. Il était déjà assez préoccupé de n'avoir pu faire des essais convenables à la sortie du bassin.

— Einzvo ! cria Werner Haffner.

Il était assis au bout d'une rangée de huit consoles sonar alignées à tribord.

— Oui, sonar ? répondit Stissinger.

Beck se retint de justesse : il avait failli répondre à Haffner, les vieilles habitudes. *Fais gaffe. Von Loringhoven regarde ce qui se passe, calme comme un matou. Et les hommes observent chacun de tes gestes, réagissent à chaque inflexion de ta voix, essayent de savoir ce qu'ils doivent croire, penser et faire.*

— Nouveau contact sonar antenne tribord, annonça Haffner. Relèvement unité-trois-cinq.

C'était dans la zone sud-est.

— Distance dix mille mètres. Bruiteur sous-marin.

— Identification ! demanda Stissinger.

— Sous-marin nucléaire. Deux bruiteurs possibles.

— Et pourquoi ne l'avons-nous pas détecté plus tôt ? explosa Beck.

Les conditions de propagation s'étaient améliorées au cours des dernières heures et les sonars passifs du *von Scheer* étaient très performants. Beck voulait jauger Haffner et Stissinger alors que commençait leur première mission de guerre.

— Les bruiteurs contournent le banc de Tiddly, commandant, ils ont été masqués.

— Bien, sonar.

La réponse était correcte, Beck avait surveillé la remontée du fond au gravimètre. Les positions des deux bruiteurs s'affichèrent sur son écran.

Von Loringhoven, toujours debout dans un passage, hocha la tête, l'air satisfait.

Ce civil ne peut pas savoir à quoi tiennent les choses. Ces bruiteurs appliquent-ils la procédure prévue, ou bien attendent-ils en embuscade pour me tomber dessus à deux contre un ? La Russie a-t-elle changé de bord sans qu'on m'ait mis au courant ?

— Einzvo, appela-t-il, route et vitesse d'interception. Donnez-moi les éléments de tir, on va voir si ça colle avec les éléments sonar.

Il fallait toujours faire des vérifications croisées entre plusieurs senseurs et appliquer plusieurs algorithmes, surtout en début de patrouille.

Stissinger discuta un instant avec Haffner devant les écrans et attendit que les logiciels aient fini de tourner. Il transmit directement à Beck le changement de route recommandé via le réseau local en fibre optique.

— Venir au zéro-unité-zéro, ordonna Beck.

Pratiquement plein nord.

Aux postes de combat, le patron supervisait celui de pilotage. Il était installé à l'avant du central devant la console plate-forme armée par deux hommes. Avec un officier subalterne et assisté par le pilote automatique, il assurait la gestion de la pesée, caisses d'assiettes et régleurs, ainsi que celle de la barre de direction et des barres de plongée avant et arrière.

— Bien, répondit le patron.

Le son de cette voix faisait revivre chez Beck d'autres souvenirs anciens. Un autre patron, à bord d'un autre sous-marin. Il tourna la tête pour chasser ces idées noires et essaya de se concentrer sur les signaux sonar.

Haffner et Stissinger lui fournirent bientôt les éléments demandés. Des vecteurs apparurent au bord des boîtes qui symbolisaient les contacts. Leur longueur et leur direction indiquaient respectivement la route et la vitesse.

— Moteur soixante tours, ordonna Beck.

Cela correspondait à une vitesse de trois nœuds, le minimum pour rester manœuvrant, mais réduisait sensiblement le bruit propre.

Les opérateurs sonar continuaient à l'alimenter en données.

— Raies analysables, annonça Haffner.

Stissinger se tourna vers son commandant.

— Contacts identifiés, deux sous-marins russes type 945A. En route vers le point de rendez-vous fixé, vitesse quinze nœuds.

— Bien. Navigateur, calculez-moi la route pour le point de rendez-vous.

Ce point se trouvait à mi-distance entre le banc de Tiddly et le banc Thor Iversen, plus au nord.

Von Loringhoven gonfla ses joues.

— Des Sierra II, pour employer le sigle OTAN. Des bateaux vieux de vingt ans, mais ils ont été refondus. Très silencieux, huit tubes lance-torpilles et une palanquée de tubes lance-missiles antisurface. Ils embarquent des torpilles dont cette saleté de torpille rapide, la Shkval, plus des anguilles normales.

Anguille signifie torpille en argot maritime allemand.

— Ils m'ont l'air assez capables de se défendre tout seuls, laissa tomber Beck d'un ton désinvolte.

« Discrétion. » Ce simple mot de Shkval le faisait frissonner. Il avait assez goûté de ce genre de jouet lors du remplissage de ses propres Mach 8. Les deux missiles, vides, se trouvaient toujours au tube, à l'arrière.

— C'est vrai, répondit Von Loringhoven, ces Sierra sont très discrets. Et depuis leur dernière refonte, ils sont aussi très, très performants. Vous savez, les Russes doivent une bonne partie de leurs progrès au travail de leurs agents américains. Les Walker, les Ames et tant d'autres. Sans compter ceux que les Américains n'ont pas pris, conclut-il en riant.

Beck dirigea le *von Scheer* directement sur les sous-marins russes, mais toujours en restant plus bas. Ils étaient arrivés avant lui au point de rendez-vous, si bien qu'ils demeuraient pratiquement immobiles alors que le *von Scheer* devait encore se rapprocher. Mais même ainsi, alors qu'ils avaient l'avantage acoustique, ils ne réagirent pas tout d'abord à sa présence.

On échangea les signaux de reconnaissance fournis par le disque de données contenu dans les ordres de Beck. Les trois sous-marins utilisaient un système de communication acoustique discret. Les messages – phonie ou données – étaient d'abord numérisés, transmis sous forme d'impulsions dans la bande 1 000 kHz, soit quarante ou cinquante fois plus haut que la bande audible de l'oreille humaine. La fréquence de la porteuse changeait des milliers de fois par seconde pour rendre toute interception impossible.

Le plus ancien des commandants russes répondit enfin et il eut la courtoisie de le faire en allemand. « Mes compliments, vous êtes extrêmement discret. Nous ne vous avons pas entendu avant que vous n'émettiez. »

— C'est bon, fit Beck. Einzvo, retournez-lui son compliment. Un truc dans le genre : merci d'avoir aidé l'Allemagne à construire un aussi beau sous-marin. Et dites-leur de faire route plein est en appliquant la procédure d'évasion.

Stissinger fit signe qu'il avait compris avec le sourire. Beck donna à la barre les ordres nécessaires pour les faire passer entre les deux Sierra et plus bas. Les deux sous-marins russes, à coque titane, conservèrent leur immersion, deux cents mètres, une paille pour eux. Le *von Scheer* se rapprocha du fond pour rester camouflé, à une immersion qui variait entre trois et quatre cents mètres dans cette zone.

— Ils feraient n'importe quoi pour mettre la main sur nos plans, lâcha von Loringhoven.

— Cela vous inquiète ? lui demanda Beck.

— Non, juste une remarque en passant… Ils aimeraient sûrement voir ce que les meilleurs ingénieurs allemands ont réussi à faire de ce qu'ils nous ont appris.

— Et nos espions américains, que pourraient-ils nous piquer que les Russes ne sachent déjà ?

— Bonne question, *Kapitän*.

Beck et von Loringhoven étaient penchés sur la table traçante numérique, à l'arrière du PCNO. L'officier de navigation et ses adjoints entretenaient en permanence la position du sous-marin à partir des donnés fournies par les centrales inertielles et recoupées avec d'autres relèvements passifs.

Les trois sous-marins, toujours en formation, étaient montés à vingt-cinq nœuds en profitant des eaux plus profondes pour gagner du temps.

— Ça va démarrer d'un instant à l'autre, dit von Loringhoven. Nous arrivons au barrage du Cap Nord, l'Ile-aux-Ours.

Beck approuva d'un signe de tête. Le Cap Nord marque l'extrémité septentrionale de la Norvège. Plein ouest, s'étend la mer de Norvège qui se ferme sur le détroit du Groenland. Il faut d'abord franchir le passage entre l'Ile-aux-Ours et l'archipel du Svalbard. Il s'étend de la côte norvégienne jusqu'à cette île, deux cents nautiques dans le nord. L'Ile-aux-Ours appartient à l'ensemble formé par le banc du Spitzberg, zone de petits fonds qui se termine par l'énorme montagne désolée du Spitzberg. L'archipel du Svalbard rassemble toutes ces îles. Comme toujours, en mars, l'archipel était pris par la banquise. Cette année-là, la glace s'étendait jusqu'à l'Ile-aux-Ours.

Ces îles sont des possessions norvégiennes – elles étaient donc occupées par l'Allemagne.

— Je parie que nos amis russes sont bien contents de les voir entre des mains amies, dit von Loringhoven.

— Très certainement.

La Norvège avait été, dans le temps, membre actif de l'OTAN. Ce passage entre le Cap Nord et l'Ile-aux-Ours avait constitué une ligne de défense avancée contre les navires de surface et les sous-marins de la flotte russe du Nord. Vu de l'autre côté de la barrière, il devenait le portail d'accès à la mer de Barents, à partir de laquelle les groupes de porte-avions américains pouvaient frapper les bases navales russes, les radars de veille antiaérienne, les aérodromes. Et maintenant, le passage et les aérodromes norvégiens étaient aux mains des Allemands.

Même dans ces conditions, les Russes voulaient sauver les apparences pour rendre plus crédible leur subterfuge. Et une fois de plus, cela renforçait encore les craintes de Beck et le sentiment du danger.

Un défaut de communication, un imbécile de bureaucrate qui aurait fait une erreur stupide, et cela signifie que nous pourrions être réduits en miettes par les forces allemandes.

Beck savait trop bien qu'un sous-marin en plongée, en temps de guerre, ne se connaît pas d'amis.

— Interception sonar passive ! cria Werner Haffner.

— Baissez un peu le ton, répliqua sèchement Beck. Mettez-le sur haut-parleur et identifiez-le.

Ce jeune Haffner était du genre à s'exciter pour un rien.

Les haut-parleurs du PCNO commencèrent à diffuser le bruit de fond de la mer : vagues qui déferlaient, craquements des plaques de glace poussées par le vent, chants de baleines de différentes espèces, bancs de morues, et, plus rarement, tonnerre d'un iceberg qui s'effondrait.

— Les deux 945A sont passés en mode actif, fit calmement Haffner.

Il avait retrouvé une voix normale.

Au central, chacun attendait nerveusement la suite. *Les choses se déroulent-elles comme prévu, ou bien tout est déjà foutu, les Allemands et les Russes sont peut-être sur le point de tirer ?*

Après un temps d'attente insoutenable, une longue impulsion sonar basse fréquence envahit le central en stéréo, à en faire trembler les tasses à café dans leurs supports. Quelques marins sursautèrent, la peur ou l'effet de surprise, Beck leur fit signe de rester calmes. Une pause, puis les signaux reprirent, sur une fréquence différente cette fois, trois impulsions haute fréquence à vous percer les tympans.

Stissinger secoua la tête, comme s'il avait mal aux oreilles.

— Le 945A tribord utilise le mode mono basse fréquence, commandant. Et celui de bâbord, le mode trois impulsions haute fréquence.

— Parfait, einzvo. Raies de lancement ?

Beck ne voulait courir aucun risque.

— Rien, commandant.

— Bien. Sonar, activez les contremesures sonar. Et baissez-moi le son de ce haut-parleur.

Une minute plus tard, les émissions sonar reprirent : une impulsion basse fréquence, trois impulsions haute fréquence.

— Système déphaseur de suppression d'écho activé, annonça Haffner. Fonctionnement normal des transducteurs et des tuiles anéchoïques.

Stissinger se tourna vers Beck et essaya de traduire le charabia technique de Haffner en quelque chose de compréhensible.

— La coque ne réfléchit plus rien, commandant.

— En théorie du moins. C'est pour cela que nous faisons les premiers essais dans les eaux allemandes.

Les deux sous-marins russes émettaient à pleine puissance, non pour détecter quoi que ce fût, mais pour signaler leur présence, une corne de brume en quelque sorte. Conformément à des avis aux navigateurs diffusés récemment, c'était le moyen que devaient utiliser les sous-marins neutres en transit dans les zones de guerre, s'ils choisissaient de ne pas faire surface aux fins d'identification. Afin de s'assurer que les sous-marins en plongée étaient véritablement des neutres qui exerçaient leur droit de passage innocent – et non des ennemis qui rusaient –, le sous-marin des belligérants qui contrôlait la zone en question envoyait des robots pour examiner la signature acoustique du demandeur et effectuer une reconnaissance visuelle. On pouvait également utiliser des bouées acoustiques larguées par avion et équipées de caméras à laser bleu-vert. Les lois de la guerre interdisent aux combattants d'inspecter les navires de guerre des pays neutres – seuls les navires marchands peuvent être soumis à arraisonnement ou mis en quarantaine.

Stissinger annonça que les deux Sierra réduisaient l'allure. Beck ordonna d'en faire autant afin de ne pas augmenter la distance, ce qui l'aurait mis trop sur l'avant et aurait augmenté sa vulnérabilité. Avec son crayon lumineux, il indiqua directement au pilote sur son écran un repli du fond dans lequel il comptait immobiliser le *von Scheer.*

— Commandant, lui dit Stissinger quelques minutes plus tard, les capteurs détectent du laser bleu-vert. Je suppose que nos amis sont en train d'inspecter les deux Sierra.

— Bien. Tout le monde reste paré. Ce n'est que la répétition générale. La prochaine fois, en mer de Norvège, nous utiliserons des armes réelles. Il faut vous habituer dès maintenant à supporter la tension. Nous saurons bien assez tôt si notre signature n'est pas trop criante.

Stissinger hocha la tête, un peu crispé.

Beck attendait de savoir si le *von Scheer* était suffisamment discret. Si les choses ne se passaient pas bien pendant un simple essai de pénétration des barrages allemands, il lui faudrait trouver un autre moyen de franchir le passage, ou bien mourir en le tentant.

Mais pas un seul aéronef ennemi n'apparut.

— Message, commandant, annonça Stissinger. « Accord pour poursuivre. Les deux 945A accélèrent. »

— Bien. Pilote, ajustez l'allure pour suivre.

— *Jawohl !* Reçu de machine !

— Faites bien attention à rester à poste tant que nous suivons le fond, jusqu'au rebord du plateau.

Ils allaient bientôt atteindre l'isobathe trois mille mètres. Les Russes ne pouvaient pas descendre à plus de six ou sept cents mètres.

Les trois bâtiments accélérèrent, toujours en formation.

— Les 945A stabilisés, vingt-cinq nœuds.

— Bien.

— Commandant, lui fit remarquer Haffner, à cette vitesse-là, les Russes redeviennent bruyants.

Et il lui fit passer un graphique sur lequel était reporté le niveau de bruit. Beck, de spécialité ASM, ne mit pas longtemps à analyser le diagramme spectral.

— Notre niveau à nous ?

— Bruit nul, commandant. Pas de pic. Je pense que le bruit d'écoulement est masqué par celui des deux 945A.

— Bien.

Beck espérait que cette ruse marcherait la prochaine fois, lorsqu'il faudrait franchir le détroit du Groenland. Plus le temps passait – les exercices, le travail sur la carte, se réveiller, dormir, manger – et plus il se faisait de souci.

Les Alliés savent que les Russes aident l'Allemagne. Qu'arrivera-t-il s'ils font tout particulièrement attention en voyant passer deux sous-marins d'attaque russes ? Les services de renseignements disent que cela n'est encore jamais arrivé, pour ne pas fâcher Moscou... mais c'était avant l'incendie à la base, toutes ces flammes et cette fumée qui sont sorties par les conduits d'évacuation... et les partisans norvégiens, ils doivent bien savoir que le von Scheer *a appareillé.*

CHAPITRE 8

Avant l'aube, Félix et l'enseigne réveillèrent ceux qui dormaient. Ils restaient en alerte, couchés ou accroupis dans la même position, en cercle. De pâles rayons de lune striaient le sol et jetaient çà et là des lueurs glauques. La lune qui filtrait à travers les branches, les feuillages, les lianes, tachetait fougères, racines et champignons d'une lumière argentée d'un autre monde. Il faisait très chaud et humide. Des moustiques, des mouches et quantité d'autres insectes bourdonnaient, des oiseaux gazouillaient. L'air était pesant, empli d'odeurs humides et musquées, de toutes ces émanations de la jungle en décomposition.

Tous ses sens en alerte, Félix écoutait les lève-tôt, oiseaux et autres, qui commençaient à s'agiter. Ces sinistres taches de lune évoquaient une attente, celle du soleil qui allait se lever, mais aussi la perspective inquiétante de dangers inconnus.

C'était le moment qu'il détestait, chaque matin, parce que l'équipe se trouvait très vulnérable pendant ces quelques minutes. Une patrouille ennemie pouvait leur tomber dessus sans prévenir pendant qu'ils se préparaient. L'équipe était peut-être repérée depuis des heures, l'ennemi avait eu toute la nuit pour faire son approche et donner l'assaut à l'aube.

Chacun à son tour, les commandos se livraient en silence et avec un soin méticuleux aux tâches de routine : se nettoyer, enterrer les excréments. Un par un, ils avalaient à la hâte la ration hypercalorique qui constituait leur seul repas de la journée avant de boire le contenu d'une gourde. Chacun disposait d'une seconde gourde à boire plus tard. Ils échangeaient leurs chapeaux de brousse contre des casques de combat. Les coiffures repliées rejoignaient leur sac avec les restes du petit déjeuner. Les casques étaient recouverts d'une filet de camouflage fait de tissu bariolé et de morceaux de plastique, le tout destiné à casser les formes trop géométriques dans la broussaille. Des moustiquaires leur protégeaient la tête et la nuque, ils les relevaient le temps de procéder aux opérations de maquillage avec les mini-trousses dont chacun était doté. Les tirs avaient cessé.

Totalement invisibles dans ces buissons et à l'abri d'arbres gigantesques, les hommes vérifiaient enfin, deux par deux, les équipements, la tenue, les armes.

Félix portait comme les autres un poignard fixé dans une gaine étanche sur une cuisse et un couteau de survie sur l'autre. Son pistolet était accroché dans un étui, sous l'aisselle gauche. Son matériel amphibie, bouteille de plongée, masque, palmes, était fixé par des sangles sous son sac, si bien que leur poids, non négligeable, portait sur les hanches et les lombaires. Une couverture étanche recouvrait et dissimulait les équipements de plongée.

Il introduisit une cartouche dans la chambre de son pistolet-mitrailleur MP-5, arme d'origine allemande. Il effaça délicatement la sécurité et mit le sélecteur sur automatique. Tout cela terminé, il fit un signe du menton à l'enseigne qui donna le signal du départ.

Les lueurs argentées de la lune avaient disparu, remplacées par les teintes rosées de l'aube tropicale, instant très bref. Quelques rayons de soleil plus jaunes filtraient obliquement à travers les arbres et nimbaient des lambeaux de brume qui s'évaporaient aussitôt. Le soleil était déjà plus haut dans le ciel, les rares rayons qui parvenaient au sol se rapprochaient de la verticale. La chaleur et l'humidité étaient de plus en plus pénibles, les odeurs se faisaient plus fortes, plus entêtantes. Un toucan ou un perroquet passait de temps en temps, mais il était rare de les voir tant leur plumage se fondait dans les couleurs noyées de la forêt.

L'équipe de Félix patrouillait tout près de la voie ferrée, cette voie ferrée que la guérilla allait probablement viser. Des guérilleros dont on ne savait encore s'ils étaient ou non soutenus par des conseillers de l'Axe.

Le détachement s'était scindé en deux équipes de quatre qui progressaient en arc de cercle. L'enseigne commandait la première qui servait de guide et protégeait leur flanc gauche. Félix qui commandait l'autre couvrait le flanc droit ainsi que leurs arrières. La tension ne se relâchait jamais, chaque pas résultait d'un compromis entre vitesse et discrétion. Il fallait avancer courbé, ramper, marcher en canard en suivant le cap à la boussole – le GPS, brouillé par l'Axe, était inutilisable. Ils ne disposaient d'aucun repère pour se guider dans les profondeurs de la forêt amazonienne.

Ils progressaient régulièrement en surveillant attentivement les arbres, les buissons, les troncs couchés, à la recherche du moindre indice de présence ou d'activité humaine. Ils guettaient attentivement le plus petit bruit pour essayer de déterminer ce qui se passait autour d'eux. Les passages continuels d'animaux rendaient improbable la présence de pièges ou de mines, mais ils faisaient tout de même attention à la présence de fil ou de mottes insolites sur le sol, de terre fraîchement remuée.

Félix s'assurait personnellement qu'ils ne laissaient aucune trace. Les lianes froissées, prises dans un équipement ou dans des vêtements et qui auraient pu donner une indication sur la direction qu'ils suivaient, étaient remises en place de manière aléatoire. De même pour les feuilles qui, retournées face claire vers le haut, constituaient un bon indice. Il les remettait à l'endroit. Les traces de semelles dans les flaques ou dans la boue, les éraflures sur les racines ou les troncs étaient brouillées derrière eux. Tout ce travail ingrat et particulièrement épuisant exigeait une attention de tous les instants, de la concentration, une bonne dose d'habileté. Il avait l'impression que son sac devenait toujours plus lourd. Après chaque pause, le départ était plus pénible.

L'équipement de plongée pesait dix-huit kilos ; les gourdes remplies, deux kilos cinq ; une ration déshydratée, plus d'une livre. Une grenade offensive, une livre encore. Une grenade incendiaire, un kilo. Quant au casque, au gilet pare-balles, aux munitions, à la trousse de premiers secours, ils n'étaient pas légers non plus.

Ils allaient bientôt se séparer deux par deux, chaque équipe partait en exploration en suivant un trajet en forme de trèfle. Tout le monde se retrouvait au centre du cercle. Ils avaient encore plusieurs kilomètres à parcourir, toujours à la boussole. Puis nouveau trèfle et on recommençait. De cette façon, ils arrivaient à couvrir des surfaces assez importantes.

Félix gardait en mémoire les tirs qu'ils avaient entendus la nuit précédente. Il se demandait ce qu'était devenu le second commando et qui leur avait tendu cette embuscade. Il perçut soudain un craquement sec puis le bruit de quelque chose qui déboulait, tout près. Les hommes se figèrent sur place, s'attendant à subir des coups de feu. Mais cette fois-ci, il ne s'agissait pas d'une grenade, c'était le tonnerre.

Puis commença un sourd grondement continu. Dans

la forêt, la lumière faiblissait. De grosses gouttes de pluie commencèrent à tomber, Félix aperçut un éclair bleuté à travers les branches. Nouveau coup de tonnerre et les gouttes se transformèrent en déluge.

L'enseigne ordonna une halte, le temps de remplir les gourdes. Ils utilisaient les chapeaux de brousse pour collecter un maximum d'eau et la transvaser dans le goulot après passage dans un filtre de tulle. L'eau était très sale car tout un écosystème existait dans les étages successifs de la canopée. Des plantes vivaient sur d'autres plantes qui vivaient elles-mêmes sur les branches de plus gros arbres, avant de mourir et de pourrir à leur tour. Bestioles diverses et bactéries prospéraient dans les petites flaques qui se formaient au creux des feuilles ou dans les fourches des arbres, à une trentaine de mètres au-dessus du sol. Des oiseaux, des rongeurs, divers mammifères occupaient chacun leur étage, mangeant, s'accouplant, déféquant. Des grenouilles, des fourmis, des araignées, des termites – tout ce petit monde menait son existence là-haut.

L'eau de pluie qui atteignait le sol était donc particulièrement infecte. Félix et ses camarades ajoutaient donc à ce qu'ils recueillaient des comprimés de purification d'eau qui donnaient aux gourdes une forte odeur de chlore et quant au goût, mieux valait ne pas y penser. Pour l'atténuer, ils ajoutaient du thé en poudre renforcé de tannin, qui avait en outre le mérite de leur éviter les diarrhées.

La pluie tombait toujours et aussi fort. Lorsque toutes les gourdes furent remplies, l'enseigne donna le signal du départ. Le déluge était si violent qu'il leur couvrait le visage de boue, des éclaboussures rebondissaient sur le sol. Tout cela formait des ruisseaux puis des mares de plus en plus larges. Le vent se leva, fouettant la cime des arbres. L'équipe descendit enfin dans le lit d'un torrent où l'eau se déversait en cascade. On n'y voyait plus rien, le bruit de la pluie était assourdissant. Ils progressaient plus rapidement car la pluie effaçait leurs traces. Et avancer plus vite signifiait aussi qu'ils auraient moins de mal à foncer s'ils tombaient sur une patrouille ennemie.

Félix avait maintenant sur le dos un poids encore plus conséquent : deux gourdes pleines, des vêtements imbibés d'eau. Et de l'eau glacée, qui le faisait frissonner.

La pluie avait cessé et la forêt fumait, empestait, cuisait littéralement. L'équipe venait de s'arrêter pour souffler un peu. Les deux navigateurs en profitèrent pour comparer leurs notes, Félix et l'enseigne étudiaient le terrain qui les attendait. Il était temps maintenant de faire cap plein ouest. Dans cette direction, au bord de la voie ferrée, coulait la Pedreira qu'ils devraient traverser pour poursuivre leur chemin. La Pedreira coulait vers le sud avant de se jeter dans l'Amazone. Cette traversée allait être particulièrement périlleuse, mais il n'y avait pas moyen de faire autrement.

Les hommes vérifièrent calmement ce qu'ils avaient à faire avant de procéder, deux par deux, à l'inspection des équipements. L'enseigne reprit l'avant-garde, Félix s'occupait de leurs arrières. Demain, ils permuteraient, Félix devant et l'enseigne derrière. Félix s'y préparait déjà mentalement. Ce soir, peut-être, après avoir traversé la Pedreira, réussirait-il à trouver le sommeil. Et demain, même s'il était harassant de tracer la piste, cela le changerait de ce qu'il avait fait toute la journée, observer ce qui avait été dérangé et le remettre en place, accroupi, à genoux, étaler, tapoter pour tout effacer.

Félix fut alerté par une nouvelle détonation et sut tout de suite que ce n'était plus le tonnerre. Il s'accroupit immédiatement, son corps se raidit instinctivement, son cœur se mit à battre à tout rompre. Des éclats passèrent en sifflant au-dessus de sa tête, grenade défensive. Quelques rafales sèches d'AK-47. *Aucun de nos gars n'a d'arme russe.* Puis en réplique, ce fut le *puff-puff* des MP-5 munis de silencieux. Il s'écrasa par terre, juste à temps. Une énorme explosion, des centaines de billes de métal jaillirent dans les airs, faisant voler au passage des débris d'écorce et des plantes déchiquetées. Trois branches dégringolèrent en tournoyant.

Une mine directionnelle. Et elle ne sort pas de chez nous.

Tout son être était aux aguets, tout prenait de l'importance ; la vue, l'ouïe, l'odorat. Il avait oublié toute trace de fatigue.

L'enseigne se mit à crier en portugais. Leur équipe était tombée dans une embuscade tendue par des militants antigouvernementaux – l'armée brésilienne ne possédait pas non plus d'AK-47. Félix commença à ramper, l'enseigne et lui sortirent des grenades au phosphore de leurs sacs et les dégoupillèrent. Les balles continuaient à pleuvoir, miaulaient au-dessus de leurs têtes, se fichaient dans les arbres ou soulevaient des gerbes de boue. Ils lancèrent les grenades loin devant, en tir plongeant, et crièrent à leurs hommes de se planquer. Ils avaient pris soin de les jeter de façon à ce qu'elles ne risquent pas d'atterrir dans un arbre ou de rebondir.

Les grenades explosèrent, le phosphore enflammé s'étalait dans toutes les directions. Une épaisse fumée étouffante s'étendit sur le sol et s'infiltra à travers les arbres. Des incendies éclataient un peu partout, même les plantes imbibées d'eau prenaient feu. Ces grenades allaient leur procurer un solide barrage antipersonnel. Le phosphore vous calcine un homme jusqu'à l'os et il est impossible à éteindre.

Le commando commença à reculer, toujours en rampant, tirant de temps en temps une brève rafale à travers la fumée. Félix lâcha trois coups et l'un de leurs adversaires se mit à hurler.

— On y va ! cria Félix.

Les hommes se levèrent et prirent le pas de course. Ils couraient sans s'arrêter, il fallait s'éloigner au plus vite.

— Nous sommes repérés ! lâcha en portugais l'enseigne dans un juron, et nous n'avons pas trouvé le moindre truc intéressant.

Félix partageait son avis. Il compta mentalement dans sa tête jusqu'à trois, se retourna et lâcha une rafale dans la fumée.

— Je ne crois pas que nous soyons poursuivis, lança-t-il entre deux halètements. Des irréguliers, z'ont dû croire que c'était un détachement de l'armée brésilienne, des gars un peu assoupis après le déjeuner.

Il souleva une racine pour permettre à quelques commandos de les rejoindre. L'un des hommes tira encore une rafale, puis une seconde.

— Ils s'attendaient pas à ce qu'on réagisse aussi sec, articula Félix, toujours haletant. Z'ont été surpris qu'on réplique aussi brutalement.

Il courait toujours, respirant bruyamment, il revoyait ce qui venait de se passer.

— Ils ont déclenché leur mine un poil trop tard et la plupart des billes sont passées trop haut.

L'enseigne acquiesça. La poussée d'adrénaline le faisait trembler, il cherchait désespérément à retrouver son souffle, incapable de prononcer un mot.

Félix ordonna à l'équipe de faire halte et de se mettre en position défensive. Les hommes vérifièrent rapidement que personne n'était blessé, que les équipements n'avaient subi aucun dommage. Tout était en ordre. Félix écouta attentivement les bruits pendant de longues minutes : à entendre les cris des oiseaux et des animaux, on ne les suivait pas.

— On va où maintenant ? demanda l'enseigne à voix basse.

— Je réfléchis.

Félix n'aimait pas trop ça. Pour remplir convenablement

leur mission, il leur fallait trouver des preuves solides de la présence d'agents de l'Axe dans la région, à supposer qu'il y en ait. Revenir les mains vides signait leur échec.

Il faut que nous continuions à explorer. S'il n'y a pas d'agents de l'Axe dans le coin, nous devons aller chercher plus loin pour nous en assurer.

— On devrait repartir au nord, murmura Félix, toujours en portugais. On pourrait contourner ces guérilleros puis revenir vers l'ouest. On passerait derrière eux.

— Approuvé, répondit l'enseigne, toujours à voix basse. On passe sur leurs arrières, on voit si on trouve quelque chose. Mais pourquoi ne pas les contourner par le sud ?

— Nous en venons, du sud. Au nord, on n'y est pas encore passés.

L'enseigne approuva, il commençait à retrouver son souffle.

— Nous allons changer de formation. File indienne. Et on concentre la puissance de feu à l'ouest, pour le cas où ils reviendraient.

— J'sais pas trop, lieutenant, Nous avons besoin de nous protéger de tous les bords – il lui montra la jungle –, on sait pas qui se cache là-dedans.

— Négatif.

— Mais…

— Exécution.

Félix fut bien obligé d'obéir – l'enseigne exerçait le commandement.

Un vieux dicton lui passa par la tête en voyant que l'officier se raidissait ainsi : il vaut mieux se montrer sûr de soi que d'avoir raison.

Le seul hic, dans les opérations spéciales, c'est que si on est sûr mais qu'on se trompe, ça fait des morts.

L'équipe se forma en colonne largement espacée. Sur ordre de l'enseigne, les deux navigateurs – ceux qui avaient les boussoles et se trouvaient aux deux bouts de la file – mirent cap au nord. Félix était resté derrière et se frayait un chemin entre les troncs d'arbres et les racines.

Les fourrés étaient assez clairsemés car il n'y avait pas assez de lumière. Des touffes de végétation un peu plus dense ne se formaient que là où les arbres étaient tombés ou avaient cassé sous les coups de la foudre ou du vent. C'est un endroit de ce genre qu'il avait choisi la nuit précédente. A ces endroits-là, qui formaient de petites clairières, les buissons pouvaient pousser plus dru. Mais, lorsqu'on s'éloignait de ces trouées, l'enchevêtrement de lianes et de racines qui tournaient dans tous les sens était encore plus gênant. Il fallait avancer précautionneusement, mais on n'avait pas besoin de se frayer un passage à la machette.

Félix était soucieux. Apparemment, ils étaient tombés au milieu de types qui avaient la gâchette facile. Tôt ou tard, l'armée brésilienne allait envoyer des unités regarder ce qui se passait et d'où venaient ces échanges de tirs. Cela n'allait pas simplifier la tâche des SEAL. Les règles d'engagement établies pour cette mission ne les autorisaient à tirer que pour assurer leur défense et encore, le strict nécessaire. Leur mission était de ramener des renseignements, pas un tableau de chasse. Et tout tableau de chasse obtenu en violation de la neutralité d'un pays pouvait avoir de graves répercussions négatives. Les tueurs de la guérilla, les terroristes étaient une chose. Tuer par erreur un officier ou un soldat brésilien, Félix n'osait même pas y penser.

Le terrain s'élevait lentement au fur et à mesure qu'ils progressaient vers le nord et Félix nota que la végétation changeait progressivement. Il se pencha pour écarter une liane particulièrement grosse et épineuse qui s'était enroulée sur son visage et sur son corps. Les SEAL se trouvaient désormais au milieu de bouquets d'arbres serrés dont les troncs enflés laissaient deviner des nids de fourmis et de termites. Personne n'avait envie de se cogner dans l'un de ces nids et ils ralentirent. Félix avait le don de tout prévoir. Il marchait presque sur la pointe des pieds, observant partout et sans cesse ce qui se passait autour de lui. Il scrutait le sol avant d'y poser doucement le pied, en ayant soin d'éviter la moindre brindille qui pourrait craquer. Il scrutait la forêt, à la recherche de quelque guetteur. Il écoutait de toutes ses oreilles, il avait l'impression qu'elles allaient s'arracher de son crâne.

Il voyait à peine les deux hommes qui se trouvaient devant et derrière lui. Il fallait qu'ils réduisent l'intervalle, sans quoi ils ne pourraient plus communiquer par signes. Ils pourraient même finir par être séparés et par se perdre – avec des résultats désastreux. Pour l'heure, ce qui lui ruisselait dans le dos n'était plus la pluie, mais la sueur.

L'équipe finit par émerger des arbres. Les troncs étaient maintenant plus gros, plus espacés, l'écorce n'avait pas la même couleur. Il redevenait possible d'augmenter l'espacement. Ils reprirent prudemment leur progression.

L'arme ouvrit le feu droit devant, puis les événements se précipitèrent d'un seul coup. Des cris et des hurlements, les tirs étaient plus denses sur le flanc – mais sur leur flanc *droit*, vers *l'est*. Félix n'avait encore jamais entendu le bruit de cette arme.

On s'est bien fait baiser. Et cette fois-ci, l'embuscade est impeccable.

— On fonce ! cria Félix.

C'était la meilleure tactique : se précipiter sur l'ennemi qui se trouvait sur leur flanc. Essayer de se mettre à l'abri dans leur situation aurait été suicidaire – cette arme qui leur tirait dessus, devant, les prenait en enfilade, elle les aurait abattus un par un, et vite.

Félix entraîna ses hommes sur la droite. Ils lâchaient des rafales, le tir ennemi s'intensifiait, les commandos commençaient à reculer.

— Le lieutenant est touché ! cria une voix que Félix reconnut, son éclaireur.

Et ces armes bizarres tiraient un feu de plus en plus nourri. Des morceaux d'écorce volaient, des lianes dansaient puis tombaient, criblées de trous. Les nids d'insectes construits au pied des arbres explosaient.

Il avança en rampant jusqu'à la tête de la colonne. En passant près de chacun, il encourageait à répliquer, à revenir à la charge. Ils étaient bien, mais les tirs étaient trop denses. Les tireurs visaient à hauteur des genoux ou plus bas, un tir bien ajusté et très efficace, les hommes étaient obligés de rester recroquevillés par terre ou de s'abriter derrière les troncs. Et à cette distance, ils tiraient en aveugle. Les canons crachaient des flammes, les étuis vides jaillissaient dans un bruit de cliquetis, les culasses claquaient. Les hommes changeaient calmement de chargeur, l'odeur âcre de la poudre vous remplissait les narines.

Félix finit par arriver près de l'enseigne. Il était mort, le crâne éclaté. Son cerveau reposait dans la boue, presque intact, comme si un chirurgien avait procédé à l'extraction. Et cette arme bizarre, devant, qui tirait toujours, un *bloop-bloop-bloop* à cadence lente mais régulière. Comme un mélange de mitrailleuse lourde et de lance-grenades. Ce bruit lui faisait mal aux oreilles.

Il sortit deux grenades incendiaires, bascula sur le dos puis lança la première dans la direction de cette espèce de mitrailleuse et la seconde sur sa droite, vers les tireurs d'élite. Et il plongea derrière un arbre.

Les deux grenades explosèrent, Félix fonça en avant pour profiter de la fumée. Il chargea le corps de l'enseigne sur ses épaules, la mitrailleuse tira une rafale, trois balles, des éclats sifflaient dans les airs. Félix sortit une troisième grenade, c'était la dernière. Par-dessus l'épaule, il visa l'endroit où se trouvait le cerveau, un point de visée pas pire qu'un autre. Puis il courut en rebroussant chemin avec son fardeau sans vie qui dégoulinait. La grenade explosa derrière lui, il sentit une onde de chaleur, se mit à tousser. Des débris de phosphore enflammé tombèrent tout près, déclenchant des jets de vapeur et des sifflements dans les mares.

— *On dégage!* cria-t-il, toujours en portugais pour donner le change. Suivez-moi, on rompt le contact.

Il venait de comprendre ce qu'était cette arme si étrange, il savait que l'armée américaine développait ce genre d'engin.

Un canon miniature porté à dos d'homme, servi par deux tireurs, qui tirait des obus calibre un pouce en rafales. Cette arme était dotée d'un télémètre laser et chaque obus était réglé avant le tir. On pouvait également prérégler la fusée, un tempeur qui permettait de faire exploser l'obus à une distance prédéterminée. Les SEAL s'étaient fait écraser par ce genre d'obus, l'un d'eux avait décapité l'enseigne.

Heureusement, la fumée des grenades aveugle leur télémètre. Avec ça, plus les arbres sur la trajectoire, ils auront du mal à nous tuer jusqu'au dernier.

Il ordonna à ses hommes de se mettre en cercle et de battre en retraite vers le sud. L'ennemi, quel qu'il fût, les serrait de près. Des obus explosaient toujours, au ras du sol ou très haut dans le ciel. Des détonations brèves, très brillantes, qui dégageaient une forte chaleur. Les oiseaux et les singes criaient dans tous les coins, des graines éclatées et des fruits mûrs leur tombaient dessus. Des branches entières s'écrasaient sur le sol, les balles volaient comme un essaim d'abeilles en colère.

Des SEAL ripostaient tandis que d'autres couraient en rechargeant. Ceux qui venaient de tirer s'élançaient à leur tour, couverts par leurs camarades. Cette manœuvre se répétait encore et encore, ils augmentaient un peu la distance à chaque fois. L'ennemi les poursuivait toujours et répliquait à leurs tirs, mais on ne les voyait plus qu'aux traces des balles. Félix n'arrivait pas à distinguer un seul de ceux qui leur tiraient dessus.

Il entendit les *bloop-bloop-bloop* qui reprenaient, couverts par des explosions plus aiguës chaque fois qu'une grenade explosait en l'air ou contre un arbre. La jungle était remplie d'éclats, de balles, de débris divers, le vacarme lui causait des douleurs insoutenables.

Un gros fruit mûr s'écrasa sur son casque et un jus puant lui dégoulina dans les yeux. Un paresseux blessé tomba à son tour, Félix manqua trébucher. Il lui tira une balle dans la tête pour abréger son agonie.

Sur ses épaules, le poids de l'enseigne, plus celui de tout son équipement, devenait insupportable. *Les SEAL n'abandonnent jamais un des leurs, mort ou vif.* Du tréfonds de lui-même, Félix trouvait pourtant la force de continuer. Faisant volte-face, il lâcha une longue rafale. Puis il reprit sa course, les grenades tombaient autour de lui, mais les tireurs ennemis lançaient au jugé.

Des balles s'enfonçaient dans le cadavre de l'enseigne. Félix vacilla, plus sous le coup de la terreur que des chocs. Il pressa le pas.

Tout en courant, il comptait dans sa tête. Le reste de l'équipe suivait, mais l'un des hommes avait été touché au bras. La balle lui avait déchiré l'épaule, juste au bord du gilet pare-balles. Il avait l'air de ne pas trop souffrir, au moins pour le moment. Le blessé suivait le train, sa blessure ne semblait pas trop couler, mais il avait du mal à recharger. D'autres souffraient de plaies causées par des éclisses de bois, mais ils couraient toujours.

Son cœur battait à tout rompre, il pataugeait dans les flaques et dans la boue. Son dos le faisait terriblement souffrir, à cause du poids de l'enseigne, il avait du mal à respirer et happait l'air comme il pouvait. Il se retourna, fit feu une nouvelle fois.

Les balles le percutèrent en plein dans la poitrine, mais son gilet lui sauva la vie. Il fit demi-tour pour augmenter la distance et diriger leur fuite et cria à deux de ses hommes de balancer des incendiaires derrière eux.

Il baissa les yeux pour examiner son thorax ; des choses qui ressemblaient à des ongles longs et fins étaient fichées dans le gilet. Elles se terminaient par des pennes et s'étaient tordues sous le choc. Et elles fumaient encore.

Des balles-flèches.

Il cria à ses hommes d'accélérer le pas.

Ceux qui leur avaient tendu cette embuscade possédaient des armes et un équipement dernier cri. Ces obus qui explosaient en l'air étaient la solution idéale pour toucher des combattants équipés de casques et de gilets pare-balles – les éclats blessaient le visage, les bras, les jambes. Et les fléchettes, idéales pour toucher un homme aux extrémités, là où il n'était pas protégé. Les Etats-Unis avaient renoncé à les utiliser car elles causaient des blessures trop cruelles. Chaque fléchette avait une énergie cinétique telle et était si amincie qu'elle se comportait comme un hameçon, se tordant et se déchiquetant dans l'organisme où elle faisait éclater les organes, les vaisseaux sanguins et vous arrachait les nerfs. Une fléchette qui vous touchait au genou pouvait très bien, par ricochet, remonter jusqu'au foie. Et au coude, terminer dans la moelle épinière.

Je crois que nous avons trouvé ce que nous cherchions.

La preuve tangible de l'intervention allemande. Cette embuscade ne leur avait pas été tendue par des partisans qui n'auraient pas usé des mêmes tactiques et dont les armes avaient cinquante ans. Il s'agissait des Forces spéciales allemandes, peut-être même des Kampfschwimmer.

Leur objectif : tuer ou capturer à tout prix les SEAL qui se trouveraient sur le sol brésilien. Après avoir procédé aux interrogatoires, les remettre à leurs sympathisants qui les livreraient au gouvernement brésilien. Ces embuscades qui avaient l'air bâclées étaient finalement bien préparées. Ils nous attendaient.

Une grenade passa à le raser et alla se ficher dans un arbre. Il tressaillit, mais elle n'explosa pas.

Félix prenait un risque terrible, mais il avait des ordres. Il s'accroupit, sortit son couteau de survie pour dégager la grenade intacte de son arbre. Il priait le Ciel que le bouchon fût défectueux, un long feu, ou bien qu'il fût programmé pour exploser après une certaine distance et qu'il n'eût pas parcouru la distance minimum d'armement.

Par mesure de précaution, il mit le tout dans son sac, à l'extérieur de son gilet, et le tout recouvert par le cadavre de l'enseigne.

Bon, on n'a plus qu'à rompre le contact et à se tirer d'ici.

Il cria à ses hommes de lancer toutes les grenades incendiaires dont ils disposaient encore. Un véritable mur de chaleur et de fumée s'éleva aussitôt.

Mais l'ennemi était toujours lancé à leur poursuite, Félix était impressionné par la ténacité et l'endurance dont il faisait preuve, tout comme par son sens tactique et son armement. Il commençait à s'inquiéter, ils le poussaient peut-être dans une autre embuscade et il aurait alors plus de Forces spéciales contre lui pour verrouiller ses arrières.

Ils avaient regagné l'endroit où les arbres poussaient plus dru. Il passa le cadavre à l'un des hommes. Ils avaient emporté un linceul, à tout hasard, ils y mirent vite fait le corps. Cela leur éviterait au moins de laisser des traces de sang qui pourraient être utilisées par l'ennemi. Félix avait déjà assez de sang sur lui pour ce qu'il comptait faire.

Il ordonna à ses hommes de se séparer en deux groupes. Le plus gros se dirigerait vers l'est, à angle droit des Allemands qui les poursuivaient. Félix et un SEAL continueraient droit vers le sud en faisant autant de bruit que possible, pour attirer l'ennemi dans cette direction.

Il choisit le commando le plus expérimenté et encore indemne pour l'accompagner. Ils prirent les deux armes du blessé et du mort pour compléter leur propre dotation, puis ouvrirent le feu derrière eux en direction des Allemands, un pistolet-mitrailleur dans chaque main.

Soulagé du poids énorme de l'enseigne, Félix se sentait un regain d'énergie et de force. Avec son compagnon, pour mettre en place cette dernière ruse désespérée, ils se mirent à courir sur la fausse piste qu'ils avaient choisie. Ils vidèrent leurs chargeurs sur les Allemands puis, leurs armes sur l'épaule, rebroussèrent chemin, mais aussi silencieusement et discrètement que possible cette fois-ci.

— Ici ! murmura Félix d'une voix rauque.

Avec le contenu de sa gourde, il nettoya grossièrement le sang de l'enseigne qui salissait sa tenue. Les deux hommes sortirent de leurs sacs des bâtons de plastique. Ils firent quelques pas vers l'ouest, puis, courbés en deux, commencèrent à reculer en plantant leurs bâtons. Direction l'est, dans les traces de leurs camarades.

Les bâtons se terminaient par des empreintes de sanglier. Toujours pliés en deux, regardant entre leurs jambes pour ne pas faire n'importe quoi et réduire à néant leurs efforts, les deux hommes maquillèrent leurs propres traces en plantant leurs bâtons dans la boue et dans la terre. Des pieds droit et gauche, les pattes arrière et les pattes avant, et on recommençait, encore et encore. Ils continuèrent ainsi, jusqu'au point où, le dos cassé et les genoux endoloris, ils se sentirent incapables de marcher davantage. Se relevant, ils prirent la direction de l'est en courant aussi vite qu'ils purent.

Une heure plus tard, l'équipe était de nouveau réunie et se dirigeait vers le nord au pas de course. On avait appliqué des pansements de première urgence sur les blessures causées par les éclats, les hommes se relayaient pour porter le cadavre de l'enseigne. On avait fait une transfusion au blessé, ce qui retardait l'effet de choc et l'aidait à continuer à marcher. Mais Félix savait qu'il souffrait d'une hémorragie interne – la fléchette entrée par l'épaule était allée se loger quelque part dans la poitrine.

Il avait choisi de faire cap au nord car c'était la direction que l'ennemi s'attendrait le moins à le voir prendre. Nord signifiait : s'éloigner de l'Amazone, s'éloigner de la côte. Cela les rapprochait d'un autre fleuve, l'Araguari, qui constituait un obstacle majeur, dans une région habitée. Bref, vraiment le dernier endroit pour une équipe SEAL. L'Araguari coulait vers l'est, non pas dans la direction de l'Amazone, mais vers l'océan.

— A partir de maintenant, dit Félix à ses hommes entre deux halètements, c'est moi qui fais la causette.

Il leur imposait un rythme soutenu. Le danger de voir les Allemands découvrir sa ruse et se lancer après eux était réel. Autre péril possible, les Allemands étaient peut-être en relation avec d'autres unités hostiles près de l'Araguari ou dans une ville importante située en amont, Ferreira Gomes. L'équipe avait du chemin à faire. Il leur fallait patauger dans des mares, zigzaguer entre les arbres avec tout leur équipement.

A partir de maintenant, Félix ne pouvait plus compter que sur les nerfs de ses hommes et leur volonté de survivre. Le soleil baissait dans le ciel et au coucher, leur progression serait sérieusement ralentie par le manque de visibilité. Le blessé allait mourir, les forces brésiliennes et allemandes allaient les serrer de plus en plus près. Le temps était précieux. L'ennemi connaissait leur présence, ils étaient donc obligés d'oublier toute prudence et de se lancer dans un jeu à haut risque pour sauver leur peau.

— Plus vite, répétait Félix en courant.

Chaque inspiration était une vraie torture, son dos, les muscles de ses jambes le faisaient souffrir au-delà de toute description. L'effort lui arrachait des larmes qui se mêlaient à la sueur. Il avait perdu sa moustiquaire, arrachée pendant qu'il courait, mais il allait si vite que les insectes de la forêt avaient du mal à le piquer.

Il se tourna vers ses hommes qui s'étaient regroupés pour se remonter le moral. Et ils couraient, ils couraient toujours, bras et jambes se balançaient sans répit, les poitrines se soulevaient. Sous les casques, les têtes ballottaient. Quatorze pieds se levaient, s'abaissaient, frappaient la terre sans relâche, le rythme se faisait de plus en plus irrégulier au fur et à mesure qu'ils avalaient les kilomètres. Tous ces souffles et ces râles mélangés faisaient le bruit d'une locomotive à vapeur à bout de souffle en train de grimper une côte. Les sacs et les équipements de plongée se balançaient lourdement à chaque pas.

On lisait l'épuisement sur leurs visages. Félix se força à sourire, il se tourna vers ses hommes, rempli de fierté. Il fut obligé pour parler de respirer si fort que son estomac souleva son gilet.

— Et dire que vous avez cru que la Semaine infernale[1] était dure…

Celui qui portait alors le corps de l'enseigne le regardait, les yeux vides. On voyait que cette perte le rendait triste.

— Ne pense pas à la mort pour l'instant. *Oublie ça*, rien que pour moi, pour toute l'équipe.

Le blessé vacilla soudain, Félix tendit le bras pour le rattraper. L'homme avait perdu connaissance et ne se réveillerait pas. Les autres s'étaient chargés de son sac, mais, même ainsi, Félix était étonné qu'il eût réussi à marcher jusque-là. On lui fit une nouvelle transfusion et ils le hissèrent dans un harnais de portage. Un SEAL courait à ses côtés pour maintenir la poche de plasma à la bonne hauteur.

1. Semaine d'entraînement particulièrement difficile qui clôt les périodes de formation des commandos. *(N.d.T.)*

Après avoir pris ce nouveau fardeau sur les épaules, Félix eut un sourire un peu forcé. Il fallait repartir.

— Plus vite. Assez rigolé.

Hier était finalement un bien beau jour.

Au crépuscule, Félix alla se dissimuler dans un dépotoir pour y faire ses observations. Le reste de l'équipe était resté derrière lui dans la jungle.

Ce petit village qui touchait la banlieue de Ferreira Gomes grouillait de soldats. Félix savait, à partir des conversations qu'il avait surprises, que les Brésiliens s'apprêtaient à faire mouvement vers le sud. Il n'en fut pas surpris – il avait entendu des bruits d'hélicoptère au cours de l'après-midi.

Le blessé était dans un sale état. Félix savait que si on ne l'opérait pas d'ici au matin, il était fichu.

Aucune des options qui s'offraient à lui ne lui convenait. Il ne pouvait pas se permettre d'attendre le départ des troupes. Ils en auraient peut-être pour des heures, il avait l'impression qu'ils préparaient une mission de reconnaissance de nuit – il en avait vu avec des lunettes de vision nocturne. Même en supposant qu'ils partent très vite pour aller fouiller la région que Félix et son équipe venaient tout juste de quitter, ils risquaient fort de laisser derrière eux un échelon de transmissions et de soutien logistique.

Il va falloir faire preuve d'un peu de culot.

Il recula en rampant jusqu'à un endroit d'où il ne voyait plus le village. Des chiens aboyaient, des poules caquetaient, des cochons grognaient, mais ils s'étaient déjà manifestés avant à cause de la présence des troupes. Il dut retirer de sa tenue et de son équipement des épluchures de fruits pourris, des os d'animaux pleins d'asticots et d'autres immondices innommables. Mais cette décharge faisait déjà un beau tas et il avait peu de chances d'être dérangé sans préavis par des enfants à la recherche d'un terrain de jeu ni par des villageois venus déverser leurs ordures.

Il alla rejoindre ses hommes épuisés et les guida le long d'une piste assez bien entretenue qui menait des champs au village. Il savait déjà que la plupart des villageois étaient rentrés chez eux car il commençait à faire sombre – et aussi pour ne pas trop se frotter à des troupes disciplinées. Il aperçut puis sentit bientôt la fumée des feux de bois qui s'élevait de cabanes sur pilotis construites autour d'une grande clairière. Et il sentait aussi des effluves délicieux de nourriture, que sa propre puanteur ne l'empêchait pas de humer.

— Hé ! cria Félix. *Hé ! là-bas*, y a une patrouille qui arrive.

— Mot de passe, répondit un jeune soldat du contingent tout effrayé de derrière un hangar couvert de chaume.

S'il croit qu'il est bien planqué là-bas derrière, j'aime mieux ne pas penser à ce qui lui arriverait s'il avait affaire à un bon tireur. Enfin, ça ne me regarde pas...

— Le mot de passe ? répondit Félix sur le même ton. Mais comment que je le connaîtrais ? Forces spéciales. Nous sommes restés deux semaines en exercices dans la jungle !

Le soldat s'avança, haussa les épaules avant de laisser passer Félix et ses hommes. Il regardait, les yeux écarquillés, le blessé – qu'ils transportaient maintenant sur une civière improvisée faite de perches et de chemises ; puis un cadavre dans son linceul que portaient deux hommes à l'aide des poignées prévues à cet effet.

— Fais bien gaffe, dit Félix au soldat, tu pourrais bien être le prochain !

Il put constater, comme il s'y attendait, que le soldat était armé d'un M-16.

Arrivés au village, un sergent brésilien les remarqua

et s'approcha d'eux. Il commença à renifler avant d'essayer de retenir sa respiration.

— Vous avez besoin d'une évacuation sanitaire ? On peut rappeler un hélicoptère ? – il leva les yeux vers le ciel qui noircissait rapidement – mais je suis pas sûr qu'il pourra se poser de nuit.

— Non, répondit crânement Félix. Merci, nous avons pris nos dispositions.

— Je crois que votre homme a besoin d'être transporté à l'hôpital.

— Ouais, on s'en occupe.

— Je crois qu'il faut que j'en parle à mon lieutenant.

Félix hésita une seconde.

— Alors, faites vite, on a un rendez-vous.

— Oui, je fais vite.

C'est là que les choses vont devenir délicates.

Le lieutenant arriva. Il avait l'air compétent et aguerri et apparemment, on ne lui en contait pas facilement. Il pinça le nez lorsque l'odeur de Félix arriva à ses narines.

Parfait. Plus je schlingue, moins il me regarde et moins il m'embêtera avec des questions un peu délicates.

Félix savait que la meilleure façon de mentir consiste à s'éloigner le moins possible de la vérité.

— Forces spéciales, mon lieutenant. Nous avons rencontré un peu d'opposition, notre officier a été tué. Nous avons notre propre procédure d'évacuation. Mission secrète.

Le lieutenant appela son sergent :

— Donnez-moi la carte.

Ils perdaient de précieuses minutes, le ciel était de plus en plus noir. Félix montra approximativement au lieutenant la zone dans laquelle ils s'étaient trouvés au contact de l'ennemi – la pluie avait recommencé à tomber dans l'après-midi et les feux de brousse allumés pendant le combat s'étaient certainement éteints.

Félix était convaincu que les Allemands réussiraient à se cacher ou à disparaître bien avant que les fantassins brésiliens arrivent là-bas.

Un villageois alluma quelques torches de paille qui jetaient des lueurs dansantes, jaunâtres.

Le lieutenant sortit une lampe à éclats rouges et commença à échanger quelques signaux avec ses chefs de section. Félix quant à lui mena ses hommes au bord du fleuve. L'Araguari était haut et le débit fort, Félix l'entendit avant même que les torches permettent de distinguer les berges sur la noirceur mouillée que l'on devinait plus bas. A son grand soulagement, il aperçut quelques bateaux amarrés à un ponton branlant, construit dans une anfractuosité creusée dans la berge qui le protégeait du courant.

Il leur fallait voler une embarcation à cet endroit, mais ils allaient devoir attendre un peu, le temps que les villageois soient endormis. Et même ainsi, ils risquaient de se faire pincer – il y avait encore de la lumière derrière les fenêtres de cabanes qui ne se trouvaient pas très loin. Mais perdre son temps était un luxe que leur blessé ne pouvait guère se permettre. S'ils se faisaient prendre, cela allait à coup sûr causer une altercation avec les indigènes, ou pis encore, une poursuite sur l'eau. *Non, si on en vole un carrément, que les Brésiliens s'en rendent compte rapidement ou à l'aube, ce n'est vraiment pas conseillé avec la présence de toutes ces troupes régulières.*

Il finit par repérer un vieux qui possédait un bateau et lui expliqua qu'il avait un ordre de réquisition. Il recommanda à l'homme de se rendre à Ferreira Gomes, d'aller voir les autorités pour se faire rembourser. La bureaucratie locale risquait de se noyer dans une certaine confusion, ce qui laisserait le temps d'effacer les traces des SEAL. Mais Félix n'était pas très fier de devoir raconter ce genre de fariboles à un innocent de village.

Mais l'homme n'était pas d'accord et leva les bras au ciel :

— Et comment que je vais faire pour monter à Ferreira Gomes sans mon bateau à moteur ?

Félix dut se forcer pour ne pas montrer qu'il était vraiment embêté.

— Combien ?

— Hein ?

— Combien pour le bateau ?

— C'est pas qu'un bateau, c'est mon gagne-pain.

L'embarcation empestait le poisson mort, l'intérieur était graisseux et tout visqueux.

— Combien ?

Ils commencèrent à marchander puis se mirent d'accord sur un prix à régler en monnaie locale.

— Vous allez loin ?

Félix refusa de répondre.

— Vous aurez besoin de pétrole.

— Combien ? soupira Félix.

Et re-marchandage.

— Vous avez besoin d'un fanal, il fait nuit noire.

— Très bien. Des lanternes. Quelle sorte de lanternes ?

— Des lampes à pétrole.

— Elles sont pleines ?

— Oui, je vais les remplir.

— Combien ?

L'homme annonça un chiffre.

Félix soupira une fois encore, comme s'il était désespéré de se séparer de ses espèces. Le prix total était élevé, mais restait raisonnable.

Il fit signe à l'un de ses hommes qui, trop épuisé, était allé s'appuyer contre le mur de la chaumière du vieux – les murs étaient en contreplaqué de récupération, il n'y avait pas de carreaux et de vieilles tôles rouillées tenaient lieu de toiture. Le SEAL sortit d'une poche de son sac un rouleau de coupures brésiliennes usagées et tendit le tout au pêcheur.

D'un geste, Félix ordonna à ses hommes d'embarquer.

Avec le poids de leurs équipements, plus le corps de l'enseigne, il était à deux doigts de couler. Il se tourna vers le pêcheur :

— Ordre et progrès.

La devise du Brésil.

— Hein ?

— Je dis : « ordre et progrès ».

— M'en fous. Dépêchez-vous. Si vous partez à l'est, vous allez rencontrer le *pororoca*.

Et le vieil homme, tournant les talons, rentra dans sa cahute.

Le *pororoca* est une énorme vague – un mascaret – qui arrive au galop à l'embouchure de l'Araguari toutes les douze heures.

Encore un obstacle de plus à surmonter.

Félix fit démarrer le moteur et ils s'écartèrent du ponton. Etonnamment, le moteur tournait rond. Il avait beau s'y connaître en matière d'embarcations, le courant était juste trop fort pour le canot surchargé. Il fallait écoper sans arrêt, les hommes devaient faire attention à ne pas rompre ce fragile équilibre. Même ainsi, ils risquaient de chavirer à chaque instant.

Lorsqu'ils eurent perdu le village de vue, Félix alluma les lampes à pétrole. Dès qu'il y eut un peu de fond, il ordonna aux hommes de passer par-dessus bord tout ce qui ne leur était pas indispensable. Cela leur donna un peu de marge et de franc-bord, juste assez pour éviter au canot de couler bas. Ils ne conservèrent que leurs armes et leurs munitions – ils n'en avaient plus guère – et leurs équipements de plongée. Félix ralluma les fanaux, un à l'avant et l'autre à l'arrière.

Comme ça, personne ne se dira que nous essayons de nous cacher.

A la lueur des lanternes, l'eau qui filait rapidement avait la couleur de la vase, marron foncé. Félix poussa les gaz à fond. Une fumée sale sortait par l'échappement et le canot accéléra. Mais les vibrations étaient si fortes qu'il eut peur de voir le tout partir en morceaux. Ils ne craignaient plus désormais d'être compromis. Si l'ennemi essayait de leur tirer dessus depuis la berge, la vitesse leur serait d'un grand secours. S'ils descendaient trop lentement dans le courant et de là en pleine mer, ils se feraient prendre dans le prochain *pororoca* – et point final. L'eau jaillissait de plus en plus haut autour de la coque, les hommes écopaient, c'était une question de vie ou de mort.

La lune se levait. Félix aperçut d'abord un halo argenté sous l'horizon, puis l'astre émergea. Il se réfléchissait de temps en temps sur les eaux du fleuve entre les arbres qui poussaient sur les deux rives. Les étoiles étaient nettes et brillantes. Il priait le Ciel qu'il ne recommençât pas à pleuvoir – sans la lumière de la lune et des étoiles, il aurait été incapable de gouverner et un déluge comme ceux qu'ils avaient déjà subis les ferait couler pour de bon. L'un des hommes, breveté secouriste, faisait ce qu'il pouvait pour le blessé.

Ce blessé, que l'on avait débarrassé de tout son équipement et de son gilet pare-balles, gisait immobile. Il ne se plaignait pas, ne geignait pas. Il se contentait de respirer lentement, d'une respiration de plus en plus laborieuse.

— Il a trop de liquide dans la poitrine, fit Félix. Ça lui obstrue les poumons.

Ancien infirmier, il avait quelques notions dans ce domaine.

— Je vais essayer de bricoler un truc, répondit le secouriste.

Il voulait essayer de l'intuber pour évacuer le liquide qui faisait pression sur les poumons et sur le cœur.

Les conditions n'étaient pas idéales, mais Félix lui fit signe qu'il était d'accord.

— J'y vais, dit le secouriste.

Un SEAL approcha une lanterne, des mouches s'activaient sur les taches de sang. Félix lui-même était importuné par elles et bien d'autres insectes, mais il essaya de ne pas y faire attention.

Il suivait les tours et détours du fleuve dans son chemin vers la mer. Le hors-bord faisait beaucoup de bruit, un bruit plus aigu que celui de l'Araguari grossi par les pluies. L'odeur nauséabonde d'essence, de pétrole et de gaz d'échappement arrivait à masquer un peu celle des ordures dont Félix n'avait pas réussi à se débarrasser, même en s'aspergeant copieusement. Le moteur et les lampes contribuaient aussi à éloigner les insectes qui risquaient de devenir plus nombreux lorsqu'ils approcheraient de la mer.

Il leva les yeux vers la lune, remerciant le Ciel d'être encore en vie. Il effleura délicatement la grenade non explosée qui se trouvait dans son sac, les fléchettes tordues fichées profondément dans son gilet pare-balles. Il était sûr que le médecin de l'*Ohio* en trouverait une autre dans la poitrine du blessé, sans compter Dieu sait combien de balles et autres éclats dans le cadavre de l'enseigne.

Il balaya l'embarcation du regard. Quelques-uns des hommes écopaient toujours, en se servant de leur casque. D'autres aidaient à la manœuvre grâce aux pagaies qu'ils avaient trouvées au fond du bateau – s'il se mettait en travers, ils coulaient sur-le-champ. Le secouriste s'occupait de son patient. L'embarcation dansait dans le courant et embarquait énormément d'eau, Félix et ses hommes étaient à bout.

Un tué, un blessé, situation critique. Mission accomplie, au prix de lourdes pertes.

Félix essaya d'estimer leur vitesse en regardant défiler la berge.

On va peut-être réussir à prendre de vitesse ce mascaret, ou peut-être qu'on n'y arrivera pas. Si nous éteignons les fanaux et si nous arrivons à passer entre les *récifs et les bancs de sable... On va viser un point où la vague ne sera pas trop haute. On met à l'eau notre balise sonar de détresse et on va espérer qu'un mini-sous-marin de l'*Ohio *l'entendra et qu'il viendra nous récupérer avant qu'il fasse plein jour.*

CHAPITRE 9

Afin de quitter discrètement la base navale de Norfolk et de rallier le *Challenger*, Jeffrey prit passage subrepticement à bord d'un SNA de la classe Virginia. Du bateau-stop en quelque sorte. Le SNA plongea dès qu'il put – il prenait la mer pour participer à la protection du convoi. Jeffrey se trouva contraint d'assister en simple spectateur à ce qui se passait au PCNO. Il était frustré de ne pouvoir profiter de l'un des privilèges du commandant, la dernière vision du monde extérieur, la dernière goulée d'air frais dans la baignoire, avant la fermeture des panneaux et l'ouverture des purges. Il dut se contenter d'admirer les premières lueurs du lever du soleil au périscope optronique. Mais une image sur un écran vidéo, ce n'est pas la même chose.

Il vola quelques moments de sommeil dans la bannette passager de la chambre du second. A Norfolk, il avait passé la nuit à subir divers exposés. Un planton était venu le réveiller alors que le type du Virginia passait la bordure du plateau continental et lui avait annoncé que le mini-sous-marin du bord attendait pour l'embarquer. Toute l'opération, rendez-vous et accostage inclus, devait se passer en plongée profonde pour des raisons de discrétion. Quant au *Challenger*, il se trouvait alors à plus de trente nautiques, pour les mêmes raisons, en pis.

Jeffrey salua les deux hommes qui constituaient l'équipage du sous-marin de poche – un enseigne et un premier-maître – avant de pénétrer dans la soute où il piqua un petit roupillon. Il se réveilla au moment où le sous-marin manœuvrait pour se verrouiller sur le sas du *Challenger*, dans la soute étanche à l'arrière du massif.

L'équipage du sous-marin de poche acheva la procédure d'accostage puis de verrouillage et les grosses portes de la soute se refermèrent. On rééquilibra la pression, l'équipage ouvrit son panneau puis on opéra sur celui du *Challenger*. Jeffrey dévala l'échelle d'acier, les hommes chargés de la maintenance du mini-sous-marin attendaient avec leurs trousses à outils de remonter à son bord.

Jeffrey émergea dans l'étroite coursive où son second, le capitaine de corvette Jackson Jefferson Bell, l'attendait.

— Bienvenue à bord, commandant.

— Ça fait plaisir de vous revoir.

Et les deux hommes échangèrent une chaleureuse poignée de main.

— Comment va le bébé ?

La femme de Bell avait accouché de leur premier enfant, un fils, deux mois auparavant.

— Comme un charme, répondit Bell dans un grand sourire.

De ce jour, Jeffrey le regardait d'un œil différent : la paternité le rendait en quelque sorte plus mûr, plus posé, plus concerné par la vie. Il était un peu jaloux.

— C'est le lieutenant de vaisseau Willey qui est de quart.

Willey était l'ingénieur du bord.

— L'équipage a-t-il une vague idée du programme ?

— Oui, j'en ai été informé par l'adjoint du commodore

Wilson et j'ai eu un entretien avec le commandant du Groupe de sous-marins numéro deux.

Il voulait parler du contre-amiral commandant les trois escadrilles de sous-marins d'attaque basées à New London – le patron de Wilson.

— J'ai dit un mot à l'équipage du convoi qui fait route vers l'Afrique, commandant, je leur ai parlé de notre mission, de la recherche et de la destruction de l'*Amiral von Scheer*.

— Très bien. On va commencer par un tour au PCNO.

Le poste central navigation opérations est le nom que l'on donne à bord des sous-marins modernes à ce que l'on appelait dans le temps le central.

Jeffrey suivit Bell dans la coursive. Le commandant en second paraissait cinq centimètres de plus que lui, mais il faisait moins costaud et était de deux ans son cadet. Il marchait d'un pas décidé, tout chez lui dénotait énergie et allant. Visiblement, l'intérim qu'il venait d'assurer l'avait enthousiasmé.

Jeffrey sourit tout seul. *Je vais avoir plus que jamais besoin de lui et de ses talents.*

Les hommes qu'il croisait s'animaient en le voyant passer, il leur souriait et répondait rapidement à leur salut.

Ça fait du bien de se retrouver là.

Il s'imprégnait des images, des bruits, des odeurs, toutes ces choses familières. Le linoléum ignifugé sur le sol, les panneaux imitation bois sur les cloisons, les gros extincteurs rouges et les haches d'incendie, l'air frais qui soufflait doucement dans les bouches de ventilation, les autocollants triangulaires fixés par un Velcro qui signalaient les prises d'air pour les masques à oxygène. Et les tuyaux longs et minces qui passaient sous les plafonds pour alimenter ces prises. Sans compter tout un fouillis de canalisations et de câbles qui couraient dans tous les sens.

Bell avait rappelé aux postes de combat pendant l'opération de rendez-vous, au cas où, et Jeffrey croisa quelques équipes de sécurité qui attendaient dans les coursives, il salua les hommes dont certains portaient les lourds équipements de lutte incendie. La plupart d'entre eux n'avaient pas vingt ans.

Le PCNO était en éclairage de jour : lumière blanche, tubes fluorescents. Jeffrey se tenait un peu à l'écart, le lieutenant de vaisseau Willey était installé au centre, devant la console du commandant, et Bell à la direction de lancement. L'atmosphère était concentrée, attentive : le *Challenger* avait beau se trouver dans des eaux étroitement surveillées, la menace pouvait surgir à tout moment – sous-marin ennemi, mine, sans compter le reste. Jeffrey avait laissé Willey assurer la manœuvre, lui demandant simplement de faire cap au sud, de plonger plus profond et de régler la vitesse à vingt-six nœuds, le maximum en situation discrète.

Jeffrey l'aimait bien, ce Willey, un grand garçon dégingandé et qui avait son franc-parler. Lui-même était ingénieur de formation et avait été chef de service énergie entre deux affectations à terre, cette corvée au Pentagone et son récent passage à l'Ecole de guerre navale. Comme tous ses condisciples, Willey avait toujours l'air affairé et débordé. Indépendamment des tours de quart, il était chargé de ces mille et un détails qui contribuaient à faire marcher la propulsion et la production d'énergie du bord. L'arrière du sous-marin était son royaume, depuis le compartiment réacteur jusqu'à l'hélice pompe en passant par les turboalternateurs. Il avait eu une jambe cassée au cours de leur dernière patrouille, en décembre dernier, mais ne s'était pas arrêté pour autant – la jambe dans le plâtre et tout ce qui s'ensuit – et il n'avait pas laissé tomber Jeffrey pour cet appareillage précipité. Ce n'était plus qu'un mauvais souvenir.

Jeffrey arpentait le PCNO pour vérifier l'état des

différents systèmes sur les écrans tout en encourageant – et en jaugeant au passage – l'équipe de CO aux postes de combat.

Le patron était installé au poste de pilotage, à l'avant. C'était un vieux maître principal d'origine latino, dont personne ne s'avisait de contester l'autorité. Il venait d'un clan de camionneurs, dans le New Jersey, mais se plaisait à dire que, en sa qualité de mouton noir de la famille, il avait décidé de s'engager dans la marine. Entre autres choses, le patron était celui qui régentait l'équipage et s'occupait de l'ordinaire. Il veillait sur le moral, la discipline, la formation des hommes. Son grand âge – la quarantaine, il était le plus vieux à bord – et ses nombreuses années de service lui donnaient une crédibilité certaine. A son poste de combat, il était responsable de la pesée, des compresseurs d'air, des pompes de toutes sortes, y compris les pompes de cale, des systèmes hydrauliques. Ses yeux balayaient sans cesse les nombreux indicateurs et écrans placés devant lui. Des schémas fonctionnels et différents diagrammes se mettaient constamment à jour. Des batteries de commandes lui permettaient d'effectuer les réglages nécessaires pour s'adapter aux changements de température et de salinité qui modifiaient la densité de l'eau de mer – et par conséquent, la pesée du *Challenger* qui risquait, si l'on ne faisait rien, de descendre ou de remonter.

Les barreurs étaient installés à côté du patron. L'enseigne de vaisseau David Meltzer, tout d'abord, un gosse du Bronx, qui se déplaçait en bombant le torse comme s'il attendait qu'on lui demandât quelque chose de plus difficile et de plus intéressant. Il s'exprimait avec le fort accent de son quartier et ne faisait pas le moindre effort pour le corriger. La bague qu'il portait au doigt indiquait qu'il était ancien élève de l'Ecole navale. Jeffrey le tenait en haute estime. Meltzer assurait parfois la charge de patron du sous-marin de poche. Dernièrement, il avait plus d'une fois assuré le transport aller et retour de Jeffrey, d'Ilse et de quelques commandos au cours d'opérations à terre. Ce garçon savait garder son sang-froid au combat. En tant que pilote, il était responsable de la tenue du cap, de l'immersion et de la vitesse sur la base des ordres reçus du chef de quart ou du commandant, selon le cas. Sa tâche n'était pas facile en situation de combat lorsqu'il fallait manœuvrer ce bâtiment de neuf mille tonnes en suivi de fond.

Les sept consoles sonar étaient alignées à bâbord, chacune avec deux grands écrans superposés, un clavier, des boules de pointage et une batterie de casques. Le lieutenant de vaisseau Kathy Milgrom, Royal Navy, était assis à l'extrémité de la banquette. Elle était à bord dans le cadre d'un programme d'échange, mais également pour suivre un projet assez contesté. Avant le déclenchement de la guerre, la Royal Navy avait commencé à affecter quelques femmes à bord de ses sous-marins. Cela résultait en partie de jugements rendus par la Cour européenne de justice au sujet de l'application de la parité au sein des unités de combat. C'était en quelque sorte la généralisation des expérimentations conduites avec succès par la marine australienne qui, plus de dix ans auparavant, avait armé ses sous-marins diesels type Collins avec des équipages mixtes. Et, peut-être plus important encore pour ses promoteurs, ce projet permettait, surtout en temps de guerre, de profiter d'un vivier deux fois plus important de personnel compétent.

Kathy Milgrom allait se révéler particulièrement utile au *Challenger*, car elle était officier sonar à bord du HMS *Dreadnought*. Ce sous-marin à coque composite avait été admis au service plusieurs mois avant le *Challenger* qui effectuait encore ses essais d'armement, avant la phase d'entraînement initial. Milgrom s'était retrouvée jetée en pleine bataille de l'Atlantique, qui avait débuté pendant l'été précédent, alors que le capitaine de vaisseau Wilson, et son second, Jeffrey, n'étaient partis en opérations qu'en décembre. Elle avait étroitement collaboré avec Ilse sur les problèmes de propagation et la mise au point des tactiques de combat près du fond en eaux profondes, si bien que son aide serait irremplaçable lorsqu'il s'agirait de traquer puis de couler le *von Scheer*. Jeffrey remerciait intérieurement le commodore britannique qui avait appuyé son transfert à titre temporaire, ainsi que le galonné de l'US Navy qui, après avoir montré quelques réticences, avait fini par donner son accord.

Les opérateurs sonar avaient accueilli sans difficulté Milgrom comme chef du service ASM et faisaient l'impossible pour se hisser à son niveau. Pour l'instant, toutes les consoles étaient armées. Les opérateurs manœuvraient leurs interrupteurs en écoutant attentivement ce qui se passait dans leurs casques, les ondes qui symbolisaient les signaux interceptés balayaient les écrans. D'autres écrans affichaient des graphiques en dents de scie qui se modifiaient sans arrêt, ou des courbes sinusoïdales en pointillés. Tout cela indiquait à Jeffrey que les systèmes de détection du *Challenger* fonctionnaient à plein régime pour détecter le moindre petit bruit. Des logiciels sophistiqués de traitement et de filtrage achevaient de donner un sens à ce fatras d'ondes qui arrivaient de partout.

De temps à autre, un point lumineux balayait l'écran en diagonale comme une étoile filante ou une comète. Jeffrey savait qu'il s'agissait d'un aéronef volant à très basse altitude. Les analystes parlaient à voix basse, leur chef annonçait les nouveaux contacts puis on procédait à leur classification.

Dernier acteur important, l'officier de navigation, le lieutenant de vaisseau Richard Sessions. Jeffrey gagna l'arrière du PCNO, là où Sessions armait la table traçante de navigation. Originaire d'une petite ville du Nebraska, il adoptait quoi qu'il arrive une coiffure et une tenue assez négligées, mais, dans son travail, faisait preuve d'une extrême rigueur. Avec ses adjoints, il entretenait minutieusement la position du *Challenger* sur une carte à grande échelle. Cette carte électronique affichait également les secteurs réservés aux sous-marins alliés pour la journée en cours, informations classées TRÈS SECRET. De temps à autre, Sessions suggérait au chef de quart tel ou tel léger changement de cap afin de maintenir le sous-marin dans le secteur qui lui était attribué et de lui éviter les attaques amies. Les courants sous-marins et les fronts thermiques engendraient en effet de la dérive. Willey donnait alors les ordres correspondants au pilote, Meltzer accusait réception puis faisait le nécessaire.

Jeffrey pouvait suivre sur l'écran la route suivie par le *Challenger* depuis qu'il avait appareillé de New London. Il faudrait qu'il interroge Bell à ce sujet. Bell était en grande conversation avec ses hommes, à la direction de lancement, à tribord. Sur certaines des consoles, on suivait des bruiteurs sélectionnés par l'équipe de Kathy Milgrom et on calculait leur position future que l'on rapprochait de celle du *Challenger*, puis on combinait le tout avec les données de navigation.

En situation de combat réel, c'est Jeffrey qui occupait la place de Bell. La table traçante affichait les relèvement et distance estimée de tous les bruiteurs, les route et vitesse probables, la position et l'heure des CPA[1]. Et cela valait pour tous les mobiles, au-dessus ou au-dessous de l'eau et en l'air. Le CPA est une donnée de la plus haute importance car c'est sa connaissance qui permet d'éviter les abordages. L'écran était saturé de symboles représentant des navires marchands, des bâtiments de guerre et des aéronefs.

1. *Closest Point of Approach* : point de passage le plus proche. *(N.d.T.)*

L'officier armes de Bell, le lieutenant de vaisseau Bud Torelli – surnommé Weps – armait de son côté une console située un pont plus bas, près du poste torpilles. Cette localisation était voulue, elle améliorait la sécurité des manipulations sur les têtes nucléaires et lors du lancement des torpilles au combat. Torelli était en liaison constante avec Bell par Interphone, téléphone autogénérateur et réseau local optique.

Bell était en train d'entraîner ses hommes sur des cibles choisies parmi les bruiteurs de surface amis que l'on utilisait pour effectuer des lancements fictifs. *Tout se ramène finalement à ça*, songeait Jeffrey. *Dans quelques jours, on fera les premiers tirs* réels *et ne pas manquer la cible décidera du succès ou de l'échec de ma mission.*

La détermination en temps réel des éléments – à partir des données sonar brutes et de la connaissance précise de la distance, de la route et de la vitesse d'un bruiteur – passe par la mise en œuvre d'algorithmes de traitement. Certains de ces algorithmes utilisent des mathématiques avancées, si avancées qu'elles sont protégées. *Et la validité des résultats repose donc sur la compétence du personnel au PCNO.* Obtenir des données fiables est essentiel si l'on veut lancer rapidement et à coup sûr une arme sur une cible en mouvement. Une bonne solution de tir est le seul moyen d'y parvenir.

La fiabilité, la discrétion, la capacité de frappe et de résistance dépendent de chacun de mes hommes.

Jeffrey refit un rapide tour d'horizon du PCNO, mais il imaginait sans peine l'activité fébrile qui régnait dans tout le reste du bord. Dans ces différents compartiments, des officiers, officiers mariniers, quartiers-maîtres et matelots assistaient à distance les trois chefs de service – Willey, Sessions et Torelli – et occupaient le poste de quart qui leur était attribué. L'équipage du *Challenger* comptait cent vingt hommes.

J'ai besoin de parler à quelqu'un de mon équipage, de l'appareillage de New London…

Il demanda à Bell de l'accompagner chez lui. Bell décrocha le micro et fit une annonce générale pour modifier légèrement le thème de l'exercice :

— Second blessé, poursuivre l'exercice de lancement.

Il continua du tac au tac dans le micro volumineux de son téléphone autogénérateur :

— Officier direction de lancement hors de combat.

Le jeune matelot qui écoutait répéta la réponse de la DLT :

— L'officier torpilleur à rendre compte au PCNO. Son adjoint arme la console.

Pas trop mal, fit Bell *in petto.* Il suivit Jeffrey à l'arrière, ils n'avaient que quelques pas à faire pour gagner le seul et unique endroit un peu spacieux du bâtiment.

Ils s'assirent tous deux après avoir fermé la porte.

— Vous vous êtes dissimulé sous une marie-salope ?

— Exact, répondit Bell, enfin, plus précisément, une moitié dedans et l'autre à l'extérieur.

Jeffrey éclata de rire.

— J'aimerais bien connaître le type qui a eu une idée pareille.

— Moi aussi, fit Bell en souriant.

Il attrapa sur le bureau de Jeffrey un bloc et un stylo et entreprit de faire un croquis de cette barge un peu spéciale.

— Bon, voilà, sur ce dessin, on voit qu'il y avait de la place pour nous cacher en surface, ça faisait comme une espèce de catamaran.

— Donc vous vous êtes juste accrochés par l'arrière derrière un écran de fumée, planqués sous l'arceau, et les remorqueurs vous ont déhalé comme ça jusqu'au goulet de Long Island ?

— Exact. On balançait sans arrêt des fumigènes infrarouges, vous savez, lorsque les navires entrent ou sortent, pour faire marner les types de l'Axe. Ça a été délicat dès le début, il a fallu se rentrer dans ce machin sans rien casser, puis franchir le Passage de l'Enfer pour pouvoir entrer dans East River.

Le Passage de l'Enfer se trouve à l'extrémité ouest du goulet, tout près de l'aéroport de La Guardia et du pont de Triborough, dans l'East River qui passe le long de Manhattan. Les courants de marée dans ce passage étroit sont particulièrement dangereux.

Jeffrey examinait le croquis que Bell venait de dessiner et hochait la tête, totalement incrédule. Il savait que de grosses opérations de dragage entreprises au début des années 2000 avaient nettement amélioré le tirant d'eau admissible et la largeur des chenaux autour de New York et du goulet. Ce chantier, qui avait duré des années et coûté une fortune, se révélait maintenant d'une valeur inestimable.

— Et à quel endroit vous ont-ils vidangé la barge ?

— Après avoir tourné Sandy Hook, au bord du plateau continental. On m'a dit que c'était des matières non toxiques, mais qu'on ne pouvait pas utiliser pour faire du remblai. On les a d'abord larguées, on a plongé et on s'est tirés vite fait. Mais je vous raconte pas le boucan, toutes ces saletés qui passaient par-dessus bord et qui dévalaient avant d'aller s'écraser dans la vase. A en faire péter l'audio des sonars.

— Et vous avez tiré parti du Gulf Stream pour vous planquer en mettant cap au sud ?

— C'est une idée de Milgrom, ça lui est venu de travaux qu'elle avait faits dans le temps quand elle bossait avec Ilse.

Au sein du Gulf Stream, les conditions sonar sont très mauvaises à cause des couches de températures différentes qui se mélangent et de la présence de tourbillons imprévisibles.

— Parfait, chapeau. On va donner un bâton de plus à GROUPSOUM2 pour le remercier de nous avoir donné un coup de main, comme d'habitude… Une marie-salope. L'Axe ne sait probablement toujours pas que nous avons appareillé.

Bell avait l'air un peu préoccupé.

— Enfin, espérons-le. Mais ils doivent se douter de *quelque chose*, commandant.

— Ouais. Les Allemands savent vraisemblablement que nous savons que le *von Scheer* a appareillé. Ils savent aussi qu'on va pas se contenter de rester assis sur le sol sans rien faire. De toute façon, leur attentat raté contre Ilse et moi va les rendre encore plus furibards.

Bell restait là sans rien dire. Jeffrey se pencha un peu pour essayer de dissiper ce début de mélancolie que déclenchait chez lui la perspective de ce qui les attendait.

— Parlez-moi du bâtiment.

Le *Challenger* avait subi des réparations de fortune et quelques modifications à son retour de patrouille.

— Le nouveau sonar linéaire en fibre optique est sensationnel. Milgrom et son équipe sont enthousiastes à l'idée de ce qu'on peut en tirer.

— C'est bien, on en a grand besoin.

— Et les huit tubes lance-torpilles ont tous été remis en état.

— Ça, voilà une nouvelle qui me fait *vraiment* plaisir. Et ils nous ont filé quoi, comme armes à mettre dedans ? La liste que j'ai vue, c'était la vraie ou simplement vos desiderata ?

— La vraie. On a fait le plein de Tomahawk dans les douze tubes verticaux, en version forte charge. On a un assortiment varié de têtes dont des charges de pénétration et des mines. Pour les torpilles, c'est assez bien réparti. Quelques dernières générations, encore des

Tomahawk, et une version améliorée de leurs derniers joujoux.

— Ça veut dire quoi, améliorée ?

— Les robots sous-marins télécommandés sont reconfigurables en cours de mission, maintenant. On a embarqué un stock de boîtes noires, ce qui nous permet de choisir entre différents profils.

— Et ils nous ont vraiment filé des Mark 88 Mod2 comme ils l'avaient promis ?

La Mark 88 était une torpille à tête nucléaire capable de plonger très profond, spécialement modifiée pour le *Challenger.* Elles étaient indispensables pour attaquer un sous-marin à coque composite, car les Mark 88 standard ne descendaient pas en dessous de mille mètres, alors que les sous-marins en composite plongeaient cinq fois plus bas.

— Bien sûr que oui. Elles sont plus rapides et ils ont augmenté la portée. La puissance est réglable jusqu'à un maximum d'une kilotonne.

Jeffrey hocha la tête.

— En fin de compte, nous sommes à égalité avec eux.

— J'ai commencé à réfléchir à une nouvelle tactique, poursuivit Bell.

Dans leur version précédente, les Mark 88 étaient limitées à un dixième de kilotonne. Cela dit, une puissance supérieure, et Jeffrey le savait bien, avait du pour et du contre. Les sous-marins modernes, extrêmement discrets, ne se détectaient entre eux qu'à très courte distance. Les têtes nucléaires tactiques avaient un rayon létal largement supérieur à celui des charges de combat conventionnelles – suffisant en tout cas pour contrer les leurres acoustiques et les manœuvres évasives classiques. Mais, en combat rapproché, il y avait le risque pour le sous-marin lanceur d'être endommagé – voire même, coulé, par sa propre torpille.

— Bon, conclut Jeffrey. Et pour les autres équipements, tout est en ordre ?

— Tout est parfait.

Bell lui remit la liste de tous les matériels indisponibles ou aux performances dégradées. Elle était courte.

— Cela dit, nous n'avons pas eu le temps de tous les passer aux essais de grenadage.

Jeffrey comprenait ce que voulait dire son second : le vrai test de grenadage viendrait lorsqu'ils engageraient le *von Scheer.*

— Et l'équipage ?

Bell poussa un soupir et son visage s'assombrit, suffisamment pour alarmer Jeffrey.

— Appareiller après avoir eu si peu de temps pour souffler, c'est dur.

— Et alors, qu'est-ce que ça a de nouveau ? Nous sommes en guerre… Qu'est-ce que vous êtes en train d'insinuer, mon vieux ?

Bell se tortillait, mal à son aise.

— Quelques-uns des hommes sont rentrés à bord après une perm et dans un état… bon, ils avaient un sacré coup dans le nez.

Jeffrey sursauta, horrifié.

— Quoi ? Ils étaient *ivres* ? Mes hommes qui rentrent *saouls* à bord ?

Bell baissa les yeux.

— Les noms ?

Bell lui en donna la liste à contrecœur.

— Saletés, fit Jeffrey. Des types d'âge mûr, mariés. Ça ne va pas, ça. Vous me les envoyez au rapport.

— L'infirmier a décrété qu'ils devaient être atteints d'une espèce de grippe plus ou moins bien identifiée et il les a collés au lit, le temps de cuver. Le patron et moi avons décidé que la gueule de bois serait une punition suffisante. On pourrait éviter de remplir de la paperasse, au moins jusqu'au retour de patrouille… Mais c'est à vous de décider, commandant.

— Et pourquoi ont-ils fait cela ? lui demanda Jeffrey, baissant les yeux à son tour.

— Vous voulez dire, qu'est-ce qui leur est arrivé ?

Jeffrey lui fit signe que c'était bien le sens de sa question.

Bell prit une profonde inspiration.

— Ça me paraît évident. Ils ont la trouille.

— Nous nous battons tous pour sauver notre pays. Qui n'a pas la trouille ?

— C'est seulement que… Même si nous ressuscitions dix fois, chaque fois qu'on donne l'alerte, on en bouffe un peu. C'est comme hier à Washington, commandant, vous y avez échappé de peu. Les hommes sont au courant et à leurs yeux, c'est *vous* qui représentez leur bâtiment. Les gars savent parfaitement que nous jouons à la roulette russe. Tôt ou tard, commandant, la balle avec marqué dessus : *Challenger* finira par arriver. C'est juste affaire de statistiques.

— Mais enfin, la dernière fois, ils ont tous eu leur citation présidentielle !

— Je sais.

— Ça aurait dû leur remonter le moral.

— Je crois que c'est bien là le problème, ça leur a donné une espèce d'excitation artificielle.

— Vous voulez dire, une fausse impression que c'était terminé, qu'ils allaient échapper à tout ça ?

— Ouais. Et quand ils voient qu'on repart aussi sec, ça fait du dégât.

Jeffrey réfléchissait.

— Je vais faire le tour du bord et leur parler.

— Je crois que ça leur ferait du bien. Vous n'imaginez pas à quel point ils vous portent aux nues.

— Ne tombons pas dans le sacrilège, j'espère que la foi qu'ils mettent en moi n'est pas mal placée.

Bell hésitait.

— Il y a autre chose. En fait, deux autres. Les hommes, à tous les niveaux, étaient très attachés au lieutenant de vaisseau Reebeck. Ils savent qu'elle avait de rares talents et ils croient qu'elle nous portait bonheur.

— Vous voulez dire, une sorte de mascotte ?

— Je ne sais pas si on peut aller jusque-là. Mais ils croient que depuis qu'elle a débarqué, on a la poisse.

Jeffrey émit un vague grognement. C'était là un terrain sur lequel il refusait de s'engager.

— Et le deuxième point ?

Bell était tout aussi mal à son aise.

— C'est lorsque nous sommes passés au bassin, dans la base enterrée.

Cette base avait été creusée dans des falaises rocheuses, à l'embouchure de la Thames, dans le Connecticut.

— Et alors ?

— Le *Jimmy Carter* est arrivé.

C'était le troisième et dernier sous-marin de la classe Seawolf. On l'avait spécialement modifié en cours de construction en rallongeant la coque, ce qui permettait d'accroître la capacité de transport de commandos avec leur équipement, il avait désormais un PC amphibie dédié. Le *Jimmy Carter* était entré en service en 2004, le premier des quatre Ohio modifiés n'avait été armé qu'en 2007.

— Des avaries ?

— Des avaries. Au début, le second ne voulait rien me dire. Secret, comme d'habitude. Mais je les ai vus débarquer pas mal de linceuls.

— Je sens que je ne vais pas aimer la suite.

— Je crois qu'ils ont essayé de monter un raid contre la base souterraine des sous-marins allemands, à Trondheim.

Trondheim est un port, à peu près au milieu de la côte norvégienne.

— Un des grands chefs a cru que le *von Scheer* devait

se cacher là-bas. Mais, apparemment, toute cette activité était bidon. Grosse déception. Ils ont essayé de nous attirer là-bas et pendant ce temps-là, le *von Scheer* se trouvait bien plus au nord, dans les abords du Cap Nord, pratiquement à la frontière russe.

— Et alors ?

— Les Allemands attendaient les SEAL. Ils ont subi de lourdes pertes et n'ont pas réussi à pénétrer à l'intérieur de la base. Le *Carter* s'est fait salement amocher en repartant.

— Des nouvelles de Clayton et de Montgomery ?

L'enseigne de vaisseau Clayton et le maître principal Montgomery avaient récemment embarqué à bord du *Challenger* lors d'une patrouille. Jeffrey et Bell – comme tout l'équipage – s'étaient pris d'une réelle amitié pour eux, comme c'est le cas quand on vit entassés et que l'on partage les mêmes périls. Clayton était un type toujours calme et de contact facile. Montgomery était un pince-sans-rire à la langue bien pendue, mais les gens avaient tendance à lui faire confiance car il émanait de lui un fort charisme.

Bell regarda Jeffrey droit dans les yeux.

— Compte tenu de leurs antécédents, il est probable qu'ils ont participé à ce raid. Cela dit, on ne sait pas s'ils sont morts ou vivants et personne à New London ne nous le dirait.

Jeffrey se renfrogna.

— Cela ne laisse rien présager de bon, ça veut dire que cette fois-ci, on va embarquer une autre équipe.

— Je sais, commandant, c'est ce que pense l'équipage. Des nouveaux SEAL, ce n'est pas bon signe. Et la pensée que Clayton et Montgomery sont peut-être morts leur met le moral à plat. L'incertitude est pire que tout, ça vous ronge.

— Bon. Dès que nous en aurons fini tous les deux, j'irai faire un tour pour les réconforter. On ne peut pas les laisser avec leurs idées noires sur la foi de simples rumeurs ou d'hypothèses. Et cette histoire de roulette russe, c'est de la connerie. Nous avons un équipage de gens sérieux, on n'attend pas d'eux qu'ils se morfondent ou se lamentent sur eux-mêmes pendant que nous nous battons pour défendre la patrie. Leur boulot, c'est de donner des idées noires à l'ennemi et de le faire douter de lui-même.

— Ce serait mieux, commandant, s'ils l'entendaient de votre bouche.

— Je vais leur sortir le grand jeu, le convoi de secours qui se dirige vers l'Afrique et tout ça. Je sais que vous leur en avez déjà parlé. Mais s'ils l'entendent une seconde fois, venant de moi, ça va leur redonner du cœur au ventre.

— Bien, commandant.

— On a embarqué les consoles de ce truc, l'ORPHEE ?

— Affirmatif, câblé et essayé. D'après ce que j'ai compris, on embarquera les apparaux de coque à l'occasion d'un rendez-vous avec l'*Ohio*.

— C'est ce que m'a dit l'amiral Hodgkiss… Et c'est ce que je répéterai à l'équipage. Prochaine étape, la mer des Antilles. Puis nous nous dirigerons vers le seul endroit où ORPHEE pourra se révéler utile et là, on va faire un malheur… ORPHEE, dites-moi, c'est un nom de code ou un acronyme imbaisable ? A votre avis ?

— Je crois que c'est un nom de code, commandant. Ça m'étonnerait qu'ils aient choisi un sigle, au cas où un agent de l'Axe réussirait à deviner ce qu'il signifie.

Jeffrey leva la main pour lui faire comprendre que leur entretien était clos.

— Ça fait du bien, mon vieux, quand on va s'attaquer au *von Scheer*, ça fait du bien de savoir que, pour une fois, les Alliés possèdent une arme secrète qui peut changer toute la donne.

CHAPITRE 10

Deux jours plus tard, le *von Scheer* avait atteint les parages du passage du Groenland. Ernst Beck était assis à sa table, seul dans sa chambre minuscule et austère. Il avait posé à côté de son ordinateur portable un gros paquet, les enveloppes encore fermées que Rudiger von Loringhoven lui avait remises. Depuis qu'ils avaient quitté la Norvège, ce paquet avait déjà perdu ses deux enveloppes extérieures : le rendez-vous avec deux sous-marins russes dans la mer de Barents puis les instructions détaillées relatives au franchissement du passage. Certains de ces détails étaient affichés sur son écran.

Il se pencha pour décrocher le micro. Le jeune officier qui était de quart réagit aussitôt.

— Dites au second de venir me voir.

Il contempla un moment le paquet toujours fermé. Son contenu, il le savait, allait le guider pas à pas au cours du cataclysme à venir. Le convoi de secours allié et l'USS *Challenger*. Le *von Scheer* devait être la menace qui ferait appareiller le *Challenger*, tandis que le convoi était un appât destiné à faire fonctionner le piège.

Les ordres qu'il venait de lire, tout comme les précédents, étaient libellés dans le style net et précis des documents de Berlin. Lorsqu'ils sont convenablement rédigés, les ordres tels qu'on les conçoit dans la marine laissent aux commandants en mer une certaine dose d'initiative pour leur permettre de s'adapter aux conditions réelles, telles qu'ils les découvrent sur place. Mais ces ordres ignorent superbement les émotions qu'ils risquent de susciter chez ceux dont la tâche consiste à les mettre en œuvre au combat.

Beck poussa un soupir.

Des ordres sobrement rédigés vous aident toujours à vaincre la tension née de l'attente, du chaos et de la confusion qui règnent pendant l'action, quand l'équipage tremble de peur et panique, quand les blessés souffrent mort et agonie. Les ordres n'abordent jamais les risques d'escalade. Et ils ne traitent jamais non plus du poids supplémentaire qu'ils posent sur les épaules du commandant. Ils exigent de lui une rudesse et une brutalité presque inhumaines, ils exigent qu'il fasse preuve de toujours plus d'imagination dans le domaine tactique – afin de tromper l'ennemi ou de le massacrer de façon astucieuse et de manière originale.

On frappa à sa porte.

— Entrez.

C'était Karl Stissinger.

— Mes respects, commandant.

— Nous y voilà, lui dit Beck en lui montrant l'écran du portable.

— Faut-il aller chercher notre mystérieux passager, commandant ?

— Puisque vous en parlez, il souhaite qu'on l'appelle baron von Loringhoven en public.

Stissinger leva le sourcil :

— Oh, il est baron, c'est vrai ? fit-il en ricanant. Ces manières qu'il a de s'isoler, de se faire porter ses repas par le planton, voilà qui dit assez qu'il est réellement de la haute. Vous savez bien, commandant, comme le comte Dracula !

— Parlez plus bas, il est juste à côté.

— Précisément, dans *ma* chambre, qu'il occupe parce qu'il est votre hôte.

— Il soutient qu'il doit rester seul pour raison de sécurité.

— Je le crois bien volontiers. Les hommes racontent qu'il passe son temps à fourrager dans des papiers, des cartes, des tas de documents et à prendre des notes dans un gros cahier. Chaque fois qu'on lui apporte son plateau, il planque tout avant de dire « entrez ». Il pose les restes du repas précédent dans un coin. Il n'allume que sa lampe de lecture près de son ordinateur, de jour comme de nuit, et jamais les tubes au néon ; les gars racontent que sa bannette est toujours impeccable, comme s'il ne se couchait jamais.

Beck hocha la tête.

— On dirait que cela vous énerve.

Et lui indiquant la porte, la salle d'eau qu'il partageait avec von Loringhoven :

— Une ou deux fois, je l'ai entendu prendre une douche. Et je sais qu'il pisse et qu'il chie comme n'importe quel mortel – il lui fit un sourire en coin –, vous pouvez dire à l'équipage que je doute fort qu'il soit un vampire.

— Bien, commandant.

— Bon, voyons si notre baron a envie de nous rejoindre au central pour assister au spectacle.

Le *von Scheer* était aux postes de combat en plongée profonde. Beck et Stissinger occupaient la console centrale. Von Loringhoven était resté debout planté derrière eux, ce qui lui permettait de surveiller ce qui se passait sur les écrans. Au-dessus de leur tête, le Gulf Stream qui portait au nord-est contre eux. La température de l'eau et de l'air était largement au-dessus de zéro, il pleuvait, vent et mer forts, mais pas de glace.

— Sonar, ordonna Beck, mettez-moi l'écoute passive bande large sur haut-parleur, niveau mini.

Werner Haffner fit l'aperçu. Il était assis devant sa console, derrière Stissinger et à droite de Beck. On entendait maintenant les bruits biologiques habituels – les langoustes et les harengs qui avaient survécu à la pollution pétrolière effarante causée par la guerre – et le doux murmure des courants profonds qui léchaient le fond. On distinguait également un effroyable bruit mécanique pulsé : les deux sous-marins russes qui masquaient le *von Sheer*, un peu plus haut.

Beck gardait un œil sur la table traçante et un autre sur le gravimètre. Ses ordres indiquaient très précisément la route qu'ils devaient suivre. En temps normal, Beck n'aurait guère apprécié ce genre de contrainte. Mais dans ce cas précis, obligé qu'il était de naviguer en formation avec les deux Sierra II russes, sans se faire détecter lui-même, il pouvait comprendre, à la rigueur, qu'il ait fallu organiser les choses à l'avance.

— C'est bon, dit-il à Stissinger.

Il savait que von Loringhoven ne perdait rien de la conversation, ne serait-ce que parce qu'il était tout près.

— C'est exactement ce que j'aurais fait.

— *Jawohl*, répondit respectueusement Stissinger.

— Expliquez-moi pourquoi, intervint von Loringhoven.

Beck le fixa un bon moment, puis, lui montrant l'écran du gravimètre :

— Ces deux Ivan de nos amis vont emprunter la partie la plus profonde du détroit. Ici, entre la pointe nord de l'Ecosse et les îles Féroé. Dans ce coin, il y a mille mètres d'eau et davantage. Et cette vallée entre le plateau continental de l'Europe, ici, et la remontée des Féroé, est idéale car elle nous permet de nous dissimuler en rasant le fond.

— Je vois, fit von Loringhoven en jetant à Beck un

regard qui voulait dire : *Vous croyez vraiment que je ne sais pas lire une carte marine ?*

Beck décida de ne pas y prêter attention. Sinon, la patrouille risquait de leur paraître très, très longue.

— C'est une ruse imparable. Cette route est pour les Russes la plus courte entre leur base et l'Atlantique et il est donc tout naturel qu'ils l'empruntent, comme s'ils n'avaient rien à cacher. En outre, lorsque nous aurons dépassé l'Ecosse, nous piquerons droit sur la côte ouest de l'Irlande. C'est bien la dernière chose que les Alliés pourraient envisager de la part du *von Scheer.* Il est plus probable qu'ils nous attendent du côté du Groenland ou de l'Islande.

Les deux sous-marins russes émirent une nouvelle impulsion sonar. Ils continuaient de signaler la présence de bâtiments neutres – afin d'informer les forces ASM alliées et d'éviter de se faire attaquer par erreur.

— Nous allons bientôt savoir si ça marche, nota négligemment von Loringhoven. Nous ne savons pas jusqu'à quel point les Britanniques vont aller y regarder de près.

Il se donnait l'air hautain, sarcastique même.

C'est vraiment une ordure, se disait Beck, *ou bien essaye-t-il simplement de frimer parce qu'il crève de trouille ? En tout cas, il pourrait avoir la décence de se tenir convenablement quand il est dans mon PCNO, devant mes hommes !*

Les Russes étaient en train de réduire à sept nœuds, Beck ordonna au pilote d'en faire autant pour rester à poste. Puis il ordonna de passer en arrêt chaud l'un des deux réacteurs pour réduire le niveau de bruit. Cela amputait sérieusement la puissance propulsive disponible, certes, au moment où ils risquaient d'en avoir vraiment besoin. Mais le *von Scheer* était comme enfermé dans une espèce de cage, la terre au nord et au sud, les champs de mines et les forces ennemies partout ailleurs. *Principe dans ce genre de situation : privilégier la discrétion, pas la vitesse.* Beck ordonna également de couper la ventilation ainsi que tous les équipements non indispensables. Et afin de réduire la consommation d'électricité, tout en rappelant à tous qu'il fallait faire le moins de bruit possible, on passa en éclairage rouge.

L'atmosphère au PCNO devint rapidement lourde, étouffante, avec des relents d'urine – la présence des hommes et les dégagements de chaleur de l'électronique. Chaque minute ou presque, les *ping* des sonars russes saturaient les haut-parleurs, alternativement basse puis haute fréquence. Beck avait l'impression d'être à bord de l'un de ces bâtiments de surface qui, dans le temps, naviguaient dans ces mers par une brume à couper au couteau, avant l'invention du radar.

Il donna l'ordre à Stissinger de lancer leurs robots de reconnaissance. Ils utilisaient pour ce faire deux des huit tubes lance-torpilles de fort diamètre. Ces robots à propulsion électrique, récupérables, étaient capables de reconnaître les fonds sur l'avant du sous-marin, à la recherche de senseurs qui pouvaient se révéler gênants.

A voix basse, Stissinger fit passer la consigne à ses adjoints et l'on relaya l'ordre aux postes torpilles. On lança presque aussitôt les deux robots ; Beck avait sous les yeux les images transmises par leurs capteurs sur sa console.

— N'est-ce pas un peu risqué ? demanda von Loringhoven.

— S'en passer et se fier à la chance serait encore plus dangereux, murmura Beck, et s'il vous plaît, parlez moins fort.

Le second pilote avait pris les commandes du premier robot, un premier-maître se chargeait du second. Au central noyé dans la pénombre, tous retenaient leur souffle.

— Einzvo, cria Haffner à voix basse, nouveau contact sonar passif. Aéronefs à l'est en rapprochement, estimés hélicoptères, Royal Navy. Ils ont dû décoller des Orkneys ou des îles Shetland.

— Commandant, murmura Stissinger, les British ont dû envoyer leurs équipes d'inspection pour aller jeter un coup d'œil aux Russes.

Beck répondit d'un signe du menton. Quelques minutes plus tard, ils entendaient faiblement dans les haut-parleurs le battement des pales et le sifflement des turbines qui se propageaient directement à travers la couche.

— En vol stationnaire à la verticale des Russes, dit Stissinger.

— Emissions, sonars mouillés, fit doucement Haffner.

La Royal Navy utilisait des sonars haute fréquence – au-delà des fréquences audibles par l'oreille humaine – afin d'obtenir des échos à haute résolution.

— Nouveaux bruiteurs, bâtiments de surface, signal faible, en rapprochement. Raies de bâtiments de guerre.

— Détection de laser bleu-vert. Je suppose, continua Stissinger, que les hélicoptères inspectent la coque… Et des frégates anglaises, à grande distance, en rapprochement.

— Parfait, dit von Loringhoven, ils vont voir les deux sous-marins russes.

Un silence de mort régnait toujours au central.

— Nos systèmes de suppression de bruit fonctionnent normalement. Leurs caméras sont trop haut pour nous trouver sur le fond.

— Très bien, einzvo.

Beck essayait de garder une voix calme, mais il avait du mal à se détendre. Quelques marins avaient le nez collé sur leurs écrans, comme s'ils essayaient ainsi d'échapper aux caméras de l'ennemi. Beck savait mieux que personne que ce petit jeu pouvait rapidement dégénérer.

— Commandant, appela le second pilote.

Ce cri lui fit l'effet d'un électrochoc.

— Oui ? demanda-t-il à voix basse. Dites clairement ce qui se passe.

— Nouveau contact robot.

— Confirmé, annonça Haffner. Contact sonar passif.

Les robots embarquaient des hydrophones et d'autres capteurs encore.

— Bruiteur fort, distance estimée faible.

— Classifiez-le, ordonna Stissinger.

— Sous-marin nucléaire, posé sur le fond. Même immersion.

— Silence, fit sèchement Beck. (Et se tournant vers Stissinger :) Un nucléaire à plus de mille mètres ? Identifiez-le. Type Seawolf ? Le *Dreadnought* ? Dans tous les cas, on va avoir du souci.

— Nouveau bruiteur, se rapprochant, lâcha encore Haffner, les dents serrées. Contact en rapprochement.

— Pilote, ordonna Stissinger, passez-moi la commande du robot.

— *Jawohl.*

Le second pilote était un jeune officier, il n'avait plus qu'un filet de voix.

Stissinger empoigna le manche à balai qui transmettait ses ordres au robot par fibre optique. Il fit décrire à l'engin une large courbe autour du sous-marin, afin d'avoir une meilleure image acoustique du contact hostile.

Tirant parti des replis du fond et des déblais d'un ancien séisme, il s'approcha. Son premier-maître lui indiqua que le second robot avait détecté une ligne de capteurs magnétiques et acoustiques fraîchement mouillés sur le fond, droit devant.

La tension augmenta d'un cran.

Beck se disait qu'il n'y avait aucune raison que le *von Scheer* eût été repéré. Peut-être s'agissait-il tout bonnement de mesures de routine mises en œuvre pour surveiller le détroit et pour garder un œil sur les mouvements de sous-marins russes.

Ne te raconte pas de film. Ils savent très bien que le von Scheer *rôde quelque part.*

— Raies très nettes, cria presque Haffner. Contact classé sous-marin nucléaire certain, américain.

Stissinger se tourna vers Beck.

— Les capteurs magnétiques confirment que c'est une coque en acier, pas en composite, commandant.

— Un Seawolf, compléta von Loringhoven. Mais il est pratiquement à l'immersion de destruction. Ou même plus bas. Il y a quelque chose qui cloche.

Beck lui jeta un regard noir.

— Silence au central.

Baron ou pas, il fallait qu'il apprenne à la fermer.

— Les raies deviennent plus nettes, murmura Haffner.

— C'est le *NR-1*, décida enfin Stissinger, incrédule.

L'unique exemplaire d'un projet cher à l'amiral Hyman Rickover, voilà bien longtemps.

— Qu'est-ce qu'il peut bien foutre dans le coin? demanda von Loringhoven.

— Je vous ai dit de vous taire ! gronda Beck. Einzvo, on est dans la merde. Il n'est peut-être pas armé, mais il est spécialisé dans la surveillance par grands fonds et les missions de renseignement.

— D'accord, commandant.

Stissinger semblait soucieux. Ce vieux *NR-1*, armé par huit hommes, doté de systèmes de détection puissants, pouvait fort bien voir le *von Scheer* et le démasquer… puis donner l'alerte par téléphone acoustique, ou en larguant une bouée radio, et la foudre allait leur tomber dessus.

Si on se fait prendre, ces deux Russes vont se tailler vite fait pour sauver leur peau et on se retrouvera à poil.

— Mais faites quelque chose, lui dit von Loringhoven qui avait deviné ce qui se passait dans la tête de Beck, d'une voix presque suppliante.

Serait-ce un lâche, derrière la façade ?

Beck gardait les yeux rivés sur le gravimètre et sur la carte. Cette ruse, se camoufler derrière les sous-marins russes, était en train de foirer complètement. Le *NR-1* continuait à se rapprocher, l'odeur devenait pestilentielle au PCNO. Les hommes se tortillaient dans leurs sièges, les dos trempés de sueur collaient au plastique.

— On arme les torpilles nucléaires ? suggéra Stissinger.

Beck prit sa décision en un quart de seconde. *Mon premier vrai test comme commandant. Et le pire des tests imaginables…*

— Non. Et aucun bruit mécanique… Immersion cent mètres.

Les deux Russes faisaient route à faible vitesse, à cinquante mètres, au-dessus de la couche.

— Remontez sur les barres, coupez les fils et larguez les robots.

Il regardait le manomètre, l'immersion commençait à diminuer et, sur le gravimètre, le fond devenait flou.

— Mais que faites-vous ? demanda von Loringhoven.

— Je force la mise. Et je vous ai dit de vous taire.

Le diplomate ravala la suite.

— Einzvo, sonar, nous sommes à peu près de la même taille qu'un SNLE américain, correct ?

— Un SNLE américain ! cria presque Stissinger. Euh… oui, commandant.

— Vous allez régler le sonar linéaire et le sonar d'étrave, sortez les signatures acoustiques des sous-marins alliés. Pendant la remontée, quand nous passerons deux cent cinquante mètres, vous allez émettre la signature d'un Ohio, à peine audible.

— Bien, répondit Haffner. On s'en occupe.

Et il commença à s'activer avec ses hommes.

— Mais, commandant ? appela Stissinger.

— Nous savons qu'ils connaissent notre présence. On

n'a plus qu'une chance de s'en sortir… On n'est pas très loin de Holy Loch.

— La base qu'ils ont remise en service ?

— Oui. Les SNLE sont contrôlés par les différentes autorités nationales. C'est là-dessus que je compte, ils vont perdre du temps et ça sera passablement le bordel avant qu'ils comprennent ce qui se passe. Si la Royal Navy et le *NR-1* estiment que nous sommes un SNLE américain, le temps de se retourner et avec sous la main des SNA russes qui essayent de recueillir des renseignements, ils vont nous laisser tranquilles. Et ils feront gaffe à ne pas attirer l'attention sur nous, surtout s'ils croient que nous utilisons les Russes pour nous cacher des Allemands.

Stissinger poussa un gros soupir.

— Vaut mieux que je ne joue jamais au poker contre vous, commandant.

Les hommes étaient clairement médusés par le tour de passe-passe que venait d'inventer leur commandant pour les sortir de là. Si ça marchait, ils seraient bientôt dans l'Atlantique et pourraient se cacher contre les fonds extraordinairement tourmentés de la chaîne méso-atlantique. *Cela dit, si le* NR-1 *découvre les robots abandonnés sur place par les forces de l'Axe…*

— Et si cela ne marche pas ? lui demanda von Loringhoven.

— Si le second entend des torpilles, nous répliquerons et essayerons d'en toucher le maximum possible.

— Vous n'avez pas fait armer les têtes nucléaires.

— Exact. (Et comme von Loringhoven devenait livide, Beck continua en brandissant son index :) Oubliez ça, monsieur le baron, je ne ferai jamais usage d'armes nucléaires alors qu'il y a des populations civiles à deux pas d'ici. Ennemis ou pas.

CHAPITRE 11

Ce matin-là, Félix Estabo se réveilla dans sa bannette cercueil à bord de l'*Ohio.* Il possédait une extraordinaire horloge interne – nul besoin de consulter sa montre pour savoir qu'il était quatre heures cinquante, heure locale. Tous les soirs, où qu'il soit dans le monde, quel que soit le décalage horaire, il décidait de l'heure précise de son réveil – et se réveillait à l'heure dite, à la minute près.

Il resta immobile pendant de longues secondes pour écouter les bruits du bord, celui, très léger, de la ventilation, le bourdonnement des appareils électriques. Il savait que l'*Ohio* naviguait en immersion profonde, cap nord-ouest pour s'éloigner de l'Amérique du Sud. Il se dirigeait vers la mer des Antilles. Comme il avait coutume de le faire, avant même de rejeter sa couverture et d'ouvrir le rideau qui isolait sa couchette, Félix fit une courte prière.

Cela faisait à peine quarante-huit heures qu'ils avaient rejoint l'*Ohio* et Félix était particulièrement reconnaissant au Ciel d'être en vie. Il était triste, certes, de la perte de l'enseigne dans la forêt tropicale brésilienne. Il était tout heureux de savoir que le blessé avait été opéré et que tout s'était bien passé. Le plus difficile avait consisté à transférer les SEAL du bateau de pêche au mini-sous-marin qui les attendait à dix mètres de profondeur, afin de rester discret. Le canot avait bien manqué couler pour de bon à l'embouchure de l'Araguari. Le sous-marin avait fort heureusement embarqué une capsule résistante monoplace. Les blessés que l'on y transférait restaient à la pression atmosphérique, au chaud et au sec, ce qui leur évitait de subir les contraintes psychologiques supplémentaires d'une mise en pression puis d'une décompression. En outre, l'eau était glaciale et il risquait d'y avoir des requins. En opérations, le mini-sous-marin embarquait un infirmier et l'*Ohio* – contrairement aux sous-marins nucléaires américains en temps de paix – avait préféré un médecin spécialisé en chirurgie post-traumatique.

Tous les autres n'étaient que légèrement blessés, mais on avait dû tout de même extraire quelques éclats sous anesthésie générale et il avait fallu faire une forte consommation d'agrafes. Bizarrement, Félix était le seul à s'en être tiré sans trop de mal, quelques éraflures causées par les branches ou les lianes.

Félix demanda ensuite à Dieu de protéger l'*Ohio* et tous ceux qui se trouvaient à son bord. Il ne s'y connaissait pas trop en guerre sous-marine, suffisamment pour deviner que ces eaux pouvaient être infestées de mines – mouillées par des U-Boote ou larguées par de pseudo-navires neutres. Et l'*Ohio* pouvait tomber dans les pattes d'un U-Boot à tout moment. Félix imaginait ce cauchemar, l'explosion, l'eau qui fait irruption quand la mine éclate ou que la torpille explose. Mais le pire du pire, c'était de se faire couler par un bâtiment ami au milieu de la confusion qu'entraîne irrémédiablement une guerre qui fait rage.

Il chassa ces pensées morbides. Il savait que, selon les critères actuels, l'*Ohio*, SNLE transformé, était plutôt lent. Mais il était aussi extrêmement discret et on avait refondu toute la détection sous-marine, qui était du dernier cri. Les officiers et l'équipage – l'équipage bleu pour cette patrouille – lui inspiraient la plus totale confiance.

Il conclut en priant pour que sa famille reste saine et sauve et en bonne santé.

Il sortit de sa couchette et se retrouva directement sur ses pieds car, du fait de son ancienneté, on lui avait attribué la couchette du milieu dans cette rangée de trois. Il prit garde de ne faire aucun bruit, tous les autres dormaient encore. L'*Ohio* présentait un gros avantage : il était très spacieux. Il pouvait embarquer un fort détachement de SEAL, soixante-six hommes, y compris un état-major, un détachement de soutien logistique et de transmissions. Chaque commando disposait de sa propre couchette dans une tranche qui était réservée aux SEAL et qui était même dotée de son propre système de climatisation. En ce moment, par exemple, on maintenait une atmosphère chaude et humide, ce qui évitait aux hommes tout juste rentrés de la jungle de prendre un coup de froid comme cela aurait été le cas à bord d'un SNA.

Il était encore tout raide et endolori de l'exercice qu'il avait pris au cours de cette brève mais sanglante opération. Il avait mal partout, comme s'il venait de courir le marathon – et c'était exactement ce qu'il avait fait. Son torse était bleu-noir : les impacts de balles sur son gilet pare-balles. Il sortait d'un sommeil de dix heures d'un seul jet, mais se sentait encore faible et patraque. Il savait pourtant par expérience qu'un bon café et un solide déjeuner le remettraient vite en forme.

Après avoir satisfait ses besoins naturels, il se rasa et se doucha dans les sanitaires fort bien conçus aménagés dans le petit domaine réservé à bord aux SEAL. La douche fut courte, car il fallait économiser l'eau et on se cognait sans cesse contre les parois en acier inoxydable d'une cabine qui avait à peu près la taille d'une cabine téléphonique. Il fallait faire également attention, en se brossant les dents, à ne pas se cogner dans le type qui faisait sa toilette au lavabo d'en face. Les autres commandos, tous des lève-tôt, étaient déjà à pied d'œuvre.

Les sanitaires furent bientôt pleins de monde, l'air était saturé de vapeur et les hommes, simplement vêtus d'une serviette-éponge, échangeaient les gaudrioles qui faisaient partie de leur folklore. Félix admira les tatouages de ceux qui passaient. Lui n'en avait aucun et se contentait de la croix qui lui pendait autour du cou.

Après s'être habillé, il alla faire le tour de son équipe pour réconforter les blessés cloués dans leurs couchettes et dire un mot à ceux qui pouvaient se déplacer, bref, pour remonter le moral de tout son monde. L'*Ohio* avait beau être spacieux, il ne possédait pas d'infirmerie, juste un local minuscule où l'infirmier prodiguait soins et médicaments dans les cas bénins. La table du carré des officiers servait de table d'opération, la cafétéria de l'équipage, de centre de tri. Les blessés graves, SEAL compris, n'avaient que leur étroite couchette pour lit d'hôpital. Lorsqu'il pénétrait clandestinement dans les eaux territoriales en violation du droit international, le sous-marin ne pouvait se permettre de dévoiler sa présence – tout le monde le savait et l'admettait – pour procéder à une évacuation à terre ou à un transfert sur un bâtiment de surface.

Ses hommes appréciaient les petites visites de leur premier-maître. Il les taquinait, échangeait quelques blagues et ils étaient visiblement assez guillerets. La veille, il y avait eu une brève cérémonie à la mémoire de l'enseigne, puis la vie avait repris son cours. Le maquillage de combat avait fini par s'effacer, les figures s'éclairaient de larges sourires, les commandos reprenaient du poil de la bête. Sombrer dans la morosité était un luxe que Félix ne se permettait pas. Pour le moment, ce qui menaçait ses hommes, c'était l'oisiveté et il savait où elle pouvait mener. Avec leurs blessures, ils ne pouvaient pas dépenser leur énergie en prenant de l'exercice, aucune mission n'était prévue dans l'immédiat et donc rien à quoi se préparer. Ils passaient donc le temps en regardant des films, en jouant à des jeux vidéo, aux échecs, aux cartes, en écoutant de la musique. Félix prêtait une attention particulière à ce que tous leurs désirs soient satisfaits pour qu'ils ne passent pas sur la tranche. C'était déjà assez dur pour les SEAL de devoir vivre ainsi confinés à bord d'un sous-marin, et c'était pourtant la moins inconfortable des situations possibles.

Et voilà, c'est reparti, Félix-mère-poule veille sur ses poussins.

Quant à lui, il aimait bien l'ambiance des sous-marins, cet entassement, cette solidarité particulière, même si les autres trouvaient ça un peu bizarre.

Pour se dégourdir les jambes et afin de se dénouer les muscles, il alla courir un peu dans la soute à missiles qui comportait plusieurs ponts. Cette tranche occupait tout le milieu du bâtiment et ses dimensions étaient impressionnantes.

L'*Ohio* ainsi modifié était une espèce de sous-marin hybride et, même compte tenu de sa taille, l'espace était rare. Plusieurs de ses énormes tubes verticaux prévus à l'origine pour lancer des missiles balistiques à têtes thermonucléaires, accueillaient maintenant sept missiles de croisière tactiques Tomahawk. Et sur les vingt-quatre tubes, dix avaient été transformés pour les hommes des opérations spéciales : deux servaient de sas de transfert, ce qui permettait aux SEAL de rejoindre un mini-sous-marin ou de sortir directement avec leur équipement de plongée ; deux autres, au stockage des explosifs et des munitions, les six derniers, pour le reste des équipements. La tranche missiles possédait également des installations de douches pour la décontamination, des zones de nettoyage des armes et matériels au retour de mission – et enfin une salle de sport et de musculation. Des consoles de simulation permettaient de s'entraîner au tir de manière à entretenir les réflexes et la condition physique des commandos pendant les transits où ils étaient obligés de rester entassés dans cette boîte à sardines sans hublots.

L'*Ohio* était doté de quatre tubes lance-torpilles à l'avant et embarquait quelques torpilles de réserve – une douzaine environ –, mais c'était néanmoins des armes redoutables.

Félix se dirigea vers l'avant. Les coursives étaient étroites, fonctionnelles, d'une nudité monacale. Pendant la relève de quart du matin, passage et échelles étaient encombrés, les hommes étaient souvent obligés de se plaquer contre une cloison pour laisser passer les autres. Et avec deux sous-mariniers un peu ventripotents, le croisement pouvait devenir délicat. Commandos compris, il y avait deux cents hommes à bord. Les équipes de quart changeaient toutes les six heures, vingt-quatre heures sur vingt-quatre.

Il n'était pas encore entré dans la cafétéria qu'une délicieuse odeur de déjeuner lui flattait les narines. On entendait le bruit des assiettes en plastique sur les tables et les conversations animées des marins. Il prit sa place dans la file. Les serveurs le connaissaient bien – sans même parler de sa cicatrice, sa musculature imposante et son tempérament enjoué le faisaient sortir du lot. Les cuistots lui remplirent son assiette à ras bord avec ses mets favoris, maintenant qu'il n'était plus tenu de respecter le régime anti-odeurs pré-opérations dans la jungle.

Il prit son plateau et alla s'asseoir à une table de six places qui était tacitement réservée aux officiers mariniers supérieurs. Il était cinq heures quarante-cinq, le quart quittant allait descendre se restaurer et l'ambiance était encore assez détendue. Il se mit à discuter avec quelques-uns de ses homologues et avec des sous-mariniers de l'*Ohio*. Les conversations suivaient leur train habituel, les commandos disaient aux sous-mariniers qu'ils étaient cinglés d'avoir choisi un métier pareil et réciproquement. Comme d'habitude, Félix répondait qu'ils étaient tous des guerriers qui se battaient sous l'eau et que, pour le reste de la marine – sans parler du reste du monde –, commando ou sous-marinier, c'était tout un en matière de folie. Cela dit, on ne parlait jamais service, conformément à l'usage. Les conversations tournaient donc sur la famille, les études des enfants, les femmes, les bagnoles, les animaux ou les dettes, bref, la vie, quoi. Toujours par accord tacite, personne ne parlait de ses soucis – la mort, les risques d'escalade nucléaire, la femme qui venait de demander le divorce.

Il finissait son repas quand un planton vint lui dire qu'on le demandait au PC des opérations spéciales. Félix avala une dernière gorgée de café, rapporta son assiette et se dirigea vers l'arrière.

Il commença par descendre une échelle d'acier pour gagner le pont inférieur. Le PC était installé dans un local destiné dans le temps à l'électronique de navigation utilisée pour le lancement des missiles Armageddon. Cette seule pensée lui collait les foies. On avait débarqué tout ce matériel et les nageurs de combat bénéficiaient de consoles et de stations de travail adaptées à leurs missions. Le compartiment baignait dans une lumière bleutée, la plupart des consoles étaient armées. Le trafic radio transitait par le système de communication de l'*Ohio* qui traînait derrière lui son antenne flottante. Toutes les sorties prévues étaient indiquées et remises à jour grâce à des logiciels spécialisés. Félix fit exprès de ne pas regarder, confidentialité oblige.

Il se cogna dans le premier-maître responsable de la dizaine d'hommes qui armaient le PC.

— Le capitaine de frégate McCollough veut te voir, fit-il en lui montrant une minuscule salle de réunion dont la porte était fermée.

Félix frappa avant d'entrer. Assis derrière son bureau, McCollough était occupé à lire quelques rapports et autres documents. Son uniforme était impeccablement repassé et amidonné et ses insignes de grade brillaient à son col. Apercevant Félix, il se leva. Officier-marinier lui-même, Félix était en tenue kaki lui aussi – mais il portait une ancre à chaque coin du col au lieu des barres de grade ou des feuilles de chêne.

— Bonjour, premier-maître, lui dit McCollough.

— Mes respects, commandant.

Chez les nageurs de combat, les relations entre officiers et subordonnés étaient plutôt détendues. Et dans la marine, on ne se salue qu'à l'extérieur. Le bureau était plutôt tristounet : un pont recouvert de linoléum et des cloisons de métal peint – bref, une étude en gris sur gris.

McCollough lui serra la main, signe que l'affaire était sérieuse.

— Asseyez-vous, je vous prie, fit le commandant en lui indiquant une chaise à côté de lui.

Ils avaient sensiblement le même âge, mais McCollough mesurait trente bons centimètres de mieux. Il avait un accent de Boston mâtiné d'irlandais et Félix aimait bien. Il appréciait aussi son sens de l'humour et l'indulgence qu'il montrait pour les plaisanteries éculées qui faisaient le bonheur des SEAL. McCollough, officier de carrière, avait passé beaucoup moins de temps en opérations que Félix. Il faut dire que les commandos de marine n'épargnaient pas leurs officiers mariniers, mais faisaient changer sans arrêt leurs officiers d'affectation.

— Alors, reposé ? lui demanda McCollough.

— Un mois de perm ne me ferait pas de mal.

Félix le pensait réellement mais ne put s'empêcher de sourire. Il avait compris tout de suite que la question n'était pas innocente. McCollough devint soudain sérieux.

— Je cherche quelqu'un pour commander une équipe, pour une opération complètement différente.

Félix n'avait pas besoin de réfléchir.

— Vous me demandez de vous donner mon avis sur l'officier qui serait le plus qualifié ?

L'*Ohio* avait embarqué sept équipes de huit hommes, toutes placées sous le commandement de McCollough. Celle qui avait débarqué au Brésil – l'équipe que Félix et ses hommes avaient entendue tomber dans une embuscade, la nuit avant qu'ils eussent eux-mêmes des ennuis – était revenue avec plusieurs blessés, dont l'enseigne de vaisseau qui les commandait et son premier-maître adjoint. En comptant celui qui était mort, il ne restait plus de disponibles que cinq lieutenants ou enseignes de vaisseau.

— Et ce serait pour quel genre d'opération ? reprit McCollough. Eh bien, exactement le genre de truc qui vous conviendrait.

— Quoi ?

— Vous avez fait du très bon boulot. Il me faut quelqu'un d'expérimenté, un dur à cuire, pas un de ces blancs becs qui ne rêvent que de gloriole et qui ont la tête farcie des foutaises que les officiers de marine sont supposés ingurgiter afin d'améliorer leur « capacité de progresser ».

— Je commence à croire que je ne vais pas trop aimer, commandant.

McCollough sourit soudain, d'un sourire aussi malicieux que désarmant. Mais on ne la faisait pas à Félix, le commandant usait de ce truc pour faire passer ces hommes par là où ils ne voulaient pas – par exemple, des tâches emmerdantes, bureaucratiques et procédurières à souhait, les règlements de la marine…

— Il y a quelques semaines, premier-maître, je vous ai proposé pour une promotion exceptionnelle que vous avez largement méritée en opérations. Je trouve le moment particulièrement bien choisi et j'ai le plaisir de vous annoncer que j'ai reçu l'accord des autorités. Vous êtes donc admis dans le corps des officiers spécialisés, avec le grade d'enseigne de vaisseau.

— Merci et pas merci, commandant, répondit Félix du tac au tac.

Un officier spécialisé est un officier marinier promu au mérite. *Spécialisé* signifie que ces officiers, faute d'avoir reçu une formation générale, restent dans leur spécialité d'origine – nageur de combat dans ce cas.

McCollough poussa un soupir.

— Ecoutez, vous allez me faire une faveur et on verra le reste plus tard. Une fois que vous serez rentré de cette mission et si vous n'avez pas changé d'avis…

Félix hocha énergiquement la tête.

— Premier-maître je suis, premier-maître je resterai quand je partirai à la retraite. C'est le club le plus huppé qui existe. Rien à voir avec ces officiers qui pataugent dans la merdouille des politiques, ces commissions d'avancement à la mords-moi-le-nœud et ces charabias en tout genre. Laissez-moi là où je suis, c'est ce que j'aime faire.

— Eh bien, voyez-vous, mon cher Félix, c'est précisément ce dont il s'agit. Pour cette opération, il me faut quelqu'un qui soit réellement capable de commander. Vous serez livré à vous-même, pour une mission dangereuse sans aucun secours possible, et vous risquez de vous retrouver nez à nez avec les Kampfschwimmer, mais vous n'aurez pas de voie de retraite cette fois-ci.

Félix réfléchit longuement.

— Commandant, est-ce que ceci a quelque chose à voir avec les résultats de notre dernière mission ? Ces preuves en béton que nous avons rapportées, qui se trouvaient dans le nord du Brésil ?

— Oui et non, et en réalité, je ne sais pas. Nous avons transmis votre rapport que j'ai entièrement approuvé. Mais quand on pose les questions que vous venez de poser, on obtient rarement des réponses.

— Je vois.

McCollough se gratta très discrètement la gorge.

— Arrêtez de tourner autour du pot. Pour pouvoir commander, il faut que vous soyez officier. C'est une vieille règle dans la marine. Vous savez, c'est une promotion.

— Avec effet immédiat ?

Sa femme et ses enfants pourraient au moins bénéficier de son supplément de solde.

McCollough fit signe que oui.

— Mais, et votre adjoint ?

L'adjoint de McCollough était un capitaine de frégate très expérimenté.

— Primo, il ne parle pas la langue comme vous. Secundo, j'en ai besoin ici. Nous avons énormément de boulot, des tas d'opérations imminentes à préparer. Et tertio, il n'est pas aussi bon que vous sur le terrain. A vrai dire, de tous mes hommes, aucun ne vous arrive à la cheville.

— Vous commencez par me soudoyer et ensuite, vous tombez dans la flagornerie, commandant.

McCollough tapa du poing sur la table en devenant tout rouge.

— Je n'ai jamais flatté personne et vous le savez très bien ! Acceptez cette promotion ! Je ne vais pas perdre ma journée à essayer de vous convaincre ! Et vous n'avez pas de temps à perdre pour vous préparer !

— Bon, d'accord, commandant. D'accord. Mais je maintiens que si ça ne me convient pas, je pourrai redevenir premier-maître ?

— Si vous et moi sommes encore vivants dans un mois, topez là ! En attendant, préparez-vous à partir. Vous prendrez des hommes de la troisième section et serez transféré à bord du *Challenger*.

— Le sous-marin du commandant Fuller ?

— Ça devrait faire passer la pilule de votre promotion.

— Ouais, à supposer que je me moque d'être réduit à la taille d'un petit pois par cinq mille mètres de fond.

— Je vous rappelle que l'immersion de destruction du

Challenger est protégée. Vous êtes donc prié de garder vos supputations pour vous. Vous devriez le savoir.

Félix n'en revenait pas :

— Commandant, quel est le *vrai* problème ?

McCollough poussa un gros soupir et se frotta les yeux, des yeux rougis par la fatigue.

— Lorsque nous vous aurons largué, nous entamerons la traversée de l'Atlantique. Mes hommes vont effectuer des opérations de lutte antimines et de sabotage sur les flancs de la poche, afin de préparer la zone avant le débarquement du convoi. Sans compter la neutralisation des défenses aériennes sur les côtes sahariennes. NDA. Et du renseignement clandestin, des opérations de surveillance, de désignation d'objectifs pour le compte de l'*Ohio* et des autres. RSDO, dans le jargon du Pentagone ; c'est très simple, mais ça risque de saigner… Vous devriez être bien content d'échapper à tout ça.

— Je ne vois pas les choses du même œil, commandant. N'essayez pas de me dorer la pilule.

Pas maintenant, alors que mes camarades et moi, on nous envoie au casse-pipe.

— Ce n'est pas – et cela ne sera pas – le cas. Vous allez mener une équipe qui, elle aussi, va préparer le terrain, et d'importance. Lorsque vous et vos hommes débarquerez du *Challenger*, vous allez ouvrir un nouveau théâtre. Quelque chose de très important, qui fera la différence si ça marche. Vous allez avoir un effet de levier formidable, de grande ampleur. Vous allez commander une petite équipe, dont les résultats renforceront considérablement les moyens d'action de la flotte. Mon second va vous remettre les documents nécessaires, étudiez-les attentivement. Les hommes de la troisième section ont déjà reçu leur formation. Vous utiliserez les mini-sous-marins de l'*Ohio* pour transborder sans délai les hommes et les équipements spéciaux.

— Bien, commandant.

Voilà qui devient intéressant.

McCollough fouilla dans la poche de son pantalon.

— Vous allez en avoir besoin.

Et il lui tendit une paire d'insignes de col, des insignes à deux galons d'enseigne de vaisseau de première classe.

Félix eut un pressentiment :

— Où les avez-vous dénichés, commandant ?

— Chez quelqu'un qui aurait dû vous écouter un peu plus qu'il n'a fait, et qui l'a payé.

L'enseigne de vaisseau qui s'était fait tuer.

— Mon Dieu !

— Vous les porterez à sa mémoire.

Félix hésitait tout de même.

— Si vous pensez qu'ils portent malheur, je crois que vous êtes tout désigné pour conjurer le sort.

McCollough se leva et lui serra vigoureusement la main.

— Le rendez-vous avec le *Challenger* est fixé à demain, dix-huit heures. Cela vous laisse trente-six heures… Et toutes mes félicitations, *lieutenant*. Je risque de ne pas vous revoir avant votre départ… A propos, dites à mon second de vous parler d'ORPHEE.

CHAPITRE 12

Trente-six heures plus tard,
dans la mer des Antilles

Jeffrey, seul dans sa chambre, relisait ses ordres pour la énième fois. L'*Ohio* était dans les parages, le mini-sous-marin du *Challenger* et les deux de l'*Ohio* étaient en train de terminer le transfert des nageurs de combat.

Depuis qu'il avait regagné son bâtiment au large de Norfolk, Jeffrey avait décidé de mettre les choses au point une fois pour toutes. Il avait l'intention de déléguer, dans toute la mesure du possible. C'était sa seconde patrouille en tant que commandant, il n'y avait plus ce « par intérim » derrière son titre pour limiter son autorité ou excuser sa prudence. Son style de commandement devait donc changer pour laisser à d'autres le train-train quotidien, aussi rassurant et familier qu'il fût, sous peine de se faire déborder. Il y avait trop de choses auxquelles il lui fallait réfléchir, et de la plus haute importance. Il avait donc décidé de reprendre l'habit de celui qui commande et de laisser ses officiers se battre avec les détails.

Pour le moment, cette nouvelle méthode marchait plutôt bien, les gens semblaient apprécier qu'il leur fît davantage confiance. Le lieutenant de vaisseau Sessions, officier de navigation, était de quart. Le capitaine de corvette Bell, commandant en second, supervisait la fin des opérations de rendez-vous.

Jeffrey prit une profonde inspiration pour se détendre et sourit intérieurement. Ce petit triangle, à l'est de la mer des Antilles – tout près des Petites Antilles et de la Guadeloupe – était passablement encombré. *Un SNA à coque composite. Un SNLE refondu. Trois mini-sous-marins à l'eau… Ça doit être le record.*

Jeffrey savait que toutes ces îles, depuis Cuba et la Jamaïque jusqu'à Trinidad et Tobago, étaient des montagnes émergées dont le flanc s'enfonçait à pic dans la mer, jusqu'à plus de cinq mille mètres. Pour ce rendez-vous, le *Challenger* devait rester en plongée peu profonde compte tenu des limitations de l'*Ohio* – à coque en acier – et des mini-sous-marins. Il avait hâte de reprendre sa route, mais ne craignait guère une attaque ennemie. Avec Porto Rico au nord et le Venezuela dans son sud, Cuba officiellement neutre mais farouchement opposé à l'Axe, on pouvait considérer que l'on se trouvait dans des eaux amies. Les Petites et les Grandes Antilles barraient le passage aux sous-marins hostiles, la zone était régulièrement draguée.

En revanche, Jeffrey était beaucoup plus préoccupé par ses ordres pour la suite. Seul dans sa chambre, il enviait ses officiers et ses hommes qui, eux au moins, pouvaient se consacrer à ce qu'ils avaient à faire, au jour le jour, aussi dur cela fût-il. Cela renforçait leurs liens de camaraderie et leur allant, et pendant ce temps-là, ils avaient l'esprit occupé. L'essentiel du fardeau reposait donc sur les épaules de Jeffrey et de lui seul. Et ce poids, c'était que ses supérieurs avaient deviné juste, que les ingénieurs étaient autre chose que des mécanos géniaux, et que le *Challenger* arriverait là où il devait aller pour mettre ORPHEE en œuvre et qu'il réussirait à utiliser cet outil top secret avant qu'il ne soit trop tard… En dépit de la planification soignée, de toute cette préparation, des efforts de tous et du soutien à terre sur lequel il pouvait compter, il risquait de se trouver hors jeu.

Le commandant Fuller connaissait son histoire et son histoire navale en particulier, il se souvenait de batailles ou même de guerres perdues parce que des vaisseaux ou des escadres ne s'étaient pas trouvées au bon endroit au bon moment.

Sitôt embarqué à bord du *Challenger*, le chef du commando se rendit chez Jeffrey pour se présenter. Les deux hommes se plurent au premier coup d'œil. Quelque chose chez cet homme d'origine brésilienne, à la peau foncée, avec ses yeux vifs et son grand sourire fit que Jeffrey se sentit moins inquiet de la suite.

— Je vous montre les miennes et vous me montrez les vôtres, lâcha Félix Estabo en manière de plaisanterie.

Jeffrey éclata de rire. Ils commencèrent à se raconter leurs souvenirs des commandos et à évoquer leurs blessures.

— Faites pas attention, fit enfin Jeffrey, tordu de rire.

Félix maniait exactement le genre d'humour grinçant qu'il adorait.

— Un pruneau d'AK-47 dans le fémur gauche. Si vous ne voulez pas voir, faut me croire sur parole.

Jeffrey lui montra la cloison qui séparait sa chambre de la douche.

— C'est le privilège de l'ancienneté, mon vieux, vous ne pourrez même pas vous rincer l'œil quand je serai sous la douche sinon… Et ce serait la même chose si vous étiez toujours premier-maître, même si tout le monde sait que les premiers-maîtres *sont les vrais patrons*, même des commandants.

Si Jeffrey l'appréciait à ce point, il y avait une autre raison : ce type avait les pieds sur terre, il savait comment marchait le bousin et il faisait le boulot. Et il était marin de métier, tout comme lui. Ils avaient même été au cours commando en même temps. Ils avaient donc beaucoup de choses en commun. En outre, Félix n'était pas exactement sous les ordres de Jeffrey, ce qui leur laissait une certaine dose de liberté.

Félix effleura la cicatrice qu'il avait au visage.

— En fait, commandant, vous êtes jaloux. Ce truc – il lui montra la cicatrice –, c'est un petit merdeux qui me l'a fait dans la cour de l'école.

— Ce n'était pas la baïonnette d'un Allemand ? lui demanda Jeffrey, assez surpris.

— Que non ! Une bande m'est tombée dessus à Miami, j'avais quinze ans. J'étais allé faire un tour une nuit dans un endroit mal famé.

— Vous avez eu de la chance de vivre assez pour pouvoir le raconter.

— Bon, on va dire qu'ils étaient bourrés ou drogués ou les deux à la fois. Pas moi. Ils se sont battus pour savoir qui serait le premier à m'assaisonner. Et en plus, on peut dire que j'étais motivé. Ils ont cru que c'était fastoche de se faire un gamin, et un Latino, en plus. Moi, je me battais pour sauver ma peau.

— Et ils étaient combien ?

— Cinq. Heureusement, ils n'avaient que des couteaux.

— Et alors, qu'avez-vous fait ? Vous vous êtes sauvé ?

— Pas moyen. Avant que j'aie vu de quoi il retournait, ils m'ont coincé dans l'impasse.

— La suite ?

— Je me suis appuyé contre le mur pour protéger mes arrières, j'ai empoigné le couvercle d'une poubelle pour me faire un bouclier, j'ai ramassé une bouteille de whisky que j'ai cassée, et je les ai laissés venir.

— Et vous dites que vous n'aviez que quinze ans ? Mais vous deviez avoir une trouille bleue, non ?

— Franchement, commandant, j'étais bien obligé. J'suis sûr que vous en auriez fait autant.

— C'est ce que j'appellerais avoir la bagarre dans le sang.

— C'est pas si grave que ça. Un type qui habitait là, dans un immeuble, a appelé les flics, mais le temps qu'ils arrivent, j'm'étais pris un sale coup de couteau dans la tronche. En tout cas, j'ai envoyé trois de mes agresseurs – c'est comme ça qu'les flics disaient – à l'hosto.

— Bilan ?

— Attendez que je me rappelle : une rotule salement amochée, un trou dans la poitrine, et le troisième, on va dire un bon coup dans les parties.

— A vous entendre, on dirait que ça ne vous a pas déplu.

— Quand j'y repense, ouais, c'est vrai. On pourrait dire que c'est cette nuit-là que j'ai trouvé ma vocation. En fait, les flics ont essayé de me convaincre d'entrer dans la police, après l'école. J'crois qu'ils avaient bien aimé comment j'm'en étais tiré. C'étaient des mecs bien, attention. Mais je faisais partie de l'équipe de natation, j'aimais bien la flotte. Donc, quand j'ai eu l'âge d'entrer dans la marine, je n'ai pas hésité, j'me suis engagé dans les nageurs de combat. Et voilà le résultat, c'est comme ça que je suis devenu l'enseigne de vaisseau Félix Estabo, anciennement premier-maître devenu officier.

Quelqu'un frappa à la porte.

— Entrez.

Un jeune planton se présenta. Comme tous les membres de l'équipage, il portait une combinaison en coton ignifugé avec une grande fermeture Eclair, sa bande nominative collée sur la poitrine. Comme il était tout jeune à bord, il n'avait pas encore son macaron de sous-marinier – les deux dauphins d'argent dressés – mais il portait tout de même un ruban de décoration, la citation décernée par le Président à son unité. Une idée de Bell, faire porter aux hommes leurs décorations pour renforcer le sentiment de cohésion.

— Le commandant en second m'a demandé de vous remettre ceci immédiatement, commandant.

Il lui tendit un pli.

— C'est l'*Ohio* qui nous l'a transmis, ils l'ont eu à la dernière vacation, la dernière fois qu'ils ont sorti l'antenne satellite.

— Bien, fit Jeffrey, merci.

Le planton se retira et ferma la porte derrière lui.

Jeffrey appréciait l'aide de l'*Ohio* qui n'avait pas hésité à sortir son antenne satellite pour recevoir à haut débit, ce qui lui faisait courir un risque.

— Ça raconte quoi ? lui demanda Félix.

Jeffrey déchira l'enveloppe et lut le message. Il y avait une pièce jointe, une photo. Il se tourna vers lui.

— On confirme que le *von Scheer* s'est échappé dans l'Atlantique.

— Comment le savez-vous ?

— Le message n'en parle pas et, de toute façon, s'ils savaient quelque chose, ils ne diraient rien, par mesure de sécurité, au cas où il y aurait une interception. Mais à lire ce que je lis – il brandit la liasse –, il est certain que le *von Scheer* a filé entre les pattes des Anglais, il y a plus de deux jours.

— Ça signifie qu'ils peuvent être n'importe où, fit Félix en fronçant le sourcil.

— Il y a un petit post-scriptum pour moi – il lut : « De commandant en chef flotte de l'Atlantique… »

— C'est pas vrai ? Un quatre étoiles, hein ? Et ça raconte quoi ?

— Je lis : « bonne chance, ne foutez pas tout en l'air ».

— Les quatre étoiles causent comme ça ?

— Il fait allusion à des trucs personnels, quand il m'a reçu en tête à tête, à Norfolk. Et pour répondre à votre question, oui, l'amiral Hodgkiss est parfaitement capable de parler comme ça.

— Et la photo ?

Jeffrey sortit le document et le colla sur la cloison, à côté de ses photos de famille.

— Le commandant de l'*Amiral von Scheer.*

La photo avait été visiblement extraite d'un portrait de groupe puis agrandie, sans doute avant-guerre. On voyait un officier en uniforme de la marine allemande, de taille moyenne, un peu enveloppé, avec un début de calvitie. L'homme paraissait mesuré, calme, intelligent. On distinguait mal ses traits, il n'était ni beau ni laid, un peu timide peut-être.

Félix se leva pour regarder de plus près.

— Et comment savent-ils que c'est lui ?

— Je vous répète qu'ils sont muets là-dessus. Nous en sommes réduits aux hypothèses. Allez savoir, des taupes, des messages déchiffrés que l'on rapproche des fichiers ou de vieilles coupures de presse, des trucs dans le genre.

— Autrement dit, il faut faire preuve d'imagination.

— Tout juste. Mais ce message indique que l'info est fiable, cotée A1. Information très sûre, recoupée par plusieurs sources.

Jeffrey termina sa lecture en gonflant les lèvres.

— Un problème ? lui demanda Félix.

— Je connais ce mec.

— Ah bon ? Vous auriez été affectés ensemble à l'OTAN ou un truc du même genre ?

Jeffrey se retourna pour revoir la photo.

— Non, ce n'est pas ça. Je veux dire, je me suis déjà battu contre lui.

— Et – Félix hésitait un peu – il se débrouille ?

— Il est toujours vivant – une bonne preuve.

— Ça n'a pas l'air de trop vous plaire, commandant.

— Non, pas trop. Si je le connais, ça veut dire qu'il

me connaît aussi : mes tactiques, mes points forts et mes points faibles, comment je m'y prends.

— Bon, je vois, les nouvelles ne sont pas bonnes… Et à votre avis, les Allemands savent que vous commandez le *Challenger* ?

— Après tout le battage qu'on a fait autour de ma remise de décoration ! (Il tapa rageusement sur son bureau.) Comment ne seraient-ils pas au courant ?

— Désolé, commandant, je ne voulais pas…

— *C'est moi* qui suis désolé, Félix.

Et il se remit à examiner la photo, longuement, attentivement. Il essayait de lire dans ces yeux qui semblaient le regarder.

— Son nom serait Ernst Beck. La dernière fois, il était second. Les services de renseignements ne savent pratiquement rien de lui.

— Le second ?

Jeffrey lui fit signe que oui.

— On sait qu'il est jeune marié, qu'il a deux gosses… Plus ce que j'ai pu découvrir quand je me suis trouvé en face de son bâtiment, c'était avant Noël.

Il tapota de l'index contre la photo, sur ce visage, et respira profondément.

— Pour dire la chose en bref, monsieur l'ex-premier-maître, votre boulot consiste à tuer Ernst Beck avant qu'il ne m'ait tué.

CHAPITRE 13

Après avoir échappé aux griffes des Alliés et franchi le passage du Groenland, le sous-marin de Beck et les deux sous-marins russes avaient repris leur route, toujours en plongée, cap au sud-ouest, puis laissé derrière eux l'Irlande. La république d'Irlande, quoique officiellement neutre, penchait en fait fortement du côté des Etats-Unis et du Royaume-Uni. Tant qu'il ne les avait pas laissés loin derrière, Beck considérait ces bâtiments côtiers comme une véritable épine dans le pied. Les signatures acoustiques de tout ce qu'ils avaient croisé, bâtiments, aéronefs, bouées, lui trottaient encore dans la tête. Mais ce transit au large des îles Britanniques avait constitué un bon test pour le *von Scheer.*

Alors, tout en restant un peu plus bas que les SNA russes, Beck avait reçu quelques renseignements complémentaires sur son antenne VLF de coque : le HMS *Dreadnought* se trouvait quelque part dans le nord de l'Islande, le *Challenger* toujours au bassin à sa base, dans le Connecticut.

Au cours de la même vacation, il avait également appris que le convoi de secours avait appareillé pour l'Afrique, à peu près lorsque le *von Scheer* et les Russes passaient le

Cap Nord. *C'est plus tôt que ce que j'espérais. Désormais, chaque heure compte, il va falloir que je me dépêche.*

A l'endroit convenu d'avance, alors qu'ils se trouvaient dans la plaine du Porc-Epic – entre l'Europe et la chaîne méso-atlantique – le *von Scheer* et les deux Sierra se séparèrent. Les Russes mirent le cap sur Halifax et la Nouvelle-Angleterre pour accomplir leur propre mission. Espionnage ? Pistage de SNLE américains ? Mission de présence ou manifestation de force ? Beck n'en avait pas la moindre idée.

Il espérait seulement que dans le cas où – pour ne pas dire *quand* – les Alliés se rendraient compte qu'ils s'étaient fait berner, ils se lanceraient à la poursuite des Russes en faisant l'hypothèse que le *von Scheer* ne devait pas être bien loin.

Beck savait fort bien que, même dans ce cas, son bâtiment n'était absolument pas à l'abri d'une attaque. Toutes les forces alliées étaient à ses trousses. Il resta donc aux postes de combat et en situation silence maximale. Les hommes allaient se nourrir ou se soulager à tour de rôle. Lorsqu'il décida qu'il était assez loin de terre et qu'il avait la conscience tranquille de ce côté, il fit armer les têtes nucléaires de ses torpilles Lion-de-Mer, pour parer à toute éventualité.

Un souci chassait l'autre. Dans le domaine théoriquement accessible, les sous-marins qui cherchent à se cacher et à rester sur la défensive trouvent dans les profondeurs un véritable sanctuaire. Prudemment, étape par étape, Beck conduisit donc son bâtiment de plus en plus profond pour se dissimuler près du fond, à près de cinq mille mètres. C'était à peu près l'immersion de destruction du *von Scheer.* Tous les hommes présents au central serraient les dents en espérant que la coque épaisse et les circuits soumis à la pression d'immersion ne céderaient pas.

Lorsqu'il fut certain que le sous-marin se comportait convenablement – à cette profondeur, la pression était de cinq mille tonnes par mètre carré –, Beck rendit la manœuvre à l'un de ses officiers. Stissinger alla lui aussi prendre un peu de repos, mais une autre épreuve d'un autre genre attendait le commandant.

Beck fit demander à von Loringhoven de venir le rejoindre dans sa chambre. Et derrière les portes closes, commença la confrontation qu'il savait inévitable. Von Loringhoven essaya pourtant de biaiser et insista pour qu'il ouvrît l'enveloppe suivante.

Mais Beck secoua lentement et fermement la tête :

— Monsieur le baron, mes ordres sont de vous fournir toute l'assistance nécessaire, dans la mesure cependant où ils sont compatibles avec la sécurité et l'aptitude au combat de mon bâtiment. Je ne puis continuer à tolérer votre présence à bord que sous certaines conditions.

La colère qu'il sentait monter, mais aussi la Croix de fer qu'il portait, lui donnaient l'énergie de résister à son aristocrate de passager. Il tomba donc des nues en voyant que von Loringhoven faisait profil bas, ce qui était assez inattendu.

— Je vous prie de me pardonner mon comportement au central, commandant. C'est sans doute le manque de sommeil, j'ai du mal à écouter ce que l'on me dit.

Beck reprit rapidement ses esprits, il ne fallait pas perdre la face. Il suspectait pourtant le diplomate de pratiquer une sorte de jiu-jitsu verbal : profiter de ce que ressentait Beck en voyant qu'il ne rencontrait aucune résistance, pour le déséquilibrer.

A présent, il était *réellement* ennuyé : von Loringhoven savait très précisément ce que le commandant avait à lui reprocher.

— Baron, nous ne sommes pas ici dans je ne sais quelle ambassade, nous n'assistons pas à une réception diplomatique. Nous sommes en mer, à bord d'un bâtiment de guerre ! Cessez vos petits jeux avec moi. Lorsque je vous donne un ordre, qu'il s'agisse de vous taire au central ou de ne pas en faire qu'à votre tête en sifflotant, vous exécuterez dorénavant immédiatement, sans hésitation ni murmure !

Von Loringhoven se frotta les yeux, Beck le vit qui serrait légèrement la mâchoire, non sans agressivité, mais d'une manière qui trahissait la fatigue.

— Je vous présente mes excuses, commandant.

— *Vraiment ?* Ecoutez-moi bien, je vous avertis, monsieur le baron : si vous recommencez une seule fois à essayer de discutailler avec moi, vous perdrez toute crédibilité ! Je n'ai ni le loisir ni la patience de ménager votre ego plus longtemps. Et je ne vous permets pas de considérer ce bâtiment comme une espèce de jouet mis à votre disposition. *Ai-je été clair ?*

— Oui, commandant, parfaitement clair.

— Et pour commencer, je vous ordonne d'aller vous coucher.

— Je vais y aller.

— Un homme qui reste plusieurs jours sans fermer l'œil perd tous ses moyens, et c'est vrai pour *tout le monde*. Vous devenez un vrai danger public, vous constituez un risque, et c'est inadmissible.

Von Loringhoven hocha humblement la tête :

— Je vous promets de prendre au moins six heures de sommeil chaque jour. J'ai tellement de travail, tant de choses à avaler et à visualiser et à réviser. Vous comprendrez mieux, commandant, au fur et à mesure de notre mission.

— Mais j'ai l'impression de m'adresser à un enfant qui refuse d'obéir ! Ne vous fichez pas de moi, monsieur le baron. Vous pensez peut-être que je ne suis qu'un rustaud de marin, mais, pour un terrien, sous-estimer l'importance d'un commandant de sous-marin est une grossière erreur de jugement. *Une erreur fatale*. Je vous aurai prévenu et ce sera la dernière fois.

Von Loringhoven baissa les yeux, apparemment honteux

et contrit. Beck se demandait jusqu'à quel point il était sincère et combien de temps cela durerait. Beck était homme d'honneur et ne donnait jamais sa parole à la légère. Lorsqu'il promettait quelque chose, c'était à la vie à la mort. Et il se demandait si un diplomate, ou même, n'importe quel civil, pouvait comprendre réellement ce que cela impliquait.

— Bon, il est temps d'ouvrir l'enveloppe suivante. Je sais bien ce que vous pensez, puisque vous savez déjà ce qu'il y a dedans. Mais cela ne m'impressionne pas. Se pavaner ainsi n'a aucun intérêt et est une preuve de grossièreté. *Compris ?*

— Parfaitement, commandant.

— Très bien. Etes-vous prêt ?

Von Loringhoven fit signe que oui. Beck se dirigea vers son coffre et en sortit l'enveloppe, puis retourna à sa table.

Il ouvrit l'enveloppe externe et commença à lire. Les ordres lui disaient de convoquer le chef des nageurs de combat, ce commando qu'il avait embarqué en Norvège avec ses hommes et leur équipement, avant le sabotage.

Il empoigna son micro et envoya un planton chercher le lieutenant de vaisseau qui commandait les Kampfschwimmer dans la zone qui leur était réservée à l'arrière de la soute à missiles. C'est là qu'ils travaillaient et dormaient.

Il poursuivit sa lecture, les bras lui en tombaient. Il leva les yeux vers von Loringhoven, abasourdi, partagé entre la crainte et l'horreur. Tout ce qu'il réussit à articuler, ce fut : « *Mein Gott !* » Mon Dieu !

Von Loringhoven esquissa un sourire. Pour une fois, un sourire sans aucune trace d'ironie ni marque de mépris.

— Mais, fit Beck, cela va retarder l'attaque du convoi.

— Pas tant que ça, commandant. Et puis chaque chose en son temps.

On frappa à la porte.

— Entrez, répondit Beck en essayant de garder un ton ferme.

Le lieutenant de vaisseau Kampfschwimmer entra. C'était un homme de grande taille, l'air vif, fort bien bâti. Il se mit au garde-à-vous. Beck lui tendit un schéma contenu dans les ordres qu'il venait de parcourir.

— Je n'arrive pas à y croire. Montrez-moi ça.

Le Kampfschwimmer se tourna, ôta sa chemise et son tricot de corps.

Dans le creux du dos, implantées dans la peau de chaque côté de la colonne vertébrale, il y avait deux petites sondes chirurgicales munies d'un embout. Des sondes intraveineuses. *Des branchies.*

CHAPITRE 14

Jeffrey était assis au bout de la table du carré, à la place du commandant. On avait débarrassé les assiettes du souper, mais laissé les tasses à café car plusieurs des officiers, dont lui-même, avaient envie de se resservir. En sa qualité d'invité, Félix était à sa droite, Bell à sa gauche. Sessions, officier de quart, était resté au central.

Le lieutenant de vaisseau Milgrom commença son exposé. On la sentait très concentrée, mais pas épuisée comme Jeffrey se sentait : depuis qu'Ilse Reebeck avait débarqué et ne partageait plus sa chambre avec Milgrom, Bell avait décidé de lui donner la couchette passager dans la chambre du commandant en second. Tous les deux s'arrangeaient pour dormir à des moments différents, personne ne verrait à y redire, ce qui libérait la chambre à trois couchettes qu'occupaient Ilse et Kathy. Bell avait encore un problème insoluble à régler, trouver un couchage aux seize SEAL. Le poste torpilles était déjà plein à craquer, entre les armes et les bannettes chaudes – celles que l'on se partage par roulement – des plus jeunes matelots.

Le PC portable de Milgrom était connecté sur l'écran plat qui occupait une cloison du carré, en face de Jeffrey. Elle pianota quelques touches et le premier transparent apparut.

— Dieu de Dieu ! lâcha Jeffrey, on dirait le réseau capillaire d'une rétine.

Une rétine qui aurait eu la taille de l'océan Atlantique.

— D'une certaine façon, oui, convint Milgrom. C'est précisément de cela qu'il s'agit. ORPHEE nous permet de voir à de très grandes distances, comme un œil gigantesque.

— Et au milieu, là où toutes les veinules rejoignent le nerf optique, *c'est nous* ?

— Précisément, commandant. Les connexions d'ORPHEE, les consoles de commande que nous mettrons en place avec l'aide des SEAL.

— Très bien, poursuivez.

Jeffrey faisait exprès de rester un peu sur la réserve. Ce n'était pas particulièrement destiné à Milgrom, mais à tous ses officiers. En se faisant l'avocat du diable, en les obligeant à lui vendre ORPHEE, il voulait s'assurer qu'ils se l'approprieraient et qu'ils en tireraient le maximum au combat.

— Ce qui ressemble à une image de la rétine est une carte partielle du réseau de câbles téléphoniques sous-marins, les vieux, les câbles électriques. Ils sont pour la plupart hors service, on les a en général sectionnés près d'une côte ou de l'autre. (Milgrom passa au transparent suivant.) Sur ce diagramme, figure le concept de base qui montre comment ORPHEE recueille ses signaux.

Jeffrey examinait le dessin. Il avait étudié suffisamment la physique pour comprendre la chose.

— Primo, reprit Milgrom, l'eau de mer laisse passer le champ magnétique terrestre qui traverse l'océan, même aux endroits les plus profonds.

Jeffrey acquiesça.

— Secundo, un conducteur métallique qui se déplace dans les lignes d'un champ magnétique voit naître un courant électrique.

— C'est ainsi que fonctionne un générateur d'électricité, commenta Jeffrey.

— Tertio, l'eau de mer est très conductrice.

Ouais, c'est pour cela que les bâtiments de surface ou les sous-marins présentent tant de dangers. Le risque de décharges électriques est élevé, quand on met en contact de l'acier et de l'eau salée.

— Continuons, fit Milgrom. La coque d'un sous-marin, en se déplaçant dans l'eau, crée une onde. Le fluide qui rencontre l'étrave est repoussé vers le haut et le bas, selon une loi caractéristique et déterministe.

— Je vous suis jusqu'ici, commenta Jeffrey, autant pour être poli que pour soutenir l'attention.

— Tous ces principes sont à la base du concept d'ORPHEE. Lorsqu'un sous-marin en plongée avance dans l'eau, le fluide déplacé s'échappe vers le haut et vers le bas dans le champ magnétique terrestre, ce qui engendre des courants électriques. Il est impossible d'éliminer ou de masquer cet effet, les méthodes utilisées en matière de discrétion n'y font rien. Essayer de tirer parti des chenaux sonores ou de se camoufler près du fond afin d'échapper au SOSUS ne sert à rien non plus.

— Tout ceci n'est guère original, lâcha Jeffrey, un peu sentencieux. On a étudié cette idée du temps de la guerre froide pour localiser et pister les sous-marins par des méthodes autres qu'acoustiques. Le résultat a été nul, sauf si j'ai raté un truc.

Milgrom continua, imperturbable.

— Du temps de la guerre froide, les sous-marins à coque composite n'existaient pas, commandant. Avec cette méthode, le problème réside dans les premiers trois cents mètres, là où la colonne d'eau est perturbée par le bruit ambiant – le signal est bruité, pour dire les choses autrement. Cela vient par exemple des vagues, des cétacés, des sources thermales et autres. S'y ajoute en outre le problème de disposer d'une plate-forme, de mettre en place un réseau dans une zone suffisamment vaste pour qu'un sous-marin adverse ne puisse pas éviter d'y passer.

— Poursuivez.

Par plate-forme elle entendait : un bâtiment de surface, un aéronef ou un sous-marin.

— *A contrario*, un sous-marin à coque composite plonge à trois mille ou cinq mille mètres, suffisamment loin des vagues de surface et des bruits biologiques, ce qui élimine la question du rapport signal à bruit. Par la même occasion, ce sous-marin se trouve assez près des câbles électriques sous-marins qui traversent l'océan d'un continent à l'autre. Lorsque le sous-marin passe au-dessus d'un câble de ce genre, le courant électrique créé par l'onde de pression provoque par induction un courant dans le câble. Ce courant induit parcourt ensuite toute la longueur du câble à la vitesse de la lumière[1]... Le principe d'ORPHEE consiste à tirer parti de ce phénomène.

— En créant une jarretière sur les câbles, remarqua Jeffrey, là où un certain nombre d'entre eux se croisent.

— C'est là qu'interviennent mes hommes et leurs équipements, intervint Félix. Nous allons créer ce nœud et la station de recueil de données que l'ennemi ne pourra ni contourner ni éviter.

Milgrom passa à la vue suivante.

— Monsieur Estabo ?

Félix se leva.

— Cette vue d'artiste montre les grands principes. Comme le travail sur les câbles implique de procéder à quelques opérations manuelles assez délicates, nous mouillons une station-relais en eaux peu profondes, *ici*. (Il pointa un endroit à proximité d'une île escarpée.)

1. Cette assertion de l'auteur est assez hardie. La vitesse de propagation du courant électrique dans un conducteur métallique est de l'ordre de 1 500 m/s. *(N.d.T.)*

Il faut que ce soit par petits fonds car les équipements dont nous disposons imposent des limitations lors de plongées répétées… L'antenne satellite doit être installée au sec à un endroit assez élevé et stable pour être en permanence en vue des satellites géostationnaires.

Il montra à l'auditoire l'endroit où devait être installée une grosse antenne d'émission, pointée vers un satellite dans l'espace.

— *Ici*, le mini-sous-marin qui assurera les déplacements des plongeurs et du matériel sur le câble et vers l'îlot, puis qui mettra en place les capteurs en eaux profondes. Cette ligne de capteurs est raccordée à la station à terre. Les communications entre le *Challenger* et le mini-sous-marin se feront par moyens acoustiques discrets.

Jeffrey acquiesça et Félix reprit son exposé :

— Le mini-sous-marin se place ensuite à la verticale de la station-relais immergée qui est désormais raccordée à tous les câbles sous-marins. Tout cela se passe sous l'eau. D'autres câbles installés par nos soins relient la station posée sur le fond au centre de contrôle ORPHEE à l'intérieur du sous-marin. D'autres relient le mini-sous-marin à la plage sur l'îlot puis de là à la station satellite qui transmet ses signaux à Norfolk. Il y a enfin la ligne de transducteurs, elle aussi reliée au mini-sous-marin.

— Le sous-marin se comporte donc comme une araignée au milieu de sa toile, remarqua Jeffrey.

— Ou comme une mouche prise dans la toile, commandant, ça dépend de quel point de vue on se place – il haussa les épaules –, peu importe, cela nous donne le résultat attendu, le *Challenger* ou le mini-sous-marin ne sont pas obligés de hisser une antenne pendant des heures. A terre, mon équipe sera assez exposée, certes, mais nous gagnons notre vie à courir ce genre de risque. Si nous avions pu utiliser un canot pneumatique ou un radeau, nous l'aurions fait, mais les petites embarcations sont trop instables. Nous avons besoin d'une base solide pour installer l'antenne satellite et les équipements annexes… Vous noterez que le *Challenger* n'est retenu par aucun lien et reste donc discret, libre de ses mouvements.

Et Félix revint s'asseoir.

— De combien de temps avez-vous besoin, lui demanda Jeffrey, pour faire vos branchements sur les câbles, mettre en place la station à terre et tout le reste ?

— En travaillant en trois-huit, une fois que nous serons sur place, vingt-quatre heures environ.

— Et l'endroit où nous allons est en territoire neutre ?

— Exact, répondit Félix. Pour ce qui me concerne, ce ne sera pas la première fois. Si on nous le demande, on dira qu'on est brésiliens. Mais ça m'étonnerait qu'il y ait quelqu'un pour nous poser la question.

— Très bien, je vous remercie.

Milgrom s'éclaircit la gorge avant de reprendre la parole :

— Naturellement, le traitement de ces signaux nécessite l'utilisation de logiciels puissants afin de détecter et d'interpréter les signaux infimes créés par le passage d'un sous-marin. Les équipements ORPHEE sont dotés de microprocesseurs spécialement conçus pour traiter ce genre d'algorithmes. En théorie, il serait possible de déterminer la position exacte du *von Scheer* au-dessus du câble, ainsi que son immersion, sa route et sa vitesse à partir de la forme du signal et de sa décroissance dans le temps, même à plusieurs centaines de nautiques. Ces données nous permettront de calculer une route d'interception et de lui tomber dessus par surprise.

— En théorie, reprit Jeffrey.

— Comme l'enseigne de vaisseau Estabo l'a souligné dans sa présentation, commandant, c'est pour cela que nous avons besoin du segment à terre. Nous relayerons la voix et les données jusqu'à Norfolk, où des supercalculateurs trouveront éventuellement les microsignaux qui auraient échappé à nos équipements. Et ils nous renverront ce qu'ils auront trouvé. Le commandement de la flotte de l'Atlantique nous transmettra également toutes les autres détections qui auraient été faites du *von Scheer*, nous les relayerons au *Challenger* si nécessaire.

— Si nous arrivons à temps, fit Jeffrey, un peu amer.

— Dans le cas contraire, répondit Milgrom, je crois comprendre que d'autres plates-formes seront chargées de suivre le contact, tout comme les contacts qu'ORPHEE aurait détectés et qui seraient hors de notre portée. Voilà encore qui rend nécessaire cette station satellite.

— Mais quelles autres plates-formes ? Il nous faut absolument disposer d'un sous-marin à coque composite pour avoir une chance de couler le *von Scheer*. La dernière fois que j'ai eu des nouvelles du *Dreadnought*, il était du côté du Groenland.

En dehors du *Challenger*, le *Dreadnought* était le seul sous-marin à coque composite dont disposaient les Alliés.

— Pour le moment, je doute fort que nous arrivions à nous placer entre le *von Scheer* et le convoi, compte tenu de la géographie et des distances. Le *von Scheer* peut surgir de la méso-atlantique n'importe où depuis l'est du Maine jusqu'à l'est de Miami, pour ce que nous en savons.

— Je vous suis parfaitement, commandant, mais le plan d'opérations du convoi en tient compte.

— *Dans quelle mesure ?*

Jeffrey croyait deviner la réponse officielle, mais il craignait qu'elle ne fût sans intérêt.

L'adjoint navigation intervint :

— Commandant, le convoi évitera la dorsale méso-atlantique jusqu'au moment où il atteindra le passage le plus étroit, là où il n'y aura plus moyen de faire autrement… Milgrom ?

Milgrom afficha la vue qui représentait la route du convoi en même temps que la carte des fonds. L'adjoint navigation s'en servit pour étayer son raisonnement :

— Berlin dispose exactement des mêmes cartes, répliqua Jeffrey. Qui peut jurer qu'ils vont faire ce que nous prévoyons qu'ils feront ? Peut-être que le *von Scheer* ne se dissimulera pas dans la chaîne centrale. Peut-être se cache-t-il dans les plaines abyssales du nord et qu'il s'apprête à fondre sur le convoi à partir de là.

— C'est là qu'interviennent les autres plates-formes, répéta Milgrom.

— Quelles autres plates-formes ? insista Jeffrey.

Le but d'une revue de mission est d'aborder toutes les questions possibles et imaginables, sans esquiver les sujets gênants.

— Des avions de patrouille maritime, des bâtiments de surface et des SNA.

— Tout ceci risque de ne pas suffire en face d'un sous-marin à coque composite qui plonge à cinq mille mètres. Nous sommes dans une situation où tant d'hypothèses peuvent nous conduire au désastre.

— J'en conviens, répondit Milgrom, comme à regret.

Jeffrey se radoucit. Les Etats-Unis et le Royaume-Uni possédaient moins de soixante sous-marins nucléaires à eux deux, pour cause de coupes budgétaires puis de pertes au combat. Après neuf mois d'opérations épuisantes, la plupart d'entre eux étaient au bassin pour réparations ou à la mer, mais à peine en condition de se battre. Les bâtiments, envoyés sur des théâtres trop vastes, étaient éparpillés un peu partout. Compte tenu du coût, chacun des deux pays ne pouvait se payer qu'un sous-marin composite. Bon, tout cela n'était pourtant pas la faute de Milgrom.

— Quelles autres informations pouvons-nous espérer de Norfolk ?

— Des signaux acoustiques, des anomalies magnétiques, ou encore… eh bien, des lancements de missiles par le *von Scheer.*

Il y eut un lourd silence.

Jeffrey détourna les yeux pour cesser de faire peser cette tension sur Milgrom seule.

— Espérons que les grands chefs ont pensé juste, en choisissant l'endroit où les SEAL sont supposés monter notre embuscade.

— C'est bien là la question, commandant, lui dit Bell. Il suffit de regarder la carte. Compte tenu du tracé des côtes et des câbles, on nous envoie au seul endroit de tout l'hémisphère qui est le point névralgique, l'endroit où nous avons le maximum de chances de trouver quelque chose.

Jeffrey poussa un grognement : il aurait bien aimé partager l'optimisme de Bell. *Mais y a-t-il une autre solution ? Patrouiller à moitié sourd et à moitié aveugle dans la dorsale méso-atlantique, six mille nautiques de long entre l'Afrique équatoriale et le Groenland, en espérant qu'on aura de la chance ? Espérer que je rencontrerai le* von Scheer *suffisamment tôt dans cette chaîne sous-marine gigantesque, que j'arriverai à tirer le premier avant que le* von Scheer *ne rencontre le convoi ?... Au moins, ORPHEE nous laisse une chance.*

Milgrom et l'officier navigation présentèrent ensuite leur projet de route entre les Antilles et la station ORPHEE, projet qui essayait de réaliser le meilleur compromis entre vitesse et discrétion. Bell souligna les menaces auxquelles le *Challenger* risquait de se trouver confronté pendant le transit. Jeffrey hocha lentement la tête.

— Fin de la réunion, annonça-t-il enfin.

Les autres attendirent qu'il se fût levé.

Jeffrey se dirigea vers l'écran où était encore affiché le dernier transparent de l'officier navigation et resta immobile devant leur destination, un tout petit point isolé dans la zone la plus étroite de l'Atlantique. Il relut encore une fois le nom inscrit sur la carte marine :

LES ILÔTS SAINT-PIERRE ET SAINT-PAUL.

CHAPITRE 15

Beck était installé devant sa console au central, Stissinger à sa droite, von Loringhoven entre eux qui regardait ce qui se passait par-dessus leur épaule. Le PCNO était rempli de monde, les hommes retenaient leur souffle, l'éclairage rouge indiquait que le sous-marin était toujours aux postes de combat en situation silence. Les manomètres et la fenêtre affichée sur la console de Beck indiquaient quatre mille huit cents mètres.

Le *von Scheer* était en plongée tellement profonde que le pont fléchissait sous la pression appliquée à la coque épaisse. Des équipes de sécurité étaient en place dans tout le bord. Beck espérait qu'elles n'auraient pas à intervenir. A cette profondeur – cinq mille mètres, soit près de trois milles marins –, la moindre fuite constituait une catastrophe. Qu'une soudure ou un joint sur un sectionnement soumis à la pression d'immersion vinssent à lâcher et la mer ferait irruption à l'intérieur, avec une violence qui défiait l'imagination. Le bruit serait insupportable, comme un tir d'artillerie, le jet d'eau vous coupait instantanément un homme en deux. Le jet ricocherait dans tous les sens et rendrait impossible la détection de l'origine de la fuite. Tandis que l'eau monterait dans la cale puis sur les ponts, l'air se transformerait en un brouillard aveuglant et piquant d'eau salée. La pression atmosphérique augmenterait très vite, échauffant l'air – le rendant même brûlant – et le brouillard salé mettrait tous les équipements électriques en court-circuit. L'équipage mourrait enfin dans des conditions horribles, avant que le *von Scheer* commençât à couler en implosant.

Ces réflexions étaient déjà assez pénibles, ce que Ernst Beck avait devant les yeux était presque pire.

Son bâtiment se trouvait exactement à l'endroit prescrit par ses ordres, ils l'avaient vérifié grâce au système de navigation inertielle. Opérateurs sonar et torpilleurs étaient en état d'alerte. Deux robots sous-marins télécommandés, conçus pour travailler à de telles profondeurs, avaient déjà inspecté la zone, à la recherche d'éventuelles menaces.

A l'arrière du central, totalement concentrés sur leur tâche, un officier marinier des Kampfschwimmer et l'un de ses matelots se trouvaient devant leur propre console.

Les images vidéo étaient affichées sur les écrans du PCNO. Certaines venaient des caméras laser implantées à l'extérieur de la coque, des images nettes et bien découpées, du moins dans la limite de portée de ce type de détecteur. D'autres provenaient des caméras à intensification de lumière. Dans ce cas, les images étaient diffuses, brouillées, même dans la direction des projecteurs qui perçaient par endroits l'obscurité. La lumière rétrodiffusée formait des halos dans les nuages de vase. Toutes ces données étaient recueillies par les fibres optiques qui reliaient les robots au sous-marin.

Ernst Beck apercevait le fond juste en dessous du *von Scheer*. Le sous-marin restait parfaitement immobile, les deux pilotes jouaient des propulseurs auxiliaires placés à l'avant et à l'arrière pour contrer les effets du courant, assez faible près du fond constitué d'un mélange d'argile vaseux, résultat du lessivage des terres, et de quelques épaulements de basalte posés çà et là. Ces rochers étaient encore comme déchiquetés à l'état brut, car, à ces profondeurs, ils n'avaient subi ni l'érosion glaciaire ni l'usure du vent et des vagues, pas plus que les alternances du gel et du dégel. La température de l'eau était constante, 4 °C, un peu au-dessus du point de congélation. Le terrain s'élevait en pente douce vers l'ouest. Plus loin, c'étaient les pics de l'immense dorsale méso-atlantique, magma solidifié sorti des entrailles de la Terre pendant des millions d'années.

Sur les images de l'extérieur, Beck distinguait des lueurs de bioluminescence, des éclairs émis par des nuées d'organismes microscopiques ou de hideux poissons. Les haut-parleurs des sonars faisaient entendre les claquements et les petits bruits secs des crevettes claqueuses.

L'homme violait ces profondeurs, transgressait l'ordre de la nature. Tout près du *von Scheer*, posée sur le fond, se trouvait l'épave d'un destroyer américain. Des plongeurs marchaient dans l'espace qui séparait les deux bâtiments – le spectacle était surréaliste. Deux d'entre eux se tournèrent vers la caméra que portait le troisième, Beck reconnut derrière un masque le visage du chef des Kampfschwimmer. Ils levèrent le pouce en signe de reconnaissance puis reprirent leur progression en direction du destroyer, marchant librement sur le fond sous cinq mille mètres d'eau.

Les six plongeurs portaient des sacs à dos connectés à leurs prises intraveineuses – ces implants que Beck avait comparés à des branchies. Il avait lu la description de ce système dans ses ordres. A l'intérieur de leur combinaison intégrale et de leur casque étanche, qui faisaient penser à des vêtements spatiaux, ils respiraient une solution saline saturée en oxygène, comme si c'était de l'air.

— On m'a raconté, lui dit von Loringhoven, qu'une fois qu'on s'y est habitué, ce mode de respiration paraît tout naturel.

— Ça doit pourtant être bizarre, la première fois.

— Ces Kampfschwimmer sont bien entraînés. Leur combinaison est souple pour permettre aux fluides et à leur corps d'équilibrer la pression ambiante. A partir de mille mètres, n'importe quel mélange gazeux est mortel.

— Je sais.

— Ce mode de respiration n'est pas nouveau, on a fait des essais sur des souris et des êtres humains voilà plus de cinquante ans. Mais on ne peut pas résister ainsi très longtemps, car on ne sait pas évacuer le dioxyde de carbone des poumons. Le problème n'est pas le manque d'oxygène, mais l'oxyde de carbone qui, accumulé dans l'organisme, vous tuerait en quelques minutes – voire en quelques secondes, à cette profondeur.

— Apparemment, quelqu'un a trouvé la solution.

Von Loringhoven acquiesça.

— La nouveauté se trouve dans les sacs qu'ils portent sur le dos. Ils contiennent un appareil de dialyse. Le dioxyde de carbone est directement extrait du sang, comme on le fait pour un patient qui souffre d'insuffisance rénale.

— Ça a l'air plutôt dangereux, fit Beck.

— La mise en pression peut se faire à une vitesse étonnante, comme vous avez pu le constater. La phase de décompression est longue, vous imaginez, plusieurs jours. C'est pour cela que les Kampfschwimmer ont embarqué ces capsules individuelles. Une fois rentrés, ils restent dans leur capsule où ils continuent à respirer leur solution saline et à subir la dialyse pendant un certain temps… C'est l'autre avantage de leur sac à dos. Avec leurs sondes intraveineuses qu'ils appellent leurs branchies, les hommes se nourrissent tout en travaillant. Cela leur donne une endurance étonnante.

— J'imagine qu'il n'est pas très facile de se nourrir sous l'eau avec un tuba dans la bouche.

— Leur combinaison possède une fine couche de plutonium qui maintient la température, quelle que soit la durée de leur sortie. Tant que la combinaison ne se déchire pas et qu'ils n'ingèrent pas de plutonium, c'est un système très sûr. C'est pour cette raison que ces combinaisons sont faites de plusieurs couches de Kevlar.

— Je souhaite vivement que les hommes subissent un contrôle radiologique approfondi avant de revenir à bord.

— Naturellement, c'est prévu.

— Ce type d'opération a déjà eu lieu ?

— Vous voulez dire, en conditions opérationnelles, en zone de combats ?

— Oui.

— Je ne sais pas trop. Tout cela est top secret et réservé à ceux qui ont besoin de le savoir. Les Alliés ne soupçonnent même pas que nous disposons de ce genre de capacité.

— Putain ! lâcha un marin.

— Du calme, lui dit Stissinger.

Beck se sentait écœuré, lui aussi. Les « plongeurs dialysés », traînant derrière eux des câbles qui reliaient les caméras et divers équipements, avaient atteint le destroyer coulé. Le naufrage était récent. L'une des caméras faisait voir le cadavre d'un marin américain dont tout le bas du corps était coincé dans un fouillis de tôle. *Des choses*, des espèces d'énormes vers, rampaient sur la dépouille dont ils faisaient leur repas. Les os du crâne étaient déjà à nu.

— On a vraiment besoin de subir ce spectacle ? demanda Beck. Ils ne peuvent pas se contenter de faire leur boulot ?

— Vous vous sentez coupable ? lui répondit von Loringhoven. A ma connaissance, c'est vous qui l'avez coulé lors de votre dernière patrouille.

— Je m'en doutais.

Les détails du destroyer s'offraient maintenant à ses yeux, les plongeurs se déplaçaient autour de l'épave.

— Vous comprenez à présent pourquoi ce travail ne peut pas être confié à des robots sous-marins. Nous avons besoin d'hommes capables de réagir en temps réel et d'effectuer des opérations délicates.

Le destroyer gisait sur son flanc tribord, Beck vit les plongeurs contourner la base du mât. C'était un bâtiment de type Arleigh Burke – aussi long que le *von Scheer* – et, pour un destroyer, son maître bau était imposant : le haut de la carcasse, donc le flanc bâbord, s'élevait à près de vingt mètres au-dessus du fond. Les caméras des plongeurs s'étaient arrêtées sur les restes vrillés de ses quatre échappements, deux paires de cheminées jumelles situées au-dessus des larges entrées d'air des turbines à gaz. Beck avait l'impression qu'elles étaient pointées sur lui, comme pour lui dire : *Voilà ce que tu nous as fait. Toi.*

De nombreux débris étaient dispersés un peu partout sur l'avant, des fragments de superstructure jonchaient le fond. Des objets non identifiables s'échappaient de cassures dans la coque et par les fissures du pont. Les plongeurs continuaient d'inspecter et de fouiller les lieux, les caméras enregistraient tout ce qui se trouvait dans cette obscurité glacée et Beck aperçut de nouveaux cadavres. Ils étaient encore frais, si bien que la décomposition n'avait pas fait son œuvre et la pression n'avait pas eu le temps de leur briser les os. La vue de ces marins brûlés, mutilés, écrabouillés, de ces lambeaux de vêtements ou de chair à moitié dévorée et qui s'agitaient lentement dans le courant, était bouleversante. Divers équipements qui avaient rompu leurs saisines se balançaient de-ci, de-là. Puis les haut-parleurs du sonar lâchèrent des bruits étranges, comme le cliquetis des chaînes traînées par des fantômes.

Au PCNO, personne ne pipait mot, à l'exception des deux nageurs de combat derrière leur console. Ils discutaient avec les plongeurs qui leur répondaient en utilisant un clavier fixé à leur poitrine. Les marins de Beck avaient l'air soulagés de garder les yeux sur leurs écrans sonar ou sur les consoles de visualisation, ce qui leur évitait de laisser leur regard fixer ce sépulcre, cette enceinte sacrée que les plongeurs allaient violer. Les marins sont toujours des marins, quel que soit leur pavillon. Tout le monde savait – et Beck mettait von Loringhoven dans le tas – que ces cadavres auraient pu être *les leurs*.

A voir l'inclinaison des cheminées et de ce qui restait du mât, ainsi que les dégâts dans les superstructures, Beck jugeait que le destroyer avait été victime d'une explosion aérienne près de son flanc bâbord. Sans doute un missile tactique à tête nucléaire. Le bâtiment semblait avoir pris feu avant de sombrer, mais il avait sans doute coulé très vite car les flammes n'avaient pas eu le temps d'atteindre les soutes à munitions. En haut, l'incendie avait dû être violent : Beck nota la présence d'aluminium fondu. La peinture était écaillée ou entièrement carbonisée par endroits. Le bâtiment avait sans doute chaviré avant de toucher le fond – la violence de l'impact avait créé un cratère dans la boue. Le choc avait semé des débris dans une large zone, et avait arraché des plaques de bordé des couples à plusieurs endroits.

Cela tombait bien, car les tubes lance-torpilles implantés dans les hauts étaient écrasés. Pour trouver ce qu'ils étaient venus chercher, les plongeurs devaient pénétrer à l'intérieur de l'épave. Sur les écrans du central, les images dansaient et tremblaient : les caméras se fixaient sur un endroit, avant de passer à un autre.

Beck regardait le spectacle avec une sorte de fascination morbide. Les plongeurs cherchaient maintenant les apparaux de manutention des armes et les soutes à munitions. Tout était tordu au point qu'il était difficile de reconnaître quoi que ce fût, la place manquait pour travailler. Partout des monceaux enchevêtrés de tuyaux multicolores, de câbles électriques, d'échelles, de tôles d'acier pliées comme du carton qui obstruaient le passage.

Dans les rares vides, le fuel lourd emprisonné là après le naufrage formait des poches de matière gluante. Certaines portes étanches étaient restées irrémédiablement fermées, d'autres béaient, grandes ouvertes, leurs barres de verrouillage arrachées par la violence du choc. De la boue et de la vase s'étaient infiltrées un peu partout avec des débris de matériau isolant ou de matière plastique, les lampes frontales des plongeurs créaient des ombres fantomatiques. Pénétrer dans un endroit aussi épouvantable, songeait Beck, exigeait un rare courage.

Les plongeurs avaient visiblement étudié les plans de ce type de destroyer avec le plus grand soin. Ils montraient une capacité étonnante à s'orienter dans ce qui restait, aux yeux de Beck, un fouillis invraisemblable. Il se demanda si les plongeurs s'étaient entraînés en visionnant les vidéos prises à bord du *Cole*, destroyer du même type. Peut-être avaient-ils également bénéficié des conseils des Russes sur les méthodes utilisées autour et à l'intérieur de l'épave du *Koursk* et dans son poste torpilles.

Les plongeurs trouvèrent enfin ce qu'ils cherchaient : des têtes de torpilles nucléaires de fabrication américaine, intactes ou presque. Les caméras montraient à présent les images des hommes qui travaillaient dans les profondeurs de la coque, dans ce qui restait de l'une des soutes. Deux nageurs de combat étaient restés à l'extérieur avec une caméra pour assurer la sécurité et pour vérifier que les câbles de liaison ne faisaient pas de sac de nœuds. Leurs quatre camarades qui travaillaient à l'intérieur utilisaient des outils spéciaux pour démonter les torpilles avant de retirer les têtes de combat et de les déposer dans des containers blindés.

— Ils cherchent celles qui sont dans le meilleur état possible, fit von Loringhoven. Ils vont en rapporter trois, pour le cas où.

— Pour le cas où quoi ? lui demanda Beck.

Il savait que les soutes à munitions de ce genre de

bâtiment étaient pleines à craquer de propergols, des oxydants, et d'explosifs potentiellement endommagés. Les plongeurs risquaient de faire une fausse manipulation et de déclencher une énorme détonation susceptible d'endommager le *von Scheer.*

— Nous avons besoin de plusieurs exemplaires, aux fins d'expertise.

— Pourquoi les plongeurs ne recherchent-ils pas de matériel cryptographique ?

— Il est peu probable qu'il soit encore utilisable.

— Nous n'avions encore jamais récupéré de têtes nucléaires chez eux ?

— Si, mais je ne connais pas le détail. Et je suppose que les Alliés en ont récupéré quelques-unes des nôtres.

Beck grommela, il n'avait jamais pensé à ça.

— Bon, dans ce cas, pourquoi essayons-nous d'en récupérer d'autres, alors que le convoi est en route ? Je trouve que nous prenons des risques considérables et inutiles au pire moment. Et nous perdons un temps précieux.

— Il nous faut au moins une tête d'un modèle bien précis. Elle doit provenir d'une torpille, si bien qu'elle est conçue pour résister à la pression.

— Jusqu'à quel point ?

— Assez pour nous permettre de recueillir intact le cœur de l'arme… Ah, je vois que les plongeurs ont terminé. Ils s'approchent du sas.

Le panneau de ce sas spécialement étudié s'ouvrait sous la coque et était équipé d'un treuil pour récupérer hommes et matériel.

Beck n'aimait pas trop cette façon qu'avait eue von Loringhoven de changer brusquement de sujet.

— Utiliser le cœur de l'arme, *mais pour quoi faire* ?

— Je vous l'ai déjà dit, pour recueillir des renseignements, pour faire de la recherche. Berlin ne me dit pas tout.

Beck décida de laisser tomber, pour le moment du moins. La seule chose dont il fût sûr, c'était que von Loringhoven mentait.

Tous les nageurs de combat étaient revenus sains et saufs à bord et se trouvaient dans leurs capsules de décompression. Aucune fuite n'était à signaler dans leurs combinaisons qui contenaient du plutonium, les trois têtes nucléaires avaient été stockées dans la zone de confinement radiologique à l'intérieur de la zone réservée aux Kampfschwimmer, à l'arrière de la tranche missiles.

Beck était assis dans sa chambre, épuisé. Von Loringhoven frappa à la porte de la douche qu'ils partageaient.

— Entrez, fit Beck, en roulant des yeux ronds.

Von Loringhoven entra.

— Je vous demande fermement de cesser cette façon de faire, lui dit Beck.

— Je vous prie de m'excuser, commandant. Je commence tout juste à assimiler toutes les règles non écrites qui fixent l'étiquette à bord d'un sous-marin. Mais naturellement, vous avez eu raison de me rappeler que je ne me trouve ni dans une ambassade ni à une réception diplomatique.

— Puisque vous en parlez, monsieur le baron, je vous invite à souper au carré ce soir... Je suis certain que cela ne met pas en cause vos contraintes de sécurité. Et si c'était le cas, je pense que passer votre temps à vous isoler et à prendre vos repas seul ne sert qu'à attirer l'attention, à mauvais escient.

— Merci, commandant. Je serai très honoré de me joindre à vous.

— Parfait. Autre chose à présent, le chef du détachement de nageurs m'a informé de ce que l'une des têtes est en parfait état et que nous pouvons donc reprendre notre mission.

— Excellent.

— Il est donc temps d'ouvrir l'enveloppe suivante.

— Comme vous voudrez, commandant, répondit von Loringhoven.

Hmmm. Ce type semble faire preuve d'un peu plus de respect et de modestie. Peut-être peut-on espérer en tirer quelque chose, après tout.

Beck se leva pour ouvrir le coffre et sortit la dernière enveloppe. A chaque opération, le pli était plus mince, plus léger, mais il sentit en tâtant le paquet qu'il y avait encore une série d'enveloppes cachetées. Il commença à lire.

— *Ach* – et faisant la grimace –, voilà qui est astucieux. La chose n'est pas sans risque, surtout pour les Kampfschwimmer, mais moins que je n'imaginais pour le *von Scheer.*

— Vous comprenez maintenant pourquoi les Russes ont mis le cap sur la Nouvelle-Ecosse. Nous voulons faire croire aux Américains que vous essayez de prendre le convoi à revers, dans le nord.

Beck hocha la tête.

— Et ils mettront le gros de leurs défenses sur le flanc est pour s'interposer entre les cargos et les côtes africaines, tandis qu'ils font route vers leur poche au Congo.

— Très précisément. Il serait stupide de notre part de nous jeter là où la défense américaine est la plus forte.

— De cette manière, nous pourrons couper et attaquer là où ils s'y attendent le moins, c'est-à-dire là où ils sont le moins préparés : par-devant, au sud du convoi, avec des meilleures solutions de tir à grande portée... Il faut que je regarde ça sur la carte.

Beck alluma son ordinateur qui était connecté au réseau du sous-marin.

— Regardez, monsieur le baron.

Von Loringhoven s'approcha de la table rabattante.

— Voilà, c'est ici.

Beck désigna avec son crayon laser un endroit sur la carte.

— Naturellement, il reste quelques détails à mettre au point, mais nous avons plusieurs jours devant nous... Je vous suggère, monsieur le baron, de récupérer notre retard de sommeil. Je vais demander à un planton de nous apporter un solide casse-croûte et de nous réveiller pour le souper.

— Très bonne idée.

Beck appuya sur la pédale de l'Interphone pour appeler le garçon du carré, lui dit quelques mots et raccrocha.

— Du jambon cru, des carottes, fraîches elles aussi, du pain sorti du four, pour deux. Ça arrive. Vous le partagerez ici avec moi, monsieur le baron.

— Avec plaisir.

— Excusez-moi un instant, je dois aller voir le second.

Beck sortit et fit les quelques pas qui le séparaient du central. L'officier missilier par intérim était de quart, Stissinger gardait un œil sur ce qui se passait. Beck s'approcha de lui :

— Notre hôte a accepté mon invitation à souper.

Là-dessus, il se gratta le nez d'un geste entendu, que Stissinger comprit aussitôt et qui lui fit briller les yeux.

— On va finir par en faire un matelot assez convenable, commandant.

Beck donna au chef de quart et à l'officier de navigation l'ordre de remettre en route, cap sur le fond tourmenté de la chaîne méso-atlantique.

— On rase le fond, vitesse de transit – ce qui signifiait vingt-cinq nœuds –, faire route au sud-ouest jusqu'à ce que nous atteignions le bord oriental de la chaîne puis venir au sud. Maintenir le régime silence.

Les deux hommes répétèrent les ordres sous l'œil attentif de Stissinger et Beck regagna sa chambre où von Loringhoven l'attendait patiemment. Beck entreprit de débarrasser sa table des papiers et de l'ordinateur, après avoir toutefois jeté un nouveau coup d'œil à la carte affichée sur l'écran.

— C'est un stratagème vraiment ingénieux, remarqua-t-il, enthousiaste, et un bon choix. Une île inutile à la navigation, à des centaines de nautiques des côtes. L'endroit idéal pour implanter une station satellite et une liaison acoustique qui nous permettra de recevoir les informations tout en restant cachés... Mon seul souci, c'est que cet îlot est en territoire neutre.

— Ne vous inquiétez pas de cela, répondit von Loringhoven, on s'occupe de régler cet aspect du problème.

— Quelque chose de particulier ?

— Pas encore.

— C'est curieux, j'étais sûr de ce que vous alliez me répondre.

Ils éclatèrent de rire en même temps, c'était la première fois que cela leur arrivait depuis qu'ils se connaissaient.

Beck jeta un dernier coup d'œil à la carte pour étudier de manière détaillée leur destination.

— Une île désolée, déserte, qui est devenue une vraie poubelle radioactive. C'est le dernier endroit auquel j'aurais pensé... et c'est sans doute précisément pour cette raison que Berlin l'a choisi. Et il occupe une position centrale.

Il éteignit son ordinateur en voyant arriver deux garçons du carré avec leurs plateaux. Ils avaient ajouté deux verres de schnaps à la commande.

Beck leva son verre :

— A notre succès et pour commencer, à une petite sieste bien gagnée.

— A notre succès, fit von Loringhoven, levant son verre à son tour. Et à d'autres beaux succès de nos Kampfschwimmer.

Et il avala son schnaps d'une seule gorgée.

Beck crut distinguer l'éclair fugitif du prédateur sans

pitié dans les yeux du baron, ce qui lui donna un grand frisson, suffisamment pour effacer la chaleur du schnaps.

Von Loringhoven leva son second verre :

— Et à notre prochaine destination, aux améliorations de notre sýstème de surveillance par satellite, aux Rochers Saint-Pierre et Saint-Paul.

CHAPITRE 16

Quatre jours plus tard, dans les parages des rochers Saint-Pierre et Saint-Paul. Jeffrey se trouvait au PCNO. Sur la cloison avant, le grand écran accroché au-dessus du poste de pilotage où se tenaient Meltzer et le patron, affichait une image agrandie, visible de tous. Le *Challenger* était tapi en plongée profonde dans les collines qui s'élèvent à l'ouest de la dorsale atlantique, par trois mille six cents mètres de fond. Plus loin dans l'ouest, s'ouvrait la vaste plaine de Ceara, mille trois cents mètres plus bas et qui s'étend au nord-ouest du Brésil. Le mini-sous-marin du *Challenger* était, quant à lui, caché en eaux peu profondes près des rochers. Il veillait à rester en visibilité acoustique du *Challenger* qui se trouvait au sud-ouest des rochers.

Les deux bâtiments utilisaient un téléphone sous-marin discret qui transforme voix et données en impulsions numériques. Ces impulsions sont très brèves, la porteuse est à haute fréquence et change plusieurs milliers de fois par seconde – minimisant à l'extrême les risques d'interception par l'ennemi. La portée de ce type de liaison est d'une trentaine de nautiques, mais dépend des conditions océanographiques locales.

Les travaux d'installation d'ORPHEE étaient presque

terminés. Les robots sous-marins largués par le *Challenger* et pilotés à partir du sous-marin ou par les SEAL embarqués à bord du mini-sous-marin, avaient établi les connexions nécessaires sur les câbles téléphoniques. Des câbles de moindre importance reliaient ce point de jonction à une station immergée en eaux calmes devant les rochers, à une trentaine de mètres de profondeur. Les SEAL avaient ancré et raccordé la station au mini-sous-marin dont les consoles étaient désormais opérationnelles. Restait à raccorder le tout à la station satellite que les SEAL s'apprêtaient à installer sur les rochers.

Le lieutenant de vaisseau Milgrom l'avertit :

— Commandant, l'enseigne de vaisseau Estabo appelle du mini-sous-marin. Il rend compte qu'il est prêt à débarquer sur les rochers.

— Demandez-lui comment fonctionne ORPHEE.

— Une seconde, commandant.

On l'entendit dire quelques mots au micro, puis écouter la réponse dans son casque. Un logiciel crypto confidentiel protégeait la liaison dans les deux sens puis engendrait des impulsions sonar que le *Challenger* émettait vers le mini-sous-marin. Ce dernier embarquait le même logiciel, mais ses transducteurs sonar étaient plus rustiques et moins puissants.

— Commandant, il dit que ses hommes sont en train de procéder à la calibration. L'enseigne de vaisseau Estabo préfère établir d'abord la liaison avec Norfolk pour pouvoir leur faire vérifier que les signaux ORPHEE sont exploitables.

— Parfait, dites-lui de continuer comme ça.

Milgrom prononça quelques mots dans son micro avant d'interrompre la communication. Pour déposer Félix à terre, le mini-sous-marin allait devoir se rapprocher et ne serait plus alors en vue directe du *Challenger*, ce qui allait couper la liaison.

Jeffrey se tourna vers l'écran. Bell avait pris la manœuvre et Jeffrey jeta un coup d'œil par-dessus son épaule sur la table traçante. Il y avait quelque chose qui ne collait pas.

— Second et officier sonar, venez chez moi.

Bell passa la suite au lieutenant de vaisseau Sessions qui se fit remplacer par son maître-principal adjoint. Un autre officier marinier ASM remplaça Milgrom et les deux officiers suivirent Jeffrey.

— Quel est le problème, commandant ? lui demanda Bell.

Il était resté débout, comme Jeffrey. Milgrom en fit autant et fronça les sourcils, tout comme Jeffrey.

— Milgrom, quand avez-vous entendu pour la dernière fois une explosion nucléaire dans l'Atlantique ?

— Cela fait plusieurs jours, commandant, nous n'avons pratiquement rien entendu depuis l'appareillage de New London.

— Et depuis combien de temps le convoi a-t-il pris la mer ?

— A peu près une semaine, fit Bell, grosso modo comme nous.

— Et où le convoi se trouve-t-il à présent ?

— En ce moment ? Il doit être quelque part dans la zone la plus resserrée de l'Atlantique.

— Nous entendons quelques bruiteurs sur le sonar large ouverture, ajouta Milgrom.

— Une semaine. Et pourquoi les U-Boote n'ont-ils pas attaqué ?

Milgrom et Bell échangèrent un regard. Bell répondit pour deux :

— C'est la question que nous nous posons tous, commandant.

— Les derniers renseignements reçus de Norfolk confirment ce que nous avons entendu. Ou bien, ce que nous n'avons pas entendu.

Milgrom et Bell hochèrent la tête. Lorsque le *Challenger* était remonté pour larguer le mini-sous-marin avec Félix et ses hommes, Jeffrey avait sorti l'antenne flottante pour récupérer quelques messages. Il leur fit un résumé de ce qu'il avait appris alors.

— L'escorte du convoi a détecté quelques signaux, des faux bruiteurs, elle a donc largué quelques torpilles et des grenades. Et puis rien. Pas de contact confirmé, pas de bruiteur confirmé coulé. Ils ont dû confondre avec des bruits biologiques. A moins que les écouteurs, trop fatigués ou trop nerveux, ne se soient fait avoir ; ils auront entendu des bruits là où il n'y en avait pas.

Milgrom et Bell hochaient toujours la tête, à contrecœur.

— Vous ne comprenez toujours pas ce qui se passe ?

— Non ?

— La flotte de l'Atlantique s'est complètement gourée en adoptant cette formation. *Une posture défensive, les dispositions prises par les porte-avions et l'escorte, ils ont tout faux.*

Bell acquiesça, Milgrom lui jeta un bref coup d'œil, l'air sinistre :

— L'Axe nous a battus d'un coup d'avance depuis le début, c'est bien cela, commandant ?

Jeffrey, serrant les mâchoires, regardait ailleurs.

— Depuis une semaine entière, les groupes de porte-avions, les bâtiments d'escorte, les sous-marins d'attaque, ils sont tous aux postes de combat sans désemparer. Les hélicos ASM et les avions de patrouille sont en l'air vingt-quatre heures sur vingt-quatre. Hommes et femmes, ils sont tous épuisés, tiennent à peine debout, manquent de sommeil et ont à peine le temps d'avaler quelque chose. Les équipements souffrent, ils vont bientôt commencer à tomber en panne à force de soutenir ce rythme insensé. A bord des cargos, les équipages doivent devenir cinglés d'attendre encore et encore… Et personne n'a coulé le moindre U-Boot. Et j'ai ma petite idée là-dessus.

— Oui, commandant, fit Milgrom – apparemment, elle avait aussi la sienne.

— La *vraie* bataille, celle que l'Axe entend mener comme il en a décidé, n'a pas encore commencé. Leurs sous-marins sont massés bien plus au sud que ce que nous avions imaginé.

— Vous voulez dire… commença Bell.

— Ouais ! D'ici demain ou à peu près, le convoi va atteindre cette zone resserrée. L'Axe sait que nous arrivons, ils savent que nos navires ne peuvent pas se cacher. Donc, pendant une semaine encore, le convoi va essayer de traverser le plus vite possible l'Atlantique Sud. Les groupes de porte-avions et tous les SNA disponibles sont déployés, eux, dans l'Atlantique Nord, car la menace était supposée venir de *l'est*, d'Europe. En ce moment, ils sont hors jeu, incapables de servir à quoi que ce soit quand la menace vient du sud. Et s'ils passent la zone resserrée un par un, ils vont se faire tirer comme des lapins. Réfléchissez.

— Mon Dieu, fit simplement Bell.

— Dans l'ouest, à des milliers de nautiques, vous avez les rivages neutres mais inutiles de l'Amérique du Sud. A l'est et au nord, le gros de l'Afrique du Nord occupée qui menace le flanc gauche du convoi sur toute sa longueur. Au sud, sur l'autre flanc, les eaux sud-africaines.

— Je crois que je vois où vous voulez en venir, commandant, dit Milgrom.

— *C'est là* qu'ils vont frapper. *C'est pour cela* qu'ils ont patienté aussi longtemps, ils attendent tranquillement assis sur leur derrière, bien planqués, frais et dispos. La bataille convoi contre U-Boote ne se jouera pas dans l'Atlantique Nord, mais là où l'ennemi a en main toutes les cartes, géographiquement, tactiquement, dans le domaine logistique… Ils disposent sur la côte de lance-missiles mobiles antisurface et antiaériens qui peuvent tirer avant de disparaître et se coordonner avec les meutes au large. La bataille se jouera dans la dernière partie du transit, alors que les forces américaines seront étirées sur six ou sept mille nautiques, à l'extrême limite du possible.

— Qu'allons-nous faire ? demanda timidement Bell. Nous repositionner ? Toute cette opération en cours sur les rochers est-elle en pure perte ?

Jeffrey restait là, planté derrière la porte fermée.

— Mon vieux, si seulement je le savais…

CHAPITRE 17

Ernst Beck était assis, seul, au bout de la table du carré. Deux grands hommes l'observaient : l'un était toujours en vie, le second était mort.

Accroché à la cloison à sa gauche, dans un cadre doré de prix, le portrait à l'huile du nouveau Kaiser, Guillaume IV. A sa droite, sur la cloison opposée, le portrait de celui dont son sous-marin portait le nom, l'amiral Reinhard von Scheer – commandant la flotte de haute mer au plus fort de la Première Guerre mondiale.

Reinhard von Scheer portait une fine moustache noire ; ses cheveux commençaient à grisonner sur les tempes, il avait le regard sombre et perçant. L'artiste qui avait réalisé ce portrait avait très bien saisi l'expression de son modèle et l'avait rendu vivant à jamais. Ce visage intelligent semblait comme partagé entre le mécontentement qui lui faisait froncer le sourcil et un sourire bienveillant. Et l'on avait le sentiment que ce dernier allait l'emporter sur la sévérité. Beck avait appris en cours d'histoire que l'amiral était un homme à la fois audacieux et prudent, inventif mais soigneux, brillant tacticien… qui alliait opportunisme et volonté de fer. Au Jutland – le Skagerrak pour les Allemands –, il avait infligé de sérieuses pertes à une escadre britannique supérieure en nombre avant de s'échapper pratiquement sans pertes, contre toute attente.

Beck regarda intensément l'amiral dans les yeux. Il se souvenait que lui-même était assis à la place d'un autre disparu – le premier commandant du *von Scheer*, son commandant – qui avait utilisé lui-même ce siège sacro-saint au bout de la table du carré. *Et lui, sentait-il comme moi peser le regard de Reinhard von Scheer, ce regard qui le jaugeait, qui l'évaluait ?*

Il avait perdu toute idée du temps lorsque l'einzvo, Karl Stissinger, entra au carré, pile à l'heure dite. Stissinger trouva son commandant absorbé dans sa contemplation.

— Contre celui-là, vous ne gagnerez jamais, commandant, fit-il en manière de plaisanterie. Je me dis qu'il ne s'agit jamais que de quelques gouttes de peinture sur de la toile, qu'il n'est pas vraiment ici, mais il y a ces yeux, *ces yeux*... Un siècle après, vous n'auriez pas envie de décevoir un homme pareil.

Beck se tourna vers Stissinger avec un pauvre sourire.

— Je sais, c'est comme si votre propre conscience vous regardait, là, accrochée à la cloison... J'essaye d'imaginer le poids qui lui pesait sur les épaules, ce jour et cette nuit décisifs, les obus de 380 qui lui tombaient dessus comme de la grêle. Des obus perforants, gros comme une petite voiture, qui s'écrasaient sur lui, sur ses bâtiments, sur ses hommes. Le bruit et la fumée, la peur, la tension. Les gerbes des coups qui tombent à côté, le choc des coups au but, à vous briser les os, les incendies.

Pris soudain d'un frisson, Stissinger détourna les yeux et regarda le second portrait, comme pour changer de sujet.

— Quant à notre nouveau Kaiser, autant dire qu'il reste une énigme...

Beck laissa échapper un profond soupir.

— Avant-guerre, je prenais ceux qui plaidaient pour le retour du Kaiser pour des plaisantins ou des têtes brûlées. Il est certain que Guillaume II a abdiqué en 1918 pour aller se réfugier chez ses parents de la famille royale aux Pays-Bas, mais il a toujours pensé qu'il reviendrait une fois le traité de Versailles aboli. Dans les années 1930, le maréchal von Hindenburg a bien essayé de le remettre sur le trône, comme vous le savez, mais Hitler avait d'autres idées en tête. Guillaume a dû avoir une fin bien amère.

— Pour autant que je me souvienne, commandant, il a passé les vingt dernières années de sa vie en exil aux Pays-Bas, il faisait du bûcheronnage pour prendre de l'exercice. On raconte qu'il aurait abattu environ cinquante mille arbres. Il y a de quoi vous rendre fou, en supposant qu'il ne l'était pas déjà.

— Certains disaient – et certains disent toujours – que le traité de Versailles était en soi un véritable crime de guerre. On a pillé et réduit notre pays en esclavage, uniquement pour satisfaire la vindicte et l'avidité des Français et des Anglais… Guillaume II avait de bonnes raisons de devenir fou. Il a abdiqué par sa propre volonté, pour le bien de la patrie, non ? C'est alors qu'il est allé chercher refuge aux Pays-Bas, au moment où Edouard VIII abdiquait dans les mêmes années 1930 à la suite de ce scandale avec Mrs. Simpson. Mais ça, pour le coup, n'a pas signé la fin de la monarchie britannique. Le prétendant au trône a assuré la suite… Il a dû trouver cela tellement *injuste*…

Beck regardait le portrait du nouveau Kaiser. Guillaume III, prince de la couronne du temps de la Première Guerre mondiale, n'avait jamais réussi à remonter sur le trône. Après le coup d'Etat de l'année précédente à Berlin, lorsque les ultranationalistes qui avaient restauré l'empire avaient eu besoin d'une marionnette, cet empereur inattendu avait choisi le nom de Guillaume IV afin d'assurer la continuité – ou peut-être le lui avait-on *dicté*.

Stissinger regarda à son tour le portrait.

— Franchement, commandant, je me demande s'il a été si content de recevoir ce titre.

— Personne ne le sait, mais il fait bonne figure en public. Peut-être sa famille a-t-elle subi des menaces : « Vous faites ce qu'on vous dit, sans quoi… »

— Voilà qui ne m'étonnerait guère, commandant.

— C'est une potiche, rien de plus. Qu'il le veuille ou non, il n'a aucun pouvoir… Parfois, il me fait de la peine.

— Ces deux portraits offrent un contraste bizarre. Vous ne trouvez pas, commandant ? Deux hommes, un chef de guerre qui aura fait ses preuves, peut-être même un génie, un homme qui s'est battu au cours d'une guerre immense perdue par l'Allemagne – et puis cette espèce d'otage d'opérette, pendant une guerre que nous allons apparemment gagner.

— Oui, confirma Beck, un contraste bien étrange.

— Bon, commandant. Haffner rend compte que nous commençons tout juste à entendre le convoi et son escorte.

— Déjà ? Ils sont pourtant très loin.

— Cavitation des hélices, bruits de propulsion, les coques qui plongent dans la houle. Le contact est *fort*, commandant. Le bruit se propage dans les chenaux acoustiques profonds.

Stissinger voulait parler de ce phénomène qui fait qu'une couche profonde se comporte comme un véritable supraconducteur dans lequel les signaux acoustiques peuvent se propager pendant des centaines de milles, pratiquement sans pertes.

— On a encore un ou deux jours avant qu'ils nous arrivent dessus.

— C'est aussi ce qu'en pense le navigateur, commandant, à partir de la vitesse estimée des cargos. Ils peuvent soutenir vingt nœuds avec un peu de chance, ce qui fait une vitesse nettement plus faible sur le fond en tenant compte des zigzags et des baïonnettes.

Beck jeta un coup d'œil à la montre de cloison.

— Nos invités sont en retard.

Et il attrapa l'Interphone, mais la porte s'ouvrit à cet instant et le lieutenant de vaisseau qui commandait le détachement de Kampfschwimmer, Johan Shedler, fit son entrée. Depuis l'opération de récupération des têtes nucléaires américaines, Beck le considérait avec beaucoup de respect – et même avec une certaine crainte. Il était frais et rose après cette longue phase de décompression qui lui avait fait retrouver son état normal.

— Je suis désolé, commandant, je suis en retard, j'avais quelques petites choses à voir. Mes hommes sont pratiquement parés.

— Très bien, très bien, lui répondit Beck. Asseyez-vous, je vous prie.

Le détachement de Shedler comptait seize hommes, mais seule la moitié d'entre eux avaient été entraînés à la plongée sous dialyse.

Shedler jeta un regard curieux sur l'enveloppe scellée posée sur la table à côté de Beck, puis se releva brusquement pour se mettre au garde-à-vous en voyant arriver von Loringhoven.

— *Ach*, fit ce dernier avec une satisfaction évidente, je vois que nous sommes tous là.

Il avait sous le bras une liasse de documents et de papiers divers.

— Allons-y, dit Beck, nous perdons du temps.

Stissinger et Shedler se montraient fort attentifs, ils ignoraient une partie de ce que l'on allait leur apprendre. Beck, quant à lui, savait qu'ils avaient tous deux un rôle important à jouer dans cette affaire. Le but de cette réunion était d'exposer tous les éléments du plan d'opération pour étude approfondie, afin de minimiser les risques d'incompréhension ou d'erreurs de transmissions. Il fallait même répéter l'évidence afin de garantir la réussite de ce plan d'attaque assez complexe. Beck ouvrit la séance :

— Toute cette opération a pour but de nous fournir des données précises et en temps réel sur le convoi et son escorte, tandis que le *von Scheer* reste discret et à distance de sécurité. Discret, du moins jusqu'au moment où nous lancerons nos missiles depuis les parages des îlots, en limite de portée, à cinq cents nautiques au sud de l'objectif.

— Il nous faut des solutions de tir impeccables, renchérit von Loringhoven, contre les objectifs les plus importants et bien au-delà de la portée sonar du *von Scheer*. Des solutions de tir impeccables contre les groupes de porte-avions, l'escorte ASM de surface, la couverture aérienne. Nous serons placés hors de portée de leurs AWACS et nos missiles de croisière voleront au ras des vagues.

Stissinger hochait la tête. Beck reprit :

— Nous avons des satellites de surveillance océanique en orbite géostationnaire. Ces engins ont été maquillés en satellites de fabrication allemande destinés à des pays neutres du tiers-monde et lancés par Arianespace avant la guerre. Par conséquent, les Alliés n'ont pas la moindre idée de nos capacités réelles de désignation d'objectif.

Stissinger esquissa un sourire. Beck s'adressa ensuite plus particulièrement à Shedler :

— Votre équipe a un rôle fondamental, car les données dont nous avons besoin nous seront transmises par radio. De plus, à ces fréquences, les ondes ne se propagent pas dans l'eau.

— Compris, répondit Shedler.

— La station que vous allez mettre en place à terre constitue l'interface entre l'atmosphère et l'océan. Ces deux milieux n'autorisent que deux méthodes différentes de télécommunications, ondes radioélectriques ou ondes sonores. La station satellite mobile dont vous êtes chargés constitue la première partie de ce lien. La ligne d'hydrophones que vous allez déployer sous l'eau constitue la seconde. Les boîtes noires que vous avez embarquées en Norvège contiennent l'électronique qui enverra les signaux *ad hoc* à l'interface. Les messages acoustiques numérisés seront interceptés par les antennes passives du *von Scheer.* En bref, ces signaux transporteront des informations transmises depuis l'espace par radio et nous les recevrons tout en restant discrets et mobiles. Vous devrez travailler en terrain découvert, sur les îlots, mais les marges de temps et de sécurité que vous nous donnerez seront vitales. La seule autre solution consisterait à sortir une antenne radio, ce qui révélerait trop tôt notre position : c'est donc hors de question.

— Je comprends parfaitement, commandant.

— Vos hommes et vous devrez opérer très vite pour mettre en place tout ce système. Souvenez-vous que les Alliés disposent eux aussi de leurs propres systèmes de surveillance. Une fois que vous aurez été repérés, la situation deviendra périlleuse pour nous tous.

Stissinger essaya de nuancer la chose :

— Les Alliés pourraient imaginer que la présence des Kampfschwimmer et de leur station radio, s'ils la détectent, n'ont rien à voir avec *nous*, commandant. Il y a bien d'autres sous-marins de l'Axe dans la zone. En outre, il semblerait tout naturel que nous ayons envie de prendre le contrôle des îlots. Ce sont les seules terres émergées au plus étroit de l'Atlantique, elles ont de ce fait une grande valeur militaire. L'Axe pourrait vouloir les utiliser à une multitude de choses : interception de signaux, surveillance optique, ou même, simple occupation afin d'en interdire l'usage aux Alliés au moment le plus crucial de la bataille.

Il haussa les épaules.

— Le temps est primordial, lui répondit Beck. Plus vite nous sommes là-bas, plus vite nous disposons des données de tir et plus vite nous lançons nos missiles, plus nous avons de chances de tromper les Alliés jusqu'à ce qu'il soit trop tard pour eux. Et nous pourrons nous défiler alors qu'ils se demanderont encore ce qui leur arrive. C'est là que vous intervenez, einzvo. Vous devrez m'assister au cours d'un engagement comme personne n'en a encore jamais vu. La discipline, le travail en équipe seront de la plus grande importance pour programmer les missiles puis les lancer le plus rapidement possible. Nous n'avons aucune marge d'erreur, absolument aucune.

— Je veillerai à ce que tout se passe bien, commandant.

— Le premier missile qui crèvera la surface fournira notre position exacte. Dès que nous aurons tiré le dernier, il faudra que nous récupérions le plus vite possible les Kampfschwimmer et que nous nous défilions pour échapper aux tirs de rétorsion. C'est pour nous une question de vie ou de mort. Tout le monde devra faire le maximum.

— Compris, commandant, tout le monde fera de son mieux.

— Le point crucial, dit von Loringhoven, consiste à mettre en place la station à terre, à recueillir les données des satellites, ce qui nous permettra de maximiser la valeur du second paramètre important, la distance des bâtiments d'escorte, et donc le temps qu'il faudra à leur contre-attaque, aéroportée ou par missiles, pour nous atteindre. Le brouillage et la réception des moyens alliés de communication et de surveillance sont également essentiels. Nos experts en guerre informatique déclencheront des attaques virales préparées à l'avance au moment où vous lancerez vos missiles, commandant.

— Bon… fit Beck.

De tous ceux qui se trouvaient présents, il était sans doute le seul à pouvoir identifier tous les risques et incertitudes de ce qu'on lui demandait de faire.

— C'est sans doute la meilleure façon d'effectuer des tirs précis et d'avoir une chance de le raconter ensuite, dit Stissinger.

Ce plan l'excitait de plus en plus.

— Les groupes de porte-avions alliés utilisent des formations aléatoires, ils en changent constamment, nous ne pouvons pas savoir qui est qui dans ce que nous détecterons. Ils activeront bien entendu des contre-mesures actives et passives. Mais si Berlin peut nous donner la position précise des objectifs prioritaires, avec route, vitesse et gabarits de zigzags, nous avons une bonne probabilité de faire mouche.

— Mais lancer nos missiles à limite de portée signifie que nous augmentons le temps de vol, répondit Beck, le sourcil froncé. Cela donne plus de latitude à l'adversaire pour tenter des manœuvres d'évasion. C'est un point qui me préoccupe beaucoup.

Von Loringhoven hocha la tête, dubitatif.

— Vos missiles volent à Mach 2,5. A cinq cents nautiques, cela fait moins de quinze minutes de temps de vol[1]... C'est pour cela que vous avez embarqué autant de missiles, commandant, vous pourrez pilonner la zone et les Américains n'ont aucune échappatoire.

— Les Américains appellent ça un tir de saturation, fit Beck, un peu ironique et comme pour lui-même. On lance de quoi détruire plusieurs fois l'adversaire.

— Et quel mal y a-t-il, lui demanda von Loringhoven, à détruire plusieurs fois l'adversaire ? Quand nous serons débarrassés des porte-avions, des bâtiments de débarquement, des escorteurs, nos meutes de sous-marins pour-

1. A Mach 2,5, un mobile met vingt minutes à parcourir cinq cents nautiques. *(N.d.T.)*

ront terminer le travail et couler les cargos quand l'envie leur en prendra. Même si l'Axe ne bouge pas, les navires marchands en ont encore pour une bonne semaine avant d'atteindre l'embouchure du Congo. Pendant ce temps-là, les U-Boote pourront mener des attaques répétées et bien coordonnées, ils n'auront aucun territoire ami pendant des milliers et des milliers de nautiques. Dans le meilleur des cas, ils ne seront plus que quelques-uns à atteindre leur poche de résistance.

CHAPITRE 18

Milgrom et Bell étaient toujours enfermés avec le commandant dans la chambre de Jeffrey, qui avait amené la discussion sur un autre terrain. Ils revenaient une fois de plus sur le peu qu'ils savaient du *von Scheer*, essayant d'imaginer une tactique plus efficace pour le moment où aurait lieu la confrontation décisive – si elle avait lieu. Jeffrey et ses adjoints s'étaient livrés maintes et maintes fois à cet exercice depuis l'appareillage de Norfolk, cela devenait un rite quotidien, presque une cérémonie sacrée. Mais, contrairement à la méditation ou à la prière, ce genre de réunion ne vous apportait nulle paix. Et comme venait de le dire Jeffrey, d'une voix chargée de sous-entendus, c'était peut-être la dernière fois qu'ils en avaient l'occasion avant le déclenchement de cette terrible bataille. Ce jour-là, il n'y aurait aucun bouton d'arrêt coup de poing, pas de trêve, pas de possibilité de recommencer une partie.

Ils savaient que le *von Scheer* était un gros sous-marin, bien plus gros que le *Challenger*. Sa vitesse maximale était certainement inférieure à la leur. Mais inférieure de combien, Jeffrey l'ignorait – et cette information pouvait faire la différence en chasse ou en combat rapproché. La différence entre vivre ou mourir. Milgrom supposait qu'à vitesse équivalente, le *von Scheer* était encore plus silencieux que le *Challenger* : qui dit taille dit place pour loger des dispositifs amortisseurs qui permettent d'isoler plus efficacement les machines tournantes de la coque.

Cela dit, ils ne disposaient pas de la signature acoustique du *von Scheer*, ils ne savaient pas quel genre de bruit émettait son réacteur de conception hybride germano-russe. Ils ne savaient même pas s'il possédait un ou deux réacteurs, une seule hélice ou deux, ni même si ses propulseurs étaient de type hélice-pompe ou hydrojet.

Milgrom souligna que le *Challenger* disposait de meilleurs sonars, la taille plus importante du *von Scheer* en faisait un bruiteur plus facile à détecter par la méthode du trou dans le bruit de fond – une sorte de puits sonore créé par une coque qui masque le bruit ambiant lointain. Et comme la mer possède son bruit propre, de même qu'une explosion nucléaire crée des ondes acoustiques qui se réfléchissent sur la coque comme une impulsion sonar, qui dit coque plus grosse dit écho plus fort.

— Nous pouvons espérer une portée de détection sonar plus importante que la sienne dans tous ses modes, commandant, ajouta Milgrom.

— Et nous avons un autre avantage, renchérit Bell. Le *von Scheer* doit se rapprocher de la surface pour lancer ses missiles, sans quoi ils imploseraient au tube. Dans ces conditions, il perd l'avantage du camouflage près du fond, il devient facile de le pister au sonar actif et il est donc à la merci d'une attaque préventive de notre part, car nous serons toujours plus bas… ou de la part de forces de surface alliées.

— Et enfin, conclut Jeffrey, nous avons cet atout que constitue ORPHEE, qui observe le *von Scheer* depuis le fond… à supposer cependant que ce joujou veuille bien marcher.

Dans le central encombré du mini-sous-marin lâché par le *Challenger*, Félix se tenait debout derrière le pilote. Il y avait tout juste assez de place pour se glisser entre le dos du siège et la cloison résistante du sas. Hors tout, le sous-marin faisait deux mètres quarante de haut et, à l'intérieur, Félix pouvait à peine se tenir debout.

Le sous-marin était trop petit pour embarquer un gravimètre, mais les cartes marines étaient très détaillées et la centrale inertielle fonctionnait à merveille. En plongée, à quatre nœuds, il leur fallait une heure pour aller du bord de la chaîne – là où Félix avait perdu contact avec le *Challenger* – et les parages immédiats des îlots. Le tableau de bord était hérissé de boutons et de cadrans, les écrans affichaient immersion, cap et vitesse, situation des ballasts et des barres, état de l'atmosphère intérieure. D'autres écrans numériques étaient dédiés au sonar et à la situation tactique. Pour l'instant, rien ne les menaçait.

L'existence même des îlots Saint-Pierre et Saint-Paul était due à une fantaisie de la nature. Ils se trouvaient à un endroit stratégique, là où la chaîne méso-atlantique, qui s'étendait jusque-là vers le sud, bifurquait brusquement le long de la zone de fracture de la Romanche – gigantesque faille qui coupait le fond de l'océan, à cheval sur ce goulet de l'Atlantique. A l'extrémité orientale de cette faille, à des centaines de nautiques de là, près des côtes africaines, la chaîne reprenait son cours vers le sud et continuait ainsi jusque dans l'Atlantique Sud et l'Antarctique. Les îlots St. P&P – comme Félix et les autres les appelaient – étaient en fait une partie émergée de la dorsale méso-atlantique, là où elle formait un coude pour partir vers l'est. Ces rochers étaient l'unique terre près du centre de ce passage étroit. *Le convoi de secours devait passer par cet endroit, et les Allemands le savaient.*

Les fonds marins s'étendaient en une immense plaine abyssale de chaque côté de cette énorme chaîne, dont les rochers constituaient les sommets, montagne de plus de cinq mille mètres de hauteur. Mais, par rapport au niveau de la mer, ils ne s'élevaient guère à plus de vingt mètres.

— Immersion périscopique, annonça le copilote. Vous voulez jeter un œil, lieutenant ?

Ce copilote était un premier-maître commando, qualifié pour piloter le mini-sous-marin – il était venu avec Félix de l'*Ohio*. Le pilote, premier-maître lui aussi, était sous-marinier, embarqué à bord du *Challenger*. C'était la combinaison normale utilisée à bord de ces sous-marins de poche en opérations ; on mélangeait les cultures et les marins qui appartenaient à deux services d'élite, sous-mariniers et nageurs de combat.

— Allez-y, répondit Félix.

Le copilote manœuvra quelques interrupteurs et le périscope sortit, poussé par ses vérins hydrauliques. Le spectacle extérieur s'afficha sur l'un des écrans. C'était encore l'aube, juste avant le lever du soleil. A l'est, le ciel s'ornait de superbes teintes jaune doré.

Sous cet angle et avec la tête du périscope au ras de la surface, les deux rochers paraissaient bien peu de chose.

Un fouillis de cailloux qui sortaient de l'eau. Quatre espèces de quignons et quelques îlots minuscules. A peine deux cent quarante mètres d'un bout à l'autre, orienté nord-sud. On aurait à peine mis un terrain de football sur cette surface, sans un mètre carré de plat. Le Brésil à plus de cinq cents nautiques, l'Afrique à un peu plus d'un millier. Un endroit où personne n'aurait envie de mettre les pieds.

Le sous-marin roulait doucement dans un reste de houle, Félix voyait l'eau se briser çà et là sur les rochers. La météo était bonne, il savait qu'ils allaient avoir une belle journée. Le ciel clair était tout bleu, quelques nuages légers en altitude se coloraient de rose aux premiers rayons du soleil levant que Félix voyait émerger au périscope. Les îlots n'étaient guère qu'à trente nautiques de l'équateur.

— Faut que j'aille m'équiper, fit-il enfin.

Ça, c'était le moment qui ne le tentait vraiment pas.

Beck se trouvait près du panneau du sas qui menait à la soute où était stocké leur mini-sous-marin. Les Kampfschwimmer avaient déjà embarqué avec tout leur équipement. Beck était venu dire au revoir et souhaiter bonne chance au lieutenant de vaisseau Shedler, ils étaient seuls près de l'énorme panneau qui donnait dans le sas.

— J'apprécie énormément tout ce que vous faites pour nous, fit Beck en lui serrant vigoureusement la main. Bon vent, bonne mer.

— Vous dites ça comme s'il s'agissait d'une mission suicide, commandant.

— Quoi que puisse dire votre ami le baron, au moment où vous et vos hommes ferez surface, le décompte commencera pour nous tous.

— Si nous sommes attaqués par air, lui dit Shedler, nous pourrons nous réfugier dans le sous-marin. Il est prévu pour ça, comme vous le savez.

— Mais en cas d'attaque nucléaire ?

— Les rochers sont déjà une vraie poubelle radioactive, nous en avons tenu compte. Il faudra faire très vite et vous transmettre les renseignements qui vous sont nécessaires avant que les Alliés aient eu le temps de répliquer. Avec un peu de chance, nous aurons déjà fait l'aller-retour qu'ils n'auront toujours pas compris ce qui leur tombe dessus.

Shedler, qui était d'un naturel enjoué et optimiste, redevint sérieux.

— Promettez-moi seulement une chose, commandant, si vous le pouvez.

— Dites ?

— Si les choses tournent mal, ne nous abandonnez pas ici.

Beck et von Loringhoven échangeaient quelques rares paroles au carré. Beck buvait du thé brûlant et von Loringhoven, du café noir, dans des tasses de prix en porcelaine de Chine. L'argenterie du carré était superbe, la nappe amidonnée, de qualité, elle avait été faite voilà longtemps en Perse.

— Ce café français est excellent, laissa tomber von Loringhoven, mais il était meilleur à Buenos Aires.

— Vous avez été en poste en Argentine ?

— Oui, au début de ma carrière, avant-guerre.

Beck sentit le pont s'incliner, le *von Scheer* prenait un peu de pointe négative. Il jeta un coup d'œil à l'écran : l'immersion augmentait lentement.

Stissinger arriva du PCNO.

— Le sous-marin est parti, tout s'est bien passé, les portes de la soute sont fermées, les panneaux du sas fermés et verrouillés. Nous retournons à raser le fond, j'ai laissé le quart à l'officier de navigation.

— Bien, einzvo, répondit Beck dans les formes réglementaires.

— Merci de venir nous rejoindre, ajouta von Loringhoven à l'intention de Stissinger.

— Merci à vous de m'avoir convié, monsieur le baron, mais je ne sais pas très bien pourquoi je suis ici.

— Mes instructions précisent que les ordres doivent désormais être ouverts en votre présence. J'ai pensé qu'à trois dans sa chambre, nous serions un peu à l'étroit, le carré est plus spacieux et on peut s'y étaler à son aise. Le grand écran nous permettra d'étudier confortablement les cartes et les plans.

Beck l'interrompit :

— Il faut prendre des mesures de sécurité.

— Comme vous voudrez, commandant.

Beck prit le micro de l'Interphone et appela le central. Il demanda au patron de faire venir un quartier-maître, de le mettre en faction devant la porte du carré, et d'en faire autant à celle de l'office.

— Patron, vous leur direz de ne laisser entrer personne sans mon autorisation expresse.

Deux minutes plus tard, les factionnaires étaient à leur poste.

— Ouvrez l'enveloppe quand vous voudrez, dit von Loringhoven.

La curiosité de Beck était aiguillonnée par ce changement de procédure.

— Pourquoi *maintenant*, avant que nous ayons achevé la tâche en cours, les îlots, le convoi ? Et pourquoi, cette fois-ci, faut-il l'ouvrir en présence de mon second ?

— Une fois que Shedler et ses hommes auront débarqué sur les rochers, les choses iront très vite.

Beck hocha la tête.

Voilà qui s'appelle prendre les choses du bon côté. Nous sommes là, à prendre le thé et à boire notre café sous de superbes portraits à l'huile dans leurs cadres dorés, et bientôt, nous allons tirer des missiles supersoniques, des armes de mort, et il nous faudra nous battre pour sauver notre peau.

— La gestion du temps, de notre côté, est désormais primordiale, poursuivit von Loringhoven. Pour détruire le convoi et atteindre notre objectif global, à savoir la défaite totale des puissances alliées, il y a énormément de choses à coordonner et à synchroniser. Le lieutenant de vaisseau Shedler nous aidera à prendre l'initiative au plan tactique. Quant à nous trois, commandant, notre mission est plus vaste. Elle consiste à prendre l'initiative *stratégique*. La seule destruction de ce convoi ne fera pas gagner la guerre, elle rapprochera seulement l'ennemi de sa perte. Cette tâche n'est pas la dernière chose que nous aurons à faire pendant cette patrouille.

Beck jeta un coup d'œil à Stissinger, qui haussa les épaules.

— Lorsque vous aurez lu vos ordres, continua von Loringhoven, vous comprendrez mieux. Berlin a soigneusement travaillé des plans alternatifs. Tous deux, en tant que principaux officiers du *von Scheer*, devrez les étudier avec soin dès maintenant. Maintenant, avant que les Alliés aient repéré l'arrivée de Shedler sur les rochers, que la mêlée devienne générale, et que commence une course infernale.

— Il faut donc que je prenne en compte ces nouvelles directives pour décider ce que je devrai faire après avoir lancé mes missiles ?

— Très précisément. Et je puis vous l'assurer, ces ordres ont été entérinés à Berlin par les plus hautes autorités. Vous pouvez vérifier les codes d'authentification avec vos propres clés si vous le souhaitez. Et si vous préférez, je peux sortir du carré pendant que vous effectuez cette opération.

Beck déchira la dernière enveloppe et commença à lire rapidement. Stissinger n'eut pas le temps de se pencher par-dessus son épaule pour en prendre connaissance que Beck sentit son cœur battre à tout rompre.

La suite de sa lecture le rendit livide, il reposa les papiers. Stissinger lisait à son tour, l'air incrédule. Hors de lui, Beck se tourna vers von Loringhoven.

— Ce qu'il y a là-dedans est une véritable infamie ! Un crime contre l'humanité !

CHAPITRE 19

Le sous-marin de Félix s'était niché dans une zone abritée d'où les quatre quignons de St. P&P formaient comme un lagon en forme de U, ouvert à l'ouest. Il y avait très peu d'eau, moins de dix mètres. Le mini-sous-marin, avec ses soixante-cinq tonnes et ses seize mètres de long, essayait de se dissimuler en se faisant passer pour une baleine crevée. La chose était assez vraisemblable, Félix le savait car il avait vu deux baleines mortes, bien vraies celles-là, échouées devant les cailloux et en état de décomposition.

Félix avait passé ses bouteilles Draeger, son masque, ses palmes et s'était muni de ses poignards. Dans un sac étanche, il emportait ses armes à feu – pistolet-mitrailleur MP-5, pistolet Beretta avec leurs munitions. Il avait également enfilé une combinaison intégrale pour travail en ambiance radioactive. Une combinaison noire striée de raies noires et blanches pour le camouflage. La tenue comportait d'épais gants et des bottes intégrés, soudés hermétiquement à la combinaison. Ses bouteilles Draeger étaient d'un modèle allemand d'avant-guerre amélioré par les Américains, qui lui donnaient une autonomie de douze heures. Elles lui serviraient également à terre – en comparaison, un compresseur aurait pesé le double et ne lui aurait donné que trente minutes d'autonomie. Un masque ordinaire eût été préférable, mais il n'était pas suffisamment étanche et on ne pouvait le changer qu'en environnement propre. Or les îlots étaient tout ce que l'on voulait, sauf propres. Quant à un masque à gaz, il était inutilisable en plongée.

Il avait chaud, il transpirait dans sa combinaison, et les choses n'allaient pas s'arranger. Mais il avait l'habitude de la chaleur et de la sueur. C'est aussi pour cela que le commandant McCollough l'avait choisi pour cette mission.

Félix portait aussi à l'extérieur de sa combinaison un compensateur de flottabilité et une ceinture lestée. Ses poignards étaient à portée, fixés à un avant-bras et aux cuisses. Les bouteilles Draeger étaient à l'intérieur de la combinaison, de façon à ne pas contaminer l'embout buccal. Enfin, il avait un masque scellé dans le caoutchouc, à large visière en plastique. En dessous, Félix portait son masque de plongée qui lui permettait de garder les yeux et le nez à la pression ambiante.

Il était également équipé de dosimètres fixés sur la peau.

Il passa la tête dans le central, pilote et copilote étaient parés. Il referma et verrouilla le panneau de la sphère hyperbare, et passa dans le sas arrière. Quelques-uns de ses hommes y étaient déjà, pour armer les équipements d'ORPHEE ou se reposer après une sortie sous l'eau ou sur les rochers. Félix leur fit un petit signe d'encouragement, leva le bras et verrouilla le panneau derrière lui. Il se retrouva alors dans le sas de sortie avec un SEAL comme équipier. Ils vérifièrent une dernière fois leur équipement et Félix annonça à l'Interphone qu'ils étaient prêts.

La pression commença à monter dans la sphère, Félix fit quelques Valsalva pour équilibrer ses sinus. La pression se stabilisa à moins de deux atmosphères – le sous-marin n'était pas très profond. Lorsque le copilote annonça que la sphère était équilibrée, Félix ouvrit le panneau extérieur qui descendit sur ses vérins. Sous lui, l'eau était sombre, sale.

Il serra fermement l'embout entre ses dents, maintenant son masque de plongée de la main gauche à travers le plastique souple. Puis il s'assit sur le surbau et se laissa glisser dans l'eau.

L'enseigne de vaisseau Werner Haffner appelait des consoles sonar :

— Commandant, le mini nous appelle sur le TUUM, le lieutenant de vaisseau Shedler veut vous parler.

Inquiet, Beck se leva de devant sa console et prit le micro qui pendait au-dessus de sa tête. Il demanda à Haffner de brancher les haut-parleurs. Rudiger von Loringhoven était debout entre les sièges, l'air extrêmement satisfait, tout fier de sa victoire dans cette dernière joute avec Beck.

Qu'il aille au diable ! Il savait ce que contenaient mes ordres avant même l'appareillage de Norvège.

Mais Ernst Beck avait une tâche à accomplir, un devoir à remplir. Et il savait que, pour faire ce qu'il avait à faire en conservant une chance de survie, il devait garder la tête froide.

Le *von Scheer* naviguait à raser le fond, dans le nordet d'une chaîne sous-marine longue et étroite dominée à une extrémité par les rochers émergés de Saint-Pierre et Saint-Paul. Le *von Scheer* se dissimulait dans les collines orientales à l'intérieur d'une combe en forme de L creusée dans la dorsale atlantique. Sur leur arrière, vers l'est en direction de l'Afrique, s'étendait la plaine de Guinée, par cinq mille mètres de fond et plus.

— J'écoute, commença Beck dans son micro en essayant de garder un ton aussi égal que possible et de dominer sa répulsion.

— Commandant – dans les haut-parleurs, la voix de Shedler était hachée, déformée –, j'approche des rochers. Au périscope, je distingue une activité humaine.

Von Loringhoven essaya de s'emparer du micro, mais Beck l'en empêcha.

— Précisez, dit-il à Shedler.

— Des gens sur les îlots.

— *Quoi ?* s'exclama le diplomate. Que fabriquent-ils ?

Beck répéta sa question dans le micro.

— Je ne suis pas sûr, répondit Shedler ; le terrain est très chahuté, on n'en voit pas grand-chose, les pentes en masquent une partie. Avec ce soleil bas dans l'est, tout est dans l'ombre. Je vois des types avec des combinaisons de protection.

— Militaires ? Ennemis ?

— Sais pas. Pas assez près pour voir s'ils sont armés ou non, ni leur nationalité. Ils risquent de voir mon périscope.

— Les rochers appartiennent au Brésil, fit von Loringhoven. C'est peut-être une équipe météo ?

— Shedler, une station météo ?

— Possible. On dirait qu'ils installent des équipements. Veulent peut-être étudier les effets de la radioactivité sur l'environnement.

— Shedler, reprit Beck, nous ne pouvons pas annuler la mission.

Le devoir, toujours le devoir. Ce qui était la source de sa fierté était devenu une prison sans issue.

— Bien reçu, commandant, entendit-on dans les haut-parleurs.

Shedler savait que Beck avait absolument besoin des coordonnées des objectifs.

Von Loringhoven s'adressa à Beck :

— Combien de temps leur faut-il pour installer et

mettre en route la station puis pour récupérer les données envoyées par Berlin ?

— Une seconde, Shedler, dit Beck dans son micro avant de se tourner vers von Loringhoven.

— Le transfert des données devrait aller assez vite une fois qu'ils ont bien accroché le satellite… mais ce sera plus long entre le mini-sous-marin et nous.

— Pourquoi ?

— Le débit de la liaison sous-marine est très inférieur à celui de leur canal SHF.

SHF, pour « super haute fréquence », était la bande utilisée par les satellites de surveillance maritime.

— J'ai une idée ! s'exclama le diplomate. Voulez-vous me passer le micro, je vous prie ?

— Sonar, on passe la liaison au baron.

Beck se pencha et lui tendit un micro.

— Shedler, annonça von Loringhoven, vous m'entendez ?

— Oui, monsieur le baron.

— Je suggère d'inventer une histoire. Certes, le Brésil est neutre, mais nous pouvons en tirer parti, si je fais l'hypothèse que ces intrus sont brésiliens. Certains de vos hommes parlent portugais ?

— Deux, oui. Ça devrait suffire.

— Vous allez vous faire passer pour des sous-mariniers en détresse, dire que vous avez gagné la terre à la nage et que, conformément au droit international, vous avez le droit de rester ici soixante-douze heures, le temps d'effectuer des réparations de fortune et de passer un message à vos chefs pour réclamer des secours. Dites ça aux Brésiliens s'ils essayent de discutailler.

— Répétez, je vous prie, plus lentement.

Von Loringhoven recommença, plus lentement et en abrégeant un peu.

— Compris, monsieur le baron.

Beck reprit le micro :

— Shedler, ne dites que la moitié de la vérité aux Brésiliens. Vous êtes venus à la nage, vous êtes sortis par le sas de sauvetage d'un sous-marin diesel allemand. Votre bâtiment ne peut pas chasser aux ballasts pour faire surface, les barres de plongée sont coincées et le sous-marin est incapable de gagner les petits fonds.

— C'est bien comme ça, fit von Loringhoven, mais contentez-vous de choses très simples, Shedler. Il ne faut pas trop en rajouter pour faire un mensonge crédible. Dites à vos hommes de garder profil bas, faites attention à ne pas trop en dire par étourderie. Et faites attention : il y a peut-être des Brésiliens qui parlent allemand, mais qui feront semblant de ne rien comprendre.

Pour la seconde fois, le baron, qui n'était décidément pas habitué aux particularités du TUUM, dut répéter ce qu'il venait de dire.

— Oui, monsieur le baron, nous sommes bouleversés, épuisés, très inquiets, car notre sous-marin est en détresse.

— Et vous leur expliquez que votre antenne satellite est un équipement de secours, ajouta Beck.

— Installez-la sous leur nez, fit von Loringhoven, téléchargez les données. Puis vous leur dites que vous allez regagner votre sous-marin à la nage.

— Bien reçu, répondit Shedler. Et les armes ?

— Prenez-les avec vous, lui ordonna Beck. C'est assez crédible, nous sommes en guerre contre les puissances alliées. Ah oui, nous ne savons absolument pas que ces gens-là sont des neutres. Mais par pitié, ne vous avisez pas de descendre un Brésilien par erreur !

Félix sortit précautionneusement la tête de l'eau saumâtre et essuya les traces de gazole qui souillaient la visière de son masque. La lumière du soleil lui fit cligner les yeux, il balaya rapidement les alentours du regard pour vérifier que tout était normal. Cela fait, il examina plus attentivement la topographie des lieux. Il bénissait le Ciel de porter cette combinaison étanche, et pas seulement à cause du niveau de radioactivité. Le spectacle était hideux et il était sûr que l'odeur était encore pire.

Les rochers St. P&P avaient abrité dans le temps, voilà plus d'un siècle, une colonie grouillante d'oiseaux de mer. Des bateaux à voile faisaient alors relâche pour récolter le guano, qui se vendait bien – cet engrais à base d'excréments, excellent à une époque où la chimie ne fabriquait pas encore les produits que l'on connaît maintenant.

Mais, quelques mois plus tôt, une bataille enragée avait opposé un convoi à des U-Boote. Les têtes nucléaires tirées dans les parages avaient tout brûlé : le guano, les buissons de chiendent, la mousse, les oiseaux de mer – tout était calciné. Des poissons crevés de toutes les espèces possibles et de toute taille, décolorés, boursouflés à vous écœurer, flottaient dans les vagues, d'autres s'étaient échoués au pied des rochers. Il y avait aussi ces deux baleines mortes, le flanc ouvert par la décomposition, les os à nu dans des masses de graisse devenues verdâtres ou noires sous le soleil des tropiques.

Félix se dirigea vers le seul endroit à peu près plat en suivant les câbles et les fibres optiques qui sortaient de l'eau. Il fit une pause pour ôter son masque de plongée et le mettre sur son front, sous sa combinaison. Sorti de l'eau, il se sentait plus lourd, surtout avec ses bouteilles sur le dos, mais il avait l'habitude et cela lui faisait du bien de se retrouver au grand air après tous ces jours à bord du sous-marin ou du sous-marin de poche. En dépit des exercices oculaires qu'il avait faits chaque jour afin de conserver la perception des distances pendant qu'il était ainsi cloîtré, il lui fallait encore un certain délai avant d'accommoder sur les objets lointains.

Il se débarrassa de ses palmes et les fixa à son baudrier. Il libéra son holster, passa la courroie de son pistolet-mitrailleur à l'épaule et reprit péniblement sa marche vers l'intérieur de l'île – encore que, parler ici de l'intérieur d'une île eût quelque chose de risible – et commença à grimper.

A l'endroit baptisé Rocher Sud sur la carte, un col entre deux formations volcaniques, il trouva un tas de pierres taillées de main d'homme. Il s'agissait des fondations et de quelques pans de murs, restes d'un phare abandonné depuis belle lurette et qui s'était effondré. Un phare plus récent, de facture moins sommaire, avait été construit au même endroit quinze ans plus tôt. C'est lui qui avait subi la chaleur et les ondes de chocs créées par plusieurs explosions nucléaires successives. Il n'en restait plus que des bouts de métal tordu et une masse informe de verre fondu.

Ceux des hommes de Félix qui faisaient partie du détachement débarqué et qui étaient de quart s'activaient pour installer la station satellite au col. En se tournant vers le sud, Félix voyait le point culminant des îlots, une aiguille volcanique aux parois pratiquement verticales. Dans la direction opposée, vers le nord-est bordé de hauts-fonds, gisait la carcasse d'un cargo échoué – victime de cette bataille convoi contre U-Boote. Il s'agissait d'une espèce de vieux vraquier – pas un de ces navires modernes, pétrolier ou porte-conteneurs. Il avait dû dériver jusque-là, en flammes, avant de s'échouer. La carcasse était totalement calcinée, noire comme tout ce qui l'entourait, sauf aux quelques endroits, taches ou rayures plus claires où le sel avait oxydé les morceaux d'acier tordu et décapé la peinture rouge mat.

Alors qu'il marchait toujours, il entendit un craquement sinistre. Baissant les yeux, il se rendit compte qu'il avait mis le pied sur le squelette d'une chose assez grande, peut-être un albatros. Il fut obligé de secouer violemment la jambe pour se dégager de la cage thoracique.

Il échangea quelques mots avec ses hommes. Leur

boulot était difficile. Ils devaient travailler d'une main tout en maintenant de l'autre leur embout en place à travers le tissu de leur combinaison. Pour se parler, ils devaient crier car la combinaison étouffait les sons.

Les détecteurs confirmaient que le niveau de radioactivité était encore élevé. Les rayons alpha ou gamma ne pénétraient pas la peau morte d'un organisme vivant, et moins encore la combinaison épaisse que portaient les SEAL. Mais les particules radioactives dispersées un peu partout sur les rochers – isotopes de plutonium et d'uranium, produits de fission plus légers, pouvaient entraîner des cancers si on les inhalait et si on les laissait pénétrer les tissus vivants des poumons. Si une combinaison se déchirait, si un homme se faisait une écorchure, les produits cancérigènes pouvaient aussi pénétrer dans l'organisme par les blessures.

Ces combinaisons, assez peu confortables, comportaient donc une couche de Kevlar pour empêcher tout incident de ce genre. Cependant, même avec cette protection, les SEAL prenaient beaucoup de précautions en travaillant. Personne n'avait envie de glisser dans la purée gluante qui couvrait les rochers – guano calciné, déchets du cargo qui s'étaient décomposés sous l'action des champignons avant de retomber un peu partout. Personne n'avait envie de prendre une bûche et de tomber dans l'eau sur les cailloux pointus.

Il y avait enfin les neutrons lents et les rayons gamma. Les combinaisons offraient une certaine protection, mais à voir l'état des compteurs de REM – l'unité dans laquelle on mesure la dose de radiation cumulée –, mieux valait ne pas rester plus de deux jours sur place, grand maximum.

Pour toutes ces raisons, Félix était soulagé de voir que le travail était presque terminé. La grosse antenne satellite était dépliée et on l'avait mise à poste. A l'aide d'ordinateurs portables alimentés par batterie et durcis contre la radioactivité, ses hommes étaient en train de tester la liaison sous-marine qui allait jusqu'au mini-sous-marin. Après les avoir largués, le *Challenger* avait mis à l'eau un robot qui servait de relais de communication ; les hommes essayaient de voir s'ils arrivaient à transférer voix et données jusqu'au sous-marin de Jeffrey.

Le mini-sous-marin s'était positionné à la verticale de l'ancrage et du câble qui alimentait les équipements ORPHEE. Des plongeurs avaient établi les connexions nécessaires. A présent, les signaux collectés par la toile d'araignée que formaient les câbles téléphoniques arrivaient jusqu'aux consoles embarquées à bord du mini-sous-marin. Ces mêmes signaux, transférés à terre, étaient ensuite transmis par satellite aux analystes de Norfolk qui les traitaient sur leurs supercalculateurs.

Félix alla s'asseoir. Il avait mangé et bu, pris une douche dans les sanitaires minuscules du sous-marin de poche avant de descendre à terre. Pendant les douze heures à venir, il allait devoir rester enfermé dans cette combinaison, tout comme ses hommes. Son rôle consistait essentiellement à rester alerte, à maintenir le moral de ses hommes, en dépit de la répulsion que provoquait chez lui ce lugubre spectacle lunaire. Les SEAL devaient veiller au bon fonctionnement de tout ce qu'ils venaient d'installer, en endurant le port de leur tenue qui ressemblait de plus en plus à un sauna. Il aurait préféré qu'il fît moins chaud, que la journée fût moins ensoleillée et il enviait un peu les hommes de l'équipe de nuit.

Il leva les yeux pour observer le ciel éblouissant. Ces nuages tout blancs, cet air pur formaient un contraste saisissant avec le spectacle de ruines qu'offraient les rochers. Il se tourna vers l'horizon. A l'exception de ces îlots microscopiques et isolés, l'océan s'étendait à l'infini, vaste, vide et bleu. Les vents dominants et les courants étaient de secteur est – la houle était donc légèrement plus forte sur la côte orientale. Ce paysage sans limites, d'une beauté à couper le souffle dans d'autres circonstances, ne faisait qu'ajouter à sa mélancolie. Et pis encore, il y avait cette absence totale de vie, pas un seul animal sauvage, nul oiseau de mer, pas de dauphins en train de jouer.

— Lieutenant, lui cria dans l'oreille un de ses hommes. On dirait qu'y a un problème.

Les SEAL parlaient portugais, comme s'ils étaient vraiment brésiliens, au cas où.

— Qu'est-ce que tu veux dire, « un problème » ?

— Quand on a mis en route ORPHEE, les consoles du mini-sous-marin et celles de Norfolk ont remarqué la même chose. C'est peut-être un problème technique, des infos erronées ou un faux contact. Il est trop tôt pour le dire.

— Des conneries, répondit simplement Félix. On avait bien besoin de ça, obligés de revérifier des kilomètres de câble.

— Je sais bien, lieutenant. Le sous-marin et Norfolk disent la même chose, ils voient un sous-marin ennemi en plongée profonde, à la verticale de notre position – l'homme se retourna pour lui indiquer l'horizon dans le nordet –, à quelques milles seulement, *par ici*.

— Lieutenant, cria un autre commando qui se trouvait en contrebas, y a des plongeurs qui sortent de l'eau ! Y en a un qui crie, du mauvais portugais ! Ils disent qu'ils viennent d'un sous-marin allemand qui a des avaries ! Ils demandent à bénéficier du droit d'escale !

Félix se retourna pour regarder de plus près dans ses jumelles. Son cœur cessa presque de battre : ces attitudes, ces équipements – ils étaient armés –, les mouvements dans l'eau et hors de l'eau, tout démasquait leur véritable identité.

Des Heckler & Kock MP-5 étanches, pour des sous-mariniers qui se sont échappés d'un U-Boot ? Et des Draeger à l'intérieur de combinaisons étanches en caoutchouc noir ? Alors qu'ils devraient avoir des brassières de sauvetage orange et des combinaisons normales ?…

Des Kampfschwimmer.

Aussi doucement que possible, Félix gagna en rampant le rebord d'un rocher. Il fit signe à ses hommes de se planquer le mieux possible – doucement, sans gestes brusques. Il prit d'une main le micro qui le reliait au *Challenger* et au mini-sous-marin, de l'autre, celui qui le reliait à Norfolk.

— Contact ennemi, contact, contact ! Kampfschwimmer sur les îlots ! Contact sous-marin confirmé sur ORPHEE, dans le nordet. Je répète, nordet !

Pratiquement à touche-touche !

Des éclats de pierre commencèrent à gicler, des balles ricochaient en miaulant – les Kampfschwimmer ne s'y étaient pas laissé prendre. La bataille pour les rochers commençait.

CHAPITRE 20

Les cris de Félix Estabo résonnaient dans les haut-parleurs du *Challenger.* Au PCNO, tous se regardaient comme si un troupeau de bétail venait de faire irruption, mais Jeffrey ne se souvenait pas s'être jamais senti aussi vivant.

Au moins, c'est la fin de cette attente, la bataille commence.

— Mini, mini, cria Jeffrey dans le micro du TUUM. Restez où vous êtes ! Restez où vous êtes ! Continuez à me passer les données d'ORPHEE le plus longtemps possible !

— De mini, bien reçu ! répondit une voix.

Un gargouillis, puis le silence.

— Chef de quart, ordonna Jeffrey, rappelez aux postes de combat. En silence, menace sous-marine.

Le chef de quart acquitta, on fit passer le pot sur le réseau d'Interphones, les haut-parleurs de la diffusion générale auraient fait trop de chahut dans cette situation où la discrétion était vitale. En quelques secondes, des renforts arrivèrent de l'arrière au central, des hommes finissaient d'enfiler un vêtement à la hâte ou attachaient leurs chaussures. Ils vinrent armer les consoles encore disponibles ou restèrent en attente, disponibles pour aider ou pour superviser. A côté de Jeffrey, Bell commença à reconfigurer les écrans de situation. Comme d'habitude aux postes de combat, il était chargé de la direction de lancement.

— Sonar, fit sèchement Jeffrey, évaluation de la menace.

— Pas de nouveau bruiteur, répondit calmement Milgrom.

Celle-là, elle reste toujours impassible au combat.

La voix calme de Milgrom aidait les autres à garder leur sang-froid et à se concentrer sur ce qu'ils avaient à faire.

Jeffrey jeta un coup d'œil au gravimètre, à la carte à grande échelle : tout près, les pics en dents de scie de la chaîne méso-atlantique, la minuscule saillie des rochers, le mini-sous-marin à proximité. Tout autour, le fond était irrégulier, chaotique… Au sud-sudet des îlots St. P&P, à quelques heures de là, à vitesse de transit, la fosse de la Romanche qui plongeait à huit mille mètres, presque la hauteur de l'Everest.

Et l'*Amiral von Scheer*, personne ne savait où.

Sauf ORPHEE. Mon beau, mon bel ORPHEE. Désolé si j'ai douté de toi. L'amiral Hodgkiss avait raison depuis le début.

— Vapeur avant deux tiers, ordonna Jeffrey, afficher vingt-six nœuds. Venir au zéro-quatre-cinq. Se rapprocher du fond.

Meltzer fit l'aperçu :

— Vapeur avant deux tiers, afficher vingt-six nœuds. Venir au zéro-quatre-cinq. Se rapprocher du fond.

Meltzer fit tourner le volant de transmission des ordres à la machine.

— De machine, bien reçu. En route au zéro-quatre-cinq !

Avec son accent du Bronx, il avait l'air sûr de lui, déterminé.

— Cap au nordet, commandant ? lui demanda Bell.

Il était dans son rôle en jouant l'avocat du diable, alors que Jeffrey donnait l'impression de partir en guerre contre le diable en personne.

— C'est la dernière chose à laquelle ils s'attendent. Ils sont de l'autre côté des montagnes, nous savons où ils se trouvent, mais eux ne connaissent pas notre position, à supposer même qu'ils nous sachent dans le coin.

— Mais pourquoi descendre si bas ?

— Cela nous permettra de garder le contact avec le mini-sous-marin et les rochers le plus longtemps possible. Et c'est le moyen le plus rapide de rattraper le *von Scheer*. Les Kampfschwimmer ont dû l'alerter sur la résistance des SEAL. Le *von Scheer* va vite deviner qu'ils ont été débarqués par sous-marin.

— Certes, mais ils ne savent pas *par quel sous-marin*. En principe, ils nous croient toujours au bassin.

— Commandant, on pourrait franchir la chaîne à une dizaine d'endroits différents. Y aller en ligne droite paraît évident.

— Il nous faut faire ce à quoi ils ne s'attendent pas.

— Bon, bon, lâcha enfin Bell, comme à regret.

— Haut les cœurs, mon vieux ! On ne peut pas être partout à la fois, le *von Scheer* non plus.

Le *Challenger* prenait de la pointe positive, ils commençaient à grimper le flanc de la chaîne près des rochers. En moins de dix milles, ils allaient passer d'une immersion de trois mille trois cents mètres à moins de cent.

— Et d'abord, commandant, reprit Bell, qui n'avait pas l'air rasséréné, pourquoi les Kampfschwimmer sont-ils venus sur les rochers ?

— Pour nous empêcher d'y aller.

— Mais alors, dans ce cas, c'est un truc qu'ils ont prévu de longue date. Comment pouvaient-ils deviner que nous y serions ?

Jeffrey ne répondit pas, il avait plus urgent à faire.

— Chargez les tubes un à huit, huit Mark 88 Mod2.

Bell transmit l'ordre au poste torpilles. Jeffrey et lui tapèrent les codes d'autorisation sur leurs consoles respectives.

— Réglez les charges à la puissance maximale, une kilotonne.

— Maximum, une kilotonne, répéta Bell pour que tout soit bien clair.

Il tapa les commandes correspondantes.

Il fallait charger les tubes un par un. Le gros du travail était fait avec l'aide de vérins hydrauliques, mais le branchement des biberonnages devait se faire à la main.

— Tubes un à huit, parés, ouverture des portes avant.

Jeffrey voulait avoir tous ses tubes pleins et équilibrés, parés à lancer sans délai. Et il préférait émettre les raies caractéristiques du remplissage et de l'ouverture pendant que la forme tourmentée du fond le dissimulait encore à l'ennemi.

Cela fait, Bell se tourna vers Jeffrey, le regard de plus en plus insistant.

— Les Kampfschwimmer, les rochers. Il y a un truc qui nous échappe, commandant. Un truc important.

En un éclair, toute la vérité apparut à Jeffrey, qui blêmit.

Une parabole braquée sur un satellite de surveillance de l'Axe, une liaison acoustique sous-marine et le von Scheer *reçoit toutes les données de tir qu'Ernst Beck peut souhaiter sur le convoi... Et il peut tirer de très loin, à l'extérieur des écrans radar de l'escorte... Je suis arrivé ici pour détecter Beck en tirant parti des câbles téléphoniques. Il est venu pour détecter le convoi en utilisant leurs moyens spatiaux.*

Jeffrey attrapa le micro.

— Station à terre, station à terre. Je répète. Estabo, Estabo, gardez les rochers à n'importe quel prix !

On entendit la voix de Félix, déformée par la réverbération et crachouillante, étouffée en outre par sa combinaison.

— On va essayer ! Je…

D'autres bruits sur la liaison, des hommes qui criaient, qui se battaient puis un hurlement strident, comme une balle qui ricoche. Puis le *puff-puff-puff* saccadé d'une arme automatique munie d'un silencieux.

La liaison s'interrompit.

— Eléments de tir, second. Les Allemands veulent prendre pied sur les rochers pour y installer des équipements qui leur permettront de tirer de loin.

— Ça m'a tout l'air d'être ça, commandant.

Le cœur de Jeffrey battait à tout rompre. Ernst Beck allait pouvoir lancer ses missiles contre le convoi sans être inquiété par l'escorte… Si les Allemands prennent le contrôle des îlots, même quelques minutes, nous détecterons le *von Scheer* en entendant le départ de dizaines de missiles.

Une fois ses missiles partis, le von Scheer *ne sera plus qu'une coquille vide, inutile… Le couler après qu'il aura tiré contre le convoi, ce ne sera pas vraiment ce que l'on peut appeler une victoire.*

Jeffrey savait que désormais, chaque seconde comptait, sous l'eau comme à terre.

Félix poussa un gros juron lorsqu'une balle toucha l'un de ses hommes, passant à travers la visière de plastique. L'homme se mit à hurler, en anglais, puis le sang commença à couler dans son casque. Une grosse artère. *Le premier que je vois tuer sous mes ordres… Quant à passer pour des Brésiliens, c'est fichu…*

Les Kampfschwimmer avaient entendu eux aussi et redoublèrent d'énergie.

— On s'enterre ? cria à Félix un de ses officiers mariniers.

Félix jeta un coup d'œil à la pente derrière laquelle ils s'abritaient. Trois centimètres de terre puis du basalte.

— Il nous faudrait des marteaux-piqueurs !

Les balles sifflaient toujours au-dessus de leurs têtes, mais leurs combinaisons empêchaient Félix et ses hommes d'en entendre le bruit – et cela augmentait d'autant le danger. Il essayait de donner ses ordres par gestes car ils n'avaient pas pris de radios – de toute manière, les liaisons auraient été mauvaises au milieu de tous ces cailloux et l'électronique aurait été endommagée par les rayons gamma. Les cagoules de leurs combinaisons limitaient le champ de vision des commandos, ils étaient en plein chaos. Félix entendit un SEAL pousser un hurlement de douleur. Puis un autre, qui poussait cette fois un cri de triomphe – il venait d'abattre un Kampfschwimmer.

Félix passa la tête derrière un rocher un quart de seconde pour regarder aux jumelles ce qui se passait. Il plongea à temps, une rafale de trois coups souleva quelques éclats de pierre et de la poussière.

— Je ne vois pas de mortiers, pas de grenades ! Je crois qu'ils n'ont que des armes individuelles, comme nous.

Fusils et pistolets.

Il examina la configuration du terrain, les pentes et les replis, les rebords escarpés.

Bon, voilà l'effet que ça fait quand on est officier et qu'on commande, c'est à ça que ça ressemble, les officiers mariniers qui attendent mes ordres.

Un sentiment à vous donner des frissons, mais Félix aimait assez cela.

— Il faut absolument qu'on tienne les hauts !

— On se contente de rester de ce côté ou on essaye de se former en cercle ?

Félix redonna un coup d'œil, s'efforçant de réfléchir

aussi vite que possible. Deux crêtes en lames de rasoir partaient du col et tombaient droit dans la mer. S'il disposait ses hommes le long de ces crêtes et qu'ils tiraient vers le bas, ils pouvaient espérer bloquer les Allemands sur place. Mais ils n'étaient pas préparés à livrer un combat soutenu et n'avaient guère de munitions.

Si chaque Kampfschwimmer a seulement un chargeur de plus que mes hommes, on est faits. Ou encore, s'ils sont un peu meilleurs tireurs, s'ils ont une plus grande discipline de tir, ou encore s'ils sont tactiquement supérieurs…

Toutes ces inconnues lui vrillaient la poitrine, comme des coups de baïonnette.

La responsabilité écrasante du commandement. Je ne peux plus compter sur l'effet de surprise, je n'ai pas les réserves nécessaires, plus de transmissions ou presque. Il faut que je décide mille choses en même temps… Et mes hommes sont blessés, ou meurent.

— Chef, on n'est pas sur Iwo-Jima ! On n'est pas obligés de faire comme les marines ou de se prendre pour l'infanterie !

Félix prit le micro qui le reliait au mini-sous-marin. A son grand soulagement, la liaison marchait encore.

— Il nous faut des renforts. Tous les hommes qui ne sont pas indispensables à ORPHEE, rappliquez, et en quatrième vitesse. Arrivez en plongée cap au nord, prenez les Allemands par le flanc dans le sens des aiguilles d'une montre, montez sur le rocher nord-ouest et appuyez-nous de là-bas. Prenez les Kampfschwimmer en enfilade.

Son adjoint resté à bord fit l'aperçu. Le rocher nord-ouest faisait face aux deux crêtes médianes du rocher sud. A partir de cette position, les SEAL pouvaient prendre les Allemands à revers.

Un SEAL se mit à crier : les Kampfschwimmer commençaient à escalader la pente et montaient à l'assaut en bon ordre.

Félix ordonna à son adjoint de répartir leurs hommes le long des crêtes, d'économiser les munitions, mais de repousser les Allemands. L'adjoint donna quelques ordres par gestes et les SEAL passèrent à l'action. Les armes étaient équipées de silencieux, si bien que le combat se déroulait dans un silence étrange – ce qui ne rendait pas les balles moins mortelles pour autant.

Félix fit signe à son adjoint de le suivre. Ils commencèrent à ramper en terrain découvert sur le haut du col pour aller se blottir dans les ruines du phare. Il comptait utiliser l'endroit comme poste de commandement, le pivot qui allait leur permettre de garder les îlots. Félix tirait les micros derrière lui, essayant de cacher les fils et de ne pas briser les appareils. Mais les Kampfschwimmer avaient déjà criblé de balles la parabole bien en vue et le préamplificateur était en miettes. L'antenne satellite finit par s'effondrer complètement, Félix n'avait plus de contact avec Norfolk. Et les Allemands grimpaient toujours.

Quelques Kampfschwimmer tombèrent sous les balles américaines, mais réussirent à aller s'abriter en rampant ou en boitillant jusqu'aux rochers ronds ou aux replis du terrain – Félix ne voyait aucune trace de sang. Il comprit que leurs combinaisons, comme celles des SEAL, devaient être doublées de Kevlar. Il leur fallait viser les têtes pour avoir une chance de les arrêter, et il donna l'ordre correspondant à son adjoint.

Ernst Beck écoutait les haut-parleurs du central branchés sur la liaison TUUM. L'officier marinier adjoint des Kampfschwimmer qui se trouvait toujours à bord du mini-sous-marin et observait les îlots au périscope, lui décrivait seconde par seconde le déroulement des opérations.

— L'assaut a été repoussé, commandant ! Les Américains tiennent toujours les hauteurs !

— Ils n'y arriveront jamais, fit von Loringhoven.

Le lieutenant de vaisseau Shedler dirigeait le combat à terre, sur les îlots Saint-Pierre et Saint-Paul. Comme il était exposé au feu, ses hommes n'avaient aucun moyen de communiquer avec le mini-sous-marin ni avec Beck. Le commandant comprit qu'il devait prendre les choses en main. Avec Stissinger, il commença à étudier une carte détaillée des rochers et des eaux environnantes. Il prit enfin le micro du TUUM :

— Vous allez déplacer le mini-sous-marin, plus au sud. Mettez à l'eau tous vos hommes encore à bord. Dites-leur de débarquer sur les rochers sud-est et de prendre les SEAL à revers.

— *Jawohl*. J'y vais.

— Mais comment les SEAL ont-ils bien pu arriver là ? demanda von Loringhoven.

— Très bonne question, lui répondit Beck. Et plus précisément, que venaient-ils faire exactement ? A quoi cette parabole pouvait-elle bien servir ?

Il y eut un silence gêné.

— Recueillir des données SOSUS ? suggéra Stissinger.

— Possible.

Beck passait en revue tout ce qu'il savait – la raison pour laquelle *lui-même* était là, sur les rochers, le convoi ennemi qui arrivait, les plans probablement imaginés par le commandement américain.

— Einzvo, si vous avez raison, cela prouve que les SEAL ont débarqué d'un sous-marin.

Von Loringhoven les regardait comme s'il venait de recevoir un coup sur la tête :

— Trouvez-le ! Coulez-le !

— Monsieur le baron, ce n'est pas vous qui allez m'apprendre mon métier.

CHAPITRE 21

Ilse Reebeck, qui venait de passer une nouvelle nuit épouvantable traversée de cauchemars, avait regagné son poste devant la console qui lui était attribuée au PC de la flotte de l'Atlantique, à Norfolk. Dans cet énorme centre d'opérations, tous ces derniers jours passés à attendre des nouvelles du *Challenger* avaient été encore pires pour elle que pour les autres. Ilse avait participé trois fois à des opérations de guerre à son bord, elle connaissait la plupart des membres de l'équipage. Kathy Milgrom et elle étaient liées, elles avaient même fait quelques batailles de polochons dans la chambre qu'elles partageaient. Le patron avait été son mentor et presque son confesseur, celui qui l'avait aidée à décoder les règles assez particulières de la vie à bord. Et puis Jeffrey Fuller, naturellement, celui pour lequel elle éprouvait un curieux sentiment, fait d'attirance et d'agacement – un jeu de montagnes russes dont elle espérait qu'il durerait, car ses façons de se comporter avec elle heurtaient profondément ses aspirations. Elle souhaitait désespérément la victoire du *Challenger*, elle espérait de toutes ses forces que Jeffrey Fuller et ses hommes reviendraient.

Mais ces derniers jours de calme épuisant avaient mis tout le monde sur les nerfs. Attendre ainsi de savoir si les U-Boote avaient enfin appareillé était pis que de rester assis sur un nid de fourmis. Ilse suivait sur les grands écrans du PC la progression du convoi, la manœuvre des bâtiments d'escorte, elle avait sous les yeux les positions de tous les contacts d'un éventuel sous-marin, dont aucun n'avait été confirmé. Au lieu de cela, elle en était réduite à lire dans des comptes rendus, ou à surprendre dans des conversations, le tribut de plus en plus lourd prélevé par la mer sur les bâtiments, les aéronefs et les équipages.

Et puis, comme surgi de nulle part, alors qu'Ilse finissait son second café, la nouvelle avait éclaté comme un coup de tonnerre. On venait tout juste d'établir la liaison avec les SEAL débarqués sur ces îlots minuscules au milieu de l'Atlantique, au tiers de la distance qui vous séparait des antipodes. Et presque aussitôt, ce contact confirmé d'ORPHEE sur le *von Scheer*, puis l'assaut des Kampfschwimmer – et la liaison avait été définitivement coupée.

L'amiral Hodgkiss s'approcha d'Ilse. Elle le trouvait désagréable, ou du moins intimidant. Pendant ces derniers jours, il était devenu de plus en plus sec avec les gens ; même ses proches le prenaient avec des pincettes.

— Bonjour, capitaine.

Ilse se mit au garde-à-vous. Elle avait fait beaucoup de progrès, elle était passée de sa vie de consultante à celle d'officier et appliquait désormais sans y faire attention les règles de politesse en vigueur dans la marine – enfin, la plupart du temps. Elle était aussi suffisamment fine mouche pour savoir qu'un quatre étoiles s'adressait rarement à un subalterne.

— Ne bougez pas, lui dit Hodgkiss en regardant le grand écran de situation qui occupait tout le mur.

On venait tout juste de porter la dernière position connue du *von Scheer*.

— J'ai eu à moitié raison, dit-il, plus pour lui-même que pour Ilse. Et à ce jeu-là, c'est tout ou rien.

— Amiral ?

— Après tout, j'ai réussi à positionner le *Challenger* à portée du *von Scheer.* Mais je me suis complètement trompé sur la zone dans laquelle l'Axe concentrerait ses U-Boote.

Il se tourna vers son chef d'état-major, un capitaine de vaisseau qui se trouvait à l'autre bout de la pièce, et lui cria de venir le rejoindre. Ils échangèrent quelques mots ; Ilse avait l'impression d'être une mouche sur un mur. L'officier faisait une tête de cent pieds.

— Il nous faut monter un énorme coup pour retourner la situation, fit Hodgkiss.

— C'est-à-dire ?

— Les U-Boote nous attendent dans le sud, répondit Hodgkiss. Ces fils de pute nous ont laissé courir derrière des moulins à vent pendant toute la semaine. Ils n'ont pas l'intention de nous faire une guerre d'usure, ils vont attaquer en masse à l'endroit où nous sommes le moins bien préparés.

— Oui, amiral.

— Je veux que le convoi s'arrête et reste à faire des ronds dans l'eau là où il se trouve, à la vitesse minimum pour rester manœuvrant. Et il faut me redéployer cette escorte.

— Amiral ?

— Les bâtiments de guerre vont passer la zone la plus étroite en bloc, pas de dispersion. Lorsque nous serons parés, le convoi se remettra en route, précédé par l'escorte. Vous prendrez ensuite trois groupes de porte-avions qui iront se mettre en protection au large des côtes d'Afrique du Nord. Priorité à l'attaque des stations mobiles de missiles de croisière antinavires. Les flottilles des porte-avions et les missiles de croisière embarqués devront trouver ces stations mobiles et leur sortir les tripes du ventre. Compris ?

— Oui, amiral, mais cela va mettre le convoi en retard.

— Je sais, sans doute de plusieurs jours.

— L'Axe risque de déclencher l'assaut terrestre avant que le convoi ait débarqué.

— Je sais. Si nous perdons le contrôle des côtes, nous perdrons sans doute tout le reste avec. Mais si nous attendons sans rien faire, le convoi risque de ne jamais arriver.

— Bien, amiral. Mais je dois vous informer que les brouilleurs de l'adversaire sont de plus en plus actifs.

— Eh bien, commencez donc à rédiger les ordres, *et vite fait* ! Sortez-les de là pendant qu'il est encore temps. Allez !

Le chef d'état-major disparut.

— Convoquez une réunion d'état-major, il me faut les gens de l'armée de l'air ! lui cria encore l'amiral.

— Bien, amiral !

— Bon, Reebeck, à nous deux.

Ilse manqua s'étouffer. Elle savait que la bataille qui allait se dérouler entrerait dans l'histoire. *La bataille de l'Atlantique Sud*. Et maintenant, l'homme dont le nom serait à jamais associé à cette bataille lui adressait la parole, *à elle*.

— Amiral ?

— Il faut aider le *Challenger* par tous les moyens.

— Bien, amiral.

— Et nous venons de perdre notre seul moyen de communication discret avec lui.

— Oui, amiral.

— Et nous ne pouvons pas lui demander de rompre le silence radio alors que le *von Scheer* est tout proche.

— Compris, amiral.

Ilse savait qu'ils pouvaient utiliser la VLF pour donner

l'ordre au *Challenger* de remonter à son immersion d'écoute radio – ou encore, qu'ils pouvaient faire larguer une bouée active par avion.

— Dites-moi ce que vous voulez que je fasse.

— Amiral ?

Ilse était toute surprise de le voir poser lui-même cette question. Puis elle comprit qu'il la mettait à l'épreuve.

— Vous voulez peut-être que je vous dise, amiral, ce que le commandant Fuller devrait dire ?

— Bravo, vous avez trouvé du premier coup.

— Je pense qu'il vaudrait mieux demander au commodore Wilson, amiral.

— C'est déjà fait. Mais je voudrais savoir ce que *vous* en pensez.

Hodgkiss s'approcha encore, la bousculant presque. Elle savait que, debout, elle faisait plusieurs centimètres de plus que lui, ce qui ne lui ôtait rien de son autorité ni de son pouvoir.

Elle commença à réfléchir à toute vitesse, consultant de haut en bas la grande carte de situation, la carte à petite échelle affichée sur son écran qui représentait les rochers et cette zone de la dorsale atlantique. La salinité et la température de surface étaient indiquées en surimpression.

— Il faut qu'il fonce sur le *von Scheer*, qu'il fasse tout pour l'empêcher de tirer ses missiles.

— Et comment ?

— Je crois qu'il aime assez risquer sa peau, amiral. Il fera le maximum.

— Je lui ai dit que je le considérais comme du consommable, à condition qu'il fasse la peau au *von Scheer*.

— Il en est capable, il peut se montrer suicidaire si besoin, pour faire plier son adversaire.

Cette seule pensée et tout ce qu'elle impliquait lui faisait mal au ventre. *Consommable*.

— Et comment cela se traduit-il dans ce cas précis ? insista Hodgkiss.

— Le *von Scheer* est obligé de remonter pour lancer ses missiles.

— Certes, les missiles ne résistent pas à la pression. Nous pensons qu'il ne peut pas tirer en dessous de cinquante mètres.

Ilse jeta un coup d'œil à son écran. Les satellites radar, les capteurs en ondes micrométriques apportaient une foule d'informations sur la couche supérieure des océans. Des bouées océanographiques autonomes étaient programmées pour sonder régulièrement la surface et pour transmettre leurs données. Tout cela lui parlait énormément – même si les conditions de réception s'étaient détériorées.

— Ça fait cinquante mètres au-dessus de la couche, dans les parages des rochers.

— Et vous me dites que Fuller monterait au-dessus de la couche maintenant qu'il a eu un contact ORPHEE ?

— Je crois qu'il en est capable.

— Il n'essayerait pas de rester en suivi de fonds ?

— Non, si cela ne l'aidait pas à couler le *von Scheer*. Le commandant Fuller sait faire preuve de beaucoup d'agressivité, amiral, et c'est un esprit inventif. En remontant, il peut faire croire au *von Scheer* qu'il a affaire à un sous-marin à coque en acier, il peut le leurrer en lui cachant ses véritables performances. En outre, les conditions sonar seront bien meilleures… Il peut même se permettre d'émettre pour se démasquer si cela lui fournit de meilleurs éléments de tir.

— Vous voulez dire, pousser le *von Scheer* à attaquer le premier ?

— Oui, cela pourrait être jouable.

— Les Kampfschwimmer ont débarqué sur les îlots. C'est la seule chose que je n'avais pas prévue. Maintenant, nous sommes sourds et muets, et au pire moment

– il semblait très abattu –, si le *von Scheer* échappe au *Challenger*, ou s'il le coule, on revient à la case départ et le convoi court les plus grands périls. Surtout lorsque j'aurai changé la disposition des forces d'escorte. Et ils constitueront même une bien meilleure cible qu'avant pour le *von Scheer*.

— Je comprends, amiral.

— Vous croyez qu'il pourrait abandonner les SEAL sur les rochers, ou, au contraire, essayer d'aller les chercher ?

— Si le *von Scheer* est sa priorité, il sait que les SEAL sont du consommable... Je l'ai déjà vu donner des ordres qui conduisaient ses subordonnés à la mort. Il le fera à contrecœur, mais il le fera.

L'amiral Hodgkiss la regarda droit dans les yeux.

— Comment pouvez-vous en être sûre ?

Il la regardait toujours, sans ciller.

Ilse rassembla tout son courage et essaya d'en faire autant. L'amiral était une forte personnalité, si forte qu'il en devenait parfois effrayant.

— Aussi sûre qu'on peut l'être, amiral.

— J'ai lu tous les comptes rendus de patrouille du commandant Fuller et vous serez peut-être heureuse d'apprendre que je partage entièrement votre point de vue, capitaine.

— Oui, amiral.

L'amiral leva les yeux vers le grand écran ; puis, comme s'il venait de prendre sa décision et se parlant à lui-même : « Je fais là un gros pari. Je pourrais aussi bien en faire deux. »

Se retournant, il rappela son chef d'état-major.

CHAPITRE 22

Près du phare en ruine, Félix venait de tirer une courte rafale de MP-5 avant de plonger derrière le tas de pierres. Il transpirait à grosses gouttes dans sa combinaison. Il avait terminé sa bouteille d'eau et savait qu'il risquait la déshydratation. Si une balle allemande ne s'en chargeait pas, un coup de chaleur aurait bientôt sa peau.

Les hommes arrivés du mini-sous-marin avaient enfin pris pied sur le rocher nord-ouest. Du haut de la crête, Félix et son adjoint firent de grands signes et leurs hommes intensifièrent leurs tirs. Les SEAL en renfort prirent position et ouvrirent le feu à leur tour, les Kampfschwimmer furent contraints de se replier vers la mer.

Félix ordonna à ses hommes de charger. Pendant que la seconde équipe obligeait les Allemands à se disperser et à rester au sol, les survivants et lui-même dévalèrent la pente en se couvrant mutuellement.

Ils réussirent enfin à prendre l'ennemi à revers et Félix comprit alors que les Kampfschwimmer avaient eux aussi reçu des renforts. Ils essayaient de lui faire exactement ce qu'il tentait de leur faire : le prendre en enfilade et l'écraser en attaquant simultanément les deux flancs.

Félix et ses hommes n'avaient désormais plus le choix :

ils durent se mettre à couvert avant de rebrousser chemin. Les Kampfschwimmer, d'abord contraints de se replier, en furent tout ragaillardis, ils repartirent en avant vers le rocher nord-est en tirant sur les SEAL en renfort installés sur celui du nord-ouest. Et ce jeu de cache-cache devint soudain plus brutal.

Les balles continuaient à voler de partout, les ricochets partaient dans tous les sens, les silencieux sur les gueules des armes fumaient, les étuis vides giclaient des culasses. Leurs munitions commençaient à s'épuiser. Félix était trempé de sueur et commençait à haleter, il avait la bouche horriblement sèche. Le goût désagréable de l'air du Draeger lui disait qu'il respirait trop vite, que les absorbants chimiques n'arrivaient plus à faire baisser le taux de dioxyde de carbone.

Il tirait alternativement dans une direction puis dans une autre. Quelques commandos réussirent à s'approcher à quelques mètres, mais ils réussirent à les repousser. Et soudain, Félix éprouva un sentiment horrible, se mit à respirer plus vite : *l'idée était bonne, mais on s'est trompés d'endroit.*

— Premier-maître ! cria-t-il à son adjoint.

— Oui, lieutenant ?

— Le point culminant ! Ce n'est pas *ici* !

Le premier-maître hocha la tête, avant de se baisser pour éviter une balle qui le rata de peu.

— Je ne vois pas ce que vous voulez dire, lieutenant.

— Le *Challenger* et le *von Scheer* vont tirer des torpilles à tête nucléaire, reprit Félix en lui montrant l'océan.

Le premier-maître écarquillait les yeux, il devint livide.

— Les vagues vont submerger les rochers ! (Félix dut s'arrêter pour reprendre son souffle.) Lorsque les boules de feu vont percer la surface, la chaleur, l'onde de choc, les rayons gamma, on va rôtir vivants !

— On retourne au mini ?

— Impossible, j'ai des ordres ! Nous ne pouvons pas abandonner les rochers ! (Il essaya de reprendre son souffle une fois encore.) Si nous nous remettons à l'eau, les explosions sous-marines vont nous faire passer le foie par le trou de balle et on dégueulera de la vapeur !

— *Qu'est-ce qu'on fait ?*

Félix s'était tourné vers le nord. Ce sommet qui était là depuis de le début, gros comme le nez au milieu de la figure et il n'y avait pas pensé une seule seconde. Là était le problème : ils n'étaient pas à Iwo-Jima, cela ressemblait à tout *sauf* à Iwo-Jima.

— L'épave du cargo, voilà le point culminant ! De là-bas, nous tenons tous les rochers sous notre feu ! C'est le seul endroit où nous ayons une chance de survivre à une explosion nucléaire !

Le premier-maître serra les mâchoires, plein de détermination. Félix lui donna une claque sur l'épaule :

— Faut qu'on s'empare de ce cargo !

Il plongea pour éviter une volée de balles. Il fallait absolument qu'il se bouge de là. Ils se ressemblaient tous dans leurs combinaisons noires, mais Félix trahissait, par son comportement, son état d'officier.

Et voilà pour les délices du commandement.

Les tirs cessèrent soudain. Félix soupçonnait un piège. Il se pencha derrière un rocher calciné, jeta un rapide coup d'œil, aperçut des hommes en mouvement sur le rocher nord-est, formes sombres qui se déplaçaient sur le fond tout aussi sombre. Les Kampfschwimmer s'éloignaient en direction du nord.

— *Les Allemands se dirigent vers l'épave ! S'ils y arrivent avant nous, nous sommes faits !*

Jeffrey serrait convulsivement un micro en regardant les indications du gravimètre. *On sait qu'il est dans le coin, reste à trouver Beck et à le chasser.*

Dans le mode qui était activé, le gravimètre lui fournissait une image parfaite du fond dans les parages des rochers, comme aurait fait l'œil d'un oiseau qui voit en trois dimensions, comme s'il n'y avait pas d'eau. La position du *Challenger* était portée sur l'écran, ils faisaient route à la vitesse maximum silencieuse. Dans un autre mode d'affichage, l'image était semblable à celle qu'aurait un pilote à travers le pare-brise d'une voiture – mais avec une précision féerique, car le gravimètre détectait tout à travers les couches de roche. Pour le moment, Jeffrey affichait simultanément les deux images, ce qui l'aidait à réfléchir et à se faire une idée de la situation.

— Mini, mini, commença-t-il dans son micro, avez-vous rétabli le contact avec Estabo ?

— Négatif, négatif, répondit l'officier marinier sous-marinier qui le pilotait. Les Kampfschwimmer sont arrivés par-derrière, je pense que les Allemands ont sectionné le câble près des rochers. Nous n'avons plus aucun signal, même pas de porteuse.

— Que disait-il lors de votre dernier échange ?

— Il demandait des renforts.

— Qui reste-t-il à bord ?

— Le copilote SEAL, deux commandos qui arment les consoles ORPHEE.

— Vous n'avez rien à la radio ?

Le mini-sous-marin était équipé d'une antenne flottante.

— Négatif, commandant. Le brouillage est de plus en plus fort.

— Reçu, reçu. Ne sortez surtout pas de mât périscopique, ne faites rien qui puisse trahir votre présence. Avez-vous assez de câble pour rester mouillé sur la station ORPHEE, mais en vous éloignant des rochers ?

— On pourrait s'éloigner d'un nautique. Pas plus.

— Bien. Restez à faible immersion, mais gagnez

des eaux plus profondes. (Jeffrey jeta un coup d'œil à son écran.) Cap deux-cinq-zéro – vers le sud-ouest –, vous aurez deux cents mètres d'eau. Je ne veux pas que vous vous retrouviez trop près des cailloux quand les charges nucléaires vont commencer à péter. Le tsunami, compris ?

— Bien, commandant.

— Il ne faut pas que les nageurs de combat allemands vous repèrent, ils sont peut-être déjà à la recherche d'un mini-sous-marin ennemi.

— Compris.

— Verrouillez le panneau inférieur et vérifiez avant de laisser quelqu'un rentrer à bord… Faites attention à ce qui se passe près de vous. Ils vont peut-être mouiller des mines ou même essayer de larguer des grenades à la verticale si vous plongez plus profond.

Il y eut un silence pesant, qui dura une bonne minute.

— Bien reçu.

— Bonne chance. Terminé.

Jeffrey se tourna vers Bell :

— Estabo est livré à lui-même. Mais le mini peut au moins se planquer et surveiller ce qui se passe avec ses caméras et ses sonars.

— Estabo est capable de se débrouiller tout seul, commandant.

— Je l'espère, je déteste abandonner des gens à leur sort.

— D'après ce que dit le patron du mini, on dirait que le brouillage est de plus en plus dense. Ça semble confirmer le reste.

— Je crois que je vois où vous voulez en venir, mais poursuivez.

— Des contremesures électroniques qui viennent d'autres éléments allemands, tout d'un coup, comme ça ? Depuis la terre, la mer, l'espace, je n'en sais rien. Mais je pense que c'est un indice supplémentaire, le *von Scheer* s'apprête à tirer.

— Affichez donc la carte avec tous les câbles sous-marins exploités par ORPHEE. Oui, sur votre console, mon écran est plein.

Bell appuya sur des touches.

— Nous avons quelques idées sur ce qui se passe en cas d'explosion, n'est-ce pas, commandant ?

Jeffrey fit semblant de ne pas entendre : *il ne voulait pas* penser à son bâtiment en train d'exploser.

La carte à grande échelle apparut sur l'écran de Bell et les deux hommes commencèrent à l'examiner ensemble, épaule contre épaule.

— Bon, voilà le câble que le *von Scheer* a franchi lorsque ORPHEE l'a détecté pour la première fois.

Jeffrey désignait une ligne brisée qui courait au nord, à l'est de la chaîne secondaire où culminaient les rochers.

— Il est passé d'est en ouest.

Bell passa la main de droite à gauche sur l'écran.

— Ici, à peu de chose près.

— Il a dû faire mouvement pour larguer son mini-sous-marin et les Kampfschwimmer.

— Mais ce second câble est assez gros, reprit Jeffrey.

Lui aussi courait vers le nord, mais à l'ouest du premier, à gauche des îlots.

— Pour le moment, ORPHEE n'a rien détecté sur ce câble.

— Par conséquent, commandant, il est quelque part entre les deux.

— Ouais. La question est de savoir s'il est toujours au nord de cette chaîne, près des îlots, ou bien s'il est parti discrètement cap au sud, en immersion profonde, dans l'est des rochers, pendant que nous, nous partions au nord en remontant puis vers l'ouest…

Jeffrey accompagnait son explication de gestes, comme

si le *Challenger* et le *von Scheer* se croisaient de chaque côté des îlots qui les masquaient mutuellement.

— Pourquoi irait-il vers le sud, commandant ?

— Pour nous chercher ! Beck doit savoir qu'il y a un autre sous-marin dans la zone.

— Mais il ne commande pas un sous-marin d'attaque, ce n'est pas son boulot de partir en chasse et de provoquer l'ennemi.

— Vous avez raison, mon vieux. Et c'est là notre second atout, avec ORPHEE. *Nous*, nous sommes un sous-marin d'attaque, nous sommes payés pour semer le bazar et y entraîner l'adversaire.

— Je vous accorde que cette remarque est intéressante, commandant, mais elle est dangereuse si nous nous trompons. Rappelez-vous, Beck a été second de SNA. Et il a appris à vous connaître.

Jeffrey avait l'air préoccupé.

— Notre problème, c'est que les îlots coupent en deux la zone comprise entre ces deux câbles : le nord et le sud. Dans laquelle des deux faut-il choisir de jouer ?

Les hypothèses s'empilaient.

— Partez vers le nord, commandant, répondit Bell avec beaucoup d'assurance.

— Pourquoi en êtes-vous si sûr ? lui dit Jeffrey avec un sourire.

— Protéger le convoi est notre priorité. Celle de Beck est d'attaquer le convoi qui se trouve dans le nord.

— Va pour le nord.

Jeffrey savait que tous les hommes de quart au PCNO et qui ne portaient pas de casque sur les oreilles surprenaient des bribes de leur conversation. Pour que tout soit clair, il ordonna :

— Gouverner comme ça.

— Bien, répondit Meltzer. En route au zéro-un-cinq. Soit un peu à l'est du plein nord.

— Tant qu'ORPHEE ne nous dit pas le contraire,

nous allons supposer que le *von Scheer* est dans le nord des rochers, quelque part entre les deux câbles.

Ces échanges au PCNO entre officiers supérieurs, avant et pendant l'action, sont une vieille et précieuse tradition de la marine de guerre. L'habitude de confronter idées et tactiques, d'exprimer ses hypothèses à voix haute, est essentielle au succès et à la survie.

Bell fit apparaître une carte à plus grande échelle.

— Regardez donc ça, commandant. Les deux câbles sont presque parallèles, mais pas tout à fait. Ils convergent légèrement vers le nord lorsqu'on s'éloigne des îlots.

Jeffrey comprit immédiatement où Bell voulait en venir.

— Et ils se coupent *ici*.

Il pointa du doigt l'endroit que lui indiquait Bell et y amena le curseur, puis cliqua sur les rochers. La distance s'afficha dans un coin : onze cents nautiques.

— Ça fait un bon bout de trotte.

— Je sais, plus de vingt heures à vitesse maxi… Et à cette vitesse, les sonars seront à moitié sourds, alors que le *von Scheer* nous entendra arriver à cent nautiques ou plus.

— La zone à fouiller est énorme, répondit Bell.

— Les premières unités du convoi sont déjà plus proches que cela, ce qui diminue un peu sa taille. Et elle continuera de se réduire même si nous ne faisons rien.

Bell acquiesça : le convoi faisait route au sud, à peu près cap sur les îlots et s'éloignait des Açores.

Jeffrey réfléchissait.

— Plus le convoi se rapproche, plus la zone intéressante diminue, mais plus il risque de se trouver à portée de missiles du *von Scheer.*

— Et si on émettait sonar, commandant ? Pendant qu'il est encore temps ?

— Tant que nous ne savons pas qui a réussi à garder le contrôle des îlots, les SEAL ou les Kampfschwimmer, nous ne savons pas non plus de combien de temps nous disposons. Si nous passons trop tôt en mode actif, cela risque d'être plus nuisible qu'autre chose… Non, il est temps de changer de tactique.

— Oui ?

— Vapeur avant un tiers. Réduire à sept nœuds.

Meltzer répéta l'ordre.

— Et alors ? demanda une seconde fois Bell.

— Comme nous ne pouvons pas foncer vers ce point, nous allons utiliser l'autre solution extrême. Nous allons rester planqués jusqu'à ce que la situation se clarifie un peu.

— Voulez-vous que j'affiche la carte des fonds ?

— Ce n'est pas possible, vous lisez dans mes pensées !

Bell appuya sur quelques touches pour afficher la zone des fonds comprise entre les deux câbles sous-marins. Ils examinèrent ensemble la vue de la zone qui s'étendait bien au-delà du champ du gravimètre. Cet instrument avait une portée utile de trente-cinq à quarante nautiques.

— Les collines orientales au pied de la dorsale, fit Jeffrey. Là où se trouve le convoi et tout du long, les fonds sont accidentés et vallonnés. Beaucoup d'eau, mais ça reste dans les capacités d'un sous-marin composite.

— C'est vrai, commandant, ça vaut pour nous deux.

— J'ai plusieurs idées, mais aucune ne me plaît vraiment.

— A savoir ?

— Le *von Scheer* va devoir remonter pour tirer ses missiles. Nous le savons et Beck sait que nous le savons. C'est notre point faible.

— C'est pourquoi je vous ai suggéré d'émettre sonar, commandant. S'il s'éloigne du fond, nous aurons un contact. Il activera ses contremesures acoustiques, mais nos équipements sont probablement plus sophistiqués et moins faciles à leurrer que les siens. Surtout si nous réussissons à avoir un écho sur les pales d'hélice.

— *Ou bien au contraire*, il nous entendra très tôt et ne remontera pas. Et là, soit il nous balance des torpilles à tête nucléaire, ce qui n'est pas très réjouissant, soit il se tire gentiment sans faire de bruit. S'il tire, cela nous donnera une *vague* idée de l'endroit où il est, on lui renvoie la même chose et avec un peu de chance, on l'endommage. Mais si Beck se casse, on se retrouve baba. Jusqu'à ce qu'il lance ses missiles… Il va faire le même raisonnement que nous, il sait donc que la meilleure solution pour lui consiste à s'en aller, une fois que ses nageurs lui auront fourni ce qu'il attend ou quand il saura qu'ils n'ont pas pu garder les îlots. Le temps joue *pour lui*, pas pour nous.

— Ouais, je vois.

— Sonar, appela Jeffrey.

— Oui, commandant ? répondit Milgrom en se retournant.

— Toujours rien du *von Scheer* au sonar ?

— Aucun contact, les écouteurs vous auraient prévenu immédiatement, commandant.

Elle lui jeta un regard entendu, comme pour dire :

— Et vous savez bien qu'ils doivent impérativement le faire.

— Bon, fit enfin Jeffrey en regardant ailleurs.

— Mais, lui dit Bell, il y a toujours ORPHEE.

— Dans deux heures à peu près, sauf si nous réduisons ou changeons de route, nous serons trop loin dans le nord des rochers et nous n'aurons plus aucune liaison avec le mini-sous-marin. Nous serons donc livrés à nous-mêmes, plus d'ORPHEE pour nous donner la position, la route et la vitesse du *von Scheer*. Plus moyen de trouver une route de collision, à quelque distance qu'il soit en ce moment. Tout repose sur cette station-relais… Mais si Beck se taille par le nord, il va sans faire exprès rester entre les deux câbles et nous ne pourrons rien faire pour l'arrêter. Et on ne s'en rendra même pas compte. Dans ce cas, si nous étions restés ici en comptant sur ORPHEE, cela n'aurait pas été mieux. *Dans tous les cas, nous sommes perdants.*

Bell s'absorba un long moment dans l'étude de la carte et Jeffrey le laissa réfléchir dans son coin. Il savait que le problème dépendait de trop nombreux paramètres et il ne voulait pas le brusquer. D'une certaine manière, la guerre sous-marine ressemble à une partie d'échecs, il faut prévoir plusieurs coups à l'avance, examiner plusieurs choix stratégiques, trouver le bon compromis. Et il faut également tenir compte de ce que va penser, sentir, faire, votre adversaire.

Mais, contrairement aux échecs, ce ne sont ni l'argent ni le prestige qui sont en jeu. Ce qui est en jeu, c'est la vie ou la mort de centaines, de milliers de gens.

Bell leva brusquement la tête. Il semblait très calme, mais, apparemment, avait fini par arrêter sa position.

— Il faut que nous balancions nous-mêmes une tête nucléaire sur les rochers, commandant, et *tout de suite.*

— Pourquoi ? lui demanda Jeffrey en levant le sourcil.

— Nous ne pouvons pas nous permettre de laisser Estabo perdre. Si ce sont les Kampfschwimmer qui l'emportent, ils fourniront à Beck de précieux éléments de tir.

— Et si nous tuons tout le monde là-bas, qu'est-ce qui empêche les Allemands de gagner ?

Bell hocha la tête, surpris tout de même de voir Jeffrey réagir de manière aussi bourrue.

— Primo, reprit Jeffrey, je refuse de tuer de sang-froid des éléments amis. Secundo, les explosions créeraient tant de bruit et d'ondes de choc que nous perdrions la liaison avec ORPHEE, même en supposant que le mini arrive à survivre.

— Je suis assez d'accord, commandant, je voulais simplement vous sonder sur cette option.

— Bon, eh bien, gardez-la pour plus tard.

Mais Jeffrey ne se sentait pas trop à l'aise en prononçant

ces mots. Le *von Scheer* était quelque part dans le coin, peut-être tout près – invisible mais bien réel. En plongée, il devait faire quelque chose comme vingt mille tonnes, avec une centaine d'hommes à bord, et il avait pourtant disparu. En dépit des échanges qu'il venait d'avoir avec son second, Jeffrey n'arrivait pas à cerner ce qui pouvait se passer dans la tête de Beck. Le commandant allemand gardait l'initiative et son sous-marin restait invisible. Jeffrey en ressentait une grande frustration et le venin de l'échec commençait à le ronger.

— Commandant !

Kathy Milgrom l'appelait et Jeffrey se retourna, soudain arraché à ses pensées.

— Oui ?

Milgrom répondit sans sourciller :

— Nouveau contact détecteur sonar… Plusieurs nouveaux contacts.

Le détecteur sonar était spécialement conçu pour intercepter les émissions sonar des autres bâtiments.

— *Distance, relèvement, classification ?* Allez, vite !

Je commence à perdre mon sang-froid. Calme-toi, mon petit, tes mecs le sentent bien.

— Relèvement du contact dans le nord, en gros, commandant, on le détecte par le chenal profond. Distance environ quatre cents nautiques. Classification : bouées sonar possibles.

Jeffrey respirait.

— Un autre parquet de bouées, commandant. Plus proche, peut-être cinquante nautiques.

— Pouvez-vous identifier l'origine des bouées ?

— Américaines ou anglaises, à coup sûr. Quelques SSQ-75.

Ce type de bouée pouvait opérer jusqu'à cinq mille mètres.

— Reçu, sonar, bien. Merci. Continuez à me raconter

ce que vous voyez… Second, portez ces contacts sur la table.

Les positions des bouées apparurent sur la console de Bell.

— Bell, qu'en pensez-vous ? Le soutien aérien du convoi qui largue des bouées ASM ?

— Ils les larguent en suivant un axe précis, répondit Bell. Ils ne sont pas en train de nettoyer la route du convoi vers le passage.

— Hmmm… Regardons ça une minute… Gouverner comme ça.

— Gouverner comme ça. En route au zéro-un-cinq.

— Y a un truc bizarre, commandant, fit Bell.

Et il lui indiqua un point sur la carte. Jeffrey se pencha sur l'écran. Les minutes s'égrenaient, des minutes précieuses. Puis il vit et, en l'espace d'une seconde, toutes ses craintes s'évanouirent.

— Quel fils de pute ! s'exclama-t-il. Il a trouvé !

— Quoi ? lui demanda Bell.

— Les bouées, mon vieux ! Ils les larguent entre les deux câbles. L'amiral Hodgkiss a deviné ! Toutes les liaisons radio sont brouillées et nous ne pouvons pas communiquer, mais il a vu exactement la même chose que nous, exactement… Il nous envoie un soutien aérien. Ces avions arrivent sur nous à au moins cinq cents nœuds et sauf si Beck a les nerfs plus solides que moi, il va être obligé de se tirer, par l'est ou par l'ouest. Sinon, il va se ramasser une SSQ-75 dans le pif et une grosse bombe va lui tomber dessus dans la foulée.

Jeffrey se dirigea vers la console de Milgrom pour examiner les informations qui continuaient à arriver. Un véritable tapis de bouées couvrait tout le fond entre le convoi et les îlots, entre ces deux antiques câbles sous-marins. Le bord de la zone couverte s'étendait lentement vers le sud.

Le nombre de bouées qu'ils larguaient était positivement

prodigieux. Jeffrey savait qu'à cette cadence, les porte-avions et même les ravitailleurs qui les ralliaient allaient bientôt avoir épuisé tous leurs stocks.

Il était plutôt content d'avoir pris sa décision, rester à faible immersion et ne pas se précipiter trop vite dans le nord. Sans cela, les bouées auraient renvoyé des échos sur la coque composite du *Challenger* et le *von Scheer* aurait pu le détecter – ou pis encore, les forces amies leur auraient tiré dessus.

— Commandant, cria Bell, nouveau contact ORPHEE. Contact confirmé ! Le *von Scheer* fait route à l'est, ici. Il est à trente nœuds.

Merci, amiral ! Vous avez fini par nous remettre Beck dans les pattes.

Jeffrey se tourna vers le patron – il était temps de se préparer au combat.

— Chef de quart, ordre général, armer les grenades nucléaires.

Le chef de quart répéta l'ordre et Jeffrey se tourna vers Bell :

— On l'a eu, mon vieux. On l'a eu !

— Oui, commandant, répondit Bell avec une grimace féroce.

Au central, l'atmosphère changea alors du tout au tout. L'équipage avait parfaitement senti l'angoisse de Jeffrey et sa confiance retrouvée était contagieuse.

— A droite trente. Venir au zéro-neuf-zéro.

Plein est.

— La barre est trente à droite, venir au zéro-neuf-zéro.

Estabo et ses hommes vont devoir se débrouiller tout seuls.

Le *Challenger* prit une forte gîte en commençant à virer. Les roses des indicateurs de cap gyro se mirent à tourner, de plus en plus vite, avant de se stabiliser.

— En route au zéro-neuf-zéro.

— Bien. Vapeur avant quatre.

— Vapeur avant quatre !

Le sous-marin commença à monter en allure. A quarante nœuds, les turbulences produisaient un sifflement perçant dans les haut-parleurs sonar, le bâtiment se mit à trembler. La vitesse atteignit cinquante nœuds, la machine crachait toute sa puissance pour faire tourner la ligne d'arbres et l'hélice-pompe.

Le niveau de vibrations monta encore d'un cran ; les consoles dansaient dans leurs amortisseurs, l'éclairage tressautait au-dessus des têtes. Les fils des micros se baladaient partout et les hommes durent se retenir pour ne pas tomber. Le *Challenger* stabilisa enfin l'allure à cinquante-trois nœuds.

— Commandant, fit Bell, vous savez qu'à cette vitesse nous sommes aveugles et que nous faisons autant de boucan qu'un train de marchandises.

— Ouais, sauf que vous oubliez une chose : à présent, nous savons où se trouve le *von Scheer*. Et d'ailleurs, *nous allons* émettre sonar.

CHAPITRE 23

Ernst Beck, qui voyait les informations s'afficher sur son écran, n'arrivait pas à y croire. Son bâtiment fuyait cap à l'est pour tenter d'échapper au barrage de bouées acoustiques.

— Toutes ces SSQ-75, fit-il en se parlant à lui-même. Je ne savais pas qu'ils en avaient tant que ça.

Von Loringhoven semblait ébranlé, pour ne pas dire irrité.

— Tout part en quenouille. Tout. Pour commencer, nos hommes trouvent des SEAL sur les îlots. Maintenant, les porte-avions qui se lancent à notre recherche, à l'immersion maximum. Passe pour les SEAL, on peut trouver des raisons. Mais des bouées profondes, et en pareilles quantités, je ne vois qu'une seule explication. Ils se doutent de notre présence. Ils s'en doutent, ou ils en sont *sûrs*.

— Je suis bien d'accord, monsieur le baron. Mais il ne sert à rien d'enfiler des évidences.

Von Loringhoven allait répondre, mais, au grand soulagement de Beck, Stissinger les interrompit.

— Commandant, je suggère de faire une baïonnette pour écouter sur l'arrière.

Le *von Scheer* allait trop vite pour sortir son antenne

remorquée et n'entendait donc rien dans son secteur arrière.

— Bonne idée, einzvo. Vapeur avant un tiers, réduire à sept nœuds. A droite dix.

Le *von Scheer* réduisit son allure et commença à décrire un cercle. Les sonars de coque pouvaient ainsi écouter sur tout l'horizon.

— Nouveau bruiteur à tribord ! cria Haffner. Relèvement deux-sept-zéro – plein ouest – distance quarante mille mètres – vingt-deux nautiques – bruiteur classé sous-marin ! Sous-marin confirmé ! Bruiteur en augmentation, *vitesse du but supérieure à cinquante nœuds* !

— Le *Connecticut* ? demanda Stissinger, qui voulait parler d'un sous-marin de la classe Seawolf.

D'après les services de renseignements allemands, le *Seawolf* croisait au large de l'Islande, mais le *Connecticut* faisait peut-être partie de l'escorte du convoi.

— Non ! répondit Haffner. On commence à entendre les raies… Non, je répète *non*, ce n'est pas un Seawolf.

Puis l'officier sonar cria :

— Bruiteur identifié *Challenger*. Classification confirmée par les raies ! Le bruiteur est le *Challenger* !

Ben, mon gars, c'est pis que l'enfer.

Félix se traînait tant bien que mal dans un terrain calciné, inhumain, sous un ciel clair et d'un bleu d'azur qui détonnait. D'autres silhouettes noires progressaient elles aussi sur les rochers, aux prises les unes avec les autres, et crachaient leurs tirs comme une colonne de fourmis de feu.

Félix jura en manquant se prendre dans un caillou isolé. Il épaula son MP-5 et lâcha une courte rafale, trois coups, sur un Kampfschwimmer qui passait dans son champ. Mais il le manqua – ces munitions de neuf millimètres n'étaient pas faites pour tirer si loin.

Il essaya de reprendre son souffle, il se noyait presque

dans sa propre transpiration qui n'arrivait pas à s'évacuer dans cette combinaison, son corps exsudait plus d'eau que les couches de tissu spécial ne pouvaient en évacuer. La chaleur de son corps faisait monter la température, il avait la bouche si sèche que sa langue collait au palais, ses lèvres craquelées et gercées saignaient. Il avait mal au crâne, il se sentait nauséeux – tous les symptômes annonciateurs d'un coup d'insolation.

Il se sentait si mal qu'il commençait sérieusement à envisager de se débarrasser de son casque, et au diable la radioactivité.

Concentre-toi, arrête de faire l'idiot, c'est toi le chef!

Il se plaqua au sol en entendant une balle qui passait, manqué de peu. Le caillou qu'il avait choisi pour aller s'y abriter au prochain bond était noir et visqueux, comme tous les autres. Sa combinaison était enduite d'une espèce de matière gluante.

Enfin, il arrivait au moins à y voir un peu mieux dans sa visière. La face intérieure s'était d'abord embuée, mais les gouttelettes de condensation l'avaient délavée. Il avait l'impression de conduire sous la pluie sans dégivrage.

Voyant ses adjoints lui faire de grands signes, il quitta son couvert et fonça en avant.

Leur lutte désespérée pour prendre le contrôle de l'épave en était à la dernière ligne droite. Comme le premier détachement puis les renforts avaient débarqué à des endroits différents, SEAL comme Kampfschwimmer se retrouvaient pris en tenailles, une situation tactique comme Félix n'en avait encore jamais vue. Les tirs restaient peu fournis, les deux camps ménageaient leurs munitions. Le MP-5 de Félix était vide et il ne se servait plus que de son pistolet, tirant de temps à autre quand il trouvait une occasion. Apparemment, ils continuaient à bénéficier d'un très mince avantage car les renforts

SEAL avaient débarqué sur le rocher nord-ouest, celui où se trouvait l'épave.

Il se mit à courir sur une étroite bande de plage couverte de galets. D'un côté, la pente et de l'autre, l'océan. Le ressac venait mourir sur ce rivage à ses pieds. Pourtant, après une courbe, trop modeste pour être qualifiée de pointe, la plage minuscule se terminait et tombait brusquement dans la mer – une espèce de falaise. Félix décida de continuer à courir au lieu de se jeter à l'eau, il n'irait pas assez vite en nageant.

Il leva la tête vers la pente qui montait jusqu'au sommet du rocher nord-est. Un Allemand armé d'un pistolet arriva au même moment et ils manquèrent se percuter. Ils firent feu en même temps, visant tous deux d'instinct la poitrine. Une seule balle chacun, les armes étaient désormais vides. Ils tombèrent en arrière sous le choc des balles sur les combinaisons doublées de Kevlar et s'écrasèrent lourdement sur leurs bouteilles. Ils se remirent debout d'un seul mouvement, jetèrent leurs pistolets et restèrent là, brandissant leurs MP-5 comme des gourdins.

L'Allemand était plus grand que lui, vif et rapide, mais Félix se défendait bien. Ils essayaient de se fendre le crâne, mais paraient chaque coup, chaque poussée.

Félix changea de tactique pour ne pas laisser deviner le coup suivant. Il se courba pour attraper son poignard et essaya de fendre la visière de son adversaire, le plastique transparent était la seule zone un peu vulnérable de la combinaison. Mais l'Allemand avait ramassé de son côté une grosse pierre. Ils s'observèrent un instant, couteau contre caillou. On lisait dans les yeux de l'Allemand comme un mélange de haine et d'admiration. Et Félix éprouvait les mêmes sentiments.

L'homme jeta sa pierre en direction de sa tête, le coup était bien ajusté et suffisamment violent pour tuer. Félix fut contraint de se courber, mais, le temps de se relever, l'Allemand avait dévalé la moitié de la pente. Il plongea dans l'eau et disparut.

Félix se retourna, essaya de voir ce qui se passait après cette alerte. Puis il se souvint que l'Allemand possédait un poste radio tactique sous son casque. En lançant sa pierre, il avait crié quelque chose, d'un ton très autoritaire. Les Kampfschwimmer survivants se retiraient en direction de la mer.

Ce type était leur chef, un officier. Ils nous abandonnent les îlots, pour l'instant du moins. Ils vont essayer de regagner leur mini-sous-marin pendant qu'il est encore temps... Ils savent que nous avons débarqué d'un sous-marin, exactement comme eux. Ils savent aussi ce qui va se passer ensuite : des explosions nucléaires sous-marines.

Félix descendit en courant l'autre versant et plongea dans l'eau sale. Ses deux officiers mariniers et leurs hommes avaient déjà lancé des cordes d'escalade et montaient sur ce qui restait du pont principal sur l'épave. Ils s'étaient tous remis debout, s'aidant mutuellement comme ils pouvaient. Deux d'entre eux étaient blessés, on avait laissé le mort derrière, là où il était tombé, pour aller le récupérer plus tard – s'il y avait un après.

Les deux blessés avaient des membres fracturés, les balles allemandes avaient frappé bras ou jambes et seule la couche de Kevlar les avaient empêchées de pénétrer dans les chairs. Les impacts ressemblaient à ceux que l'on observe avec un gilet pare-balles. Leurs camarades les hissèrent à bord en confectionnant un palan de fortune.

Toujours en bas, Félix les aida, insistant pour monter le dernier à bord. Il prit son élan et grimpa le long de la corde, main sur main. Il dut s'aider de ses jambes, ses muscles endoloris le faisaient souffrir, ses bras le brûlaient, il se sentait tout flasque. Il finit enfin par s'accrocher au plat-bord plein de trous et par atteindre le pont.

Ses hommes tenaient désormais le point culminant. Seul problème, ils n'avaient plus guère de munitions pour repousser un nouvel assaut – alors que les Kampfschwimmer pouvaient en récupérer à bord de leur mini-sous-marin.

Chaque chose en son temps. Il faut transformer cette épave en abri contre les explosions nucléaires sous-marines.

Le cargo était dans un état épouvantable. Le souffle et la chaleur avaient tordu les tôles du pont et des superstructures, les grands panneaux de cale et les mâts de charge avaient tout bonnement disparu, la cargaison était réduite en cendres où perçaient de-ci, de-là des bouts de métal.

L'une des cales avait contenu de la viande séchée dont les débris calcinés formaient avec l'eau de mer une espèce de soupe qui suintait à travers les fissures et les trous de la coque. Le spectacle était peu ragoûtant, mais Félix se consola en se disant que, sans sa combinaison, il aurait également eu droit à l'odeur.

L'épave était échouée sur la côte est, où il n'y avait guère de ressac, si bien que le cargo s'était solidement stabilisé sur le sol.

Félix ordonna à ses hommes épuisés de pénétrer dans les superstructures déchiquetées et aplaties. Ils y bénéficieraient d'une meilleure protection et seraient à l'ombre, ce qui les mettrait dans une certaine mesure à l'abri du choc thermique. Même ainsi, maintenant que la lutte était terminée, quelques commandos s'évanouirent et leurs camarades durent leur maintenir leur embout dans la bouche en leur serrant de force les mâchoires à travers la toile souple des casques. D'autres, allongés, les yeux dans le vide, essayaient de soulager leur poitrine du poids des bouteilles.

Je dois à tout prix maintenir la discipline, surtout maintenant.

Félix posta des factionnaires chargés de surveiller tous les axes d'approche sur la côte et près de l'épave. Dans des coins plus sombres, à la faveur d'un rai de soleil, on apercevait des restes humains. Lorsqu'il était à l'entraînement, dans sa jeunesse, on lui avait dit de ne jamais regarder en face les visages des cadavres. Mais Félix qui avait un champ de vision très large voyait tout de même que ces pauvres corps n'avaient même plus de visage.

Il alla dire quelques mots aux blessés qui souffraient tous deux énormément, mais se comportaient courageusement. On leur avait confectionné des attelles de fortune avec des MP-5 et quelques bouts métalliques.

Il jeta un coup d'œil à l'est à travers un sabord, se demandant à quelle hauteur pourraient bien s'élever les vagues en arrivant sur eux. Peut-être dépasseraient-elles le sommet des superstructures ? Et si l'épave allait chavirer sous le choc ou s'effondrer sous l'effet de l'onde de choc, lorsque la boule de feu sous-marine crèverait la surface ? Il ne savait pas trop quelle dose de radiations pouvait émettre ce type d'explosion, dans les secondes et les minutes qui suivraient, lorsque le champignon s'étalerait dans l'atmosphère.

Jeffrey ballottait dans son harnais, le *Challenger* continuait sa course folle à la poursuite du *von Scheer*, vitesse maximale… Ou du moins, vers l'endroit où, d'après ORPHEE, se trouvait le *von Scheer*.

Il est planqué quelque part dans le coin, tout près du fond, route à l'est. Et nous fouillons le fond, plusieurs milliers de mètres plus haut. Les crêtes sont toutes orientées est-ouest, si bien qu'il ne peut pas se dissimuler dans les combes et les vallées… Pour l'instant, Beck ne peut pas se cacher.

— Sonar, émission ! ordonna-t-il. Puissance maximum !

Le bulbe avant émit un bruit strident à vous arracher les oreilles, une onde acoustique basse fréquence tellement puissante que l'équipage manqua en devenir sourd. L'impulsion monta d'abord en fréquence avant de redescendre, comme le chant d'une baleine. Puis elle cessa soudain dans un silence subit, un silence de mort. Les hommes de Milgrom étaient penchés sur leurs écrans.

L'impulsion parcourait l'océan – un mélange de différentes fréquences acoustiques pour minimiser les effets néfastes de la réverbération, optimisé selon les techniques les plus récentes. Ce genre d'impulsion était conçu pour détecter toute cible, mobile ou non, pour mesurer sa vitesse et donner une idée de sa forme et de sa taille… Le sous-marin le plus discret ne pouvait y échapper totalement ni annuler complètement l'écho en retour.

Dans l'eau, le son se propage à environ mille cinq cents mètres par seconde, cinq fois plus vite que dans l'air. Même dans ces conditions, il fallait attendre au moins une minute avant de recueillir un écho éventuel.

Jeffrey dut se contraindre à respirer calmement. Près de lui, à la console de tir, le capitaine de corvette Bell se tenait prêt à libérer l'énergie contenue dans de minuscules atomes et à déclencher sous l'eau la mise à feu de nouveaux soleils, afin de détruire le *von Scheer* dans une déflagration d'une puissance effroyable, d'anéantir tout son équipage.

C'est l'Axe qui a commencé, se disait Jeffrey. *A nous d'y mettre un terme*.

— Contact sonar actif ! cria Milgrom. Relèvement zéro-huit-cinq, distance vingt sept mille mètres ! Route zéro-neuf-zéro, vitesse trente nœuds ! Immersion trois mille trois cents mètres, à raser le fond !

— Classification ! ordonna immédiatement Jeffrey.

— Contact cohérent avec les données ORPHEE. Baptême Maître Un, identifié *Amiral von Scheer*.

— DLA, préparez-vous à lancer, Mark 88 tubes un à huit, objectif Maître Un.

— Solution de tir, annonça aussitôt Bell. Tubes un à huit parés.

— Cinq secondes entre lancements, alignement puis *feu*.

— Tube un, feu, répondit Bell. Fil alimenté.

Les Mark 88 étaient filoguidées.

— Torpille tube un fonctionnement nominal, annonça Milgrom. Sonar, surveillez son cap.

— Tube deux feu. Fil alimenté.

— Tube deux fonctionnement nominal.

Et la litanie se poursuivit ainsi, huit fois de suite, le *Challenger* venait de lancer contre l'*Amiral von Scheer* huit torpilles grande immersion à tête nucléaire.

— *Recharger tous les tubes, Mark 88 Mod2, puissance des têtes réglée au maximum.*

Une kilotonne par torpille.

Bell, Weps et leurs hommes s'activaient.

Jeffrey se pencha sur la table traçante. Le *Challenger* s'était rapproché de la position estimée du *von Scheer*, mais ses torpilles fonçaient et se rapprochaient encore plus vite.

Sans qu'on eût besoin de le lui dire, Bell avait déjà fait préparer les torpilles de réserve par ses hommes, de façon à prendre le *von Scheer* en étau et à l'empêcher d'échapper aux premières.

Les huit torpilles suivantes étaient déjà parées à être chargées derrière les portes arrière de leurs tubes, Jeffrey et Bell n'avaient plus qu'à entrer les codes d'armement. La bordée suivante fut bientôt prête, il fallait encore rafraîchir les éléments de tir. A cette vitesse, alors que le *von Scheer*, lui, était resté à allure discrète, Milgrom n'avait toujours pas de détection à l'écoute.

— Sonar, émission.

Le dôme émit cette fois une impulsion qui ressemblait

au cri d'un dauphin en colère. Le profil de fréquence était étudié pour ne pas gêner les torpilles et pour se réfléchir sur la coque, le massif, les barres et l'hélice carénée du *von Scheer.*

Jeffrey attendit le retour de l'écho. Tapotant nerveusement des doigts, l'image de Beck lui revint soudain en mémoire.

Tu sais que j'ai gagné la première manche, Beck. Et à présent, que comptes-tu faire ?

Ernst Beck prêtait l'oreille à l'audio diffusée par les haut-parleurs. Ce bruit ne lui était que trop familier : transmis par les hydrophones, celui des moteurs de huit torpilles qui montaient et descendaient en suivant les crêtes et les vallées du fond. Et en surimpression, ce bruit lancinant, celui que produisait le *Challenger* lui-même, lancé à la poursuite du *von Scheer.* L'heure n'était plus à la dissimulation ni à la fuite, adieu les subtilités, compte tenu de ce qui allait arriver.

— Les torpilles s'étalent en ligne de front, annonça Stissinger.

Beck jeta un coup d'œil à son écran.

— Comme prévu, einzvo.

— Vous ne pouvez pas aller plus vite ? demanda von Loringhoven.

— Si, je pourrais. Mais trente nœuds est notre vitesse maximale silencieuse, monsieur le baron. Si nous augmentons l'allure, nous commencerons à faire pas mal de bruit, le *Challenger* aura en permanence une détection passive, ce qui lui permettra d'affiner ses éléments de tir et de réduire encore *nos* options.

C'est alors qu'un sifflement strident emplit le bord, avec une force que l'on ressentait presque physiquement. Une vraie sirène, comme celle d'un agresseur décidé qui vous fonce dessus. Le sifflement était périodiquement couvert par des impulsions beaucoup plus brèves à haute fréquence, prémices sinistres de ce qui allait suivre.

— Contact, interception acoustique ! cria Werner Haffner comme un perroquet. On ne peut pas annuler les échos sur l'arrière !

— Bien reçu, sonar, répondit Beck, d'un ton presque blasé et qui le surprit lui-même.

Il commençait à se sentir à l'aise dans son nouveau personnage de commandant et était même plutôt assez satisfait de lui. Même confronté à cette menace mortelle, dans cet espace confiné où les nerfs de son équipage, moins expérimenté, étaient soumis à rude épreuve, Beck avait la force intérieure nécessaire pour diriger ses hommes. *Ils ont besoin de l'image du père pour se rassurer – comme des enfants apeurés – un père qui leur dit que tout va bien… Et s'il y a une chose que je sais faire, c'est me montrer un bon père.*

Avec Stissinger, il observait la progression des torpilles. Compte tenu de la distance de lancement et même pour des torpilles rapides comme les Mark 88, il y en avait encore pour plusieurs minutes.

— Leurres acoustiques, commandant, suggéra Stissinger.

— Pas encore.

— On lance une contre-attaque ?

Les huit TLT du *von Scheer* étaient chargés avec des anguilles grande profondeur à tête nucléaire, des Lion-de-Mer.

— Pas encore, répéta Beck en consultant ses écrans.

— *Mais qu'attendez-vous au juste ?* fit von Loringhoven. On a huit torpilles nucléaires au cul !

— Regardez bien ce qui se passe, vous avez encore beaucoup à apprendre.

— Montez à l'allure maximale ! Elles vont presque deux fois plus vite que nous !

Beck secoua négativement la tête.

— Mais…

— Monsieur le baron, si vous êtes trop délicat pour supporter ce petit jeu, je vous suggère de vous retirer dans votre chambre, de faire un somme et de me laisser tranquille. Mais je vous préviens, ne vous attendez pas à faire de beaux rêves. Ça va bientôt chauffer, rudement chauffer, au-delà de ce que vous pouvez imaginer.

Cette fois-ci, c'était Beck qui affichait son mépris – ce qui le surprenait lui-même. Maintenant que la bataille allait battre son plein, il y avait un gouffre entre un homme comme lui, qui avait déjà participé à plusieurs échanges nucléaires et von Loringhoven, habitué à une existence douillette. Beck songea même un instant à ordonner au baron de regagner sa chambre.

Je n'ai pas envie de le voir rester ici à geindre et à se lamenter. Ce serait ma vengeance, quand je pense aux horreurs que je vais devoir commettre à cause de lui. Mais, laisser mes hommes assister à ce spectacle, c'est peut-être aussi leur donner le moyen de vaincre leur propre peur.

— Commandant, insista Stissinger, nous devrions lancer.

Beck ne répondit pas. Le sous-marin continuait plein est, vitesse silencieuse mais trente nœuds tout de même.

— On pourrait au moins tenter une manœuvre d'évasion ? Créer une bulle dans l'eau ?

Beck se tourna vers lui. Stissinger était certes de toute confiance mais il n'avait pas l'expérience du combat. Il n'avait jamais lancé une arme nucléaire, sauf sur simulateur. Il n'avait jamais tiré pour de vrai, sauf des armes d'exercice. Beck lui fit un grand sourire.

— Merci, einzvo, mais je ne suis pas de votre avis.

Stissinger était homme à suivre les manuels à la lettre – et il le faisait fort bien –, mais Beck et Fuller avaient depuis longtemps jeté manuels et procédures par-dessus les moulins. Beck se pencha à nouveau sur la table traçante.

— Affichez-moi les zones létales des Mark 88.

— Quelle puissance ? demanda Stissinger.

— Puissance maximum, je suis sûr qu'il les a réglées comme ça.

— Un dixième de kilotonne.

Beck acquiesça.

De petits cercles apparurent autour des symboles représentant les torpilles. Ils indiquaient le rayon dans lequel l'explosion des charges causerait des avaries fatales au *von Scheer*, compte tenu de son immersion actuelle. Il y avait encore de la marge avant que le sous-marin entrât dans leur zone dangereuse. Bien que l'eau soit un milieu dense et très peu élastique, dans lequel les ondes de choc se propagent très loin, les têtes avaient une énergie modeste et le *von Scheer* était conçu pour résister à des chocs énormes... La puissance d'une explosion à grande profondeur décroît comme le cube du rayon. Quand on augmente la distance d'un facteur dix, la puissance reçue décroît d'un facteur mille. Une bombe à hydrogène d'une mégatonne ne peut ainsi détruire un sous-marin à coque en acier à plus d'une douzaine de nautiques.

Beck s'étonnait de rester aussi calme alors qu'il agitait ces différentes données dans sa tête. Mais garder son calme était un facteur important de ce qu'il avait imaginé faire. Il voyait sur son écran ce symbole qui représentait le *Challenger*, il entendait le bruit qu'il faisait dans les haut-parleurs.

Qui de nous deux connaît le mieux l'autre ? Toi, Fuller, ou moi ?

Quel est celui qui se souvient le mieux de notre dernière rencontre ? Qui de nous deux comprend le mieux ce qui le distingue de l'autre ?

Et lequel de nous deux a tiré le plus de leçons de notre dernier combat ? Le vainqueur ou le vaincu, qu'en penses-tu ? Pour ma part, je crois qu'un échec est plus formateur qu'un succès.

— Maître Un, route et vitesse constantes, annonça Bell.

— Aucune contremesure ? Pas de leurres ? Pas de lancement de torpilles ?

Jeffrey n'en revenait pas – sentiment qu'il détestait.

— Non, commandant.

— Il a sûrement entendu notre émission.

— C'est aussi mon avis.

— Alors, qu'est-ce qu'il fabrique ?

Le simple bon sens suffisait à deviner qu'il se passait quelque chose de bizarre. Beck était *certainement* en train de trafiquer quelque chose. Mais cette absence totale de réaction en découvrant la présence du sous-marin de Jeffrey, puis l'émission insolente du *Challenger*, le lancement de torpilles nucléaires enfin, c'était bien la dernière chose à laquelle il se fût attendu.

— Commandant, reprit Bell, inquiet, nous ne savons pas grand-chose du *von Scheer*. Il a peut-être un autre atout dans la manche.

— Par exemple ?

— Il est bien trop silencieux à trente nœuds pour que ce soit sa vitesse de pointe. Il nous cache quelque chose.

— Vous voulez dire qu'il serait plus rapide que nous ?

— Possible.

— Sonar.

— Commandant ?

— Le *von Scheer*, dites-moi si vous entendez une ou deux hélices ?

— Une seule grosse hélice pompe, commandant.

— Et combien de réacteurs ?

— Commandant ?

— Les Russes en mettent souvent deux sur leurs gros sous-marins, d'accord ? Nous savons que l'Axe a utilisé des plans de chaufferie fournis par Moscou. Je répète, le *von Scheer* possède-t-il un ou deux réacteurs ?

— Attendez, répondit Milgrom.

Jeffrey se tourna vers Bell :

— Votre avis ?

— Il se pourrait qu'il en ait deux.

— Mais je le sais bien qu'il *pourrait* en avoir deux ! Je veux quelque chose de plus précis.

— Une seule hélice laisse supposer qu'il n'aurait qu'une chaudière.

Jeffrey hocha la tête, comme s'il n'était pas trop convaincu par la réponse de son second.

— Sonar, répéta-t-il d'un ton plus sec.

On le sentait nerveux.

— Impossible à dire, commandant, avec la signature qu'on a.

— Donc, reprit Jeffrey en s'adressant à Bell, il est peut-être à son allure maximale silencieuse sur un réacteur et il garde le second en réserve, paré à monter en puissance. Il risque de mettre la gomme d'un seul coup et de nous semer pour de bon.

— Oui, commandant, mais quant à semer nos *torpilles* ?

Les Mark 88 pouvaient faire soixante-dix nœuds.

Jeffrey dut se contraindre pour garder son calme.

— Oui, et les Russes ont leurs Shkval à moteur fusée qui montent à deux cents nœuds. Nous savons que du temps de la guerre froide, ils travaillaient sur des chaînes de polymères qu'ils éjectaient à l'avant pour diminuer les forces de frottement et échapper ainsi aux torpilles.

Bell était ébranlé.

— Bon, d'accord, commandant. Donc, pour un court laps de temps, le *von Scheer* pourrait monter à soixante-dix nœuds.

Le moral de Jeffrey en prit un coup.

— Dans ce cas, nous avons perdu. Si Beck attend

seulement le moment propice pour mettre les gaz plein pot, s'il est réellement capable d'aller aussi vite, nous n'avons pas moyen de l'arrêter.

— Nos Tomahawk font quelques centaines de nœuds.

— Vous savez bien qu'ils sont configurés pour les attaques contre la terre, avec des têtes de forte puissance.

Bell détourna les yeux et se concentra sur ses écrans. Jeffrey voyait bien qu'il était désormais à court d'idées. Il avait la gorge sèche et dut déglutir plusieurs fois pour essayer de saliver. Quelques minutes fort désagréables passèrent ainsi.

— Sonar, DLT, demanda Jeffrey, rien de neuf pour Maître Un ?

— Rien, commandant, répondit Milgrom. Pas de changement de fréquence, pas de raie particulière.

— Route et vitesse constantes, commandant. Cap zéro-neuf-zéro, trente nœuds.

Jeffrey jeta un coup d'œil à la table traçante, ses huit torpilles se rapprochaient toujours de l'*Amiral von Scheer*. Elles allaient bientôt se trouver en portée et Ernst Beck ne faisait rien pour sauver sa peau.

Sauf s'il a le moyen d'aller plus vite que mes torpilles. Est-ce un effet de mon imagination, est-ce qu'il lit dans mes pensées et veut me montrer qu'il me méprise ? Ou bien possède-t-il une arme secrète et sait-il que je l'ignore, si bien qu'il se moque de mes torpilles ?

Et peut-être Beck a-t-il à bord quelque chose de terrifiant, d'une technologie entièrement nouvelle – et est-il sur le point de régler leur compte à mes torpilles, comme on chasse quelques mouches de la main ?

Pour la première fois sans doute depuis qu'il servait dans la marine, Jeffrey se senti envahi d'une peur blanche, dévorante, une peur à vous rendre fou.

— Bon, fit Beck, je crois qu'on a assez joué avec les nerfs de Fuller – et s'éclaircissant la gorge –, *Achtung*, einzvo, préparez une Lion-de-Mer contre chaque torpille attaquante. Et réglez-les à la puissance maximale, une kilotonne.

— Une kilotonne, commandant ? Les instructions pour la mer prévoient qu'en cas de manœuvre défensive, on les règle plus bas.

Beck fit un grand sourire à son second puis, haussant les épaules et prenant l'air théâtral :

— Vous savez, je suis un non-conformiste.

— Puissance maximale, *Jawohl*.

— Chargez les solutions de tir.

— Eléments but chargés.

— Fermeture des portes arrière. Remplissage des tubes.

— Portes arrière fermées, tubes pleins.

— Equilibrage. Ouverture des portes avant.

— Equilibré, portes avant ouvertes.

— Tube un, *Achtung, los !* Feu !

Stissinger transmit l'ordre de tir.

— Tube un parti.

— Fonctionnement nominal, reprit Haffner en écho.

— Tube deux, *los !*

— Tube deux parti.

— Fonctionnement nominal.

Et ainsi de suite, Beck lança ses huit torpilles. Il jeta un œil à la table traçante sur laquelle venaient d'apparaître huit nouveaux symboles. Une fois sorties de leurs tubes, elles firent un large cercle avant de s'éloigner du *von Scheer* par l'arrière, toujours reliées à lui par leurs fils. Chaque Lion-de-Mer était affectée à une Mark 88, la vitesse de rapprochement était de près de cent cinquante nœuds.

Beck savait bien qu'il possédait sur Fuller un avantage déterminant : contrairement au *Challenger*, le *von Scheer* pouvait refermer les portes avant puis recharger sans couper le fil des torpilles déjà lancées. Et pour ce qu'il avait l'intention de faire ensuite, cette capacité était cruciale.

— Recharger tous les tubes, Lion-de-Mer, réglage à la puissance maximale.

Jeffrey entendit Milgrom puis Bell annoncer que le *von Scheer* avait lancé sa contre-attaque.

— Pas trop tôt, il a attendu le dernier moment.

— Et puis, fit Bell, il utilise finalement une tactique assez conventionnelle : on tire, il tire.

— Ouais, répondit Jeffrey, va y avoir de la bagarre.

L'équipage ne le sait pas, mais nous avons un gros avantage. Si nous y restons tous les deux, on peut remplacer le Challenger, *mais pas le* von Scheer. *Ce qui me permet d'être plus imaginatif et agressif que lui.*

— Nouvelles raies, bruits mécaniques sur Maître Un, annonça Milgrom. Raies de lancement ! Une, deux, trois… huit nouvelles torpilles à l'eau !

Jeffrey se pencha sur la table – il y avait désormais seize armes hostiles qui s'éloignaient de leur lanceur.

— Cette fois-ci, elles sont pour nous ! lui dit Bell.

Jeffrey savait bien ce qu'il voulait dire. Sur ces huit nouvelles torpilles, quatre faisaient un détour par le nord et les quatre autres par le sud du râteau formé par les torpilles du *Challenger.*

Beck regardait sa propre table, l'air fort content.

— *Achtung, einzvo*, mise à feu des seize torpilles.

— *Toutes les seize*, commandant ?

— Oui, je vous prie.

Instinctivement, Jeffrey se pencha : il allait devoir déclencher d'un instant à l'autre les mises à feu des torpilles qui se rapprochaient irrésistiblement du *von Scheer.*

Des voyants rouges clignotants s'allumèrent sur la console de Bell :

— Fil largué, tous les tubes !

— Bon sang…

Alors que les signaux se propagent à la vitesse de la lumière dans les fibres optiques – instantanément –, l'onde de choc d'une explosion nucléaire sous-marine arrive beaucoup moins vite.

Un bruit terrible retentit, un claquement de tonnerre qui ébranla le bâtiment comme la première secousse d'un tremblement de terre. Les têtes nucléaires avaient toutes détoné au même instant, mais compte tenu de la géométrie et des différences de distance, les ondes de choc arrivaient l'une après l'autre.

On aurait dit qu'un gigantesque marteau-pilon venait de s'abattre sur la coque du *Challenger.* Dans tout le bord, les vibrations devinrent démentielles, ravageuses, Jeffrey sentit sa vue se brouiller. Il distinguait à peine les cadrans, des marins étaient projetés par terre. Il se retrouva plaqué entre son harnais de sécurité et l'appui-tête. Tout le sous-marin tremblait, roulait, secoué par les turbulences qui arrivaient de tous les côtés, pris dans un fracas épouvantable.

Ce bruit qui n'en finissait pas devint si fort que Jeffrey n'entendit bientôt plus rien. Autour de lui, tout n'était que souffrance et chaos, puis le bruit cessa et ils se retrouvèrent plongés dans un silence d'un autre monde. Il avait des nœuds dans l'estomac, ses intestins gargouillaient, le bruit revint plus fort, si fort que les nerfs auditifs ne transmettaient même plus leur influx au cerveau.

Les lampes s'étaient éteintes, les écrans étaient noirs, les tiroirs électroniques, pourtant verrouillés, étaient grands ouverts, béants. Des manuels, des masques à oxygène, des ordinateurs, des crayons, volaient dans tous les sens. Jeffrey réussit à se baisser, se mit à tousser : l'air était rempli de poussière, débris de peinture et morceaux de matériau isolant.

Des ondes de rebond arrivèrent alors, encore plus

méchantes que les premières, réflexions de l'explosion initiale à la surface et contre le fond. Il se cramponna de toutes ses forces à ses accoudoirs dans un effort désespéré. Tout son postérieur se mit à trembler, il crut que sa moelle épinière s'arrachait. Il frappa involontairement le pont des deux pieds, les muscles des jambes ne répondaient plus.

Et chacune des seize boules de feu commença ainsi à pulser, phénomène que Jeffrey ne connaissait que trop bien. A l'instant de la fission, la température atteignait un million de degrés, la boule de feu se dilatait rapidement, chassant l'eau sous pression avant de se contracter. Et ce processus pulsé impitoyable reprenait, émettait une nouvelle onde de choc, et ainsi de suite : la vapeur d'eau et les débris gazeux de l'arme avaient une flottabilité positive, les bulles remontaient rapidement à la surface avant de rebondir vers le fond. Puis la pression d'immersion les écrasait, les bulles reprenaient de l'énergie, le cycle recommençait.

Les ondes de choc successives venaient heurter le *Challenger*, frappant le sous-marin et son équipage presque comme si, sciemment, elles s'acharnaient à les broyer. Et cela se reproduisit seize fois de suite, encore et encore, c'était sans fin.

Jeffrey se sentait le corps en miettes et pourtant, l'océan tempêtait et rugissait toujours. Il y eut encore une série de secousses terribles et les boules de feu percèrent enfin la surface avant d'éclater dans l'atmosphère.

Première chose, en réchapper. Ayant constaté que les Kampfschwimmer, après avoir évacué les lieux, ne lançaient pas de contre-attaque, Félix décida de changer de tactique. Il regroupa ses hommes plus profondément dans les superstructures de l'épave. Il savait qu'ils seraient mieux protégés des rayons gamma par une bonne épaisseur d'acier.

Il ordonna également à ses hommes de s'étendre en cercle sur le pont de l'un des compartiments dévastés par le feu. Le corps humain est composé essentiellement d'eau, l'eau offre une bonne protection contre les rayons gamma et contre les neutrons. Ainsi, les SEAL se protégeraient mutuellement. Cette méthode était banale chez les commandos, mais ils l'utilisaient habituellement pour se protéger du mauvais temps, du vent, du froid.

Bon, mais cette fois-ci, nous sommes sur un champ de tir nucléaire.

En sa qualité de commandant sur zone, Félix se sentait tenu d'observer ce qui se passait autour d'eux. Il jeta un œil par le hublot le plus proche, qui s'ouvrait vers l'est et que la suie avait presque totalement obscurci. Son instinct lui disait que les choses allaient se passer de ce côté-là : l'Afrique se trouvait à l'est.

Il s'appuya sur la cloison pour soulager le poids de son corps et de ses équipements, puis examina un instant l'étoile que formaient les craquelures dans le verre du hublot. Il avait énormément soif et crevait de chaud. Son cerveau fatigué commençait à lui jouer des tours, il fut pris d'une envie irrépressible de boire sa propre sueur qui dégoulinait sur la visière de son casque. Mais il savait que c'était la pire chose à faire. La sueur n'était pas seulement salée, elle concentrait les toxines émises par son organisme et la boire n'aurait servi qu'à le déshydrater davantage. Il eut pourtant bien du mal à résister et à ne pas en laper quelques gouttes.

Tiens bon, nous sommes dans une situation désespérée.

Et Félix sentit soudain ce qu'il redoutait par-dessus tout, une série de secousses qui ébranlèrent le pont du cargo. La surface de la mer se transforma en écume.

C'est toujours l'onde de choc sous-marine qui arrive la première.

Il aperçut soudain au-dehors une lueur aveuglante qui

l'obligea à détourner les yeux. Il recula vivement pour aller rejoindre ses hommes, se plaçant entre eux et cette lumière. L'éclair disparut bientôt pour laisser place à un calme mortel. Les secousses continuaient à soulever l'eau et à ébranler la coque. La curiosité l'emporta et il se rapprocha du hublot.

A travers la suie, il aperçut alors une succession de boules de feu jaunâtres. Elles s'élevaient dans le ciel, de plus en plus haut, comme soutenues par des colonnes blanches. Il savait qu'il s'agissait d'eau et de vapeur – mais aussi de produits de fission émis par les charges, la pire forme de déchet nucléaire qui soit. Il savait que les champignons étaient terriblement radioactifs : le bombardement neutronique initial, sous l'eau, avait réagi sur les métaux contenus dans l'eau de mer – tout particulièrement le sodium – et transformé leur structure atomique pour constituer des isotopes instables. Ces isotopes allaient ensuite eux-mêmes se désintégrer en émettant des rayons alpha, bêta et gamma, et de nouveaux neutrons.

Le vent est à l'est, cette saloperie va nous tomber dessus.

Félix avait à peine eu le temps de se faire ces quelques réflexions que les ondes de choc aériennes arrivèrent. Elles frappèrent la coque, encore et encore comme des coups de marteau successifs, car les champignons s'élevaient à différentes distances. Le hublot endommagé implosa. Des cendres, de la rouille, des éclats de peinture volaient de partout dans un blizzard d'enfer. On ne voyait plus rien dans le compartiment où ses hommes et lui avaient trouvé refuge, les combinaisons étaient souillées par cette espèce de neige noire sans nom, collante. Les tympans de Félix étaient accoutumés aux brusques changements de pression, il sentit sa visière s'écraser sur son visage, ses poumons se remplirent puis se vidèrent. A l'arrivée de chaque onde sur les îlots, le bruit augmentait encore, impossible de s'entendre.

Impossible même de réfléchir.

Puis Félix aperçut ce qu'il redoutait le plus, ce dont sa combinaison de survie ne pouvait pas le protéger. Ce contre quoi les tôles d'acier ne pouvaient les préserver.

Dans le lointain, l'horizon semblait s'être soulevé sur un long arc de cercle qu'il observa avec une fascination morbide. Cet étrange phénomène se rapprochait.

Il s'agissait du tsunami ; pas exactement une vague sismique, non, mais un mur d'eau soulevé par les seize explosions successives.

Il cria à un de ses hommes de s'accrocher, mais il y avait bien peu de chose à quoi on pût se raccrocher.

La vague monstrueuse se rapprochait toujours.

Lorsqu'elle arriva dans des eaux moins profondes, près des rochers, et comme il l'avait prévu, la vague commença à se ramasser sur elle-même. Elle forma alors une muraille presque verticale, bouillonnante, qui commença à déferler. Elle s'élevait toujours plus et arrivait de plus en plus vite. Puis Félix entendit ce bruit de tonnerre, un bruit qui dominait le fracas des boules de feu dans le lointain. Ce vacarme était terrible, un grondement épouvantable.

Il s'écarta du hublot et entraîna ses hommes de l'autre bord. Le tumulte se faisait de plus en plus fort, la muraille liquide était toute proche, si haute qu'elle cachait le soleil. L'obscurité envahit le compartiment.

Le tsunami frappa l'épave dans un grand craquement et Félix sentit son squelette trembler. Le hublot vola en éclats, une cataracte envahit le local. La coque prit de la bande, s'inclina encore plus lourdement sous le choc.

— On est en train de chavirer ! hurla un des officiers mariniers.

L'eau envahissait le navire par les panneaux, venait submerger le pied des échelles, pénétrait par les fissures, les soudures arrachées. Et la coque s'inclinait toujours plus. Ils perçurent de nouveaux bruits, ceux du métal qui se déchirait, l'acier affaibli cédait sous le poids du cargo incliné sur le flanc.

L'eau de mer envahissait tout, Félix et son équipe luttaient désespérément pour leur vie. Lentement, la cloison atteignit l'horizontale et se transforma en pont, et le pont en cloison.

L'épave finit par se stabiliser dans un énorme fracas et oscilla encore un peu sous l'effet de son propre poids. Félix savait que les superstructures risquaient de se disloquer totalement et de les emprisonner sous des centaines de tonnes de débris.

Mais tous ces mouvements fous cessèrent enfin, on n'entendait plus que les craquements et les coups de tonnerre des tôles d'acier qui s'embrasaient. Le grondement de la vague s'estompait dans le lointain.

De l'eau ruisselait dans tous les coins. La lumière du soleil refit une apparition, mais elle arrivait désormais par le plafond, par ce hublot désormais à la verticale où Félix avait jeté un coup d'œil. Puis ils entendirent naître un bruit différent, comme un sifflement grinçant – celui du vent qui balayait les superstructures écrabouillées. Mais ce n'était plus le même vent, il soufflait alternativement du point zéro avant de refluer, depuis les champignons qui montaient dans le ciel. Des éclairs bleutés striaient le ciel clair, suivis un peu plus tard de coups de tonnerre. Les champignons de vapeur d'eau, fortement chargés, se comportaient comme des cumulonimbus artificiels.

Félix n'en revenait pas encore, comment ses hommes avaient-ils fait pour survivre à ce cataclysme ? Les deux blessés victimes de fractures souffraient énormément, deux autres, dont l'un des officiers mariniers, avaient à leur tour été touchés, le même genre de blessures. Et

Félix se sentait un peu honteux, de savoir que les corps des autres avaient servi à le protéger.

Mais enfin, d'abord et avant tout, ils étaient des commandos de marine américains.

— Toi, toi là-bas et toi, dit Félix à ceux qui lui semblaient avoir conservé la meilleure forme physique et mentale, faut qu'on trouve moyen de sortir d'ici, et de reprendre contact avec le mini-sous-marin. Et qu'on arrive à retrouver les autres… Chef, tu restes là et tu t'occupes des blessés. Allez, vous trois, on y va. Et si vous voyez des Allemands, souvenez-vous : tirez à la tête.

Beck s'attendait pourtant au pire, mais rien n'aurait pu les préparer, lui et ses hommes, à ce qui arriva.

Les seize torpilles nucléaires avaient explosé simultanément sur son ordre, formant un arc de plusieurs milles de large en forme de faux. Il en tremblait encore.

Il ferma les yeux, secoua la tête pour essayer de retrouver une vision un peu plus claire. Les vibrations transmises par la coque étaient si violentes, les mouvements de plate-forme si brutaux qu'il tenait à peine sur ses jambes. Plusieurs de ses marins souffraient de blessures.

Le temps pressait désormais.

Pas question de donner un ordre à voix haute, le bruit de l'océan torturé résonnait en écho sur tout l'horizon, à peine atténué par la solide épaisseur de l'énorme coque surdimensionnée. Avec beaucoup de peine, Beck gagna le poste de pilotage et donna quelques instructions par gestes.

Réduire vapeur avant un tiers, allure trois nœuds. Se rapprocher du fond, se dissimuler dans toute la mesure du possible. A droite cinq, doucement, venir au sud.

Toutes ces bulles qui réverbéraient encore rendaient sourds les sonars. Jeffrey ne disposait plus que d'une seule source d'information, le gravimètre – qui heureusement fonctionnait toujours.

Il s'aperçut que son bâtiment était resté à l'allure maximum, cap plein est.

Bien. Cela signifie donc que tout fonctionne, que nous n'avons pas subi d'avarie grave.

Il avait pourtant les idées si embrouillées par ce que tous ses sens affolés venaient de lui transmettre qu'il avait encore du mal à réfléchir.

Il comprit que le *Challenger* fonçait droit sur la tempête sous-marine créée par les explosions nucléaires. La coque épaisse et les entrées d'eau résistantes des condenseurs feraient une barrière contre les radiations et, un peu plus tard, l'eau de mer allait lessiver les surfaces extérieures – mais ce maelström était toujours là.

A la barre, sonné par les commotions qu'il avait subies, Meltzer était à moitié dans le cirage. Le patron, qui essayait d'ouvrir les yeux en secouant énergiquement la tête, ne valait guère mieux. Bell était apparemment indemne, mais son écran était éteint. Jeffrey avait désespérément besoin de données fraîches pour prendre les décisions qui s'imposaient, mais son cerveau était mollasson, débordé par tout ce qui arrivait à la fois.

— Sonar ! cria-t-il avec peine.

Le bruit était encore incroyablement violent.

Milgrom se tourna vers lui, elle était très pâle mais avait toujours l'œil vif et elle n'était apparemment pas blessée.

— *Oui, commandant ?*

— *Combien de têtes ont explosé ?*

— *Seize, je crois.*

Jeffrey n'avait plus de voix d'avoir simplement crié, le vacarme ne cessait toujours pas. Il essaya d'articuler lentement :

— *J'ai besoin de savoir s'il y a encore des torpilles actives à l'eau !*

S'il n'en restait ne serait-ce qu'une seule et qu'elle repérait le *Challenger*, ils étaient morts.

Milgrom se pencha derechef sur son écran. Jeffrey fit une nouvelle tentative :

— Meltzer ! Patron ! cria-t-il.

Rien à faire.

Milgrom déclencha plusieurs émissions du sonar d'étrave, recommença, essayant de trouver trace d'une torpille quelque part dans ces milliards de bulles qui grouillaient de partout. Jeffrey savait bien que la chaleur résiduelle dégagée par les explosions rendait la propagation acoustique totalement chaotique, impossible à prévoir. Emettre pouvait faire plus de mal que de bien, cela risquait tout simplement d'attirer sur eux une torpille.

Le *Challenger* pénétra alors dans la zone la plus turbulente. Il se souleva, rua violemment, plongea, partant d'un bord et de l'autre. Jeffrey en avait le cœur au bord des lèvres, il se retrouva plaqué dans son siège. Le pilote automatique était inopérant, car il ne recevait plus aucun ordre. Pourtant, le sous-marin restait finalement assez stable. Jeffrey était bien content d'être resté à faible immersion, percuter le fond leur aurait été fatal.

Le *Challenger* finit par sortir de cet énorme tourbillon, Meltzer et le patron reprenaient leurs esprits. Jeffrey leur cria de réduire avant un tiers pour diminuer le niveau de bruit rayonné, et leur permettre peut-être d'entendre une éventuelle torpille. Mais les sonars restaient impuissants dans ce véritable fouillis sonore. Le bruit ambiant, toujours aussi fort, venait maintenant de leur arrière et étouffait tout signal utile en se réfléchissant de manière isotrope sur la surface et au fond. S'y ajoutaient les bruits des micro-organismes à la dérive.

Un message de l'ingénieur apparut sur l'écran de Jeffrey. Bonne nouvelle, le réseau optique de données fonctionnait. La mauvaise nouvelle, c'était ce que disait le lieutenant de vaisseau Willey. Il lui demandait instamment de ne pas monter en allure, au moins tant que ses hommes n'auraient pas pu inspecter tout l'appareil propulsif de fond en comble. Il y avait peut-être quelque part un auxiliaire sur le point de lâcher, il était vital de tout vérifier. Jeffrey, un peu déçu, mais sachant à quel point la prudence de Willey était justifiée, lui répondit par la même voie. Pour le moment, ils étaient pratiquement sans erre.

Il donna l'ordre à Milgrom de réémettre afin d'essayer de trouver le *von Scheer*.

Rien.

Nouvel ordre, il attendit.

Toujours rien.

Il se tourna alors vers Bell :

— Je crois bien que vous aviez raison, lui cria-t-il.

Bell avait l'air hébété, il était gris cendre.

— *Commandant ?*

— Il se souciait surtout de se tirer ! Il a dressé cette muraille de boules de feu pour nous empêcher de le voir ! Et puis il s'est défilé, plein est ! Avec ses deux réacteurs, en émettant un nuage de polymères plus je ne sais quoi de leur invention ! Il est allé rejoindre les sous-marins de l'Axe qui se regroupent au large de l'Afrique pour attaquer le convoi !

Bell hochait la tête, accablé.

Jeffrey le prit par l'épaule pour s'assurer qu'il allait bien, il savait qu'il y avait des blessés dans tout le bord. Les commis et cuistots, formés aux premiers secours, arrivaient avec leurs trousses.

Bell tapota la main de Jeffrey, il se ressaisissait enfin.

— Il faut qu'on se lance à sa poursuite, commandant ! Et on abandonne à leur sort si nécessaire les SEAL et le mini-sous-marin !

Cette seule pensée révulsait Jeffrey, mais il fallait se rendre à l'évidence.

— Venir au zéro-neuf-zéro.

Plein est.

Puis il empoigna le micro de l'Interphone pour appeler la machine – il voulait absolument que Willey entende le son de sa voix.

— Allure maximale ! On s'occupera du reste plus tard, le *von Scheer* est en train de se tirer !

CHAPITRE 24

Ilse Reebeck était de quart au centre opérations de l'amiral lorsque s'engagea la première phase de la bataille de l'Atlantique Sud. Toutes les torpilles étaient armées, des gens criaient, les plantons couraient dans tous les sens, des officiers supérieurs parlaient dans deux ou trois micros à la fois. Des comptes rendus arrivaient sans arrêt de toutes les unités à la mer, il fallait prendre dans l'urgence des décisions d'ordre tactique ou logistique, les ordres repartaient aussitôt de Norfolk. Le CO résonnait encore du dernier appel de l'enseigne de vaisseau Estabo, avant que la liaison fût brutalement coupée avec les îlots, et ce souvenir jetait comme une ombre dans la pièce. Ils avaient ensuite appris le contact avec le *von Scheer*, entendu les échos des explosions nucléaires, terrifiantes, tétanisantes. Dans le pire des scénarios envisageables, celui d'une escalade au niveau thermonucléaire, le CO de Norfolk figurait certainement chez les Russes au premier rang des cibles prioritaires. Ilse songeait, bouleversée, au sort de tous ces civils, habitants de grandes villes – dans une guerre de ce genre, la meilleure situation consistait à se trouver au front.

Mais elle était trop occupée pour se soucier longtemps de choses de ce genre. Les données océanographiques arrivaient à flot continu des capteurs mis en place dans l'espace ou dans les airs, sur diverses plates-formes, à la surface et sous l'eau. Elle devait trier et traiter cette masse d'informations afin d'enrichir tous les renseignements qui arrivaient par d'autres sources. Ces données relayées par satellite provenaient de navires, d'avions, d'hélicoptères, de centaines de bouées actives ou passives.

Ilse était si concentrée sur sa tâche qu'elle sursauta en sentant la présence du commodore Wilson à ses côtés. Il lui fit un bref signe de tête, comme à son habitude, et commença à examiner alternativement les différents écrans des consoles et les écrans de télévision accrochés au mur. Ilse savait que cette attente devait être bien plus pénible encore pour lui, qu'il était sans doute venu la retrouver pour se sentir un peu moins seul.

Sur l'écran de situation surface, Ilse distinguait les destroyers et les frégates qui se dirigeaient à pleine vitesse vers les nouvelles positions qu'on leur avait attribuées, largement sur l'avant des porte-avions. Porte-avions et croiseurs, de leur côté, marchaient à la même allure vers le point de passage resserré afin de détruire les positions de l'Axe qui menaçaient la mer depuis l'Afrique du Nord. Des ravitailleurs de l'US Air Force, modifiés pour accroître leur rayon d'action, stationnaient sur leurs bases au Venezuela. Leur rôle consistait à permettre aux appareils de l'aéronautique navale de rester en l'air beaucoup plus longtemps qu'ils n'auraient fait avec les seuls moyens de la marine. Ils pourraient ainsi intervenir beaucoup plus loin que ce qu'imaginait l'Axe. Des B-52, grâce à leurs énormes capacités d'emport et à leur autonomie presque infinie, renforçaient également les moyens navals – en larguant des bouées acoustiques au lieu des missiles air-sol ou des bombes intelligentes qui constituaient leur armement habituel. Jusqu'à présent, les combats aériens contre les chasseurs ennemis étaient restés rares, mais Ilse savait pertinemment que la nouvelle Luftwaffe arriverait en force dès que cela *lui* conviendrait.

C'est alors que son téléphone sonna. C'était le chef d'état-major d'Hodgkiss qui cherchait à joindre Wilson. Ilse tendit le combiné au commodore qui écouta avant de répondre : « Nous arrivons. »

Wilson lui rendit l'appareil.

— L'amiral veut nous voir dans sa salle de réunion. Immédiatement.

Ilse s'assura rapidement que ses adjoints avaient la situation en main et pouvaient assurer la suite jusqu'à son retour. Ils appartenaient tous au service météorologique et océanographique de la marine, ils connaissaient leur métier.

Ilse suivit Wilson en silence. Ils quittèrent la grande salle, empruntèrent une coursive, passèrent le contrôle de sécurité avant de pénétrer dans une pièce sans fenêtres meublée d'une table en acajou et d'une demi-douzaines de chaises de bonne facture. Hodgkiss et son chef d'état-major arrivèrent presque aussitôt. L'amiral salua Ilse puis, s'adressant à Wilson :

— On m'a expliqué que la chose était urgente. A part ça, j'en sais autant que vous.

Le directeur des services de renseignements de la marine entra à son tour. Il était vice-amiral – amiral à trois étoiles. Ils échangèrent avec Hodgkiss un regard lourd de sous-entendus, Ilse se demandait ce qui se passait. Le directeur la salua, ils s'étaient déjà rencontrés à plusieurs reprises.

Une minute plus tard, deux nouveaux personnages firent leur apparition. Ilse n'en revenait pas, elle les avait vus tous les deux en janvier, lors de la réunion de débriefing qui avait suivi le retour du *Challenger* de sa dernière patrouille.

— Amiral, dit à Hodgkiss une femme grande et mince.

— Mon général, répondit Hodgkiss.

Ils se serrèrent la main. Cette femme, général en retraite de l'armée de l'air, était conseiller du Président pour la sécurité. Malgré ses valises sous les yeux, elle semblait alerte et bien réveillée. Elégamment vêtue, elle avait un regard vif et pénétrant. Le menton était volontaire et bien marqué, elle pinçait constamment les lèvres.

— Amiral, fit à son tour un petit homme replet.

Lui aussi avait l'air épuisé, mais il tenait le coup.

— Monsieur le directeur.

Ce monsieur était le directeur du renseignement central – le chef de la CIA. Ilse savait qu'il venait du civil, il avait travaillé à l'université et dans des fondations de sciences politiques. Son costume gris sombre détonnait au milieu de tous ces uniformes. Quant à la conseillère pour la sécurité, elle semblait parfaitement à son aise et se comportait comme si elle avait encore ses quatre étoiles sur les épaules.

Ilse nota que le directeur général portait une mallette enchaînée à son poignet. Hodgkiss se fit la même réflexion :

— L'affaire doit être importante, monsieur, pour que vous fassiez le porteur.

— Asseyons-nous, décida la conseillère du Président.

Le chef d'état-major quitta la pièce et referma la porte derrière lui, les autres s'assirent sans plus de cérémonie. Tous ces hauts responsables étaient devenus très proches depuis que la guerre avait éclaté. Cette grave crise, songeait Ilse, faisait passer au second plan rivalités et politique politicienne – ou, plus probablement, les avait enfouies si profondément qu'elles en devenaient imperceptibles lorsque l'on était aussi jeune et inexpérimenté qu'elle. Elle commençait à se demander pourquoi on l'avait conviée.

La conseillère avait sans doute deviné ses pensées :

— J'ai souhaité votre présence en lieu et place du capitaine de vaisseau Fuller.

— Oui, madame.

Cela recommençait.

— Que se passe-t-il ? demanda Hodgkiss.

On ne savait trop si c'était un ordre ou une question.

La conseillère poussa un soupir et, se tournant vers le directeur :

— Harry, à vous.

La générale était connue pour être avare de ses mots, du moins lorsqu'elle ne participait pas à des réunions de haut niveau avec le Président – ou encore lorsqu'elle jouait avec ses petits-enfants.

Le directeur s'éclaircit la gorge.

— Le Président nous a ordonné de venir en avion au lieu d'organiser une téléconférence. Il est très préoccupé par les capacités d'interception de l'ennemi et par la présence possible de taupes à la Maison-Blanche ou au Pentagone.

L'attaque insensée lancée contre le Capitole rendait tout le monde pointilleux en matière de sécurité.

— Je suis sûr que cela fait partie des plans de l'Axe, répondit amèrement Hodgkiss. On gaspille son temps à traquer leurs agents, on n'ose même plus utiliser le téléphone.

— Ouais, et à juste titre.

Le directeur déverrouilla les serrures de sa mallette et l'ouvrit.

— La plupart d'entre vous savent que, depuis quelque temps, nous sommes très préoccupés par les agissements de l'Axe en Amérique du Sud.

Hodgkiss et les autres acquiescèrent, à l'exception d'Ilse.

— Tous les éléments du puzzle collent assez bien, le résultat est assez inquiétant.

— Le Brésil et l'Argentine, nota Hodgkiss.

— La CIA, les services de renseignements de la Défense et l'Agence nationale de sécurité ont travaillé de concert, cette fois-ci. Nous avons pu rassembler pas mal de données, entre le renseignement électronique et le renseignement humain.

Pour être clair, cela signifiait : satellites et agents sur le terrain.

— Nous avons appris à nos dépens, voilà dix ou vingt ans, que l'un ne va pas sans l'autre.

— Je suis bien d'accord, fit Hodgkiss, qui semblait impatient d'en venir au fait.

Dans l'ordre de préséance, civil ou militaire, le directeur et la conseillère se situaient hiérarchiquement bien au-dessus du commandant en chef de la flotte de l'Atlantique. Mais Hodgkiss était commandant opérationnel, sous plusieurs aspects, et il le savait. Le directeur poursuivit son exposé :

— La dernière incursion des SEAL dans le nord du Brésil nous a fourni la preuve que l'Axe apporte son assistance aux rebelles de la région. Nous en concluons que, s'il s'agit d'une manœuvre de diversion, elle a pour but d'attirer les forces brésiliennes dans le coin, à l'autre bout du pays et loin de la frontière avec l'Argentine. A voir ce que nous constatons sur les routes et les bases aériennes, cela marche à merveille.

— Vous avez raconté tout ça aux Brésiliens ? lui demanda Hodgkiss.

— En termes assez vagues, coupa le directeur, via notre ambassadeur à Brasilia. Faire mention des SEAL serait reconnaître que nous avons violé leur souveraineté. Un coup comme ça et on se retrouve dans une petite guerre à trois. Nous contre le Brésil, le Brésil contre l'Argentine, et enfin nous contre l'Axe et l'Argentine.

— Poursuivez, grommela Hodgkiss.

— Nous avons quelques rares certitudes – le directeur commença à compter sur ses doigts. En Argentine, une petite fraction réactionnaire renverserait volontiers le pouvoir modéré en place. On trouve parmi ces gens quelques dinosaures et autres fossiles qui occupent des postes importants, qui en veulent encore au Royaume-Uni de l'affaire des Malouines, voilà trente ans et qui ne vouent pas une admiration particulière aux Etats-Unis. Même si les nazis réfugiés là-bas sont morts de vieillesse, certains de leurs descendants occupent des postes importants dans l'industrie et la finance.

— Putain… fit Hodgkiss entre ses dents.

— En outre, le Brésil et l'Argentine ont récemment rappelé tous leurs réservistes, ce qui constitue un pas *très* préoccupant dans l'escalade. Qu'ils aient renforcé leurs troupes à la frontière était déjà assez inquiétant, mais on pourrait considérer qu'il ne s'agit que de gesticulation, même si c'est un jeu dangereux. La mobilisation générale *ne constitue sûrement pas* un bon signe. Cela affaiblit encore deux pays dont les économies sont déjà chancelantes, détériore le climat social et ajoute au mécontentement général. Une guerre entre eux semble désormais inévitable.

— Et c'est bien la dernière chose dont nous ayons besoin, lâcha Hodgkiss.

— Tout cela a commencé après les événements désastreux dans l'océan Indien, le mois dernier, remarqua la conseillère. Puis il y a eu ces atrocités dans le Pacifique, le Japon a annoncé qu'il possédait l'arme nucléaire…

Le directeur acquiesça.

— Toute cette hystérie guerrière devient contagieuse et elle s'entretient d'elle-même, comme ce fut le cas pour l'Europe en 1914. Nous sommes certains que les agents de l'Axe agissent en sous-main en Argentine, et qu'ils sont derrière les accrochages entre Brésiliens et Argentins. Ils organisent des provocations en finançant des agitateurs, des gens lâchent quelques rafales avant de s'évanouir dans la nature, des titres chauvins fleurissent dans la presse contrôlée par les amis de l'Axe, on entend des discours enflammés sur les chaînes de télévision et de radio qu'ils possèdent. Ajoutez à cela quelques bombes, des émeutes soigneusement orchestrées. Ce à quoi nous assistons sort en bonne partie de *Mein Kampf*... Le président argentin a du mal à se faire obéir de ses militaires, et le peu d'autorité qu'il lui reste ne durera pas très longtemps. Son propre parti, le Front péroniste du peuple, est vacillant... Je sais bien, ce jargon fait penser à une espèce de mélange de fascisme et de communisme, mais il est difficile de décrire en deux mots cette langue de bois et ce qu'elle cache. Pour tout dire, il est au milieu du gué, et il essaye de résister pour défendre les plus pauvres. L'opposition, qui a obtenu quelques résultats aux élections sous l'étiquette chrétienne démocrate, est prête à déclencher une guerre civile si nécessaire. Ces gens-là sont tout ce qu'on veut sauf chrétiens, si on parle de leurs valeurs, et quant à leurs objectifs, tout sauf démocratiques. Les Allemands et les Boers les soutiennent en sous-main.

— Où les Brésiliens en sont-ils de leur programme nucléaire ? demanda Hodgkiss.

— J'allais y venir. Réponse, nous n'en savons rien. Ils ont peut-être, je dis bien *peut-être*, quelques bombes militarisées... Mais leur président est un type bien. Il a son parti centriste bien en main et il est *réellement* le commandant en chef, dans tous les sens du terme. Je ne le vois pas utiliser le premier l'arme nucléaire, même si une guerre conventionnelle tournait mal pour lui.

— Et l'Argentine ?

— L'Argentine est la raison même de cette réunion, fit la conseillère. Harry ?

Le directeur sortit quelques documents de sa mallette et reprit la parole.

— Voici les minutes de conversations téléphoniques

que nous avons interceptées. Elles ont été traduites en anglais par nos meilleurs spécialistes du bureau Argentine.

— Et comment les avez-vous obtenues ? demanda Hodgkiss en prenant les papiers.

— Comme d'habitude. Les satellites ramassent ce qui traîne sur les lobes verticaux des pylônes.

Ilse savait parfaitement ce qu'il voulait dire. Toute antenne, indépendamment de la plus ou moins grande directivité de son faisceau principal, émet de l'énergie sur les côtés – les lobes latéraux – et à la verticale, le lobe zénithal. On peut détecter ces signaux assez faibles, les amplifier des millions ou des milliards de fois, les déchiffrer si nécessaire, et enfin les lire. On utilise souvent les sous-marins nucléaires à immersion périscopique, dans les eaux côtières, pour intercepter ces lobes latéraux. Avec le lobe zénithal, les satellites espions obtiennent des résultats saisissants.

Hodgkiss, qui avait commencé à lire, émit un petit sifflement.

— C'est de la dynamite, on aurait pu croire qu'ils se montreraient plus prudents.

Le directeur hocha la tête.

— Je crois qu'ils n'ont pas idée des moyens dont nous disposons. Quelques va-t-en-guerre qui se trouvaient à Buenos Aires ont éprouvé le besoin de discuter avec des piliers de la vieille élite qui se trouvaient dans un ranch, quelque part dans la pampa. Il s'agit d'un gros ranch où l'on élève du bétail et nous pensons qu'ils l'utilisent comme quartier général ou comme refuge pour les sympathisants de l'Axe. Ils utilisaient un système de brouillage, mais nous l'avons cassé.

— Et avant que vous posiez la question, fit la conseillère, nous avons étudié, avant de l'exclure, la possibilité de leur balancer un Tomahawk. La faction des partisans de l'Axe est trop puissante, trop dispersée, très mobile. Si nous l'avions fait, cela n'aurait servi qu'à fabriquer des martyrs, sans parler de l'acte de guerre que cela constituerait et dont nous n'avons vraiment pas besoin dans l'environnement diplomatique actuel. Et pis que tout, cela démontrerait que les Etats-Unis sont au courant de cette conspiration.

Hodgkiss, qui lisait distraitement les documents, ne cachait pas son impatience.

— Ce sont des transcriptions littérales ?

— Oui, répondit le directeur, avec l'argot local, les intonations de voix, les inflexions, tout y est, plus quelques commentaires de nos linguistes.

Hodgkiss acheva sa lecture avant de lever les yeux. Il était grave. Il jeta un coup d'œil à Wilson et à Ilse, puis au directeur des services de renseignements de la marine. Il se tourna enfin vers le directeur de la CIA.

— Tous les gens qui sont ici sont-ils habilités ?

— Nécessité de service, le Président a donné son feu vert.

Hodgkiss poussa un long soupir.

— Je comprends donc que ces salopards en Argentine attendent des armes nucléaires que doit leur livrer l'Allemagne. Dans peu de temps. Très peu de temps. (Il hésita un instant, il avait l'air assez sceptique.) Mais ces renseignements viennent d'une seule source, il s'agit peut-être d'un tuyau crevé, d'une ruse, d'une provocation.

— Certes, répondit le directeur, et nous avons quelques agents à nous dans des bases aériennes en Argentine. Ils nous rapportent que plusieurs chasseurs bombardiers ont subi récemment et en grande hâte quelques modifications. Nos experts ont essayé d'analyser la description qui en a été faite par les agents sur le terrain. Ces appareils modifiés seraient en mesure d'embarquer et de larguer des armes nucléaires. Voilà, amiral, vous avez votre confirmation, du renseignement électronique et du renseignement humain, de sources totalement indépendantes, à deux endroits différents.

— Bon, bon, fit Hodgkiss. C'est assez fâcheux, mais cela explique de quelle manière ces dingues d'Argentins espèrent vaincre le Brésil en dépit de leur infériorité numérique. Ils sont à cinq contre un et devraient se battre sur un front très étroit, avec un réseau routier médiocre et un territoire immense à contrôler.

L'Argentine comptait quarante millions d'habitants alors que le Brésil en avait près de deux cents. En forme de triangle depuis le nord et jusqu'aux frontières avec l'Uruguay et le Paraguay, le Brésil s'élargit progressivement jusqu'à occuper une largeur équivalente à celle des Etats-Unis.

— Le Brésil constitue un objectif assez alléchant. Il possède des sites industriels, des ressources minières et autres. Et c'est un vrai gisement de travailleurs forcés. Mais que vient faire la flotte de l'Atlantique là-dedans ? Nous avons déjà largement de quoi l'occuper, sans compter notre tête de pont en Afrique… Et puis, comment ces armes vont-elles arriver en Argentine ? *Par la poste ?* Non, ne soyez pas ridicule. Elles ne peuvent pas non plus arriver par voie maritime, cela fait des années que nous interdisons tout trafic qui pourrait servir à importer des armes ! Et nous avons encore resserré le nœud coulant depuis le déclenchement de la guerre.

— C'est bien de cela qu'il s'agit, déclara la conseillère. Un conflit nucléaire en Amérique du Sud constituerait un bazar invraisemblable sur nos arrières et au pire moment, d'accord ? Le pire moment pour les forces qui sont sous vos ordres, d'une part, mais aussi, stratégiquement, pour l'ensemble des Alliés.

— Mais non, répliqua Hodgkiss, il s'agit d'un stratagème, d'une manœuvre de diversion. Un coup bidon assez ingénieux destiné à nous mener en bateau. Et vous êtes en train de tomber dans le piège, vous ne comprenez pas ? Avec tout le respect que je vous dois, mon général, n'espérez pas que je vous emboîte le pas… Et ne me dites pas qu'ils vont trimballer des bombes A par sous-marin. Il fait bien trop beau temps dans l'Atlantique Sud. Ajoutez que, jusqu'à nouvel ordre, rien, je dis bien rien, ne peut passer à travers les défenses ASM que nous avons déployées.

L'amiral se mit à compter sur ses doigts :

— Les sous-marins en patrouille au large de l'Afrique du Sud et bien au-delà, des bâtiments de surface avec leurs sonars linéaires passifs, des réseaux d'écoute sur les fonds – et c'est sans doute pour cette raison que les sous-marins ennemis restent regroupés près des côtes africaines contrôlées par l'Axe.

Ils se fixaient droit dans les yeux, aucun ne voulait céder.

— Et où le *von Scheer* se trouve-t-il ?

Hodgkiss se tourna vers Wilson :

— Commandant ?

Wilson toussota.

— Aux dernières nouvelles le *Challenger* était lancé à sa poursuite, cap à l'est, vers l'Afrique.

— Vous en êtes sûr ? lui demanda le directeur de la CIA.

Wilson demanda alors à Ilse de lui présenter les dernières données disponibles. Ilse décrocha le téléphone et appela l'enseigne de vaisseau qui la secondait au CO. Elle le pria d'approcher le micro pour faire entendre aux participants les signaux des bouées acoustiques puis activa le haut-parleur. Tous tendirent l'oreille. Il y eut un sifflement, puis une espèce de battement mécanique remplit la pièce.

— Ça, commenta Ilse, c'est le *Challenger*, à pleine vitesse.

Le bruit devint plus grave, puis faiblit avant de s'évanouir totalement.

— Il ralentit, reprit Ilse, pour avoir de meilleures

conditions d'écoute… A présent, ils sont en mode sonar passif.

Un bruit strident de sirène sortit alors du haut-parleur, la conseillère n'en revenait pas.

— Ça, madame, c'est une émission sonar. Il émet pour contourner le masquage de signature de l'adversaire.

Tout le monde écoutait, mais il ne se passa plus rien. Puis on entendit le *Challenger* qui remontait en allure.

Reprenant le combiné, Ilse demanda à l'enseigne :

— Aucune trace de torpilles ?

— Non, lui répondit-il.

— Cap ?

— Plein est.

— Immersion ?

— Mille deux cents mètres.

— Parfait, merci.

Et elle raccrocha.

— Le commandant Fuller applique une tactique que nous appelons marcher-courir. C'est une méthode de recherche qui consiste à foncer, puis à s'arrêter pour écouter. Il est descendu assez bas pour profiter du chenal acoustique profond, ce qui maximise la distance de détection sur un sous-marin. En outre, l'immersion le protège davantage d'un tir de missile de croisière. *A priori*, on doit entendre ses émissions sonar jusqu'en Afrique.

Comme Wilson ne l'interrompait pas et semblait plutôt d'accord, elle poursuivit :

— J'interprète également ce comportement comme la preuve que le commandant Fuller reste prudent car, un peu plus tôt, lorsqu'il a dû franchir la zone des explosions nucléaires, il était sans interruption à la vitesse maximum.

La conseillère et le directeur se regardaient, pas vraiment convaincus. Le directeur se tourna vers Hodgkiss :

— Vous êtes en train de nous dire que le *Challenger* a perdu le contact du *von Scheer* ?

— Provisoirement, répondit l'amiral. (Ilse le sentait exaspéré.) Enfin, peut-être. Nous essayons de nous mettre à la place de Fuller.

— Et pourquoi ne pas le lui demander directement ? fit ironiquement la conseillère.

— Sauf votre respect, répliqua immédiatement Ilse, c'est impossible. Il est trop bas.

La générale fit comme si elle n'avait pas entendu et regarda Hodgkiss.

— Mais enfin, vous n'avez pas quelque liaison radio spéciale ?

Hodgkiss hocha négativement la tête.

— Envoyer ne serait-ce qu'un court message prend un temps fou, et ça ne marche *que dans un sens*. Il faudrait qu'il réduise son allure et qu'il remonte pour nous répondre en utilisant des fréquences que l'ennemi n'a pas encore brouillées… Je ne vais pas casser les pieds de Fuller alors qu'il a d'autres chats à fouetter.

Ilse sentait bien que la tension montait.

— Madame, messieurs, reprit-elle, il est une autre chose que nous n'avons pas prise en compte, indépendamment du commandant Fuller.

Ils se tournèrent vers elle d'un seul mouvement, médusés.

— Le commandant du *von Scheer*.

— Ce type que nous avons identifié, expliqua Hodgkiss aux autres, Ernst Beck. Que *fait-il*, comment *réagit-il* ?

— Je peux essayer de répondre pour vous, amiral, lui dit Ilse.

— Vous avez déjà eu affaire à lui avec le commandant Fuller, n'est-ce pas ?

— Oui, amiral.

Les souvenirs de cette bataille longue et difficile remontaient en masse. Elle se rappelait les tactiques de plus en plus sophistiquées que les deux adversaires avaient dû mettre en œuvre. L'affaire était devenue impitoyable, c'était miracle que les deux y aient survécu…

Elle baissa les yeux sur la table, mit la tête dans ses mains et essaya de se concentrer.

— Un engagement se déroule selon un schéma temporel précis, mais chaotique, précipité. En fait, il s'agit d'un *vecteur* d'événements, une *séquence* si vous préférez, qui comporte de l'ordre au milieu de tout ce désordre. L'un ou l'autre prend l'initiative, cela dépend des moments. Peu importe, c'est celui qui a l'initiative qui décide de la prochaine action, pour tous les deux. Donc, les deux combattants passent leur temps, soit à mener le jeu, soit à se faire mener par le bout du nez… C'est très intense, cela influe profondément sur leur propre perception des choses.

Ilse imaginait le combat dans les parages des îlots, elle essayait de se transporter à bord du *Challenger*.

Puis elle leva brusquement les yeux, ça y est, elle avait tout compris. Un choc presque physique, comme si elle venait de passer à travers une porte.

— Le commandant Fuller fait cap à l'est parce qu'il pense que ce mur d'explosions nucléaires avait pour but de permettre au *von Scheer* de rompre le contact et de s'échapper, de continuer à l'est, de se rapprocher des côtes africaines. *Nous* savons désormais, d'un point de vue stratégique, combien le front américain prend d'importance, plus même que le front africain. Et les Allemands, eux, le savent depuis plus longtemps que nous. Sans doute avant même que le *von Scheer* ait appareillé.

— Vous voulez dire… commença le directeur.

— Oui, coupa Hodgkiss. Tout colle au quart de poil. Le *von Scheer* n'a pas pu faire ce qu'il voulait sur les îlots. Bon sang de bois ! Ernst Beck n'a pas mis cap à l'est, et c'est pour cela que Fuller n'arrive pas à le trouver. C'est pour cela que Beck l'a entraîné dans cette poursuite bidon, avant de déclencher ses torpilles. Et c'est comme ça que les Allemands comptent livrer des bombes A à leurs petits amis argentins.

Il se leva, s'approcha du planisphère disposé dans un coin de la pièce. Il le fit tourner pour trouver l'Atlantique Sud et laissa courir son doigt sur la sphère. On le sentait furieux.

— Ça y est, je comprends, je comprends tout, reprit-il en regardant la conseillère droit dans les yeux. Beck va parcourir les deux côtés d'un triangle, le plus rapidement possible : des îlots à Buenos Aires, puis de là jusqu'à l'embouchure du Congo, en retraversant l'Atlantique Sud. Pendant ce temps-là, le convoi parcourt le troisième côté du triangle, vu ? Il passe le détroit, laisse les îlots et droit vers le Congo… Le *von Scheer*, lui, continue sa tournée de livraison en Argentine *avant* de faire demi-tour pour rattraper le convoi par l'arrière. Le dernier côté du triangle, et il a refermé l'étau. Le convoi se retrouve coincé entre le *von Scheer* d'un côté et les sous-marins ainsi que les forces terrestres de l'Axe, de l'autre bord. Vu de notre côté, c'est la pire configuration possible. Plus le temps passe, plus il devient probable que les Allemands et les Boers vont déclencher l'attaque terrestre.

— Ça, mon vieux, fit le directeur, on ne peut pas rêver mieux que le *von Scheer* pour assurer le transport, non ? Un seul tube lance-missiles contient des dizaines de têtes nucléaires, on fait un joli paquet cadeau avec et on livre le tout à l'opposition argentine. Les Allemands disparaissent et s'en lavent les mains, avant de regarder gentiment l'Amérique du Sud qui nous saute à la figure, littéralement. Une guerre nucléaire terrestre dans le tiers-monde, un nouveau front qui s'ouvre au sud des Etats-Unis…

— Et il y a encore une chose qui tombe juste pour moi, dit la conseillère. Si on ne la provoque pas, l'Allemagne elle-même ne fournirait pas d'armes nucléaires à un pays neutre. Ils savent bien que cela finirait par se savoir, que le jugement de l'histoire serait sans pitié. Les gens les plus hypocrites sont en général ceux qui se montrent les plus pointilleux sur le respect de la lettre… Par conséquent, les Allemands doivent savoir quelque chose que nous ignorons. Ils ont sans doute la preuve que le Brésil détient l'arme nucléaire.

Hodgkiss se contenta de hocher lentement la tête. La conseillère et lui se regardèrent.

— Nous devons absolument empêcher le *von Scheer* de livrer sa cargaison, fit-elle enfin. Comment prévenir le commandant Fuller ? D'ailleurs est-il le mieux à même de s'en occuper ?

— Le *Challenger* a déjà pour mission de pourchasser le *von Scheer*, c'est lui qui est le plus proche de sa position probable. Il est de loin le plus rapide, le plus discret de tous nos sous-marins, le seul capable de plonger assez profond, de se retrouver en portée et enfin de le couler avec quelques chances de succès. Donner l'ordre à un autre de remplacer Fuller et de se lancer à la poursuite du *von Scheer* consisterait à envoyer de braves gens à une mort inutile.

L'amiral s'empara du téléphone pour appeler son chef d'état-major.

— Message ELF, vous le faites passer en priorité. Pour action *Challenger*, je confirme, indicatif sept-sept-huit. Message chiffré : « Venir à l'immersion d'écoute. Sortir l'antenne filaire… » Il ne nous reste plus qu'à espérer que ça passera en dépit du brouillage.

L'amiral lâcha le combiné et se tourna vers Ilse :

— A votre avis, le commandant Fuller risque-t-il de ne pas tenir compte de ce message, de croire que nous ne sommes que des casse-pieds ?

— Honnêtement, c'est fort possible.

Hodgkiss reprit son téléphone :

— Vous complétez le message : « Ordre impératif.

Exécution immédiate, signé : Commandant en chef flotte de l'Atlantique ».

Il était sur le point de raccrocher, mais se ravisa :

— Trouvez-moi le porte-avions le plus proche et dites-lui d'envoyer un hélico Evasan pour aller récupérer les commandos blessés qui se trouvent à bord de ce cargo. Qu'il embarque de la glace, de l'eau, des cartouches filtrantes, tout le tintouin, ils doivent être à bout, même ceux qui sont encore indemnes. Et trouvez-moi aussi un Osprey pour déposer une unité de décontamination. Par hélitreuillage. Ils n'ont qu'à larguer tout ça près des ruines du phare… Il faut retrouver la trace du mini-sous-marin. Par radio, les bouées, tous les moyens. Dites au mini de se rapprocher des rochers et de récupérer les SEAL encore en bon état. Puis qu'il fasse route au sud pour se faire reprendre par le *Challenger*. Bon, vous voyez ce que je veux dire, exécution.

Une nouvelle fois, il allait raccrocher. Il reprit pourtant :

— Il me faut une seconde station ORPHEE, vous allez me l'installer sur l'île de l'Ascension. Allez, fissa, démerdez-vous, c'était pour avant-hier. Elle appartient aux British, leur officier de liaison doit être quelque part dans le coin, retrouvez-le vite fait et demandez-lui leur aide. Il y a un réseau de câbles sous-marins à peu près potable dans la zone de l'Ascension, ça nous aidera à pister le *von Scheer*.

Cette fois, il raccrocha pour de bon.

Le directeur de la CIA regardait ailleurs.

— Et si nous nous trompons ? Et s'il s'agissait d'un énorme piège tendu par les Allemands, d'une ruse au second degré, après tout ? Et si le *von Scheer* faisait route vers l'Afrique en ce moment même ? Nous prenons le *Challenger*, notre seul et unique sous-marin moderne, le plus performant, notre seul sous-marin à coque composite. Et nous l'envoyons aux prunes chasser n'importe quoi n'importe où. Pendant ce temps-là, l'ennemi s'apprête à coincer le convoi et son escorte, les U-Boote et l'offensive terrestre d'un côté, le *von Scheer* de l'autre. Le casse-noix intégral, un vrai bain de sang. Et pendant ce temps-là, le *Challenger* qui continue toujours sa course folle, mais dans la mauvaise direction.

— Monsieur le directeur, on ne peut pas avoir tout et son contraire.

Hodgkiss se tourna vers le planisphère, le regard dur.

— Si nous nous sommes trompés, madame et messieurs, je crois que nous sommes en train de perdre cette guerre et que nous allons bientôt devoir proposer un armistice… Mais si nous avons raison et si Fuller échoue, si Ernst Beck le coule au large de l'Amérique du Sud, alors, ce sera l'Apocalypse, tout simplement.

CHAPITRE 25

Deux jours plus tard,
au large des côtes brésiliennes

Tendu, épuisé, Jeffrey Fuller était assis dans son siège au PCNO. On était passé en éclairage en rouge, il avait réglé sa console de façon à faire défiler les écrans de situation un par un, toutes les dix secondes. Ces pages qui se modifiaient ainsi en se succédant le stimulaient et l'aidaient à rester réveillé.

Il n'avait pas fermé l'œil depuis quarante-huit heures – il était déjà debout avant sa conversation avec Norfolk, lorsque l'amiral Hodgkiss lui avait donné ses instructions : rallier les îlots, récupérer le mini-sous-marin avec à son bord Félix et une poignée de commandos.

Il s'en voulait à mort. Ernst Beck l'avait mené en bateau, il avait l'air d'un imbécile, il s'était bêtement raccroché à un mirage dans une situation stratégique complexe dont les enjeux étaient cruciaux.

Ce Beck est décidément meilleur que je ne pensais.

Il se détourna pour jeter un coup d'œil à Bell qui était assis juste à côté de lui. Son second, plus jeune que lui, avait l'air frais et dispos – et il s'était rasé.

Lui au moins, il a assez de bon sens pour piquer un

petit somme et prendre une douche. Je suis en train de tomber dans de sales habitudes, je veux avoir l'œil à tout, en permanence, alors que je pourchasse l'ennemi…

— J'espère qu'on a fait ce qu'il fallait, mon vieux, commença-t-il lentement.

Son corps et tous ses membres étaient moulus, ses bras pesaient du plomb. Il se sentait le cerveau embrumé.

— Oui, commandant ?

Bell parlait d'une voix calme, reposée. Et il avait changé de tête. Il semblait plus mûr, apaisé, plus concentré, plus équilibré que lors des précédentes patrouilles.

— J'ai essayé de jouer l'effet de surprise sur les îlots. La surprise a été pour *moi*, regardez où ça nous a menés.

— Mais non, commandant, c'était la bonne solution à ce moment-là. Beck nous a eus tous les deux. Mon boulot consiste aussi à critiquer éventuellement vos décisions, mais, pour cette fois, c'est moi qui vous ai entraîné là où Beck voulait nous mener. *Une vitesse de pointe de soixante-dix nœuds.* Quelle connerie ! C'était pure divagation, une vue de l'esprit. Et je suis tombé dedans moi aussi, commandant.

Au lieu de répondre, Jeffrey se tourna pour regarder une fois de plus la photo d'Ernst Beck affichée en permanence dans un coin de l'écran.

Il reprit l'examen des autres données affichées. On avait rechargé les tubes, huit torpilles à tête nucléaire, et sorti la nouvelle antenne linéaire remorquée, celle qu'on venait de leur installer lors du passage au bassin à New London. La précédente consistait en un câble unique et de grande longueur auquel étaient fixés des hydrophones avec leur électronique. La nouvelle antenne était formée de trois câbles parallèles munis de milliers de minuscules capteurs, des boucles de fibre optique dans lesquelles circulait la lumière d'un laser intégré. Le moindre signal basse fréquence qui atteignait la boucle modifiait très légèrement le trajet du rayon, suffisamment pour que l'effet créé soit détectable. Ce nouveau système représentait un saut technologique important, ses performances dépassaient même celles des équipements dernier cri en technologie électronique. Kathy Milgrom et son équipe en faisaient fort bon usage.

Le *Challenger* naviguait dans le chenal profond, à l'écoute des perturbations les plus infimes créées par le *von Scheer.* Aussi discret soit-il, un sous-marin émet de tels signaux. Des bruits dans le domaine infrason, des changements de fréquence à moins d'un cycle par minute, soit un soixantième de hertz ; tout sous-marin engendre des bruits de cette nature dus à son avance dans l'eau, aux équipements de propulsion qui entrent en résonance avec la coque, aux mouvements de flexion de la coque elle-même. Aucun système connu ne permettait de les éliminer tous.

Le *Challenger* naviguait à la vitesse discrète maximale – vingt-six nœuds – et suivait un cap général au sud-ouest. La route la plus directe pour aller des îlots à Buenos Aires longeait les côtes orientales du Brésil, mais Jeffrey avait décidé de rester plus au large en eaux très profondes. Le bâtiment se trouvait donc entre le plateau continental qui borde l'Amérique du Sud et les fonds plus chahutés de la chaîne méso-atlantique, au-dessus de la vaste plaine qui les sépare. Dans la zone, le fond descendait à l'immersion de destruction du *von Scheer* et du *Challenger,* ou même encore plus bas et Ernst Beck aurait donc plus de mal à s'y dissimuler. En outre, tant qu'il restait hors de la zone des deux cents milles, les règles d'engagement lui permettaient de faire usage de ses armes nucléaires.

Naviguant ainsi depuis deux jours, le *Challenger* avait laissé derrière lui à plus de mille nautiques le convoi, son escorte et tout soutien aérien. On n'entendait plus aucune bouée dans les parages – on les gardait précieusement pour protéger le convoi. Leurs émissions auraient pu par hasard trahir la présence du sous-marin. Au PC protégé, l'officier de transmission était occupé à écouter un nouveau message transmis par ELF. Ce message ordonnait à Jeffrey de remonter à immersion d'émission-réception. Cela pouvait signifier qu'ORPHEE avait eu un contact sur le *von Scheer.* A cette heure, la station que l'on venait d'installer sur l'île de l'Ascension devait être opérationnelle.

Désormais, toute émission sonar était proscrite et Jeffrey avait décidé de changer de tactique : discrétion et effet de surprise. L'Atlantique Sud est vaste – presque cinq mille nautiques de large de Buenos Aires à l'embouchure du Congo. Le *von Scheer* pouvait être n'importe où là-dedans, une étendue de plusieurs millions de nautiques carrés. A chaque heure qui passait, si Beck faisait une trentaine de nœuds, sa taille s'étendait davantage.

Jeffrey espérait pourtant conserver un atout : Beck ignorait peut-être qu'il courait toujours à ses trousses. C'est la raison pour laquelle Hodgkiss avait replié tout support aérien et de surface, afin de lui lâcher la main, de laisser Beck croire qu'il le recherchait toujours à proximité de l'Afrique. Autre intérêt, songeait Jeffrey, il pouvait quant à lui se rapprocher des côtes brésiliennes et ainsi adopter une route plus courte pour rallier l'Argentine, alors que le *von Scheer* avait de sérieuses raisons de ne pas trop risquer de se faire détecter par les Brésiliens – et donc, plus de raisons de se cacher. Troisième avantage, quelle que fût la route choisie par Beck, Jeffrey connaissait sa destination finale, la faction favorable à l'Axe qui l'attendrait encore quelques jours, plus au sud. Le contexte géographique était bien délimité, et, pour une fois, il était favorable aux Alliés. La côte argentine commençait là où se terminaient les côtes brésiliennes. Milgrom annonça soudain :

— Nouveau bruiteur sonar, interception sur raie.

Jeffrey leva les yeux, impatient d'entendre la suite.

— Bruiteur dans le zéro-cinq-zéro, très lointain, classé explosion nucléaire sous-marine, à proximité des côtes nord-africaines.

— Bien, répondit Jeffrey. Toujours rien du *von Scheer* ? Pas de trou dans le bruit ambiant ?

Le *von Scheer* pouvait absorber une partie de l'énergie acoustique créée par l'explosion, à un niveau plus élevé que l'océan lui-même et se révéler ainsi « en creux ».

— Et aucun écho réfléchi ?

Cette fois-ci, il s'agirait d'un écho direct sur la coque.

— Attendez.

Il fallait parfois attendre une bonne minute avant de voir un point ou un écho lointain, quelques minutes encore pour analyser le signal.

Cette longue attente sembla vider Jeffrey de ses dernières forces. *La bataille de l'Atlantique Sud vient de commencer avec cette première explosion. La bataille commence, et je n'y suis pas.*

— Aucun écho, commandant.

Jeffrey avait l'air extrêmement déçu.

— Nouveau bruiteur, sonar, reprit Milgrom. Contact sur l'antenne remorquée.

Jeffrey sentit une bouffée d'adrénaline l'envahir.

— Relèvement du bruiteur deux-huit-zéro – à l'ouest. (Jeffrey sentait le sang pulser dans sa gorge.) Bruiteur lointain, pas de distance… non, correction, bruiteur sur le plateau continental… Bruiteur repris sur le sonar de coque, tribord. Bruiteur classé sous-marin diesel au schnorchel.

— Vecteur ?

Mon Dieu, je vous en supplie, donnez-moi une cible, n'importe quelle cible, que je puisse au moins tirer sur quelque chose.

— Basse fréquence, moteurs de fabrication anglaise…

Provisoirement classé sous-marin diesel brésilien en recharge.

— Très bien, sonar.

Et toujours rien de l'*Amiral von Scheer.* Et toujours aucun message de Norfolk.

Deux heures plus tard, Jeffrey tourna légèrement la tête en entendant le pas de Bell qui se rendait aux toilettes. Le lieutenant de vaisseau Sessions quitta sa console navigation pour venir le remplacer.

Les yeux grands ouverts, Jeffrey entendait le patron qui, assis au poste de pilotage, discutait au téléphone. Il demandait au lieutenant de vaisseau Willey de venir à l'avant pour régler certain détail technique. Jeffrey comprit que la chose était mineure, mais il faisait confiance au patron et à son bon sens – et se répétait qu'il devait déléguer, ne pas se mêler de tout.

Son estomac contracté, douloureux, avait besoin d'une nouvelle dose de caféine. Il demanda au planton de service de lui apporter une tasse de café avec du lait et du sucre. Le patron l'entendit et ordonna au garçon d'attendre, de ne pas s'en occuper et qu'il irait lui-même.

Jeffrey se tourna vers son propre écran. Bell était sorti des toilettes et regagnait la console de tir, l'œil aux aguets. Willey arriva de l'arrière, l'air un peu embêté.

Le patron se leva, s'étira un grand coup, avant de jeter un coup d'œil à son commandant.

— Commandant, j'aimerais bien vous parler d'un truc. En particulier.

Comme Willey se trouvait là, et qu'il était plus ancien que Sessions, Jeffrey lui demanda de prendre la suppléance tandis que Sessions assurerait le quart. Les hommes de quart firent l'aperçu et Jeffrey précéda le patron chez lui.

Le patron ferma la porte derrière lui.

— Qu'est-ce qui se passe ? lui demanda Jeffrey en se regardant rapidement dans la glace.

Il avait le visage hagard, les traits tirés, une barbe de plusieurs jours. Et comme pour manifester aussi sa présence, son estomac émit un grand gargouillis.

— Commandant, commença le patron d'un ton décidé, il y a des fois où j'estime que je dois dire ce que j'ai à dire.

— Oui ?

— Vous êtes comme nous, vous avez besoin de manger et de dormir.

Jeffrey ouvrait la bouche pour répondre, mais le patron ne lui en laissa pas le temps.

— Laissons tomber pour le moment qui commande qui, capitaine de vaisseau ou maître principal. Mais il faut bien que quelqu'un se décide à vous le dire. Et si ça vous fait plaisir, dégradez-moi. Je veux bien redevenir matelot de seconde classe.

— Patron, vous savez bien que je vous écoute toujours avec beaucoup d'attention. Vous n'avez pas besoin de vous mettre dans cet état.

— Vous voyez bien, vous devenez de plus en plus susceptible et vous êtes supposé vous comporter comme le pire des salopards quand il faut salement se battre… Allez au carré, avalez un bout et oubliez le café. Puis revenez chez vous et mettez vous à l'horizontale pendant au moins six heures.

— Mais…

— Commandant, on se démerdera très bien tout seuls ! A la moindre clarté, je vous réveillerai.

Jeffrey se redressa, le patron avait mis dans le mille.

— Bon, bon, maître principal ; dites au lieutenant de vaisseau Willey de garder la suppléance, il connaît les consignes et il sait où me trouver.

Il le regarda avec un grand sourire plein de gratitude.

— Vous êtes un sacré filou, matelot, vous savez. Je comprends maintenant pourquoi vous avez fait appeler l'ingénieur à l'avant.

Beck était seul dans sa chambre et s'apprêtait à s'allonger. Il bénissait l'occasion qui lui était offerte de disparaître, d'échapper à ses responsabilités et à son encombrant passager.

Il dormit d'un sommeil agité, réveillé par des cauchemars vagues mais désagréables. Il se retournait, se rendormait, mais cela ne durait qu'un moment.

Il fit alors un nouveau rêve. Il avait une dizaine d'années, il était dans leur ferme de Bavière où son père et sa mère élevaient des vaches laitières, au milieu de ces collines merveilleuses qui se trouvent au pied des Alpes, tout près de cette ville ancienne et cosmopolite qu'est Munich. Dans son rêve, ils finissaient de souper, c'était le moment du dessert, sa mère avait fait un gâteau qui avait fort bonne allure et sentait merveilleusement bon.

Il se réveilla, couvert d'une sueur glacée, mais il se souvenait de tous les détails. Il avait le mal du pays, se sentait tout triste, bouleversé au seul souvenir de ces jours anciens de l'innocence, à jamais disparus.

Il rejeta ses couvertures et se leva, il ne réussirait plus à dormir maintenant.

Il avait à peine posé le pied sur le pont qu'il comprit soudain quelque chose et manqua pousser un cri. Afin de vérifier, il se précipita sur son ordinateur portable, l'ouvrit, afficha une carte marine. Les SEAL sur les îlots, ces travaux que Shedler lui avait décrits avec force détails après la bataille – la parabole, ces câbles qui plongeaient dans l'eau –, il y avait une *raison* à tout cela. Ce n'était certainement pas une coïncidence, *il y avait forcément* un rapport de cause à effet.

A présent, il comprenait comment s'y étaient pris les Alliés et le *Challenger* pour déterminer aussi précisément sa position dans le passage étroit puis près des rochers. Et il comprenait aussi ce qu'il devait faire désormais pour éviter que cela ne se reproduise.

C'est mon inconscient qui a travaillé pendant que je dormais.

La carte affichée sur son écran montrait les îlots Saint-Pierre et Saint-Paul, ainsi que la chaîne orientée est-ouest de laquelle ils émergeaient. Et comme toute carte marine, celle-ci portait aussi les câbles téléphoniques sous-marins.

Il téléchargea, via le réseau du bord, les positions gardées en mémoire des bouées SSQ-75 larguées au nord des îlots au cours de la bataille. Puis il superposa cette image à celle de la carte.

La coïncidence était parfaite, il n'y avait pas d'autre explication possible. *Ils ont essayé de me coincer entre deux câbles, de me forcer à passer au-dessus de l'un des deux.*

Ce sont bien les câbles. Il y a un truc avec ces câbles.

Maintenant qu'il avait compris d'où venait le danger, trouver la parade était extrêmement simple. Dès qu'il passait près d'un câble de ce genre, il lui suffisait de remonter ou de réduire la vitesse… Un peu gênant, mais sans plus, quand il s'agissait de battre en brèche la dernière trouvaille technique des Alliés.

CHAPITRE 26

Frais et dispos après ce long somme, Jeffrey alla prendre une douche brûlante. Il décida de profiter pour une fois des prérogatives de son rang et laissa l'eau couler pendant deux longues minutes. *Aujourd'hui, pas de rationnement d'eau douce.*

Il se rasa, ce qui était toujours un pensum quand il s'agissait d'une barbe de deux jours. Il enfila une tenue propre avant d'aller se regarder dans la glace : il se sentait un nouvel homme, physiquement et moralement.

Bon, je ressemble maintenant au commandant d'un bâtiment de guerre.

Il se rendit au central d'un pas léger, plus léger en tout cas que celui avec lequel il l'avait quitté huit heures plus tôt. Au lieu de cela, la perspective de jouer au chat et à la souris avec le *von Scheer*, de ferrailler avec le Korvettenkapitän Ernst Beck, l'excitait beaucoup.

L'officier missilier, le lieutenant de vaisseau Torelli, était de quart. Jeffrey jeta un coup d'œil à la montre de cloison : il était un peu moins de minuit, heure locale. On allait bientôt faire la relève de quart comme toutes les six heures, tous les jours, lorsque le bâtiment était à la mer, hors postes de combat.

Le central était en éclairage rouge. Jeffrey alla saluer

l'officier de quart. Weps n'était pas très ancien à bord, il avait rallié le bâtiment avant leur dernière patrouille. Jeffrey avait pourtant vite su que c'était un bon chef de service, connaissant son métier et n'hésitant pas à déléguer, vif et rapide au combat et qui ne refusait pas de rigoler devant une bonne bière lorsqu'ils étaient au mouillage. Torelli, qui n'avait pas tout à fait trente ans, était célibataire. Il venait de Memphis, dans le Tennessee. Il pouvait paraître assez hautain quand on ne le connaissait pas, assez dur avec ses hommes, jusqu'à ce que l'on sache à quel point il s'occupait personnellement de chacun.

Jeffrey lui indiqua qu'il avait l'intention de prendre la manœuvre une fois qu'il aurait retrouvé ses marques et réévalué la situation. Puis il alla faire une petite promenade dans le PCNO, examinant les consoles l'une après l'autre, sonar, armes, navigation, poste de pilotage.

— Très bien, dit-il enfin à Torelli, je prends.

— Le commandant prend la manœuvre, annonça Torelli.

Il se poussa pour lui laisser la place.

Tous les hommes de quart firent l'aperçu, puis commença la relève de quart. Un enseigne mécanicien, jeune homme très doué, arriva à son tour.

Jeffrey s'installa devant la console de l'officier de suppléance. Le jeune enseigne se plaça à côté de lui pour prendre les fonctions de chef de quart. Parmi toutes ses tâches importantes, le chef de quart était plus particulièrement chargé de surveiller tout ce qui concernait la machine et le fonctionnement général du bord. Cela permettait à Jeffrey de s'abstraire de la routine, de voir les choses de plus loin et de se préparer éventuellement au combat.

Il fit défiler le journal de bord électronique qui répertoriait tous les événements survenus pendant le dernier quart du côté de l'écoute. Les opérateurs avaient détecté de nombreuses grosses explosions à grande distance, dans la direction de l'Afrique du Nord. Elles avaient toutes été classées explosions nucléaires, au-dessus et en dessous de la surface.

La bataille entre le convoi et les forces de l'Axe fait rage… Et toujours pas le début d'un contact sur le von Scheer.

Il lui vint soudain une idée terrifiante et ce sentiment qu'il avait eu de revivre à l'idée de se battre disparut comme elle était venue. Il s'adressa au planton de quart en essayant de parler le plus calmement possible :

— Où sont le commandant en second et l'officier ASM ?

— Le second est allé se reposer, commandant. Le lieutenant de vaisseau Milgrom est descendue à la cafétéria de l'équipage pour une séance de formation.

— Allez me les chercher, et vite.

— Bien, commandant.

Le planton, un tout jeune matelot qui avait encore de l'acné sur la figure, disparut vers l'arrière.

Milgrom arriva presque aussitôt, Bell une minute plus tard. A la vue de la tête que faisait Jeffrey, il se réveilla vite fait.

— Braves gens, nous avons un problème. Je crois qu'on est tombés dans un piège, et depuis le début.

— Oui, commandant ? firent-ils ensemble.

— Le *von Scheer*. Il fait environ la taille d'un SNLE et il a à peu près la même silhouette ?

— Pour autant qu'on sache, la réponse est oui, répondit Bell.

— Autrement dit, il ressemble à un de nos SNLE refondu en lance-missiles tactiques ?

Comme à contrecœur, Bell et Milgrom acquiescèrent d'un signe de tête. Ils commençaient à voir où le commandant voulait en venir.

— Par conséquent, sur une détection en creux ou sur

signature passive, nous sommes incapables de dire s'il s'agit du *von Scheer* ou d'un type Ohio ?

— Il faudrait que nous soyons assez près pour avoir des raies qui permettent de les distinguer, commandant, répondit Milgrom. Oui.

— Pas tout à fait, corrigea Bell. Nous connaîtrions leur immersion et leur vitesse. Les Ohio ne descendent pas en dessous de trois cents mètres et ne font pas plus de vingt-cinq nœuds, grand maximum. Tout engin qui descend plus profond ou va plus vite est forcément le *von Scheer.*

— Mais, à faible immersion et à faible vitesse, un tel bruiteur pourrait être ami ou ennemi, exact ? Maintenant que nous sommes tout près de l'Amérique du Sud, il y a un trou dans la raquette. Nous n'avons aucune information sur les zones de patrouille des SNLE dans le coin. Nous n'avons pas non plus de données à jour sur les couloirs de transit des SNLE ou des SSGN.

— Il serait trop risqué de nous fournir toutes ces informations, commandant, répondit Bell. Lorsque nous avons quitté Norfolk, personne ne savait que nous pourrions en avoir besoin. C'est toujours le même truc, les espions, les agents doubles, les risques de clés compromises. Si ça partait dans la nature, ça suffirait à nous faire perdre la guerre.

— Il reste qu'il y a des circonstances particulières, dit Milgrom. Si nous en faisions la demande, commandant, le commandement des forces stratégiques accepterait peut-être de nous les fournir.

Jeffrey fronça le sourcil.

— Et pour le demander, il faut que nous émettions. Si nous émettons, nous laissons une trace qui peut nous être fatale… En outre, il est plus que probable que notre demande sera rejetée. Non, nous ne pouvons courir ce risque.

Bell, mâchoires serrées, essayait de réfléchir.

— Bon, si on voit un gros truc dans le coin, on est obligé de s'approcher pour être sûr qu'il s'agit bien du *von Scheer* et pas d'un sous-marin ami.

Jeffrey fit signe qu'il était d'accord.

— Et, demanda Milgrom, qu'en est-il des SNLE ou des lance-missiles tactiques russes ? Eux aussi, ils sont très gros.

— Ils sont toujours dans leur chasse gardée, plus au nord, et ils restent strictement sur la défensive. Voilà au moins un problème *qui ne nous concerne pas*.

— Et vous croyez que le *von Scheer* resterait à faible immersion, à faible vitesse, commandant ? demanda Bell. Uniquement pour nous leurrer ?

— Beck ne peut pas se cacher près du fond, il y a sept mille mètres d'eau et plus au large du Brésil. Alors, quelle est la meilleure solution pour lui ?

Milgrom et Bell échangèrent un regard. Ce fut Milgrom qui répondit pour eux deux.

— Se comporter comme un Ohio pour nous leurrer.

— Et à deux cent cinquante mètres ou dans ces environs, reprit Jeffrey. Avec autant d'eau, ORPHEE ne sert à rien. Même s'il passait droit dessus, Beck serait encore à quelque chose comme sept mille mètres plus haut.

Milgrom et Bell faisaient grise mine.

L'interphone se mit à grésiller, c'était le PC de transmission. Jeffrey prit le micro.

— Commandant, j'écoute.

— Message pour nous sur l'ELF, annonça l'enseigne de quart.

— Et que dit-il ? J'écoute.

Il se tourna vers Milgrom et Bell :

— Un nouveau message en ELF.

Bell bondit presque de joie, puis, soudain confus :

— Peut-être un nouveau contact ORPHEE ? Mais, après ce que vous venez de nous expliquer…

Jeffrey le fit taire, il avait de nouveau le PC trans :

— « Sortir l'antenne filaire, lut l'enseigne sur son bloc. Pas d'émission. Ordre impératif. Exécution immédiate. Signé commandant en chef, flotte de l'Atlantique. »

— Très bien.

Et Jeffrey reposa le micro.

— Bell, prenez la suppléance. Remontez et sortez l'antenne. Je suis au PC de transmission.

Il examina rapidement son écran.

— Envoyez-moi le planton si vous avez le moindre problème.

Jeffrey se dirigea vers le PC à l'arrière. Sur la porte, une pancarte détaillait toutes les restrictions d'accès – la plupart des membres de l'équipage avaient interdiction absolue d'y pénétrer. Il composa la combinaison et entra.

Le petit local était bondé, rempli de matériel électronique. On trouvait là l'ensemble des émetteurs et récepteurs dont disposait le *Challenger*, dans toutes les bandes radioélectriques, depuis l'ELF qui pénétrait assez profondément dans l'eau, jusqu'à la SHF, utilisée pour les liaisons satellites. Le local renfermait également tout le matériel de cryptographie. Ce matériel, ainsi que les logiciels associés, était ce qu'il y avait de plus ultraconfidentiel à bord.

En dépit du conditionnement d'air qui tournait à plein régime, il faisait très chaud car l'électronique et les opérateurs dégageaient énormément de calories. L'enseigne de quart était un jeune blanc-bec, compétent, mais très intimidé de se retrouver en face du commandant. Il avait pour adjoint un maître principal très sûr de lui et de ses capacités.

Jeffrey lut l'un après l'autre les mots au fur et à mesure qu'ils arrivaient avant d'être déchiffrés puis affichés sur l'écran et enfin imprimés. Le brouillage de l'Axe ralentissait le débit.

Au fur et à mesure qu'il lisait, il avait de plus en plus de mal à y croire.

Lorsque la dernière page fut sortie, il prit le tout, quitta le PC et s'assura que la porte était bien verrouillée derrière lui.

— Milgrom, fit-il brièvement, prenez la suppléance. Et vous Bell, chez moi, venez.

— Toujours aucun contact ORPHEE, annonça Bell. Et voilà pour l'Ascension.

Il semblait extrêmement déçu.

Jeffrey secoua la tête.

— L'amiral Hodgkiss fait le même constat. Beck a dû trouver un truc, ou bien il aura été alerté par Berlin.

— Comment Berlin aurait-il connaissance de l'existence d'ORPHEE ?

— Comme vous le disiez, ils ont cassé un code, ou ils ont des taupes. Ou les deux.

— Saloperie.

Jeffrey lui tendit le message.

— Enfin, dans sa grande bonté, notre amiral a pensé à nous prévenir. Le commandement des forces stratégiques signale que tout bruiteur fort risque d'être ami. Pour le reste, Hodgkiss le laisse à notre imagination ou à la divination.

— Des Ohio qui seraient dans notre zone après tout ça… On ne peut pas imaginer pire tactique de notre part.

— Et attendez, *ce n'est pas tout*, continua Jeffrey. En Europe et en Afrique, les choses vont de mal en pis.

— Savoir ?

— Nous ferions mieux de nous asseoir.

Ils prirent les chaises placées près de la table. Jeffrey y posa ses papiers et les tapota avec une certaine solennité.

— La bataille au large se rapproche d'Afrique, les

échanges nucléaires ont commencé, l'offensive de l'Axe fait chaque jour des progrès. Il semblerait qu'Israël ait décidé de sortir une carte de sa manche.

— Oui ?

Jeffrey savait que les Allemands avaient transformé Tripoli en tas de décombres en bombardant la ville avant d'envahir l'Afrique du Nord et après avoir mis l'Europe à genoux. Pendant ce temps, l'Amérique était encore sous le choc de l'embuscade nucléaire dans laquelle elle était tombée à l'ouest de l'Afrique, l'été précédent. Désormais, Israël et l'Egypte, qui s'étaient rangées du côté des Alliés, constituaient le dernier rempart capable de s'opposer à l'avance allemande en direction du canal de Suez et des champs pétroliers du Proche-Orient.

Comme Montgomery contre Rommel, ça recommence. El Alamein, l'Afrikakorps, Tobrouk…

Sauf que cette fois-ci, la zone neutre se trouve sous la protection du parapluie nucléaire israélien…

Jeffrey prit une profonde inspiration.

— Norfolk nous indique qu'Israël a fait une annonce officielle, il y a plusieurs heures de cela. Une annonce en forme d'ultimatum et qui a suscité une véritable tempête dans le monde entier… Israël indique qu'à une date non précisée, elle a dissimulé une douzaine de bombes atomiques en Allemagne, au cas où…

— Mon Dieu !

— Pure hypothèse de ma part, continua Jeffrey, mais je parierais bien qu'ils ont fait ça lorsque le Mossad collaborait avec l'Allemagne, du temps de la guerre contre le terrorisme. Pendant qu'ils les aidaient à empêcher les armes de destruction massive de rentrer chez eux, ils ont discrètement laissé quelques bombes de leur fabrication.

— *Mais pour quoi faire ?*

— Une sorte d'assurance. Quand ils disent qu'on ne

leur refera jamais ce qu'on leur a fait, ce n'est pas pour rire.

— Mais…

— Non, écoutez-moi. C'est peut-être la première fois que le Mossad s'est méfié du grand chef et n'a rien dit du tout aux Etats-Unis. Vous et moi, nous le savons, et de première main.

— Comment nous et les Allemands, comment pouvons-nous savoir qu'il ne s'agit pas de bluff ?

— Les Israéliens avaient prévu le cas. Ils ont fourni la localisation de l'une des bombes, et les Allemands l'ont retrouvée. Ils ont pu vérifier qu'elle était en état de marche, et équipée d'un détonateur télécommandé.

— Comment savons-nous tout ça ?

Jeffrey haussa les épaules.

— La CIA a sans doute les moyens nécessaires… La puissance de cette arme a été évaluée à vingt kilotonnes… Ils en ont peut-être même collé dans des tours de bureaux, pour créer une onde de souffle. Des trucs à vous détruire une ville entière.

— Il reste donc *onze* bombes ?

— Possible. Il s'agit d'armes de type canon, qui peuvent rester stockées très longtemps. Les Israéliens affirment qu'ils les ont dissimulées dans de grandes villes ou dans des installations militaires, et que les Allemands, même s'ils y passaient un million d'années, ne réussiraient jamais à les trouver. Et les agents du Mossad sont toujours sur place, prêts à les déclencher. Si l'Allemagne violait la zone neutre en Afrique du Nord-Est, banco. Des agents sont prêts à sacrifier leur vie *si* le sol d'Israël est menacé.

— Ainsi donc, l'Allemagne, pour se protéger contre les Israéliens, ont élaboré une stratégie de destruction réciproque. Et les Allemands le savent.

— O combien.

— Et quelles sont les conséquences pour nous ?

— Les conséquences ? La situation devient tout simplement plus instable. D'après le message de l'amiral Hodgkiss, cette annonce a déjà suscité des affrontements à Buenos Aires entre pro-allemands et pro-israéliens. Il y a eu des échanges de tir, des bombes ont explosé.

— La guerre civile en Argentine ?

— Ils s'en rapprochent tous les jours. Il y a d'autres indices, une action concertée de gens qui orchestrent les désordres.

— Comme par exemple ?

— La guerre chimique et bactériologique.

— Mon Dieu ! (Bell devenait gris cendre.) Sur terre, en Argentine ?

Jeffrey fit signe que oui.

— Mais de manière insidieuse, sans effet apparent, si bien que la population ne se rendra compte de rien. C'est là le pire. Les Allemands – c'est en tout cas ce que prétendent la CIA et nos experts en épidémiologie – ont franchi le Rubicon et brisé un tabou.

— Là, je ne vous suis plus, commandant.

— Je commence aussi à croire que je ne suis plus très bien, moi non plus. Mais, si j'en crois ce message, ce sont des faits. Une épidémie de dengue s'est déclarée à Buenos Aires.

— Ah bon ? Et ça arrive maintenant, et justement là-bas ?

— *A une nuance près.* La maladie s'est déclarée à plusieurs endroits à la fois, des endroits assez éloignés les uns des autres, mais les germes sont les mêmes. La CIA a recueilli quelques échantillons, et l'Agence de sécurité sanitaire affirme que ces germes ont exactement le même génome que ceux qui avaient déclenché une épidémie au Guatemala, il y a sept ans.

— C'est insensé !

— Non, *ce n'est pas insensé*, si ce germe a été cultivé,

cloné en laboratoire, puis dispersé *maintenant* en Argentine. Une sorte d'arme silencieuse.

— Mais pourquoi faire ça ? Avec les moyens médicaux *ad hoc*, la dengue n'est pas contagieuse, elle n'est même pas toujours mortelle.

— Assez mortelle pour tuer des vieillards ou des nourrissons ou des gens sous-alimentés. Le but, c'est ce que suppose la CIA, ne consiste pas à tuer en masse. Le but consiste à affaiblir le pouvoir, celui du Président, du maire de Buenos Aires et du gouverneur de la province…

— C'est donc une espèce de guerre totale. Mais de nature inédite.

— Et il y a plus.

— Quoi ?

— Une épidémie d'asthme s'est déclarée dans les bidonvilles qui entourent Buenos Aires.

— *D'asthme ?*

— Avec l'épidémie de dengue en prime, leurs services de santé sont complètement débordés. Et les partis d'opposition en tirent argument pour contraindre le Président à la démission. Le terrain sera alors mûr pour un coup d'Etat.

— Mais enfin bon Dieu, comment peut-on *déclencher* une épidémie d'asthme ? Ce n'est pourtant pas une maladie qu'on peut attraper comme la grippe !

— La guerre chimique, mon vieux. Sournoise, pratiquement invisible, banale et qu'on ne remarque pas… D'une certaine manière, ils sont assez admirables.

Bell attendait la suite.

— De la salive de cafard.

— *Quoi ?*

— Cette salive contient une protéine dont on sait qu'elle est la pire substance allergénique connue pour l'homme. Dans sa forme pure, et à dose suffisante, elle est mortelle chez des gens un peu fragiles. Le message comme les évaluations conduites par l'Agence de sécurité sanitaire indiquent qu'elle est assez puissante pour affaiblir des adultes en bonne santé et qui ne se doutent même pas qu'ils ont de l'asthme.

Bell hocha la tête :

— Y a encore un truc qui m'échappe.

— Les avions épandeurs.

— Oh, Seigneur…

Jeffrey acquiesça.

— Les habitants croyaient qu'ils répandaient des produits contre les moustiques. Les bidonvilles sont pour la plupart construits dans des zones assez peu élevées, ils sont souvent inondés par fortes pluies. Des flaques. De l'eau stagnante. Un terrain rêvé pour ces insectes. Des variantes de la malaria qui résistent aux médicaments et qui constituent un problème de plus en plus sérieux. Cela est récent, mais la CIA en est sûre à présent, quelqu'un qui avait les relations adéquates a intentionnellement importé un lot de protéines synthétiques, semblables à celles que l'on trouve dans la salive des cafards. Ils les ont collées dans les réservoirs des avions épandeurs. Et voilà comment la maladie se transmet.

Bell resta pensif un bon bout de temps.

— Pendant la Première Guerre mondiale, les Allemands nous ont fait subir les gaz toxiques et les lance-flammes. Au cours de la Seconde, les fusées V2 et les bombes V1. A présent, ils utilisent des bactéries et des armes chimiques contre les civils d'un pays neutre. Et d'une façon que personne ne pourra seulement décrire, dont personne ne sera jamais sûr. Et tout ça pour renverser un gouvernement.

— Eh oui… Même si le pouvoir légitime tentait de mettre tout ça sur le compte d'une attaque de l'Axe à double détente, vous croyez que ceux qui auront vu leurs bébés mourir s'en satisferont ? Vous croyez que des gens qui seront couchés dans leurs excréments, incapables de respirer, rassemblés sans soins dans des parkings parce que tous les hôpitaux seront débordés, vous croyez que ces gens croiront un seul mot de ce que racontera le gouvernement ?… Plus les responsables essayeront de protester, plus ils paraîtront coupables…

— Je pose une seconde fois la question, commandant, quelles sont les conséquences pour nous ?

— Voici ce qu'en pensent les autorités : cela leur permet de lancer le mouvement, de défricher le terrain. Dans peu de temps, le *von Scheer* aura livré quelques bombes A aux Argentins pro-Allemands qui les attendent sur place. Qui attendent de s'emparer du pouvoir et de lancer une attaque nucléaire contre le Brésil.

— Et le Brésil, comment réagit-il ?

— Il s'arme jusqu'aux dents. Les Brésiliens ont expulsé l'ambassadeur d'Argentine et rompu les relations diplomatiques. Les échanges d'artillerie se sont intensifiés le long de la frontière sud. L'armée brésilienne réquisitionne tous les véhicules qui appartiennent aux étrangers et aux hommes d'affaires, apparemment dans le but de renforcer les moyens de transports de troupes et de matériel. Le gouvernement de Brasilia vient de nationaliser toutes les installations portuaires et ferroviaires, y compris celles qui étaient à capitaux étrangers. La loi martiale est entrée en vigueur dans les zones frontalières. La ville de Foz do Iguaçú a été entièrement évacuée. Il y avait là deux cent cinquante mille habitants… Ils ont décrété zone interdite aux navires de guerre étrangers toute la bande des deux cents nautiques. Et enfin, tous les hauts responsables ont disparu pour se réfugier dans des abris tenus secrets.

— Quel est le sort des citoyens américains qui vivent sur place, commandant ?

— Le Département d'Etat leur a demandé de quitter le Brésil et l'Argentine. On les évacue par pont aérien de l'autre côté des Andes, vers le Pérou et le Chili.

— Et que fait la marine brésilienne ?

— Pour parler comme dans le bon vieux temps, la flotte est sortie de Rio – la plus grosse base navale brésilienne. Apparemment, la zone d'exclusion est surveillée par une force constituée autour du porte-avions *São Paulo*. Le *São Paulo* est l'ex-*Foch* que leur a vendu la marine française et qu'ils ont refondu en 2001. Il va falloir qu'on les surveille. Il embarque dix-huit chasseurs bombardiers et huit hélicos. Ses bâtiments d'escorte sont du genre frégate, certaines construites par eux et d'autres qu'ils ont achetées d'occasion aux British… Ils possèdent aussi des patrouilleurs et des vedettes lance-missiles capables d'opérer près des côtes. Pour empêcher les incursions de commandos argentins, j'imagine… L'Argentine a répliqué de la même manière et a créé sa propre zone d'exclusion. Encore que, ils n'ont pas grand-chose pour la faire respecter. Leur plus gros bâtiment est un destroyer britannique hors d'âge.

— Et où en sont les Brésiliens de leur programme nucléaire ?

— La CIA ne sait pas exactement. Mais divers indices laissent fortement penser que le Brésil possède la bombe.

CHAPITRE 27

Douze heures plus tard, après une longue période d'un sommeil agité, Jeffrey regagna le PCNO. L'officier ASM lui rendit compte que les explosions nucléaires se faisaient plus nombreuses au large de l'Afrique. Ils étaient restés tout ce temps dans le chenal profond, Jeffrey était impatient de recevoir des nouvelles fraîches du monde extérieur, mais craignait en même temps ce qu'elles pourraient lui annoncer.

La traque du *von Scheer*, en mode passif exclusivement, ne donnait toujours rien. Leur arme secrète, ce nouveau sonar remorqué à fibre optique, n'avait rien apporté non plus. S'ils détectaient quelque signal suspect, Jeffrey – ou l'officier de quart, après l'avoir prévenu – mettrait le cap sur le bruiteur. Mais à chaque fois, les écouteurs classaient les contacts sous-marins diesels, neutre, ou bâtiment de surface.

Ernst Beck, même lui, si audacieux qu'il soit, n'oserait jamais faire surface pour m'avoir ou pour m'échapper. Le São Paulo *et les autres le verraient dans la seconde… Non, rien ne peut se passer tant que nous sommes à proximité de Buenos Aires, ce qui me limite aux torpilles conventionnelles. C'est sans doute délibéré de la part de Beck. Lui n'hésiterait pas à utiliser ses armes nucléaires, même près de terre, et je serais en situation de faiblesse… Rien ne peut même commencer tant que le* von Scheer *n'a pas débarqué sa cargaison, ces bombes dans leurs caisses. S'il y arrive, ce sera la catastrophe en Amérique du Sud puis dans le monde entier.*

Jeffrey était confronté à un autre dilemme pis encore. Qu'il s'attarde à un endroit pour le passer au peigne fin, ou qu'il cherche en zigzag dans une zone plus vaste, le *von Scheer* allait accroître inexorablement son avance.

Le *Challenger* était déjà à sa vitesse maximum silencieuse ; forcer l'allure le rendrait plus bruyant. Changer de tactique et émettre sonar, alors qu'il n'avait aucune idée de la position du *von Scheer*, serait tout autant contre-productif. Cela annulerait tout effet de surprise, Beck intercepterait certainement ses émissions, avec une portée de détection quatre ou cinq fois supérieure à la sienne. Rien de plus facile alors pour le commandant allemand que de manœuvrer pour s'échapper.

Il semblait donc qu'il n'y ait rien d'autre à faire que de continuer comme ça vers Buenos Aires, de rester en alerte, et de prier. Jeffrey était sombre, il ne détestait rien tant que de courir après la balle.

Dans le pire des cas, en estimant à quatre nœuds l'avantage de vitesse dont disposait le *von Scheer* sur le *Challenger* en situation silence, Beck prenait chaque jour une avance d'une centaine de nautiques. Cela faisait trois jours que le *Challenger* avait quitté les parages des îlots et il se trouvait maintenant à la latitude de Rio de Janeiro. Il y en avait encore un millier à franchir, cap sud-sud-ouest, pour atteindre celle de Buenos Aires, au nord de l'Argentine.

Si Beck maintient réellement et continuellement son allure à trente nœuds, il sera là-bas d'ici vingt-quatre heures.

Pour l'en empêcher et si les estimations ou intuitions

de Jeffrey étaient justes, ne restait qu'une solution : le *Challenger* devait accélérer.

Il demanda qu'on lui apporte la carte. Pour quelque chose d'aussi simple, il n'avait pas besoin de l'officier navigation – et il préférait en outre garder ses réflexions pour lui.

A quarante nœuds, ça pourrait aller. Vingt-quatre heures à quarante nœuds, on serait devant Buenos Aires en même temps que lui.

Mais à quarante nœuds, le *Challenger* devenait beaucoup plus vulnérable. Les performances sonar tomberaient et il serait encore plus difficile de débusquer le *von Scheer.*

A cette vitesse, le niveau de bruit rayonné augmentait sensiblement, il faudrait donc alterner vitesse élevée et vitesse plus faible. Il faudrait donc réduire périodiquement pour écouter. Il devrait monter par à-coups au-dessus de quarante nœuds, ce qui le rendrait encore plus bruyant.

Je n'ai encore jamais rencontré un cas aussi difficile à trancher. J'ai déjà participé à pas mal de chasses – comme chasseur ou comme gibier. Mais je n'avais encore jamais été obligé de choisir entre deux solutions aussi désagréables l'une que l'autre.

Et pour couronner le tout, Jeffrey n'avait même pas ce stimulant que constitue l'imminence du combat. Rien à se mettre sous la dent que des hypothèses fragiles empilées les unes sur les autres. Le *von Scheer* représentait une menace diffuse mais invisible, virtuelle, donc plus effrayante qu'un adversaire avec lequel on se retrouve face à face. Il y avait aussi le comportement de Beck, cette façon de jouer avec ses nerfs, de blesser son amour-propre en se cachant et en se contentant de ne rien faire. Une véritable torture, une insulte à son orgueil.

Il finit par décider que la meilleure approche consistait à imaginer la pire hypothèse possible. Il estimait ses chances à moins de cinquante-cinquante, ce qui était déjà pour lui une situation perdante. Mais toutes les autres solutions conduisaient à des résultats encore pires.

En regardant pour la centième fois la photo d'Ernst Beck affichée sur son écran, il comprit brusquement qu'il s'enfermait dans un cercle vicieux. L'Allemand était meilleur que lui, il était en train de gagner la guerre des nerfs, Jeffrey baissait les bras alors qu'il n'avait pas encore tiré sur le *von Scheer* depuis sa fuite des îlots. Pour un homme comme Jeffrey, ce genre de chose était parfaitement inacceptable. Il s'ébroua si brusquement que le jeune chef de quart s'en aperçut.

Je peux au moins essayer de modifier le cours des choses dans le sens qui me convient. Il faut que je redevienne agressif, que je reprenne la main... Que j'oublie le passé et que je prenne davantage de risques. L'équipage n'a plus le moral, il faut que je les sorte de leur passivité en leur faisant peur.

Lorsque les gens commencent à avoir peur, ils ont aussi besoin d'un but.

— Pilote, appela-t-il d'une voix aussi assurée que possible, descendre à quatre mille mètres. Vapeur avant quatre, régler à quarante nœuds.

Tout surpris, le pilote répéta l'ordre. Sur la console de Jeffrey, le voyant Interphone PC trans se mit à clignoter.

Saloperie.

— Pilote, annulez !

— Annuler les derniers ordres. Immersion mille deux cents mètres, vitesse vingt-six nœuds.

Il avait frôlé la catastrophe. Si le pilote avait envoyé l'ordre à la machine, le PC propulsion aurait ouvert en grand les sectionnements vapeur, la chaufferie aurait réagi aussitôt, les clapets seraient venus taper sur leur siège dans un bruit de tonnerre.

C'est impardonnable, la raie aurait été audible à des dizaines de nautiques.

Décidément, ses nerfs lui jouaient des tours d'être soumis à si rude épreuve. Il finit par répondre. C'était un maître principal qui était de quart au PC trans.

— Commandant, nous avons reçu l'ordre de sortir l'antenne, émission-réception.

— *Emission-réception ?*

— Oui, commandant. Le message contient une clé de chiffrement pour l'émission. Ordre exécutoire immédiatement.

— Ça vient *d'où* ?

— Flotte de l'Atlantique comme d'habitude.

— Très bien, j'arrive dès que possible.

Alors cette fois-ci, un renseignement utilisable, ou encore de mauvaises nouvelles, ou bien du bla-bla sans intérêt ?

Jeffrey prit le temps de la réflexion. Ecouter sur l'antenne flottante était une chose. L'antenne restait sous l'eau, le *Challenger* gardait le silence, l'opération restait assez discrète. Au contraire, s'il émettait, autant donner tout de suite sa position : le premier imbécile venu qui laisserait un peu traîner ses oreilles l'aurait immédiatement, sur mer, dans les airs ou dans l'espace. C'était risquer très gros.

Et alors, quoi de neuf? La dernière fois que j'ai écouté les nouvelles, la planète était en train de péter sous toutes les coutures.

Il se pencha sur la table traçante.

Le gros du trafic marchand naviguait désormais plus près des côtes, pour y trouver un peu de protection après la création de la zone d'exclusion. Pourtant, certains bâtiments n'avaient pas changé de route.

Leurs capitaines se disent sans doute que cette histoire d'exclusion pourrait leur attirer des retours de flammes et ils se sentent plus en sécurité au large.

Voilà qui arrange mes affaires.

Il déplaça le curseur sur le navire de commerce le

plus proche à l'extérieur de la zone. Son baptême était Maître 153. Il se trouvait à une trentaine de nautiques dans le sud, cap au nord.

— Navigation.

— Oui, commandant ?

Sessions avait l'air fatigué, mais on le sentait heureux d'avoir enfin quelque chose à faire.

— Donnez-moi le CPA de Maître unité-cinq-trois.

— A quelle vitesse, commandant ?

— Vitesse actuelle, vingt-six nœuds.

— Je fais ça.

Bon, juste au cas où…

— Chef de veille ?

— Commandant ? répondit un maître principal d'un ton blasé.

Comme si, au point où ils en étaient, plus rien de ce qui sortait des lèvres de Jeffrey ne pouvait l'étonner.

— Rappelez aux postes de combat ASM, discrètement.

Les hommes déjà de quart commencèrent à jouer aux chaises musicales, d'autres arrivèrent de partout. Mais le plus étonnant, c'était que tout cela se déroulait dans le plus grand silence.

Jeffrey écoutait attentivement le bruit émis par les haut-parleurs branchés sur le sonar. Maître 153 poursuivait tranquillement son bonhomme de chemin au-dessus d'eux, en route au nord. Le *Challenger* avait changé de cap pour le rattraper, puis s'était tranquillement installé à sa verticale. Les écouteurs l'avaient identifié cargo, son armateur était iranien, porte-conteneurs enregistré au Panama. Il prévoyait peut-être de remonter les côtes du Brésil – jusqu'à Salvador, par exemple – pour rejoindre la zone la plus étroite et traverser l'Atlantique dans des conditions à peu près sûres pour un bâtiment neutre.

On entendait ses moteurs diesel-électrique grincer

et couiner, les hélices battaient régulièrement de façon syncopée, avec un peu de cavitation. On percevait également l'arrière-plan des bruits auxiliaires, les craquements rythmés de la coque qui passait dans les creux.

Jeffrey entendait pourtant autre chose, comme un soupir, un gémissement intermittent. Il l'identifiait comme provenant de l'appareil à gouverner, le système hydraulique qui répondait aux ordres de l'homme de barre.

— A voir l'état de la mer là-haut, commandant, remarqua Bell, ce timonier-là ne m'a pas l'air très doué.

— Possible, laissa tomber Jeffrey.

— Immersion quarante mètres, annonça Meltzer. Cap et vitesse identiques à ceux de Maître 153. On est pile en dessous, commandant.

— Bien. Chef de quart ?

— Commandant ? répondit le patron.

— Sortez l'antenne filaire.

— Sortir l'antenne filaire.

Le patron manipula quelques commutateurs sur sa console, juste à côté de celle de Meltzer. Le câble commença à se dérouler.

— Je pense que le bruit est masqué par le porte-conteneurs, fit Jeffrey.

— D'accord, répondit Bell.

— Mes intentions sont les suivantes, au cas où vous n'auriez pas deviné. Je voudrais faire croire que les émissions proviennent de ce navire marchand.

— Compris. Mais j'ai quand même une petite inquiétude, commandant. Un intercepteur hostile pourrait trouver que les émissions ressemblent assez à un message codé au format allié.

— Justement, répondit Jeffrey en haussant les épaules. Comme ça, ils le classeront navire espion.

— Et si l'Axe lui tire dedans un peu après ?

— Je n'aime pas trop ça, mon vieux, mais qu'est-ce que vous préférez ? Que l'ennemi *nous* tire dessus ?

Bell garda sa réponse pour lui.

— Antenne sortie, dit le patron.

Cette antenne filaire était équipée de deux sortes de dispositifs. Un logiciel spécial corrigeait les distorsions de signal, par exemple lorsque le câble s'enroulait sous les vagues – ou lorsqu'il passait sous un sillage.

— Je vais au PC trans, dit Jeffrey. Bell, prenez la suppléance. Nav, la DLT.

Jeffrey passa un casque et mit le micro en place. Il était resté debout.

La première chose que lui dit l'amiral Hodgkiss lorsqu'ils furent en ligne fut que cette conversation était strictement confidentielle. Jeffrey ordonna à tous ceux qui étaient là de quitter le PC. Hodgkiss lui demanda ensuite pourquoi il avait attendu aussi longtemps pour répondre au message qu'il lui avait envoyé sur l'ELF.

— Désolé, amiral, mais la situation exigeait que je prenne quelques précautions.

Hodgkiss resta silencieux, assez longtemps pour lui donner des sueurs froides. L'amiral lui demanda sans ambages :

— Où est le *von Scheer* ?

Du coup, il commença à voir rouge, ce qui balaya ses derniers doutes.

— Amiral, je n'en sais rien, et nous n'avons pas le temps de bavarder très longtemps.

Le *Challenger* avait réduit son allure pour se caler sur celle du porte-conteneurs – douze nœuds – et faisait route dans la mauvaise direction, vers le nord.

— J'ai des nouvelles fraîches et de nouvelles instructions pour vous.

— Oui ?

— Certains de ces ordres viennent de haut. *Du plus haut niveau.*

— Le comité des chefs d'état-major ?

— Non… encore plus haut. De la Maison-Blanche.

— Je suis tout disposé à recevoir des ordres, amiral, mais je ne comprends toujours pas pourquoi je devrais émettre.

— Il faudra bien. Il y a du nouveau au Brésil, des combats, des explosions.

— Oui ?

— L'ambassadeur des Etats-Unis au Brésil et plusieurs de ses collaborateurs ont été tués ou grièvement blessés. Au même moment, tous nos attachés de défense ont été enlevés ou assassinés.

— Par *qui* ? On n'a donc pas de services de sécurité là-bas ?

— Nous soupçonnons des agents de l'Axe. Nous pensons qu'ils connaissaient toutes nos mesures de sécurité, ou qu'ils les ont déjouées.

— Et le Brésil, que dit-il de tout ça ?

— C'est justement là que je voulais en venir. Nous, enfin, le gouvernement américain, lui avons offert aide et assistance. Le président Da Gama refuse toute aide étrangère. En un mot, il se méfie de nos vraies intentions. On lui a dit qu'on lui demandait juste de prépositionner des troupes, des avions et des navires. Il nous a répondu que ça ne vaudrait rien de bon à son pays, sauf de sales maladies et quelques financements sans lendemain au lieu de dollars en monnaie sonnante et trébuchante. Sans parler de : essayer d'entraîner un pays passionnément épris de paix dans la guerre… Bon, Fuller, toutes nos tentatives pour essayer de mettre les pays neutres de notre côté n'ont pas donné trop de résultats, comme vous voyez.

— Comme la Turquie par exemple ? répondit Jeffrey en faisant la grimace.

Il pensait à la guerre en cours, non à la seconde guerre du Golfe.

Hodgkiss lâcha un soupir.

— Bon, vous avez essayé…

— Et a-t-on essayé d'alerter Da Gama sur l'arrivée du *von Scheer* ?

— Oui, c'est pour ça qu'il a sorti notre ambassadeur de son bureau. Il s'est mis dans une colère noire, il lui a dit qu'il n'avait jamais entendu une chose aussi stupide, une véritable insulte, qu'il lui rentrerait ce genre de sornettes dans la gorge. Il nous a accusés à mots à peine couverts d'avoir monté toute cette histoire, d'avoir imaginé le *von Scheer* de toutes pièces, il lui a hurlé que tout ceci n'était que pure invention. Et que même s'il existait vraiment, il serait en train de se battre contre les Alliés au large de l'Afrique. Je vous rappelle qu'il s'agit d'un général en retraite de l'armée de terre, il a obtenu un doctorat de politique étrangère à Princeton. Il est convaincu qu'il connaît à fond l'Amérique et la guerre – et après tout, c'est peut-être vrai, il nous connaît trop bien.

— Purée…

Jeffrey imaginait assez bien la scène. Il avait rencontré Da Gama lors d'un séminaire à l'Ecole de guerre navale, lorsqu'il était affecté à Newport, plusieurs mois avant le déclenchement de la guerre. Da Gama était d'origine modeste, il s'était fait entièrement lui-même. Et le gaillard était un dur à cuire quand on n'était pas de son avis.

— Notre ambassadeur allait donc retourner à son bureau, pour appeler le Département d'Etat et demander des instructions, quand la bombe qui l'a tué a explosé alors qu'il n'avait pas encore regagné l'ambassade.

— Vous voudrez bien transmettre mes condoléances à sa famille, amiral. Et à celles des autres victimes.

— *On verra ça plus tard*. Le problème est le suivant : nous avons besoin de faire basculer Da Gama de notre bord, et tous nos représentants sur place viennent de se faire tuer, sont blessés, ou ont disparu. Da Gama a dit un truc, c'était il y a quelque temps, lors d'une autre réunion. Il a affirmé que son pays ne possédait pas – je répète –, ne possédait pas l'arme nucléaire. Et en passant, c'est pour ça qu'il trouve aussi ridicule l'idée que les Allemands la refileraient à l'Argentine.

— Le Département d'Etat et la CIA sont-ils prêts à le croire ?

— Da Gama est un homme d'une grande honnêteté. Honneur, intégrité, ce sont des valeurs qui comptent énormément pour lui.

— Personne n'essaye d'agir en coulisses ?

— Ni dans *son* administration ni en dehors.

Hodgkiss semblait très sûr de lui.

— Bon, amiral, finalement, ce n'est pas si mal que ça, que le Brésil ne possède pas la bombe ?

— Réfléchissez une seconde. *C'est épouvantable.*

Jeffrey voulait le pousser dans ses retranchements.

— L'Axe est-il au courant ? Et l'Argentine ?

— Nous devons supposer que la réponse est oui.

— Dans ce cas, les va-t-en-guerre argentins peuvent se livrer à une première frappe, en étant sûrs qu'ils ne subiront pas de représailles.

— Exact. Mais, s'ils en avaient eu l'occasion, ils l'auraient peut-être fait de toute façon, parce qu'ils n'ont pas de tête, à cause de leur ego. *Réfléchissez*, Fuller.

Jeffrey blêmit. Il venait de comprendre.

— Si les Allemands savent que le Brésil ne possède pas la bombe, il faut qu'ils trouvent une autre excuse ou un prétexte pour justifier le fait qu'ils la fournissent à l'Argentine.

— Vous chauffez. Mais, en réalité, les choses sont encore bien pires.

— C'est-à-dire ?

— Ce que je vais vous dire maintenant est ultraconfidentiel, mais il est indispensable que vous le sachiez. Vous ne le répétez à personne à bord, sauf si quelqu'un a *vraiment besoin* d'être au courant. Compris ?

— Compris, amiral.

— Depuis plusieurs années, nos experts en plongée profonde mettent en œuvre des systèmes robotisés pour examiner les débris après un échange nucléaire. Cela leur sert à mesurer des niveaux de contamination, à mettre en place des protections étanches en cas de fuite sur une arme ou sur un réacteur.

— Et pour des opérations de sauvetage.

— Exact. Ils s'en servent pour aller chercher ou pour neutraliser des équipements cryptographiques ou autres matériels sensibles, pour récupérer des têtes nucléaires quand c'est faisable. Les nôtres ou celles de l'adversaire, ça dépend.

— Tout cela me paraît plein de bon sens, amiral.

Mais où veut-il donc en venir ?

— L'épave d'un destroyer type Arleigh Burke a été pillée par l'Axe.

— Avant que nos équipes aient eu le temps d'arriver sur place ?

— Oui.

— Et alors, où est le problème ? Ils ont piqué les codes ?

— Non, ils ne s'intéressaient pas aux codes. Certains ont été détruits dans le naufrage, les autres sont intacts et personne n'y a touché.

— Qui ça, personne ?

— La coque de ce bâtiment reposait par plus de cinq mille mètres de fond.

— Ça fait plutôt bas, amiral, même pour des spécialistes.

— Oui. Mais quand ils sont allés voir sur place, ils ont retrouvé des traces de pas dans la vase.

— *Des quoi ?*

— La plupart d'entre elles étaient effacées, ou bien les plongeurs les avaient camouflées. Mais l'important, ce qu'il y a de vraiment important, c'est que, malgré la suie collée par la flotte, les caméras des robots ont vu des *empreintes de mains* sur la coque et à l'intérieur.

— C'est impossible !

— Et pourtant, les faits sont là. Nos experts ont leur petite idée sur la façon dont ils s'y sont pris, mais cela n'a pas d'intérêt pour l'instant.

— Bon.

— Je n'ai pas besoin de vous dire que les équipes sur place ont immédiatement essayé de savoir ce qu'ils avaient bien pu ramasser. Mais le robot a perdu ses deux sondes en essayant de les introduire dans la coque. Tout ce qu'ils peuvent dire, c'est qu'une des soutes, celles qui contenaient les têtes nucléaires, a été visitée. Nous devons donc faire l'hypothèse qu'ils sont venus dans le but de récupérer une ou plusieurs têtes… C'était pour eux le seul moyen d'en obtenir. Il y a des gens qui sont entrés dans la soute et qui ont fait le boulot, à la main.

— Et la composition isotopique du matériau nucléaire pourrait permettre à tout physicien nucléaire un peu compétent de dire quel est le pays qui a fabriqué ces bombes.

— Vous avez tout compris. C'est là que réside la provocation, le *casus belli*. Nous soupçonnons le *von Scheer* de se servir de ces armes pour prouver que les Etats-Unis ont livré des bombes au Brésil, puis que le Brésil s'en est servi pour attaquer l'Argentine. Et après… Vous voyez le tableau. Bien entendu, le *von Scheer* a embarqué les instruments nécessaires pour effectuer les analyses isotopiques.

Accablé, Jeffrey tomba assis.

— Et voilà qui justifie « l'aide étrangère », comme on dit. Un tiens pour deux tu l'auras. L'Allemagne se contente de réagir, et de manière chevaleresque, à *nos* atrocités.

Il se tut pour réfléchir une seconde.

— Mais, amiral, en supposant que l'Axe nous fasse accuser d'un crime majeur, quelles pourraient être *nos motivations* ?

Hodgkiss adopta pour répondre un ton légèrement sarcastique, pour ne pas dire amer.

— Nous emparer de l'Amérique du Sud avant que les neutres aient le temps de se rallier au camp du vainqueur, l'Axe. Nous emparer d'un bastion sur les côtes ouest de l'Atlantique Sud parce que nous savons pertinemment que nous aurons bientôt perdu l'Afrique. Et on fait ça à l'économie, on se sert de l'armée brésilienne et on récupère quelques armes nucléaires, ce qui nous permet de ne pas surcharger nos propres forces qui sont déjà débordées.

— Amiral, demanda Jeffrey en hésitant un peu, c'est le mythe du vilain Américain poussé à son terme... Mais ces gens, là-bas, sont conditionnés par leurs hommes politiques et par leur culture pour y croire, non ? Les Alliés ont bien occupé l'Islande pendant la Seconde Guerre mondiale, sans demander la permission, pour s'en emparer avant les nazis. Les Islandais étaient fous de rage, mais on l'a fait quand même...

— Compte tenu de l'état de notre représentation diplomatique au Brésil – c'est-à-dire, plus personne –, et compte tenu de l'attitude de Da Gama, peut-être due en partie à l'action de partisans de l'Axe qui travaillent contre nous, je veux dire, sans qu'il en soit conscient, notre Président ne voit plus guère qu'une solution.

— Et cette solution ?

— Le Président doit absolument fournir à Da Gama la preuve indiscutable que nous lui disons la vérité. Ils se connaissent bien tous les deux, depuis encore plus longtemps que vous. Ils se sont rencontrés à l'Ecole de guerre, du temps où tous deux portaient l'uniforme.

C'est l'un des objectifs importants de toutes les écoles

de guerre que de permettre de telles relations. Et ce n'était pas un hasard si tant des acteurs de cette guerre s'étaient connus en temps de paix.

— Oui ?

— Da Gama sait précisément qui vous êtes et cela comptera doublement pour lui, après toute cette publicité qui a entouré votre remise de décoration. Ce fait ne lui a pas échappé. Vous êtes nommé envoyé spécial de notre Président auprès d'un autre président.

— *Quoi ?*

— Le Brésil n'a pas la même culture que nous, comme vous le disiez vous-même. Là-bas, le cérémonial, les gestes extérieurs, la bonne foi comptent beaucoup. Si vous laissez votre bâtiment le temps de rencontrer Da Gama, vous pourrez faire réussir plusieurs choses d'un seul coup. Vous me comprenez ?

Jeffrey avait besoin de réfléchir.

— Je ne peux pas abandonner mon sous-marin.

— Vous le pouvez, et c'est ce que vous allez faire. Un point, c'est tout.

— Oh… Si je me mets à la place de Da Gama, que je suis la même logique que lui lors de sa rencontre avec notre ambassadeur, le fait que *je sois* là où je suis, au large du Brésil, serait une excellente confirmation du fait que j'ai de bonnes raisons d'y être. S'il voit que le *Challenger*, au lieu d'être en Afrique pour défendre le convoi, se trouve dans ses eaux, il comprendra peut-être que le *von Scheer* n'est pas une invention et qu'il a des chances d'être dans le coin lui aussi. Dans le cas contraire, pourquoi diable serais-je en train de perdre mon temps dans les parages du Brésil, à des milliers de milles de l'endroit où il se passe des choses et où le *Challenger* serait beaucoup plus utile ?… Et si le *von Scheer* est ici, par conséquent, s'il n'est pas en train de chasser le convoi, c'est peut-être qu'il a quelques petites affaires pas très propres à y faire ?

— Nous devons simplement le convaincre que nous sommes sincères, qu'une guerre nucléaire peut éclater d'un moment à l'autre à sa porte. Et en même temps, nous devons le convaincre que nous avons déjà de puissants moyens sur place, capables de lui venir en aide. *Vous.*

— Cela dit, il pourrait considérer tous ces beaux discours, ces photos d'un destroyer au fond comme des promesses creuses ou comme des faux. Mais s'il voit que je lui parle personnellement, que je suis là en chair et en os, à le regarder droit dans les yeux, cela peut faire la différence ?

— C'est notre intérêt national qui est en jeu. Les meilleurs fonctionnaires du Département d'Etat, la conseillère spéciale du Président et les autres n'ont pas le temps d'arriver, compte tenu de la distance et du temps de trajet.

Jeffrey inspira profondément avant de souffler lentement.

— Amiral, malgré tout le respect que je vous dois, comment puis-je aller au Brésil tout en gardant le *Challenger* opérationnel ? Comment m'assurer que je vais passer inaperçu alors que les agents de l'Axe fouinent dans tous les coins et que le *von Scheer* rôde dans les environs ? Et comment savoir qu'il n'y a pas une voiture piégée qui m'est destinée ?

— La qualité de nos communications s'est détériorée ces dernières heures, brouillage ou diversion... Il faut boucler cette affaire sans traîner avant que les spécialistes de l'Axe s'invitent à notre entretien... Nous avons un plan qui tient la route, techniquement parlant, et Da Gama n'est pas opposé à reprendre contact, pourvu que ce soit discret. Le *Challenger* va continuer à faire route au sud, votre second assurera l'intérim. Vous allez montrer votre trombine à Da Gama, faites-lui ami-ami tant que vous voudrez. A ce qu'on dit, il juge assez vite les gens. Vos ordres consistent à le gagner à notre cause, convainquez-le que nous sommes les gentils dans cette affaire. Faites-lui bien comprendre où se trouve la vraie menace, que c'est *tout de suite* que ça se passe, qu'il peut encore prendre des mesures pour éviter un holocauste nucléaire. Convainquez-le d'accepter notre aide et de nous apporter pleinement la sienne pour arrêter ces fous furieux de Berlin et de Buenos Aires avant qu'il ne soit trop tard.

— En quoi le Brésil pourrait-il nous aider ? Je préférerais de beaucoup traiter la chose tout seul dans les eaux internationales.

— Non, non *et non* ! Depuis qu'on nous a dérobé ces armes, tout change, l'Amérique se trouve impliquée des deux côtés de l'Atlantique. Ces trucs sont trop gros, on ne peut pas envoyer un commando pour les récupérer discrètement. Il nous faut leur accord formel pour mettre en place des drones de reconnaissance, pour envoyer des Forces spéciales. Nous avons besoin de leur soutien logistique. Et *vite*. Le nom de code de votre mission est opération MERCURE. Là aussi, cela s'est décidé au sommet. Si vous avez besoin de quelque chose pour avant-hier quand vous serez là-bas, aide, assistance, que sais-je, vous mentionnez MERCURE dans l'en-tête du message.

— Mercure, comme la planète ?

— Non, comme le messager des dieux dans la mythologie. MERCURE. Il suffit que vous mentionniez ce mot et la mer Rouge de la bureaucratie s'ouvrira devant vos yeux émerveillés.

Jeffrey hésitait à poser une autre question.

— Amiral, va-t-on me demander, pour rétablir l'équilibre, de céder quelques-unes de mes têtes nucléaires aux Brésiliens ?

— *Non*. Vous ne remettrez aucune arme nucléaire aux Brésiliens et vous n'en ferez pas usage dans la zone des deux cents milles, sous aucun prétexte.

Cela compliquait un peu les choses en réduisant le nombre des options offertes, mais Jeffrey en ressentit tout de même un énorme soulagement.

— Bien, amiral.

— Je vais demander aux techniciens de passer en mode transmission de données. Vous trouverez tous les détails pour vous rendre du point A au point B puis au point C dans le texte du message que je m'apprête à signer. Nous ne savons pas où se trouve le *von Scheer*. En revanche, nous savons où il n'est pas. Les instructions que vous allez recevoir tiennent compte de cette observation, afin que les choses se passent dans les meilleures conditions. Et les Brésiliens nous ont promis de vous ramener à bord du *Challenger* aussi vite que possible.

— Bien reçu.

— Haut les cœurs. Je sais que vous avez eu un entretien particulier avec le Président. Vous avez fait du bon boulot, Fuller, il a été très impressionné. Maintenant, à vous de ramener le score à deux partout.

— Bien, amiral.

Au fond de lui-même, Jeffrey doutait encore. Plus probablement, le jeu consistait à doubler les gains ou à tout perdre, un jeu qu'il n'aimait guère.

— C'est comme dans le bon vieux temps, quand les commandants de vaisseau devaient descendre à terre et jouer les diplomates. Quand la marine américaine en était à ses débuts, que l'encre de la doctrine Monroe était à peine sèche. Et le commodore Ferry, obligeant le Japon à ouvrir ses ports ? Teddy Roosevelt, quand il a envoyé la grande flotte blanche faire le tour du monde…

— Oui, amiral, mais c'était il y a bien longtemps.

Ou bien Hodgkiss est extrêmement malin, ou bien il est dans le quatrième dessous.

— Dernier point, ajouta l'amiral comme s'il avait lu dans ses pensées, vous êtes déjà allé à Rio de Janeiro ?

— Non.

Jeffrey avait la tête qui tournait.

— Jolie ville, je suis sûr que vous aimerez… Et c'est peut-être votre dernière chance de la voir avant qu'elle soit atomisée.

CHAPITRE 28

Le central était bondé. Ernst Beck avait pris la manœuvre. Le rythme régulier des relèves de quart à l'intérieur de cette coque d'acier immergée, qui n'avait pas vu l'air libre depuis des jours et des jours, lui donnait comme une sensation d'intimité, de confort douillet, hors du temps. Le lever et le coucher du soleil, les affaires d'Etat, les humbles tâches de tous ces humains qui, à terre, sur tous les continents, se pressaient par milliards et couraient dans tous les sens, tout cela semblait ici presque irréel. Seule la montre de cloison, réglée à l'heure de Berlin, était là pour rappeler à Beck quelle heure et quel jour il était, là-haut, à la surface.

La pensée des ordres reçus l'empêchait pourtant d'avoir l'âme en paix. Immersion stable, deux cent soixante-quinze mètres, vitesse trente nœuds. Ils naviguaient au-dessus d'une fosse très profonde qui s'étirait vers les côtes d'Amérique latine. C'est à cet endroit, la zone de convergence subtropicale, que se heurtaient les courants chauds venus de l'équateur et les courants froids remontés de l'Antarctique. Tout cela rendait très confuses les conditions de propagation sonore et l'aidait à rester discret.

Beck était aussi satisfait de son équipage que de lui-même. Aucun signe que l'ennemi fût lancé à sa poursuite, pas d'autres détections sonar que les bruits biologiques, car le *von Scheer* évitait soigneusement les rails commerciaux. Des bancs de crevettes, de sardines, de thons, qui cliquetaient, mastiquaient, digéraient leurs aliments dans cette partie la moins polluée de l'océan. Des baleines à bosse émettaient leurs chants lancinants, ce qui indiquait qu'elles entamaient leur migration vers le sud poussées encore par cette guerre que se livraient les humains beaucoup plus au nord.

Profitant de la confusion acoustique qui avait suivi leur engagement nucléaire avec le *Challenger*, Beck avait même réussi à repasser par les îlots, où il avait récupéré rapidement le mini-sous-marin et les Kampfschwimmer survivants. Il ne pouvait pas se passer de Shedler et de ses hommes pour ce qu'il leur restait à faire.

Le commandant allemand passait en revue les différents écrans, jouant des menus, de la souris, du clavier. Non sans une certaine surprise, il vit Stissinger qui arrivait de l'arrière, accompagné d'un planton.

— Le baron demande à vous voir dans votre chambre, commandant. Quand cela vous conviendra, a-t-il ajouté.

Et il leva les sourcils d'une manière qui en disait long. Visiblement, il avait autant de mal que Beck à supporter le diplomate.

Beck poussa un soupir.

— C'est bon, einzvo, maintenant ou plus tard, c'est du pareil au même. Prenez la suppléance.

Ce von Loringhoven était *décidément* casse-pieds.

— Je prends la suppléance, annonça Stissinger à voix haute, en jetant à son commandant un petit sourire légèrement ironique.

— Bien, répondit Beck en lui faisant de même.

Il aimait bien Stissinger et appréciait de pouvoir compter sur lui.

— Ici le second, annonça Stissinger dans les formes réglementaires. Je prends la suppléance.

Tous les hommes de quart firent l'aperçu, Beck suivit le planton et regagna sa chambre.

Von Loringhoven l'attendait dans la coursive. Beck lui ouvrit la porte et le laissa passer car il était son hôte. Puis il referma derrière eux.

— Asseyons-nous, si vous voulez bien, commença von Loringhoven.

Beck s'assit, laissant à son interlocuteur l'autre chaise, celle qui tournait le dos à la porte.

Un vieux truc, mais il sera un peu plus vulnérable. Je suis à la place de celui qui mène le jeu, face à la porte.

Von Loringhoven se pencha un peu et posa sur Beck l'un de ces regards perçants dont il avait le secret.

Comme d'habitude. Beck soutint son regard sans ciller et attendit la suite.

— Je crois que cette étape de nos relations a suffisamment duré.

— Oui ?

— Nous allons ouvrir dans un instant une nouvelle enveloppe qui contient vos ordres. Mais, compte tenu de ce qu'elle contient, je préfère anticiper et vous donner ma propre version, avec mes mots à moi.

— Comme vous voudrez.

— Le lieutenant de vaisseau Shedler nous rejoindra pour assister à l'ouverture.

— Parfait. Je suppose que sa mission consiste à livrer la marchandise.

Ces bombes dans leurs conteneurs, dont Beck avait cru, au moment de l'appareillage, qu'elles étaient destinées aux Boers en Afrique du Sud. *Ces bombes dont j'ai appris, lorsque nous étions près des îlots et à ma grande horreur, qu'elles étaient en fait destinées à l'Argentine.*

Mais il avait fini par se résoudre à cette idée, retrouvant lentement le chemin du devoir et de la discipline.

— Non, je crois que vous n'avez pas tout compris.

Beck se raidit. Et soudain, *tout* devint clair.

C'était encore plus atroce. Je vais me retrouver avec un peu plus de sang innocent sur les mains.

Il sentit qu'il s'empourprait de colère. Colère d'abord contre lui-même, à cause de sa propre stupidité, car il s'était laissé entraîner à jouer un rôle aussi répugnant – et colère contre von Loringhoven, instrument de sa déchéance morale.

— Cette arme nucléaire américaine ! Il n'a jamais été question de l'expertiser ! Vous, *vous*…

Von Loringhoven leva les mains :

— Commandant, je vous en prie. Ce n'est pas moi qui ai pris ces décisions. J'exécute les ordres, je suis comme vous. Croyez-vous que cela me fasse plaisir de subir les dures nécessités de la guerre ?

— Eh bien, franchement, oui ! Je crois même que vous y prenez grand plaisir. Je crois que vous aimez le pouvoir, que le meurtre et la destruction vous procurent un plaisir presque érotique ! J'ai déjà connu des gens dans votre genre.

— Votre dernier commandant ?

— Entre autres.

— Vous le haïssiez ?

Beck essaya de fouiller dans sa mémoire. Et ses souvenirs étaient très désagréables.

— Je crois que je le haïssais de tout mon cœur.

— Et pourtant, vous faisiez votre devoir ?

— Naturellement !

— Vous n'avez pas besoin de crier. J'ai lu votre dernier rapport de patrouille, celui que vous avez rédigé après votre sauvetage… Ces idées tactiques assez géniales, c'étaient vos idées, et vous étiez le second, ce n'étaient pas celles de votre commandant.

— Venez-en au fait, je vous prie.

— Vous et moi ne sommes que des outils au service du gouvernement. Nous avons des ordres, même s'ils sont désagréables. Nous ne sommes que de modestes acteurs du cours de l'histoire. Notre rôle ne consiste pas à prononcer des jugements de valeur. Ce distinguo entre objectifs civils et militaires est assez spécieux. La distinction entre guerre sur terre et guerre sur mer est fallacieuse. Le but de la guerre sur mer est d'influer sur les événements qui se déroulent sur terre. Même les officiers de marine américains étudient et s'imprègnent de ce fait incontestable, irréfutable.

— Alors, quel est exactement notre rôle, si nous ne sommes que des instruments amoraux, comme vous venez de le dire ?

— Pendant que Shedler et ses hommes s'occupent de ces têtes américaines, équipées avec de nouveaux dispositifs d'armement et de mise à feu, vous attendrez avec nos propres bombes. Je vais débarquer avec les Kampfschwimmer pour aller revoir de vieux amis et renforcer nos liens avec nos partisans en Argentine.

— Et pendant ce temps-là, je vais me contenter de faire des ronds dans l'eau ? Paré au combat ? Avec une guerre nucléaire imminente qui risque d'éclater entre deux pays voisins, sous mon nez ?

— Nous serons dans des eaux amies. Le commandement de la marine argentine partage en secret nos vues. Comme vous le savez, il n'y a pas un seul bruiteur hostile à des milliers de nautiques à la ronde, tout cela grâce à votre subterfuge génial, quand nous étions dans ce passage étroit… Il s'agit essentiellement d'une opération de guerre, ce sera donc à vous de donner les ordres importants. Vous commandez le plus puissant bâtiment de guerre de la marine impériale.

Beck en avait la nausée.

— Et nos attachés de défense ?

— Nous ne pouvons pas nous permettre de diluer les responsabilités pour des opérations aussi cruciales et délicates. C'est le b.a.-ba de l'art militaire, cela nous mènerait tout droit au désastre… Vous êtes *seul* à connaître tous les détails de cette opération. Pour des raisons évidentes de sécurité. Un sous-marin à la mer, en silence radio, pas besoin de se préoccuper d'espions ou de gens qui parlent trop… Nous n'osons pas demander à nos représentants à Buenos Aires de prendre contact avec Berlin, ils pourraient avoir envie de vérifier ce qu'on leur dit ou tenter de faire porter le chapeau à quelqu'un d'autre.

Beck réfléchit un bon moment puis hocha la tête. En dehors des risques classiques, interception des communications par l'adversaire, il imaginait sans peine la tête de bureaucrates d'ambassades, plongés brutalement dans un conflit, appelant désespérément l'Allemagne pour demander de l'aide, ou se défaussant prudemment… ou les deux.

— On dirait que vous connaissez bien les mœurs diplomatiques, monsieur le baron ?

— C'est mon métier.

— Et où allez-vous, exactement ?

— Dans une grande demeure, au milieu de la pampa.

— Une demeure ? On dirait un conte pour enfants.

— Désolé, c'est l'expression qu'utilisent les Espagnols. Un manoir, une grande villa, si vous préférez. Au milieu d'un ranch où l'on élève du bétail. Elle appartient à un Argentin, un ami fortuné que j'ai connu lorsque j'étais en poste à Buenos Aires. Pour la façade, il s'agit d'une visite de courtoisie chez quelqu'un qui, resté neutre, est persécuté par notre ennemi commun, les Etats-Unis d'Amérique, soutenus par le Brésil. *L'aide étrangère* que vous allez débarquer, ces bombes de notre fabrication, ne seront pas livrées avant un bon bout de temps. Il faut d'abord que notre supposée bombe américaine ait explosé pour que tout cela paraisse *pleinement légitime.*

Ce plan devrait vous rassurer, commandant, au lieu de vous ronger.

Beck hocha la tête. Il était bien obligé de reconnaître la logique implacable qui sous-tendait tout ce montage, dans lequel chaque nouvelle horreur justifiait la suivante.

— Au moment où explosera cette bombe supposée être américaine, poursuivit le baron, et toujours sous le même prétexte, nos amis argentins auront pris le contrôle des forces armées et le pouvoir par la même occasion.

— C'est vraiment byzantin.

— C'est ainsi que vont les choses.

— Si vous le dites…

Décidément, tout va trop vite.

Beck savait bien que ses réticences étaient manifestes.

— Songez aussi à tout ce que cela peut apporter à votre carrière. Les choses ne sont pas faciles pour vous, vous êtes le fils d'un fermier. Si vous n'accomplissez pas d'actions d'éclat au combat, si vous n'inventez pas de stratégies géniales, « byzantines », comme vous dites, vous n'aurez jamais droit à un *von* devant votre nom. Et pas davantage si le Kaiser voit des traces de bouse de vache sous vos ongles.

— Je me fous des titres.

— Ils sont héréditaires, faites-le au moins pour vos fils.

Beck s'assit pour réfléchir. Reculer à présent, c'était se montrer lâche et trahir. Aller de l'avant pouvait lui donner un certain prestige et lui permettre de grimper dans l'échelle sociale, mais au prix de la vie d'innombrables innocents.

J'ai besoin de temps pour régler tout ça.

— Le moment est venu, reprit von Loringhoven. Ouvrons cette enveloppe, si vous voulez, puis nous ferons appeler le lieutenant de vaisseau Shedler.

Beck se leva. Quelque chose en lui se rendait, se brisait. Il ressentait un malaise terrible, dans la poitrine, dans le ventre. Mais cette impression de sombrer ne dura guère et il se reprit, comme si ses organes, en s'effondrant, avaient fini par heurter un noyau d'acier.

— Je ferai ce que je dois faire, monsieur le baron, mais ne vous y trompez pas.

— Oui ?

— Je *vous* méprise profondément.

— Pourvu que nous remplissions la mission que notre pays nous a confiée en Amérique du Sud, vous pouvez bien me détester autant qu'il vous plaira.

— Tout ça vous laisse de glace, n'est-ce pas ?

— Je le prends comme un compliment. Et n'y voyez aucune ironie. Vous avez des talents, j'ai les miens.

— Supposons que Jeffrey Fuller soit plus intelligent que vous ne supposez ? Supposons qu'il est à notre poursuite, ici, dans ces eaux, *en ce moment* ? Que se passe-t-il s'ils apprennent que nous nous apprêtons à livrer des bombes aux Argentins ? Et s'ils découvrent que nous leur en avons volé une ?

— Il y a toujours des gens qui devinent les choses par hasard, des clés compromises, des agents doubles. Croyez-vous que le haut commandement ne soit composé que d'*amateurs* ? Ouvrez donc votre coffre. Des plans de remplacement vous y attendent, pour tous les cas de figure. Pour vous-même et pour vos Kampfschwimmer. Couler le *Challenger* au large de l'Amérique du Sud, *maintenant*, si loin du convoi ? C'est la meilleure chose que vous puissiez faire, pour vous et pour vos descendants, commandant *von* Beck.

CHAPITRE 29

La mer était tiède. Au-dessus de lui, le soleil moirait la surface. Jeffrey, frais et dispos après un petit somme, respirait lentement l'air de ses bouteilles, totalement immergé. Félix et un officier marinier commando l'accompagnaient. Il observa un bon moment une grosse tortue de mer qui nageait plus haut et dont la silhouette se découpait dans la lumière. Elle nageait vite, comme si elle était pressée. Jeffrey flottait sans effort, en flottabilité zéro et se laissait porter. Il inspirait et expirait dans son embout, lentement, régulièrement. Félix avait vérifié une dernière fois son équipement, avant de lever les pouces dans un geste viril puis de larguer le bout de corde de deux mètres fixé à sa taille. Jeffrey baissa les yeux à travers son masque. Le *Challenger* se trouvait juste en dessous, mais il ne l'avait encore jamais vu sous cet angle. Le haut du massif était à dix mètres à peine de la surface, presque à l'immersion périscopique. Il était remonté aussi haut que possible – assez haut pour que l'oxygène pur que respirait Jeffrey ne devînt pas toxique.

Félix et son équipier redescendirent vers le panneau supérieur du kiosque. Le panneau inférieur était fermé, bien entendu, et ne serait ouvert qu'après la purge du sas. A bord des sous-marins nucléaires, on utilisait rarement le sas principal pour des opérations de ce genre, mais la chose restait faisable. Cela permettait de laisser la coque aussi loin de la surface que possible.

Le *Challenger* se présentait comme une longue forme noire de douze mètres de diamètre, plus longue qu'un terrain de football. L'eau était trouble, grouillante de micro-organismes et rendue comme brumeuse par leurs déjections. Le limon des fleuves entraîné vers la mer – on était à la saison des pluies – la rendait encore plus sombre. Tout en admirant ainsi son bâtiment, Jeffrey éprouvait un mélange de fierté et d'inquiétude. Il se souvenait des cent vingt hommes qui vivaient à bord de la coque épaisse. Il pria le Ciel de les protéger et de lui permettre de revenir bientôt parmi eux.

Le *Challenger* qui s'était rapproché tout près des côtes brésiliennes, au-dessus du plateau continental, n'avait pas plus de cent mètres d'eau sous la quille. Il avait suivi pour arriver là un corridor protégé mis en place par l'état-major de la marine brésilienne, comme le prévoyaient les ordres de l'amiral Hodgkiss. Ce petit détour ne les avait pas mis en avance, mais le mini-sous-marin n'avait pas le rayon d'action nécessaire et il était beaucoup trop lent. Le *Challenger*, placé désormais sous les ordres de Bell, avait déjà plusieurs heures de retard. On avait remplacé dans tous les tubes les torpilles à tête nucléaire par des Mark 88 conventionnelles.

Félix et son adjoint étaient rentrés à bord, Jeffrey vit que l'on refermait les volets du massif. Il était très près et n'entendit pourtant rien.

Il était seul désormais, livré à lui-même, dans une situation proche de la privation sensorielle. Il sentait la folie s'emparer de lui. *Et si tout ceci n'était qu'un énorme piège ? Le* Challenger, *coincé entre le fond et la côte, et en plus, il est privé de la moitié de ses moyens.*

Au prix d'un effort presque physique, il se ressaisit en se répétant intérieurement qu'il devait faire confiance à ses supérieurs, qu'il devait s'en remettre aux mesures de sécurité qu'ils avaient prévues. Mais ce n'était pas facile.

Il se laissa dériver lentement juste sous la surface, profitant du courant qui le portait à un nœud environ, pour économiser ses forces. Meltzer et le patron maintenaient le bâtiment parfaitement stable dans la houle. Ils allaient bientôt remettre en route, cap au nord, sur les propulseurs hors bord. Toujours ce silence. Il fallait qu'ils s'éloignent de lui à bonne distance avant de plonger plus profond et de monter en allure, sans quoi il risquait de se faire aspirer par l'hélice pompe, avec le résultat que l'on devine. Le *Challenger* n'en sortirait pas indemne, et quant à lui, il se ferait hacher menu.

Pris d'une inquiétude grandissante, Jeffrey vit le sous-marin s'éloigner lentement avant de disparaître. Puis il sentit un fort courant l'emporter, sans doute le résultat d'un coup de barre.

Son embout avait un goût de caoutchouc, l'oxygène qu'il respirait lui desséchait les muqueuses. Il savait pourtant que, s'il avait la gorge sèche, c'était pour d'autres raisons. Il remonta à la surface pour jeter un coup d'œil dehors.

Le soleil déformait le paysage. De gros nuages bas menaçants se massaient vers l'est, assez proches, soulignés par ce que Jeffrey prit d'abord pour une forte chute de pluie. Comme prévu, car ils l'avaient détectée au sonar, une ligne de grains se rapprochait de la côte. Un éclair stria violemment le ciel et le tonnerre claqua. Une espèce de cheminée grise s'abattit en tourbillonnant à la surface de l'eau.

Jeffrey finit par comprendre qu'il s'agissait d'une tornade. Un phénomène qui, en mer, pouvait être mortel pour un petit bâtiment ou un nageur.

Ils n'avaient pas prévu le cas, pas plus que les violents grains qui venaient d'éclater. Jeffrey se sentait nu et sans défense. Le vent commençait à forcir. D'autres éclairs claquèrent et touchèrent la mer, milieu conducteur s'il en est. Il savait que le Brésil battait des records en la matière. L'un dans l'autre, il y tombait deux éclairs d'un million de volts toutes les secondes. Il serra plus fort son sac étanche, comme si cela pouvait le protéger. Celui-ci, fixé par un bout, était muni d'une réserve de flottabilité pour qu'il ne fût pas entraîné vers le fond.

A combien devait-il plonger pour se mettre à l'abri de ces éclairs ? Et si les parties métalliques de son équipement conduisaient le courant, même sous l'eau ? Les Brésiliens allaient peut-être renoncer à venir le récupérer, au milieu de tous ces grains ? Il allait se retrouver tout seul, perdu, abandonné, sans radio, à court de produits anti-requins, sans eau potable.

Seront-ils seulement capables de me retrouver, une fois que les grains seront passés, en supposant que je sois encore vivant ? S'ils perdaient encore une heure, les choses pouvaient tourner au désastre.

Il entendit soudain un battement puissant, un sifflement de turbines. Un hélicoptère arrivait par le nord, passant à raser la zone orageuse. Mais la tornade et la ligne de grains, de leur côté, progressaient rapidement. On aurait dit un petit jeu, à qui allait arriver le premier.

Le bruit des turbines se faisait de plus en plus fort et l'hélico passa enfin à sa verticale. Le souffle du rotor balayait la mer en projetant des gerbes d'écume blanche. Un homme, penché par la porte, scrutait la mer.

L'hélicoptère s'inclina, fit demi-tour, avant de se mettre en vol stationnaire à moins de vingt pieds. Jeffrey reconnut alors un Sea King aux couleurs de la marine brésilienne. L'un après l'autre, sept hommes en combinaison noire et équipés de Draeger sautèrent à l'eau. Le Sea King bascula, accéléra et repartit en direction du nord.

Jeffrey plongea en catastrophe. Il activa une petite balise sonar, il avait peur qu'elle n'attire les requins.

Il aperçut bientôt six hommes qui arrivaient vers lui. Des pros, à en juger par leur technique, leur forme physique, leur coordination. Toujours en plongée, ils se mirent en cercle autour de lui. Il n'avait aucune arme, à l'exception de son poignard de plongée, un simple outil, rien de plus. Il mourait d'envie de se faire tout petit, mais résista pourtant.

L'un des plongeurs s'approcha pour le regarder à travers son masque, lui donna une tape sur l'épaule avant de lui montrer la surface.

L'hélicoptère avait largué sept hommes. A présent, ils étaient sept à nager de conserve, Jeffrey compris. L'un des « hommes » était un mannequin en caoutchouc, lesté pour couler et rester au fond. Les autres étaient des hommes-grenouilles de la marine brésilienne.

Jeffrey entendit un nouveau bruit, une espèce de bourdonnement assourdissant sur deux tons. Ce bruit se propageait à la fois dans l'air et dans l'eau. Les plongeurs se formèrent en ligne, le laissant au centre.

Un éclair éclata, tout proche cette fois-ci, et heurta la mer en émettant une lumière bleu et blanc éblouissante. Le tonnerre claqua presque aussitôt. Quant à la tornade, elle n'avait apparemment pas bougé.

Puis Jeffrey comprit qu'en fait, *elle avait bougé*. Elle avait simplement changé de relèvement. Elle était plus impressionnante à présent, beaucoup plus impressionnante, et elle arrivait droit sur eux. Ils auraient pu essayer de plonger, mais Jeffrey ne savait pas si cela aurait servi à grand-chose. Il n'avait pas la moindre idée de la profondeur à laquelle l'effet de succion se faisait encore sentir. Mais il savait que, s'il descendait en dessous de dix mètres, son Draeger le tuerait au lieu de l'aider à respirer.

L'un des hommes-grenouilles lui cria quelque chose en portugais, Jeffrey ne comprenait rien, mais cela lui sembla clair et rassurant. Les hommes-grenouilles s'étalèrent encore un peu plus. Ce bruit à deux fréquences devenait vraiment très fort, on aurait dit maintenant un grondement vrombissant. Il faisait presque autant de vacarme que la trombe.

Puis, comme surgi de nulle part, un gros navire tout noir sur coussin d'air fit irruption dans une grande gerbe d'embruns. Il passa tout près, le bruit de ses diesels était assourdissant. La vague déferla au-dessus de Jeffrey et le souffle de la grande hélice aérienne qui le propulsait le gifla.

Le navire continua cap au sud, survolant la mer, soutenu par ce vent artificiel qui s'échappait de dessous la jupe. Il faisait au moins quarante nœuds.

Un autre coup de tonnerre, le ciel était tout sombre et il se mit à pleuvoir, de grosses gouttes trouaient l'eau. La trombe se rapprochait toujours, Jeffrey haletait. L'air du Draeger avait un goût fétide, il se força à respirer plus calmement, mais l'affolement lui donnait des battements de cœur. La tornade arriva sur lui, trait d'union entre les nuages et la mer. Le vortex tourbillonnait comme une toupie, on n'arrivait pas à distinguer les détails, l'air et l'eau tournaient à deux cents nœuds ou davantage. Si ce siphon l'avalait, il était réduit en lambeaux.

Un autre bateau arriva sans prévenir, plus petit, taillé comme un bateau de course. Après avoir fait une large boucle autour des hommes-grenouilles, il ralentit. Jeffrey aperçut deux hommes, le premier à la barre et un second à l'arrière. Il ne possédait pas de tableau.

Celui qui se tenait derrière se pencha et balança par-dessus bord une grosse bouée orange. Le premier brésilien tendit le bras et accrocha le cerceau au passage. L'erre du bateau le souleva et il atterrit lourdement sur la plage arrière.

Ce fut bientôt le tour de Jeffrey. Le cœur battant, il tendit le bras à son tour, essayant de bien préparer son coup.

Le choc manqua lui déboîter l'épaule, tout bascula,

il se retrouva sur le pont où le matelot lui fit signe de dégager et d'aller se mettre en abord. Un autre homme-grenouille embarqua presque dans la foulée. En moins de deux, toute l'équipe avait été récupérée.

L'embarcation mit cap au nord pour éviter la trombe et commença à accélérer. Jeffrey entra dans le minuscule abri de navigation, se débarrassa de sa cagoule mais conserva son masque. Il jeta un rapide coup d'œil. L'équipage se composait de deux hommes, qui à présent se consacraient à la manœuvre. L'un des deux poussa les manettes à fond.

Les moteurs diesels se mirent à gronder et à vibrer, plus de mille chevaux à eux deux. Tout le pont commença à tressauter, la coque à taper rudement tandis que le bateau projetait des gerbes d'écume et roulait d'un bord sur l'autre dans la mer qui se soulevait sous les grains. L'écume giclait sous la longue étrave élancée, le sillage disparut rapidement dans un bouillonnement blanchâtre.

La pluie fouettait les vitres, la visibilité tomba bientôt à presque rien. Avec tout ce vacarme, il était impossible d'échanger deux mots.

L'écran vert du radar brillait, rassurant, le loch indiquait quarante-cinq nœuds bien tassés. Le bateau vira sans prévenir et prit une forte gîte, tapant et sautant plus que jamais. Le gyrocompas indiquait cap au 070, est-nord-est.

Jeffrey savait qu'ils se dirigeaient vers Rio de Janeiro. Cet engin long d'une quinzaine de mètres était un ancien modèle utilisé par la Royal Navy pour des opérations secrètes, un FIC-45. Sa coque en Kevlar le rendait assez discret, il était doté de deux plans porteurs immergés. Cet exercice d'hommes-grenouilles avait servi à masquer l'opération.

Le navire sur coussin d'air qui était reparti au sud était également un bâtiment vendu par la Royal Navy au Brésil, type 2000 TDX (M). Un bâtiment capable de soutenir quarante nœuds pendant huit heures sans ravitaillement.

Ce navire sur coussin d'air devait aider le *Challenger* à dissimuler sa présence. L'énorme bruit du type 2000 et son sillage conséquent couvriraient la signature acoustique et les turbulences du sous-marin dans les eaux brésiliennes d'abord, puis dans les eaux argentines. Une fois qu'ils auraient atteint Paranaguá, plus bas sur la côte, un autre type 2000 devait prendre la relève conformément aux ordres de l'amiral Hodgkiss, jusqu'à Buenos Aires.

Jeffrey s'affala sur un banc fixé à la cloison. Occupés à nettoyer leur équipement, les hommes-grenouilles ne lui prêtaient aucune attention. Il se dit qu'ils étaient sans doute préoccupés par la déclaration de guerre imminente avec l'Argentine – au cours de laquelle ils allaient jouer un rôle éminent et probablement subir quelques pertes. Ils semblaient fin prêts, concentrés sur leur mission, parfaitement entraînés. Ces hommes étaient l'équivalent des SEAL dans la marine américaine, des combattants d'élite, et ils le savaient.

L'armement du bateau se composait de deux mitrailleuses de 12,7, mais on leur avait laissé leurs housses de protection contre la pluie et les effets corrosifs de l'eau de mer. Apparemment, nul ne songeait qu'elles risquaient de servir très bientôt.

Après qu'il eut été récupéré, les hommes-grenouilles lui avaient manifesté une indifférence telle qu'il lui vint un soupçon : peut-être n'avaient-ils aucune idée de sa véritable identité. Intéressant, toute l'opération avait été soigneusement compartimentée.

Il fut soudain forcé de cligner des yeux. Le bateau émergeait de la zone des grains, le soleil levant apparut dans toute sa splendeur. Une ligne de côte commença à se dessiner sur l'écran radar, à bâbord, et Jeffrey distingua bientôt à l'œil nu les sommets de quelques collines assez élevées. Une légère brume flottait encore au ras de l'eau, mais les collines finirent par émerger, dans une explosion de verdure.

Ils étaient arrivés près de terre, la côte était une succession de pointes et de jolies petites anses, d'îlots, de récifs, de lagunes. Le bateau réduisit sa vitesse à environ vingt-cinq nœuds et les hommes-grenouilles, prenant leurs jumelles, commencèrent à inspecter la côte. Au détour d'une pointe, Jeffrey découvrit le spectacle de Rio. Une grande plage de sable blanc s'étalait devant ses yeux. Une large avenue bordée d'hôtels de luxe et d'immeubles cossus se déroulait derrière la plage.

— Copacabana, lâcha le chef des commandos.

Jeffrey lui signifia d'un signe qu'il avait compris. Le sable était couvert de monde. Maillots de bain de toutes les couleurs imaginables, parasols, serviettes de plage. La mer était calme et pourtant, on voyait peu de baigneurs.

Les grains sont restés au large et ici, il n'est pas tombé une seule goutte de pluie. Le ciel était clair, tout bleu, parsemé de quelques légers nuages blancs. La mer scintillait sous les rayons du soleil. Tout n'était que contraste, des éclats dorés striaient la mer bleu foncé qui venait mourir sur la côte d'un vert sombre.

Les commandos avaient toujours les yeux rivés à leurs jumelles. L'un d'eux passa les siennes à Jeffrey et l'aida à les régler.

Jeffrey ajusta la mise au point et s'arrêta sur un groupe, des touristes japonais apparemment, installés dans des transats. Ils étaient habillés des pieds à la tête, chapeau et lunettes de soleil compris.

— Japonais ? Nippon ?

L'homme-grenouille approuva d'un signe, puis le poussa doucement vers la droite.

Ce spectacle intéressant consistait en un petit groupe

de jeunes femmes latinos en monokini. Un peu plus loin, il y en avait encore d'autres dont les maillots de bain étaient réduits à leur plus simple expression. Jeffrey se demandait pourquoi elles se donnaient la peine de porter ce morceau de tissu. Un peu plus loin encore, des gens faisaient bronzette, nus comme des vers.

Le bateau s'approchait de la passe et Copacabana disparut bientôt à leur vue. Le pavillon brésilien vert, jaune et bleu monta au mât de poupe et se mit à flotter nonchalamment dans la petite brise. Les hommes-grenouilles se détendaient, taillaient la bavette. Le portugais qu'ils utilisaient n'avait rien à voir avec l'espagnol, il rappelait plutôt vaguement l'italien. Ils parlaient beaucoup avec leurs mains. Le bateau entama enfin un large virage à gauche.

Jeffrey avait sous les yeux le superbe port naturel que constitue la baie de Guanabara. Des formations volcaniques se dressaient de chaque côté de cette vaste rade, d'énormes blocs de granit faisaient comme des jetées. Le Pain de Sucre dominant le mouillage constituait un amer que l'on ne pouvait pas manquer. La montagne était parsemée de buissons, de masses de lianes, et se terminait par de la roche nue qui plongeait dans la mer sur des centaines de mètres, mélange de pierre noire et brunâtre, striée de quartz. Le téléphérique qui permettait d'accéder au sommet était en service et l'on apercevait ses grosses cabines remplies de passagers.

Après avoir longé quelques balises et bouées, laissé le Pain de Sucre qui disparut bientôt sur l'arrière, le bateau embouqua le chenal d'accès. Deux vieux forts gardaient l'entrée.

Toute la ville s'offrait à ses yeux. A gauche, de grands bâtiments largement vitrés en béton. Plus loin, des parcs, des marinas, les dômes dorés et les clochers verdissants de nombreuses églises. On avait construit deux aéroports le long du fleuve, un grand et un plus modeste. A plusieurs kilomètres de là, sur sa droite, s'étendait une zone de lagunes et de marais couverts de mangrove qu'alimentaient des ruisseaux. On apercevait plusieurs maisons en construction, des taudis. De nombreuses îles de toute taille émergeaient au milieu de la baie, il y avait des navires marchands au mouillage. Des ferries faisaient des allées et venues incessantes. Des bateaux passaient sous un pont gigantesque.

La baie était dominée par le plus grand ensemble de falaises de tout le pays, une masse de granit à peine érodée. Le flanc des montagnes était recouvert d'une végétation luxuriante quand on n'y avait pas construit ces misérables demeures où vivaient les plus défavorisés. A l'intérieur, un sommet dominait tout le paysage, le Corcovado, ce qui signifie en portugais « le Bossu ». Et au sommet de ses huit cents mètres, le bras tendu, la célèbre statue haute de trente mètres du Cristo Redentor, – le Christ rédempteur.

L'embarcation entama un second virage à gauche pour gagner un wharf. Il était complètement dissimulé par une structure et une tente protégeait le quai. Jeffrey nota la présence de plusieurs gardes en armes.

Le bateau accosta avec adresse le long de l'appontement, ils débarquèrent et se hâtèrent de gagner l'abri. Il y avait là un antique véhicule de transport blindé – un M-113 –, autant dire une boîte de ferraille montée sur chenilles. Cet engin datait de la guerre du Vietnam et devait bien avoir cinquante ans. Celui-ci était entièrement peint en noir et on lisait POLICIA sur le flanc, en lettres jaunes. La rampe hydraulique s'abaissa, Jeffrey et les hommes-grenouilles grimpèrent à bord.

L'odeur de gazole et de fumée d'échappement vous prenait à la gorge, le moteur fatigué ahanait et le véhicule vibrait de partout. La hauteur sous barrots était fort limitée et Jeffrey dut se courber en deux.

A l'avant du compartiment de transport de troupes,

un homme en civil assis sur le banc latéral somnolait. Il avait le bras droit en bandoulière et maintenu dans une gouttière. Il sortit de sa torpeur en entendant les autres arriver puis refermer la rampe, il leva les yeux vers Jeffrey, visiblement ravi de le voir.

— Désolé, l'anesthésie m'a laissé dans les vapes.

— Mais que vous est-il arrivé ? lui dit Jeffrey en lui serrant la main gauche.

— Je suis le plus ancien attaché de défense encore vivant. Lieutenant-colonel Chuck Stewart, des Bérets verts, à vos ordres.

— Et ces blessures au visage ?

— Des éclats, une bricole, ils m'ont refermé ça avec du sparadrap après m'avoir arrosé de désinfectant.

Ses joues et son front étaient striés de longues estafilades, mais il n'avait pas de pansement.

Jeffrey lui fit un sourire plein de compassion :

— Oui, j'ai appris qu'il y avait eu des attentats.

Les yeux de l'officier s'embuèrent.

— Et ce n'est que le début, on n'est pas sortis d'affaire… Bon, on m'a demandé de vous assister pour les questions de protocole et de servir d'officier de liaison.

Jeffrey hésita une seconde.

— Autrement dit, de me tenir en laisse. Vous m'empêcherez de faire trop de bourdes avec quelque personnage important.

— C'est exactement cela.

Stewart tapota son banc et Jeffrey alla s'asseoir près de lui, son sac sur les genoux. On n'y voyait goutte.

Quelques-uns des hommes-grenouilles avaient ouvert leur barda et en sortirent des M-16 version modifiée. Le M-113 était muni de hublots et de sabords sur le côté, les hommes calèrent leurs armes dans ces meurtrières, engagèrent un magasin de trente coups avant d'actionner la culasse. Leur chef cria quelque chose au conducteur, le moteur se mit à rugir et le véhicule s'ébranla. Il arriva sur une route bordée de hangars lugubres, vira à droite et commença à accélérer.

Un moteur en triste état, des chenilles fatiguées, des suspensions affaissées, tout était réuni pour ne pas rendre le trajet très confortable. Les chenilles avaient beau être équipées de blocs de caoutchouc pour ne pas trop abîmer la chaussée, cela n'améliorait guère les choses.

— Où allons-nous ? cria Jeffrey.

— Vous verrez bien, lui répondit Stewart. Et faites attention à ce que vous dites tant que nous ne sommes pas en lieu sûr. Là-bas, vous pourrez vous lâcher, vous n'aurez qu'à appliquer vos instructions.

— Et quand serons-nous en sûreté ?

— Quand je vous le dirai. Avez-vous pris un uniforme ?

Jeffrey fit signe que oui.

— Changez-vous maintenant. Il faut que vous soyez beau à notre arrivée. Vous avez dû recevoir un visa par radio ?

— J'en ai apporté une copie, avec ma carte d'identité d'officier.

Pour les membres des forces armées, ce document tenait lieu de passeport.

— Parfait, il faut respecter les règles à la lettre. Impossible d'admettre que vous êtes entré illégalement au Brésil.

Jeffrey ouvrit son sac étanche et en sortit sa tenue soigneusement roulée.

— Avez-vous pris votre décoration ?

— Le ruban.

— Bon.

Jeffrey se défit de sa combinaison de plongée trempée. Il avait pris une serviette de toilette et entreprit de se sécher. Il enfila son uniforme, mit ses chaussures et sa vareuse pour terminer. Et enfin un petit coup de peigne. Il aurait bien aimé avoir une glace.

— Bon, c'est un peu mieux, lâcha le colonel.

Et il lui fit un salut réglementaire. De la main gauche.

Le M-113 devait avoir une fuite d'échappement quelque part car l'odeur devenait absolument insupportable ; le chef du commando mit la sécurité de son arme, se leva et ouvrit l'une des écoutilles. Il grimpa sur le banc pour armer la mitrailleuse de toit. Ils eurent ainsi un peu d'air frais et de la lumière. L'homme commença à faire pivoter la mitrailleuse.

— Toutes ces précautions sont-elles vraiment nécessaires ? demanda Jeffrey.

Le colonel Stewart lui montra du doigt ses coupures puis leva son bras droit.

— Satisfait de la réponse ? Allez, détendez-vous, profitez du paysage et de votre petite promenade – puis, redevenant sérieux –, attendez, prenez mes lunettes de soleil.

Jeffrey chaussa les lunettes, des lunettes très foncées qui couvraient les côtés du visage. Il se laissa glisser jusqu'au hublot équipé de verre blindé que venait de quitter l'homme à la mitrailleuse et put alors admirer Rio de Janeiro.

Il n'y avait pas beaucoup de circulation, mais ils croisèrent un tramway jaune hurlant, bondé. L'architecture était belle, mélange du plus ancien et du plus moderne. Les rez-de-chaussée s'ouvraient largement sur la rue, très aérés, les immeubles étaient peints de couleurs vives. Il savait que Rio était avant tout une station balnéaire et que les menaces de guerre avaient réduit le rythme des affaires. Pourtant, même ainsi, l'agglomération comptait quelque douze millions d'habitants. Il y avait énormément de boutiques, de vendeurs à la sauvette avec leurs carrioles où les clients se pressaient car l'heure du déjeuner approchait. La plupart des hommes et des jeunes garçons étaient vêtus de chemises à manches courtes, de jeans ou de bermudas. Les femmes étaient en robe d'été, en chemisier ou portaient des corsages, certaines préférant des jeans. De grands panneaux d'affichage célébraient les prouesses de la Formule 1 ou du football.

La police était partout, fortement armée, alors que la population semblait assez indifférente. Les piétons jetaient au M-113 des regards empreints de curiosité plus que de peur. Rio avait la réputation d'être une ville calme et agréable. Leur véhicule longeait maintenant de beaux jardins, des maisons à colonnades, des centres commerciaux.

Jeffrey remarqua qu'il y avait énormément de touristes japonais.

— Les habitants n'ont pas l'air de s'en faire particulièrement.

Stewart haussa les épaules, essaya du moins.

— La plupart d'entre eux considèrent ce qui se passe avec l'Argentine comme un combat au sabre.

— Et les bombes qui explosent, c'est du combat au sabre ?

— Brasilia est à huit cents kilomètres d'ici, cela fait des dizaines d'années que des guérilleros ou des terroristes vivent dans la clandestinité. Rappelez-vous, le pays a vécu longtemps sous la dictature et tous ceux qui ont plus de vingt-cinq ans s'en souviennent encore. A cette époque-là, les escadrons de la mort et la police secrète faisaient la loi en toute impunité. Les gens ont appris par la manière forte à prendre les choses avec philosophie, des choses que vous et moi oserions à peine concevoir... En outre, montrer que l'on a peur serait considéré comme du manque de patriotisme. Et les Brésiliens sont *très* patriotes.

— Des nouvelles de la bataille de l'Atlantique et du convoi ?

— Pour le peu qui leur en arrive aux oreilles ? Tout ça se passe à des *milliers de kilomètres*, et les vents dominants ne soufflent pas dans la bonne direction.

Jeffrey commençait à se demander si le colonel Stewart lui-même était bien au courant de la situation.

— Et pourquoi voit-on autant de Japonais ?

— Vous savez, avec la guerre, il est devenu impossible de se rendre en Europe ou aux Etats-Unis. La zone est en pleine croissance économique, ils vendent de tout, du pétrole, des composants électroniques, du textile, tout ce dont a besoin l'Amérique et ses alliés. Et ils en font autant avec l'Axe. Les Japonais se retrouvent donc avec de l'argent plein les poches et quelques loisirs pour faire du tourisme. Enfin, les routes aériennes du Pacifique sont sûres.

— Mais s'il y avait un conflit nucléaire ?

— Je crois que cela constitue pour eux un attrait supplémentaire, cela ajoute du piment. Souvenez-vous, ils se sont pris deux bombes sur la figure pendant la Seconde Guerre mondiale. Ils éprouvent une espèce d'attirance morbide à venir voir de plus près ce qui se passe. Ils sont tout près du ring, ils sont un peu voyeurs, ils observent distraitement, pouvait-on dire.

— Inquiétant, lâcha Jeffrey.

— Ouais, assez inquiétant. Et encore plus, depuis que le Japon a annoncé officiellement qu'il possédait l'arme nucléaire.

Jeffrey se tourna vers le hublot. Ils longèrent des jardins publics agrémentés d'œuvres d'art contemporaines, puis passèrent près de la cathédrale baroque, avant de s'engager dans une voie pavée. Après avoir franchi quelques ronds-points, ils laissèrent derrière eux de jolies fontaines et quelques belles statues. Des gens passaient en moto, d'autres attendaient de pouvoir traverser, d'autres encore bavardaient à la terrasse des cafés. Le mélange de races était impressionnant.

— Je suis surpris de voir que la vie suit son cours comme si de rien n'était… je veux dire, on voit moins d'hommes en âge de servir sous les drapeaux, certes, avec la mobilisation, et j'ai cru comprendre que l'armée avait réquisitionné un paquet de voitures et de camions.

— Et vous n'avez pas vu de gros bâtiment de guerre dans le port, non ?

— Non, rien qui vaille la peine.

— Bienvenue en Amérique du Sud. Ici, les gens ne raisonnent pas exactement comme vous et moi. Alors souvenez-vous-en pour notre réunion. Nous sommes *chez eux*. Ce sont eux qui fixent les règles, pas nous.

CHAPITRE 30

Le transport blindé quitta les faubourgs, s'engagea sur une autoroute et accéléra. Des deux côtés, les collines étaient totalement recouvertes de cabanes accrochées aux pentes, tassées les unes contre les autres. On apercevait des antennes de télévision, du linge séchait sur des cordes.

— Ils appellent ça des *favellas*, lui dit le colonel Stewart. Des bidonvilles verticaux, en quelque sorte. C'est là qu'habitent les manœuvres, les gens qui travaillent dans les restaurants, les résidences, les hôtels.

— Je croyais que le président Da Gama avait *sérieusement amélioré* l'économie du pays.

— Vous auriez dû venir dans le coin il y a cinq ans. A cette époque, peu de gens avaient un travail à temps plein, bien peu avaient chez eux l'eau courante et l'électricité.

Jeffrey regardait cette fourmilière, les bidonvilles se succédaient sans fin.

— Le meilleur indicateur, c'est la mortalité infantile. Depuis qu'il est arrivé au pouvoir, elle a diminué d'un facteur dix.

Le M-113 bifurqua vers le nord, puis à l'est. Ils atteignirent bientôt, par une rampe en ciment, le pied de la montagne où ils firent halte, avant de redémarrer. Il faisait de plus en plus sombre, Jeffrey aperçut un plafond bas par l'écoutille. De lourdes portes se refermèrent derrière eux, l'obscurité était maintenant totale. D'autres portes s'ouvrirent, le véhicule reprit sa marche. Il finit par s'arrêter sous une rangée de tubes fluorescents fixés à la voûte par des amortisseurs. Après ce second sas, le chef des hommes-grenouilles baissa la rampe et le conducteur coupa le moteur.

— On descend, annonça le colonel Stewart. Vous pouvez laisser votre combinaison de plongée.

Jeffrey aida le blessé à sortir, le colonel souffrait apparemment d'une jambe et il était tout pâle. L'effort qu'il avait dû faire pour parler l'avait sans doute fatigué et l'effet des anesthésiants devait commencer à s'atténuer. Mais il restait digne et se comportait en soldat.

Un officier de l'armée de terre brésilienne vint à eux et les salua. Il prononça quelques mots en portugais, Stewart lui répondit dans la même langue. Tous trois franchirent une porte qui donnait dans une grotte sévèrement gardée. Un ascenseur s'ouvrait derrière la porte, ils le prirent pour descendre.

— Nous sommes dans un poste de commandement construit dans le roc, dit Stewart. Les conditions géologiques sont idéales. Ils l'ont construit voilà quatre ou cinq ans, après que la guerre eut éclaté en Asie. Ils ont installé en surface des illuminateurs laser et des leurres pour se protéger des bombes intelligentes.

La porte s'ouvrit, un homme les attendait, vêtu d'une veste de sport rouge vif, d'un pantalon en suédine orange et de mocassins de cuir éculés. Sa chemise était vert pomme, la cravate en polyamide parsemée de gros pois rouges et jaunes. Jeffrey se fit la réflexion que jamais un individu normal n'aurait osé porter un accoutrement pareil, sauf par provocation – ce qui se serait vu sur sa tête. Mais enfin, le résultat était là : tout cela jurait tellement qu'on en souffrait presque en le regardant.

Il salua Stewart et Jeffrey d'un bref signe de tête.

— Appelez-moi monsieur Jones. Ces messieurs vous attendent.

Les choses allaient un peu trop vite.

— Comment vous appelez-vous, ou plutôt, qui êtes-vous, monsieur Jones ?

— Je travaille pour Langley – Langley, en Virginie, le quartier général de la CIA. Bon, venez, nous ne pouvons faire attendre plus longtemps ces messieurs.

« Monsieur Jones » les conduisit jusqu'à la salle de réunion. Le mobilier était sobre et fonctionnel, à l'exception cependant d'un écran vidéo et d'équipements de télécommunication dernier cri.

Deux généraux et un amiral brésiliens claquèrent des talons en les voyant arriver.

Jeffrey rectifia la tenue à son tour, c'était une marque de courtoisie élémentaire. Des officiers généraux saluaient un officier de rang inférieur qui portait la Médaille d'honneur. Ce que, dans la marine américaine, on ne fait jamais en lieu clos. L'étiquette commandait donc à Jeffrey de se mettre au garde-à-vous sans saluer un membre d'une autre armée – qu'il fût ou non américain.

Et je n'ai pas besoin d'un chef du protocole pour me rappeler ce genre de chose.

Les officiers brésiliens s'avancèrent pour l'accueillir. Tous parlaient parfaitement anglais. Le colonel Stewart dit quelques mots à voix basse à monsieur Jones, qui acquiesça d'un bref signe de tête et Stewart annonça à Jeffrey que la pièce était sécurisée.

— Venez, leur dit le plus ancien des officiers brésiliens, un général de l'armée de terre.

Il conduisit Jeffrey à son siège à un bout de la table. Stewart et Jones s'assirent de chaque côté, puis les

Brésiliens en firent autant. La chaise placée à l'autre extrémité resta vide.

La table était nette et entièrement nue, pas de bloc de papier, pas de carafe d'eau ni de service à café, rien. Jeffrey supposa que cela avait une signification en code diplomatique.

— Nous aimerions vous montrer quelque chose, commença le général.

L'amiral mit en marche un lecteur vidéo numérique et l'écran fixé au mur s'illumina. Jeffrey déplaça légèrement sa chaise pour voir plus commodément, il était encore moulu de sa petite virée en mer et des cahots qu'ils avaient subis ensuite dans le transport blindé.

— Des images prises en infrarouge par l'un de nos drones de reconnaissance, continua le général.

Au début, Jeffrey ne vit rien du tout.

— Elles ont été prises à une altitude de trois mille mètres. La scène se passe à environ cinquante milles au large de l'estuaire du Rio de la Plata.

Jeffrey savait qu'il s'agissait d'un vaste golfe qui faisait comme un creux dans la côte, entre le sud de l'Uruguay et le nord de l'Argentine. D'un côté, la ville de Mar del Plata, station balnéaire argentine et principal port de guerre du pays ; de l'autre, au confluent des fleuves, Buenos Aires, la capitale.

Puis un avion apparut sur l'écran. On aurait dit un vieil appareil de transport, un DC-9 ou quelque chose dans ce genre.

— C'est un avion argentin.

— De quand ces vues datent-elles ?

— De la nuit dernière, fit monsieur Jones.

— Pardonnez-moi, mais comment savez-vous qu'il est argentin ?

— Bonne question, commandant, répondit Jones. Le président Da Gama nous a autorisés à faire voler un AWACS dans son espace aérien. Pour des raisons purement humanitaires, naturellement. Il faut surveiller l'évacuation des citoyens américains vers le Pérou... Personne ne voudrait voir un avion rempli de femmes et d'enfants se perdre dans les nuages et s'écraser dans les Andes.

— Et l'AWACS l'a suivi au radar ? continua Jeffrey en montrant l'appareil sur l'écran.

Jones acquiesça.

— Oui, du décollage à l'atterrissage, un aéroport près de Buenos Aires. Regardez.

Une porte s'ouvrit brusquement sur le flanc de la carlingue et des objets commencèrent à tomber, au-dessus de l'océan, à haute altitude, dans le noir.

La caméra passa en grande focale.

Ces objets étaient des *gens*, et on les *jetait* par la porte.

Jeffrey était horrifié, son cœur battait à tout rompre. Une par une, vingt victimes tombèrent en chute libre et en tournoyant. Au bout de ce qui lui parut une éternité, elles touchèrent l'eau dans une grande gerbe.

Le film s'arrêta, à son grand soulagement.

— Cela se produit toutes les nuits, depuis un mois, commenta le général.

Jeffrey prit une profonde inspiration, jeta un regard à Stewart puis à Jones.

— Bon. Et qui sont les victimes ?

— En majorité, des journalistes et des professeurs, répondit Jones. Et aussi des prêtres, des religieuses, des rabbins, des pasteurs, tous ceux qui défendent la paix, qui s'opposent au fascisme et à l'Axe.

— Encore une sale guerre.

Tous acquiescèrent. Jeffrey leur montra l'écran désormais vide.

— Et pourquoi me montrez-vous tout cela ?

— N'est-ce pas évident ? dit une voix inconnue.

Jeffrey regarda par-dessus son épaule, sidéré. Un

homme venait d'entrer dans la salle, corpulent, barbu, au teint bronzé. Il reconnut le président Da Gama – il avait vieilli depuis la dernière fois, mais Da Gama se faisait sans doute la même réflexion en le retrouvant. Le président portait un costume à fines rayures grises.

Tous se mirent au garde-à-vous, Jeffrey les imita. Da Gama s'avança vers lui et lui serra vigoureusement la main.

— Cela fait plaisir de vous revoir, commandant. Merci d'être venu.

— Oui, monsieur le Président.

C'est tout ce qu'il trouva à dire.

— Asseyez-vous, je vous en prie.

Il alla se placer à l'autre bout de la table, en face de Jeffrey. Tous les autres attendirent qu'il fût installé pour s'asseoir à leur tour.

— C'est pour cela que vous avez insisté pour que je vienne ici, n'est-ce pas, monsieur le Président ? demanda Jeffrey en lui montrant le lecteur vidéo.

— Je voulais que vous jugiez par vous-même, que vous sachiez qui sont les vrais agresseurs.

Il parlait un anglais parfait.

— J'avais cru comprendre que *vous* souhaitiez être convaincu d'un certain nombre de choses.

— C'est exact. Votre présence ici même m'a déjà convaincu que vous étiez sincère. Mais j'ai mes propres priorités. Vous devinez ?

— Monsieur le Président ?

Stewart et Jones ne réagissaient pas, pas plus que les étoilés. Tout se déroulait strictement entre Da Gama et lui.

Un échange, ou bien une confrontation ?

— Qu'avez-vous pensé de Rio, commandant ?

— Une bien belle ville, monsieur le Président.

— Une ville n'est rien, un ensemble de constructions

et de rues. Je veux parler des *gens*, des habitants. Ce sont eux qui sont la véritable âme de Rio.

— Des gens heureux, accueillants, bien portants, pour ce que j'en ai vu.

— Cela décrivait assez bien tout mon pays, il n'y a encore pas si longtemps.

— Je sais, monsieur le Président, j'aurais préféré ne pas avoir à venir ici.

— Je voulais que vous veniez, c'était *indispensable*. Il fallait que vous voyiez les choses par vous-même, que vous croisiez des êtres de chair et de sang. Pour qu'ils ne restent pas seulement une abstraction, mais que vous les voyiez de près, devant vous, pour vous convaincre de continuer à faire ce que vous faites, avec beaucoup de talent… Et je voulais aussi que vous voyiez comment se comportent les fascistes argentins. Cette nouvelle vague de disparitions…

Il se tourna brusquement vers Jones.

— Jusqu'à quel point le colonel Stewart sait-il ce qu'il en est ?

— Il ne sait rien du dernier souci que nous avons rencontré, monsieur le Président.

— Très bien, je vais donc faire un résumé rapide. Commandant, corrigez-moi si je me trompe.

— Bien entendu.

Da Gama s'adressa alors à ses subordonnés.

— Les Américains nous affirment qu'un sous-marin nucléaire allemand se trouve au large de nos côtes et qu'il se dirige vers l'Argentine, dans le but bien précis de déclencher une guerre nucléaire terrestre entre nos deux pays. Les Américains nous disent que ce sous-marin emporte à son bord des têtes nucléaires. Il doit les livrer à la faction favorable à l'Axe qui veut prendre le pouvoir à Buenos Aires. Ils ajoutent que les Allemands leur ont dérobé au moins une de leurs armes nucléaires, qu'ils ont l'intention de la faire exploser, afin de démontrer que l'Amérique et le Brésil sont responsables de cette horreur.

Les Brésiliens restaient impassibles, mais le colonel Stewart semblait atterré, anéanti.

— Commandant, est-ce exact jusqu'ici ? demanda Da Gama.

— Oui, monsieur le Président.

— Avez-vous récemment détecté ce supposé sous-marin allemand ? Un indice ou un autre, quelque chose qui puisse étayer vos craintes et les conséquences que vous en tirez ?

— Non, monsieur, répondit Jeffrey à contrecœur. Nous n'avons qu'un faisceau d'indices concordants et nous n'avons aucune preuve du contraire.

— Que voulez-vous dire par « aucune preuve du contraire » ?

— Je veux dire que ce sous-marin allemand…

— L'*Amiral von Scheer* ?

— Oui, monsieur le Président. Je veux dire que le *von Scheer* n'a mené depuis plusieurs jours aucune attaque contre le convoi en route pour l'Afrique, alors qu'il a été conçu essentiellement pour ce genre de mission et qu'il a eu de nombreuses occasions de le faire.

— Votre théorie soulève quelques questions.

— Lesquelles, monsieur le Président ?

Jeffrey se dit que le meilleur moyen de le convaincre consistait d'abord à écouter.

— Amiral ? dit Da Gama.

L'amiral remit en marche le lecteur vidéo et une carte de l'Argentine apparut sur l'écran.

— Si les fascistes voulaient nous provoquer en faisant exploser une bombe atomique de fabrication américaine, à quel endroit le feraient-ils ?

Jeffrey examina la carte.

— Nous n'avons pas besoin de vous pour trouver la réponse, reprit Da Gama. L'état-major a étudié cette hypothèse. Et c'est là que j'ai du mal à comprendre. S'ils la ou les font exploser dans une région déserte, on aura du mal à penser que cela nous est d'une quelconque utilité, au sens militaire du terme ; ce qui soulève la question de nos motivations et de notre objectif, s'ils veulent réellement faire éclater notre culpabilité. En outre, pareille explosion n'aurait que peu de conséquences fâcheuses en Argentine, à l'exception de quelques retombées, dont l'homme de la rue ne se rendra même pas compte. Par conséquent, le peuple argentin ne risque guère de s'en indigner et les fascistes n'en tireraient donc aucun profit.

— J'en conviens, dit Jeffrey.

— Au contraire, faire exposer cette bombe au-dessus d'installations militaires en Argentine ou dans un grand centre urbain ferait certes apparaître le Brésil comme le grand assaillant, mais causerait également des dégâts terribles aux fascistes eux-mêmes et à ceux qui les soutiennent… La plus grande partie de la population est concentrée autour de Buenos Aires. Les fascistes pourraient trouver judicieux de se débarrasser ainsi des bidonvilles, ou encore des quartiers juifs, mais une arme nucléaire causerait des dommages effroyables à d'autres gens et à des installations qu'ils veulent préserver. Et, une fois encore, cela laisse entier le problème de la crédibilité d'une telle action. Pourquoi *le Brésil* s'en prendrait-il en Argentine à ceux qui, précisément, s'opposent au fascisme ?

Jeffrey voyait bien que Da Gama mettait le doigt sur un point essentiel. Il commençait à se demander si ses supérieurs et lui ne s'étaient pas totalement mépris sur les intentions de l'Axe. Il commençait aussi à comprendre comment Da Gama avait acquis cette réputation de chef charismatique, de débatteur et d'orateur hors pair. Il possédait le pragmatisme d'un homme de basse extraction, joint aux qualités d'organisateur et d'administrateur du chef militaire qu'il avait été. Nul n'aurait pu démolir les arguments des Américains avec autant de clarté et en aussi peu de mots.

Pourtant, Jeffrey restait convaincu du bien-fondé de sa propre position. Il *savait* que le *von Scheer* était quelque part dans les parages.

— Je ne veux pas abuser de la situation de faiblesse dans laquelle vous vous trouvez, commandant. Je ne doute pas que l'Argentine soit à deux doigts de connaître un coup d'Etat. Je crois qu'ils accepteraient très volontiers le soutien de l'Axe. Je ne nie pas davantage qu'une attaque de leur part à partir du sud serait extrêmement grave pour mon pays. Mais ils auraient le plus grand mal à nous battre, compte tenu du rapport de force et des distances à parcourir. Ils seraient soumis à des contraintes logistiques très vite insurmontables.

— Je suis d'accord avec vous, monsieur le Président. Mais si les Argentins possèdent l'arme nucléaire, le rapport de force changerait du tout au tout, n'est-ce pas ?

— Certes, fit Da Gama en fronçant le sourcil.

— Et une provocation montée de toutes pièces, quelle qu'elle soit, une provocation dont les Allemands tireraient argument pour fournir de telles armes aux Argentins, correspondrait assez bien à ce que nous savons de leur histoire. Je veux dire, de l'histoire allemande.

Da Gama acquiesça.

— Les nazis ont déguisé les détenus d'un camp de concentration en soldats de l'armée polonaise, puis ils les ont abattus près d'une station de radio, à la frontière. Ils ont alors affirmé : « Vous voyez bien, la Pologne nous a agressés. » Et puis ils ont envahi la Pologne. Eh oui, ça traîne dans tous les livres d'histoire... Mais c'était voilà bien longtemps. Et le régime actuellement au pouvoir n'est pas nazi.

Monsieur Jones s'éclaircit la gorge :

— On dirait que nous sommes dans une impasse.

— Cette impasse n'a peut-être rien à voir avec ce qui nous occupe, reprit le Président. Commandant, revenons à nos moutons, supposons que le *von Scheer* et cette conjuration allemande sont bien réels, que voudriez-vous que nous fassions et que nous n'ayons déjà fait ?

— Prévenir vos concitoyens et faire évacuer les principales grandes villes.

— Et provoquer ainsi une panique épouvantable en essayant de mener à bien une opération dont nos spécialistes des transports ont vérifié sur ordinateur qu'elle était irréalisable ?

— Pouvez-vous préciser ?

— Entre les gens qui vivent à Rio et dans ses environs, dans la capitale des affaires qu'est São Paulo, et à Brasilia, notre nouvelle capitale, cela fait près de cinquante millions de personnes. Les meilleures routes du pays relient ces trois villes entre elles. Comment faire pour évacuer cinquante millions de personnes ? Et pour les envoyer où ça ?

— Et l'autoroute transamazonienne ?

— Un rêve qui remonte à l'époque de la dictature. Elle n'a rien à voir avec le réseau autoroutier dont vous disposez aux Etats-Unis, ou avec ce qu'a bâti Hitler en Allemagne. Au cœur de l'Amazone, certains tronçons de cette « autoroute » ne sont guère que des chemins de terre truffés de nids-de-poule à la saison des pluies ; ils ne sont même pas empierrés. Et la plupart des sections cailloutées sont emportées par les crues de l'Amazone, ce qui arrive chaque année… Non, commandant, il faut être réaliste.

— Dans ce cas, monsieur le Président, il ne reste qu'une solution : les contrecarrer.

— Comment ?

— En nous aidant à empêcher les Allemands de débarquer ces armes nucléaires.

— Mais que pourrions-nous faire de plus pour vous ?

A votre avis, ne savons-nous pas que la moitié des appareils qui sont censés ravitailler les AWACS servent en réalité à faire du renseignement électronique ? Et que ces AWACS tournent étrangement près de la frontière argentine ? Sans parler, si vous me permettez, de diverses activités navales ?... Intervenir directement sur le sol argentin ou dans leurs eaux territoriales constituerait une invasion caractérisée, un acte de guerre. Et nous déclencherions ainsi ce que nous cherchons précisément à éviter.

Jeffrey jeta un coup d'œil à Stewart et à Jones, mais ils ne trouvaient apparemment rien à dire. Il décida donc de poursuivre sur sa lancée.

— Autorisez-nous, monsieur le Président, à faire venir quelques-uns de nos moyens sur votre sol. Des drones de reconnaissance plus sophistiqués et des détachements de nos Forces spéciales.

— Pour quoi faire ?

— Ils seraient mieux placés pour empêcher l'explosion d'une bombe atomique de fabrication américaine. Il me semble qu'il n'est pas anormal que nous essayions de récupérer ce qui nous appartient après qu'on nous l'a volé. Il s'agit de notre droit de suite, qui dépasse les frontières.

— Vous voudriez passer la frontière argentine à partir du Brésil ?

— Ce serait un moindre mal, monsieur le président.

— *Et comment feriez-vous pour retrouver sa trace ?* Ne me dites pas que vos AWACS et vos avions de guerre électronique ou vos drones arriveraient à récupérer une arme nucléaire dissimulée et à pareille distance. Les côtes argentines font deux mille quatre cents kilomètres de long !

— Honnêtement, je ne connais pas nos capacités exactes. Mais ce que je sais, c'est que mes supérieurs croient que vous nous faciliteriez grandement la tâche en nous accordant ce que nous vous demandons.

Jones toussota.

— Je crois que je pourrais ajouter une petite chose.

Tous les autres se tournèrent vers lui. Jones sortit de sa poche un petit objet qu'il posa sur la table.

— Qu'est-ce que c'est que ça? lui demanda Da Gama.

Les Brésiliens le firent passer à leur président.

— Une capsule de bouteille ? s'étonna Da Gama.

— Monsieur le Président, lui répondit Jones, combien de fois avez-vous posé le pied près d'une capsule sur un trottoir, sans y prêter la moindre attention ? Sans y accorder d'importance ? Sans même la voir du tout ?

— Je ne sais pas. On jette chaque jour des millions de capsules de ce genre.

Les sociétés sud-américaines du secteur de la boisson utilisaient et réutilisaient des bouteilles de verre, mais assez peu de boîtes en aluminium.

— C'est justement ça, répondit Jones. A cela près qu'il ne s'agit pas d'une capsule de bouteille.

— Et alors, qu'est-ce que c'est ?

Da Gama tournait et retournait l'objet dans sa main.

— Il s'agit d'un détecteur de rayons gamma, avec son émetteur intégré. La batterie est rechargée par l'énergie solaire.

— Et ?…

— Nous en avons semé, comme vous l'avez indiqué, monsieur le Président, sur le front de mer, à Mar del Plata, à Buenos Aires, ainsi que dans d'autres ports où nous pensons qu'une opération est possible. Par exemple, à Bahia Blanca, tout au sud.

— Vous m'impressionnez beaucoup.

— Puis-je la voir ? demanda Jeffrey.

Da Gama lui passa la capsule et Jeffrey l'examina

attentivement. *Il y a sans doute une antenne dissimulée sur le pourtour.*

— A combien porte l'émetteur quand ce truc décide de donner l'alarme ?

— Je ne sais pas, répondit Jones, je n'ai pas besoin d'en connaître la portée.

— Ecoutez, monsieur le Président et vous tous. Je crois que le seul moyen de sortir de cette impasse est de cesser de penser en termes de certitudes alors que nous nous trouvons face à tant d'inconnues. Au lieu de cela, nous devrions essayer de bâtir des scénarios. Un premier scénario est celui que nous vous avons exposé, à savoir que le *von Scheer* est bel et bien là, tout près, qu'il vient livrer une arme nucléaire américaine, et que les Allemands ont l'intention de la faire exploser afin de fournir un prétexte à l'Argentine.

Da Gama l'observait attentivement.

— Et avez-vous également examiné le cas, commandant, où toute cette histoire ne serait qu'une ruse très astucieuse de l'Axe destinée à nous faire faire le travail à leur place ? Avez-vous imaginé que les Allemands essayeraient en fait de nous pousser à penser ainsi, qu'une incursion américaine au Brésil ou en Argentine serait déjà pour eux une justification suffisante ? Et que *nous tous* qui sommes réunis ici pour prendre éventuellement les décisions suggérées par le commandant Fuller, pourrions bien être les premiers fauteurs de provocation ?

Jeffrey se sentit rougir, il n'avait pas pensé à cela. *Ce Da Gama est intelligent, diablement intelligent.* Mais il ne pouvait baisser les bras, même face à un raisonnement aussi solide.

— Monsieur le Président, si nous considérons les choses dans leur ensemble, je pense que nous devons malgré tout courir ce risque.

— Je comprends de mieux en mieux pourquoi votre

président vous a envoyé, commandant. Vous avez l'expérience de la guerre nucléaire.

Jeffrey répondit d'un signe.

— Vous avez encaissé et infligé des frappes nucléaires, vous savez de première main quelle horreur cela représente. Si vous étiez un émissaire, un diplomate, un homme d'ambassade, je pourrais balayer facilement vos arguments, vous dire que tout cela est très théorique. Mais vous, vous êtes crédible.

— Je vous remercie, monsieur le Président.

— Je sais que vous n'avez pas décidé à la légère de me demander notre aide active et urgente, mais je me refuse toujours à ne pas examiner les risques. Et je crois de plus en plus que je suis d'un autre avis. Je suis persuadé qu'*agir*, en l'absence d'éléments complémentaires, serait notre plus grave erreur. Je dois penser en priorité à mon peuple, commandant, je ne puis l'entraîner dans une aventure en me fondant sur les caprices des Américains. Le Brésil est une démocratie, je ne peux décider seul de ce qui ressemble à une déclaration de guerre, surtout à l'instigation d'une puissance étrangère, les Etats-Unis. Mon peuple et ses représentants ignorent tout du risque de guerre nucléaire sur le continent. Parvenir à les convaincre est impossible tant que je ne suis pas convaincu moi-même.

Jones intervint :

— Messieurs, je suggérerais volontiers une interruption de séance.

Da Gama accepta la proposition et se leva pour quitter la pièce, suivi par ses officiers. Lorsqu'ils furent partis, le colonel Stewart et Jones vinrent rejoindre Jeffrey qui était resté assis. Il avait l'air épuisé, démoli par cette joute oratoire qui ne les avait menés à rien.

— Au moins, fit Stewart, vous aurez essayé…

— Faites attention, leur dit Jones un ton plus bas, on peut supposer que cette pièce est truffée de micros et qu'ils enregistrent tout ce que nous disons.

— Et alors, répondit Jeffrey, nous n'avons rien à cacher, si ?

Stewart et Jones hochèrent négativement la tête.

Jeffrey se leva et s'approcha de la carte, qu'il examina sous toutes les coutures.

Où allaient-ils bien débarquer la bombe d'origine américaine ? Où allait-elle sauter ? Comment les hommes d'Estabo pourraient-ils neutraliser les Kampfschwimmer ? Quelle serait la meilleure tactique du Challenger *pour intercepter le* von Scheer *? Et si les Allemands déchargeaient leurs armes encore plus tôt que prévu ?*

Il commençait à échafauder un plan.

— Stewart ? Jones ? L'un de vous sait-il faire marcher ce truc ?

— Que voulez-vous regarder ? lui demanda Jones.

— Une autre zone, de Mar del Plata à Paranaguá.

— Rappelez-moi où ça se trouve ?

— Au sud de Rio, sur la côte.

— Et… ?

— Vous affichez l'intérieur des terres pour que je voie Buenos Aires et toute la frontière entre le Brésil et l'Argentine.

Cette frontière s'étendait sur près de cinq cents kilomètres.

Jones manipula quelques boutons, jura une ou deux fois, mais finit par afficher la carte désirée. C'est à ce moment que Da Gama et ses adjoints revinrent dans la pièce. Le Président s'aperçut que la carte avait changé.

— Que regardez-vous, commandant ?

— J'essaye de me mettre dans la peau des Allemands. Nous savons que le temps presse pour eux, à cause de la présence du *Challenger*.

— Et sont-ils bien sûrs que votre bâtiment est dans le coin ? Nous avons pris d'énormes précautions pour vous acheminer jusqu'ici.

— Ils devraient au moins essayer de parer à cette éventualité.

Da Gama hocha la tête.

— Et ils doivent eux aussi examiner d'autres scénarios.

— Quand vous devez transporter quelque chose, le temps nécessaire est proportionnel à la distance.

— Certes.

— Les Allemands savent depuis le début qu'ils n'ont pas l'éternité devant eux, ni même très longtemps… A mon avis, leur objectif se trouve probablement quelque part sur cette carte. Un endroit pas trop loin de Mar del Plata, le port ou la base navale la plus proche de la position probable du *von Scheer.*

— Et comment assurer la dernière partie du transit ?

— Si l'objectif n'est ni Mar del Plata ni Buenos Aires – pour toutes les raisons que nous venons de discuter et sur lesquelles nous sommes d'accord –, il faut que ce soit quelque part dans l'intérieur des terres.

— Donc un transport par camion, par avion ou par hélicoptère, ajouta Da Gama.

— Exactement. Et nous pouvons détecter toute opération de ce genre grâce à nos moyens de reconnaissance aéroportés.

— Et alors, commandant ?

— Notre erreur a été de nous intéresser à la carte de l'Argentine, mais uniquement de l'Argentine. Je pense que leur objectif se trouve plutôt quelque part sur la *frontière*, ou à proximité de la *frontière*.

— C'est une zone où il n'y a que de la jungle et des marais. Nous avons déjà fait évacuer les civils de Foz do Iguaçú, et cela n'a pas été facile.

— Foz. Tout près de l'endroit où se rejoignent les frontières de trois pays, Brésil, Argentine et Paraguay ?

— Oui.

— Bon, j'oublie ça. Mais il y a des concentrations de

troupes tout le long de la frontière, d'accord ? Tout du long, du Paraguay à l'Uruguay ?

— Oui, des deux côtés, chez les Argentins comme chez nous. Nous commençons à être à court d'obus… Et même chose pour les Argentins, si j'en crois mes services de renseignements.

— Eh bien, *voilà la réponse*, s'exclama Jeffrey. Ils vont faire péter la bombe qu'ils nous ont piquée tout près de la frontière, mais du côté argentin. Ils tueront quelques-uns de leurs soldats au passage, mais sans subir de trop graves dommages. On pourra faire croire que l'explosion a été déclenchée par *vous*, monsieur le Président, on pourra vous traiter de faux jeton, dire que c'était le prélude à votre attaque dans la brèche que vous aurez ainsi créée.

Da Gama resta un long moment à contempler la carte et finit par hocher la tête.

— Notre paradigme, notre vision étaient erronés. Ils n'ont pas l'intention de faire de cette bombe un instrument de terreur. Ils veulent utiliser l'arme nucléaire dans un but tactique, sur le champ de bataille… Dans ce schéma, l'opinion mondiale verra immédiatement la main des Etats-Unis et du Brésil… A votre avis, que devons-nous faire ?

— Lorsque le second navire à coussin d'air prendra la relève, devant Paranaguá, pour escorter mon bâtiment vers le sud, j'aimerais que l'on fasse débarquer discrètement les commandos qui sont à mon bord. Sur la côte, près de Paranaguá. Cela les rapprochera de n'importe quelle position sur la frontière, nous gagnerons plusieurs heures.

— Pourquoi les SEAL, commandant ?

— La frontière suit le cours de fleuves en crue.

— Oui, l'Iguaçú, l'Uruguay. Les ponts ont sauté et les bacs ont été incendiés, cela fait plusieurs jours.

— Il s'agit donc d'une opération fluviale, monsieur

le Président. C'est l'une des choses que savent faire les SEAL. Cette bombe nous appartient. Laissez des hommes à nous la récupérer ou la neutraliser.

— Je ne suis pas sûr d'accepter.

— S'il devait y avoir violation de la frontière, elle serait de notre fait. Vous pourrez toujours dire que vous ne l'avez jamais autorisée – pour ménager votre neutralité.

— Nous avons nos propres troupes à la frontière, le gros de nos bataillons est très bien entraîné. Ce sont des soldats de métier. Je suis pratiquement le seul ici à avoir suivi une formation aux Etats-Unis.

— Monsieur le Président, je ne veux dévaluer ni vos hommes, ni même sous-entendre quoi que ce soit. Mes commandos étaient encore très récemment en opérations, en ambiance nucléaire réelle. Ils se sont battus au corps à corps avec les Kampfschwimmer et s'en sont très bien sortis.

— Vraiment ? demanda Da Gama, qui réfléchissait. Il est vraisemblable que les Allemands enverront leurs nageurs de combat déposer cette bombe… Parfait, vous avez mon autorisation.

Jeffrey ne savait pas trop si l'opération menée sur les îlots était arrivée jusqu'à ses oreilles.

— Je vais m'occuper de tout ça pour vous, commandant, lui dit Stewart. Je vais faire établir des liaisons au profit des commandos, ici et aux Etats-Unis. Nous transmettrons ses instructions au *Challenger* par VLF.

— Monsieur le Président ? fit Jeffrey.

— Commandant ?

— Pourriez-vous faire placer en alerte un hélicoptère de transport à Paranaguá, je vous prie, et le mettre à la disposition des SEAL ? Leur chef est l'enseigne de vaisseau Estabo. Ses hommes et lui sont tous latinos, ils parlent couramment portugais ou espagnol ou les deux.

Ils n'éveilleront pas de soupçon, ils se fondront dans la masse.

— Et ensuite ?

— S'il ne se passe toujours rien, décidément rien, on ne pourra rien reprocher à votre pays. Ou du moins, très peu de choses.

— Parfait.

— S'ils débarquent notre tête nucléaire quelque part sur les côtes argentines, il faudra que nous la pistions avec nos moyens aériens, ainsi que les Kampfschwimmer. Votre hélicoptère pourra déposer mes hommes à l'endroit voulu, du côté brésilien de la frontière.

— C'est une course contre la montre, dans un mouchoir de poche ?... Voilà qui risque de ne pas nous laisser beaucoup de temps.

— Je sais, monsieur le Président... Il faut trouver un moyen de harceler ces salopards, de les stresser. Quelque chose capable de les intimider, de les bousculer, mais sans faire de morts et sans violer la frontière... Si je comprends bien l'état d'esprit des factieux, leurs chefs sont impulsifs et sans cervelle.

Da Gama approuva d'un signe du menton.

— Il faut que nous augmentions la pression sur les Argentins et sur les Allemands. Qu'ils sentent notre haleine dans leur dos, et que ça les perturbe. S'ils commencent à s'inquiéter en se rendant compte qu'on leur court après, cela pourrait les contraindre à tout précipiter et peut-être même à faire des erreurs instructives... Le manque de temps augmente les risques que nous courons, mais c'est ainsi... Monsieur Jones, jusqu'où s'étendent les eaux internationales au large du Rio de la Plata ?

— La limite des vingt milles ? Non, ça va beaucoup plus loin. Une centaine de milles.

— Et comment récupère-t-on les données des détecteurs gamma ?

— J'imagine que nous avons des agents en Argentine,

ou à l'embouchure de l'Uruguay, et qu'ils possèdent les équipements *ad hoc*. Ou bien sur mer, au sommet des montagnes, je n'en sais rien.

— Bon… Stewart, mettez MERCURE dans l'en-tête et faites votre demande de drones, et vite. Des Predator, des Global Hawk, tout ce que vous voudrez. Et puis aussi un des B-1 basés au Venezuela, un truc pas trop discret mais capable d'assurer son autodéfense. Tout ça risque de se terminer en bagarre au-dessus de la mer, pas besoin de couverture aérienne. Il vole à vitesse supersonique, il sera vite sur la côte. Demandez qu'on l'équipe avec une nacelle de reconnaissance. Surtout optique et infrarouge… Et qu'il embarque aussi des bouées acoustiques actives. Ne vous occupez pas des équipements de réception, c'est juste pour faire de l'effet, ça ralentira le *von Scheer* et son mini-sous-marin.

— J'envoie la demande immédiatement en flash à l'amiral Hodgkiss pour accélérer les choses.

— Le B-1 peut-il franchir le mur du son au niveau de la mer ?

— Je crois qu'il peut atteindre mille nœuds[1], grosso modo.

— Qu'il passe le mur du son plusieurs fois au-dessus de l'embouchure. Il faut faire du boucan à Mar del Plata, casser quelques vitres à Buenos Aires, que ça les rende nerveux et qu'ils se demandent ce qu'il vient foutre ici.

Jeffrey se tourna alors vers Da Gama :

— Tout ceci vous paraît-il acceptable, monsieur le Président ?

— Oui.

— Stewart, si vous aviez la bonté de m'assister pendant la durée de l'opération, ajoutez donc une synthèse de ce que nous comptons faire. Flotte de l'Atlantique POUR ACTION et qui vous voudrez en copie. Vous signez

1. Mach 1,6. *(N.d.T.)*

pour moi et vous commencez en majuscules par « SAUF INSTRUCTIONS CONTRAIRES ». Quand ce sera fait, on y va, j'espère que les autorités ne vont pas pousser des hauts cris.

Stewart fit signe qu'il avait compris. Apparemment, il avait oublié ses blessures.

— Et quant à vous, monsieur Jones, je ne veux faire courir aucun risque à nos représentants sur place. Appelez Langley *immédiatement*. Passez les éléments techniques nécessaires aux aviateurs, fissa. Assurez-vous que le B-1 embarque bien une boîte noire pour écouter les capsules. Le mot magique est : MERCURE.

CHAPITRE 31

Beck fut réveillé en sursaut par un planton qui frappait à sa porte. Il enfila un peignoir et lui dit d'entrer.

— Commandant, de la part de l'officier trans. On a reçu ça sur l'antenne flottante.

Et il lui tendit une enveloppe cachetée.

— Le commandant en second l'a-t-il vu ?

— Oui, commandant, je lui en ai donné une copie. Il attend vos ordres.

— Très bien.

Beck s'installa à sa table pour lire.

Berlin – avec l'aide de Moscou – avait noté un regain de trafic radio anormal, une forte activité aérienne au départ et à l'arrivée du Brésil et près de la frontière avec l'Argentine. Le haut commandement de l'Axe jugeait que l'ennemi avait peut-être eu vent de la mission du *von Scheer*. Il fallait donc accélérer le cours des opérations, renforcer les moyens de guerre électronique et de brouillage.

Facile à dire, là où ils sont, mais, même à la vitesse maximale, je ne peux pas faire de miracles. On a encore un bout de chemin à faire avant d'arriver à Mar del Plata.

Il poursuivit sa lecture. L'équipe de Kampfschwimmer

et von Loringhoven devaient immédiatement quitter le bâtiment à bord du mini-sous-marin en emportant cette bombe américaine. Cela fait, Beck devait poursuivre sa route cap au sud et le mini-sous-marin émettre sur une fréquence sonar utilisée par les sous-marins classiques argentins. Phase suivante, un hydroglisseur allait localiser le mini-sous-marin par triangulation, opération banale. Deux hommes resteraient à bord du mini-sous-marin, conformément aux consignes générales de fonctionnement, les autres le quitteraient en plongée avant de larguer un radeau gonflable. L'hydroglisseur les récupérait alors et les emmenait à Mar del Plata comme s'il s'agissait de sous-mariniers argentins, de commandos en exercice ou d'une évacuation d'urgence. Le mini-sous-marin ralliait alors le *von Scheer* qui le récupérait discrètement et Beck devait attendre la suite au bord du plateau continental.

Le fait que les Alliés soient peut-être au courant de leurs projets inquiétait Beck. Dans ce cas, si l'ennemi était prévenu, il pouvait préparer sa riposte ou mettre en place un solide comité d'accueil. Il comprenait soudain pourquoi Berlin était si pressé.

Il s'habilla, sortit de sa chambre et alla frapper à la porte de von Loringhoven.

Appelé par d'autres urgences, le président Da Gama quitta la pièce – Jeffrey se souvint soudain que cet homme portait sur ses épaules la responsabilité de tout un pays.

On leur apporta de quoi se restaurer. Jeffrey et Stewart échangeaient des banalités dans un coin avec les généraux, l'amiral et monsieur Jones étaient partis travailler ailleurs dans le bunker.

Jeffrey laissa Stewart faire comme il l'entendait, mais ces conversations insipides commençaient à l'énerver sérieusement. Ses méninges travaillaient à toute vitesse, il essayait d'imaginer où pouvait bien se trouver cette tête nucléaire. Et tout son être ne réclamait qu'une chose, retourner à son sous-marin. Mais les Brésiliens lui avaient dit qu'il y avait un contretemps dû à des problèmes mécaniques et à des difficultés de communication.

Il lui fallait donc prendre énormément sur soi pour avaler cette ultime leçon de patience diplomatique.

Vint tout de même le moment où il en eut assez. Il ne pouvait s'empêcher de jeter fréquemment un coup d'œil à l'écran TV qui affichait maintenant une carte générale de situation. L'équipe d'Estabo avait débarqué à Paranaguá avant d'embarquer dans l'hélicoptère qui avait mis cap à l'ouest, en direction de la frontière. Un second navire à coussin d'air de la marine brésilienne fonçait dans le sud, probablement au-dessus du *Challenger*, à quarante nœuds. Le B-1 avait décollé du Venezuela et survolait l'embouchure du Rio de la Plata après avoir effectué quelques passages en vol supersonique au large des côtes brésiliennes.

C'est alors que monsieur Jones fit irruption.

— Ils ont débarqué leur bombe !

CHAPITRE 32

Jeffrey sentit une bouffée d'adrénaline l'envahir et dut se maîtriser pour ne pas se donner un grand coup de poing dans la main. Il était fou de rage. Les deux généraux s'étaient confondus en plates excuses, mais les obstacles n'en étaient pas moins là. Ils firent quelques allusions assez confuses au brouillage des transmissions, voire même à des opérations de sabotage conduites par des agents de l'Axe infiltrés au Brésil.

Et pendant ce temps-là, il était condamné à ne rien faire sinon assister au spectacle. Il était coincé sous terre, non sans avoir, ironie du sort, une vue assez large de la situation.

Les données recueillies par plusieurs capsules de la CIA ne laissaient aucun doute. Selon d'autres sources – de nature inconnue, mais il s'agissait vraisemblablement d'observations directes –, un petit groupe avait débarqué d'un hydroglisseur le colis suspect puis rembarqué à bord d'un biréacteur d'affaires à Mar del Plata. Les puissants radars du B-1 et de l'AWACS le suivaient toujours, il s'approchait de Buenos Aires et volait à quatre cents nœuds. Les deux appareils suivaient également l'hélico d'Estabo qui survolait la frontière, mais deux fois moins vite.

D'après la carte, sept cent vingt nautiques séparaient Mar del Plata du milieu de la frontière. Buenos Aires se trouvait au premier tiers de ce parcours. La distance entre Paranaguá et la frontière, lorsque l'on venait en sens opposé, était deux fois plus courte.

Deux fois moins loin, mais ils vont deux fois moins vite.

Il avait l'impression de jouer à pile ou face qui de la bombe ou des SEAL arriverait le premier.

Jeffrey, Stewart et l'amiral brésilien essayaient par tous les moyens possibles de savoir d'où venait cet hydroglisseur arrivé à Mar del Plata. On savait seulement qu'il était apparu sur les écrans radar alors qu'il était encore au large, cap plein ouest. Jeffrey était certain qu'il avait rendez-vous avec le *von Scheer* ou son mini-sous-marin. C'était la première fois qu'ils détectaient le sous-marin allemand depuis qu'ils s'étaient croisés au large des îlots, plusieurs jours avant. Jeffrey essayait de remonter le cours des événements à toute vitesse – grâce entre autres aux indications qu'ils possédaient sur l'hydroglisseur, sur le rayon d'action et la vitesse maximum des mini-sous-marins allemands. Cela lui permit de tracer sur la carte un cercle d'existence probable. Le *von Scheer* se trouvait dedans.

Tout se bouscule en même temps... Il faut absolument que je trouve un moyen pour prévenir Bell. Et putain, il faut que je retourne à bord !

Un officier arriva en courant. Il expliqua à Jeffrey en anglais, mais avec un fort accent, que l'amiral Hodgkiss voulait lui parler puis lui tendit un téléphone sans fil relié au PC trans par le réseau du bunker.

— Capitaine de frégate Fuller, amiral.

— Commandant – la voix était déformée –, nous avons énormément de mal à établir le contact. Et pas seulement à cause du brouillage. Tous nos systèmes de communication font l'objet d'une attaque de grande ampleur. Nous essayons de résoudre le problème, mais on dirait que l'Axe a réussi à trouver et à brouiller la plus grande partie de nos liaisons. Nous pouvons être coupés d'un moment à l'autre.

— Oui, amiral.

— Commandant, je veux que…

La liaison s'interrompit.

— Amiral ? Allô ?

Rien.

Je lui ai écrit « sauf instructions contraires ». Que veut-il que je fasse ? Ou que je ne fasse pas ?

Il rendit le téléphone à l'officier.

— Merci, essayez de rétablir la liaison. Et vite, s'il vous plaît.

— Regardez ! s'exclama Stewart en lui montrant l'écran.

Au central opérations, un opérateur était en train d'afficher dans une fenêtre une vidéo temps réel.

— Ça doit venir du B-1, reprit Stewart, la caméra longue focale.

Sur la carte de situation, le B-1 se trouvait à la limite des eaux internationales, au large de Buenos Aires. Etant donné l'angle de vue, on pouvait supposer qu'il volait à très haute altitude.

Jeffrey aperçut un avion, peut-être un Learjet ou un Gulfstream en train d'atterrir sur un aéroport civil, à La Plata. Cette ville se trouvait à quarante milles au sud-est de Buenos Aires. De nombreux appareils similaires stationnaient sur le tarmac et près des hangars.

Celui à bord duquel se trouvaient les Kampfschwimmer et la bombe ralentit en bout de piste, vira pour prendre le taxiway et s'immobilisa près d'un camion de ravitaillement. Jeffrey crut voir un tracteur qui le remorquait.

Plusieurs hommes sortirent alors de l'appareil et commencèrent à décharger du camion de gros colis qu'ils montèrent à bord. Les colis ressemblaient à des sacs de toile rectangulaires. Un autre passager sortit de l'avion, se hissa à l'arrière du camion et disparut à sa vue.

— Sans doute l'officier de liaison argentin, nota Jeffrey, en parlant de celui qui n'était pas remonté à bord.

— Ouh là, fit Stewart, je dirais que ces sacs sont des parachutes.

— Vous voulez dire, au cas où ils se feraient descendre ?

— Non, dit sourdement Stewart, *ce n'est pas* ce que je veux dire.

Et Jeffrey comprit à son tour. Les Kampfschwimmer, tout comme les SEAL, étaient aussi parachutistes.

— Avec ces parachutes, ils peuvent aller où ils veulent ainsi que leur bombe, ils vont se faire larguer.

Jeffrey se dirigea vers la carte que l'on avait dépliée sur la grande table pour repérer les aérodromes situés près de la frontière, côté argentin. Un officier d'état-major brésilien avait entouré d'un cercle rouge ceux qui possédaient une piste en dur assez longue pour recevoir un avion d'affaires. Il lâcha, dégoûté :

— Je crois que nous n'aurons plus besoin de cette carte.

Une heure plus tard, Jeffrey était toujours là à regarder la carte de situation. Il était tendu. Attendre, impuissant, alors qu'il y avait tant à faire, l'atteignait physiquement. Son corps n'aurait pas supporté une goutte de plus d'adrénaline, il avait l'impression que de petites scies descendaient et remontaient son épine dorsale, que d'innombrables bistouris lui hachaient le cœur et les boyaux. Seule consolation, tous les autres, chacun à sa façon, étaient dans le même état.

Ils n'avaient pas réussi à reprendre contact avec l'amiral Hodgkiss ni avec quiconque à Norfolk. Et impossible de joindre le commandement de la zone sud de l'armée, installé à Miami en Floride. Les satellites de communication semblaient avoir perdu la boule. Quand les spécialistes des transmissions essayaient d'utiliser l'AWACS ou le B-1 comme relais, les pirates de l'Axe, cachés quelque part aux Etats-Unis, interrompaient presque immédiatement la communication. Monsieur Jones disait que quelques-uns de ses hommes avaient même tenté d'appeler au pays par téléphone, depuis leur bureau ou de chez eux, ou même depuis des cabines téléphoniques. Ils avaient essayé de joindre la Maison-Blanche ou des numéros privés de la CIA, voire même de banales bibliothèques choisies au hasard dans l'Idaho. Ils n'obtenaient que la tonalité « occupé » et aucun n'avait réussi à aller plus loin. Les rares débris de ce qu'il restait d'un Internet réduit à rien ne leur étaient d'aucune aide. Toutes les connexions internationales entre serveurs avaient été volontairement coupées depuis des mois, lorsque les derniers pare-feux avaient cessé d'être efficaces contre des virus ravageurs que rien ne pouvait plus arrêter.

L'ennemi a fort bien préparé son coup. Cela dit, en menant cette offensive d'envergure, il dévoile ses méthodes et ses algorithmes et il deviendra possible de repérer les voies d'infiltration. Les spécialistes du FBI et du Pentagone vont bien finir par en retrouver quelques-uns, ils vont repérer, capturer ou tuer quelques-uns de leurs agents. Mais les Allemands doivent penser que le jeu en vaut la chandelle... Ce seul constat est déjà effarant. Nous finirons bien par réparer ou par contourner les coupures, mais sera-t-il encore temps ? Demain, ce soir peut-être, il sera trop tard, et les Allemands le savent pertinemment.

Jeffrey jeta un coup d'œil à un tableau : au Brésil, presque tous les moyens de communication fonctionnaient normalement – mais il se demandait combien de temps encore cela allait durer.

L'hélicoptère d'Estabo se trouvait maintenant au milieu de la frontière entre Brésil et Argentine et orbitait sur place, en attendant des instructions.

Tout dépendait de ce qu'allait faire maintenant l'avion des Allemands. L'AWACS qui ne le lâchait pas suivait tous ses mouvements. Pour le moment, il se dirigeait vers le nord.

— Il y a un truc qui ne va pas, lui dit Stewart.

Il semblait épuisé.

— Ils ne réduisent pas, ils ne changent pas de cap. Et ils se dirigent toujours vers l'espace aérien du Paraguay.

Cela semblait le préoccuper et le troubler – le Paraguay comme l'Uruguay étaient restés neutres, à tous égards. Ils n'avaient pris parti ni dans le conflit mondial en cours, ni dans cette querelle entre le Brésil et l'Argentine.

Les généraux commençaient à montrer quelques signes d'agitation.

— Et si nous nous trompons depuis le début ? dit l'un des deux. Peut-être sommes-nous tombés dans un piège, il n'y a peut-être pas de bombe du tout ?

Un lourd silence accueillit cette remarque.

Jeffrey se tourna vers monsieur Jones. Il avait l'air si sérieux désormais, qu'on en oubliait sa tenue extravagante. Il avait tombé la veste et défait sa cravate, des auréoles marquaient ses aisselles. Jeffrey, lui, avait froid et ses mains étaient glacées.

— On pourrait avoir le plan de vol de cet avion ? lui demanda-t-il.

— Comme ça, maintenant ? Ça me paraît difficile. Rien ne dit qu'ils en ont rempli un ou, si c'est le cas, qu'il n'est pas bidon.

Jeffrey se contenta de grommeler. Il savait que Jones était dans le vrai, mais il n'aimait guère ce que cette réponse et ce ton trahissaient de défaitisme. Quant aux généraux, ils semblaient littéralement paralysés.

Jeffrey dut se redire que ces gens-là avaient un grade très supérieur au sien, qu'il s'agissait de *leur* pays – mais qu'ils n'avaient aucune expérience de ce qu'est la guerre totale, quand lui combattait les Allemands depuis des mois et se montrait souvent plus malin qu'eux. Il décida que mieux valait faire preuve d'initiative et interpréter les ordres fragmentaires qu'il avait reçus de l'amiral Hodgkiss – lesquels s'ajoutaient au feu vert du président brésilien – de façon assez souple. *J'ignore si le Pentagone ou même la Maison-Blanche se doutaient que* MERCURE *allait les entraîner aussi loin, mais il est trop tard pour faire machine arrière. Par les temps qui courent, tout le monde doit faire preuve d'initiative, du haut en bas de l'échelle.*

Et là, Jeffrey se sentait dans son élément.

— Il faut faire avec ce qu'on a. Sortez-moi une carte détaillée de la zone frontalière. Et dites à l'hélico des SEAL de se diriger vers le nord.

L'amiral lui fit signe qu'il avait bien compris et sortit.

Un autre manipula quelques boutons de réglage de l'écran et Jeffrey eut sous les yeux la langue de terre – territoire argentin – fichée entre le Brésil et le Paraguay.

— C'est la zone où les trois frontières se croisent, expliqua Stewart. Je croyais que nous avions exclu ce cas.

— Nous avions peut-être tort, lui répondit Jeffrey. Regardez.

Il se leva et lui indiqua un certain nombre d'endroits sur la carte.

— S'ils coupent à travers le Paraguay, ils éviteront jusqu'au dernier moment la défense antiaérienne brésilienne.

Les généraux approuvèrent d'un signe.

— Mais cela réduit singulièrement la zone à l'intérieur de laquelle ils peuvent passer à l'attaque, remarqua l'un des deux. Lorsqu'ils vireront vers l'est en quittant le Paraguay, ils n'auront plus accès qu'à une frange assez étroite de la zone frontière. Si nous attaquions les Argentins à partir de *cet endroit*, nos forces terrestres ne pourraient utiliser qu'un maigre couloir pour progresser vers le sud, ce qui fait deux cent cinquante kilomètres de plus avant d'atteindre Buenos Aires ! J'aurais pensé qu'ils voudraient nous faire croire à une percée *au centre* de leurs lignes.

Jeffrey étudiait toujours la carte.

— Est-il possible de faire venir le Président ?

L'un des généraux se leva sans dire un mot et sortit. Il revint quelques minutes plus tard avec Da Gama. L'amiral vint les rejoindre.

Tandis que le président examinait le tableau de situation, Jeffrey marqua un endroit où figuraient déjà un certain nombre de symboles. De l'artillerie lourde antiaérienne.

— Monsieur le Président, quel est le rôle de ces batteries ?

— Elles protègent le barrage d'Itaipu.

— Pouvez-vous m'en dire plus ?

— C'est le plus grand barrage hydroélectrique du monde. On y a mis assez d'acier pour construire quatre tours Eiffel, plus quinze millions de mètres cubes de béton.

Da Gama était visiblement très fier de cette belle réalisation, il débitait tous ses chiffres comme un guide dans un musée.

— Et tout ce bleu, ici, c'est le lac de barrage ?

— Oui. Le barrage fait deux cent dix mètres de haut et huit kilomètres de large au plus fort. Le lac mesure quelque quarante kilomètres de long.

— Ça fait une jolie quantité d'eau, monsieur le Président.

— Je crois me souvenir que, dans les brochures, on parle d'un milliard de mètres cubes.

Monsieur Jones émit un long sifflement d'admiration.

— Et le lac se déverse vers le sud ? demanda Jeffrey.

— Oui, il se jette dans le Paraná.

Da Gama semblait trouver que ce petit interrogatoire avait assez duré, que ces questions avaient pour but de tourner autour du pot et qu'elles n'avaient donc aucun intérêt. Mais Jeffrey resta imperturbable.

— Et le Paraná, où se jette-t-il, monsieur le Président ?

— Il coule au sud, en Argentine avant de se jeter juste au nord de Buenos Aires dans l'estuaire du Rio de la Plata.

— Ce barrage pourrait bien constituer leur objectif.

— Mais il est de *notre* côté de la frontière.

— A touche-touche, si j'en crois cette carte.

— Bon. Mais le barrage *nous* appartient, le Paraguay nous a vendu ses parts lors d'une crise économique.

— Vous ne voyez toujours pas ? Comme le barrage vous appartient, il vous est facile d'y déposer une bombe de fabrication américaine... Atomisez le barrage d'Itaipu, et devinez où va s'écouler ce raz de marée radioactif ? A quel pays appartiennent les troupes qui vont se faire emporter, qui se retrouveront coupées de leurs arrières ? Comment s'appelle la capitale dont la banlieue et les bidonvilles vont être balayés par ce déluge d'eau contaminée ? Aspergés par des tonnes et des tonnes de béton et d'acier vaporisées qui cracheront des neutrons ?

— L'Argentine, l'Argentine et l'Argentine.

— A présent, monsieur le Président, pensez-vous qu'il se trouverait seulement *une seule personne* pour croire que vous n'avez pas bombardé le barrage, uniquement parce qu'il vous appartient ? Pouvez-vous imaginer moyen de causer de plus grands dommages en Argentine ? Et si vous étiez à la place des Allemands, pouvez-vous trouver meilleur prétexte pour porter aide et assistance à l'Argentine, pour bombarder votre pays dix fois plus fort, que dis-je, cent fois ?

— Vous connaissez les réponses, commandant.

— Monsieur le Président, je vous le demande, donnez l'ordre à vos batteries antiaériennes de tirer sur cet appareil dans l'espace aérien du Paraguay. Il s'agit de sauver votre barrage à tout prix.

CHAPITRE 33

Da Gama était parti donner ses ordres aux forces armées dont il était le chef.

Jeffrey fut rapidement interrompu dans ses réflexions : un appareil américain de guerre électronique avait intercepté un message radio émis par l'avion qui transportait la bombe et les Kampfschwimmer. Il était en train de l'écouter et l'un des généraux, qui parlait espagnol, traduisait au fur et à mesure. Entendre cette conversation – qui confirmait point par point toutes ses hypothèses et toutes ses craintes – lui donnait la chair de poule.

Ceux qui se trouvaient dans le bunker s'attendaient à ce que racontait le pilote à ses chefs : il essuyait des tirs nourris en provenance des batteries antiaériennes qui protégeaient le barrage d'Itaipu. L'artillerie brésilienne tirait par-dessus la frontière et violait ainsi l'espace aérien du Paraguay pour tenter d'abattre son appareil.

Ce que Jeffrey avait suggéré à Da Gama était devenu un ordre présidentiel et, maintenant, on mettait cet ordre à exécution.

On entendait dans l'un des haut-parleurs les obus qui explosaient tout près de l'avion.

Le général se pencha vers Jeffrey et lui dit à mi-voix :

— Quelqu'un leur ordonne d'armer la bombe, de

survoler le barrage puis de la larguer dans l'eau avec son parachute. Le pilote répond que les tirs sont tellement nourris qu'il n'arrivera jamais assez près... Une autre voix dit au pilote de se diriger vers l'objectif de repli.

— C'est quoi, cette histoire d'objectif de rechange ? demanda Jones qui n'y comprenait plus rien.

Ils se précipitèrent sur la carte de la zone frontalière.

— *Ici*, fit enfin le général au bout d'un certain temps. Maintenant que nous savons comment ils raisonnent, c'est le meilleur endroit, de leur point de vue.

Et il posa le doigt sur un emplacement situé à quelques kilomètres du barrage.

— Et c'est *quoi* ? lui demanda Jeffrey.

Le général avait l'air sombre.

— Les chutes de l'Iguaçú. Gigantesques, en forme de fer à cheval, sur la frontière.

— Il faut que je donne de nouvelles instructions aux SEAL pour les dérouter vers les chutes.

Le général décrocha un téléphone et donna immédiatement les ordres nécessaires.

Jeffrey se concentra sur le tableau de situation. Venant de deux directions opposées, l'avion et l'hélicoptère convergeaient vers les chutes. Le général lui précisa ce qui n'apparaissait pas nettement sur la carte : le puissant Iguaçú collectait toutes les eaux en provenance des hauts plateaux brésiliens, avant de plonger dans une faille, vestige d'un tremblement de terre. Plus bas, s'étendait la grande dépression méridionale.

Quelques kilomètres après les chutes, l'Iguaçú se jetait dans le Paraná – ce fleuve qui recevait également les eaux du barrage d'Itaipu, et qui coulait ensuite en Argentine, en direction de Buenos Aires.

A bord de l'hélicoptère qui survolait la frontière, Félix Estabo serrait à deux mains son MP-5 contre lui. Sous leurs patins, les arbres de la jungle brésilienne défilaient à toute allure. Ils se trouvaient dans la région des hauts plateaux et suivaient le cours de l'Iguaçú qui descendait vers l'ouest. Le fleuve large et rapide emportait des eaux boueuses, d'un brun-rouge sombre, à cause du limon. Cette couleur rappelait à Félix celle du sang séché. Puis, loin devant eux, il aperçut soudain un immense arc-en-ciel qui remplissait tout le ciel. Et sous l'arc-en-ciel, des volutes de brouillard montaient en bourgeonnant.

La terre et le fleuve semblaient disparaître brutalement sous le nuage. L'eau se déversait sur le rebord du plateau au milieu de centaines d'îlots boisés, de rocs moussus, avant de former un dédale effrayant de chutes puis de cataractes étagées où l'eau écumeuse s'engouffrait avant de tomber de cent mètres de haut. Libre de tout obstacle, entraînée à une vitesse vertigineuse, elle plongeait sur de gros rochers ronds en contrebas avant de poursuivre son chemin sans perdre de sa puissance.

L'ensemble des chutes s'étendait sur trois kilomètres de large, celles du Niagara et du lac Victoria mises côte à côte auraient eu l'air de jouets. Un maelström naissait au centre, là où se rencontraient les fleuves provenant de trois directions différentes. Ce tourbillon dégageait une force et une violence extraordinaires, il était impossible d'évaluer le débit colossal qui s'écoulait ainsi. Félix connaissait le nom que les gens de l'endroit avaient donné à ce tourbillon, Garganta del Diablo en espagnol, Garganta do Diabo en portugais. S'il avait deux noms, c'est qu'il se trouvait précisément à cheval sur la frontière commune au Brésil et à l'Argentine.

Mais, quelle que soit la langue, ce nom était bien trouvé : « la Gorge du Diable ».

En dépit des boules qu'il avait dans les oreilles et de son casque antibruit, Félix entendait déjà l'énorme grondement des chutes qui dominait même le bruit du rotor.

Un ordre du commandant Fuller en personne, codé puis relayé en portugais à Rio, lui prescrivait de plonger à deux cents mètres derrière le barrage d'Itaipu – en utilisant des bouteilles de plongée fournies par les Brésiliens – pour récupérer la bombe et la désarmer à tout prix. Chaque seconde comptait. Les ordres du commandant Fuller étaient formels et sans appel : Félix et ses hommes devaient tout faire, y compris en y laissant leur peau, pour s'emparer de la bombe et l'éloigner du barrage.

Il serra un peu plus fort son MP-5. *Il va falloir remonter à toute vitesse de deux cents mètres de profondeur, sans paliers de décompression. C'est la mort assurée, et une mort atroce... Dans les chutes de l'Iguaçú, dans la Gorge du Diable. Je connais au moins dix manières plus atroces de mourir.*

Jeffrey et les autres s'étaient assis, tétanisés. Les spécialistes du bunker avaient bricolé une nouvelle liaison radio entre l'AWACS et l'hélicoptère, et ils suivaient les échanges retransmis par un haut-parleur posé sur la table. Ils pouvaient ainsi entendre deux conversations à la fois.

Pour le moment, Jeffrey écoutait l'AWACS qui guidait le pilote de l'hélico vers l'avion d'affaires argentin. Le contrôleur de l'AWACS et le pilote brésilien de l'hélicoptère s'exprimaient en anglais – la langue internationale du contrôle aérien. On pouvait suivre leur progression sur l'écran mural.

— Essuyez-vous des tirs depuis le sol ? demandait le contrôleur.

— Négatif ! Négatif ! Pas d'activité particulière en bas.

Da Gama a donné l'ordre à ses unités de se retirer pour éviter des tirs fratricides, pour épargner le maximum de vies si cette bombe pète... Les Argentins ont dû en faire autant de leur côté.

Les tirs d'artillerie risqueraient de se tromper de cibles ou pourraient avoir de fâcheux effets lorsque les SEAL et les Kampfschwimmer se trouveront face à face.

Mais la DCA brésilienne tirait toujours. Le pilote argentin criait maintenant d'une voix de plus en plus aiguë, on aurait dit une femme. Il hurlait des mots confus dans un espagnol incompréhensible, mais Jeffrey devinait qu'il s'agissait de mauvaises nouvelles. Il percevait aussi le hurlement des réacteurs qui montaient en régime, d'autres bruits déchirants, des cris, tout ce que ramassait le micro du pilote.

— Il dit qu'ils arrivent sur le second objectif, traduisit le général. Un réacteur en feu, perte de pression hydraulique, il va bientôt ne plus pouvoir piloter son avion.

Au milieu de tous ces bruits divers, de sifflements, de cris, Jeffrey réussit à comprendre le mot *Kampfschwimmer.*

— Contact visuel ! cria le pilote de l'hélico. Hostile laisse une traînée de fumée ! Perd de l'altitude !

La DCA du barrage l'a salement amoché.

— Je vois des parachutes ! Quatre parachutes ! Et un autre, un grand, avec un conteneur !

La bombe.

— Et encore quatre pépins !... Bon, ça y est, hostile va s'écraser.

Le bruit déchirant du biréacteur se faisait de plus en plus fort, énervant, sinistre, la voix du pilote monta encore d'une octave. Il fut brusquement interrompu par le fracas d'un choc terrible. Et le haut-parleur se tut.

— Impact ! Impact ! hurlait le pilote brésilien. Je vois des flammes et de la fumée !

— Les parachutes ? demanda le contrôleur à bord de l'AWACS.

Il s'exprimait d'une voix calme, froide. On le sentait concentré mais imperturbable.

— Ils sont tombés dans la jungle, sur les hauteurs, sur la rive argentine des chutes !... Les SEAL sont en train de descendre en rappel !… Ça y est, au sol, je dégage de la zone.

Un officier d'état-major arrivait. Jeffrey sursauta.

— Commandant, tout est prêt pour vous ramener à bord du *Challenger*.

CHAPITRE 34

Félix entendait encore le bruit de l'hélicopteur qui s'éloignait. Ce bruit, qui lui faisait toujours le même effet, l'emplissait de sentiments mêlés qu'il connaissait par cœur. Sentiment d'être abandonné en milieu hostile, regret de quitter la sécurité que l'on ressent dans la carlingue de l'appareil qui, lui, est sorti d'affaire. Mais aussi, conscience aiguë du devoir à accomplir, volonté de faire son boulot. Puis son instinct et ses réflexes de chef reprirent le dessus, il chassa toutes ces pensées sans un regard en arrière.

Tous ses sens en éveil, il examina rapidement les lieux.

L'équipe s'était retrouvée au sol après avoir traversé la triple canopée. Il régnait ici une espèce de vague lumière, c'était la fin de l'après-midi. Il y avait beaucoup de bruit : perroquets et toucans qui criaillaient, singes, bourdonnement des insectes, coassements des grenouilles. La chaleur et l'humidité étaient un peu moins fortes qu'à l'équateur, mais il ne s'agissait pas véritablement de forêt tropicale. Les arbres n'étaient pas aussi grands, la canopée moins dense. Félix avait immédiatement noté tout cela pendant qu'il se laissait glisser le long de la corde dont le lest reposait dans la boue.

La plupart des hommes, dont Félix, portaient le même équipement que celui qu'ils avaient utilisé lors de leur raid dans le nord du Brésil – ce raid au cours duquel l'enseigne s'était fait tuer.

Et maintenant, c'est moi l'enseigne. C'est terrifiant.

En prévision de la confrontation avec les Kampfschwimmer, le commando était équipé de MP-5 munis de silencieux avec leurs munitions, de gilets pare-balles en matériau céramique et de casques. Tous portaient un lourd sac à dos, plus un Draeger dans sa housse, fixé sur les hanches. Seule différence, ils avaient pris cette fois un fusil-mitrailleur équipé d'un viseur laser et un fusil de précision de fort calibre. Tous étaient dotés, y compris Félix, d'une glène de corde de varappe spéciale, une centaine de mètres d'un filin de faible diamètre. Ils avaient également emporté un complément de munitions pour le fusil-mitrailleur. Encombrés et surchargés de la sorte, Félix se disait qu'ils devaient ressembler à une bande de brigands qui s'en reviennent avec leur butin.

Ils avaient tout de même renoncé aux lourdes combinaisons de combat en ambiance nucléaire utilisées lors de l'opération sur les îlots.

Ou bien cette bombe va péter, ou bien elle ne pète pas. Si elle pète, à cette distance, aucune combinaison de protection ne servirait à rien.

Ils avaient pourtant tiré une leçon de ce qui s'était passé sur les îlots : il fallait pouvoir identifier clairement amis et ennemis quand tout le monde portait le même accoutrement. Ils avaient donc cousu sur les manches de leur tenue de combat et de leur combinaison imperméable un petit drapeau jaune et vert, copié sur celui des Etats-Unis.

Par gestes, Félix mit ses hommes en formation de combat avant d'entamer la progression : protection des flancs, des arrières. Il désigna l'un de ses vétérans comme éclaireur de pointe. Il avait eu le temps d'observer les parachutes et savait que les Kampfschwimmer s'étaient posés sur l'autre rive de l'Iguaçú, en territoire argentin. Mais il ne voulait prendre aucun risque et garda son officier marinier adjoint près de lui, au centre du groupe de huit hommes, pour rester en contact et modifier rapidement le dispositif si besoin. Il garda également le radio et l'infirmier.

Il fit un dernier point rapide pendant qu'il en était encore temps, avant que le fouillis des arbres et des buissons ne masquent ses hommes à sa vue.

Les commandos étaient tout excités, impatients d'y aller. Maintenant qu'ils avaient atterri, ils oubliaient la peur et l'angoisse, ils avaient soif d'action. Tous savaient ce que leur pays exigeait d'eux : pendant quelques minutes ou quelques heures, peu importe combien, le sort du monde reposait sur leur courage et sur leur savoir-faire dans la lutte qui allait s'engager contre les Kampfschwimmer. Mais ils étaient tous aguerris désormais, et les SEAL ne recrutaient que des volontaires. L'équipe était soudée et décidée à en découdre.

Même en regardant les choses en face, aussi dangereuse que soit cette mission, ils sont tous enthousiastes. Ils font ce pourquoi ils se sont entraînés, ce qui est leur vie *depuis tant et tant d'années. Ce qu'ils aiment, c'est qu'on les pousse aux limites... et on ne peut rêver mieux que ce que nous sommes en train de faire.*

Tous nos copains, tous les commandos de marine vendraient père et mère pour être à notre place.

Félix se sentait fier de se trouver là, avec le sentiment d'être un privilégié. Et pour revenir aux choses pratiques, l'équipement dont ils étaient dotés lui convenait parfaitement.

Il donna le signal du départ.

Il avait décidé de progresser à marche forcée jusqu'aux chutes de l'Iguaçú et transpirait déjà à grosses gouttes, le souffle court. Ses hommes et lui surveillaient attentivement les environs pour repérer des pièges éventuels, des cliquetis ou des silences soudains, le plus minuscule indice qui annoncerait le déclenchement du feu. Ils avançaient au milieu de plantes de différentes espèces. Certains troncs étaient rouges, d'autres gris et lisses comme du béton fraîchement coulé, d'autres encore appartenaient à des espèces primitives et étaient recouverts d'une écorce gris-brun qui leur donnait des allures de dinosaures. Des lianes bizarres les avaient parfois étouffés, il ne restait plus que le squelette du tronc, disparu depuis longtemps, réduit en poussière. Champignons et lichens pullulaient.

L'air était pesant, empli de la puanteur habituelle de la jungle qui fermente. Bientôt pourtant, une odeur différente le prit à la gorge : une odeur douceâtre, quelque chose de malsain, l'odeur de la chair en décomposition. L'équipe s'approcha prudemment d'une clairière où perçait un rayon de soleil, une trouée dans la canopée. Félix découvrit bientôt d'où venait cette odeur. Il aperçut quelques branches fraîchement cassées, les troncs portaient des cicatrices, d'autres branches, rompues, se balançaient en l'air ou étaient tombées dans la boue. Des obus de howitzer avaient explosé à cet endroit.

Quatre éclats, ça ressemble à du 105 mm, se dit Félix en connaisseur. *Des obus de 105. Une seule salve, une batterie de quatre pièces... Des arbres explosés comme ça, quand on n'a aucune protection, pas de sacs de sable ni de bardeaux – c'est vraiment la merde.*

L'odeur de putréfaction était de plus en plus forte : les soldats brésiliens étaient allés chercher leurs tués entre deux duels d'artillerie, mais personne ne se souciait de récupérer des animaux crevés.

L'équipe contourna la clairière pour éviter de se faire repérer par un avion. Ils pressèrent le pas. Un peu plus haut, non loin de la rive de l'Iguaçú, ils dépassèrent un poste d'observation abandonné par l'armée brésilienne.

On avait creusé un trou pour faire un abri avec des rails et des traverses récupérés sur la ligne de chemin de fer, pas très loin. Félix savait que, avant le début des troubles dans la région, cette ligne à voie étroite servait à acheminer les touristes qui venaient admirer les chutes. A partir de là, des autocars vous ramenaient à Foz do Iguaçú, à vingt-cinq kilomètres dans le nord-ouest – mais la ville avait été évacuée et Félix en était fort content. D'autres autocars desservaient également la ville de Puerto Iguaçú, en Argentine, vingt kilomètres à l'est, là où l'Iguaçú se jetait dans le Paraná.

Il y avait quelques hôtels – vides désormais, seuls signes visibles de civilisation. Plus loin, les chutes donnaient accès à des parcs nationaux, dans les deux pays riverains.

Ces parcs constituaient en principe des réserves naturelles. Des lézards filaient sur le sol, de ravissants bouquets de fleurs blanches et de lavande poussaient entre les buissons et les fourrés, des orchidées ornaient les arbres, arrosées par le brouillard qui s'élevait sans cesse des chutes toutes proches mais encore invisibles. Des lianes de toute longueur et de toute taille s'élançaient des branches jusqu'au sol.

Avec leur bec spécialement adapté, des toucans cueillaient des fruits. On voyait aussi des bandes de coatis qui vous regardaient avec curiosité et qui rappelaient à Félix des ratons laveurs, si ce n'est qu'ils avaient le museau plus pointu et vivaient pendant la journée. La queue dressée en l'air, ils n'hésitaient pas à s'approcher d'eux pour mendier un peu de nourriture. Le premier-maître dut faire quelques moulinets pour les éloigner.

Le grondement du fleuve et le fracas des chutes étaient de plus en plus forts. L'air était plus humide, de l'eau dégoulinait le long des arbres. Ils aperçurent quelques nuées de papillons. Plus haut, au-dessus de la triple canopée, on entendait le cri rauque des faucons.

Ils pressèrent le pas. De nouveau, cette odeur de cadavres en décomposition. Félix entendit soudain le grondement d'un félin et finit par apercevoir, entre les arbres, la forme d'un fauve qui se déplaçait en souplesse, menaçant. Un gros animal, à la fourrure brun clair tachetée de noir. *Un jaguar qui faisait les poubelles, parfaitement décidé à ne pas se faire voler les restes d'un cerf tué par un obus de mortier ou abattu par une sentinelle un peu nerveuse.* Félix ordonna par signe à ses hommes de faire un large détour.

Le ciel s'était assombri, ils virent un premier éclair, le tonnerre grondait. Instinctivement, ils s'aplatirent pour échapper aux balles ou aux obus. La pluie se mit à tomber, comme tous les soirs.

L'orage ne dura pas, laissant les arbres, les lianes et les fourrés, déjà détrempés, encore plus dégouttants d'eau. La boue rouge était glissante, des flaques s'étaient formées entre les racines au pied des troncs. Oiseaux et papillons reprirent leurs activités. Les hommes étaient trempés, mais s'en apercevaient à peine. Félix échangea un coup d'œil avec son adjoint. Ils n'avaient pas besoin de mots pour expliquer ce qu'ils éprouvaient.

Nous sommes lancés dans une véritable course-poursuite. Les Allemands ont l'avantage, car ils ont toujours cette bombe. Mais ils savent aussi qu'ils ne peuvent plus compter sur l'effet de surprise. La DCA brésilienne leur a tiré dessus alors qu'ils étaient encore dans l'espace aérien du Paraguay. Les Kampfschwimmer ont dû voir notre hélico pendant qu'ils étaient encore en l'air, ils nous ont sans doute vus descendre en rappel.

Félix n'aurait pas trop su dire de quel côté penchait la balance. Mais ses décisions dépendaient beaucoup de ce qu'il pourrait observer du comportement des Allemands.

J'en conclus qu'ils ont l'initiative... et ça, c'est pas bon.

Le commandant lui avait dit par radio, quand ils étaient à bord de l'hélico, que les Kampfschwimmer allaient presque certainement déposer leur engin, qui était renforcé contre les chocs et conçu pour résister à la pression, au pied des chutes, en armant la mise à feu chronométrique. De cette façon, ils pouvaient déjà causer autant de dégâts que s'ils avaient détruit le barrage d'Itaipu directement. Mise à feu au bord de la falaise, au centre du fer à cheval que formaient les chutes, la tête nucléaire allait vaporiser des millions de tonnes de roches et d'eau chargées de boue. Puis de grands pans de la falaise allaient s'écrouler, l'onde de choc qui avait provisoirement arrêté l'eau, se dissiper.

L'Iguaçú reprendrait alors son cours, grossi encore par l'obstacle qui l'avait provisoirement stoppé dans sa course. Sous le bombardement neutronique, des éléments contenus dans les roches, comme le calcium et le silicium, dans les boues, allaient devenir fortement radioactifs. Tout ce mélange allait dévaler le lit du Paraná, descendre au sud, jusqu'à Buenos Aires. Et les Allemands tiendraient alors le prétexte rêvé qui permettrait au *von Scheer* – où qu'il se trouve – de débarquer sa cargaison et de la livrer aux Argentins. Ce scénario dépassait en horreur tout ce que pouvait imaginer Félix, une véritable apocalypse.

Il fit signe à ses hommes d'accélérer le mouvement.

Se guidant toujours à la boussole, l'équipe arrivait au bout du premier tronçon. Mais Félix, sur la seule foi de son flair et de ses oreilles, savait déjà qu'ils étaient bien à l'endroit prévu.

Les commandos progressaient sur une langue de terre formée par un méandre de l'Iguaçú. A partir de là, le fleuve bifurquait au sud, faisait une énorme boucle en forme de corne, puis repartait au nord avant de reprendre son chemin vers l'ouest. Ils arrivèrent au bout de l'étroit chemin de terre, Félix devinait des deux côtés le grondement du fleuve. Ils continuèrent cap au sud. Les chutes de l'Iguaçú se trouvaient au milieu de la courbe. Ils les entendaient très distinctement, droit devant – dans la direction du promontoire, d'où ils pourraient tenir les Allemands sous leur feu.

Au bord du plateau, côté brésilien, et surplombant les chutes, on avait construit un hôtel et deux belvédères destinés aux touristes. Félix le savait car il avait étudié la carte et pris quelques notes avant de partir. On sentait des odeurs fort répugnantes de poisson crevé et de poubelles.

L'éclaireur de pointe signala qu'il avait atteint la lisière de la jungle. Il fit un signe et Félix vint le rejoindre en rampant.

L'artillerie argentine avait anéanti l'hôtel et les deux miradors. Le génie brésilien avait ensuite dynamité ce qu'il en restait avant de se replier, quelques heures plus tôt. Tout n'était plus que ruines. A certains endroits, au fond des trous dans les tas de gravats, ce qui était resté à l'abri de la pluie brûlait encore. La puanteur était épouvantable, sans doute des cadavres pris dans les décombres et qui se consumaient.

— On va préparer les emplacements de tir, dit-il à son adjoint à voix basse.

L'officier marinier acquiesça. Il disposa les hommes à intervalles réguliers en bordure de jungle. Félix sentit la tension monter. Malgré l'odeur, ils prirent tous de profondes inspirations puis, au signal, bondirent en terrain découvert pour se jeter dans les décombres.

Félix donna encore quelques instructions, les hommes continuèrent prudemment leur progression et contournèrent par l'est les bâtiments effondrés et totalement calcinés. Félix quant à lui s'arrêta derrière un bloc de maçonnerie. Ce qu'il vit alors lui coupa le souffle.

Les chutes de l'Iguaçú s'étendaient devant lui, étalées

dans toute leur sinistre splendeur avec leurs cataractes bouillonnantes qui explosaient de toutes parts. L'eau avait toujours cette couleur bizarre qu'il avait déjà remarquée depuis l'hélicoptère, un brun-rouge assez incongru.

Ce phénomène est dû à toute la boue arrachée au plateau et entraînée par les eaux, après des années d'exploitation forestière incontrôlée. A chaque chute de pluie, de la terre s'en va, dégradant un peu plus les perspectives d'avenir de ce pays – à supposer qu'il ait un avenir, après ce qui risque d'arriver.

De l'autre côté du fleuve, au sommet d'un promontoire qui dominait les chutes, on apercevait les ruines d'un autre hôtel, un édifice plus récent et plus résistant.

Cet hôtel se trouve côté argentin. Militairement parlant – avec son glacis – il fait un point d'appui idéal pour les Kampfschwimmer, comme celui où nous nous trouvons offre un bon point d'ancrage.

Félix se mit à l'abri sous des débris de plancher, faisant bien attention au verre brisé et aux longerons d'aluminium coupants. Il se tourna alors vers son adjoint :

— La distance vous semble bonne ? Trois mille mètres ?

Le premier-maître fit signe que oui.

Ils commencèrent à sélectionner des cibles pour le fusil-mitrailleur de 7,62 et pour le fusil calibre 12,7, ainsi que des creux dans le tas de gravats qui leur permettraient d'avoir un champ aussi large que possible. Les hommes passèrent aux servants du fusil-mitrailleur les munitions qu'ils portaient. Le tireur d'élite décida de choisir un autre emplacement et permuta avec son observateur.

Ils étaient en limite de portée, mais tenaient désormais sous leur feu les décombres de l'hôtel ainsi que les escaliers et les passerelles qui permettaient aux visiteurs d'accéder aux belvédères. De même, ils couvraient la pente raide qui descendait jusqu'au pied des chutes.

Félix surveillait l'autre rive aux jumelles, pour s'assurer que les Kampfschwimmer ne passeraient pas par là. Toujours recroquevillé dans son tas de gravats, au milieu de cette fumée nauséabonde, il commençait à s'inquiéter.

A l'exception du barrage, les Allemands n'auraient pas pu choisir meilleur endroit. Et ils ont toujours l'initiative.

Il détestait attendre et mourait d'envie de reprendre la main. Il caressa d'abord l'idée d'arroser au fusil-mitrailleur les abords de l'hôtel ainsi que la jungle en arrière-plan – afin de pousser les Kampfschwimmer à se démasquer prématurément. Il jeta pourtant un coup d'œil à sa montre puis au ciel du soir. Le soleil baissait déjà, dans quelques heures il ferait nuit. S'il ordonnait à ses hommes d'ouvrir le feu *dès à présent*, les Kampfschwimmer seraient obligés de rester planqués jusqu'au coucher du soleil.

Dans tous les cas, mon gars, tu l'as dans le cul.

Son cœur manqua s'arrêter, puis il sauta bientôt de joie en voyant des départs de coups qui venaient de l'hôtel. Des morceaux de pierre, de la taille d'une grenade à fusil, volèrent aussitôt sur le remblai derrière lequel ils s'abritaient.

Les Kampfschwimmer savent que nous sommes ici. Ils veulent nous clouer sur place. Pourquoi ?

Bon sang, j'ai trouvé ! Ils doivent respecter un horaire précis. L'éclair et le champignon doivent être visibles en plein jour, il faut qu'ils s'élèvent très haut dans le ciel, qu'on les voie de toute l'Argentine, que les gentils Argentins soient bien persuadés qu'ils sont attaqués par les méchants Brésiliens.

Le premier-maître arriva en rampant. Des obus de petit calibre percutaient les restes de l'hôtel, les éclats passaient en sifflant et rallumaient des incendies un peu partout. Le premier-maître lui cria :

— Lieutenant, ils ont un canon à tir automatique !

— Je sais.

Les deux hommes se recroquevillèrent à l'arrivée d'un nouveau coup, tout près.

— On riposte ?

— Non, je préfère économiser les munitions tant que nous n'avons pas de cible à portée. Leur hôtel est sur les hauteurs, trop loin du fleuve. Ça m'étonnerait qu'ils laissent leur bombe là-bas.

— Pourquoi ?

— Les chutes. Ils ont besoin de se découvrir pour gagner les chutes. Ils veulent poser leur bombe juste au pied des chutes.

Le premier-maître resta muet un bon moment, il était horrifié.

— Bien, fit-il enfin, compris.

— Dites aux deux tireurs, interdiction de tirer tant qu'ils ne voient personne en terrain découvert. Dans ce cas, tir à tuer. S'ils voient un gros colis, c'est la bombe, ils la mettent en pièces !

— Elle risque pas d'exploser ?

— Non, du moins en théorie !

Le premier-maître n'avait pas l'air très convaincu.

— C'est encore un truc qu'on n'avait jamais fait, lui cria Félix.

L'officier marinier repartit en rampant pour transmettre les ordres.

Non, c'est un truc qu'on n'a encore jamais fait. Notre cerveau n'aura même pas le temps d'enregistrer notre échec.

Le canon allemand cessa le feu et Félix attendit le moment où les Kampfschwimmer allaient tenter une sortie. Mais rien ne se passa. Il scrutait attentivement les chutes, la pente, le fleuve en contrebas, un coup à l'œil nu, un coup aux jumelles. Ce spectacle de l'eau qui tombait en cascade de la falaise l'hypnotisait. Il se força à détourner les yeux.

D'être resté aussi longtemps à regarder l'eau qui coulait commençait à lui déranger le cerveau. Lorsqu'il se retourna pour observer l'hôtel, il eut l'impression qu'il *s'élevait* lentement, dans les airs. Il fut obligé de fermer les yeux très fort et de secouer la tête pour faire cesser cette illusion d'optique.

C'est pas terrible comme début.

Les tirs de canon reprirent, mais cette fois-ci, les éclairs ne partaient plus de la même direction au milieu des gravats et des poutrelles tordues.

Ils ont attendu de voir si on réagissait, et ils l'ont déplacé.

Félix aperçut soudain des mouvements à l'extérieur de l'hôtel. Les Kampfschwimmer sortaient au pas de course et se dirigeaient vers la passerelle à moitié détruite qui menait au bas de la cataracte.

Il sentit ses tympans se déchirer quand ses hommes ouvrirent le feu. Le fusil-mitrailleur tirait de courtes rafales, ponctuées par les coups plus sourds du fusil. Mais il était difficile d'ajuster le tir à deux mille cinq cents mètres. Les sautes de vent créées par la chute d'eau rendaient la chose encore plus délicate.

Les Kampfschwimmer se mirent à couvert sans avoir subi de pertes. Les hommes de Félix ajustèrent leur tir, qui devint plus efficace. Les Allemands commencèrent à fixer des cordes de rappel au bord de la falaise. Ils réussirent à en envoyer une jusqu'en bas, au bord du fleuve, mais, pour le moment, ils étaient cloués sur place.

Le canon reprit son tir. Equipé d'un télémètre laser, tirant des obus explosifs tempés, il entreprit de fouiller les déblais. Les Allemands essayaient de faire taire le fusil-mitrailleur et le fusil du tireur d'élite. Leurs servants durent reculer pour chercher de nouvelles positions – et les Allemands le savaient. Les Kampfschwimmer jaillirent de leurs abris, une seconde corde se déroula à côté de la première.

Ils vont essayer d'aller sur l'autre rive. A partir de là, ils prendront les passerelles pour passer sous les chutes... Il faut les en empêcher.

Félix cria à ses hommes d'ouvrir le feu.

Un Allemand commençait à se laisser glisser le long de la pente. Le fusil-mitrailleur et le tireur d'élite le traquaient. A travers ses jumelles, Félix voyait les balles faire gicler des éclats de pierre tout près de l'homme vêtu de noir.

Soudain, une balle le toucha. Il perdit le contrôle de sa descente et fit une chute de soixante-dix mètres, jusqu'au pied de la falaise. Il rebondit une fois avant de rester là, inerte. Son casque commença à rouler lentement avant de tomber à l'eau.

Félix entendit ses hommes se frayer tant bien que mal un chemin dans les ruines pour se mettre à l'abri.

Le canon allemand ouvrit le feu, comme pour se venger. Cette fois-ci, le fusil-mitrailleur et le tireur d'élite savaient que mieux valait ne pas riposter – ils auraient ainsi dévoilé leurs nouvelles positions.

On attend. On vient de leur démontrer qu'ils ne peuvent pas atteindre le bas de la falaise... mais s'ils n'y arrivent pas, on n'y arrivera pas non plus.

Nouveaux mouvements près de l'hôtel. Félix vit que les Kampfschwimmer se dirigeaient vers les chutes supérieures. Les SEAL leur tirèrent dessus, mais la ligne de visée passait trop près de l'eau, le brouillard et le vent déviaient leurs coups. Raté. Le canon répliqua immédiatement, Félix entendit un hurlement, l'observateur arriva en rampant et lui dit que leur tireur d'élite était mort, tué sur le coup. Son arme était en miettes.

Je ne sais pas qui commande ces gars-là, mais c'est un bon. Il a réglé leurs derniers mouvements au millimètre.

Je suis sûr qu'il a même pensé au vent et prévu que cela les protégerait davantage.

Mais maintenant, qu'est-ce qu'ils peuvent bien aller foutre en haut *des chutes* ?

Le premier-maître arriva.

— Lieutenant, je crois qu'ils veulent balancer leur bombe en bas de la cataracte !

Félix reprit ses jumelles, en réfléchissant à toute vitesse.

— Non, mon vieux, ils ne vont pas la balancer. Ils veulent la faire descendre !

— Vous voulez dire…

— Ouais. Sous l'eau, ils seront à l'abri de nos tirs. Pigé ?

— Ouh là !

— Dites au fusil-mitrailleur de continuer à allumer le canon, juste pour l'occuper un peu. Tous les autres, les Draeger !

— Pardon ?

— Prenez toutes les cordes que vous trouvez. On se met à l'eau avec eux.

Plus haut, au bord du fleuve, juste au-dessus des chutes, Félix fit une pause pour expliquer à ses hommes ce qu'il avait décidé. Il était obligé de crier pour arriver à se faire entendre par-dessus le fracas de l'eau. Il s'imaginait déjà sous les chutes.

— C'est juste comme une reconnaissance de plage sous le feu de l'adversaire ! Sauf que la plage est vachement raide, et qu'il y a un sacré raz de marée ! Avec des tourbillons et des lames de fond.

Ses hommes étaient terrifiés, tétanisés.

Et moi aussi.

— Regardez, reprit-il au milieu du vacarme…

Il essayait de ne pas penser à ce que représentaient tous ces bruits effroyables et l'énergie qu'ils laissaient imaginer. Pourtant, le spectacle qui s'étalait devant leurs yeux ne laissait aucun doute.

— Ce n'est pas plus facile pour les Allemands. Vous y allez au pistolet-mitrailleur, au couteau. Tuez-en un maximum.

Le premier-maître et les quatre commandos qui étaient montés avec lui hochèrent la tête.

— Faites attention aux troncs et aux débris, ajouta Félix. On dirait que ça coule plus fort depuis qu'il a plu.

Nouveaux hochements, les hommes faisaient une tête sinistre.

Félix était aussi terrorisé qu'eux, mais essayait de ne pas le montrer. *Les SEAL subissaient un dur entraînement au travail dans l'eau, sous le feu ennemi. Mais aucun exercice, aucun, n'aurait pu les préparer à ce qui les attendait maintenant.*

Il examina la surface de ce fleuve rugissant et meurtrier. Le bord supérieur des chutes était parsemé d'îlots sur lesquels poussaient des buissons et des palmistes, là où l'eau disparaissait brusquement dans le vide. Il aperçut aussi des rochers couverts de mousse dans cette espèce de fer à cheval menaçant. La chute se divisait ensuite en une multitude de cascades secondaires moins larges, le tout constituait ce que l'on appelait les chutes d'Iguaçú. Certaines de ces cataractes étaient si énormes qu'on leur avait donné un nom : Floriano, Santa Maria…

On distinguait encore les restes des passerelles construites pour les touristes. On les mettait en place à la saison sèche, lorsque le fleuve était bas. Elles avaient subi pas mal de dégâts : pendant la dernière saison, El Niño avait battu des records et l'artillerie ou des charges d'explosifs avaient sans doute fait le reste.

Sur les deux rives, brésilienne et argentine, les îlots, les rochers et les passerelles convergeaient vers le tourbillon central, la Gorge du Diable. A cet endroit, une gigantesque fracture verticale fendait la falaise et l'eau chutait de trois côtés à la fois.

Plus loin, sur sa droite, Félix entendait encore des tirs d'armes automatiques. Au-delà, devant lui, sur l'autre rive, il détecta des mouvements. Deux Allemands jaillirent de derrière un caillou gros comme un camion au bord de l'eau. Ils tiraient une lourde charge.

Le fusil-mitrailleur les avait vus lui aussi, il appréciait mieux la distance et la dérive désormais, les balles se mirent à pleuvoir sur le caillou. Dans ses jumelles, Félix voyait voler de la poussière blanchâtre, des taches apparaissaient là où la mousse était arrachée. *Trop tard.* Car maintenant, les Allemands étaient à l'abri, et leur bombe avec eux.

CHAPITRE 35

Jeffrey échangea son uniforme contre un gris de travail. Il s'était discrètement éclipsé du bunker dans la cabine d'un camion-poubelle qui s'était dirigé vers le centre-ville. Pendant que le véhicule s'arrêtait une fois encore dans un centre commercial pour collecter des détritus, il descendit discrètement et gagna le parking couvert du centre. Là, il monta dans une camionnette sans vitres et sans marque particulière, qui prit la direction du sud avant d'emprunter un tunnel qui passait sous les collines, entre Rio et un certain nombre de plages. Dans le passage, des policiers arrêtaient la circulation. Jeffrey enfila un masque de skieur, noir, du genre de ceux qu'utilisaient parfois les forces paramilitaires. Il attrapa son sac avec son uniforme et sa combinaison de plongée plus diverses bricoles et passa dans l'un des deux véhicules, strictement identiques, qui étaient arrêtés là. Il eut même le temps de noter qu'ils portaient les mêmes plaques minéralogiques.

La circulation reprit, Jeffrey se dirigeait maintenant plein nord, vers la banlieue. La camionnette qu'il avait quittée continua au sud comme s'il était toujours dedans. Un policier avait pris sa place. La troisième fourgonnette suivit celle dans laquelle il se trouvait maintenant avant de bifurquer et de s'engager sur l'autoroute, en direction de l'aéroport international. Celle de Jeffrey s'arrêta dans un centre d'affaires. Un hélicoptère privé attendait sur l'hélizone. Toujours habillé de la même manière, Jeffrey descendit et pénétra dans un bâtiment par l'entrée de service. Là, il enfila une tenue de vol kaki et prit un casque. Il baissa la visière foncée, sortit par une autre porte et monta dans l'hélicoptère qui décolla immédiatement, cap au sud. Ils suivaient les collines côtières en direction de Paranaguá.

Le spectacle était à vous couper le souffle, mais Jeffrey n'avait guère le cœur à l'admirer. Au lieu de cela, il avait la tête farcie de cartes marines, de courbes, de droites, de distances et de relèvements. Et il revenait et revenait sans cesse à cet hydroglisseur argentin qui avait fait relâche à Mar del Plata.

Ernst Beck et son von Scheer *sont là, quelque part dans le sud, à l'extérieur du plateau continental, et ils attendent. Conformément aux règles d'engagement de l'Axe, pour ce que nous en disent nos services de renseignements, il est obligé de rester à plus de deux cents nautiques des côtes... Sans doute un peu plus, deux cents pile serait trop évident. Cela le met plus loin que le bord du talus, avec des fonds qui dépassent son immersion maximale – et celle du* Challenger.

Et puis, il y a une autre question. Dans quelle mesure ce qui peut arriver au cours des prochaines heures ne risque-t-il pas de modifier les règles d'engagement de l'Axe ? A présent, c'est la guerre totale. On n'est plus sûr de rien.

A Paranaguá, l'hélicoptère se posa sur un petit aéroport civil. Très nerveux, Jeffrey entra dans un hangar et monta dans une camionnette. Le trajet allait être court, il se changea pour enfiler sa combinaison de plongée. A Rio, quelqu'un avait eu la gentillesse d'en prendre soin pendant son entretien avec le président Da Gama.

La camionnette le déposa dans un centre de soutien logistique de la marine. Là, il embarqua à bord d'un hélicoptère de liaison de la marine brésilienne. Il y trouva une paire de bouteilles de plongée classiques, solidement tenues pour ne pas bouger en vol.

Jeffrey commençait à en avoir par-dessus la tête de ce petit jeu, se changer, changer de voiture, embarquer dans un hélico puis dans un autre. Il espérait que cela suffirait à tromper l'adversaire, s'il connaissait du moins sa présence au Brésil.

Pendant qu'il attachait son harnais, il nota que l'hélico était muni d'un hublot sur son flanc droit. L'appareil décolla et Jeffrey reprit le chemin du sud pour aller retrouver le *Challenger*.

Il avait choisi de s'asseoir à droite, si bien qu'il apercevait la terre. Il resta là, les yeux perdus, tourmenté, regardant vaguement l'horizon qui se perdait vers l'ouest.

Les chutes de l'Iguaçú sont à cinq cents kilomètres d'ici, dans cette direction. Si la bombe pète là-bas, est-ce que je verrai l'éclair ?

L'eau boueuse faisait un bruit de tonnerre en amont des chutes, le courant happa Félix avec une force terrifiante. Seule la première longueur de corde, amarrée autour d'un tronc d'arbre sur le bord, les empêchait de se faire emporter, lui et ses hommes. Si leurs mousquetons lâchaient, s'ils n'arrivaient pas à rattraper le bout qui flottait, ils passaient par-dessus le rebord pour aller s'écraser une centaine de mètres plus bas et finissaient mâchés comme de la pâte à papier. Ils possédaient tous une canne télescopique conçue pour sonder les rivières, mais elle n'était pas prévue pour ce genre d'utilisation.

Félix était le chef, il était naturellement passé le premier et prenait les plus gros risques. Dans toute la mesure du possible, il restait sous l'eau et se servait de son Draeger. Des tirs fusaient dès qu'il sortait la tête, de la part des Kampfschwimmer qui avaient commencé à s'engager dans le fleuve et trouvé refuge sur un îlot.

Sous l'eau, les bruits et les sifflements étaient assourdissants. Le choc provoqué par la chute de la cascade creusait le fond, faisait vibrer le roc, et ce fracas se propageait dans l'eau qui redescendait en trombe derrière les escarpements.

Félix savait qu'il arrivait vraiment au bout du bout de sa corde. Il fallait qu'il trouve quelque chose pour s'accrocher. Dans cette eau gorgée de boue, il ne voyait strictement rien et, s'il ne faisait pas attention, le courant risquait de lui arracher son masque.

Tout bien pesé, cela ne ferait pas grande différence. Je pourrais aussi bien continuer les yeux fermés, après tout.

Il descendit un peu plus bas pour essayer de trouver le fond sur la rive en pente. Plus il progressait, plus le courant devenait fort. Un tronc d'arbre de plusieurs tonnes pouvait à tout moment arriver et le percuter de plein fouet. En se balançant au bout de sa corde, il risquait de s'empaler sur un bout de ferraille scellé dans un bloc de béton arraché à la passerelle. S'il se sonnait sur un rocher qu'il n'aurait pas vu, c'était la noyade assurée. Il décida de lâcher un peu d'air de sa réserve de flottabilité. Plus lourd, il pourrait exercer plus de force de traction.

Il finit par toucher les galets du bout de ses palmes, en restant un peu penché pour limiter les effets du courant. A en juger par la pression sur ses tympans, il n'était pas très bas. Ses hommes essayaient de le stabiliser en tirant sur la corde – mais ils ne voyaient rien et devaient essayer d'imaginer ce qu'il était en train de faire. Cette corde – cette ligne de vie – était son seul lien avec eux.

Il tendit sa canne télescopique devant lui, à contre-courant. Dès qu'il se penchait un peu, le flux le couchait. La canne l'aidait bien, le flot la forçait à descendre au fond, il gardait l'autre extrémité contre sa poitrine, ce qui lui permettait de garder un certain équilibre. Il commença à tâter ainsi le fond avec sa canne, systématiquement, à l'aveuglette. Périodiquement, il tendait le bras en avant pour vérifier. Il commençait à craindre de perdre tout sens de l'orientation et de se diriger droit vers les chutes sans s'en rendre compte.

Il finit par trouver le truc qu'il cherchait, avant que *le truc* ne l'eût trouvé et transpercé. Un petit tourbillon dans le courant lui servit d'indice : il avait localisé les restes d'une pile de passerelle. Il avait maintenant besoin de ses deux mains. Il replia la canne et assura la dragonne autour de son poignet pour ne pas risquer de la perdre. Le courant le tirait toujours et il en avait plein les oreilles. Pas un seul rayon de soleil ne perçait la surface.

Il attrapa le bout libre de la glène lovée autour de sa poitrine et la tourna habilement à une tige d'acier tordu qui sortait du béton. S'en servant comme d'une amarre, il frappa le bout de la première sur le pilier, puis donna quelques à-coups pour prévenir les autres. Ils allaient comprendre que la première longueur était solidement assurée et qu'il était paré à faire cent mètres de plus. Sans donner encore trop de mou, il laissa un peu d'air entrer dans sa réserve de flottabilité.

Il passa la tête à la surface et une lumière éblouissante l'obligea à fermer les yeux. Il apercevait tout juste l'amas de rochers qui constituait sa prochaine étape, le tonnerre des chutes était plus fort quand il avait la tête hors de l'eau. Il donna un coup de pied au fond avec ses palmes pour essayer d'émerger un peu plus, mais, avec ce violent clapot et les vagues qui arrivaient de plusieurs directions à la fois, il avait du mal à voir plus loin.

Des gerbes s'élevèrent tout autour de lui. Il plongea et entendit nettement le bruit des balles qui frappaient la surface. A cette distance, les MP-5 dont étaient dotés les Allemands manquaient de précision, mais une balle perdue pouvait avoir gardé assez d'énergie cinétique pour vous tuer un homme. Félix savait qu'ils devaient faire vite pour atteindre cet amas, en laissant un commando en arrière afin d'assurer la liaison avec les tireurs qui devaient les couvrir.

Il était de plus en plus épuisé. Son équipe avait pris pied sur un îlot tout plat au bord des chutes. L'endroit était couvert de broussailles verdoyantes qui leur permettaient de se camoufler. Il commença à ramper, les autres suivirent.

Il fit une petite pause pour souffler et ordonna par gestes à ses hommes d'en faire autant. Ici, le vacarme était insupportable, inutile de songer à parler.

Il s'allongea sur le dos en retenant sa bouteille pour observer le ciel. De petits nuages blancs passaient lentement. Des nuées de papillons volaient, en nombre impressionnant, insouciants du danger. Certains, bleu turquoise, atteignaient dix centimètres d'envergure. Il soupira, se retourna sur les coudes et les genoux, le Draeger pesait. Il rampa alors jusqu'au bord de l'îlot afin d'avoir une vue plus claire et d'estimer la progression de l'adversaire. Les Allemands avaient de l'avance et ils savaient exactement ce qu'ils voulaient faire, mais il espérait que la bombe les ralentirait.

Il commença à progresser avec beaucoup de précaution à travers les buissons. Soudain, il sentit un vide devant lui. Il continua d'avancer, centimètre par centimètre, et passa un œil entre les branches et les fougères.

Il se trouvait au bord d'un précipice de trois kilomètres de large, incurvé des deux côtés. Des centaines de chutes y prenaient naissance. L'eau boueuse devenait plus claire, les gouttelettes se transformaient en écume puis en brouillard. Des nappes d'eau dévalaient, des masses incroyables, on avait l'impression que le fleuve coulerait ainsi jusqu'à la fin des temps. La plupart des chutes rejaillissaient en cascade sur de petits plateaux rocheux qui s'étaient formés dans la falaise. Tout n'était qu'eau jaillissante et bondissante. Parfois, la chute tombait directement jusqu'au fond, une chute de trente étages. Lorsque les îlots étaient assez grands pour arrêter le courant, leur côté aval était entièrement couvert de végétation. Tout en bas de la falaise, l'eau s'élevait en gerbes, faisant comme des panaches de fumée. Puis le fleuve retrouvait son cours normal en traversant une série de rapides qui finissaient par disparaître à l'ouest. Des oiseaux voletaient partout, très bas ou très haut, à l'abri de cette violence, pourchassant les insectes qui tourbillonnaient entre ces nuages de vapeur. Une bonne giclée lui éclaboussa la figure, un magnifique arc-en-ciel ajoutait encore à la splendeur du paysage.

Il avait le sentiment que tout ce système de chutes s'associait à l'arc-en-ciel pour l'étreindre – ou pour l'écraser. Il commençait à souffrir du vertige à force de regarder en contrebas ce déluge entraîné par une pesanteur irrépressible. Cela évoquait-il le paradis ou l'enfer, il ne savait trop. Il essayait d'imaginer à quoi ressemblerait tout cela lorsque la bombe aurait explosé.

Des balles sifflèrent au-dessus de sa tête, à travers les buissons et le ramenèrent à la réalité : ils avaient encore un boulot à terminer.

Assurés par leurs cordes, ils s'étaient remis à l'eau et devaient lutter contre le courant, toujours aussi violent. Ils passèrent ainsi d'un îlot et d'un rocher à l'autre, toujours sous le feu. Physiquement et moralement, c'était très dur : monter et redescendre, un coup avec les Draeger dans l'eau, puis dehors pour lâcher une rafale de MP-5. Ils se rapprochaient des Allemands et donc de la bombe. Mais les Allemands, eux, se rapprochaient pendant ce temps-là de la Gorge du Diable et la bombe avec eux. La distance diminuait et leurs tirs étaient donc mieux ajustés. Au moins, le canon s'était tu, enfin, pour l'instant. *Ils doivent être occupés avec le fusil-mitrailleur.*

Puis Félix sentit son courage l'abandonner en apercevant les Kampfschwimmer perchés sur un tronçon de passerelle près de la Gorge. Ils commençaient à laisser descendre la bombe au bout d'un filin, droit vers le tourbillon. Il ordonna à ses hommes d'essayer de les en empêcher en tirant un feu nourri.

Les armes munies de silencieux commencèrent à cracher leurs rafales, les SEAL vidaient chargeur après chargeur. Les Kampfschwimmer qui se trouvaient sur la passerelle ou à proximité ripostèrent méchamment. Des deux côtés, on commençait à déplorer des pertes.

Félix vit un Kampfschwimmer basculer de la passerelle la tête la première avant de s'arrêter, bloqué par la corde fixée à la rambarde et qui l'assurait. Puis le courant l'entraîna dans la Gorge et il disparut comme une poupée en caoutchouc. Les tirs s'intensifiaient.

Les autres Kampfschwimmer s'activaient toujours avec la bombe. L'homme que Félix supposait être leur chef donna enfin une dernière secousse et jeta la corde en bas, à la suite de l'engin. Celle-ci disparut instantanément. Le cadavre de l'Allemand continuait à tournoyer dans la cuvette, comme pour les narguer.

Les Kampfschwimmer entreprirent alors de se replier en empruntant le même chemin qu'à l'aller.

Le premier-maître s'approcha en rampant :

— On a perdu, lieutenant !

C'était exactement ce que pensait Félix, mais de l'entendre dans la bouche d'un autre lui donna un sursaut d'énergie, une énergie puisée au plus profond de lui-même.

— On n'a pas perdu tant que la bombe n'a pas sauté ! Faut qu'on descende la chercher !

— Qu'on descende en bas, *là* ?

Félix lui fit signe que c'était bien cela. Il jeta un coup

d'œil alentour : ils avaient un tué, atteint par une balle qui lui avait fracassé la nuque alors qu'il était à plat ventre. Il demanda à son infirmier de s'occuper d'un blessé qui avait été sérieusement touché, mais pas mortellement.

Quelque chose dans le ciel attira soudain son attention et il leva les yeux. C'était un drone de reconnaissance, un Global Hawk. Ces appareils dernier cri coûtaient des millions de dollars. Il devina que Da Gama avait dû donner à l'US Air Force l'autorisation de le faire décoller – ce qui laissait supposer que les négociations du commandant Fuller avaient été couronnées de succès.

Le Global Hawk embarquait des capteurs perfectionnés, parmi lesquels une caméra vidéo couleur qui transmettait ses images en temps réel à une station mobile au sol.

Savoir que des gens les observaient, qu'on s'occupait d'eux, donna à Félix un regain d'énergie. Il dit à son adjoint qu'ils allaient descendre tous les deux.

Ils mirent donc en œuvre la technique qu'ils venaient d'utiliser : en plongée, assurés par les cordes de rappel et en s'aidant des cannes télescopiques, puis traversée des îlots sur le ventre, et ainsi de suite. Ils finirent par arriver comme cela à la Gorge du Diable. Sans faire attention au cadavre, ils frappèrent leurs deux dernières cordes sur une traverse isolée de la passerelle. Chaque corde faisait cent mètres de long, tout juste assez pour se laisser descendre jusqu'au fond du tourbillon, s'ils avaient de la chance.

Les Kampfschwimmer comprirent vite ce qu'ils étaient en train de manigancer et commencèrent à leur tirer dessus.

— Je vais rester ici ! cria le premier-maître, je vais m'attacher à une butée de la passerelle pour me planquer ! Je vais les empêcher d'approcher !

— Super, c'est parfait !

Si les Allemands arrivent à reprendre pied sur la

passerelle pendant que je descends, ils vont larguer le bout, je tombe dans le tourbillon et je me tue.

Il fit de grands gestes pour attirer l'attention des deux derniers commandos rescapés qui étaient restés plus loin, le blessé et l'infirmier. Ils lui firent signe qu'ils avaient compris : tirer pour le couvrir.

Félix laissa toutes ses munitions au premier-maître, ainsi que son pistolet-mitrailleur. Là où il allait, il n'en aurait pas besoin.

— Bonne chance, mon vieux !

— Bonne chance, lieutenant !

Félix était désormais livré à lui-même, la gueule du tourbillon s'ouvrait béante devant lui. Les chutes se heurtaient violemment, les vagues s'écrasaient, montaient en flèche en projetant des gerbes d'écume avant de disparaître soudainement. On aurait dit un diable en colère, l'écume à la bouche.

Il se laissa glisser dans l'eau et commença à donner du mou dans la corde. Les tourbillons extrêmement violents tentaient de le plaquer contre la paroi rocheuse, juste au bord de la falaise. La visibilité était nulle, le bruit effroyable, mais avec une qualité insolite. Il arrivait de toutes les directions, comme si le chaudron essayait de l'avaler d'une seule bouchée.

Il perdit une palme en franchissant un premier ressaut. Il serra l'embout entre ses dents de toutes ses forces, l'oxygène pur mélangé au dioxyde de carbone qu'il rejetait avait un goût désagréable. Il n'avait jamais respiré aussi vite, jamais ressenti une panique pareille. Il savait bien que ce qu'il était en train de tenter était de la folie pure. Un mètre cube d'eau, une tonne. Non, il ne pouvait pas s'en tirer.

Et tout d'un coup, il franchit le rebord et commença à penduler. L'eau lui arracha son masque, il eut l'impression de se faire réduire en miettes.

La tension de la corde était énorme, il devait tirer de

toutes ses forces pour réussir à la faire coulisser dans le mousqueton. C'était la première fois, depuis le début de l'opération, qu'il utilisait sa corde et son harnais pour ce qu'ils étaient supposés faire : *descendre*. Cela dit, ce genre d'équipement n'avait jamais été prévu pour servir dans une chute d'eau en furie. Il commençait à s'épuiser.

Mais il se força à continuer. Il gardait les yeux fermés, l'eau giclait sur sa tête et ses épaules, il perdit sa seconde palme. Il parvint à une saillie, se démena pour la traverser, à droite d'abord puis à gauche, afin de s'assurer que la bombe n'était pas restée coincée là.

Il reprit sa descente. Il n'avait aucune idée de la valeur affichée sur la mise à feu chronométrique, il espérait que les deux commandos pourraient bloquer les Kampfschwimmer assez longtemps. Sa corde pouvait lâcher à tout moment, il dégringolerait en chute libre et aurait tout juste le temps de maudire le sort avant de s'écraser sur les rochers. La corde était en principe d'une résistance à toute épreuve – insensible à l'usure et impossible à couper. En ce moment, il ajoutait un dernier test aux essais du fabricant.

Il arriva sur un second ressaut. Celui-là s'était formé sous l'action de l'eau qui avait creusé la falaise. Il était ainsi un peu à l'abri de la chute d'eau. Il l'explora à la recherche de la bombe, pour rien, et s'accorda un court instant de repos. Il avait les membres en feu, il était au bord de l'asphyxie à force de respirer si vite. Son cœur battait à tout rompre.

Il reprit la descente, la corde coulissait mal dans le mousqueton. Il était aveugle, l'eau lui tombait dessus de trois côtés à la fois. Il était à présent dans le gouffre creusé dans la falaise et qui constituait la Gorge du Diable proprement dite. L'eau tombait, remontait, se bousculait elle-même, emportée vers le fond de la cuvette. Les turbulences menaçaient de lui arracher les membres.

Il arriva plus bas, là où l'eau accélérait comme tout

objet en chute libre. Elle lui passait sur le corps à une vitesse vertigineuse. Le vacarme gagnait en intensité, au-dessus comme en dessous, et roulait en écho dans ce passage rétréci.

Il sentait le courant lui lacérer le dos, comme pour lui arracher sa combinaison de plongée. Sa tête résonnait, ses oreilles le faisaient horriblement souffrir. Il savait que les choses ne pouvaient qu'empirer. Descendre dans ce passage, dans ce torrent d'eau, était une chose. Atteindre la cuvette, là où le flot se heurtait au rocher et changeait brutalement de direction pour s'évacuer à l'horizontale, en était une autre, sans doute bien au-delà des capacités de la résistance humaine.

Il fit un effort prodigieux pour essayer de *réfléchir.*

Il lui fallait trouver un endroit pour éviter de recevoir toute cette masse d'eau sur la tête. Un endroit où il aurait un peu plus de fond, si bien que cela ferait comme un matelas qui amortirait la force de la chute. Un endroit entre ces blocs de rochers gros comme des maisons. Il devait bien en exister : pendant des millénaires, l'eau saturée de boue abrasive avait dû finir par creuser quelques trous au pied de la falaise.

Ses yeux le piquaient, comme s'il y avait du sable, alors qu'il les gardait fermés depuis plusieurs minutes. Il entama désespérément sa recherche à tâtons dans l'obscurité. Il priait la providence de l'aider.

Il finit par toucher le fond sur des pierres glissantes. L'eau lui tombait dessus de toutes les directions, elle arrivait par le haut avant de rejaillir, il se trouva pris dans un véritable maelström, le chaos intégral. Chaque inspiration le faisait souffrir, il était sûr qu'il avait des côtes cassées.

Mais il était toujours vivant et il avait une mission à remplir.

Il arriva au bout de sa corde. Il était sous l'eau, dans une cuvette assez profonde, mais toujours aucune trace de la bombe. En se débattant, il essaya de trouver une zone un peu plus calme. Il explora prudemment la face verticale du rocher, à la recherche d'un endroit moins exposé où la bombe aurait pu s'immobiliser. Rien.

Il n'avait pas le choix : il ne lui restait plus qu'à larguer son bout et à laisser l'eau l'emporter.

J'ai suivi à peu près le même trajet que la bombe. J'ai commencé la descente à peu près là où les Allemands l'ont laissée glisser. Ma dernière chance, c'est que l'eau nous ait entraînés à peu près dans la même direction.

Il se surprenait lui-même, de voir que son cerveau fonctionnait encore et qu'il arrivait à aligner deux idées.

Il essaya de se placer dans le courant pieds les premiers, jambes légèrement fléchies. De cette manière, il pourrait essayer de se diriger et espérait amortir les chocs. Il largua le bout et croisa les bras sur sa tête pour la protéger. Il n'avait pas de casque.

La Gorge du Diable méritait bien son nom. Félix se sentit propulsé dans les bouches de l'enfer. Il rebondissait, se faisait traîner, dans un noir complet. Il essayait de rester le plus bas possible, là où l'eau, freinée par le fond, ralentissait. Mais cela augmentait aussi le risque de heurter un tronc d'arbre coulé, un bloc de roche, l'épave d'un bateau qui aurait basculé dans les chutes.

Ses jambes s'écrasèrent violemment sur quelque chose de dur. Le courant l'entraînait, il passa par-dessus l'écueil, toujours sous l'eau. Son pied droit accrocha un obstacle, il rebondit avant de se retrouver brutalement bloqué. Il avait failli se déboîter la hanche. Cette fois, il commença à paniquer.

Il avait perdu sa canne télescopique quelque part dans la bagarre – il n'avait plus rien pour faire levier. Il manqua lâcher son embout. Sans lui, c'était la noyade assurée. Il réussit à ouvrir le robinet de la réserve du Draeger ; la cartouche absorbante ne servait plus à rien.

Immédiatement, l'air devint frais et agréable et l'aida

à reprendre ses esprits. Il était toujours accroché au fond par quelque chose qui lui coinçait le pied gauche. Un truc assez lourd.

Se débattant contre le courant, il essaya de se plier en deux pour attraper son pied. L'effort le faisait grogner, il serrait les mâchoires si fort qu'il eut peur d'écraser son embout ou de se briser les dents. Il ressentait des douleurs abominables dans le ventre et dans la poitrine. Il finit par réussir à se recroqueviller, très lentement, et soudain, il eut la confirmation qu'il avait deviné juste depuis le début : son pied s'était coincé dans une poignée de conteneur. La bombe.

Il empoigna fermement une autre poignée et tira dans tous les sens pour essayer de faire jouer son pied, qui finit par se libérer. Il put alors s'accrocher des deux mains.

Maintenant, le conteneur pouvait lui servir de lest. Une fois de plus, collé contre cet objet hideux, il se demanda de combien de temps il disposait encore avant l'explosion. Par à-coups, usant de ses dernières forces, il commença à déhaler la bombe et à la pousser sur le fond. Lentement mais sûrement, il se rapprochait de la rive. Toujours sous l'eau, il commença à lui faire gravir la pente. A cet endroit, le courant devenait moins fort.

Il leva la tête, il arrivait à distinguer ce qui se passait à la surface, le bord était tout proche et cela lui redonna espoir. Il tira la bombe hors de l'eau sur une petite plage de graviers jonchée de bois d'épaves qui s'arrêtait là où commençait la jungle.

Il était juste en dessous des chutes. La vue était imprenable, sublime, mais Félix était si hébété qu'il s'en rendait à peine compte. Il se courba en deux, mains sur les genoux, respira avidement de l'air, du vrai. Il n'aurait plus besoin désormais du Draeger.

Il leva les yeux vers le ciel et aperçut deux drones qui tournaient au-dessus de sa tête. Le premier était toujours le même Global Hawk, qui manœuvrait lentement, descendait, virait, comme si son contrôleur essayait de faire comprendre quelque chose à Félix. Le second était d'un modèle plus ancien, un Predator. Félix supposa qu'il était brésilien, on les utilisait souvent en tandem.

Pourtant, le Predator semblait rôder autour du Global Hawk et il comprit qu'il était hostile.

Les conjurés ont dû s'en procurer un exemplaire et l'acheminer en Argentine – ils l'ont peut-être démonté et transporté en pièces détachées, avant le déclenchement des hostilités.

Deux missiles étaient accrochés sous la voilure du Predator. Félix sentit la panique l'envahir à nouveau, peut-être le Predator allait-il l'abattre avant qu'il ait eu le temps de désamorcer la bombe.

Pourtant, il s'agissait d'engins longs et de faible diamètre, des missiles air-air par conséquent. Félix essaya de donner l'alerte en faisant de grands gestes, mais le Predator tira son premier puis son second missile. Le premier frappa le Global Hawk de plein fouet et explosa en une grosse boule orangée. Des débris et du carburant en feu descendirent en pluie fine. Le second fonça droit à travers le nuage de fumée et se perdit dans le lointain, laissant derrière lui une longue traînée de fumée jaune sombre.

Félix s'accroupit pour éviter les débris qui tombaient. Du carburant enflammé tomba sur l'eau, mais les flammes s'éteignirent rapidement.

Le Predator se rapprocha alors de lui. Une silhouette en combinaison de plongée noire surgit, Félix crut d'abord que c'était son premier-maître.

Il a sans doute réussi à descendre dans la cuvette, comme moi.

Mais l'homme ne portait pas de drapeau américain sur les manches et soudain, Félix le reconnut. Ils s'étaient déjà rencontrés, sur les Rochers Saint-Pierre et Saint-Paul. Cette fois-là, ils portaient tous les deux des combinaisons de protection. C'était le chef des Kampfschwimmer.

Ou il a réussi à me suivre jusqu'au tourbillon, ou bien leur canon a fait taire mon fusil-mitrailleur – et il n'a pas eu de mal à descendre jusqu'ici, avec des cordes et en utilisant ce qui reste des escaliers le long de la pente. Mais dans les deux cas, il a perdu son MP-5.

Pourtant, l'Allemand avait encore son poignard de combat. Félix essaya de se saisir du sien. Il n'était plus là, perdu quelque part dans les chutes. Il chercha alors désespérément son couteau de survie : même chose, sans doute arraché par les turbulences. Son poignard de plongée en titane était son dernier espoir et il sentit avec gratitude la poignée dans sa main.

L'Allemand l'avait bien entendu reconnu, lui aussi, et se préparait au combat final. *On allait jouer la revanche.*

Il avait tous les atouts en main. Félix était encombré par son Draeger – hors de l'eau, il pesait dix-huit kilos. Il était épuisé, il se trouvait même au-delà de l'épuisement et il n'existait pas de mot connu pour le dire. Mais Félix aurait préféré être damné plutôt que de perdre ce dernier combat.

Il s'accroupit pour se faire un bouclier du Draeger et forcer ainsi l'Allemand à faire le premier pas. De vieux souvenirs remontaient à la surface : une bataille au couteau vingt ans auparavant. Il passa le doigt sur la longue balafre qui lui traversait la joue, la caressa lentement, longuement pour titiller l'Allemand, le provoquer.

Son adversaire était plus grand que lui, Félix resta donc accroupi. Il portait un gilet pare-balles, Félix décida de viser bas. Quand il bondit sur lui, il esquiva, mais le couteau l'atteignit à la clavicule. Il sentit une douleur aiguë, qui provoqua chez lui un sursaut d'énergie. Immédiatement, il plongea son couteau dans le ventre de son adversaire, tira en remontant, le fit tourner de sa main droite. Son bras gauche était déjà couvert de sang, il essaya de s'en protéger, l'Allemand lui portait un nouveau coup.

Félix le poussa violemment en arrière et s'écroula lourdement sur lui, Draeger et le reste compris. Il faillit hurler, ses côtes cassées. Leurs visages se touchaient presque, il sentait son haleine, la chaleur de son corps. Le Kampfschwimmer ouvrit la bouche, poussa un cri muet, Félix voyait sa gorge béante devant lui. Il plongea son poignard dans le corps de son adversaire, fouilla pour trouver le foie et les gros vaisseaux cardiaques.

Le sang jaillit en bouillonnant de la bouche de l'Allemand. Félix en fut presque aveuglé, mais cette fois, il était mort et bien mort. Le temps de le regarder une dernière fois, il avait l'œil vitreux et fixe.

Il lava rapidement le sang qui lui souillait le visage avec l'eau du fleuve. Son bras gauche était pratiquement inerte, mais il n'avait apparemment pas d'hémorragie, le pansement pourrait attendre.

D'une seule main, il entreprit de défaire les crochets qui fermaient le conteneur puis ouvrit le couvercle. Depuis le début des opérations, Félix, comme tous les nageurs de combat, avait suivi une formation élémentaire sur les armes nucléaires, mais ce n'était pas un expert. Il reconnut la source neutronique, la sphère qui contenait le matériau fissile, entourée par l'imploseur. Puis les piles, le boîtier d'armement et enfin, l'écran du système chronométrique. Les chiffres se brouillaient devant ses yeux, il finit par réussir à lire : il lui restait moins de cinq minutes.

Il subissait maintenant le contrecoup de tout ce qu'il venait d'endurer, il n'arrivait pas à y voir clair. *J'ai dû subir une commotion cérébrale, dans les chutes.*

Il avait l'impression de voir des centaines de fils minuscules qui partaient du boîtier de mise à feu pour connecter l'imploseur.

Il ignorait totalement si cet engin était piégé ou non. Visiblement, il n'aurait pas le temps d'arracher tous les fils qui arrivaient à l'imploseur – dont certains, qui passaient sous la source neutronique, étaient inaccessibles. Son cerveau embrumé lui disait pourtant que, même s'il restait quelques fils intacts lorsque le signal de mise à feu se déclencherait, la bombe ferait long feu. Elle risquait pourtant de dégager une certaine énergie, ou d'exploser suffisamment fort pour disperser dans le fleuve cinq kilos de plutonium cancérigène, en amont de Puerto Iguaçú et de quelques autres villes.

Il fit donc la seule chose qu'il pouvait encore exécuter. S'aidant de ses deux mains, il rassembla tous les câbles qui sortaient du bloc d'alimentation, tira dessus avec tout ce qu'il lui restait de forces. Avec sa cage thoracique fracturée, chaque inspiration était un supplice. Mais les câbles ne bougeaient pas.

Il fouilla dans la boue mêlée de sang pour chercher son poignard de plongée, justement conçu pour des travaux de ce genre. Le décompte courait toujours. Il commença à scier les câbles. Plus que quelques secondes. Il réussit à couper deux câbles d'un seul coup, déclenchant une gerbe d'étincelles en touchant le pôle plus. Une violente décharge électrique lui secoua le bras. Et l'écran devint noir, il attendit ce qui lui parut une éternité.

Rien.

Il leva les yeux. Dans le ciel, le Predator était toujours là et Félix comprit qu'il avait dû commettre une erreur d'orientation. Il se tourna vers le fleuve, il coulait de droite à gauche : il était en territoire *argentin*.

Jurant et pestant, il referma le couvercle du conteneur, l'attrapa et presque instinctivement, empoigna aussi le cadavre de l'Allemand. Il remit son embout et commença à reculer péniblement vers l'eau.

Il était temps : des soldats ennemis, allemands ou argentins, commençaient à lui tirer dessus.

Il se fraya comme il put un chemin dans le lit du fleuve, dans cette eau boueuse, zigzaguant au gré du courant. Comme il l'avait déjà fait, il se servait de la bombe comme d'une ancre et avançait dans l'obscurité. Mais cette fois-ci, il devait traîner en plus le corps de l'Allemand, et il avait une sale blessure à l'épaule. Le cadavre – qui constituait pour lui un trophée et pouvait intéresser les services de renseignements – avait tendance à remonter à la surface, ce qui risquait de trahir sa position et de lui attirer un obus de mortier ou une grenade.

La suite ne fut pas très jolie. Il enfonça le coude dans le plexus solaire du cadavre – sous le sternum et le gilet pare-balles mais au-dessus du trou béant qu'il avait dans les intestins puis, s'inspirant des manœuvres de réanimation, remplit d'eau ses poumons. Cette fois-ci, le corps ainsi alourdi resta sagement sous la surface.

Il avait un autre problème : avec le sang qui continuait à couler de sa blessure et celui du mort, Félix savait qu'il devait gagner une autre course contre la montre, et qui le concernait directement. Il y avait des piranhas dans cette partie du fleuve. En temps normal, ce sont des animaux assez paisibles, mais l'odeur du sang risquait de les attirer en masse et de leur réveiller l'appétit.

Il essaya de gagner la rive opposée, toujours sous l'eau, aussi vite que possible. Il avançait sans rien voir, il souffrait terriblement et craignait le moment où l'une de ses côtes brisées lui percerait un poumon. Alors qu'il n'avait encore guère avancé, il entendit des rafales au-dessus de l'eau. Il avait l'impression qu'elles venaient de plus haut. Les Brésiliens, armés de mitrailleuses lourdes, arrivaient et tenaient les Argentins en respect. L'eau changeait progressivement de couleur, avec des traînées vert clair. Il comprit que les Brésiliens répandaient un répulsif contre les piranhas.

Il arriva en titubant sur la rive et tomba dans les bras

de soldats qui lui firent un accueil chaleureux. Ils le déchargèrent de la bombe et du cadavre, les mitrailleuses tiraient toujours de longues rafales entrecoupées de balles traçantes.

Il avait l'impression que tout lui échappait des mains, il s'évanouit. Les infirmiers entreprirent de le déshabiller et l'allongèrent sur une civière avant de l'emmener à l'abri. On lui posa quelques pansements de première urgence et une aiguille se planta dans son bras. Ils vérifièrent rapidement les réflexes oculaires avec une lampe torche. Apparemment, ce n'était pas trop grave. Les mitrailleuses étaient maintenant assez loin, il entendit un autre bruit, celui d'hélicoptères amis. Le drone avait disparu.

Il essaya d'articuler quelques mots, mais un infirmier lui conseilla de rester tranquille, tout en le félicitant pour ce qu'il venait d'accomplir. Il mourait d'envie de demander des nouvelles de ses hommes, de *son équipe*. Il essaya de s'asseoir, mais les muscles tiraient sur ses côtes. Quelqu'un l'obligea doucement à rester allongé. Il sentit une petite piqûre au bras. Et Félix sombra dans un sommeil auquel nul ne peut résister, celui de la morphine.

CHAPITRE 36

Jeffrey aperçut à la surface de la mer, à la verticale de son hélicoptère, un engin à coussin d'air de la marine brésilienne. Mais, au lieu de naviguer à quarante nœuds au milieu de gerbes d'embruns, il se déplaçait à peine. De la fumée noire sortait de l'échappement. Jeffrey savait qu'il simulait une avarie.

L'hélico se rapprocha de l'engin, puis laissa descendre, au bout d'un filin, Jeffrey et un mécanicien de la marine brésilienne. Suivirent, par le même chemin, les équipements de plongée et quelques objets divers.

Jeffrey gagna le local barre insonorisé. Le mécanicien embarqué avec lui avait le mérite de parler à peu près convenablement anglais et possédait toutes les habilitations nécessaires.

Le premier-maître qui commandait cet engin était visiblement tout content de les voir. Jeffrey se rappela la bombe et son tic-tac.

Mais non, l'officier marinier avait l'air tout heureux, ravi même. Ni furieux ni effrayé. Il discutait en portugais avec le mécanicien, qui traduisait tant bien que mal pour Jeffrey. Ils avaient appris par radio que Félix Estabo avait réussi à désactiver la bombe et à la récupérer. Il était blessé mais sain et sauf et on l'avait transporté à l'hôpital.

Jeffrey était très fier de Félix. Au fur et à mesure que les nouvelles arrivaient, il se sentait envahi par un sentiment d'allégresse et de soulagement qui lui donnait le vertige, mais essayait de se reconcentrer. Il savait qu'il restait quelques graves problèmes à résoudre.

Le mécanicien et lui enfilèrent leur équipement de plongée. Ils sautèrent à l'eau et disparurent sous le navire à coussin d'air, officiellement pour effectuer quelques réparations.

Jeffrey commença à descendre, car, sous ses palmes, se trouvait le massif du *Challenger.* Deux plongeurs, équipés comme lui, l'attendaient. Comme le navire à coussin d'air était toujours à la verticale, les bulles qui s'échappaient des détendeurs ne risquaient pas de crever à la surface.

Jeffrey permuta avec un marin du *Challenger.* C'était un engagé, l'un des plongeurs de bord certifiés et le patron avait jeté son dévolu sur lui car il avait à peu près la même taille et le même gabarit que son commandant. Jeffrey savait bien qu'il serait fort marri de devoir rester là pendant que son sous-marin partait au combat, mais la sécurité l'exigeait : on était en plein jour, deux hommes s'étaient mis à l'eau, deux hommes devaient remonter. Afin de le consoler, Jeffrey lui donna une tape sur l'épaule et lui serra la main. Puis il leva les deux pouces en signe de dernier encouragement. Si tout se passait bien, ils se retrouveraient bientôt à New London.

Le plongeur de bord entama sa remontée et émergea près du navire de surface, tandis que Jeffrey descendait rejoindre le second plongeur du *Challenger.* Ils refermèrent les volets du massif derrière eux, puis le panneau supérieur. On purgea le sas de la passerelle, Jeffrey ouvrit le panneau inférieur et se retrouva à son bord.

Bell l'attendait sous le panneau, un large sourire aux lèvres et l'accueillit chaleureusement.

— On était assez haut, commandant, on a eu un message sur l'antenne VLF de coque nous disant de sortir le fil. Le message venait des Brésiliens, ils nous ont raconté l'histoire d'Estabo et de sa bombe.

— C'est vrai, lui répondit Jeffrey, c'est vraiment une très bonne nouvelle et ça va sérieusement nous simplifier la vie. Bon, on repart au sud et on cherche le *von Scheer.*

Ils se dirigèrent ensemble vers le PCNO où le lieutenant de vaisseau Torelli, alias Weps, était de suppléance.

Jeffrey était tout ému de voir à quel point tous semblaient ravis de son retour. Il gagna sa chambre, ôta sa combinaison et prit une bonne douche. Il décida même de s'accorder une petite récompense en se prélassant sous l'eau brûlante. Cela l'aida à se détendre, il commençait à se sentir nettement mieux. Maintenant qu'il était seul dans cette douche en acier inox aussi grande qu'une cabine téléphonique, tout s'effaçait, il se sentait heureux, au bord de l'extase.

Ma petite excursion s'est conclue par un succès éclatant ! J'ai vu le président d'un pays étranger, je lui ai arraché son soutien et celui de ses armées, j'ai fait déployer un commando sous mes ordres, j'ai évité à tout un continent de connaître un conflit nucléaire… Après ça, venez me parler d'opérations combinées et de la projection de forces et du rôle de la marine dans les opérations à terre !

Mais il finit tout de même par redescendre sur terre et par se calmer. Il se sécha, se rasa, se peigna et enfila une tenue propre. Puis il vérifia le tout dans la glace.

Eh bien, mon cher Ernst, qui mène la partie maintenant ?

J'ai beaucoup de respect pour toi, mais je vais quand même te tuer.

Il regagna le PCNO où l'ambiance était toujours à la fête. Bell semblait particulièrement excité, parce qu'il avait exercé le commandement, fût-ce une demi-journée, et parce que la perspective de se battre contre le *von Scheer* le remplissait d'enthousiasme.

Jeffrey laissa la suppléance à Torelli puis, après s'être gratté la gorge et en essayant de rester aussi détendu que possible :

— On va laisser encore quelques minutes aux gars là-haut, commença-t-il en leur montrant le plafond – il voulait parler du navire à coussin d'air et de ses travaux bidon. Sonar, mettez le haut-parleur, je vous prie.

— Bien, commandant, répondit Milgrom.

— Apportez-moi une carte avec tout ce qu'il y a d'ici jusqu'à deux cents nautiques au sud de Mar del Plata. Et qui montre au moins cinq cents nautiques au large.

— J'arrive, répondit Sessions.

On entendait dans le haut-parleur des coups de marteau et des bruits métalliques. Puis un son plus étouffé, le battement d'un rotor. L'hélicoptère venait reprendre les deux hommes de « l'équipe de réparation ».

Le bourdonnement de l'hélico devint plus aigu, avant de s'estomper, les écouteurs et la DLT le suivirent un moment. Sur la table traçante, le symbole s'éloigna.

— Coupez le haut-parleur.

Le navire à coussin d'air allait faire assez de bruit comme ça en repartant, qu'ils pourraient l'entendre à travers la coque. Les moteurs diesels commencèrent à tousser et à gronder en montant en régime. Torelli donna les ordres nécessaires à la barre, Meltzer appela la machine pour régler la vitesse afin de rester sous leur bâtiment d'accompagnement. Le patron et lui avaient de quoi s'occuper, ils montèrent progressivement à quarante nœuds. Ils naviguaient sur le rebord du plateau continental, la moindre erreur de barre pouvait entraîner une collision avec l'engin en surface ou avec le fond, parsemé à cet endroit d'épaves récentes comme plus anciennes.

De retrouver ainsi les responsabilités et les dangers aida Jeffrey à se calmer. *Il est temps de revenir à mon vrai métier.* Et il changea de sujet, place à la guerre sous-marine.

CHAPITRE 37

Rudiger von Loringhoven était de retour à bord et cela n'enchantait guère Ernst Beck. Mais c'était prévu ainsi.

Déclencher un conflit nucléaire ne lui faisait ni chaud ni froid, mais il n'a même pas eu le courage de rester sur place après l'échec de son opération.

Le retour du baron s'était passé sans problème. Tandis que leurs amis argentins expédiaient l'hydroglisseur au diable pour faire diversion, von Loringhoven avait pris place à bord d'un vieil appareil de transport vers une autre direction. Largué en parachute à faible altitude, le baron avait amerri et le mini-sous-marin du *von Scheer* était venu le récupérer.

Une douche et des vêtements propres n'avaient pas réussi à calmer von Loringhoven, qui fulminait toujours autant qu'à son arrivée. Les nageurs de combat de la marine américaine avaient déjoué le complot imaginé pour faire exploser la bombe qu'on lui avait dérobée. Un Predator, fourni par l'Allemagne, avait observé toute l'affaire et von Loringhoven, hébergé par des amis argentins dans un ranch, avait pu assister en direct à l'opération.

Le PC trans appelait Beck par interphone. Un message ELF venait de tomber, grâce à l'aide généreuse d'une station d'émission mise à disposition par le Kremlin.

Beck écouta avant de raccrocher. Il se tourna vers Karl Stissinger qui était assis près de lui au central.

— On nous ordonne de venir à l'immersion d'écoute et de sortir l'antenne flottante. Pas d'émission.

— De nouveaux développements ? lui demanda Stissinger.

Apparemment, cette perspective ne l'enchantait guère. Le baron faisait les cent pas, fou de rage. Beck, quant à lui, était forcé d'admettre que l'échec de cette sale opération ne lui déplaisait qu'à moitié.

Il donna l'ordre de remonter et de sortir l'antenne filaire – s'ils restaient trop bas, l'antenne était inopérante sous la surface.

Le PC trans lui lut alors un nouveau message, plus long celui-là. Beck écouta avant de raccrocher. Ce qu'il venait d'entendre le laissait consterné. La situation générale était désespérément imprévisible. *Quand on fait de beaux plans bien propres, personne ne peut prévoir comment ceux qui les ont pensés réagiront une fois que les choses se seront un peu moins bien passées sur le terrain.*

— Berlin me dit que, en attendant d'y voir plus clair sur ce qui se passe en Argentine, la livraison des têtes est suspendue.

— Suspendue, pas annulée ? lui demanda von Loringhoven.

— Nous devons rester en dehors de la zone économique exclusive.

La ZEE est la limite extrême de ce que reconnaît le droit maritime international en matière de juridiction en mer. La limite des deux cents milles se trouvait coïncider avec la zone décrétée zone d'exclusion pour les navires de guerre par l'Argentine.

— Le Brésil vient d'annoncer que les SEAL qui viennent de désarmer la bombe ont été débarqués par le *Challenger*, et que le capitaine de frégate Fuller a joué à terre un rôle déterminant dans la planification de cette opération.

Von Loringhoven en cracha presque de dégoût, et Beck, après avoir hésité, conclut :

— Nous avons ordre de rester en état d'alerte pour mettre éventuellement en œuvre les plans modifiés.

Ce nouveau retard accroît la probabilité de nous faire repérer par le Challenger *– il tient visiblement à ce que je sache qu'il est là.*

Cela retarde aussi mon transit vers l'Afrique et réduit mes chances de détruire le convoi avant son arrivée. Cette bataille-là, elle au moins, est conforme à la doctrine officielle de l'Axe, qui veut que nous réservions les tirs nucléaires aux opérations en mer.

Et pis que tout, ce message laisse entrevoir des développements fâcheux, juste au moment où je pensais que nos projets au Brésil avaient perdu leur raison d'être.

— Par conséquent, remarqua von Loringhoven, nous pouvons encore recevoir l'ordre de livrer les têtes ? Bien, très bien.

Beck prit très mal cette réaction, à laquelle il s'attendait pourtant.

— Monsieur le baron, c'est une chose de nous poser ouvertement en défenseurs des opprimés, une fois que les Etats-Unis et le Brésil ont commis une agression flagrante. Mais *nous*, être déclarés coupables d'une agression préméditée, et *malgré cela*, fournir la bombe à ces fanatiques ?... Ce serait renier les principes les plus fondamentaux de notre nouveau régime : résister à la tyrannie de l'Amérique, seule superpuissance, pour restaurer l'ordre social en Europe et en même temps, sauver d'innombrables vies humaines en Afrique, du sida, de la faim, des guerres tribales. Ce serait monter un cran plus haut et la guerre ne connaîtra alors plus de limites.

Von Loringhoven le regardait d'un œil glacé.

— Ce sont les *vainqueurs* qui écrivent l'histoire et qui façonnent l'opinion publique à leur convenance. L'idéologie est faite pour servir les ambitions d'un empire et non le contraire. Un succès majeur dans cette région aurait conduit rapidement et inéluctablement à un armistice, si bien que toute escalade serait devenue inutile. Ce sont des raisonnements subtils de ce genre qui nous ont permis de progresser, depuis le début. Quant à la suite, attendons de voir… Vous dites que le message parle de plans modifiés ?

— Oui…

— Cessez de biaiser.

— Nous pourrions recevoir l'ordre de débarquer les têtes dès que nos partisans seront prêts à lancer l'offensive, avant que le gouvernement élu ne mette en échec un coup d'Etat.

Beck savait qu'il ne devait pas avoir l'air très à son aise.

— De cette façon, nous disposerions d'une fenêtre pour regagner le terrain perdu et atteindre nos objectifs de départ. Poursuivez.

— Je suis obligé de lire entre les lignes car le message reste assez vague. Mais j'ai une grande expérience de la manière dont il faut interpréter les mots quand je lis telle ou telle chose dans un document de la marine.

Et je suis peut-être en train de projeter mes propres craintes dans l'esprit de ceux qui décident à Berlin… et dont certains, j'en ai peur, sont bien pires que le baron.

— Je vous l'ai déjà dit, cessez de biaiser.

Beck s'avança vers von Loringhoven et s'arrêta devant lui, à le toucher, au beau milieu du central. Cette arrogance était décidément insupportable.

— Vous voulez vraiment savoir ce que je pense, ce que je devine, ce que je conjecture ? Je crois que le haut commandement est partagé entre plusieurs factions. Je crois que certains hommes d'influence, là-bas, ne sont pas prêts à admettre si vite notre défaite en Argentine. Je crois qu'ils pourraient même nous donner l'ordre de gagner l'estuaire du Rio de la Plata afin d'aller donner un coup de main à tous ces comploteurs qui se trouvent en fort mauvaise posture, pour mettre tout le monde devant le fait accompli. Nous les laissons hors du coup, nous essayons de faire croire qu'il s'agit de l'un de leurs sous-marins, et le *von Scheer* tire ses missiles de croisière à tête nucléaire sur le Brésil. Il pourrait y avoir cinquante millions de morts avant ce soir.

Beck vit Stissinger blêmir, lui-même avait les boyaux tordus. Autour de lui, la plupart de ses hommes avaient l'air horrifié, c'était la première fois. Le discours de Beck, la description sans fioritures de ce qu'ils allaient peut-être faire de leurs propres mains leur avaient ôté définitivement toute chance de retrouver un jour la paix.

Beck se tourna une dernière fois vers von Loringhoven et, pointant son index sur sa poitrine :

— *Cette idée* vous remplit-elle de bonheur, monsieur le baron ? Eh bien moi, elle me dégoûte !

Jeffrey et Bell étaient seuls au carré et discutaient des dernières nouvelles, ou du moins du peu qu'ils en savaient. Ce manque d'information était frustrant. Depuis que Da Gama – à la demande pressante de Jeffrey – avait accepté de publier un communiqué triomphateur si Félix réussissait, accusations et répliques devaient voler bas entre le Brésil et l'Argentine, ainsi qu'entre Argentins. Bell supposait – Jeffrey pensait qu'il n'avait pas tort – que le monde entier avait les yeux rivés sur le continent, partagé entre stupeur et horreur. Dans de nombreux pays neutres, l'opinion publique et les réactions des décideurs pouvaient basculer dans un sens ou dans l'autre à très court terme.

Quant à ce qui se passait à Berlin, mystère. Et c'était en partie la faute de Jeffrey, qui voulait à tout prix pousser Beck à bout.

Dans son for intérieur, Jeffrey espérait qu'il finirait très bientôt par couler le *von Scheer. Et tout cela résulte de ce que j'ai osé faire à Rio. Je suis passé par-dessus la tête de seize amiraux, chefs d'état-major ou sous-secrétaires d'Etat. On risque de se ramasser un sérieux retour de flamme si les Allemands arrivent malgré tout à débarquer leurs bombes. Dans ce cas, compte tenu des us et coutumes de la marine, tout va me retomber dessus… et je peux dire adieu à une carrière qui s'annonçait prometteuse. La sanction sera immédiate et sans appel… Je risque même de passer en conseil de guerre, à supposer qu'il reste encore assez de civilisation pour s'occuper de choses de ce genre.*

Il se sentait de plus en plus coupable. S'il avait coulé le *von Scheer* près des îlots comme il était supposé le faire, rien de tout cela ne serait jamais arrivé. En ce moment, il aurait dû s'occuper de protéger le convoi et la marine impériale allemande aurait un sous-marin moderne de moins. *Ça aussi, ça peut très bien m'attirer un passage en conseil de guerre si nous nous sortons de cette crise, si le Capitole trouve que tout ça sent mauvais. La marine aura alors besoin de désigner un coupable – moi. Le convoi subit de plus en plus de pertes, toujours à cause de moi, parce que je suis au large de l'Argentine alors que je devrais être au large de l'Afrique. Et si je ne suis pas au large de l'Afrique, c'est parce que je n'ai pas coulé Beck.*

A voir son silence gêné, aux sentiments mêlés qu'on lisait sur sa figure, Bell était assez embarrassé. Jeffrey s'excusa et revint au sujet qui les occupait.

— Comprenez-vous ce que j'essaye de faire ?

— Oui, je…

— Souvenez-vous de ce qu'écrivait l'amiral Mahan, il y a une centaine d'années : « La maîtrise des mers a pour but de modifier le cours des événements sur terre ».

Bell hocha pensivement la tête. L'œuvre de l'amiral Mahan faisait partie des classiques, c'était un monument, encore qu'on l'ait parfois mal interprétée. A la fin de sa vie, il avait enseigné à l'Ecole de guerre navale, essayant de tirer les leçons de siècles d'histoire maritime.

— Eh bien, reprit Jeffrey, je renverse la proposition : « Essayer de tirer parti de ce qui se passe sur terre pour détourner le cours de ce qui se passe en mer ».

— Que voulez-vous dire, commandant ?

— Je mets ce pauvre vieux Mahan cul par-dessus tête… En semant la confusion en Argentine, nous avons réussi à coincer près de Mar del Plata notre adversaire en mer, le *von Scheer*, grâce à quoi nous diminuons la menace qu'il représente pour nous.

Bell commençait à saisir.

— Et donc, en ôtant au *von Scheer* toute raison de rester ici, quand vous avez fait éclater au grand jour sa petite comédie, la bombe volée et tout le reste, quand vous avez permis de démasquer les fascistes argentins qui vont finir en prison ou devant le peloton d'exécution, vous avez supprimé tout ce qui pouvait justifier la présence de Beck dans ces eaux.

— On va l'obliger à gagner l'Afrique, et il faudra qu'il se dépêche.

Bell hésitait encore.

— Vous ne croyez pas qu'il pourrait plutôt s'occuper des Malouines ? Leur balancer une tête nucléaire pendant qu'il est dans le coin ? Il y a une base navale anglaise là-bas, Berlin pourrait juger que c'est un objectif digne d'intérêt.

Jeffrey hocha négativement la tête.

— Ce serait trop grave, et trop éloigné de sa mission de base. Il faut qu'il rallie l'Afrique pendant que le convoi est en mer et donc vulnérable.

— J'aimerais bien savoir ce qu'ils fabriquent.

— Et moi donc, mon vieux, vous pouvez me croire !

Bell réfléchit un instant.

— Parfait, commandant, vous inversez donc la proposition de Mahan, enfin, si tout se passe bien.

— *Si* tout se passe bien, oui. Pour le moment, les événements nous dépassent. J'ai l'impression d'être pris dans un gigantesque raz de marée. Vous savez, lorsqu'une vague heurte la côte ? Avec des lames de fond qui vous emportent et vous noient ?

— Je sais. La marée monte et descend, un raz de marée peut en faire autant… Mais, *si tout se passe bien*, si la paix est préservée en Amérique du Sud, si le *von Scheer* gagne l'Afrique, comment allons-nous faire pour le trouver à temps et l'empêcher d'attaquer le convoi ? Et puis, je vois un autre raz de marée, mais de l'autre côté de l'Atlantique Sud, commandant. Nous nous sommes démenés comme des malades jusqu'à présent. Depuis l'affaire des îlots, nous n'avons pas détecté Beck une seule fois… Comment faire pour que cela ne recommence pas, lorsque nous repartirons vers l'est ?

— Je n'ai pas encore trouvé de solution.

— Et si Berlin perd les pédales, s'ils donnent l'ordre au *von Scheer* de bombarder le Brésil ? Ils ont une idée fixe, ils sont politiquement dans une très mauvaise passe, et ils pourraient aller jusqu'à ces extrémités pour sauver leur pouvoir. Votre doctrine Mahan inversée, eux aussi vont se la prendre dans les dents.

— Je sais, vous dites tout haut ce que je crains plus que tout.

— Et alors ?

— S'ils acceptent de jouer au poker avec moi et qu'ils doublent la mise, si Beck appuie sur le bouton, alors, que Dieu nous aide. *Je n'ai plus le choix et je ne peux pas me contenter de demi-mesures. Il fallait que je pèse tous les risques un par un si je voulais obliger Beck à partir d'ici. Il fallait aussi que je le fasse paniquer.*

— Aide-toi, le Ciel t'aidera.

— C'est pour ça que nous faisons route vers l'Argentine.

— Chaque minute compte, nous sommes encore à des centaines de nautiques de sa position probable, commandant. Inutile d'espérer le renfort de nos SNA avant des heures ou même des jours.

— Ouais.

— Dans ces conditions, comment fait-on pour trouver Beck et le coincer ? Il faut jouer le pire scénario imaginable, commandant. Il faut le jouer. S'il doit recevoir l'ordre de tirer sur le Brésil, ce sera très bientôt. Quant aux Brésiliens, ils devraient se montrer coopératifs : ils n'ont pas de défense aérienne digne de ce nom, rien pour détecter ni descendre des missiles de croisière supersoniques. Alors, comment faire pour bloquer Beck ?

— Honnêtement, mon vieux, j'aimerais bien le savoir.

Ernst Beck, seul dans sa chambre, attendait un nouveau message de Berlin et broyait du noir.

Dans son esprit, le plan initial tenait plutôt bien la route. Il avait lu dans ses ordres initiaux qu'il n'était pas question de fournir aux Argentins plus de quelques bombes. Utiliser de telles armes supposait que l'on disposait des codes d'armement, des codes complexes et spécifiques à chaque tête. L'Axe ne les fournirait en outre qu'au compte-gouttes. Le but était de créer chez les Américains un traumatisme tel qu'ils ouvriraient des pourparlers de paix, le but n'était pas de déclencher la troisième guerre mondiale en procédant à une frappe tactique limitée à terre. Et on ne pourrait pas en rejeter la faute sur l'Axe, le monde entier jugerait que c'était celle des Américains. Les citoyens américains eux-mêmes ne croiraient peut-être pas aux protestations d'innocence de leur gouvernement. Créer un tel gouffre dans sa *crédibilité* avait toujours été un objectif majeur de l'Axe.

Mais désormais, depuis qu'il savait que ce montage

avait échoué, l'hypocrisie sans nom qui sous-tendait ce raisonnement tourmentait Beck. Il voyait enfin la vérité toute nue, mais trop tard. Depuis le début, il s'était comporté en acteur consentant de cette mascarade. Appareiller avec des Kampfschwimmer à son bord pour les larguer ici ou là, pour leur faire faire ceci ou cela, voilà qui était assez amusant. Provoquer une révolution dans une république bananière, un petit plaisir si on avait une légère tendance au voyeurisme. Regarder des gens s'entre-massacrer de leur propre chef et dans l'enthousiasme général ? Un vrai moment de bonheur, bref, certes, mais assez cynique. Beck commençait à mieux comprendre von Loringhoven. Et il se rendait compte que von Loringhoven avait déteint sur lui.

Pour l'instant, il attendait un message de Berlin. Allait-on lui ordonner de livrer les bombes ? De tirer ses missiles ?

Il savait que, s'il devait se faire passer pour un sous-marin argentin et tirer sur le Brésil, sens de la discipline aidant, il obéirait. Si un pauvre officier de marine avait assez d'imagination pour concevoir cette idée, il y avait sûrement dans le haut commandement des gens qui en avaient déjà fait autant.

C'est ainsi que, peu à peu, on levait la barre, on exigeait davantage de lui et le respect des impératifs moraux en diminuait d'autant. A chaque fois, il découvrait avec une horreur grandissante ce qu'on lui ordonnait de faire – avant de s'exécuter.

L'horreur de la situation lui apparaissait maintenant dans toute son étendue. Il ne pouvait plus essayer de se dissimuler qu'il était complice, qu'il jouait double jeu.

Aller déposer en catimini une bombe volée aux Américains en faisant un mensonge éhonté, puis en livrer d'autres aux Argentins pour leur permettre d'attaquer le Brésil, bon, passe encore. Mais tirer moi-même sur le Brésil, puis-je encore l'admettre ?

Il secoua la tête. Comment avait-il pu se montrer aussi naïf, se convaincre qu'il respectait rigoureusement les règles éthiques ? Attendre, encore attendre qu'un planton frappe à sa porte ou que le voyant de l'Interphone se mette à clignoter, avec des nouvelles du quartier général.

Il se sentait sombrer.

Si Dieu existe vraiment, et s'il tient sincèrement compte de la foi que je mets en Lui, pourquoi a-t-il permis que je sois placé dans cette situation ? Ce n'est sûrement pas pour éprouver ma foi, ce serait une absurdité, théologiquement parlant. Ce n'est pas non plus pour éprouver mon comportement moral, puisque la lâcheté, la trahison, la mutinerie ou le suicide, qui sont mes seules issues, sont aussi moralement condamnables.

Pour un homme de guerre, tuer au combat n'est pas immoral…

L'enfer n'est qu'une invention, un conte pour enfants. Je suis un adulte, un homme qui se bat pour son pays, comme tant d'Allemands l'ont fait de génération en génération. Jamais ils ne se posaient de questions sur leur devoir ni sur leur destin… et je ne le ferai pas non plus. Ils essayaient simplement de faire leur devoir et de regarder leur destin en face, avec confiance, sans ciller… Et c'est ce que je ferai moi aussi.

Il ouvrit son portable, le mit en marche et afficha la carte du Brésil. Afin de s'occuper intelligemment, il commença à sélectionner quelques objectifs dignes d'intérêt, au cas où il recevrait l'ordre de tir. Mais il se lassa vite de ce petit jeu. Il passa alors à la carte de l'Atlantique Sud et se mit à réfléchir à ce qui pourrait se passer avec le *Challenger*.

Jeffrey laissa le navire brésilien poursuivre son chemin pour faire diversion, tandis que le *Challenger* virait et s'éloignait du plateau continental. Il continua ensuite en eaux plus profondes, cap au sud, à la vitesse maximale silencieuse. Il se trouvait alors au large du Brésil méridional. A Buenos Aires et à Rio, il était trois heures du matin. Jeffrey savait que c'était une heure bien tardive, même pour des cadres urbains qui, dans ces pays, étaient encore debout bien après minuit tous les jours que Dieu faisait.

Il était installé au carré avec Bell, ils travaillaient à la planification des opérations contre le *von Scheer*. Des cartes marines et divers schémas étaient affichés sur l'écran de son ordinateur portable. Le résultat de leur travail pouvait paraître impressionnant, mais Jeffrey et son second savaient pertinemment qu'ils tournaient en rond et que cela ne les menait nulle part. Ils décidèrent de faire une pause et de s'offrir un café. Par mesure de sécurité, Jeffrey ferma la porte à clé. Puis ils se replongèrent dans leur tâche. Le portable était grand ouvert et l'écran affichait toujours le même fatras de dessins en tout genre.

— Bon, au boulot, dit Jeffrey à Bell. C'est pour ça qu'on nous paye.

Et il se rassit pesamment.

Bell vint s'asseoir près de lui. Les minutes passaient, ils restaient toujours aussi secs, Jeffrey sentait qu'il commençait à s'énerver. Le café bien serré qu'il venait d'avaler, au lieu de le remonter, ne lui avait laissé que des brûlures d'estomac et un arrière-goût assez désagréable de métal dans la bouche. La caféine ajoutée à l'adrénaline, plus une longue journée de travail, ce transit encore plus éreintant, l'heure tardive et la tension, bref, il éprouvait une sensation étrange – comme si sa tête flottait dans du coton ou était séparée du reste de son corps.

Quelqu'un frappa à la porte, il sursauta.

Si cette attente se prolonge encore, je pète les plombs.

Un planton lui annonça que l'écoute avait détecté des émissions de bouées acoustiques brésiliennes, à la fréquence convenue par Jeffrey à Rio.

— On arrive, répondit-il d'une voix lasse au jeune homme.

Et il referma la porte, le temps de se donner un contenance.

Bell était resté assis, visiblement partagé entre espoir et crainte.

Le lieutenant de vaisseau Willey, l'ingénieur, était de quart ; Sessions, le navigateur, avait pris provisoirement la direction de lancement. Ils étaient aux postes de combat depuis sept heures. C'était épuisant, éreintant, excessif, mais Jeffrey estimait que c'était nécessaire : le *von Scheer* pouvait surgir brusquement, à très courte portée et alors chaque seconde compterait.

Sessions avait décodé le message transmis par la bouée.

— Commandant, voici ce que ça dit : « venir à immersion d'écoute sur antenne ELF de coque ».

— ELF ?

— Oui, commandant, c'est ce que je trouve avec le code que vous avez rapporté du Brésil sur une disquette.

— Mais les Brésiliens n'ont pas de station ELF.

Ce genre de station d'émission faisait plusieurs kilomètres de diamètre et coûtait des fortunes.

— Sonar, vous êtes bien sûr de ce que vous avez entendu ?

— Oui, commandant, à peu près certain. C'est la séquence qu'ils nous ont envoyée.

— Quelqu'un a peut-être fait une erreur de recopie ? suggéra Bell.

Jeffrey fronça le sourcil.

— Faut qu'on tire ça au clair.

Il annonça qu'il se chargeait de la manœuvre et Bell prit la direction de lancement. Jeffrey donna l'ordre de remonter.

Le PC trans appela à l'Interphone.

— Message ELF « POUR COMMANDANT », venir à l'immersion d'écoute et sortir l'antenne flottante. Ordre impératif, pas d'émission. Signé du commandant en chef, flotte de l'Atlantique.

— Eh ben, s'exclama Bell, nos transmissions recommencent à marcher !

Jeffrey, lui, se sentait épuisé et se montrait plus méfiant.

— Ou bien nos chevaliers de l'octet ont réussi à se débarrasser des virus balancés par l'Axe, ou c'est un faux et on essaye de nous attirer dans un piège.

— Que fait-on ?

— Surveillez bien ce qui se passe pendant la remontée. Faites une copie du message et vérifiez les valeurs d'authentification. Si c'est correct, on verra ce qu'il y a dedans. Sinon, on largue des bruiteurs et des pilules et on se casse vite fait.

Tout le monde arborait une mine réjouie au PCNO du *Challenger*. Des marins souriaient jusqu'aux oreilles, d'autres se contentaient d'en esquisser un, le premier depuis des jours et des jours. Les plus exubérants des officiers mariniers se donnaient de grandes tapes dans le dos, des matelots tendaient le pouce en signe de victoire. Dans la bousculade, un homme se cogna contre le plafond et se remit debout en riant. Sessions se donna un coup de peigne et rentra les pans de sa chemise chiffonnée dans son pantalon, comme s'il voulait faire belle figure pour l'occasion. Bell avait sorti de son portefeuille une photo de sa femme et de ses enfants et la couvrait de baisers. Quant à Jeffrey, il se contentait d'observer tranquillement le spectacle.

Le message de l'amiral Hodgkiss avait été authentifié, les attaques virales étaient surmontées – au cours de la plus grande bataille de guerre électronique qu'on eût jamais vue.

Bell était rayonnant.

— Commandant, lisez-le à haute voix, on veut tout savoir.

Jeffrey s'éclaircit la gorge de manière un peu théâtrale.

— Je cite à peu près. « La communication transparente des forces opposées à l'Axe, s'appuyant sur les exploits de l'enseigne de vaisseau Estabo, a complètement déstabilisé les Allemands. Prise de vitesse par un avertissement solennel du président da Gama à son homologue argentin, une tentative de coup d'Etat à Buenos Aires a lamentablement échoué. Les unités de l'armée qui s'étaient soulevées sont rapidement revenues dans le droit chemin et ont fait acte d'allégeance au pouvoir régulièrement élu. » J'ajouterais même, à une vitesse si surprenante qu'elle en est un peu douteuse, commenta Jeffrey en ricanant. « Les meneurs ont été arrêtés ou se sont suicidés, ou plutôt, certains se sont suicidés *après* leur arrestation. D'autres encore ont été battus à mort dans les rues ou pendus aux réverbères par la foule en colère. Quelques coupables ont malheureusement réussi à se réfugier dans un pays neutre, au Paraguay. »

Les matelots émirent des sifflements moqueurs et se mirent à huer l'ennemi.

— « D'autre part, reprit Jeffrey, des sources locales fiables nous indiquent qu'il n'y a pas pour l'instant d'autre arme nucléaire dans la zone… » Dieu soit loué.

— *Amen*, firent les marins en chœur.

Jeffrey s'éclaircit une fois de plus la gorge et leva le message à bout de bras, comme s'il s'apprêtait à lire une déclaration officielle.

— Le Congrès brésilien, réuni en session extraordinaire, a approuvé à l'unanimité la proposition faite par le président Da Gama de déclarer la guerre à l'Axe germano-boer. Le Brésil a ainsi rejoint le camp des nations alliées. La rive ouest de l'Atlantique est solidement tenue par des mains amies. L'Argentine souhaite rester neutre pour le moment, mais a pris des mesures énergiques pour restaurer l'ordre démocratique et résoudre ses problèmes de santé publique. Les troupes qui avaient pris position à la frontière du Brésil se sont retirées.

— C'est extraordinaire, commandant – Bell exultait –, nous avons définitivement chassé l'Axe hors d'Amérique du Sud.

— Restons prudents, mon vieux – Jeffrey parcourut ses hommes massés là du regard –, vous avez été remarquables, messieurs. Mais souvenez-vous que d'autres ont également joué un rôle important dans cette affaire et que nous n'avons pas achevé notre travail. Il nous reste encore un *énorme* travail à faire.

— Le *von Scheer.*

— Nous venons d'enlever à Beck sa dernière raison de rester ici. Il faut faire une dernière chose, mon vieux.

— Et laquelle ?

— Lui fournir une raison *impérative* d'aller voir ailleurs.

— Du côté du convoi ?

— Oui, fit Jeffrey, il doit d'abord se persuader qu'il peut s'approcher du convoi sans risques… Sonar ?

— Commandant ? répondit Milgrom.

— Si nous émettons à la puissance maximale dans le chenal profond, disons à quinze cents mètres, jusqu'à quelle distance le *von Scheer* pourrait-il nous entendre, à votre avis ?

— Il faut que je fasse quelques calculs, commandant.

— Et si nous mettons cap au sud à la vitesse maximale, le *von Scheer* pourrait-il détecter des effets Doppler, des trajets multiples, de la réverbération et le reste ? Pourrait-il en déduire notre immersion, à plus ou moins trois cents mètres près ?

— Je fais l'hypothèse qu'il dispose des mêmes capacités que nous.

Milgrom pianotait sur son clavier, le maître principal DSM lui suggéra d'introduire quelques modifications dans son modèle. Milgrom leva enfin les yeux :

— Au moins six cents nautiques, commandant. Et la réponse est oui ; si nous sommes à mille cinq cents mètres et à cinquante-trois nœuds, oui, ils peuvent le savoir.

— Parfait. Par conséquent, ils ne pourront pas avoir le moindre doute, ils sauront qu'il s'agit du *Challenger*.

Jeffrey vérifia et re-vérifia ce qu'indiquait la carte affichée sur son écran.

— Ça devrait plus que largement suffire. *Et nous serons hors de portée missile*. Vous allez émettre une impulsion à puissance normale, juste pour voir s'il n'y a pas d'U-Boote qui traîneraient dans le coin, ou un sous-marin argentin qui ne serait pas au courant de ce qui s'est passé à Buenos Aires.

Un long hululement déchira la mer, Jeffrey attendit qu'un écho éventuel eût le temps de revenir.

— Pas de contact sous-marin, annonça Milgrom.

Jeffrey donna quelques ordres à Meltzer qui répéta avec son fort accent du Bronx :

— Vapeur avant quatre.

Il actionna son volant.

— Vapeur avant quatre. Immersion mille cinq cents mètres.

Il poussa doucement sur le manche, le *Challenger* commença à prendre de la pointe négative, avant de se redresser.

— Immersion mille cinq cents mètres, commandant.

La vitesse augmentait toujours.

— Bien. Maintenant, nous allons faire en sorte que le *von Scheer* sache de manière certaine que nous arrivons. Sonar, émission, puissance maxi.

Les DSM reconfigurèrent rapidement le sonar d'étrave et bientôt, un long grondement très grave se fit entendre, assourdissant, comme une corne de brume. Le pont et l'atmosphère du PCNO se mirent à bourdonner, un bourdonnement qui dominait les vibrations et les tressautements du sous-marin lancé à grande vitesse. Jeffrey sentait des fourmis dans ses orteils, ses vêtements ondulaient sur sa peau.

— Toujours pas de contact sonar, répéta Milgrom au bout d'un bon moment, sur le ton de la routine. Tous les échos surface ont déjà été détectés par les moyens passifs.

— Très bien, sonar. Continuez à les suivre.

Les ondes basse fréquence étaient celles qui se propageaient le plus loin. Le but recherché par Jeffrey n'était pas de détecter Beck, mais de le chasser devant lui avant que Berlin ait eu le temps de lui donner un ordre fou.

Sans s'occuper du vacarme, Jeffrey se tourna vers Bell :

— Venez, on va au carré. Sessions, prenez le quart.

— Je prends le quart, annonça l'officier de navigation.

— Patron, conclut Jeffrey, fort content de lui, rompre du poste de combat.

Ernst était assis dans sa chambre, seul. Les deux portes, celle qui donnait sur la coursive et celle qui permettait d'accéder aux sanitaires qu'il partageait avec von Loringhoven, étaient fermées à clé.

Le dernier message ELF de Berlin était posé sur son bureau. Comme tout message ELF, il était bref et disait en substance : « Dirigez-vous immédiatement vers l'Afrique. Attaquez le convoi dès que possible ».

Beck s'en sentait grandement soulagé, mais ce soulagement avait aussi ses limites. Il était en train de troquer une apocalypse pour une autre – le combat qu'il allait devoir mener contre le *Challenger* allait être violent et son issue, indécise.

Il lui fallait maintenant en informer son passager, le baron. Le *von Scheer* avait ordre de quitter immédiatement les eaux sud-américaines, laissant le continent à l'abri de toute frappe nucléaire.

Beck n'avait pas eu le temps de se lever que l'Interphone se mit à clignoter.

— Commandant, écoute.

— Sonar, commandant, répondit Haffner. Emission sonar faible dans le nord. En limite de portée, contact classé sous-marin. L'immersion et la vitesse du contact confirment sous-marin identifié *Challenger*, il se dirige sur nous à la vitesse maximum.

Beck se précipita au central, prit la manœuvre et donna l'ordre de venir à l'est, pour tenter une manœuvre d'évasion.

Jeffrey et Bell retournèrent s'asseoir, Jeffrey alluma son portable. Cette fois, il afficha une carte à grande échelle de l'Atlantique Sud sur laquelle figurait le relief sous-marin.

— J'ai trouvé un plan, mon vieux, il a le mérite d'être simple. Je vais complètement changer de tactique.

— Mais encore, commandant ? On refait du Mahan à l'envers ?

— Non, on refait du Jeffrey Fuller dans l'autre sens.

— Hein ?

— Vous l'avez dit vous-même, tout à l'heure. Quand on a essayé de trouver le *von Scheer* pendant son transit, on s'est décarcassés pour des prunes.

— Certes.

— Maintenant, après notre émission sonar, nous sommes

sûrs que le *von Scheer* s'est tiré en quatrième vitesse, vrai ? Nous avons remporté un succès tactique et stratégique avant même d'avoir tiré un seul coup. Sans avoir eu un seul contact sonar.

Bell leva les yeux au plafond et réfléchit un long moment, se tapota les lèvres, réfléchit encore.

— Vous savez, commandant, je crois que vous êtes dans le vrai. C'est un truc qui figurera dans les livres d'histoire. Un véritable coup de maître !

Jeffrey était assez content de lui. Plus il y pensait, plus l'importance de ce qu'il avait réalisé lui paraissait grande. Il en était presque effrayé.

Cela dit, je me suis fait par la même occasion quelques amis à Berlin, c'est bien pis qu'avant… Et ces gens-là ont la mémoire longue. Cela aussi l'effrayait.

Il prit une profonde inspiration, expira très lentement.

— Bon, peu importe, voici mon plan.

— On continue à émettre sonar pendant le transit ?

— Non. On lui a déjà fait ce coup-là devant les îlots, voyez où ça nous a menés. Idem avec notre magnifique antenne remorquée.

Bell hocha la tête : une semaine sur les nerfs et à se faire des trous dans l'estomac, des heures et des heures où il ne se passait rien, et où on se faisait du souci pour les siens.

Jeffrey lui fit un sourire.

— Cette fois, on va volontairement éviter tout contact avec le *von Scheer* pendant le transit. Et on ne perdra pas de temps à enfiler des plans de recherche les uns derrière les autres. Au lieu de cela, nous allons rester à la vitesse maximum autant que possible et raser le fond. Pendant ce temps-là, je vous nomme commandant par intérim. Je me mets en perm.

— *Quoi ?*

— J'ai l'intention de me reposer pendant ces deux

jours. J'ai envie de dormir, de prendre mes repas à des heures normales, d'aller voir un film au poste équipage. J'irai peut-être même assister à un cours, jouer avec des boulons et des écrous pour rafraîchir ma science, que sais-je ? J'ai un bouquin sympa à terminer, c'est Félix qui me l'avait conseillé. Ce type assez surréaliste, vous savez, un Argentin, Borges.

— Et la logique derrière tout ça, commandant ?

— J'ai l'intention de m'éloigner dans le nord, loin de la route probable du *von Scheer*, puis de virer et de me poster en embuscade sur son avant, une fois que je serai frais et dispos.

Bell étudiait la carte sur l'écran.

— Mais la dorsale atlantique est vaste, commandant ! Il y a peut-être deux mille nautiques de fond chahuté où il peut se planquer, en faisant route nord-sud pour prendre le convoi à revers. C'est faisable d'à peu près partout !

— Si on oublie la géographie, ce n'est pas ce qu'il va faire.

— Quoi ?

— Il est obligé de rester prudent, de faire la veille pour *nous* repérer. Comme il sait apparemment comment fonctionne ORPHEE, il sera obligé d'aller *très* lentement, ou de remonter, chaque fois qu'il passera près d'un vieux câble sous-marin. Tout compte fait, cela limite sa vitesse moyenne, correct ?

— Correct. Mais Beck doit être furieux. Il doit avoir des envies de meurtre et il est sans doute décidé à jouer son va-tout !

— Le temps qu'il atteigne l'endroit où la chaîne commence, au large de l'Argentine, le convoi sera déjà cinq cents nautiques plus loin. Ses missiles de croisière seront hors de portée… Par conséquent, il va essayer de passer par *ici* – Jeffrey tapota la carte de la pointe du crayon –, la chaîne de Walvis. C'est une chaîne secondaire qui se détache de la méso-atlantique. Un ensemble de montagnes et de failles qui pointent comme un poignard avant de mourir au sud du Congo.

Bell serrait les mâchoires en étudiant la carte.

— *Je crois* que je vois où vous voulez en venir, commandant.

— Des deux côtés de la chaîne, le fond est plat et il y a beaucoup d'eau. La plaine du Cap au sud, le bassin de l'Angola au nord. La chaîne de Walvis est assez étroite et court droit devant elle. Cet entonnoir le ramènera gentiment sur nous.

Bell réfléchissait.

— D'un côté, l'Afrique saharienne qui confine le convoi sur son flanc. Vous dites qu'il n'a pas le temps de passer sur ses arrières, que c'est trop loin dans le nord de Buenos Aires ? Il va donc passer par le sud, où il sera dans des eaux plus tranquilles, au large de l'Afrique du Sud. Je suis d'accord. La chaîne de Walvis part un peu vers le nord-est, cela lui permettra de rattraper le temps perdu et de se retrouver en portée missile, mais toujours en dehors de la zone des deux cents milles. Là, *in extremis*, il tire et il massacre le convoi.

— *S'il arrive jusque-là*. On va l'attendre dans le sud-ouest de la chaîne, là où elle commence à se séparer de la chaîne centrale. *Ici*.

Et Jeffrey posa le doigt sur le point exact.

— Au sud de ces confettis de terre, l'archipel de Tristan da Cunha. C'est là qu'on va se le faire et que se jouera la partie finale, à coups de torpilles nucléaires et à deux milles nautiques des côtes africaines.

CHAPITRE 38

Les petites vacances de Jeffrey étaient terminées et il avait marqué l'événement en prenant une longue douche chaude, après une bonne nuit de repos. Il repensait à ces deux derniers jours, qu'il avait mis à profit pour se vider l'esprit et pour se mêler un peu à l'équipage. Pour une fois, il avait pu se trouver des occupations qui n'avaient rien à voir avec la guerre.

Le summum avait été, par pure coïncidence et en partie grâce à cette relative accalmie, une petite cérémonie : deux matelots, arrivés au terme de leur période de formation, avaient reçu leur insigne de sous-marinier. Présidée par le commandant, cette cérémonie était une tradition qui leur tenait particulièrement à cœur et l'occasion d'une petite fête. Tous ceux qui n'étaient pas de quart, officiers et officiers mariniers en tête, s'étaient rassemblés à la cafétéria de l'équipage. Jeffrey prononça une courte allocution, lut quelques-unes des pages d'histoire écrites par leurs anciens et conclut en encourageant ses hommes à se comporter toujours davantage en équipage efficace et soudé.

Une seule chose avait un peu gâché l'événement, comme d'ailleurs toute sa période de détente. Et cela ne se passait pas à bord. Plus le *Challenger* se rapprochait des côtes d'Afrique, plus le sonar enregistrait de bruits, ceux de la bataille du convoi. Quelques explosions étaient dues à des torpilles nucléaires ; certaines, plus fortes, résultaient visiblement d'explosions nucléaires aériennes. D'autres enfin, nettement plus faibles, de lancements de missiles de croisière dont le bruit pénétrait dans l'eau.

Le *Challenger* n'avait aucun moyen d'estimer qui était en train de gagner ou de perdre, de l'escorte ou des U-Boote. Qui l'emportait, des missiles de croisière lancés depuis la terre, ou des raids de l'aviation et de la marine contre les plates-formes de lancement, les radars de guidage, les postes de commandement ? Tout ce que savaient Jeffrey et ses hommes, c'est que les combats gagnaient en intensité, que les pertes s'aggravaient et que le convoi poursuivait sans fléchir sa progression vers son objectif, la poche encore tenue par les Alliés en Afrique. Ce qui était certain, c'est que le convoi subissait des attaques de plus en plus rudes et que les bâtiments d'escorte devaient être sérieusement affaiblis. L'arrivée soudaine d'un sous-marin lance-missiles sur zone, avec les tirs massifs de missiles supersoniques qui allaient en résulter sur le flanc sud, risquait fort de faire pencher la balance de façon décisive – et peut-être du mauvais côté.

Une chose est sûre. Si je ne parviens pas à protéger immédiatement le convoi des coups du von Scheer*, nous aurons subi un grave revers. Et quant à moi, je serai un homme fini que l'on remerciera – décoration ou pas.*

La marine était le métier que Jeffrey avait choisi, sa raison de vivre, sa vocation. Il savait que, même s'il survivait à la guerre et si les Alliés étaient vainqueurs, il se préparait des lendemains difficiles et devait s'attendre à en subir le contrecoup psychologique. La meilleure solution consisterait pour lui à ne pas la quitter, pour essayer de donner un sens à ce massacre, pour essayer de guérir les plaies des parents des disparus et celles des rescapés. Le meilleur moyen d'honorer la mémoire de ceux qui s'étaient sacrifiés consistait à rester sous l'uniforme, à assurer la relève. Tout cela pourtant risquait de lui être enlevé pour des raisons politiques et sa carrière serait peut-être brisée net, même contre son gré. On le mettrait définitivement au rebut, son père l'avait bien mis en garde. Cette seule pensée lui était plus insupportable que l'idée de la mort.

Il savait que les enjeux, tant stratégiques que personnels, étaient tout aussi grands pour Ernst Beck. Il venait de subir un échec en Amérique du Sud. Et comme Bell le lui avait rappelé deux jours auparavant, l'Allemand devait être fou de rage, chauffé à blanc, brûlant de prendre sa revanche. Cette fois-ci, il allait tout faire *pour ne pas perdre*.

Il termina ces réflexions en faisant une courte prière muette. Il demanda au Ciel de faire en sorte qu'il ait eu raison, de faire passer le *von Scheer* le long de la chaîne de Walvis. Puis il ferma le robinet et se sécha. Tout en s'habillant, il contemplait pensivement sa couchette.

Tout dépend de ce qui va se passer maintenant, mais mon prochain sommeil risque fort d'être pour mon équipage et pour moi celui du repos éternel.

Il se souvint de ce que l'amiral Hodgkiss lui avait dit, avant son départ : en combat singulier contre le *von Scheer*, s'il devait défendre le convoi et assurer l'arrivée des secours, le *Challenger* et ceux qui se trouvaient à son bord étaient du consommable.

Il avait fait rappeler aux postes de combat. Tous les compartiments avaient rendu l'appel en un temps record. Ceux dont le poste était au PCNO éprouvaient une certaine excitation, mélange d'enthousiasme et de tension. Le rideau allait se lever pour la scène finale, dans le feu d'artifice de cet ultime engagement contre l'impressionnant *von Scheer*. C'était leur plus grosse opération depuis le début de la guerre – et sans doute celle qui pouvait avoir les plus sérieuses conséquences.

Jeffrey demanda au lieutenant de vaisseau Torelli, son officier missilier, de prendre le quart et à Willey d'envoyer un des ses adjoints au poste torpilles. Il pria ensuite le second, Milgrom et Sessions de le rejoindre à la table traçante.

— Venez par ici, l'heure est à la stratégie.

Ils gagnèrent à l'arrière du PCNO la table de navigation numérique qui faisait la taille d'un bureau. Un maître principal timonier y travaillait avec ses adjoints. Leur rôle, primordial, consistait à suivre la position du sous-marin et à surveiller les obstacles susceptibles de le mettre en péril.

— Affichez-moi la carte, la plus grande possible. Celle qui va des côtes africaines jusqu'à la méso-atlantique.

Le maître principal pianota sur son clavier et la carte apparut sur l'écran. La terre occupait tout le coin en haut à droite. Jusqu'au Cameroun, la côte était en forme de L inversé. Jeffrey et ses officiers se penchèrent sur la table pour examiner les choses de plus près. Ces petites réunions aidaient à resserrer les liens.

Le sous-marin était à trois mille mètres d'immersion au-dessus des collines qui s'étendaient au pied de la chaîne de Walvis. On était passé en éclairage rouge, il y avait là plus d'une vingtaine de marins installés devant leurs consoles ou debout entre les sièges. On sentait les hommes tendus, bien conscients de l'importance de ce qui se passait. Les sonars étaient sur haut-parleurs, on entendait des bruits divers dans le lointain.

— *Ecoutez ça*, fit Sessions.

Loin dans le nord, la bataille faisait rage. Des dizaines de cargos, de bâtiments de guerre de tout type, des navires auxiliaires – pétroliers-ravitailleurs, transports de munitions – dont on entendait les hélices battre et émettre de sourds grondements. On distinguait aussi des émissions de sonars de coque à bord des frégates et des croiseurs. Les sonars mouillés des hélicoptères ASM sondaient la mer au-dessus et en dessous de la couche. Des quantités invraisemblables de bouées actives SSQ-75 émettaient elles aussi, posées sur le fond. Sans oublier les sous-marins d'attaque alliés, invisibles et silencieux, ni la bataille aérienne en cours, en mer et à terre. Jeffrey en était réduit à imaginer ce qui pouvait se passer, à essayer de se le représenter : la peur qui vous prend aux tripes, la violence et la souffrance, tout ce qui lui rappelait ce qu'il avait lui-même vécu.

— Les opérations ASM s'intensifient, remarqua Milgrom.

Jeffrey essayait de ne pas penser à ce que devaient endurer civils et combattants pris au piège dans la poche depuis près de neuf mois. Sous-alimentés, blessés, dramatiquement à court de médicaments, décimés par la maladie car des épidémies s'étaient déclarées : fièvre de Lhassa, de O'Nyong Nyong, diarrhées hémorragiques, choléra… Ces gens-là avaient besoin d'aide, de toute urgence. Certes, le front est était protégé par un certain nombre de barrières naturelles, la Grande Vallée du Rift était le meilleur mur antichars connu. Etirés en chapelet le long d'un axe nord-sud, le lac Tanganyika, le lac Victoria, le lac Turkana, sans compter quelques autres de moindre importance, ralentissaient considérablement l'avance ennemie.

Mais le flanc ouest, dans les basses plaines de l'Atlantique Sud, était considérablement plus vulnérable et exposé, car les moyens de franchissement et les véhicules blindés modernes permettaient de traverser les fleuves sous le feu. La plupart de ces engins étaient de conception russe. Si la côte se trouvait prise en tenailles, plus aucun port ne serait capable d'accueillir les navires hôpitaux. S'ils réussissaient à arriver jusque-là, ce serait alors en pure perte.

Un roulement sourd se fit entendre, un bruit en crescendo qui s'affaiblit ensuite. Explosion nucléaire. Puis une nouvelle détonation, et encore une troisième.

— Je ne m'y habituerai jamais, dit Bell.

Là-bas, très loin, des navires, des avions et des sous-marins poursuivaient cette guerre d'usure, épuisante, infligeaient et subissaient des pertes. Les U-Boote modernes de l'Axe rôdaient à l'affût en prenant des risques insensés. Equipés de systèmes de propulsion anaérobies, parfois même à propulsion nucléaire, armés de torpilles également nucléaires, ils constituaient une menace mortelle. Les sonars grande ouverture bâbord du *Challenger*, qui captaient tout ce qui se passait dans la direction des combats, détectaient aussi d'autres émissions sonar : celles d'U-Boote, poussés dans leurs derniers retranchements et qui se sacrifiaient pour tenter de couler un navire allié. Un navire qui coûtait peut-être vingt fois plus qu'eux et qui embarquait dix ou vingt fois plus de monde.

Une autre explosion se fit entendre, plus proche cette fois, et Jeffrey vit ses hommes marquer le coup. Mais ce qu'ils éprouvaient, c'était davantage la compassion que la peur ou la haine.

Il sentait sur ses épaules tout le poids de ses responsabilités écrasantes, un poids qui semblait rivaliser avec celui de la mer sur la coque qu'elle essayait d'écraser : trois cents kilos par centimètre carré. Il se retourna vers l'avant du PCNO.

— Ils ont besoin de nous, commença-t-il en s'adressant à tous et en essayant de se montrer rassurant, et j'ai la ferme intention de les aider. Une seule bordée du *von Scheer*, et ils sont morts. Je ne veux pas que le *von Scheer* ait le temps de tirer avant de couler.

Il y eut un murmure d'approbation, les diverses individualités commençaient à se fondre dans un ensemble, un équipage, et à se comporter en accord avec le nom qu'ils se donnaient eux-mêmes, « les bleus », rouages au service de Jeffrey. Les officiers s'étaient pénétrés de la pensée de leur commandant, affûtés par une formation et des exercices incessants, habitués à ce chef qui les avait tant de fois menés au combat. Les officiers mariniers supérieurs, véritable armature du bâtiment, ceux qui avaient toujours « la réponse », surveillaient le travail des hommes placés sous leurs ordres et s'assuraient que tout ce qui devait l'être était fait.

Jeffrey se gratta la gorge et montra aux autres la partie nord de la carte à grande échelle, une zone qui s'étendait au sud de l'Afrique du Nord. Bell, Milgrom et les autres l'écoutaient avec la plus grande attention.

— Cette chaîne de montagnes sous-marine, ici, s'incline légèrement depuis le golfe du Biafra jusqu'à Sainte-Hélène. La plupart des pics sous-marins montent assez près de la surface et un U-Boot peut s'y dissimuler. Les missiles de croisière subsoniques tirés d'Afrique ont une portée qui leur permet de couvrir tout le golfe de Guinée et au sud, jusqu'ici.

Jeffrey suivit de l'index un arc de cercle dessiné en rouge sur la table, à mille nautiques au sud de la bande côtière contrôlée par l'ennemi. D'ouest en est, il partait du Liberia et atteignait enfin le Nigeria en passant par le Ghana.

— Il se trouve donc que ces missiles de croisière peuvent atteindre le golfe du Biafra et presque Sainte-Hélène. Les U-Boote bénéficient ainsi d'une couverture sérieuse, ils y ont presque un sanctuaire et ne craignent pas grand-chose en dehors de nos propres sous-marins d'attaque.

Bell, Milgrom et Sessions écoutaient toujours. Jeffrey poursuivit.

— Nous savons que le convoi progresse en râteau au sud de cet arc de cercle. Il essaye de rester hors de portée missile le plus longtemps possible.

Il se tourna vers le maître principal et une grosse flèche bleue apparut en surimpression sur la carte – orientée vers la droite, elle indiquait le cap suivi par le convoi et se terminait dans le golfe d'Angola.

— Lorsque le convoi virera vers le nord-est, il longera des côtes amies, de la Gambie à Luanda. *Là*, les meutes de U-Boote qui l'attendent attaqueront et essayeront de percer son flanc gauche.

Il soulignait sa description de quelques gestes au-dessus de la carte. Le golfe d'Angola prolongeait la partie orientée nord-sud des côtes africaines, à peu près au milieu, et se terminait devant l'embouchure du Congo.

— Il y a probablement d'autres U-Boote, basés en Afrique du Sud, qui rôdent dans notre sud-est, et qui pourraient attaquer le convoi par la *droite*.

Il désigna l'endroit dont il parlait. Comme pour confirmer son analyse, une nouvelle explosion nucléaire retentit dans le lointain. Jeffrey se tourna vers les haut-parleurs sonar. *Chacune de ces explosions signe peut-être la victoire alliée. La mer est dans un état de contamination épouvantable, mais au moins, les vents et les courants dominants chassent les retombées loin de terre.*

— Commandant, lui demanda Sessions, quid de la limite des deux cents milles ?

— Oui, j'allais y venir. (Jeffrey leur indiqua la protubérance bleue, amie, qui occupait une partie de l'Afrique équatoriale.) Pour le meilleur ou pour le pire, nous tenons les côtes sur une longueur de quatre cents milles environ. Il ne nous reste plus qu'à espérer que l'ennemi appliquera ses règles d'engagement et ne fera pas usage d'armes nucléaires à moins de deux cents milles d'un territoire tenu par les Etats-Unis.

Il dit quelques mots au maître principal et des arcs de cercle de couleur verte apparurent, délimitant la zone de sécurité supposée.

— Mais, commandant, lui dit Bell, après ce que nous venons de voir en Amérique du Sud, je ne suis pas sûr que l'on puisse compter là-dessus.

— Je suis assez d'accord.

— Et puis, compléta Milgrom, il y a l'offensive terrestre.

La bande de côte que nous contrôlons risque de se faire prendre en étau. Le convoi devra sans doute débarquer son matériel sur les plages et cela entraîne toujours des pertes élevées, même en combat purement conventionnel.

— Je sais.

— Le danger, fit Sessions, est de voir la bataille nucléaire se prolonger à terre dans la foulée de ce qui se passe en mer, d'abord au large puis dans la zone des deux cents milles.

Jeffrey hochait la tête.

— En Afrique, les Allemands et les Boers ont pour premier objectif d'opérer leur jonction à tout prix. Après l'échec qu'ils viennent de subir en Amérique du Sud, j'imagine très bien dans quel état d'esprit Berlin et Johannesburg se trouvent maintenant. C'est une perspective qui n'est pas réjouissante. Tout le monde insiste sur le rôle que doit jouer le *Challenger* : couler le *von Scheer*... Mon idée de manœuvre est très simple. Mais auparavant, y a-t-il des questions sur les points que nous venons d'aborder ?

Pas de questions.

— Maître principal, affichez l'orthodromie de Tristan da Cunha à l'embouchure du Congo.

Le timonier afficha l'arc de grand cercle – la courbe de distance minimale entre deux points à la surface du globe – et une courbe rouge se dessina sur la table traçante.

— Comme vous le voyez, la route la plus courte pour le *von Scheer* entre l'Amérique du Sud et le convoi puis notre tête de pont passe exactement le long de la chaîne de Walvis. Le golfe d'Angola et la plaine du Cap offrent en général des profondeurs supérieures à notre immersion de destruction et donc à celle du *von Scheer*. Tenez, par exemple, ici, six mille mètres, et ici encore – Jeffrey posa le doigt sur les sondes indiquées. Quant à la chaîne proprement dite, c'est un massif montagneux sous-marin qui s'élève à plus de quatre mille mètres au-dessus du fond. Les pics rasent parfois la surface. Des questions ?

Pas de questions.

— Comme Milgrom nous l'a rappelé tout à l'heure, le chenal profond est idéal dans ces deux plaines. Les portées sont très grandes en détection active ou passive. Le golfe de l'Angola est complètement insonifié. Même chose dans la plaine du Cap, quoique un peu moins fort. Dans cette zone, ce sont les SSQ-75 larguées par Norfolk pour nous soutenir qui font probablement du bruit. Tout cela favorise donc des méthodes de bruit ambiant ou de détection en creux. Vous connaissez tous les conséquences tactiques de ce genre de situation.

— Dans ces conditions, dit Bell, le premier qui pointe le nez et qui sort de la chaîne de Walvis se fait repérer par celui qui est resté planqué. Et celui-là tire le premier, et il a gagné.

— C'est vrai, lui répondit Jeffrey. *Nous* allons donc en tirer parti. Beck est obligé de serrer la chaîne, et il ne pourra pas le faire éternellement. Il faut qu'il se place en position de tir pendant que le convoi est encore au large. Une fois que le convoi aura commencé à débarquer, dans les ports ou sur de bonnes plages, il ne peut plus espérer remporter qu'une demi-victoire. Les groupes de porte-avions n'auront plus à se préoccuper que de leur autodéfense, et il aura alors beaucoup plus de mal à lancer.

— Alors, commandant, quel est votre plan ?

Jeffrey posa le doigt sur le symbole qui représentait le *Challenger.*

— Nous arrivons dans les collines qui se trouvent au pied du mont Wust, au zéro-quatre-cinq. Soit au nord-est. Juste après, vous voyez cette espèce de col, la montagne est coupée par un passage étroit nord-sud. Cette faille est très profonde, disons cinq mille mètres, à peu près ce que peut supporter la coque. Mais cette passe, si on peut l'appeler ainsi, offre un large champ de vision, au nord comme au sud.

La passe en question faisait quelques nautiques de long et la chaîne mesurait à cet endroit environ la même largeur.

— Bon, messieurs, tout le monde à son poste. Au boulot.

Jeffrey jeta un coup d'œil au gravimètre avant de donner quelques ordres. Le sommet irrégulier et très escarpé d'un volcan éteint jaillissait tout près sur tribord.

— Gardez le mode navigation près du fond. On va venir à droite, à serrer le mont Wust par la face est.

Il projeta le pinceau de son crayon lumineux sur l'écran – le marqueur se recopia immédiatement sur celui de Meltzer via le réseau local.

— Vous ralliez ce point et arrivé là, on stoppe. On restera comme ça sans erre, immersion mille mètres.

Meltzer fit l'aperçu et le *Challenger* entama un large virage à droite.

Jeffrey afficha l'écran de situation des armes.

— DLT, vous enlevez les Mark 88 aux tubes cinq et six et vous les remplacez par des 48.

Bell transmit l'ordre au poste torpilles.

— Pourquoi des 48, commandant ? Elles ont une charge limitée et ne descendent pas très bas.

— Pour deux raisons. En terrain accidenté, nous risquons d'avoir des distances de première détection assez faibles, je préfère ne pas tirer une charge nucléaire qui nous pétera dessus. Donc, les 48. En outre, le *von Scheer* est obligé de remonter pour tirer ses missiles.

Il jeta un coup d'œil à la photo d'Ernst Beck qui restait affichée en permanence sur son écran.

— C'est son talon d'Achille, on va pouvoir se servir des 48.

— Bien, commandant.

Meltzer annonça qu'il avait rallié le point ordonné. Jeffrey regarda le manomètre puis le gravimètre. Le *Challenger* commençait à remonter doucement, assiette nulle et sans erre.

— DLT, vous sortez les 88 des tubes sept et huit et vous les remplacez par des robots de chasse aux mines.

Ces robots télécommandés pouvaient recevoir différents types d'équipements électroniques.

— Mettez la version sonar passif. Je veux pouvoir m'en servir pour m'alerter si le *von Scheer* se pointe. Télécommande par fibre optique, ce sera plus discret.

On pouvait également piloter ces robots par voie acoustique, mais un adversaire bien équipé risquait de détecter les signaux de télécommande.

— Bien, commandant, répondit Bell.

Jeffrey regardait toujours l'écran de situation armes. Les symboles qui représentaient les tubes cinq à huit passèrent de vert – torpille parée – à rouge – tube non paré. On ferma ensuite les portes avant des tubes cinq à huit avant de les purger. Les voyants d'ouverture des portes arrière se mirent à clignoter, les torpilleurs désactivèrent les boîtiers d'armement des Mark 88 avant de les sortir du tube et de les ranger dans leurs berceaux. On accosta les 48 et les robots devant les portes, mise au tube et fermeture des portes arrière.

— Immersion mille mètres, annonça Meltzer.

— Bien. DLT, préparez les tubes sept et huit, ouverture portes avant.

Bell répéta l'ordre de mettre en eau et d'ouvrir les portes.

— Vous mettez les deux robots ici et là – il indiqua les positions sur son écran avec son crayon lumineux, au nord et au sud du pic –, immersion mille mètres.

C'était là leur plongée maximum, qui se trouvait coïncider avec celle du chenal profond.

— Chargement des données.

— Bien. Séquence de lancement, tubes sept et huit.
— Tubes sept et huit, parés.
— Tube sept, feu.
— Tube sept parti.
— Fonctionnement normal, annonça Milgrom.
— Tube huit, feu.
— Tube huit parti.
— Fonctionnement normal.
— Bien. Immersion mille sept cents mètres.

Meltzer fit l'aperçu.

Jeffrey surveillait sur son écran la descente du *Challenger* le long de la face désolée de la montagne. Ici, la roche était constituée de basalte. Pendant ce temps, sur la table traçante, les symboles des robots progressaient vers les positions ordonnées. Le patron prit les commandes.

— Passer la propulsion sur moteurs hors-bord. Venir au deux-deux-cinq.

Meltzer répéta les ordres. Les deux moteurs hors-bord étaient montés à l'avant et à l'arrière, on les utilisait généralement pour les manœuvres en eaux resserrées. Gardé par ses deux robots, le *Challenger* commença à virer lentement, tandis que les fils continuaient à se dérouler. Jeffrey n'avait surtout pas envie de les casser.

— Electrique, avant un tiers, réglez l'allure à quatre nœuds.

Le *Challenger* commença à s'écarter de la montagne et les robots – qui le protégeaient lui et ses tubes sur son avant – suivirent le mouvement.

— Electrique stop. Continuez à descendre.

La tension montait au fur et à mesure que le sous-marin s'enfonçait, Jeffrey surveillait le manomètre.

— La coque craque un peu, annonça Milgrom au passage à trois mille mètres.

On n'y pouvait rien, mais les replis du fond pouvaient les masquer – enfin, c'est ce qu'espérait Jeffrey.

— Reçu, sonar.

— La coque craque toujours, annonça Milgrom au passage à trois mille sept cents mètres.

— Reçu.

Et cette litanie de comptes rendus et de réponses se poursuivit ainsi. C'était surtout vrai au combat. Cette façon de répéter les ordres pour éviter toute erreur de compréhension était de règle à bord.

En approchant des cinq mille mètres, Jeffrey sentit le pont s'arquer légèrement sous la poussée de la coque qui se contractait. Le patron devait ajuster continuellement la pesée, le sous-marin dont le volume se réduisait avec la pression avait tendance à s'alourdir car il déplaçait moins d'eau. Il fallait donc vidanger les régleurs. Et à cette immersion, les pompes de réglage faisaient du bruit. *Ça non plus, on n'y pouvait rien.*

De la poussière et des filaments de matériau isolant commencèrent à descendre du plafond. Et le *Challenger* s'enfonçait toujours. On avait mis en place un peu partout des équipes de sécurité en rappelant aux postes de combat, circonstances dans lesquelles le sous-marin pouvait à tout moment être amené à plonger à l'immersion maximum. Même ainsi, les hommes ne se sentaient pas très à l'aise et les opérateurs essuyaient la poussière qui tombait sur leurs consoles et leurs vêtements. Jeffrey en fit autant, aussi négligemment qu'il put, pour donner le change. Mais il savait pertinemment qu'à cinq mille mètres, la moindre voie d'eau ne pardonnait pas. Certains transpiraient, en dépit de la climatisation qui assurait le maintien en température de l'électronique. On se taisait, on ne parlait plus qu'à voix basse et uniquement en cas de nécessité, on limitait les mouvements au strict minimum. La coque subissait de telles contraintes que tous les dispositifs d'isolement acoustique étaient sur butée, ce qui n'améliorait pas le niveau de bruit rayonné.

Jeffrey sentit soudain que ses mains étaient glacées. Il fit stopper la ventilation – sous le fallacieux prétexte de réduire le bruit. Très vite, l'atmosphère au PCNO devint étouffante, moite. Ce n'était pas étonnant, avec autant de gens dans un endroit aussi confiné.

— Immersion cinq mille mètres, annonça Meltzer.

— Bien. Maintenant, on attend.

CHAPITRE 39

Le sous-marin d'Ernst Beck était aux postes de combat, tout le bord était passé en éclairage rouge. Karl Stissinger était installé près du commandant devant sa console. Le baron von Loringhoven, debout entre les sièges, observait ce qui se passait.

— J'ai l'intention, déclara Beck, de laisser les choses se décanter. Comme Fuller s'attend sans doute à ce que nous arrivions en longeant la chaîne de Walvis, c'est sans doute là que nous allons le trouver. La meilleure méthode consiste pour lui à se mettre en embuscade, à se taire et à nous laisser arriver, ce qui lui donne l'avantage sonar. Il doit être quelque part sur l'avant, pour s'interposer entre notre position de tir et le convoi.

Il manipulait son crayon lumineux pour indiquer tel point sur la carte, tel autre sur l'écran du gravimètre. Le marqueur se recopiait sur la console de Stissinger ainsi que sur les indicateurs numériques placés devant les pilotes.

— Le *Challenger* va certainement attendre sur cette hauteur, *ici*. Une passe profondément découpée dans la chaîne, juste à l'est du mont Wust. Il va attendre de nous voir passer et là, il fonce.

— Je vois, fit Stissinger.

— Et alors, qu'allez-vous faire ? demanda von Loringhoven.

Beck se tourna vers lui. S'il tolérait la présence du baron, c'était uniquement dans son intérêt à lui : mieux valait avoir un ami chez les politiques que s'y faire un ennemi. Depuis qu'ils avaient essuyé cet échec en Amérique du Sud, sa présence à bord n'avait plus de raison d'être. Mais Beck était assez avisé pour savoir qu'ils seraient tous deux obligés de serrer les rangs s'ils voulaient sauver leur réputation et leur carrière au retour.

Si je veux m'en sortir, il faut que je coule le Challenger *et que je détruise le convoi. Si j'ai un témoin bien placé en haut lieu, il pourra confirmer mes déclarations lorsque je rendrai mon rapport de patrouille.*

Le nouveau système de valeurs que Beck s'était inventé, cette théologie de pacotille autour de l'éthique du guerrier germanique, lui donnait une nouvelle énergie.

Je sais bien que j'ai changé, mais cela m'a soulagé d'un grand poids.

Beck lui répondit dans un grand sourire, un sourire de carnassier :

— Monsieur le baron, nous allons faire à ce Fuller une petite surprise.

— Alerte torpille, cria Milgrom. Deux, trois, *quatre* torpilles, même immersion que nous, elles passent sous le robot dans le nord ! Et quatre autres, sous le robot sud !

— Cap torpilles ? répondit sèchement Jeffrey. Type ?

— Elles contournent le mont Wust par le nord et par le sud, vitesse soixante-quinze nœuds. Route de collision. Torpilles classées Lion-de-Mer, nucléaires !

Les symboles correspondants apparurent sur la table traçante.

Et merde ! Beck a deviné que j'étais ici. Décidément, il est plus futé et agressif que je ne pensais.

J'avais imaginé qu'il se comporterait comme un SNLE, qu'il se planquerait jusqu'à sa position de lancement.

Mais non, il se bat comme un commandant de sous-marin d'attaque, et un fameux – sournois, rapide, et il me déstabilise dès le départ.

Le gravimètre lui disait clairement qu'il était salement coincé : derrière eux, plusieurs pics s'élevaient à près de cinq mille mètres.

— Torpilles accrochées par les sonars bâbord et tribord !

Beck avait coincé le *Challenger* dans un étau, toutes les issues de Jeffrey étaient bloquées : des pics sur l'arrière et sur l'avant, quatre torpilles qui lui fonçaient dessus à tribord et quatre autres par bâbord. A ces profondeurs, larguer des leurres actifs ne servait à rien, ils n'auraient pas supporté la pression. Ceux dont était équipé le *Challenger* étaient prévus pour résister aux mêmes conditions que ses robots de reconnaissance – à cinq mille mètres, ils auraient implosé au tube dès le début de l'équilibrage.

Au PCNO, tous les yeux étaient fixés sur lui. On lisait toute la gamme des expressions sur ces visages, de la panique à la confiance aveugle, une confiance sans bornes et presque enfantine envers le commandant – image du père, en situation de crise –, un père qui finirait bien par les sortir de là.

Jeffrey sentit tout cela en une fraction de seconde.

— DLT, dit-il sèchement, séquence de tir. Mark 88 nucléaires tubes un, deux, trois et quatre. Puissance maximum. Une kilotonne.

— Réglage une kilotonne, cria Bell.

— Avec les éléments actuels, tubes un à quatre, feu.

Les torpilles allaient donc partir au nord. « Avec les éléments actuels » signifiait qu'on les lançait sans charger d'éléments de poursuite dans le calculateur, mais cela leur faisait gagner un temps précieux.

Les quatre Mark 88 jaillirent des tubes.

— Tubes un à quatre, torpilles parties !

— Fonctionnement normal !

Les torpilles s'engouffrèrent dans la passe, vers la plaine d'Angola, traînant leurs fils derrière elles.

— Vapeur avant quatre. A droite trente, venir au nord.

Meltzer répéta les ordres, le *Challenger* commença à virer en accélérant.

— DLT, vous me mettez une Mark 88 sur les Lion-de-Mer qui arrivent par le nord. Réglez la mise à feu chronométrique en conséquence.

— Les Lion-de-Mer vont peut-être tenter des manœuvres évasives.

— Pas dans la passe, c'est trop étroit, elles n'auront pas plus de place que nous pour manœuvrer.

— Poisson tube huit, fil cassé, cria un opérateur.

En virant aussi brutalement au nord, le *Challenger* avait soumis la fibre optique à une tension trop forte. Le robot positionné au sud du mont Wust était perdu.

— En route au nord ! cria Meltzer.

— Bien.

Le *Challenger* montait toujours en allure et les secousses devenaient de plus en plus violentes.

— Sonar, demanda Jeffrey, pas d'autres torpilles ? Contact sur le *von Scheer* ?

— *Non*, répondit Milgrom. Je répète, *pas de contact.*

— Tubes un à quatre, tubes sept et huit, fermez les portes avant.

— Fils cassés, tous les tubes vides !

— DLT, chargez les tubes un à quatre, tubes sept et huit. Mark 88, charge nucléaire !

Bell fit suivre la consigne. Jeffrey imaginait le spectacle en bas, les baies torpilles, le poste avant encombré, Torelli et ses hommes qui se démenaient. Pourvu qu'il n'y ait pas de panne ni d'erreur de manipulation.

Il jeta un œil à la table traçante tactique. Quatre

torpilles leur fonçaient dessus, droit devant. Les leurs faisaient route à pleine vitesse dans le même relèvement, soit une vitesse de rapprochement de presque cent cinquante nœuds. Jeffrey suivait derrière elles, à cinquante nœuds. Quatre torpilles ennemies les rattrapaient par l'arrière, en rapprochement à vingt-cinq nœuds.

Ça va être serré, y a intérêt à pas louper son coup.

— Torpilles tubes un et quatre, mise à feu, cria Bell.

Dans les fibres optiques de fils de guidage, les signaux se propageaient à la vitesse de la lumière. En revanche, le son et l'onde de choc se déplaçaient, eux, à la vitesse du son dans l'eau. Mais ils avaient tiré à très courte portée, l'intervalle de temps qui pouvait les faire passer de vie à trépas allait être extrêmement bref.

Quatre charges d'une kilotonne explosèrent droit devant, le tonnerre d'une force incroyable martela le sous-marin de tous les bords. Le *Challenger* poursuivait sa course folle dans le chaos qu'il venait de créer. Le bruit couvrait tout le spectre sonore, des vibrations prenaient naissance à toutes les fréquences de résonance. Jeffrey sentit ses pieds et ses fesses trembler, des aiguilles le picotaient de partout. Les soubresauts du *Challenger* le faisaient claquer des dents, il avait l'impression que son squelette allait se disloquer. Le sous-marin montait et redescendait, comme embarqué dans un circuit de montagnes russes devenu fou. Meltzer et le patron se démenaient pour essayer de reprendre la situation en main.

Les hommes battaient l'air, on voyait des bras et des jambes s'agiter dans tous les sens. Ils tentaient de se couvrir les oreilles, d'ouvrir la bouche pour tenter d'échapper à cette douleur qui leur arrachait les tympans.

Puis ce fut au tour des ondes de choc réfléchies de frapper.

Les quatre boules de feu pulsaient en atteignant la surface. A chaque fois, elles s'effondraient, rebondissaient et le *Challenger* subissait un nouvel assaut.

Le bruit et les chocs se réfléchissaient également sur les montagnes qui s'élevaient de chaque bord. Et le petit jeu de montagnes russes reprenait de plus belle. Le pont émettait des vibrations, une espèce de vrombissement, des bourdonnements qui remontaient dans les jambes de Jeffrey et jusque dans ses parties. Et le pont basculait encore sous ses pieds.

— Le *gravimètre* ! cria Bell.

Jeffrey essayait de se concentrer, il n'y voyait plus rien. De chaque bord, la chaîne montagneuse paraissait comme percée de trous, ravinée. *Des avalanches*, déclenchées par les explosions.

Il ressentit alors des chocs d'une autre nature, plus secs et plus violents. *Des rochers dégringolaient directement sur la coque. Si l'un d'eux touche l'arrière, là où nous sommes le plus vulnérable, nous sommes foutus.*

Le bâtiment tanguait et roulait dans tous les sens. *C'est l'océan qui bouillonne, tourneboulé par tout ce qui tombe dedans.*

On signalait des avaries dans tous les compartiments, les équipes de sécurité qui s'activaient faisaient leur possible. Mais pour l'instant, le *Challenger* gardait toutes ses capacités opérationnelles. Cela dit, les opérations de rechargement étaient trop lentes.

— Je suppose que les torpilles dans le nord sont détruites, cria Bell dans le vacarme. Quatre torpilles dans le sud, en rapprochement… elles sont passées en mode actif !

Les Lion-de-Mer qui avaient survécu commençaient à émettre.

Jeffrey jeta un coup d'œil au loch – indicateurs analogiques et numériques fournissaient des valeurs concordantes. Le *Challenger* filait cinquante-trois nœuds, il ne pouvait faire plus.

Torelli lui fit signe qu'il était paré, Jeffrey et Bell entrèrent leurs codes.

— Tubes un à quatre, tubes sept et huit, parés, ouverture des portes avant.

— Tubes un à quatre, feu ! Tubes sept et huit, feu !

Les torpilles jaillirent des tubes, s'écartèrent en râteau avant de changer de cap pour partir sur l'arrière.

Jeffrey étudiait plusieurs options. Ils allaient bientôt entrer dans la zone turbulente sur l'avant, là où les quatre premières torpilles avaient explosé. Il y en avait encore quatre autres, qui allaient en faire autant sur l'arrière, à condition toutefois que les Lion-de-Mer n'aient pas déjà touché le *Challenger* – et le risque était loin d'être négligeable, à aussi faible distance.

— Paré à lancer, tubes sept et huit ! Mark 88, charge nucléaire ! Puissance maximum !

— Paré ! répondit Bell.

— Tir sur les éléments actuels, le tour du mont Wust puis cap deux-sept-zéro. Autodirecteurs activés dès qu'elles seront au cap.

— Torpilles réglées !

— Feu !

— Tubes sept et huit partis !

— Fonctionnement normal !

Ces deux-là sont destinées au von Scheer, *Beck va avoir de quoi s'occuper.*

— Torpilles un à quatre, mise à feu !

Celles-là sont celles que j'ai lancées en contre-attaque au sud.

L'onde de choc arriva cette fois-ci plein sur l'arrière, alors que les effets de celles qui avaient explosé sur l'avant se faisaient encore sentir. Les secousses étaient terrifiantes, des bruits, des vibrations, les blessés qui tombaient, on annonçait sans cesse de nouvelles avaries. Et le sous-marin roulait bord sur bord, tanguait, piquait avant de remonter et de partir en glissade.

Jeffrey était déjà à moitié sourd, les ondes de choc directes ou réfléchies se succédaient toujours. Ses oreilles le faisaient terriblement souffrir, des sifflements insupportables lui vrillaient le crâne, de plus en plus violents. Il essaya pourtant de prendre sur lui et de *réfléchir*.

— A droite dix, venir au un-huit-zéro !

Meltzer, les mains crispées sur le manche, se tourna vers lui. Les jointures de ses doigts étaient livides, il remuait les lèvres, mais Jeffrey ne comprenait pas ce qu'il essayait de lui dire – avec tout ce bruit, il était de plus en plus sourd. Il dut bien admettre qu'il leur était impossible de communiquer de vive voix et décida d'essayer le langage des signes.

Il fit donc semblant d'empoigner un volant de manœuvre et de le tourner à droite. Il étendit ses dix doigts, *dix degrés*. Il lui indiqua le gyro, leva un doigt, puis huit, avant de dessiner un zéro du pouce et de l'index. *Cap un, huit, zéro*. Plein sud.

Meltzer lui fit signe qu'il avait compris.

La mer ressemblait à une baratte, l'eau bouillonnante dévalait de tous les bords, débordait en cataracte dans tous les passages qui s'offraient à elle entre les pics et les bulles de gaz portées à un million de degrés. Le *Challenger* commença à virer, prit une forte gîte sur tribord. A cette vitesse, Jeffrey n'avait pas osé mettre davantage de barre. Le sous-marin acheva son demi-tour et rebroussa chemin. Il se pencha vers Bell, il était obligé de crier :

— Faites recharger les tubes un à quatre, sept et huit ! Des Mark 88 !

Bell acquiesça et, au bout d'un temps qui leur parut infini, on annonça que le chargement était terminé. Jeffrey donna les ordres de tir nécessaires : deux torpilles supplémentaires, la première au nord, la seconde derrière le mont Wust, toutes deux destinées au *von Scheer*.

— Pourquoi ne pas expédier ces deux-là dans le sud ? cria Bell. Il serait coincé, c'est ce qu'il a essayé de nous faire.

— *Attendez, vous allez voir.*

— Bon.

— Sonar !

Aucune réponse de Milgrom.

Jeffrey déboucla son harnais et se traîna jusqu'aux consoles d'écoute. Il était obligé de s'accrocher aux étais. Les ondes de choc frappaient toujours, à chaque bulle qui venait crever la surface, pourtant très loin au-dessus d'eux. Dans les avalanches, les rochers continuaient de dévaler les pentes. Il manqua plusieurs fois tomber, risquant à chaque instant de se cogner aux angles des baies électroniques dont on aurait cru qu'ils le visaient. Il finit par se raccrocher au dossier de Milgrom.

— Des torpilles à l'écoute ? lui cria-t-il dans l'oreille.

— Pas moyen de savoir, répondit-elle aussi fort.

Meltzer se tournait vers lui en lui montrant le gyrocompas. Ils étaient cap au sud. Jeffrey regagna son siège, ordonna à Bell de faire recharger sept et huit, parés à lancer.

Le gravimètre fonctionnait toujours, mais les données de la table traçante n'étaient plus à jour depuis longtemps. Le *Challenger* fonçait tout droit sur le mur acoustique qu'il avait laissé derrière lui à l'aller.

Jeffrey tapa un message pour le PC énergie : « montez la puissance à 1,15 PMP[1] ». Le matelot chargé du téléphone avec la machine gisait sur le pont, le nez en sang et, de toute façon, il était impossible de se faire entendre. La réponse arriva presque aussitôt : « Reçu, 115 % ». Cela leur faisait gagner quelques dixièmes de nœud.

— *Pilote !* cria Jeffrey.

Meltzer se retourna. Jeffrey, usant de la même méthode, dessina en l'air le chiffre quatre, zéro, puis encore zéro, zéro et zéro. *Remonter à quatre mille mètres.* Il voulait s'éloigner du fond, ils étaient trop près.

1. Puissance maximum possible. *(N.d.T.)*

Meltzer tira sur le manche, le *Challenger* redressa le nez. Le sous-marin fonçait à une allure folle dans un véritable mur de bulles de vapeur en implosion, les turbulences thermiques créaient de terribles courants alternativement ascendants et descendants. Bell montra à Jeffrey son harnais qu'il n'avait pas rebouclé, il était temps.

Le *Challenger* commença à tourner et virer dans tous les sens, comme jamais encore. Ils devaient à tout prix se dégager du fond, le vacarme était si fort que le cerveau n'arrivait même plus à l'enregistrer. Sur les instruments dédiés, on lisait les efforts de flexion auxquels était soumise la coque, les vibrations avaient atteint un niveau inégalé. Mais Jeffrey, hébété, ne s'en rendait même plus compte. Il réussit à se tourner vers le gravimètre, pour constater avec soulagement qu'il restait insensible à toutes ces sollicitations. Il eut même une pensée reconnaissante pour le Créateur et pour les concepteurs de l'appareil.

Au moment prévu, il donna de nouveaux ordres à la barre et envoya un message à la machine, mais il avait du mal à taper sur le clavier. Sa vue était brouillée, il n'arrivait plus à trouver les touches. Au prix d'un grand effort, il finit par rédiger un message à peine compréhensible : « à gache dix, vanir 030 ». Puis enfin RETOUR CHARIOT.

Le *Challenger* commença à venir à l'est, ils longeaient le flanc sud de la chaîne de Walvis qui plongeait dans la plaine du Cap. Le sous-marin se stabilisa au nord-nord-est pour remonter le long de la montagne.

Le niveau de bruit avait notablement baissé, on arrivait à parler et à se faire entendre. Jeffrey donna l'ordre à Meltzer de revenir à raser la falaise, vitesse silencieuse maximum, soit trente-six nœuds. Dans un terrain aussi chahuté, il était impossible de sortir le sonar remorqué – ils l'auraient très vite perdu. Milgrom ne pouvait donc compter, pour essayer de retrouver le *von Scheer* ou détecter un nouveau lancement de torpille, que sur le sonar latéral et le dôme d'étrave. Les capteurs optroniques étaient en route en mode intensification de lumière, cela pouvait aider les pilotes au milieu des ravins et des roches volcaniques – cela pouvait aussi les aider à détecter des mines. Le seul éclairage disponible venait d'organismes marins, bien peu de chose en vérité.

Milgrom annonçait de temps à autre qu'elle avait des contacts sur quelques Lion-de-Mer qui franchissaient la passe cap au sud et continuaient en direction de la plaine du Cap. Les torpilles étaient passées en mode actif et finirent par virer au nord le long de la chaîne. Mais le *Challenger* était protégé par les accidents du terrain et Bell décida qu'elles n'étaient pas menaçantes.

Le second faisait le bilan des avaries et le décompte des blessés : beaucoup de fractures, de contusions et quelques plaies profondes. L'infirmier et ses aides transportaient les hommes les plus atteints au carré, à la cafétéria de l'équipage ou à l'infirmerie, selon le cas. De nombreux équipements mécaniques et électroniques étaient hors service ou sérieusement endommagés – mais les systèmes de secours permettaient d'assurer les fonctions de base.

Jeffrey laissa Bell terminer ce qu'il avait à faire et en profita pour essayer de remettre un peu d'ordre dans ses idées.

— Ça n'est pas passé loin, lui dit-il enfin en profitant d'une pause.

Il était trop secoué et ne pouvait garder plus longtemps pour lui ce qu'il éprouvait.

— Pourquoi donc avez-vous contre-attaqué en lançant vos torpilles au nord, commandant ?

— Je voulais faire croire à Beck que nous mettions en place un écran avant de suivre nous-mêmes dans la passe.

— Et c'est pour cela que vous êtes ensuite venu au sud ?

— Je me suis dit que c'était la dernière chose à laquelle il s'attendrait et qu'il s'éloignerait donc vers le nord.

— Mais pourquoi ne l'avez-vous pas attendu là, cap à l'ouest, pour l'engager ?

— Nous jouions tous les deux à contre-emploi, mon vieux. Un SSGN est normalement dans le rôle du gibier, c'est pourtant lui qui nous a chassés. En principe, c'était à lui de se montrer prudent et, pour l'instant, c'est nous qui le sommes restés.

— Je ne comprends pas.

— La seule chose que nous ne pouvions pas nous permettre, c'était de le laisser passer sans rien faire puis gagner le nord de la chaîne. A vitesse silencieuse, il est bien plus rapide que nous et, dans une configuration de ce genre, nous risquions de ne plus jamais le revoir. Il aurait pu alors s'attaquer sans difficulté à ce qui reste son objectif prioritaire. Même s'il était obligé pour ce faire de remonter et de se démasquer, nous n'étions pas sûrs d'arriver au bon endroit pour le couler.

— Je ne vous suis pas entièrement, commandant. La semaine dernière, je vous ai rappelé qu'il avait été second d'un SNA à coque composite. Il s'est battu *contre vous* il n'y a pas si longtemps, il commence à vous connaître.

— Ouais, et vous aviez raison, parfaitement raison… J'en conclus qu'il ne faut pas lui laisser deviner ce que je vais faire… A mon avis, nous pouvons nous permettre de laisser traîner un peu les choses. Pour le moment, c'est indispensable.

— Et qu'en attendez-vous, commandant ?

— Nous allons gagner du temps afin de voir comment il se comporte, essayer de voir de quel côté il penche… Nous savons qu'il doit remonter vers le nord-est et il a encore des centaines de nautiques à parcourir avant d'arriver en portée du convoi. Nous allons donc adopter une posture défensive, comme si nous avions peur de lui.

— Et donc ?

— Nous allons nous éloigner, dans la seule direction possible : au nord-est en suivant la chaîne, vers les côtes africaines.

CHAPITRE 40

— Toujours aucune trace du *Challenger*, fit Stissinger, pas un débris.

Beck, occupé à observer les images transmises par les robots, ne répondit pas. Il les avait placés en éclaireurs, au cas où Fuller l'attendrait en embuscade, s'il était toujours vivant.

Il voyait sur l'écran des éboulis de rochers tout frais, résultat des avalanches qu'ils avaient déclenchées. L'eau était trouble, pleine de sédiments et de la poussière soulevés par les explosions nucléaires. Des animaux morts dérivaient dans le champ des caméras : méduses déchiquetées, tronçons de siphonophores en forme de serpents, avec leurs milliers de tentacules et leurs dizaines d'estomacs translucides, qui parfois restés intacts, laissaient voir la nourriture qu'ils contenaient. Il remarqua aussi la présence d'étoiles de mer, carbonisées par les émissions thermiques. Et encore des espèces d'énormes poissons-chats avec leurs têtes hideuses et leurs grands crochets, que l'on aurait crus sortis d'un film d'horreur. Mais leurs filaments, phosphorescents lorsque ces poissons sont vivants, n'émettaient aucune lumière et ils flottaient sur le dos. Ils étaient morts.

Le *von Scheer* émergea enfin de la passe, cap au sud.

Beck ordonna de venir au nord-est afin d'éviter la plaine du Cap, potentiellement dangereuse car trop vaste et trop profonde. Le pilote s'aidait des robots pour voir ce qui se passait devant. La tension était forte, il fallait attendre, il n'y avait rien d'autre à faire.

Von Loringhoven arriva.

— Vous êtes bien conscient, j'imagine, que si Fuller a décidé de forcer l'allure, il risque de nous échapper ?

— Ce n'est pas lui qui importe, monsieur le baron, c'est nous. Ce qui importe, c'est savoir si nous arriverons à lancer nos missiles à temps. Savoir si nous avons suffisamment effrayé Fuller pour qu'il s'éloigne. Si nous parvenons à nous approcher du convoi puis à nous sortir de là sans casse, ce sera tant mieux. Nous pourrons ensuite nous consacrer au *Challenger*.

— Je suis d'accord, concéda von Loringhoven.

— Mais nous n'en sommes pas encore là.

— Alors, que comptez-vous faire ?

— Nous allons continuer à remonter la chaîne à bonne allure. Attendez, je vais vous montrer… einzvo !

— Commandant ?

— Passez le quart à Haffner et venez me rejoindre à la table à cartes.

Werner Haffner s'installa à la place du second, visiblement très flatté de se voir confier une telle responsabilité dans de telles circonstances. Cela fit sourire Beck, l'enthousiasme de ce jeune homme faisait plaisir à voir. *S'il mûrit un peu et s'il en réchappe, il fera un bon sous-marinier.*

Stissinger alla rejoindre Beck et von Loringhoven à la table à cartes, Beck expliqua à l'officier navigation ce qu'il voulait voir.

L'image apparut, celle de cette zone terrestre et maritime qui leur était devenue familière : la côte africaine, la chaîne de Walvis, la plaine d'Angola, le golfe de Guinée.

Au nord, la chaîne d'où émergeait Sainte-Hélène et, au sud, la plaine du Cap.

Puis se dessina, en surimpression, le convoi qui se dirigeait vers la poche tenue par les Alliés au Congo. Beck se gratta la gorge.

— Grosso modo, le convoi est cap à l'est. Nous, à cause de la chaîne, faisons route cap nord-est. Pour le rejoindre à temps, nous devons aller une fois et demie plus vite que lui.

L'image se modifia, simulant la progression du convoi à vingt nœuds et celle du *von Scheer* à vingt nœuds également. Les deux symboles commencèrent à se rapprocher, mais trop lentement.

L'officier navigation lança une nouvelle simulation, le *von Scheer* faisait maintenant trente nœuds. Autour du sous-marin, un cercle de couleur rouge représentait la zone accessible aux missiles Mach 2,5. Son rayon était de cinq cents nautiques. Une courbe de couleur verte représentait la limite d'engagement des armes nucléaires, deux cents nautiques à partir des côtes. Il était facile de voir que, dans ce cas, le cercle rouge touchait le convoi avant qu'il eût atteint la limite des deux cents nautiques.

Von Loringhoven observait attentivement la chose.

— Votre explication est limpide. Apparemment, à trente nœuds, soit la vitesse maximum silencieuse, nous y arrivons.

— Ce n'est pas aussi simple que cela. Nous devons garder une marge, le temps perdu pour les périodes d'écoute ou d'éventuelles actions d'autodéfense. Nous devons aussi tenir compte du temps de vol des missiles. Même à Mach 2,5, au ras des vagues, il leur faut environ quinze minutes pour franchir cinq cents nautiques[1]. En un quart d'heure, monsieur le baron, un porte-avions lancé à sa vitesse maximum parcourt dix nautiques

1. Voir note précédente à ce propos, p. 268. *(N.d.T.)*

ou davantage, plus que le rayon létal des têtes. Nous allons donc devoir programmer les missiles pour leur faire exécuter différents schémas de recherche, sauf si nous avons des données suffisamment précises et assez tôt. Tous ces zigzags demandent eux aussi un certain temps.

— Pourquoi ne pas demander qu'on nous les communique ?

— Il nous faudrait une liaison haut débit. Télécharger les données nécessaires à une centaine de missiles ou plus est complexe et assez fastidieux. Etablir cette liaison, lorsque l'on n'a pas une équipe de Kampfschwimmer pour installer un relais sur une île puis une liaison acoustique exige que je remonte à l'immersion périscopique, longtemps avant le lancement. Les Alliés savent sans doute déjà où nous sommes, ils ont vu les champignons. C'est déjà assez fâcheux, et nos missiles ne sont même pas encore partis.

— Vous me dites donc que nous allons tirer en aveugle ou presque, de façon à maximiser nos chances de survie et pour garder une chance raisonnable de lancer tous les missiles ?

— Oui, et pour cela, je dois me rapprocher le plus près possible du convoi. Ce qui consomme *encore plus* de temps.

— Quelles sont vos intentions ?

— Je connais assez mon Fuller pour savoir qu'il ne lâchera pas tant que l'un de nous deux n'aura pas coulé… Tiens, dit-il à l'officier navigation, montrez-nous donc la zone de convergence intertropicale.

L'officier pianota sur quelques touches. Une zone sinueuse colorée en jaune apparut. Elle serpentait à travers toute la carte, croisant la chaîne de Walvis en faisant un angle aigu, trois cents nautiques au nord de la passe franchie par le *von Scheer*. Beck posa le doigt sur ce point d'intersection.

— Fuller dispose des mêmes données que nous, il sait lire une carte. Sa tendance naturelle va le pousser à nous attendre en embuscade, *ici*. Et c'est la meilleure tactique possible. Les conditions acoustiques y sont mauvaises, ce sont les mêmes que celles dont nous avons tiré parti entre les îlots et Mar del Plata.

La zone de convergence, où les courants froids venus de l'Antarctique rencontrent les courants chauds qui descendent de l'équateur, est assez instable.

— Mais s'il vient se cacher dans cette zone, ajouta Stissinger, nous pouvons en profiter nous aussi pour lui échapper.

— Il a donc le choix, fit von Loringhoven, nous attendre devant la zone ou derrière.

— Toute la question est de savoir ce qu'il fera, devant ou derrière ? Fuller va tout entreprendre pour nous ralentir. Il sait que nos premiers échanges se sont traduits par un match nul. Autour des îlots d'abord, puis ici. Il va donc choisir de rester *derrière* la zone de convergence.

— Pourquoi derrière ? demanda le baron.

— Permettez ? fit Stissinger.

Souriant, Beck le laissa faire. Il avait noté le nouveau comportement de Stissinger, depuis quelques jours : suivant son exemple, il acceptait mieux la présence du baron et admettait de le voir prendre part à leurs débats professionnels.

Décidément, c'est le second parfait : loyal et très compétent, tout en restant adaptable, réceptif, mais sans se laisser complètement faire lorsque je change d'avis.

— Si le *Challenger* nous attend au bord sud de la zone de convergence, monsieur le baron, il court de gros risques. Supposez que nous arrivions à rompre le contact, par exemple en lançant quelques torpilles à tête nucléaire, la zone devient pour nous un véritable sanctuaire. Nous pourrons rester cachés et profiter des mauvaises conditions sonar, même si le *Challenger* émet. Nous serons en outre placés entre Fuller et le convoi. Mais, si Fuller essaye au contraire de nous attaquer de l'autre côté, nous ne disposons plus de cet abri. Si nous tentons tout de même de nous y réfugier, cela nous oblige à repartir dans la mauvaise direction et nous éloigne du convoi. Et de toute manière, il nous faudra bien rebrousser chemin à un moment ou à un autre, donc croiser Fuller.

— C'est d'une logique implacable, nota von Loringhoven.

Beck prit son second par l'épaule, et, sans parler de la sympathie qu'il lui témoignait ainsi, son geste n'était pas désintéressé : il voulait montrer au baron qu'il commandait un équipage de valeur – et, quitte à en rajouter, qu'ils avaient tous deux intérêt à serrer les rangs lorsque Berlin leur demanderait des comptes sur ce qui s'était passé en Amérique du Sud. Apparemment, von Loringhoven avait tout compris : oubliées maintenant la distance et l'arrogance qu'il avait pu montrer au début.

Stissinger poursuivit :

— Tant que les Alliés penseront que le *Challenger* n'a pas coulé, leurs forces ASM seront ligotées. Dans cette zone où les fonds sont tourmentés, avec des conditions acoustiques difficiles, elles n'oseront pas attaquer au premier contact, de crainte qu'il ne s'agisse de Fuller et non pas de nous.

— Précisément, ajouta Beck, nous allons utiliser Fuller dans notre propre intérêt.

— Et *je me répète*, quelles sont vos intentions ?

— Gagner la zone de convergence. Une fois là-bas, retourner l'embuscade de Fuller à notre profit.

Dix heures plus tard, Jeffrey fit rompre du poste de combat par roulement afin de permettre à ses hommes d'aller faire un tour aux toilettes, de boire un café et d'avaler quelque chose. Quant à lui, il se fit apporter au

PCNO un café noir et un sandwich au jambon. Après avoir remercié le planton, il avala le tout à la hâte et lui rendit son assiette et sa tasse.

Il reprit la veille, toujours attendre, attendre que le *von Scheer* voulût bien entrer dans la zone de convergence. Pour s'occuper, il afficha la photo de Beck sur son écran.

Bon, sacré vieux pote, l'un de nous deux sera mort dans pas longtemps. Et j'ai bien l'intention que ce soit toi.

Au central, les hommes épuisés avaient les traits tirés. Mais leur entraînement, tous ces exercices simulés contre la marine américaine ou la marine anglaise, selon le cas, et leur longue expérience des postes de combat les avait habitués. Ils savaient ce que voulait dire attendre sans rien faire pendant des heures et des heures. C'est le lot de tous les sous-mariniers sur tous les sous-marins, même à bord de ceux que l'on appelle les sous-marins d'attaque.

Il fit défiler négligemment quelques écrans. Leurs deux derniers robots étaient positionnés dans le sud-ouest, de chaque côté de la chaîne de Walvis, de façon à détecter le *von Scheer* quand il émergerait de la zone de convergence. Le *Challenger* dérivait cap au sud-ouest également, pour être en mesure d'intervenir dès que Beck se montrerait.

Bell toussota pour attirer son attention.

— Oui ?

— Pourquoi ne pas envoyer les robots traîner sur notre avant, on le verrait peut-être plus tôt ?

— Excellente idée, mais ils n'ont plus beaucoup de batterie. Et même à faible vitesse, ils font pas mal de boucan. On n'en a plus beaucoup en réserve et ce serait leur faire un cadeau.

— C'est vrai.

— Il y a encore une autre bonne question, reprit Jeffrey en s'étirant. Tout compte fait, j'aime assez la manière dont ça se présente. Comme vous le disiez vous-même, il ne faut pas qu'il puisse deviner mes intentions. Et lui, *il est dans le même cas.*

— Mais comment faire, commandant ?

— Je compte appliquer exactement la même tactique. Me placer en embuscade derrière un obstacle naturel. Le premier coup, c'était cette passe. Cette fois-ci, la zone de convergence. Faire deux fois de suite la même chose quand la première a échoué, voilà ce à quoi il ne s'attendra pas.

L'attente reprit, les heures succédaient aux heures.

— *Torpilles à l'eau !* hurla Milgrom. Quatre torpilles, elles ne sont pas sur autodirecteur, elles viennent sur les robots !

— Relèvement et distance ? Vitesse ?

— Distance neuf mille mètres, dans le deux-zéro-cinq. En rapprochement, soixante-quinze nœuds ! *Des Lion-de-Mer, commandant !*

— Elles arrivent de la zone de convergence, ajouta Bell, le *von Scheer* a encore deviné où nous étions.

Il semblait très abattu.

Jeffrey fit lancer immédiatement six torpilles et donna l'ordre de recharger les tubes avec des Mark 88. Puis il décida de larguer d'autres torpilles à tête nucléaire, une partie contre les assaillantes et le reste dans la zone de convergence, destinées celles-là au *von Scheer.* Mais il savait que leurs chances de faire mouche étaient bien faibles, compte tenu des conditions acoustiques.

Et d'autres Lion-de-Mer risquaient d'arriver à tout moment.

— Il m'a bien baisé, lâcha-t-il entre les dents.

— Que fait-on ?

Jeffrey devait décider très vite. Si le *Challenger* était trop gravement touché, le convoi allait se retrouver à la merci du *von Scheer.*

Avec ce que nous avons déjà subi, nous n'avons plus guère de pièces de rechange ni trop d'équipements de secours. Encore un coup comme ça et on est foutus.

Il ordonna à Bell de reconfigurer la dernière gerbe tirée, de la passer en autodéfense et d'activer les mises à feu chronométriques, au cas où les fils casseraient. Il décida également d'abandonner là ses derniers robots. Tout le monde attendait les explosions, il régnait un silence de mort. Jeffrey donna l'ordre à Meltzer de venir au zéro-trois-zéro et de monter en allure, vitesse maximum discrète.

Une fois de plus, le *Challenger* s'enfuit le long de la chaîne.

Leurs torpilles commencèrent à exploser sur leur arrière, l'océan entra en ébullition, les ondes de choc arrivaient. Le bruit et la pression répercutés sur le fond parvenaient de tous les côtés, bousculant davantage le sous-marin qui commença à danser, ils n'avaient plus rien à l'écoute. Les comptes rendus d'avaries commençaient à tomber, les équipes de sécurité faisaient ce qu'elles pouvaient. Cette fois-ci, Jeffrey commença à se faire du souci. *Nous n'avons plus aucune marge de sécurité... L'issue dépend autant de notre capacité à réparer que de nos talents de tacticiens.*

Jeffrey décida enfin de faire donner toute la puissance. *Peut-être Beck est-il décidément plus fort que moi.*

— Aucune trace, annonça Stissinger.

Leurs robots venaient de procéder à une reconnaissance approfondie sur l'avant.

— Il a encore abandonné, fit Beck.

Il savait bien qu'il proférait une évidence.

— Et maintenant, lui demanda von Loringhoven, qu'allons-nous faire ?

Le menton dans la main et les lèvres pincées entre deux doigts, Beck réfléchissait. Il avait posé le coude sur la tablette de sa console pour alléger un peu le poids de sa tête. Les yeux perdus dans le vague, il essayait d'imaginer toutes les solutions possibles.

— Il sera bien obligé de revenir se battre à un moment ou à un autre. Plus nous nous rapprochons du convoi, plus cela deviendra urgent pour lui. Il a essayé de me faire le coup que je lui ai joué près des îlots : il tend un mur d'explosions nucléaires pour se tirer plus facilement.

— Et s'il se met à nous copier systématiquement ? demanda Stissinger. Il a peut-être déjà fait demi-tour et il est dans notre dos ?

— On l'aurait entendu.

Il s'était placé entre la zone de convergence et les turbulences créées par les explosions, pas très loin de l'endroit où ils avaient entendu Fuller pour la dernière fois. Haffner émettait régulièrement au sonar à faible puissance, là où la propagation semblait la moins mauvaise. De cette manière, Beck comptait s'assurer que le *Challenger* ne lui refaisait pas le coup de revenir.

— Non, einzvo, il est parti devant.

Il afficha la carte sur son écran et la recopia sur celui de Stissinger.

— C'est ici, vous voyez, l'accident de terrain le plus marqué.

Voyant que von Loringhoven se penchait pour voir, il le lui indiqua au stylo lumineux.

— Le massif de Valdivia, sept ou huit pics très regroupés, au bout d'une crête assez longue. Ça nous fait… bon, trois cents nautiques. Les sommets sont au ras de l'eau, cinquante ou cent mètres de sonde. Et tels qu'ils sont fichus, c'est un vrai labyrinthe.

— Et vous trouvez cette situation favorable ? lui demanda von Loringhoven.

— Pour nous ? Oui. Nous pourrions essayer de nous perdre dans ce fouillis, alors que Fuller ne peut pas se le permettre, tout comme il lui est impossible de se battre entre ici et là-bas. Ses chances de l'emporter, à armes égales, sans avantage acoustique, sont à cinquante-cinquante.

— Et vous croyez qu'il ne jouerait pas le sort du convoi à cinquante-cinquante ?

— Non, je ne crois pas. Je crois qu'il n'osera même pas tenter quelque chose d'insolite, juste pour le plaisir de me faire la surprise. Le convoi est trop important à ses yeux, il ne va pas le jouer à pile ou face… Par conséquent, il va essayer de nous tomber dessus juste avant le massif de Valdivia, ce qui lui permet de rester à l'abri pendant que nous serons à découvert.

— Donc, direction Valdivia ?

Beck fit signe que oui.

CHAPITRE 41

Cela faisait six heures qu'ils étaient aux postes de combat, mais Jeffrey avait l'impression que cela durait depuis une éternité. Le *Challenger* taillait sa route le long d'une crête secondaire de la chaîne de Walvis, très accidentée mais profonde. Le manomètre indiquait trois mille mètres. Plus bas, de chaque bord, des plaines descendaient en pente raide à cinq mille. Jeffrey survolait donc la chaîne à plus d'un nautique au-dessus du fond.

Çà et là, lorsqu'une ancienne cheminée volcanique ou quelque saillie ne faisait pas obstacle à la propagation acoustique, les hydrophones bâbord recueillaient les échos de la bataille du convoi. Les hostilités semblaient avoir perdu en intensité, Jeffrey en soupçonnait la cause, les deux côtés faiblissaient et voyaient leurs moyens se réduire. Le convoi avait encore une longue route à parcourir avant d'arriver à destination et de pouvoir remplir la mission véritablement stratégique qui était la sienne. Du moins servait-il à autre chose pendant ce temps-là : il attirait les U-Boote et tous les moyens antisurface de l'adversaire.

Si les renforts arrivaient dans la poche, cela constituerait un revers majeur pour l'Axe et l'ennemi mettait tout en œuvre pour s'y opposer. Le haut commandement allemand ne pouvait donc se permettre de garder ses forces en réserve, car il lui fallait menacer indirectement les Alliés et réduire l'éventail des options qui s'offraient à eux. L'Axe était contraint de jeter toutes ses forces dans la bataille. Vu de loin, c'était une bonne chose, tant que le nombre d'U-Boote coulés restait supérieur ou équivalent à ce que perdaient de leur côté le convoi et son escorte. Il fallait également prendre en considération dans ce décompte les hommes et les stocks de munitions. Si la balance penchait de l'autre côté, s'il se coulait moins d'U-Boote que de navires alliés, ces mêmes Alliés verraient leurs capacités maritimes diminuer de façon dramatique, sans parler du sort promis à la poche congolaise. Mais pour le moment, même en se basant sur ce que détectaient ses sonars, Jeffrey aurait été bien incapable de dire lequel des deux camps gagnait et lequel perdait.

Il reste encore une issue : les deux côtés subissent de telles pertes que nul ne pourra prétendre l'avoir emporté.

Tout cela le mettait de fort méchante humeur. D'une façon ou d'une autre, il fallait qu'il arrête le *von Scheer.* Il ruminait sans arrêt cette sombre pensée : *Et si Ernst Beck était bien meilleur que moi ?*

Il jeta un coup d'œil au gravimètre. Les monts Valdivia s'élevaient devant eux, pas très loin, et formaient comme un archipel englouti. Quelque part sur son arrière, voilà qui était sûr, le *von Scheer* arrivait – et Beck savait lire une carte aussi bien que lui.

— Alors, commandant, lui demanda Bell, que fait-on comme pari maintenant ?

Jeffrey dut se retenir pour ne pas soupirer.

— Si nous tentons la même manœuvre trois fois de suite, je ne sais plus si Beck s'y attendra ou si au contraire il en sera surpris.

— Vous voulez dire, il ne croira pas que vous tentez la chose une troisième fois alors qu'elle n'a pas marché les deux premières ?

Jeffrey acquiesça.

— C'est là le problème. *Ça n'a pas marché*, et deux fois de suite. Les deux fois, le *von Scheer* a réussi à s'approcher du convoi et nous avons frôlé l'irréparable. Seul résultat, il nous reste de moins en moins de torpilles et de plus en plus de blessés. J'ai bien quelques idées, mais aucune ne me plaît vraiment.

— Et lesquelles ?

— Je préfère les garder pour moi.

Jeffrey se sentait terriblement seul, revenant sans cesse sur les derniers événements sans trouver matière à satisfaction.

— Commandant, sauf votre respect, il faut absolument que je connaisse vos intentions.

Jeffrey hésitait.

— Bon.

Il laissa la manœuvre à un de ses officiers et précéda Bell au carré dont ils refermèrent la porte derrière eux.

Il se regarda dans la glace : il avait des yeux de merlan frit et de gros cernes noirs. Ses paupières tombaient, comme s'il avait pris une cuite, ou attrapé une bonne grippe.

Eh bien, c'est même plus grave que ça. Je viens de vivre deux empoignades à coups de têtes nucléaires, j'ai le crâne dans un étau, pis qu'une gueule de bois, j'ai mal partout.

— Bon, ce sera plus facile pour nous deux si je vous la fais courte. Vous savez que j'ai eu un entretien en tête à tête avec Hodgkiss avant de rallier le bord ?

Assez perplexe, Bell hocha la tête.

— Il m'a dit que, en combat singulier, il nous considérait comme du consommable si nous nous débarrassions du *von Scheer* et protégions ainsi le convoi… A présent que nous nous retrouvons dans des conditions plus classiques, à égalité, allez savoir qui va gagner. Que le vainqueur soit Beck, je n'ose même pas envisager la chose. S'il l'emporte, le convoi est perdu.

Bell, les yeux baissés, serrait les lèvres. Jeffrey poursuivit :

— Le contraindre au combat est sans doute la dernière possibilité qu'il nous reste. *Nous ne pouvons pas* le laisser filer. A la loyale, nous avons cinquante chances sur cent d'y rester.

— Et si on échangeait nos cinquante chances de nous en sortir contre une probabilité de couler Beck, dans une espèce de *suicide* réciproque ?

— Je déteste ce mot. Mais, en dernier ressort, c'est bien cela. Un sacrifice librement consenti, en vue d'un plus grand bien… Les calculs auxquels nous contraint la guerre sont parfois bien cruels.

— Il y a quand même une chose. Ces tactiques que vous avez imaginées dans le temps, vous avez toujours choisi celles qui présentaient les plus grands risques, commandant. Et de temps en temps, cela frôlait le suicide. Ou vous faisiez semblant de risquer le tout pour le tout afin de dominer psychologiquement l'adversaire pour mieux le battre *in fine*.

— C'est vrai, et nous savons que Beck en est parfaitement conscient.

— Le risque, c'est qu'il parvienne à deviner ce que vous allez faire.

— Non, il y a une différence de taille. Cette fois-ci, je suis vraiment décidé à jouer le tout pour le tout, je ne frime pas. Cette fois-ci, je crois vraiment que nous allons nous battre à mort.

Bell était gris cendre.

— Sacrifier le sous-marin pour sauver le convoi ?

— Si je l'estime nécessaire et en dernier ressort, oui, ce sont mes ordres. L'offensive de l'Axe sur la côte est une véritable bombe, une bombe chronométrique. C'est une tout autre affaire que de savoir ce qui va se passer avec le *von Scheer.* Si nous le coulons, nous aurons au moins soulagé nos chefs de la moitié de leurs problèmes. Il serait navrant de perdre le *Challenger*, mais pensez aux conséquences si nous donnons la priorité à notre propre sort… Si nous perdons la poche, les Allemands et les Boers seront maîtres de deux continents, ils ramasseront au passage un demi-million de prisonniers de guerre américains ou alliés. Dans un contexte de guerre nucléaire, avec le risque de montée aux extrêmes, nous n'arriverons jamais à les déloger. L'Amérique sera obligée de demander un armistice et d'accepter une paix déshonorante, aux conditions imposées par l'ennemi. Non, mon vieux, on ne peut pas laisser faire ça.

Jeffrey jeta un regard à la photo de ses parents accrochée à la cloison. *J'aurais bien aimé pouvoir au moins leur dire au revoir.*

Et il songeait à la photo que Bell avait sortie de son portefeuille, celle de sa femme et de ses enfants. Bell devait être écartelé. Jamais le fardeau écrasant du commandement ne lui avait paru aussi lourd. Il ferma les paupières pour mieux lutter contre les larmes qu'il ne pouvait empêcher de poindre. Bell, perdu dans ses pensées, le visage marqué de rides, baissait les yeux. Il leva enfin la tête et regarda son commandant en face, au prix d'un effort héroïque.

— Commandant, si vous donnez à Beck la possibilité de se battre dans ces conditions, si vous adoptez une conduite suicidaire, il croira qu'il s'agit d'une ruse. Vous aurez l'avantage, parce que nous savons, nous, que ce n'est pas une ruse. Comment dire, ce serait une façon assez insolite de vous montrer imprévisible.

— Une façon tragique, vous voulez dire.

Jeffrey, la gorge serrée, avait du mal à parler. Il songeait à son équipage, à ces cent vingt hommes qu'il condamnait à une mort certaine, il songeait aux veuves et aux orphelins qu'ils allaient laisser derrière eux.

Puis il pensa à ces dizaines de milliers de gens qu'il allait sauver, aux dizaines de millions qu'il allait arracher à la botte de la tyrannie. *La balance penche nettement d'un côté : ce sont les calculs impitoyables de la guerre... Je sais où se trouve mon devoir.*

— Je... Je suis à fond avec vous, commandant... Mais les hommes ?

— Ils feront ce que je leur dirai de faire. Cette conversation reste bien entendu entre nous.

— Nous ferions mieux de retourner au PCNO.

— Un dernier mot. Je ne vais pas tomber dans des considérations à l'eau de rose ; vous savez ce que j'ai envie de dire, et que je ne dirai pas. Faites en sorte que nous ne nous comportions pas comme si nous courions à une mort certaine. Ça vaut mieux pour le moral.

Jeffrey constata, tout surpris, qu'il était moins morose et qu'il avait les idées parfaitement claires, maintenant qu'il avait pris sa décision.

A présent, je sais que je n'ai plus à me préoccuper de ce qui se passera après la confrontation finale. Je ne vieillirai pas, je n'aurai pas de problème de prostate ni de rhumatismes, plus besoin de payer mes impôts, de bosser comme une brute, de subir une compétition permanente. Adieu les regrets de ne pas m'être marié, de ne pas avoir de gosses. Terminée, cette relation bizarre et tendue avec Ilse.

Terminés, les rendez-vous chez le dentiste qu'il faut caser entre deux patrouilles. Plus besoin d'aller chez le coiffeur, ni d'aller cirer les pompes au Pentagone. Tout ça est définitivement terminé.

Le voyant de son Interphone se mit à clignoter.

— Commandant, PC trans. Nous avons un message ELF, c'est pour vous.

Chaque mot était crypté en petits blocs de quelques lettres.

— « Venir à immersion d'écoute. Ordre impératif, exécution immédiate. » La dernière phrase est répétée deux fois.

Jeffrey fit l'aperçu puis raccrocha. Il se tourna vers Bell :

— On nous ordonne de venir à l'immersion d'écoute.

— Un contrordre de dernière minute ?

Jeffrey lisait dans ses yeux qu'il le souhaitait désespérément.

— On va bien voir, répondit-il, impassible.

Il était néanmoins impatient de savoir. Il étudia un instant les cartes puis ordonna à Meltzer de changer d'immersion. Comme il voulait rester silencieux et se masquer derrière les pics environnants, il enjoignit Meltzer de se hausser sur les barres et de venir cap au sud-est. Cela leur ferait rejoindre le courant de Benguela, qui remonte le long des côtes sud-africaines.

Ils allaient donc garder la propulsion principale réglée au minimum de façon à faire un nœud, de quoi rester immobiles face au courant. Puis il ordonna au patron de sortir l'antenne, qui allait ainsi se dérouler sur leur arrière.

Il passa la suite à Bell et gagna le PC trans. Le local était en éclairage discret.

L'officier trans – un enseigne de vaisseau – et son maître principal adjoint s'y trouvaient, comme toujours aux postes de combat.

— Nous avons un message de Norfolk, commandant, lui dit le maître principal. Authentification correcte, l'amiral veut vous parler.

L'enseigne et son adjoint avaient l'air passablement ennuyés, le *Challenger* recevait l'ordre de rompre le silence radio en pleine bataille. Jeffrey n'aimait pas ça non plus.

Faut-il qu'ils aient perdu la tête, à Washington et à Norfolk ? Encore un chef d'état-major interarmes et un commandant de groupe de porte-avions qui auront été pris d'une lubie et qui ne connaissent rien aux particularités de la guerre sous-marine.

Jeffrey était profondément écœuré, il se sentait trahi. Mais les ordres sont les ordres.

Il enfila un casque et ajusta le micro. Le fil fixé à sa ceinture par une pince crocodile était muni d'un interrupteur, il suffisait d'appuyer sur le bouton pour émettre. Il entendit aussitôt la voix de l'amiral Hodgkiss dans ses écouteurs. Une voix monocorde, hachée par le système crypto et noyée dans un fort bruit de fond – crachotements, sifflements, bruits de sirène – car l'ennemi essayait de brouiller la liaison.

— *Challenger*, répondez.

Hodgkiss semblait passablement énervé.

Jeffrey appuya sur le bouton.

— Ici *Challenger*, à vous.

— Je vais essayer d'être bref, mais je sais que vous n'allez pas aimer. L'Axe a lancé son offensive terrestre pour couper la poche de la mer. Les Boers déboulent avec des blindés en suivant la côte. Nos forces sont à bout de bord, elles seront bientôt débordées.

— Et pourquoi me dites-vous tout cela, amiral ?

— La situation est désespérée, le convoi se fait massacrer. Les bâtiments d'escorte et l'appui aérien ont subi de lourdes pertes, ils sont soumis aux attaques des missiles de croisière basés à terre. En outre, compte tenu de leur position actuelle, ils sont trop loin pour contre-attaquer et il serait trop tard de toute manière. Je pense que les Boers en sont conscients, c'est pour cela qu'ils font ce qu'ils font dès maintenant et à cet endroit… Avec l'aide du lieutenant de vaisseau Reebeck, j'ai réussi à suivre vos mouvements et à voir les champignons que vous avez semés avec le *von Scheer*. Nous avions deviné que vous seriez dans la Valdivia à l'heure qu'il est. C'est parfait, vous êtes exactement là où il faut et à meilleure portée que l'escorte. Elle est encore trop loin dans le nord. Vous avez les têtes conventionnelles qui vont bien. En conséquence, je vous donne l'ordre de lancer immédiatement vos Tomahawk contre les forces boers qui progressent toujours… Vous êtes notre seul espoir.

— Amiral, je vais me livrer à visage découvert.

— Le sort de la poche est prioritaire. Les bâtiments de guerre sont faits pour infliger des pertes à l'ennemi, y compris en prenant les risques nécessaires. Là où vous êtes, avec leur portée de mille cinq cents nautiques, vos Tomahawk sont à distance des objectifs côtiers.

— Le *von Scheer* va m'entendre.

— Le convoi sert d'appât aux U-Boote, vous servirez d'appât au *von Scheer.* Vous devez l'arrêter *à tout prix.* Beck ne sait peut-être pas où vous êtes. Il est possible qu'il en profite pour venir sur vous. *J'essaye en ce moment* de vous faire une faveur… Et c'est très simple, nous ne pouvons pas laisser les chars sud-africains enfoncer la poche.

— Bien, amiral.

— Je tiens à vous rappeler ceci : contre le *von Scheer* et en dernier recours, je considère le *Challenger* comme du consommable. Vous disposez de très peu de temps pour lancer vos Tomahawk puis pour couler le *von Scheer.* Si vous échouez, toute cette bataille tournera au désastre et nous aurons perdu la guerre. Bonne chance, commandant. Terminé.

De retour au central, Jeffrey ordonna à Meltzer de remonter à l'immersion périscopique, puis à Bell de préparer un lancement de Tomahawk contre la terre. Le second en resta sans voix.

— Tout arrive à la fois, lui dit Jeffrey, tout se précipite. Le convoi, le *von Scheer*, l'offensive terrestre. Pour le moment, on passe en mode distribué.

Ce mode consiste à combiner les moyens de détection et d'attaque de différentes plates-formes disséminées un peu partout.

Meltzer le prévint qu'ils étaient à l'immersion périscopique, Jeffrey ordonna au patron de sortir le mât optronique, surmonté d'un petit détecteur radar passif. Bell signala rapidement que tout était clair en surface. La vidéo était recopiée sur les consoles du PCNO. Quant au détecteur radar, il envoyait ses données à la console de guerre électronique pour analyse. De nouveaux symboles apparurent sur l'écran de Jeffrey, des radars de veille dont il avait ainsi le relèvement et la distance. *Bon, tout paraissait clair.* Jeffrey ordonna au patron de hisser l'antenne radio.

Ils établirent un premier contact par satellite avec le bâtiment de commandement de l'escorte, lequel commença à transférer les données nécessaires aux Tomahawk : coordonnées des objectifs, définition des différents points tournants. Ces éléments permettaient également d'obtenir une cartographie détaillée de la zone, en trois dimensions, que les missiles de croisière allaient utiliser en suivi de terrain radar. Il y avait également des photos des objectifs, dans le visible et en infrarouge. Quant à ces derniers, ils étaient variés : concentrations de véhicules blindés, batteries d'artillerie, véhicules de commandement, bunkers construits à la hâte. Le tout faisait plusieurs mégaoctets… Le téléchargement fut bientôt terminé.

Jeffrey fit rentrer l'antenne radio, Bell et Torelli s'employaient déjà à programmer les missiles. Le *Challenger* embarquait dans ses tubes de lancement verticaux douze missiles de croisière à haute capacité de destruction. Ces tubes étaient installés dans les ballasts avant. Huit missiles supplémentaires étaient stockés au poste torpilles, leur mise au tube était assez rapide. *Bon, passons au plus difficile.*

Jeffrey choisit de commencer par le poste torpilles, ses missiles pouvaient partir en moins de deux minutes. Cela en ferait déjà une bonne fournée, et ce type de lancement était le plus discret. Les missiles, subsoniques, volaient à peu près à la vitesse d'un avion de ligne. Leur portée maximale de mille cinq cents nautiques permettait à Jeffrey d'atteindre la côte, alors que les missiles supersoniques du *von Scheer*, aux pattes plus courtes, n'étaient pas encore à portée de tir du convoi.

Il donna l'ordre de tir et surveilla les départs au périscope. L'un après l'autre, les missiles déchirèrent la surface, accélérés par leurs propulseurs à poudre dont les flammes jaune vif se détachaient sur le ciel bleu. Ils crachaient des jets de fumée sombre, on entendait le grondement des propulseurs à travers la coque.

Le premier missile déploya sa voilure, l'accélérateur à poudre se détacha, le réacteur prit le relais. Bell annonçait à haute voix les phases successives du lancement, les huit engins disparurent rapidement à l'horizon. D'autres unités alliées, chasseurs-bombardiers ou satellites de reconnaissance, pourraient modifier le programme de vol pendant leur trajet, par radio. Les objectifs mobiles auraient ainsi plus de mal à tenter de leur échapper en se déplaçant ou en lançant des contre-mesures.

A présent, au tour des tubes verticaux.

Cette fois-ci, le bruit était nettement plus fort. Douze Tomahawk partirent l'un après l'autre, larguèrent leurs accélérateurs et passèrent en vol horizontal. Avant même que le dernier eût disparu, Jeffrey donna l'ordre de rentrer le périscope. Torelli et les contrôleurs étaient assez contents d'eux-mêmes, ils avaient réussi un vingt sur vingt. C'était le résultat de mois d'entraînement, d'un travail constant de maintien en condition opérationnelle. Jeffrey leur cria :

— Bravo les gars !

A présent, des charges de différents types se dirigeaient sur l'ennemi : grappes de mines, bombes à gaz, charges à pénétration profonde. *Attendons de récolter ce que nous avons semé.*

— Alerte !

Meltzer fit l'aperçu et le sous-marin prit une forte pointe. Jeffrey voulait absolument échapper aux missiles supersoniques qui n'allaient pas tarder à leur tomber dessus, les sonars du *von Scheer* avaient certainement intercepté le bruit des départs. Là, plus moyen de lui échapper, il allait arriver. Depuis l'instant du premier départ, Beck avait eu amplement le temps de remonter, de rentrer les éléments de tir et de lancer ses missiles qui volaient à Mach 2,5. Des missiles équipés de têtes résistantes, capables de survivre à l'impact sur l'eau et de descendre très bas.

Restait une inconnue : comment l'Axe allait-il répliquer à l'attaque ? Sur terre ? En mer ? A coups de missiles de croisière ? Et dans ce cas, subsoniques ou supersoniques ? En faisant lancer des torpilles par ses U-Boote ?

Totalement découragé, Jeffrey décida de procéder à des manœuvres d'évasion en se faufilant entre les pics. Mais rien n'arriva.

Il se dit alors que l'Axe avait sans doute d'autres priorités, ou craignait d'endommager le *von Scheer* par erreur. Ou encore, qu'il était tout simplement hors d'état de répliquer efficacement.

— Mais pourquoi Beck n'attaque-t-il pas ? finit-il par demander à Bell.

— Il préfère peut-être rester discret et garder ses missiles pour le convoi, non ? Ou alors il se dit qu'il se contentera des Lion-de-Mer pour s'occuper de notre cas ?

— Si c'est ça, je le trouve bien prétentieux.

— Et puis, il y a autre chose, commandant.

— Oui, je sais. Les missiles peuvent facilement nous rater et foutre en l'air les conditions acoustiques dans toute la zone. Beck tient à ce qu'elle reste propre, quand l'heure de l'empoignade finale sera venue.

CHAPITRE 42

Ernst Beck n'arrivait pas à y croire. Werner Haffner venait de lui dire qu'ils avaient détecté une série de lancements à faible immersion droit devant. Des missiles de croisière, dans la chaîne de Valdivia.

— Vous ne croyez pas que c'est bidon ? lui demanda-t-il. Un nouveau type de leurre, pour faire du bruit ?

Haffner fit repasser la bande-son sur les haut-parleurs sonar et Beck écouta avec la plus grande attention chaque glissando, chaque grondement, le bruit des départs qui s'interrompait brutalement puis celui des moteurs qui diminuait progressivement. Et enfin, le choc des accélérateurs à poudre qui retombaient à des centaines de nœuds. Il compta ainsi huit lancements de torpilles puis douze missiles de croisière.

Un message ELF lui confirma bientôt que Berlin avait intercepté des émissions radio juste avant les lancements, sur deux bandes de fréquences. La première provenait apparemment d'une antenne flottante, la seconde, d'une émission haut débit – probablement pour confirmation et vérification.

— Je ne peux pas croire qu'un leurre ferait tout ce boucan, dit Stissinger.

— Même avis, lui répondit Beck.

— Et s'il s'agissait d'un autre sous-marin, non du *Challenger* ? demanda von Loringhoven.

— Je ne crois pas. Les Alliés ont dû laisser champ libre au *Challenger* pour éviter tout risque d'interférence. En outre, c'est là que nous l'attendions en ce moment, dans la chaîne de Valdivia.

— Alors, pourquoi lancerait-il ses missiles alors qu'il doit nous savoir tout près ?

— Monsieur le baron, je suis sûr qu'ils en ont reçu l'ordre. A voir le cap des missiles, vers le flanc sud de la poche, l'offensive terrestre a dû commencer et les Alliés sont dans une situation désespérée. Le convoi est encore loin.

— Voilà qui fait plaisir à entendre, conclut von Loringhoven.

— Bon, lui dit Beck, on va s'occuper de Fuller et lui régler son compte une fois pour toutes.

Beck étudiait la carte et le gravimètre. Le flanc de la montagne la plus proche se trouvait en limite de portée des Lion-de-Mer, mais, à soixante-dix nœuds, il leur faudrait tout de même une demi-heure pour y arriver.

Il décida donc d'attendre. Il avait l'intention de lancer ses robots pour aller tâter le *Challenger* : s'ils ne voyaient rien, il tirerait les Lion-de-Mer d'assez près, pour provoquer une réaction. Le dédale de la montagne, dont le *von Scheer* comptait tirer parti pour rester tapi, servirait tout aussi bien à coincer Fuller.

Voyons voir, huit Lion-de-Mer qui s'approchent à différents relèvements... Oui, il sera obligé de riposter ou de monter en allure, ou les deux. Et dans tous les cas, je suis gagnant.

Je suis gagnant parce que je dispose d'un avantage décisif. Le Challenger *est obligé de couper les fils chaque fois qu'il lance une nouvelle torpille, pas le* von Scheer. *Nous pouvons tirer successivement plusieurs gerbes et garder la commande de tout ce qui est à l'eau, la DLT est prévue pour. Et les opérateurs sont entraînés à ce genre de situation.*

Dans ces conditions, il était difficile à Beck de ne pas jubiler.

— Torpilles à l'eau ! cria Haffner. Huit torpilles, sur nous, même immersion, actives ! Nouveau contact sonar, sous-marin en plongée, vitesse élevée, c'est le *Challenger* ! Le *Challenger* en relèvement constant, vitesse de rapprochement forte !

Sonné, Beck consulta l'écran situation tactique. Les Mark 88 leur arrivaient dessus en râteau, si proches que les relèvements s'étendaient de l'est au nord-ouest. A soixante-dix nœuds. Et le *Challenger* suivait derrière vent du bas.

— Bruiteurs ! cria Haffner. Torpilles ! Une, deux, trois… six, non, *huit* torpilles actives !

Jeffrey s'accrocha à ses accoudoirs, le *Challenger* tremblait de toutes ses membrures. L'assaut final – et peut-être fatal – venait de commencer.

Son plan était très simple. Les ordres qu'il avait reçus de Hodgkiss l'avaient conduit à inverser les rôles de manière assez inattendue : c'était *lui* et non le *von Scheer* qui s'était vu contraint de remonter pour lancer ses missiles. Ainsi obligé de mijoter une autre tambouille avec ce qu'il avait sous la main, Jeffrey avait trouvé le moyen de piéger le *von Scheer* en tirant quelques Tomahawk. Comme l'avait parfaitement deviné l'amiral Hodgkiss, s'il lui offrait sur un plateau un contact aussi évident, Beck saurait donc où il était. Jeffrey n'avait pas besoin de se creuser la cervelle : compte tenu de la situation, ce lancement de missiles était suffisamment crédible en soi. Il conforterait amplement Beck dans sa première intuition, savoir que le *Challenger* allait attendre un moment dans la chaîne de Valdivia. Beck se souvenait certainement du pari qu'avait tenté Jeffrey la dernière fois, avant Noël – et cela jouerait en faveur du *Challenger.*

Jeffrey s'était mis d'accord avec Bell de ne plus tenir aucun compte des règles tactiques standard. *A tort ou à raison, Ernst Beck, tu crois toujours que je me comporte de façon rationnelle et que, en combat singulier, tu es plus fort que moi.*

Par mesure de prudence et afin de préserver la discrétion, le *von Scheer* faisait route à faible vitesse. Le *Challenger*, lui, fonçait à toute allure, le réacteur donnait cent vingt pour cent de PMP. Il restait caché derrière la face nord de la chaîne de Walvis, tout près du fond. De cette façon, Jeffrey bénéficiait d'un bon effet de masquage acoustique, jusqu'au moment où il surgirait de la crête. Sa première torpille, en mode actif, devait lui permettre de détecter le *von Scheer* et là, Meltzer avait reçu consigne de foncer dessus.

Maintenant qu'il avait pris le *von Scheer* par surprise, les gerbes de Mark 88 allaient obliger Beck à bifurquer au sud, à quitter l'abri de la chaîne de montagnes, et il se retrouverait dans la plaine du Cap, totalement à découvert.

Jeffrey se sourit à lui-même : au diable la prudence et la discrétion. *Beck, mon vieux, continue à croire que je fais semblant. Continue, et on se retrouvera tous les deux en enfer.*

Beck ordonna aussitôt de tirer une gerbe de Lion-de-Mer pour neutraliser les torpilles du *Challenger.* Même fil coupé, les autodirecteurs des Mark 88 pouvaient encore les amener droit sur lui.

Il lança de nouvelles torpilles contre le *Challenger*, mais Fuller avait plus de torpilles à l'eau que lui. Et il lui arrivait dessus à pleine vitesse.

Il ordonna au pilote de venir au sud et de monter en allure, vitesse maximum. Il devait gagner du temps, se donner de l'eau pour éviter que ses propres torpilles ne s'attaquent à lui s'il tirait de trop près.

Le sonar d'étrave du *Challenger* émit une longue impulsion, sans doute à la puissance maximale. Un long hurlement strident traversa l'eau puis la coque. Au central, l'air en tremblait, la fréquence modulée passait de l'aigu au grave. Beck était électrisé, comme lorsqu'on fait crisser la craie sur un tableau noir. Difficile de réfléchir calmement dans ces conditions.

Il aurait bien aimé répliquer, mais le *Challenger* arrivait dans le secteur arrière, dans l'angle mort de son propre sonar d'étrave.

Fuller a soigneusement mijoté son coup, il se sert de son sonar comme d'une arme psychologique et, le pire, c'est que ça marche.

Le bruit de l'émission sonar disparut dans celui des explosions, sur l'arrière. Beck commençait à comprendre pourquoi Fuller avait pris cette passe taillée dans la montagne. Les explosions, les pulsations des bulles, les réflexions successives des ondes de choc sur le fond, sur la surface et sur les flancs de la montagne faisaient comme des coups de masse répétés sur la coque du *von Scheer*. On eût cru Vulcain, le dieu de la mythologie romaine, en train de travailler à sa forge.

Toujours cap au sud et en eaux profondes, Beck savait bien qu'il devait continuer à fuir droit devant. Ces explosions énormes et le contrecoup des ondes de choc ne se contentaient pas d'assourdir les hommes et d'endommager son sous-marin. Elles aveuglaient totalement ses sonars, il n'avait plus aucun moyen de savoir ce qui se passait exactement derrière lui.

Il suffisait d'un seul trou dans le filet, une seule Mark 88 qui réussissait à passer le barrage des Lion-de-Mer – et le *von Scheer* partait par le fond.

Les explosions et les coups de masse continuaient sans relâche. Au poste torpilles, le dispositif de chargement bâbord cassa net, laissant échapper un brouillard de fluide hydraulique inflammable. Les équipes de sécurité se précipitèrent pour noyer le tout sous la mousse avant qu'un incendie n'éclate.

Au plafond, les rampes lumineuses étaient fracassées, les collecteurs incendie lâchaient. Les écrans des consoles s'éteignirent, tout le système informatique était hors service. Le central empestait le plastique brûlé, les équipements électroniques fondaient. Les hommes se précipitèrent sur leurs masques respiratoires, un officier marinier aida von Loringhoven à passer le sien et à le brancher sur le circuit d'alimentation.

— Mais il va nous tuer ! cria le baron.

Le masque étouffait le son de sa voix et, au milieu de tout ce vacarme, on avait peine à l'entendre.

— Mais non ! lui cria Beck, je le connais ! C'est ce qu'il *essaye* de nous faire croire !

Le *von Scheer* était presque à sa vitesse maximale, plus de quarante nœuds, mais Beck savait que le *Challenger* faisait dix ou vingt nœuds de mieux. Il avait aussi compris que les têtes nucléaires de son adversaire avaient été poussées à plus d'une kilotonne. *Il nous remonte par l'arrière, et il gagne du terrain... en supposant qu'il soit toujours là.*

Beck donna l'ordre de venir plein est afin de dégager le sonar large ouverture sur bâbord, dans son sillage.

Haffner et ses hommes s'escrimaient à essayer de démêler tous ces bruits et à en extraire le signal utile. Le sifflement des respirations dans les masques ajoutait à la cacophonie du central, l'ambiance était folle. Mais Beck le savait bien, cette folie n'était que trop réelle.

Il attendit les résultats de Haffner. Le *Challenger* avait probablement fait demi-tour et continuait à jouer au chat et à la souris, le chaos acoustique faiblissait peu à peu. Si Fuller se rapprochait trop, il ne pourrait plus tirer – les explosions de ses torpilles lui feraient subir le même sort qu'au *von Scheer.* Et trois mille mètres de profondeur, c'était bien au-delà de l'immersion de destruction des torpilles conventionnelles.

— Raies d'un sous-marin à grande vitesse et bruits d'écoulement, commandant ! Le *Challenger* est toujours là !

Beck poussa un juron, Fuller gagnait toujours sur lui. Il ordonna de lancer une nouvelle gerbe de Lion-de-Mer. Elles devaient faire une large boucle avant de repartir vers l'arrière pour aller chercher leur but, ce qui allait leur faire perdre un temps précieux.

On entendait d'autres Mark 88. Fuller les avait sans doute fait régler à très faible puissance, un dixième de kilotonne, pour ne pas risquer de subir lui-même trop de dégâts. Beck ordonna au pilote d'obliquer légèrement. Haffner annonça immédiatement qu'il entendait huit nouvelles Mark 88, leur vitesse de déplacement était proche de trente nœuds. Et le *Challenger* reprenait ses émissions pour les harceler.

Beck décida de faire cap au sud. Il ordonna à Stissinger de lancer huit Lion-de-Mer supplémentaires, mais le second lui cria que les choses n'avançaient pas assez vite. Après l'avarie de la rampe de chargement, la mousse mélangée au fluide hydraulique faisait une véritable gadoue au poste torpilles.

Beck l'envoya donc à l'avant pour prendre les choses en main. Les explosions nucléaires se succédaient, les circuits de communication intérieurs cessèrent de fonctionner, le planton annonça à Beck qu'il n'avait plus aucune liaison. Le réseau optique de données tomba en panne à son tour. Toutes les lumières s'éteignirent d'un seul coup – Beck n'avait plus aucun contact avec le reste de son bâtiment.

Hors d'haleine d'avoir couru avec son scaphandre, un autre planton arriva de l'arrière. Il lui expliqua qu'ils avaient un turboalternateur en feu, que le presse-étoupe fuyait. Le chef lui demandait l'autorisation de passer les pompes du réseau incendie et les pompes d'épuisement sur batterie. Beck savait que cette ponction allait les obliger à réduire l'allure et c'était bien la dernière chose à faire. En outre, tirer sur la batterie risquait de rendre impossible le redémarrage de la chaufferie si jamais le besoin s'en faisait sentir, par exemple à la suite d'un choc ou d'un nouveau problème électrique.

Beck commençait à croire qu'il avait perdu la partie, Jeffrey Fuller semblait déterminé à les entraîner tous deux dans la mort. Et, d'un point de vue stratégique, ce n'était pas idiot. De même qu'on se résout à l'échange des reines dans un tournoi d'échecs.

C'est une solution qui mérite d'être étudiée. Elle préserve l'équilibre des forces sous-marines – bien qu'à un niveau inférieur – mais cela permet au convoi d'éviter l'attaque de mes missiles.

Et là, Beck acquit la certitude que Fuller ne plaisantait pas.

Les éclairages vacillaient, l'air était rempli de fumée et tout le monde portait son masque. Le *Challenger* avait subi un traitement terrible, mais le loch indiquait toujours 53,3 nœuds et ils gagnaient sur le *von Scheer.*

— Raies de bruits mécaniques, commandant, cria Milgrom à travers son masque. Je suppose que ce sont les pompes à incendie et ses pompes d'épuisement.

— Ce pourrait être une feinte ? lui demanda Jeffrey en se retournant.

— Non, on est dans leur zone sourde, ils ne peuvent pas émettre dans notre direction.

— Autre chose ?

— Des claquements et des coups de butoir, assez bas, comme s'ils effectuaient des réparations.

— Très bien, sonar.

Jeffrey se retourna vers Bell et ils échangèrent un regard.

— On les a bien esquintés, fit Bell.

— Mais ils sont toujours à leur vitesse maximum, ils n'ont pas épuisé toutes leurs armes nucléaires, leur système de combat reste opérationnel. Nous devons les couler. Si nous reculons maintenant, nous serons obligés de revenir à la première tactique et d'échanger coup pour coup à bonne distance. Il faut que nous nous rapprochions au point qu'il ne pourra plus se servir de ses Lion-de-Mer, sous peine de se détruire lui-même si ce n'est pas nous qui le touchons. Il n'y a pas d'autre solution.

— Compris.

La voix était déformée par le masque, mais on devinait tout de même une pointe de regret dans la réponse du second.

— Rechargez les tubes, Mark 88, ordonna Jeffrey.

Ernst Beck se creusait désespérément les méninges : comment faire pour échapper au *Challenger* ? Dans le compartiment propulsion, l'incendie et la voie d'eau prenaient mauvaise tournure, même en tenant compte de la conception du presse-étoupe de ligne d'arbres, qui garantissait son étanchéité en toutes circonstances. Au poste torpilles, la situation n'était guère meilleure, malgré l'intervention de Stissinger.

Il aurait fallu un coup de chance insensé pour qu'une seule de ses torpilles parvienne à franchir le mur des Mark 88. Et même ainsi, la distance était si faible qu'ils risquaient d'y rester tous les deux. Il faudrait que le *Challenger* connaisse une avarie majeure pour que le *von Scheer* puisse espérer s'en sortir.

En attendant, je n'ai pas l'impression que la chance soit avec moi.

Il lui vint soudain une idée, une idée désespérée.

— Pilote, assiette plus quarante. Venez à neuf cents mètres.

L'étrave du *von Scheer* se dressa vertigineusement.

Lorsque Beck regarda devant lui, il ne vit plus la cloison, mais le pont. Il bascula contre le dossier de son siège, le sous-marin remontait à toute allure : il était équilibré, il flottait littéralement entre deux eaux, si bien qu'il n'avait pas à vaincre la pesanteur. Contrairement à un avion, un sous-marin peut faire une ressource sans rien perdre de sa vitesse.

— Le *von Scheer* a pris de la pointe ! cria Bell.

— Alarme, CPA faible ! Assiette plus quarante, vivement !

L'alarme devait prévenir l'équipage de saisir tout ce qui pouvait bouger. Meltzer tira sur le manche, le pont devint aussi escarpé qu'une colline, Jeffrey et Bell se trouvèrent projetés à la renverse dans leurs fauteuils. Bell se tourna vers le commandant :

— Qu'est-ce qu'il fabrique ?

— Il remonte pour utiliser ses leurres ! Et ses torpilles conventionnelles !

— Mais on pourra contre-attaquer si on remonte aussi haut que lui !

— Peut-être pas. Et plus haut, il limite le débit de ses voies d'eau.

Jeffrey essayait de se mettre dans la peau de Beck. *Comment réagit-il, ce type ? Est-il bien décidé à réussir et à s'en tirer ? Jusqu'où est-il prêt à aller pour remplir sa mission ?... A-t-il envie de mourir, vraiment ?*

— Sonar !

— Commandant ?

— Annoncez-moi toutes les raies du *von Scheer* !

— Pompes de cale, pompes à incendie ! Des bruits de marteau, j'entends aussi de l'outillage électrique !

— Il stabilise ! cria Bell.

Jeffrey jeta un coup d'œil au manomètre : neuf cents mètres.

— Pilote, assiette zéro ! Immersion neuf cent soixante-dix mètres !

Il n'eut pas le temps de tirer, le *von Scheer* lançait déjà quatre Lion-de-Mer supplémentaires. Elles entamèrent une large boucle avant de foncer sur le *Challenger*. Jeffrey ordonna à Bell de tirer quatre Mark 88 pour les détruire, plus quatre autres sur le *von Scheer*.

— Il a toujours envie d'en découdre, commandant.

— Moi aussi, mais lui, je n'en suis pas si sûr. Attendons de voir ce qui va se passer.

Les quatre Lion-de-Mer se plaçaient en râteau, Bell donna l'ordre d'affecter une Mark 88 à chacune d'entre elles. Les têtes étaient réglées à la puissance minimum, mais elles allaient sauter en limite de distance de sécurité pour le *Challenger*. Beck en avait fait autant, ses torpilles explosèrent une fraction de seconde après celles de son adversaire. Le *Challenger* encaissa durement le choc. Un mur de bulles et de bruit séparait désormais les deux sous-marins.

— Vapeur stop !

— *Pardon ?* fit Bell au milieu du vacarme – l'océan grondait de partout.

— Pour le moment, nous ne savons pas ce qui se passe de l'autre côté du rideau ! Avec les leurres, les torpilles et toute cette réverbération, on risque de se prendre un bon coup dans la gueule si on continue à jouer au chat et à la souris !

On l'entendait haleter dans son masque.

— Nous devons absolument le couler !

— Non, nous avons le devoir de protéger le convoi ! Et si on reste de ce côté du rideau, c'est cuit ! *On a déjà donné !* On fonce à l'aveugle, et Beck retrouve toute sa liberté d'action. Résultat, on perd et le *Challenger* et le convoi !

— Mais…

— S'il acceptait de courir ce risque, celui de notre

destruction mutuelle, il nous serait tombé dessus et on l'aurait déjà sur le dos, en ce moment ! Il a fait péter des charges pour nous rendre sourds et aveugles, il a ensuite lancé ses leurres pour nous empêcher de savoir où il était, à quelle immersion, à quel cap. Et pour se tirer sur la pointe des pieds !

— Puis pour s'attaquer au convoi ?

— Non, on peut facilement s'interposer entre le convoi et lui. On va plus vite que lui, on a subi moins d'avaries ! Il est assez grand pour s'en rendre compte tout seul !... Nous l'avons contraint à s'éloigner dans le sud et il est hors de portée missile ! Il faut qu'il sache qu'il ne nous passera pas sur le corps !

— Et pourquoi ne pas lui balancer quelques torpilles nucléaires ?

— Chaque fois que nous avons essayé, ça a été peine perdue ! Nous n'avons presque plus de munitions et nous ne savons pas ce qui nous attend avec le convoi !

Jeffrey eut soudain une idée lumineuse :

— Le « pont d'or », mon vieux !

— Pardon ?

— Sun-Tzu ! Il écrit quelque part qu'il faut toujours laisser une porte de sortie à l'adversaire, un moyen de sauver la face, de façon à éviter la destruction mutuelle !

— Et dans notre cas, où est-il, votre « pont d'or » ? Qui le construit et pour qui ?

— Ici, répondit Jeffrey en tapant quelques touches pour afficher la carte.

— *En Afrique du Sud ?*

Jeffrey acquiesça d'un signe du menton.

— Il a grand besoin de réparations. Allez, mon vieux, montrez-vous un peu politique ! Beck s'est construit son propre « pont d'or », il veut se couvrir vis-à-vis de ses chefs !... Nous avons remporté une victoire psychologique, nous l'avons battu, stratégiquement parlant ! Il faut qu'on le sorte d'ici et qu'on l'oblige à se tirer pour de bon !

— Pourquoi faites-vous demi-tour ? demanda von Loringhoven.

— Parce que, monsieur le baron, la meilleure solution consiste à préserver le *von Scheer* pour la suite. Si nous relâchons chez les Boers à Durban, cela nous permettra de procéder à quelques réparations et de refaire le plein d'hydrogène liquide. Souvenez-vous, nous disposons encore de deux missiles Mach 8. Sans propergol, ils ne servent à rien. *Si je fais le plein*, je pourrai m'en servir.

— Mais vous acceptez votre défaite, vous laissez le *Challenger* et le convoi s'échapper !

— Soyez réaliste. Fuller *nous a battus*. Il nous a réduits à l'état d'épave et il le sait. Il est plus rapide, il possède plus de puissance de feu que nous et son bâtiment est en meilleur état que nous, car ses dégâts, *nous ne les lui avons pas* infligés ou il les a réparés. Et il se trouve entre le convoi et nous. Si nous essayons de franchir par le nord le mur acoustique que nous avons créé tous les deux, nous sommes morts. Si nous restons de l'autre côté, il hésitera à suivre, faute de savoir ce qui risque de lui tomber sur la figure.

Von Loringhoven était ébranlé. Beck poursuivit :

— Il y a beaucoup de fond dans les parages, ce qui est rêvé en matière de lutte ASM. Voilà encore une chose qu'il avait prévue. Regardez la carte. A l'exception de deux sommets isolés derrière lesquels il peut se dissimuler pour tirer quelques Mark 88, il n'y a pas un seul endroit où nous puissions nous cacher, d'ici au cap de Bonne-Espérance ! Il n'a pas encore franchi ce mur de bulles, car nous étions à faible immersion et donc en mesure de tirer des 65 conventionnelles à bout portant… Il faut que nous partions d'ici pendant qu'il est encore temps, avant que l'aviation alliée arrive avec des charges nucléaires.

— Et pourquoi Durban ?

— C'est la conséquence du sabotage dont nous avons été victimes en Norvège. Même si nous tirions nos Mach 2,5, le convoi aurait encore une chance d'arriver intact. En nous retirant, nous gagnons du temps. Cela nous permet en outre d'obliger les Alliés à s'occuper de nous et à les maintenir sous pression, tout simplement parce que nous sommes toujours vivants. Mais si les Mach 8 redeviennent opérationnels, c'est une autre paire de manches. Vous pouvez écrire tout ça dans votre rapport si vous voulez. Dites que nous avons trimballé Fuller dans tout l'Atlantique Sud et que nous l'avons empêché de protéger le convoi. Dites que cela aura permis à nos U-Boote de rester au contact et de faire un carton, grâce à l'absence du *Challenger.* Dites que, une fois à Durban, nous serons en mesure de menacer les Alliés dans tout l'Atlantique, en océan Indien, dans le Pacifique, dans le golfe Persique. Ajoutez encore que nous avons feinté le *Dreadnought* en réussissant à nous faufiler entre le Groenland et l'Irlande... Bref, dites ce que vous voulez pour nous sauver la mise ! Après tout, c'est vous, le diplomate !

Deux heures plus tard, Jeffrey émergea enfin dans l'est du mur de bulles et de leurres semés par le *von Scheer.* Tout cela ressemblait à l'ennemi, mais ce n'était pas lui. Les bulles étaient de trop faible taille. L'atmosphère était redevenue suffisamment saine, les hommes avaient enfin pu se débarrasser de leurs masques.

Ils avaient épuisé leurs derniers robots de reconnaissance, Milgrom et ses hommes devaient donc se contenter du sonar passif. Mais rien. Jeffrey lui ordonna d'émettre à la puissance maximum, l'émission de la dernière chance qui lui permettrait peut-être de retrouver Ernst Beck avant de lui dire au revoir et d'oublier tout ça. *Il n'est pas mauvais dans son genre, mais je l'ai battu et bien battu.*

Milgrom signala bientôt un écho assez faible sur le

vrai *von Scheer*. Beck était déjà loin dans le sud, cap à l'est pour bénéficier le plus vite possible de la couverture aérienne des Boers.

— Regardez donc, commandant, comme il a fait bon usage de son « pont d'or ». Un pont que vous l'avez obligé à construire lui-même, dont il a dû s'emparer.

Il souriait de toutes ses dents.

Encore trop perdu dans ses pensées, Jeffrey était incapable de répondre. Il s'était persuadé qu'ils allaient y rester, son équipage et lui. Il était encore tout étonné d'avoir retrouvé si vite son calme et la plénitude de ses capacités. Il avait déjà vu la mort de près, le plus souvent au combat. Mais il n'avait encore jamais cru à ce point que le terme *consommable* prendrait autant de substance… Et pourtant, non, ils s'en étaient sortis…

Mais l'heure n'était pas encore à jubiler ni à philosopher ou à se congratuler soi-même.

— Bon, mon vieux, on a encore ce convoi.

— Bien, commandant.

Bell avait retrouvé toute sa vivacité.

— Venir au nord, vapeur avant quatre. Immersion trois mille mètres.

EPILOGUE

Deux semaines plus tard

Le convoi avait fini par débarquer et la poche se trouva ainsi sensiblement renforcée. Les Alliés purent repousser l'attaque terrestre de l'Axe, les armées allemande et boer échouèrent dans leur tentative d'opérer leur jonction. Enfin, la bataille nucléaire resta confinée à la haute mer. Le *Challenger* avait regagné l'arsenal de Newport News, en Virginie, pour y subir des réparations et embarquer de nouveaux systèmes.

En grand uniforme, bien reposé, Jeffrey était assis en face de l'amiral Hodgkiss. Son rapport de patrouille était posé sur le bureau où rien ne traînait.

Hodgkiss le fixait intensément, mais restait impénétrable, ce qui ne laissait pas d'inquiéter Jeffrey.

— J'ai voulu vous voir en tête à tête, commença l'amiral, avant que mes services ne vous passent à la moulinette.

— Oui, amiral, répondit poliment Jeffrey.

Il avait du mal à rester naturel.

Hodgkiss prit le rapport, le soupesa un moment avant de le reposer là où il était. Le document, fort épais, fit un certain bruit en touchant la table, on n'entendait que cela. Jeffrey attendait la suite, la sentence, l'annonce du sort qui lui était réservé.

— Je vous avais certes demandé de faire preuve d'initiative, commandant, mais à ce point, Seigneur tout-puissant !

— Amiral ?

— Tout ce que vous avez manigancé en Amérique du Sud a semé la tempête à Washington. Vous avez été à deux doigts de déclencher une guerre entre le Département d'Etat et le secrétaire d'Etat à la Défense !

— Ils essayaient d'avoir ma peau, amiral ?

— Toujours aussi direct, mon garçon, pas vrai ?

— J'ai fait ce qu'exigeaient les circonstances, amiral.

— Et puis, il y a le cas du *von Scheer.*

Jeffrey se sentait tout penaud.

— Vous vous en êtes brillamment sorti.

— Oui ?

— Je ne vous avais pas demandé de courir au suicide, je vous avais demandé de protéger le convoi à tout prix. Cela dit, vous êtes vivant et le *Challenger* sera en mesure de reprendre la mer avant le *von Scheer.* C'est du moins ce qui ressort de votre rapport, confirmé par nos sources en Afrique du Sud. Bilan, vous avez amélioré notre liberté d'action et réduit celle de l'Axe.

— C'est temporaire.

— Dans une guerre de ce genre, le temporaire peut devenir définitif.

— C'est vrai, amiral.

— Bon, revenons à ce que je disais. Vous nous avez placés devant un grave dilemme.

— Lequel ?

— En tout état de cause, c'est le résultat qui compte et non les intentions. Je ne m'occupe pas de savoir si vous avez obéi ou non aux ordres, ni si vous les avez interprétés de façon un peu trop, comment dire, créative.

— Je comprends, amiral.

Il attendait la sanction qui n'allait pas manquer de tomber.

— On vous a décerné la médaille du Mérite de la défense nationale.

— *Pardon ?*

— Nous avions bien envisagé de vous remettre une seconde Médaille d'honneur, mais cela ne nous a finalement pas paru convenable. Cette décoration récompense la valeur personnelle, les actes de courage exceptionnel et le sang versé. Nous ne sommes pas exactement dans ce cas.

Jeffrey se taisait toujours.

— Non, ce que vous avez accompli révèle un sens du commandement, des facultés de jugement, vraiment exceptionnels. Vous avez montré des talents de négociateur, vous vous en êtes magnifiquement sorti dans des circonstances très délicates. Vous avez également montré que vous saviez faire le tri entre impératifs tactiques et stratégiques, au cours de l'une des plus importantes batailles navales que nous ayons jamais livrées.

— Merci, amiral, je ne sais trop que dire…

Hodgkiss le fixait toujours de son regard perçant.

— Vous avez contrecarré les plans de l'Axe en Amérique du Sud et réussi à nous faire un allié d'un pays resté neutre jusque-là. Vous avez contribué au maintien du statu quo en Afrique équatoriale, alors que nous étions totalement acculés depuis un bout de temps… Cela marque pour l'Axe le début de sa chute. Ces dernières semaines ont été comparables à Stalingrad, à El Alamein ou à Midway. L'ennemi a jeté toutes ses forces dans la bataille, il a inventé les pièges les plus tordus. Mais nous avons tenu le coup, marqué quelques points significatifs et ces salopards ont reçu un coup de poing qu'ils n'oublieront pas de sitôt. Grâce en partie à votre action, c'est la renverse.

— Merci, amiral.

Il en était encore tout tourneboulé. *Le Mérite de la défense nationale.*

Le téléphone sonna, l'amiral décrocha.

— J'ai dit que je ne voulais pas être dérangé. (Il écouta ce que lui disait son interlocuteur.) L'Ecole de guerre navale ?

Au bout d'un moment, il tendit le combiné à Jeffrey :

— C'est pour vous. Le président des Etats-Unis.

Jeffrey se leva, prit le téléphone et manqua le lâcher tant il était fébrile.

— Capitaine de frégate Fuller, monsieur le Président.

— Heureux de vous savoir de retour, commandant, répondit cette voix qui lui était désormais familière.

— Je vous en remercie, monsieur le Président.

— Je suis sûr que vous êtes débordé et que la marine ne vous lâche pas, mais j'aimerais que vous veniez à Washington, après-demain.

— Un instant, je vous prie. (Il posa la main sur le micro.) Le Président voudrait savoir si je peux être à Washington dans deux jours.

— Lorsque le Président vous demande ce genre de chose, on dit *oui* ! Vous vous occuperez plus tard de votre emploi du temps !

Jeffrey reprit l'appareil :

— Oui, bien sûr, monsieur le Président.

— Parfait. Nous aurons une petite cérémonie, j'aimerais que vous soyez des nôtres. Cet enseigne des SEAL qui a travaillé pour vous, Félix Estabo, je vais lui remettre la Médaille d'honneur. Et notre nouvel allié, Getulio Da Gama, sera également à Washington. Nous allons parler de notre future coopération.

— J'en serai très heureux, monsieur le Président.

— J'en ai déjà touché un mot au secrétaire d'Etat à l'Energie, il a prévenu vos parents.

— Mes parents ?

— Naturellement. Nous allons faire d'une pierre deux coups et je vous remettrai votre décoration par la même occasion.

— Merci, monsieur le Président.

Le Président raccrocha.

— Alors, demanda Hodgkiss, on se prépare une jolie petite fête à Washington ?

— Vous étiez au courant ?

— Sur le principe, oui. Mais je ne pensais pas qu'il vous appellerait lui-même… Tiens, à propos, le lieutenant de vaisseau Reebeck a fait du sacrément bon boulot. J'ai bien envie de la garder ici encore un certain temps, mais vous avez tous deux besoin d'aller prendre l'air. Profitez-en, pendant que c'est faisable.

— Bien, amiral, fit Jeffrey en se levant.

Il fut pris de vertige.

Hodgkiss fit le tour de son bureau pour venir lui serrer la main avant de le raccompagner à la porte.

— Elle doit être quelque part dans le coin, allez donc lui dire un petit bonjour. Vous savez, elle devine apparemment assez bien ce qui se passe dans votre tête, cette petite. Je crois pourtant que vous devriez aller la retrouver avant que les effets télépathiques aient définitivement disparu.

— Bien, amiral, fit Jeffrey en sortant.

— Oh non, attendez, une dernière chose.

Jeffrey se figea sur place. Lorsqu'un amiral vous dit : « Oh, attendez, un dernier truc » à la fin d'un entretien, c'est rarement bon signe.

— C'est absolument extraordinaire, Fuller, cette façon de convaincre Beck que vous étiez prêt à vous sacrifier avec votre bâtiment pour le couler. Ce subterfuge a été le sommet du combat contre le *von Scheer*. Une fois que vous avez réussi à lui faire avaler ça, le reste était une partie de rigolade. Du beau boulot.

Hodgkiss le poussa dehors, retourna dans son bureau et ferma la porte.

Jeffrey resta planté un bon moment dans l'antichambre, tout songeur. L'aide de camp et l'huissier lui jetèrent un coup d'œil en coin. Ils n'étaient pas surpris : tous ceux qui sortaient de chez le « grand homme » ne savaient plus où donner de la tête.

Puis Jeffrey comprit soudain. *Hodgkiss, le secrétaire d'Etat à la Défense, le Président, ils ont tous cru que je jouais la comédie… Ils ne se sont pas dit un seul instant que j'étais vraiment prêt à mourir pour couler le* von Scheer.

TIDAL RIP

Postface du traducteur

Ecrit en 2003, *Tidal Rip* nous projette une dizaine d'années dans le futur. L'auteur a donc fait l'hypothèse qu'un certain nombre de progrès révolutionnaires marqueraient à cette époque les conditions de la guerre sous-marine.

Cette note a pour but de préciser ce qui est plausible dans ce qu'a imaginé l'auteur, mais aussi, ce qui l'est moins.

Mes principales observations ont trait aux caractéristiques techniques des sous-marins nucléaires à hautes performances qui sont les « héros principaux » de l'ouvrage et dont l'auteur tire parti pour imaginer de nouvelles tactiques, la principale étant la navigation « en suivi de fonds ».

On peut tout d'abord esquisser ce que sont les caractéristiques générales des sous-marins décrits : une longueur d'environ cent trente mètres et un diamètre extérieur de l'ordre de douze mètres, un tonnage en plongée supérieur à douze mille tonnes. Ce qui en fait à peu près l'équivalent d'un SNLE de dernière génération.

Un sous-marin moderne atteint une immersion de quelques centaines de mètres. Les limitations dans ce domaine résultent principalement de quatre considérations : une forme générale de la coque épaisse cylindrique et non pas sphérique ; la nature des matériaux disponibles et utilisables ; la nécessité de percer dans cette structure un certain nombre (et même, un grand nombre) de passages de coque, qui constituent autant de faiblesses potentielles ; l'obligation de résister aux effets des armes ASM.

Un sous-marin n'est donc pas comparable à un bathyscaphe qui ne connaît aucune de ces limitations (en particulier, sa structure résistante est sphérique et de faible diamètre) et il est peu probable qu'il le devienne un jour. La seule réalisation d'un presse-étoupe de ligne d'arbres étanche à ces profondeurs est sans doute irréalisable. Un sous-marin capable d'atteindre de telles immersions devrait sans doute être équipé de propulseurs hors-bord.

Les sous-marins de *Tidal Rip* atteignent également des vitesses supérieures à cinquante nœuds, grâce à une pompe hélice qui existe déjà réellement. Les sous-marins d'attaque actuels atteignent, dans certains cas, des vitesses certes élevées, mais très certainement inférieures à quarante nœuds. La puissance de propulsion variant comme le cube de la vitesse, un calcul grossier et optimiste montre qu'un sous-marin d'une douzaine de mètres de diamètre devrait disposer d'une puissance propulsive supérieure à cinq cents mégawatts et donc d'une chaudière nucléaire comparable à une centrale terrestre de production d'électricité.

S'agissant des équipements (armes et moyens de détection), l'auteur a doté « ses sous-marins » de systèmes qui sont déjà en service ou en cours de développement (en tout cas dans la marine américaine). Ou, lorsque ce n'est pas le cas, de systèmes dont le développement est plausible à moyen terme. Une petite exception cependant pour le hangar de stockage des mini-sous-marins qui, à bord d'un sous-marin nucléaire aussi rapide, est hydrodynamiquement peu plausible et dont on voit mal à quel endroit on le logerait.

Les capacités de stockage des armes sont certes très grandes, sur un sous-marin de cette taille. Mais l'auteur a repris une tactique fort ancienne et abandonnée de longue date, celle du lancement de gerbes de torpilles. Si l'on fait le total de tout ce qu'ont lancé les deux sous-marins au fil des pages, le bilan est impressionnant...

La description des effets d'explosions nucléaires sous-marines est assez plausible. Une charge d'une kilotonne crée une bulle de vapeur de quelques dizaines de mètres de rayon, ce qui suffit à expliquer les effets catastrophiques décrits par l'auteur.

Enfin, bien que n'ayant aucune compétence en physiologie, je crois pouvoir dire que la perspective de voir des hommes-grenouilles se déplacer, sans bénéficier de la protection d'une structure résistante, par cinq mille mètres de fond, restera sans doute encore très longtemps une utopie. Mais restons prudents, les contempteurs de Jules Verne en avaient sans doute dit autant...

Luc de Rancourt
capitaine de frégate (H)
ancien sous-marinier
ingénieur civil de l'aéronautique

TRAQUES
ET COMPLOTS MONDIAUX

◀ Joe Buff
Profondeur limite

2021 : depuis dix ans, le monde est en guerre. Les dictatures sud-africaine et allemande, unies dans un Axe, dominent l'Europe et l'Afrique. Face à elles les États-Unis et l'Angleterre font bloc. Et quand le Voortrekker, sous-marin sud-africain, disparaît après avoir envoyé des missiles sur New York, le Challenger, commandé par Jeffrey Fuller, se lance immédiatement à sa poursuite. La plus formidable bataille maritime de tous les temps peut alors commencer…

Pocket n° 12550 - 608 pages - 8,70 €

Robert Ludlum ▶
La vengeance dans la peau

rsque deux anciens membres de la CIA reçoivent le ême télégramme signé du nom de Jason Bourne, vid Webb replonge dans le passé, treize ans auparant, et reprend bien malgré lui du service afin de déniier l'auteur de cette angoissante plaisanterie. Peu de ns savent que Jason n'a jamais existé et qu'il s'agisit du nom de code de David. Redevenu Jason, il se trouve confronté à son ennemi de toujours, Carlos…

cket n° 10484 - 832 pages - 9,40 €

Pour en savoir plus : www.pocket.fr

Tom Clancy & Steve Pieczenik

Op-Center

Créée par le pouvoir américain dans la plus totale confidentialité, la cellule de crise Op-Center intervient dans les situations à haut risque. Elle se compose de militaires, d'espions et de diplomates, qui ont pour mission de maintenir la paix dans le monde à n'importe quel prix. À la tête de cette organisation, Paul Hood a été choisi pour son courage et sa détermination. Pour rétablir l'ordre mondial suite à un attentat en Corée du Sud, il ne dispose que de vingt-quatre heures…

Pocket n° 10262 - 480 pages - 6,30 €

Tom Clancy & Steve Pieczenik

Op-Center

Diviser pour régner

Lorsqu'un attentat contre une plate-forme pétrolière iranienne de la mer Caspienne ravive les tensions entre l'Iran et l'Azerbaïdjan, les États-Unis et la Russie se retrouvent impliqués dans la crise diplomatique. Paul Hood de l'Op-Center et son homologue russe, Orlov, vont tenter de démanteler le réseau terroriste. Il faut agir vite, car selon les soupçons de Paul, quelqu'un à la Maison Blanche profiterait de la situation chaotique pour affaiblir le pouvoir du Président…

Pocket n° 11902 - 416 pages - 6,30 €

Pour en savoir plus : www.pocket.fr

POCKET 12, avenue d'Italie - 75627 PARIS Cedex 13

Achevé d'imprimer en août 2007

Dépôt légal : septembre 2007
Imprimé en Espagne